KAPITEL 1

Die eisenverstärkte Tür am Ende des schmalen Ganges öffnete sich knarrend. Ein uralter Mann spähte hervor und blickte Keff mit runzligen Augen an. Keff wußte, was der Alte da vor sich sah: einen reifen Mann, nicht allzu großwüchsig, dessen welliges braunes Haar erst jetzt von weißen Strähnen durchschossen wurde, eine gutmütige und doch stierähnliche Stirn, darunter tiefliegende blaue Augen; eine Nase, deren zerklüftete Form anzudeuten schien, daß sie möglicherweise – vielleicht aber auch nicht? – irgendwann einmal in der Vergangenheit gebrochen worden war; dazu ein von Lachfältchen eingerahmter Mund, der den Eindruck eines zwar zählebigen, aber von seinem Wesen her doch gütigen, sanften Mannes unterstrich. Zwar trug er einen schlichten Kittel, dafür an der Seite aber einen Degen; er trug ihn mit jener Lässigkeit, wie sie nur besaß, wer den Degen auch zu benutzen verstand. Der Alte trug die ungestalten Kleider eines Menschen, dem es im Leben nur noch um Wärme und Bequemlichkeit ging. Sie musterten einander einen Augenblick. Keff neigte leicht den Kopf zum Gruß.

»Ist dein Gebieter zu Hause?«

»Ich habe keinen Gebieter. Troll dich dorthin, wo du hergekommen bist«, bellte der Alte mit funkelnden Augen. Keff begriff sofort, daß er es nicht mit einem Dienstboten zu tun hatte – er hatte soeben den Hochhexer Zarelb persönlich beleidigt! Er spannte die Schultern und machte sich auf das Schlimmste gefaßt, bemühte sich aber nach wie vor, freundlich und unbedrohlich zu wirken.

»Nein, Herr«, sagte Keff. »Ich muß mit dir sprechen.« Nur wenige Zoll von seinen Füßen entfernt krochen Ratten über die Türschwelle und huschten die Wände entlang durch die Gosse. Es war ein widerlicher, abstoßender Ort, doch Keff mußte an seinen Auftrag denken.

»Troll dich«, wiederholte der alte Mann. »Ich habe nichts für dich.« Er versuchte, die schwere, verstärkte Tür zu schließen. Keff schob seinen gepanzerten Unterarm in die sich schließende Spalte und hielt sie auf. Der alte Mann wich einen Schritt zurück; in seinen Augen stand die Angst geschrieben.

»Ich weiß, daß du die Schriftrolle von Almon besitzt«, sagte Keff, um einen sanften Tonfall bemüht. »Die brauche ich, ehrwürdiger Herr, um das Volk von Harimm zu retten. Bitte, gib sie mir, Herr. Ich werde dir kein Arg tun.«

»Also gut, junger Mann«, erwiderte der Hexer. »Wenn du mir schon drohst, werde ich dir die Schriftrolle geben.«

Keff entspannte sich ein wenig. Innerlich mußte er grinsen. Da bemerkte er ein Glitzern im Auge des alten Mannes, das sich auf einen Punkt hinter Keffs Schulter gerichtet hatte. Keff fuhr auf dem Absatz herum, peitschend schoß sein schmaler Degen aus der Scheide hervor. Die beleuchtete Spitze spiegelte das Schimmern in den Augen und auf den Schwertklingen der drei Grobiane wider, die hinter ihm auf die Straße getreten waren. Er steckte in der Falle.

Einer der Grobiane zeigte ihm mit breitem Grinsen seine schwarzen Zahnstummel. »Hast du noch etwas vor, Söhnchen?« fragte er.

»Nur, meine Pflicht zu tun«, erwiderte Keff.

»Holt ihn euch, Jungs!«

Mit hoch erhobener Waffe griff der Grobian an. Keff parierte sofort den Hieb des Mannes und setzte nach, schlug ihm mit einem raffinierten Schlenker seiner schmalen Klinge die Waffe aus der Hand, daß die Brust seines Gegners nun ungedeckt und angreifbar war. Er machte einen Satz, stieß mit der Klinge nach dem Herzen seines Feindes. Der Mann wich mit mehr Hast als Anmut zurück, spie aus, fing sich wieder und ging erneut zum Angriff über, wobei ihm die beiden anderen diesmal folgten. Keff wurde zum Wirbelwind, parierte, stieß nach, schlug zu, wehrte die drei Männer ab. Ein Hieb seiner Gegner verfehlte sein Ziel nur um Haaresbreite, und die Klinge fuhr dicht an Keffs Wange vorbei die Wand entlang. Keff machte einen erneuten Satz und parierte im letzten Augenblick, bevor der andere ihn durchbohren konnte.

»Trefflich!« rief er und ging mit tänzelnder Bewegung wieder zum Angriff über. »Nimm dies!«

Er stieß zu, und die heiße Spitze seines Degens bohrte sich dem Anführer der Grobiane mitten in die Brust. Der Leichnam sank zu Boden, dann verschwand er.

»Da!« rief Keff und ließ den Degen hin und her sausen, schrieb mit weißem Licht ein Z in die Luft. »Ihr seid nicht unbesiegbar. Ergebt euch oder sterbt!«

Keffs neugefundene Kraft schien die beiden verbliebenen Grobiane zu verwirren, und so kämpften sie nur noch unverbunden, behinderten sich manches Mal gegenseitig, während Keffs Klinge immer wieder ihr Ziel traf und ihr Licht in Arme, Schultern, Brust bohrte. In blitzschneller Abfolge vernachlässigte erst der eine, dann der andere Gegner einen Augenblick zu lange seine Deckung. Stöhnend sanken die üblen Burschen zu Boden, wo sie sich schließlich ebenfalls in Luft auflösten. Keff schob den Degen zurück in die Scheide; dann drehte er sich zu dem alten Hexer um, der das Geschehen mit ungerührtem Blick verfolgt hatte.

»Im Namen des Volks von Harimm erhebe ich Anspruch auf die Schriftrolle«, sagte Keff großspurig und streckte eine Hand aus. »Es sei denn, du hast noch weitere Überraschungen für mich vorgesehen.«

»Nein, nein.« Der alte Mann nestelte an dem zerschundenen Lederköcher, der an seiner Seite herabhing. Er holte eine vergilbte, vom Alter brüchig gewordene Pergamentrolle daraus hervor. Keff betrachtete sie voller Ehrfurcht. Er verneigte sich vor dem Hexer, der ihm mit mürrischem Blick Respekt zollte.

Das Pergament hob sich aus der Hand des Hexers und schwebte auf Keff zu; dabei entrollte es sich träge. Blinzelnd schaute Keff auf die Inschrift: spinnengleiche Fäden in verblassender brauner Tinte, die Berge, Wege und Flüsse wiedergaben. »Eine Landkarte!« hauchte er.

»Aufhören«, sagte der Hexer, wobei sich seine Stimme unerklärlicherweise von einem brüchigen Bariton in einen angenehmen, weiblichen Alt verwandelte. »Wir sind in Reichweite der Kommunikationssatelliten.« Tür, Ratten und die alte Gestalt verschwanden und ließen nur noch kahle Wände zurück.

»Ach, Raummist«, versetzte Keff, schnallte Gürtel und Laserdegen ab und ließ sich in den Andrucksessel vor der Kontrollkonsole plumpsen. »Das hat Spaß gemacht. Puh! Gutes Training!« Er zog sich den schweißnassen Kittel über den Kopf und fuhr sich mit den Zipfeln über das Gesicht. Sein dunkles, gekräuseltes Haar auf der breiten Brust war zwar an einigen Stellen leicht ergraut, doch sein Grinsen war das eines Jungen.

»Um ein Haar wärst du aufgespießt worden«, sagte die körperlose Stimme von Carialle, während sie simultan die Identifikationssignale für die SSS-900 aussandte und bestätigte. »Achte das nächste Mal besser auf deinen Rücken.«

»Wieviel bekomme ich dafür?«

»Für unbeendete Aufgaben gibt es keine Punkte. Landkarten stellen immer eine Unbekannte dar. Du wirst ihr schon folgen und selbst zusehen müssen, was geschieht«, erwiderte Carialle spröde. Auf dem Schirm neben ihrer Titansäule flackerte kurz das Abbild einer betörenden Dame in himmelblauem Chiffon und Spitzhut auf. Das liebliche, rosa- und cremefarben getönte Antlitz lächelte Keff an. »Gute Beinarbeit, edler Herr Ritter«, sagte die schöne Dame und verschwand. »SSS-900, hier CK-963, erbitte Erlaubnis zum Anflug und Andocken – hallo, Simeon!«

»Carialle!« Die Stimme des Stationsaufsehers ertönte aus der Box. »Willkommen daheim! Erlaubnis erteilt, Baby. Außerdem heißt das jetzt SSS-900-C, nämlich mit C für

Channa. In dem Jahr deiner Abwesenheit ist eine Menge passiert. Keff, bist du auch da?«

Keff beugte sich zu dem Mikrofon hinüber. »Just auf der Stelle, Simeon. Wir sind nur noch eine halbe Milliarde Klicks entfernt. Müßten bald bei dir eintreffen.«

»Wird gut sein, euch an Bord zu haben«, erwiderte Simeon. »Im Augenblick herrscht hier ein wenig Durcheinander, um es vorsichtig auszudrücken, aber ihr seid ja bestimmt nicht gekommen, um euch von meinen hausfraulichen Qualitäten zu überzeugen.«

»Nein, Freundchen. Aber du verpaßt einem eine derart tolle Dekontamination, daß man sich als Mädchen gar nichts sehnlicher wünschen kann«, scherzte Carialle mit anzüglichem Glucksen.

»Drachenhaut und Drachenschwanz, Simeon!« rief Keff plötzlich beim Blick auf seine Monitore. »Was ist denn bloß hier los?«

»Na ja, wenn ihr es wirklich wissen wollt ...«

Das Kundschafterschiff bahnte sich seinen Weg durch ein immer überfüllter wirkendes Labyrinth aus Schrott und Trümmern, als sie sich der rotierenden Hantelform der Station SSS-900 näherten. Nachdem Carialle begutachtet hatte, was Keff in Sorge versetzte, stellte sie ihre Schutzschirme auf volle Leistung, um nicht, was durchaus im Rahmen des Wahrscheinlichen lag, mit einem der umherschwebenden Trümmerteile zusammenzustoßen, die sich mit der Station in einen trojanischen Punkt teilten. Schlepper und Leichter fuhren zwischen den zerrissenen Teilen aus Schiffen und Satelliten auf der Suche nach Beute hin und her. Zwei zerbeulte Schlepper mit Saugstützen am Bug – sie hatten eine groteske Ähnlichkeit mit gigantischen Staubsaugern –, fuhren systematisch auf und ab und saugten mikroskopisch feinen Weltraumstaub auf, der die Hüllen und Blenden vorüberziehender Raumschiffe in Siebe hätte verwandeln können, ohne daß die Mannschaften es überhaupt bemerkt hätten. Die Räumschlepper schickten Grußsignale, als Carialle sie in einem geschmeidigen Bogen umfuhr und sich mit dem Spin der Raumstation synchronisierte. Der nördliche Andockring war gerade in Reparatur, und so beschleunigte Carialle mit einem kurzen Schnippen der Steuerungselemente und hielt auf das südliche Ende zu. Da begannen Lauflichter, die Schürze einer der Andockbuchten auf dem Ring zu beleuchten, und Carialle nahm Kurs darauf.

»Und das war das letzte, das wir von dem Piraten Belazir und seiner Schlägertruppe zu sehen bekamen«, beendete Simeon matt seinen Bericht. »Hoffentlich ein für allemal. Meine Hülle wurde mit zusätzlicher unverwüstlicher Panzerung verstärkt und in ihrer Säule aufs neue versiegelt. Die letzten sechs Monate haben wir damit zugebracht, die entstandenen Wunden zu verarzten und die Trümmer zusammenzukehren. Wir warten immer noch auf Ersatzteile. Die Versicherung gibt sich sperrig und moniert selbst die unbedeutendsten Kosten auf der Liste; aber das wundert ja niemanden. Es fahren immer noch Schiffe der Flotte in dem Gebiet Patrouille. Wir haben uns auf ständige Bewachung eingerichtet. Vielleicht wird sogar eine kleine Garnison daraus.«

»Ihr habt ja wirklich schlimme Zeiten durchgemacht«, meine Carialle mitfühlend.

»So, und jetzt wird es mal Zeit für angenehmere Nachrichten«, versetzte Simeon und verlieh seiner Stimme frischen Schwung. »Wo habt ihr euch denn herumgetrieben?«

Carialle simulierte einen Fanfarenstoß.

»Wir sind hocherfreut mitteilen zu dürfen, daß der Stern GZA-906-M zwei Planeten mit sauerstoffatmenden Lebensformen aufweist«, erklärte Keff.

»Gratuliere, ihr beiden!« sagte Simeon und gab einen Audiostoß von sich, der sich wie der Applaus eines vieltausendköpfigen Publikums anhörte. Dann hielt er ganz kurz inne, bevor er weitersprach. »Ich schicke eine simultane

Nachricht ans Amt für fremde Rassen und die Erforschung unbekannter Gebiete. Die erwarten jetzt einen vollständigen Bericht samt Proben und statistischen Kurven, aber erst bin ich an der Reihe! Ich will alles darüber erfahren.«

Carialle öffnete ihre Bibliotheksdateien und übertrug den Bündelstrahl mit der Sternenkarte und den Fremdrassendaten auf Simeons persönlicher Empfangsfrequenz. »Das ist die Zusammenfassung dessen, was wir der Behörde und der Meßdatenauswertung schicken werden«, erklärte sie. »Den langweiligen Kram wollen wir dir lieber ersparen.«

»Die einzige schlechte Nachricht ist die«, warf Keff ein, »daß es auf dem Planeten Nummer vier kein intelligentes Leben gibt, während Planet drei technologisch noch zu unterentwickelt ist, um sich den Zentralwelten als Handelspartner anschließen zu können. Aber sie haben sich dennoch über unseren Besuch gefreut.«

»Meinst *du*!« unterbrach Carialle ihn mit einem Schnauben. »Was mich betrifft, so habe ich nie ganz herausbekommen, was die Flatulenten in Wirklichkeit dachten.« Keff schoß ihrer Säule einen empörten Blick zu, den sie jedoch ignorierte. Sie ging das gespeicherte Verzeichnis durch und ließ das Datenprofil der Eingeborenen von Iricon III auf dem Schirm erscheinen.

»Warum nennt ihr sie die Flatulenten?« fragte Simeon, während er die Videoaufzeichnungen der hageren, stark behaarten, sechsbeinigen Wesen musterte, deren Gesichter eine gewisse Ähnlichkeit mit intelligenten Grashüpfern zeigten.

»Hör dir mal die Tonaufzeichnungen an«, antwortete Carialle lachend. »Die benutzen eine Form der Kommunikation, gegen die wir eine gesellschaftlich bedingte Abneigung hegen. Keff hat geglaubt, ich würde in Rauch aufgehen, um es einmal so auszudrücken.«

»Das stimmt doch gar nicht, Cari«, protestierte Keff. »Ich war zunächst zu dem Schluß gelangt«, fuhr er, an Simeon gewandt, fort, »daß sie gar keine gesprochene Sprache brauchen. Sie leben mitten in den Sümpfen«, ergänzte er das von dem Dataeder abgespielte Video. »Wie du siehst, bewegen sie sich entweder auf allen Sechsen oder aufrecht auf vier Beinen durchs Gelände, wobei sie dann die verbliebenen zwei Beine zum Hantieren mit Gegenständen benutzen. Es gibt dort zahlreiche Raubtiere, die unter anderem auch Flatulenten fressen, und die schlichte gesprochene Sprache genügt völlig, um Informationen über diese Räuber auszutauschen. Der Lebensunterhalt gestaltet sich sehr einfach. Du siehst dort mitten im Sumpf Früchte und eßbares Gemüse in Hülle und Fülle. Das Overlay zeigt die giftigen Pflanzenarten an.«

»Das sind nicht allzu viele«, bemerkte Simeon, als er die international üblichen Symbole für giftige und schädliche Verbindungen musterte: ein Totenschädel mit gekreuzten Knochen und ein kleines, rundes Gesicht mit heraushängender Zunge.

»Die ersten Beeren, die mein Ritter – und ich möchte einmal meinen, der von der traurigen Gestalt – probierte«, fuhr Carialle fort, »waren natürlich ausgerechnet die himbeerroten zur Linken, die mit der Ekelfratze markiert sind.«

»Na ja, die Eingeborenen haben sie schließlich auch gegessen, und ihre Biologie unterscheidet sich nicht sonderlich von der terranischer Reptilien«, gestand Keff und verzog das Gesicht. »Aber ich bekam von den Beeren heftiges Magengrummeln. Ich habe mir den Bauch gehalten und mich am Boden gewälzt. Die Flatulenten fanden das komisch.« Nun zeigte die Videoaufzeichnung auch die Sechsfüßer, wie sie dröhnend vor einem am Boden liegenden und sich windenden Keff standen.

»Es war ja auch ein bißchen komisch«, fügte Carialle hinzu, »nachdem ich erst einmal meine Sorge überwunden hatte und sicher war, daß er nichts Todbringendes verzehrt hatte. Ich hatte ihm gesagt, er sollte erst die vollständige Analyse abwarten ...«

»Das hätte doch *Stunden* gedauert«, warf Keff ein. »Während unsere soziale Interaktion in *Echtzeit* stattfand.«

»Na ja, Eindruck hast du jedenfalls gemacht, das läßt sich nicht bestreiten.«

»Habt ihr die Flatulenten denn verstanden? Wie ging es denn mit dem IÜ-Programm?« fragte Simeon und wechselte das Thema.

IÜ war die Abkürzung für ›Intentionsübersetzer‹, das universale Simultandolmetscherprogramm, das Keff entwickelt hatte, bevor er seinen Schulabschluß machte. Das IÜP wurde unentwegt verbessert und ständig durch Referenzmarken und Standards ergänzt, je mehr neue fremde Sprachen von den Forscherteams der Zentralwelten aufgezeichnet wurden. Der Muskel vertraute seiner eigenen Erfindung mehr als seiner Gehirnpartnerin, die sich auf das IÜP niemals mehr verließ als unbedingt notwendig. Carialle zog Keff mächtig mit den Fehlleistungen des IÜP auf, doch das war mehr ein freundschaftliches Verulken. Von ihrer fünfundzwanzigjährigen gemeinsamen Mission hatten Gehirn und Muskel bereits vierzehn Jahre miteinander zugebracht und eine enge, von Fürsorglichkeit geprägte Freundschaft entwickelt. So sehr sie Keff auch zargen mochte, ließ Carialle es doch niemals zu, daß irgend jemand ihren Partner in ihrem Beisein zum Narren hielt.

Nun aber schnaubte sie. »Immer noch sehr fehlerhaft, weil das IÜP schließlich nur die Symbolik fremder Lebensformen berücksichtigt, die man bereits entdeckt hat. Selbst mit der Ergänzung durch die Blaze-Modifikation für Zeichensprache finde ich, daß es immer noch nicht richtig funktioniert. Woher, zum Teufel, soll auch irgend jemand wissen, welche Bezugssysteme und Standards neue, noch nicht entdeckte fremde Rassen verwenden werden?«

»Der wiederholte Gebrauch eines Symbols in einem bestimmten Kontext weist darauf hin, daß es einen Sinn beinhaltet«, wandte Keff ein. »Darauf beruht das Programm.«

»Und wie soll man den Unterschied zwischen einer wiederholten Bedeutung mit Sinn und einer solchen ohne Sinn erkennen?« versetzte Carialle und nahm den alten Streit einmal mehr auf. »Angenommen, eine Qualle zappelt mal, um sich fortzubewegen, ein andermal jedoch, um irgendwelche

Informationen auszutauschen? Simeon, entscheide du das doch.«

»Stimmt«, meinte der Stationsmanager erheitert.

»Was ist, wenn die Vertreter einer neu entdeckten Rasse zwar Münder haben und sprechen, alle wirklich wichtigen Informationen aber auf ganz andere Weise vermitteln? Beispielsweise mit ein paar lauten Pupsern aus dem Schließmuskel?«

»Das waren nur die Beeren«, widersprach Keff. »Diese Wiederholung lag nur an der Diät der Flatulenten.«

»Vielleicht hatte diese Gewohnheit ja zu Beginn ihrer Zivilisation irgendeine Bedeutung«, sagte Carialle ätzend. »Simeon, als Keff jedenfalls den Dolmetscher endlich auf ihre Verbalsprache abgestimmt hatte, mußten wir feststellen, daß die Flatulenten am Anfang immer alles nur papageienähnlich wiederholten, was Keff zu ihnen sagte, wie ein primitives KI-Muster. Nach und nach erst bildeten sie Sätze, wobei sie ihre eigenen Vokabeln und alles verwendeten, was sie ihn sagen hörten. Zunächst schien das ganz nützlich zu sein. Anfangs glaubten wir, daß sie das Standard förmlich mit Lichtgeschwindigkeit erlernen würden, lange bevor Keff die Feinheiten ihrer Sprache bestimmt hätte. Tja, aber dem war nicht so.«

»Sie haben die Sprache zwar richtig nachgeäfft, haben aber nicht wirklich verstanden, was ich sagte«, warf Keff ein, der sich beim Bericht wie automatisch mit Carialle abzuwechseln begann. »Das war kein echtes Verständnis.«

»In der Zwischenzeit machte ihm die Flatulenz Sorge, nicht nur, weil sie schier allgegenwärtig zu sein schien, sondern weil sie offensichtlich kontrollierbar war.«

»Ich wußte nicht, ob sie mich damit ärgern wollten oder ob es irgend etwas zu bedeuten hatte. Dann begannen wir damit, sie genauer zu studieren.«

Das Video blendete eine andere Szene ein, welche die hageren, haarigen Aliens dabei zeigte, wie sie nach fisch- und aalähnlichen Lebewesen tauchten, die sie mit ihrem mittleren Extremitätenpaar fingen. Das weitere Dokumentationsmaterial zeigte sie, wie sie gierig alles in sich hineinschlangen; wie sie ihren Nachwuchs in der Jagd unterwiesen, auf der Suche nach eßbarem Kleingetier, und dabei, wie sie sich vor größeren und gefährlicheren Tieren versteckten. Nur ein geringfügiger Teil des Bodens war trocken, und alle hungrigen Arten hatten es auf die Vegetation abgesehen.

Frühe Aufnahmen dokumentierten, daß die Flatulenten sich vor Keff zunächst gefürchtet hatten, denn sie verhielten sich so, als rechneten sie mit einem Angriff seinerseits. Als sich im Laufe mehrerer Tage herausgestellt hatte, daß er weder aggressiv noch schutzlos zu sein schien, studierten sie ihn ein wenig genauer. Während sie aßen, verzehrte Keff neben ihnen eine Mahlzeit aus seinen eigenen Vorräten.

»Und dann begann ich vorsichtig damit, ihnen Fragen zu stellen, wobei ich einen deutlich von Hebungen geprägten fragenden Tonfall wählte, wie ich ihn bei ihren Kindern beobachtet hatte, wenn diese um Belehrung baten. Das schien ihnen zu gefallen, obwohl sie sich darüber verwunderten, daß ein anscheinend ausgewachsenes Exemplar des Wissens bedurfte, das zum Überleben erforderlich war. Kommunikation und Kooperation über die Arten- und Rassengrenzen hinweg war ihnen unbekannt.« Keff sah zu, während Carialle das Datenmaterial durchging und ein weiteres Ereignis auswählte. »Das ist das Potlatch. Bevor es so richtig losging, verputzten die Flatulenten erst kiloweise diese Bohnenbeeren.«

»Keff war zu dem Schluß gelangt, daß sie nicht allzu intelligent sein könnten, wenn sie sich so etwas antäten. Lebensmittel aus rein zeremoniellen Gründen zu verzehren, die ihnen solch offensichtliches Unbehagen verursachten, schien doch ausgesprochen dämlich zu sein.«

»Ich war enttäuscht. Dann fing das IÜP an, mir Muster in den Geräuschen der Flatulenten zu melden. Da kam *ich* mir ausgesprochen dämlich vor.« Keff besaß genügend Humor, um über sich selbst zu lächeln.

»Und wie hat das schließlich ... äh, geendet?« wollte Simeon wissen.

Keff grinste verlegen. »Na ja, Carialle hat natürlich recht behalten. Die roten Beeren waren tatsächlich das Kernstück ihrer Kommunikation. Ich mußte ihr einige Punkte wegen genauester Beobachtung der ... äh, Körpersprache zugestehen. Also habe ich das IÜP umprogrammiert, um zu ermitteln, was die Flatulenten *meinten*, also nicht nur, was sie *sagten*. Ich habe das IÜP angewiesen, alle Bewegungen oder Geräusche auf ihre Bedeutung zu analysieren. Es wird zwar nicht immer funktionieren ...«

»Ha!« unterbrach Carialle ihn triumphierend. »Jetzt gibt er es sogar selbst zu!«

»... aber schon bald bekam ich wenigstens den Sinn dessen mit, was sie sich mitteilten. Der verbale Austausch war im Grunde kaum mehr als eine Tarnmaßnahme. Die Flatulenten haben ein natürliches Talent für Mimikry. Das IÜP hat sich gut bewährt – na ja, meistens jedenfalls. Das System muß einfach noch mehr getestet werden, das ist alles.«

»Es muß doch ohnehin ständig getestet werden«, versetzte Carialle mit leidgeprüfter Stimme. »Eines Tages wird uns dadurch noch etwas entgehen, das wir wirklich brauchen.«

Keff blieb ungerührt. »Vielleicht braucht das IÜP ein KI-Element, um sofort alle Bewegungsmuster oder Gesten auf Sinninhalte zu analysieren, um sie dem Arbeitsglossar hinzuzufügen. Ich werde das IÜP als nächstes auf Menschen anwenden, um die Macken des Programms vielleicht auf diese Weise zu beheben. Beim Menschen weiß ich schließlich, was er von sich gibt.«

»Sollte das funktionieren«, bemerkte Simeon mit wachsendem Interesse, »und solltest du damit tatsächlich Körpersprache verstehen können, wäre das ein Entwicklungsschritt, der über alles hinausführt, was auf dem Gebiet der Übersetzung bisher geleistet wurde. Dann würde man von dir behaupten, daß du Gedanken lesen kannst. Weichschalen sagen ja nur selten, was sie wirklich meinen – aber sie offenbaren es durch Körperhaltung und Gestik. Ich könnte mir tausend nützliche Anwendungsgebiete allein hier in den Zentralwelten dafür denken.«

»Und was die Flatulenten betrifft, gibt es keinen Grund, von ihrer weiteren Erforschung abzuraten, um ihnen schließlich den ISS-Status zu gewähren. Denn es besteht kein Zweifel mehr daran, daß es sich um intelligente Wesen mit einer stabilen Zivilisation handelt, so primitiv sie auch sein mag«, ergänzte Keff. »Und genau das werde ich auch dem Zentralkomitee in meinem Bericht mitteilen. Iricon III gehört auf die Anwärterliste.«

»Ich wünschte mir, daß ich dann dort Mäuschen spielen könnte«, meinte Simeon mit schadenfrohem Grinsen. »Wenn die nämlich erst ein Forschungsteam dort hinschikken, das versuchen muß, mit denen zu kommunizieren ... Die ganze Veranstaltung wird sich anhören wie ein einziger Park voller defekter Maschinen. Na ja, die CenCom wird sich freuen, von einer weiteren Rasse intelligenter Wesen zu erfahren.«

»Ich weiß«, bestätigte Keff ein wenig traurig, »aber es ist nicht gerade die Rasse aller Rassen, wenn du verstehst, was ich meine.« Unter dieser Bezeichnung verstanden Keff und Carialle den flüchtigsten aller heiligen Grale, nämlich eine Alien-Rasse, die kulturell und technologisch fortgeschritten genug war, um der Menschheit ebenbürtig zu sein, eine Rasse, die völlig unabhängig von den Menschen Computerwissenschaften und Raumfahrt entwickelt hatte.

»Wenn irgend jemand einmal die Rasse aller Rassen aufstöbern sollte, dann ihr beide«, erklärte Simeon in ungeschminkter Ernsthaftigkeit.

Carialle brachte die letzten Kilometer bis zur Andockstation hinter sich und schaltete ihre Maschinen herunter, als die Magnetgreifer sie an sich drückten und das Vakuumsiegel sich um die Luftschleuse schmiegte.

»Endlich wieder zu Hause«, seufzte sie. Die Bugbeleuchtung begann zu flackern, als Simeon per Funkstoß eine Dekontaminationsanforderung für die CK-963 aussandte. Keff erhob sich von den Instrumentenpaneelen und kehrte in seine Kabine zurück, um dafür Sorge zu tragen, daß alle persönlichen Gegenstände eingeschlossen wurden, bevor die Dekontaminationsmannschaft an Bord kam.

»Wir sind mit allem knapp dran, Simeon«, sagte Carialle. »In den Proteintanks herrscht Ebbe, mein Nährstoffpegel nähert sich der roten Marke, und die Treibstoffzellen sind ebenfalls leer. Einmal auftanken, bitte.«

»Im Augenblick sind wir selbst ziemlich knapp mit Nachschub bestückt«, erwiderte Simeon, »aber ich werde euch geben, was ich habe.« Nach kurzer Pause fuhr seine Stimme fort: »Ich habe gerade mal den Posteingang geprüft. Für Keff liegen zwei Pakete dort. Die Frachtpapiere lauten auf Schaltungen und auf eine ›Rotoflex‹. Was soll das sein?«

»Ha!« machte Keff erfreut. »Trainingsausrüstung. Mit einer Rotoflex kann man die Brust- und Rückenmuskulatur ohne Beeinträchtigung der restlichen Muskeln entwickeln.« Er legte die flachen Hände auf die Rippen und atmete tief ein, um es vorzuführen.

»Das fehlt mir gerade auf *meinem* Deck! Noch so ein Stück schepperndes Schwermetall«, sagte Carialle mit einem Geräusch, das bei ihr als Seufzen galt.

»Wo bleibt denn eigentlich deine Lieferung, Carialle?« fragte Keff mit Unschuldsmiene. »Ich dachte, du wolltest dir bei Moto-Prothesen einen Körper ordern.«

»Da hast du aber ganz schön falsch gedacht, mein Lieber«, antwortete Carialle, empört, daß er ihr altes Streitthema wieder zur Sprache brachte. »Ich fühle mich in meiner Haut sehr wohl, danke der Nachfrage.«

»Du würdest es genießen, mobil zu sein, meine edle Dame«, konterte Keff. »Was dir doch alles dadurch entgeht, daß du an einen Ort gebunden bleibst! Du machst dir ja gar keine Vorstellungen. Erzähl du es ihr doch mal, Simeon.«

»Sie kommt doch mehr herum als ich, Sir Galahad. Das vergiß mal schnell wieder.«

»Hat uns sonst noch jemand irgendwelche Nachrichten hinterlassen?« wollte Carialle wissen.

»In meinem Speicher nicht. Aber ich werde eine Anfrage durchgeben, damit alle wissen, daß ihr wieder an Bord seid.«

Keff nahm seinen durchnäßten Kittel von der Konsole und stand auf.

»Dann gehe ich jetzt am besten mal los und laß die Mediziner an mir herumstochern«, meinte er. »Kümmerst du dich um den Computerbericht, Edeldame Cari? Oder soll ich hierbleiben, um sicherzustellen, daß die nirgendwo herumstöbern, wo du sie nicht haben willst?«

»Aber nein, edler Herr Ritter«, erwiderte Carialle, immer noch auf das Spiel eingehend. »Lang und weit bist du fürbaß geritten und hast dir deinen Lohn verdient.«

»Der einzige Lohn, den ich mir wünsche«, warf Keff wehmütig ein, »sind ein Bier, das nicht schon seit einem Jahr tiefgefroren ist, und ein wenig Gesellschaft. Nicht, daß du mir nicht die vollkommenste aller Gesellschaften wärst, schöne Dame ...« Er warf einen Handkuß in Richtung der Titansäule. »... aber wie der Prophet sagt, laßt Raum in eurer Gemeinsamkeit. Wenn du mich jetzt entschuldigen würdest ...«

»Na, dann verlier dich mal nicht zu weit im Raum«, bemerkte Carialle. Keff grinste. Sie verfolgte ihn mit ihren Innenkameras bis zu seiner Kabine, wo sie abbrach, die von Keff erwähnten Freiräume respektierend. Sie vernahm das Ein- und Ausschalten der Ultraschalldusche und das Zischen seiner Spindtür. Einen frischen, trockenen Kittel überziehend, trat er mit zerzaustem Lockenhaar wieder aus der Kabine.

»Ta-*ta*!« machte Keff. »Nun gehe ich hinfort, alles zu bekennen und dem einen oder anderen Bier gar fürchterlich den Garaus zu machen.«

Noch bevor die Luftschleuse sich versiegelte, hatte Carialle ihre gesamten ungesperrten Speicherbanken für Simeon freigeschaltet und ihm vollständige Kopien ihrer Datensammlung über die Iricon-Mission überspielt. Binnen Sekunden war das Exo-Amt auf Leitung, um sie nach einem detaillierten Augenzeugenbericht über ihre Expedition zu fragen. Wahrscheinlich beantwortete Keff in der Medizinischen Abteilung gerade einige derselben Fragen. Das Amt liebte subjektive Berichte ebensosehr wie mechanische Aufzeichnungen.

Während Carialle sich mit Simeon unterhielt, überwachte sie gleichzeitig die Dekontaminationsmannschaft und die Schauerleute; parallel dazu erholte sie sich ein wenig von der anstrengenden Reise. Noch ein paar Tage hier an Bord, und sie würde am liebsten wieder interstellare Bäume ausreißen.

Unter dem Stethoskop Dr. Chaundras dauerte Keffs medizinische Untersuchung keine fünfzehn Minuten. Die Besprechung mit dem Amt dagegen zog sich über Stunden hin. Nachdem Keff alles, was er gedacht und an den Flatulenten beobachtet zu haben meinte, aus dem Gedächtnis gefischt hatte, fühlte er sich regelrecht zerschlagen und ausgelaugt.

»Weißt du was, Keff«, sagte Darvi, der Xenologe, als er auf seiner Klemmbrettkonsole die Flatulentendatei schloß, »wenn ich dich nicht persönlich kennen würde, müßte ich annehmen, daß du ein bißchen durchgedreht bist, bei all den albernen Namen, die du den Alienrassen immer gibst. Flatulenten. Seenymphen. Knappen – das sind die letzten, an die ich mich noch erinnere.«

»Hast du jemals Mythen & Legenden gespielt, Darvi?« fragte Keff mit unschuldigem Augenaufschlag.

»Seit Jahren nicht mehr. Das ist doch ein Kinderspiel, oder?«

»Nein! Mit meinem Verstand ist alles in Ordnung, *njuknjuk*«, sagte Keff, die Knöchel an seiner Stirn reibend und eine Grimasse schneidend. Der Xenologe musterte ihn einen Augenblick besorgt; dann entkrampfte er sich wieder, als er merkte, daß Keff ihn nur aufzog. »Ganz im Ernst, das ists eine Art Selbstschutz gegen die Langeweile. Wenn man vierzehn Jahre in diesem Job ist, wird man es einfach leid, eine Spezies immer nur als ›indigene Rasse‹ oder als ›die Bewohner von Zoocon I‹ zu bezeichnen. Ich bin schließlich keine KI-Drohne, und Carialle auch nicht.«

»Na ja, trotzdem sind die Bezeichnungen albern.«

»Die Menschheit ist ja auch eine alberne Rasse«, meinte Keff fröhlich. »Ich erlaube mir doch nur ein paar harmlose Späße.«

Ihm stand nicht der Sinn danach, über das zu sprechen, was ihm und Carialle als die ernste Seite dieses Spiels galt: all die Fragen der Ehre und die Befriedigung, seiner Herzensdame Erfolge zu Füßen legen zu dürfen. Nicht, daß er und Carialle den Unterschied zwischen Spiel und Wirklichkeit nicht gekannt hätten. Doch das Spiel hatte ihr ganzes Leben durchdrungen und ihm Gestalt und Kontur verliehen, so daß es zu mehr geworden war als einem bloßen Spiel, daß es ihnen mehr *bedeutete*. Niemals würde er diesem raumtrockenen Aktenschieber von jenem Ereignis vor fünf Jahren erzählen, da er tatsächlich eine lange, einsame Nacht beim Schein einer einzigen Kerze dagestanden hatte, um sich seinen Ritterschlag zu verdienen. *Um das zu verstehen, hätte man wohl dabeisein müssen,* dachte er. »War's das?« fragte er und erhob sich schnell.

Darvi wedelte mit einem Schreibstift in seine Richtung; er hatte sich bereits in die Dateien versenkt. Keff ergriff die Flucht, bevor es dem Mann einfiel, ihm noch weitere Fragen zu stellen, und eilte durch den gekrümmten Gang zum nächsten Fahrstuhl.

Keff hatte Mythen & Legenden auf der Grundschule kennengelernt. Zusammen mit einer Truppe von Freunden hatte er sich einmal in der Woche getroffen (manchmal auch öfter, wenn sie sich trauten und die Schulaufgaben es zuließen), um nach der Schule zu spielen. Keff liebte es, einige seiner Heldenphantasien ausleben zu dürfen, und es gefiel ihm, tatsächlich ein Ritter *zu sein,* der gegen das Böse kämpfte und der ganzen Welt das Gute brachte. Als er erwachsen wurde und erfuhr, daß die Galaxie eine Milliarde mal größer war als sein kleiner Kolonialplanet, hatte dies sein Bedürfnis, Gutes zu tun, noch gesteigert – wie auch seine Überzeugung, daß sein Handeln Wirkung zeitigen könnte, wie geringfügig auch immer. Es war ihm gelungen, während der psychologischen Vorstellungsgespräche vor der Aufnahme zur Muskelausbildung diesen Traum zu verbergen und seinen Altruismus für sich zu behalten. Doch wie ein Ritter aus alten Zeiten verfolgte Keff die ihm aufgetragenen Arbeiten mit größter Tatkraft und Hingabe und mit dem Schwur, niemals etwas Übles oder Böses zu tun. So hatte er auf stille, lautlose Weise die Regeln des Spiels auf sein eigenes Leben übertragen.

Zufälligerweise liebte auch Carialle M&L, allerdings mehr wegen der strategischen Überlegungen und der Recherchen, die für die Formulierung der Questen erforderlich waren, als um des reinen Abenteuers willen. Nachdem man sie zu Partnern gemacht hatte, hatten Carialle und Keff sich einfach angewöhnt, das Spiel zu spielen, um die langen Tage und Monate zwischen den Sonnen auszufüllen. Keff hätte den genauen Zeitpunkt nicht bestimmen können, da sie damit begonnen hatten, eine richtige Lebensweise daraus zu machen: Keff, der ewige fahrende Ritter, und Carialle, seine Herzensdame. Keff sah darin die natürliche Weiterführung eines pubertären Interesses, das mit ihm zusammen gereift war.

Sobald er vernahm, daß die CK-963 einen Muskel brauchte, trieb ihn seine romantische Natur dazu, sich um den Posten als Carialles Muskel zu bewerben. Er hatte – wer nicht? – von dem verheerenden Raumsturm und der Kollision gehört, die Fanine Takajima-Morrow das Leben gekostet hatten und Carialle beinahe in den Wahnsinn getrieben hätten.

Sie hatte eine lange Phase der Rekonvaleszenz durchlaufen, während derer die Mutantenminderheiten (MM) und die Gesellschaft für die Rechte intelligenter Minderheiten (GRIM) überlegten, ob sie wohl jemals wieder dazu bereit sein würde, ins Weltall hinauszufahren. Sie hatten frohlockt, als Carialle verkündete, daß sie nicht nur wieder bereit sei zu fliegen, sondern sich auch noch daranmachen wolle, Vorstellungsgespräche mit Muskelbewerbern zu führen. Keff hatte es wirklich sehr auf diesen Posten abgesehen. Nachdem er ihre Akte eingesehen hatte, war ein intensives Bedürfnis in ihm entstanden, Carialle zu beschützen. Eine ziemlich lächerliche Vorstellung, wenn er sich überlegte, daß sie immerhin über die vollen Ressourcen eines Gehirnschiffs verfügte – andererseits hatte der Sturm auch ihre Verwundbarkeit bloßgelegt. Keffs Beschützerinstinkte vibrierten förmlich angesichts der möglichen Herausforderung, jedwede weitere Unbill von ihr fernzuhalten.

Obwohl Carialle nur selten darüber sprach, hegte Keff doch den Verdacht, daß sie noch immer von Alpträumen über ihre Strapaze heimgesucht wurde – während jener willkürlich verteilten paar Stunden, da ein Gehirn es sich erlauben durfte, in die Traumzeit abzugleiten. Darüber hinaus hatte sie sich auch als die beste aller erdenklichen Partnerinnen und Gefährtinnen erwiesen. Er mochte sie, liebte ihre Interessen, ihre Hobbys; ihre Fehler störten ihn ebensowenig wie die Tatsache, daß sie öfter recht behielt als er. Sie lehrte ihn Geduld. Er lehrte sie, in neunzig Sprachen zu fluchen, als kreative Maßnahme zum Abbau von Spannungen. Sie stützten und ergänzten einander. Das Vertrauen, das zwischen ihnen herrschte, war so tief wie der Weltraum und fühlte sich zugleich ebenso uralt wie frisch an. Die vierzehn Jahre ihrer Partnerschaft waren förmlich wie im Flug verstrichen – und dies im wörtlichen wie im übertragenen Sinn. In Keffs Wertekanon gab es für einen Menschen keine größere Ehre, als einem Gehirnschiff als Partner zugeteilt zu werden, und das war ihm auch klar bewußt.

Knarrend hielt der Fahrstuhl an, und die Türen öffneten sich. Keff war schon oft genug an Bord der SSS-900 gewesen, um sich im Gang sofort heckwärts zu halten, in Richtung der Raumfahrerbar, die er auf der Station zu frequentieren pflegte.

Inzwischen hatte sich herumgesprochen, daß er wieder zurück war; wahrscheinlich das Werk des hilfsbereiten Simeon. Auf der polierten Stahltheke erwartete ihn bereits ein dunkelbraunes Starkbier, das gerade seine schaumige Krone absonderte. Das sah er als allererstes.

»Ah!« rief er und ging mit ausgestreckten Händen auf das Bier zu. »Komm zu Keff!«

Eine Hand fuhr in sein Gesichtsfeld und klatschte ihm kräftig aufs Handgelenk, bevor er den Griff des Krugs zu packen bekam. Vorwurfsvoll hob Keff den Blick.

»Wie steht es denn um seinen Kredit?« fragte die Barkeeperin; dann zwinkerte sie ihm schelmisch zu. Es war eine Frau in seinem Alter, mit nußbraunem, kurzgeschorenem Haar und der milchhellen Haut der lebenslangen Raumfahrerin europäischer Herkunft. »War nur Spaß. Trink nur, Keff. Das hier geht aufs Haus. Schön, dich wiederzusehen.«

»Du und dieses Etablissement, seid beide gesegnet, Mariad. Ebenso eure Braumeister, wo immer sie sein mögen«, verkündetete Keff und steckte die Nase in den Schaum, um den Kopf langsam zurückzulegen und den Krug zu heben. »Aaah! Noch mal das gleiche.«

An den Tischen erscholl Gejohle und Applaus, und Keff tat mit einem Winken kund, daß seine Tat somit bezeugt worden sei. Einige Leute zeigten ihm den gereckten Daumen, bis sie sich wieder in ihr Gespräch und ihr Dartspiel vertieften.

»Einen Lichtjahreraumfahrer erkennt man immer daran, wie er im Hafen wieder auftankt«, sagte ein Mann und trat vor, um Keffs Hand zu ergreifen. Sein hageres, melancholisch wirkendes Gesicht war zu einem seltsamen Lächeln verzogen.

Keff stand auf und schlug ihm die Hand auf den Rücken. »Baran Larrimer! Ich hätte nicht gedacht, daß du und Shelby auch nur um eine Million Lichtjahre in der Nähe wärt!«

Larrimer, ein alter Freund von ihm, war Teil eines Gehirn-/Muskelteams, das in der Verteidigungsflotte der Zentralwelten Dienst tat. Keff erinnerte sich plötzlich daran, daß Simeon von Marineunterstützung gesprochen hatte. Larrimer mußte genau wissen, was man Keff mitgeteilt hatte. Der ältere Muskel gewährte ihm eine müde Grimasse und nickte, als er seinen fragenden Ausdruck bemerkte.

»Müssen die Augen offenhalten«, sagte er schlicht.

»Und ihr haltet sie nicht offen«, meldete eine Stimme sich zu Wort. Ein winziger Arm fuhr um Keffs Hüfte und drückte zu. Er blickte in ein kleines, herzförmiges Gesicht hinunter. »Schön, dich wiederzusehen, Keff.«

»Susa Gren!« Mit einer stürmischen Umarmung riß Keff

die junge Frau von den Beinen und stellte sie zu einem gewaltigen Kuß wieder auf den Boden, den sie durchaus interessiert erwiderte. »Dann sind du und Marliban also auch hier?«

»Kurierdienst für eine Handelsdelegation«, erklärte Susa mit leiser Stimme. In ihren Augenwinkeln entstanden kleine, wehmütige Falten. Mit einem Kopfnicken zeigte sie auf eine Gruppe kapuzentragender Aliens, die isoliert in der Ecke an einem Tisch saßen. »Die hoffen darauf, Simeon eine Ladung Schutz- und Alarmanlagen zu verhökern. Sie haben völlig vergessen, daß Marl ein Gehirn ist und jedes Wort hören konnte. Was die in seiner Gegenwart alles gesagt haben! Was er natürlich völlig legitimerweise sofort an Simeon weiterleitete. Ach, herrje, was bekamen sie doch plötzlich Schwierigkeiten, ihre Ware an den Mann zu bringen! Mir steht durchaus der Sinn danach, CenCom mitzuteilen, daß diese Idioten sich von mir aus gern allein auf den Heimweg begeben könnten, wenn sie einem Gehirnschiff nicht mehr Respekt zu erweisen bereit sind. Aber«, fügte sie seufzend hinzu, »es ist immerhin bezahlte Arbeit.«

Marl stand erst seit zwei Jahren im Dienst – nein, inzwischen waren es schon drei – und war den Zentralwelten noch viel zuviel für seine Schale und Ausbildung schuldig, um Aufträge ablehnen zu können, vor allem solche, die sich so gut bezahlt machten wie die Kurierarbeit. Auch Susa hatte Schulden in Megacredithöhe. Sie hatte für die Schulden ihrer Eltern gebürgt, die hohe Darlehen aufgenommen hatten, um es auf einer Bergbauwelt zu schaffen und unabhängig zu werden, womit sie jedoch gescheitert waren. Glücklicherweise waren sie dabei nicht zu Tode gekommen, aber die Katastrophe hatte ihre Einkünfte auf das bloße Existenzminimum reduziert. Keff mochte die kämpferische junge Frau, er bewunderte ihre Antriebskraft und ihren Witz, ihren elastischen Gang und die zarte, attraktive Gestalt. Die beiden hatten schon immer eine Zuneigung füreinander gehegt, was Carialle auch entsprechend bemerkte, um dazu ihren etwas groben Kommentar abzugeben, daß das ideale Spielzeug für einen Muskel eben ein anderer Muskel sei. Nur wenige konnten die Hingabe und Verbundenheit nachvollziehen, die ein Muskel für sein Gehirnschiff empfand, und kaum jemand vermochte es, dieser lebenslangen Beziehung etwas entgegenzuhalten.

»Susa«, sagte er plötzlich, »hast du vielleicht etwas Zeit? Könntest du dich ein wenig zu mir setzen und mit mir reden?«

Ihre Augen funkelten, als hätte sie seine Gedanken gelesen. »Ich habe nichts anderes vor. Marl und ich sind so lange freigestellt, bis diese Drohnen wieder nach Hause zurückkehren wollen. Gibst du mir einen aus?«

Larrimer stand auf. Taktvoll überging er die Aura sich verschärfender Intimität zwischen den beiden anderen Muskeln und klatschte, mit einem Handzeichen an Mariad gewandt, seine Credit-Karte auf die Theke.

»Komm ruhig mal vorbei, wenn du Zeit hast, Keff«, sagte er. »Shelby würde sich freuen, dich wiederzusehen.«

»Das werde ich«, erwiderte Keff und schlug gedankenverloren mit der Handfläche auf Larrimers Hand, die ihn sofort fest packte. »Komm gut nach Hause.«

Zusammen mit Susa nahm er in einer Nische Platz. Mariad servierte zwei Guinness und watschelte mit mütterlichem Glucksen davon.

»Du siehst gut aus«, meinte Susa und musterte Keffs Gesicht mit mehr als nur freundschaftlicher Sorge. »Du bist braungebrannt!«

»Das war während unseres letzten Planetenaufenthalts«, erläuterte Keff. »Liegt noch nicht lange genug zurück, um schon wieder zu verblassen.«

»Na ja, ich finde jedenfalls, daß dir ein wenig Farbe im Gesicht ganz gut steht«, erklärte sie. Ihr Mund verzog sich zu einem einseitigen Grinsen. »Und wie tief geht das wirklich?«

Keff hob die Augenbraue, als er sie ansah. »Vielleicht zeige ich es dir ja später mal.«

»Sind diese tiefen Schrammen gefährlich?« fragte Carialle, während sie eine optische Überwachungseinheit auf einem Teleskop ausfuhr, um die Techniker im Blick zu behalten, die gerade ihre Außenhülle überprüften. Das Schiff lag horizontal im Trockendock, was es den Technikern erlaubte, den größtmöglichen Teil der Hülle zu untersuchen.

»Die meisten sind gar kein Problem. Den Riß, der am nächsten an deinen Treibstoffleitungen liegt, werde ich mit einem kalten Schweißflicken reparieren«, sagte der Mann in dem betroffenen Teil der Kammer, während er ein graues Gel darübersprühte. Dieses härtete langsam aus und nahm dabei einen silbrigen Schimmer an, der sich dem Rest der Außenplatten einfügte. »Ich glaube zwar nicht, daß die Stelle bei extremer Temperatur tatsächlich reißen würde, aber dünner ist die Hülle dort natürlich schon. Das hier gibt zusätzlichen Schutz.«

»Vielen Dank«, antwortete Carialle. Als das Kaltschweißgel getrocknet war, prüfte sie ihre neue Haut auf Resonanz und stellte fest, daß sie die richtige Dichte besaß. Sie würde schon bald vergessen haben, daß sich unter der Garnierung eine Hautfalte verbarg. Und ihr Buchhaltungsprogramm machte die Feststellung, daß die Materialkosten beruhigend niedrig lagen, jedenfalls verglichen mit einer Demontage und dem Aushämmern der Hüllenplatte oder gar dem völligen Austausch derselben.

Oben schwang ein spinnenarmiger Kran seine Last soeben über ihren Bug und ließ schlangengleiche Schläuche ins offene Frachtdeck fallen. Die Container mit dem Xeno-Material waren bereits in einem eigens versiegelten Behältnis abtransportiert worden. Ein Arbeiter in Schutzanzug und Kapuze hatte die Rillen und Nischen bereits gründlich gesäubert und dafür gesorgt, daß sich keine verirrten einheimischen Sporen als blinde Passagiere in die Zentralwelten einschlichen. Der Kranführer lenkte die flexiblen Schläuche zu ihren entsprechenden Ventilen. Als erstes kam der Treibstoff, und so ließ Carialle ihren Tankverschluß hochspringen, als die starre Schlauchmuffe den Stutzen erreichte. Der schmale Schlauch, der ihre Proteintanks speiste, wies an seinem Endstecker einen numerierten Filter auf. Carialle speicherte die Nummer in ihren Dateien für den Fall, daß das Endprodukt irgendwelche Verunreinigungen aufweisen sollte. Glücklicherweise war die Leitung, die das schlammartige Kohlenstoff-Protein-Gemisch in Keffs Nahrungsmittelsynthetisierer führte, undurchsichtig. Das peristaltische Pulsieren der dicken Masse erinnerte Cari stets an Treibsand, oder an sandfarbene Tintenfische, die über den Meeresboden krochen, oder an wochenalten Haferschleim. Für einen Augenblick wurde sie vom Geschehen am Dock abgelenkt, wo ein Gabelstapler soeben mit zwei Containern heranfuhr, einem großen und einem kleinen, deren Strichcodemarkierungen Keffs Adresse aufwiesen. Sie bestätigte dem Fahrer ihr Einverständnis, die beiden Behälter in ihr Frachtdock zu laden.

Eine weitere Technikerin, eine kurze, stämmige Frau in Magnetstiefeln mit dicker Sohle, trat auf ihre Luftschleuse zu und hielt einen kleinen Gegenstand hoch. »Dies ist für Sie, vom Stationsmanager, Carialle. Erbitte Genehmigung, an Bord kommen zu dürfen.«

Carialle musterte den Dataeder in den Fingern der Frau und verspürte einen Anflug von Neugier.

»Genehmigung erteilt«, sagte sie. Die Technikerin betrat scheppernd die Luftschleuse und drehte sich zur Seite, um sich an die vertikale und horizontale Ausrichtung von Carialles Decks anzupassen; dann kam sie vorsichtig auf die Hauptkabine zumarschiert. »Hat er gesagt, was es ist?«

»Nein, es soll eine Überraschung werden.«

»Ach, Simeon!« rief Carialle über den Privatkanal des Stationsmanagers. »Katzen! Danke schön!« Sie überflog den Inhalt des Dataeders von Anfang bis Ende. »Fast eine ganze Echtzeitwoche Videodokumentation! Wo hast du die bloß aufgetrieben?«

»Ich habe sie von einem Biologen, der Hauskatzen züchtet. Er war vor zwei Monaten hier draußen. Der Dataeder enthält komprimierte Videoaufzeichnungen von seinen Katzen und ihren Jungen. Außerdem hat er noch ein paar Videoaufnahmen von Wildkatzen hinzugefügt, die er auf einigen Kolonialwelten geschossen hat. Ich habe mir gedacht, das könnte dir gefallen.«

»Simeon, das ist ganz wunderbar! Was kann ich dir nur zum Tausch anbieten?«

Der Stationsmanager klang verlegen. »Du *mußt* nichts dafür eintauschen, Cari, aber wenn du vielleicht ein Gemälde übrig hättest? Und ich bin auch durchaus bereit, dir den Tausch noch zusätzlich zu versüßen.«

»Aber nicht doch! Damit würde höchstens ich *dich* übers Ohr hauen. Es ist ja nicht so, als ginge es um Musik. Die Sachen sind doch völlig belanglos.«

»Das ist nicht wahr, und das weißt du auch. Du bist eine Gehirnkünstlerin.«

Ein wenig zögernd erlaubte Carialle Simeon, sich in ihre Videosysteme einzuschalten, worauf sie ihn zu der Ecke der Hauptkabine leitete, wo ihre Malausrüstung verstaut war.

Jeder planetengebundene Hausbesitzer hätte die Kabine mit Sicherheit als völlig makellos eingestuft, doch für einen Raumfahrer war sie der reinste Trödelladen. Keffs Trainingsausrüstung nahm einen großen Teil der Kabine ein, während Carialles Regal mit der Malausrüstung, einer Sonderanfertigung, ebenfalls viel Platz beanspruchte, ganz zu schweigen von der Wandfläche, an der ihre fertigen Werke hingen – jedenfalls jene Werke, die sie nicht verschenkte oder *wegwarf*. Die wenigen Auserwählten, denen es gestattet war, einen Blick auf Caris Gemälde zu werfen, pflegten gern von ›Meisterwerken‹ zu sprechen, doch das lehnte sie ab.

Da sie über keinen Weichschalenkörper mit Händen verfügte, die es ihr ermöglicht hätten, die Mechanik des Malens zu bewältigen, hatte sie sich Spezialapparaturen einbauen lassen, um damit das gewünschte Ziel zu erreichen. Bei ihren Leinwänden handelte es sich um dünne, poröse Zellstoffblocks, die sie individuell mit Farbe fluten konnte wie die Pixels auf einem Computerschirm, bis sich alles miteinander vermischte. Das Ergebnis hatte große Ähnlichkeit mit Pinselstrichen. Mit zunehmendem Fortschritt der Technik, was teilweise der Firma Moto-Prothesen zu verdanken war, hatte Carialle Arme entworfen, die echte Faserpinsel und Farbpistolen halten konnten, um damit die Oberflächen der Leinwände nach der Grundierung zu behandeln.

Was einst, nachdem sie dem Tod nur um Haaresbreite entronnen war, als Therapie begonnen hatte, war zu einer erfolgreichen und erfüllenden Freizeitbeschäftigung geworden. Der gelegentliche Verkauf eines Bilds füllte Speisekammer oder Treibstofftank, wenn Sonderzuschläge gerade knapp waren; außerdem wirkte das eine oder andere Geschenk einer nie gesehenen, unverhofften Leinwand wahre Wunder bei gewissen störrischen Bürokraten. Die hochentwickelten Servoarme holten eine Mikrofaserleinwand nach der anderen aus dem emaillierten, in einem Schrank angebrachten Regal, um sie Simeon zu zeigen, der alle Werke bewunderte und zu einigen von ihnen sehr vernünftige Kommentare abgab.

»Das hier ist noch frei«, sagte Carialle, als die mechanischen Hände eine nachtschwarze Raumlandschaft umblätterten, die vollkolorierte Skizze eines Nachtwesens und die Studie eines in einem Meteor eingebetteten kristallinen Mineralvorkommens. »Dieses hier habe ich Keff geschenkt. Das hier will ich behalten, das dort ist noch nicht fertig. Hm. Diese beiden sind noch frei. Also das da.«

Vieles von dem, was Carialle wiedergab, würde dem unbewaffneten Auge eines Weichschalenkünstlers verborgen bleiben, doch die sensorische Apparatur der Schalenpersonen verlieh Ansichten und Szenen Farben und Licht, die dem nackten Auge nur wie schwarze Flächen mit weißen, nadelstichähnlichen Sternen erschienen wären.

»Das ist gut.« Simeon richtete ihre Kamera auf eine Raumlandschaft, die ein zerschundenes Kundschafterschiff im Flug vor dem fernen, wolkenähnlichen Nebel eines Ionensturmes zeigte, der wie ein dünner Schleier teilweise die Corona einer Sonne verhüllte. Die Leinwand war nicht von strenger Rechteckform, sondern wies einen unregelmäßigen Umriß auf, der das dargestellte Thema noch unterstrich.

»Hm«, machte Carialle. Auf schärfste mikroskopische Auflösung eingestellt, nahm ihr Auge kleinere Fehler in einzelnen Farbzellen wahr. Die waren rot und nicht karmesin, und die Schattierung war auch nicht subtil genug. »Es ist noch nicht ganz fertig.«

»Du meinst, du hast noch nicht genug daran herumgefummelt. Laß mal sein, Mädchen. Mir gefällt es.«

»Dann gehört es dir«, sagte Carialle mit einem vernehmbaren Seufzer der Resignation. Der Servomechanismus holte das Gemälde aus dem Regal und fuhr auf seinen kleinen Gleitkurven damit auf die Luftschleuse zu. Carialle aktivierte eine Kamera außen an ihrer Hülle, wo sie eine Technikerin im Landedock ausfindig machte. »Barkley, hätten Sie etwas dagegen, dem Stationsmanager etwas von mir zu bringen?« fragte sie die Technikerin über den Lautsprecher.

»Ganz und gar nicht, Carialle«, erwiderte die Frau und strahlte die sichtbare Kamera freudig lächelnd an. Der Servomechanismus empfing sie am Rand des Docks und überreichte ihr das Gemälde.

»Du hast wirklich Talent, Mädchen«, meinte Simeon, der noch immer das Videosystem mit ihr teilte, während er beobachtete, wie die Technikerin das Dock verließ. »Ich danke dir. Ich werde es in Ehren halten.«

»Das ist doch gar nichts«, meinte Carialle bescheiden. »Nur ein Hobby.«

»Unsinn. Hör mal, ich habe eine gute Idee. Warum veranstaltest du nicht das nächste Mal, wenn du wieder da bist, eine Galerieausstellung? Hier kommen jede Menge Händler und große Tiere durch, die für originelle Kunst ganz schön blechen würden. Ganz zu schweigen von dem zusätzlichen Verkaufsvorteil, daß es sich um die Werke eines echten Gehirnschiffs handelt.«

»Na ja ...«, überlegte Carialle.

»Die erste Woche überlasse ich dir die Ausstellungsfläche in der Nähe des Geschäftstrakts umsonst; du verlierst also keine Mietgebühren. Und wenn du dich davor scheuen solltest, dich derart in Erscheinung zu bringen, kannst du die Ausstellung ja nur auf persönliche Einladung stattfinden lassen. Aber ich warne dich gleich – so etwas spricht sich schnell herum.«

»Du hast mich überzeugt«, meinte Carialle.

»Meine Absichten sind völlig lauter und ehrbar«, erwiderte Simeon galant. »Mist!« rief er plötzlich. Er hatte seine Übertragungsgeschwindigkeit zu einem schnellen Sirren gesteigert. »Mehr Vorbereitungszeit und Vorräte wirst du nicht mehr bekommen, Carialle. Pack dein Zeug zusammen, und hau sofort von der Station ab! Der Generalinspekteur möchte sich in fünfzehn Minuten mit dir treffen. Er hat mir gerade aufgetragen, dir eine entsprechende Nachricht zukommen zu lassen. Ich halte sie so lange zurück, wie ich nur kann.«

»O nein!« erwiderte Carialle in derselben Geschwindigkeit. »Ich habe wirklich nicht die Absicht, mir von Dr. Sennet ›Ich bin ein Psychologe‹ Maxwell-Corey jedesmal im Gehirn rumstochern zu lassen, wenn ich auf der Station vorbeikomme. Schließlich bin ich geheilt, verdammt noch einmal! Da brauche ich keine Dauerüberwachung.«

»Du solltest dich lieber sputen, Cari. Meine Wände mit Ohren haben Gerüchte vernommen, denen zufolge er deine ›Besessenheit‹ von Dingen wie Mythen & Legenden für außerordentlich suspekt hält, was deine geistige Gesundheit betrifft. Wenn der Kerl deinen jüngsten Bericht hört – eure Flatulenten –, kannst du dich gleich auf eine neue, ausgiebige Sitzung zur Bestimmung deines psychologischen Persönlichkeitsprofils gefaßt machen und Keff ebenfalls. Selbst Maxwell-Corey muß schließlich ab und zu so tun, als würde er für sein Geld tatsächlich arbeiten.«

»Verdammter Kerl! Wir haben doch noch nicht einmal sämtliche Vorräte geladen! Ich habe erst den halben Tank mit Nährstoffen gefüllt, und das meiste von dem Zeug, das Keff bestellt hat, liegt noch in deinen Lagerräumen.«

»Tut mir leid, Liebstes. Aber es wird noch da sein, wenn ihr zurückkehrt. Ich kann dir ja einen Funkstoß schicken, sobald der Bursche wieder weg ist.«

Carialle überlegte kurz, ob es sich lohnen könnte, sich bei der GRIN über den Generalinspekteur und seine Besessenheit zu beschweren, ihr Dienstuntauglichkeit nachzuweisen. Er befand sich auf Hexenjagd, dessen war sie sich gewiß, und sie hatte nicht vor, für ihn die verfolgte Hexe abzugeben. War es nicht schon schlimm genug, daß er darauf bestand, sie bei jeder Begegnung eine sechzehn Jahre zurückliegende Tragödie aufs neue durchleben zu lassen? Eines Tages würde das zu einem offenen Konflikt führen, doch im Augenblick fühlte Carialle sich noch nicht dazu in der Lage, es mit ihm aufzunehmen.

Simeon hatte recht. Die Dekontaminations- und Reparaturarbeiten an der CK-963 waren abgeschlossen. Das ganze Gespräch hatte nur eine halbe Sekunde gedauert. Simeon würde die Nachricht des GI nur noch wenige Minuten zurückhalten können, bevor der störrische Maxwell-Corey eine Erklärung verlangen würde.

»Dann mach dich für mich auf, Simeon. Ich muß Keff noch finden.«

»Kein Problem«, erwiderte der Stationsmanager. »Ich weiß, wohin er gegangen ist.«

»Keff«, sagte die Wand über ihm. »Notruf von Carialle.«

Träge hob Keff den Kopf. »Ich bin beschäftigt, Simeon. Privat.« Susas Hand fuhr hinauf, zerzauste sein Haar und zog ihn wieder herab. Er atmete den Duft der jungen Frau ein, ließ die Hände in einem köstlichen Kontrapunkt unter ihren Körper gleiten, die eine von der Schulterwölbung abwärts, den dünnen Stoff ihres Schiffsanzugs abstreifend; die andere hinauf, die Gesäßbacken und die zarte Taille liebkosend. Sie verschlang ihre Beine mit seinen, griff mit der freien Hand nach seinem Gürtel, tastete nach dem Verschluß.

»Notruf der Prioritätsstufe *eins* von Carialle«, wiederholte Simeon.

Widerwillig löste Keff seine Lippen von Susas. Mit sorgenvollem Ausdruck nickte sie. Ohne den Kopf zu bewegen, sagte er: »Also gut, Simeon. Stell ihn durch.«

»Keff«, Carialles Stimme vibrierte vor Aufregung. »Komm sofort herunter! Wir müssen starten. Und zwar pronto.«

»Weshalb?« fragte Keff gereizt. »Du kannst doch unmöglich schon mit dem Beladen fertig sein.«

»Bin ich auch nicht. Kann nicht länger warten. Muß verschwinden. Komm her, sofort!«

Seufzend wälzte Keff sich von Susa herunter und wandte sich nörgelnd und zänkisch an die Kabinendecke. »Und was ist mit meinem Landurlaub? O du meine Herzensdame, wenn ich mir auch nichts Schöneres in der Galaxie denken kann, als neunundneunzig Prozent meiner Zeit mit dir zuzubringen, gibt es doch immerhin dieses *eine* Prozent, da wir armen Schalenlosen das Bedürfnis haben ...«

Carialle schnitt ihm das Wort ab. »Keff, der Generalinspekteur ist auf Station.«

»Was?« Keff fuhr auf.

»Er verlangt eine weitere Zusammenkunft, und du weißt ja, was das bedeutet. Wir müssen so schnell wie möglich so weit weg von hier, wie wir nur können.«

Keff war bereits damit beschäftigt, zappelnd in seinen Schiffsanzug zu steigen. »Haben wir aufgetankt? Wie viele Vorräte haben wir an Bord?«

Da ertönte Simeons Stimme wieder aus dem verborgenen Lautsprecher. »Ungefähr zu einem Drittel beladen«, meldete er. »Aber mehr kann ich euch im Augenblick nicht geben. Ich habe euch ja erzählt, daß die Vorräte knapp sind. Für die Lebensmittel gilt das gleiche.«

»Damit kommen wir nicht sehr weit. Ungefähr eine lange Fahrt oder zwei kurze.« Keff stand auf, rammte die Füße in die Stiefel. Susa setzte sich ebenfalls auf und zog sich den oberen Teil ihres Einteilers wieder über die nackten Schultern. Sie warf Keff einen bedauernden, aber auch verständnisvollen Blick zu.

»Die fehlenden Vorräte kriegen wir schon irgendwo her«, versprach Carialle. »Was ist der sicherste Vektor, der uns von hier fortführt, Simeon?«

»Ich gehe jetzt«, sagte Susa und stand von der Bettkante auf. Sie legte Keff eine zerbrechliche Hand auf den Arm. Keff beugte sich herunter und gab ihr einen Kuß. »Je weniger ich höre, um so weniger kann ich aussagen, wenn ich unter Eid verhört werde. Kommt gut durch, ihr beiden.« Sie gewährte Keff einen sehnsuchtsvollen Augenaufschlag ihrer langen Wimpern. »Das nächste Mal.«

Und dann war sie auch schon fort, ohne Beschwerden, ohne Klagen und Vorwürfe. Keff bewunderte sie dafür. Carialle hatte einmal mehr recht behalten: Die ideale Gespielin eines Muskels war ein zweiter Muskel. Das machte seine Enttäuschung des nicht zustande gekommenen sexuellen Erlebnisses wegen zwar nicht geringer, doch war es klüger, diese Energie nutzbringend zu verwenden. Den rechten Stiefel richtend, eilte er in den Gang hinaus. Vor ihm hielt Susa gerade auf einen Fahrstuhl zu. Keff drehte sich absichtlich um, suchte sich einen anderen Weg zurück zum Schiff.

»Sorge dafür, daß ich Maxwell-Corey nicht über den Weg laufe, Simeon.« Er rannte die Stationsbiegung entlang, bis er an einen weiteren Lift gelangte. Dort betätigte er den Knopf und ging besorgt vor dem Lift auf und ab, bis sich die Türen öffneten.

»Auf diesem Weg bist du schon in Sicherheit«, sagte der Stationsmanager, der Keff mit seiner Stimme verfolgte. Der Muskel betrat die leere Kabine, und hinter ihm schlossen sich die Türen. »Also gut, dieses Ding ist soeben zum Expreß befördert worden. Halt dich gut fest.«

»Was ist mit Sektor G?« fragte Carialle gerade, als Keff die CK-963 bestieg. Sämtliche Monitore der Hauptkabine gaben Sternkarten wieder. Keff begrüßte Carialle in ihrer Hauptsäule mit einem Nicken und warf sich in seinen Andrucksessel, während er die Checkliste für die Startvorbereitungen durchging.

»Alles in Ordnung, solange ihr nicht Kurs auf Safran nehmt. Dort haben die Schiffe der Flotte Belazirs Leute zum letztenmal beobachtet. *Denen* solltet ihr wirklich besser nicht über den Weg laufen.«

»Dazu haben wir auch nicht die geringste Lust.«

»Und was ist mit Sektor M?« fragte Keff, die Karte unmittelbar vor sich beäugend. »Letztes Mal hatten wir dort ziemlich viel Glück.«

»Letztes Mal haben dir die Wichte dort die Schnauze poliert«, erinnerte Carialle ihn. »Und so was nennst du Glück?«

»In dem Gebiet gibt es noch einige Sonnensysteme, die wir ursprünglich überprüfen wollten. Diese Systeme weisen Merkmale mit komplexen Lebensformen bewohnter Planeten auf«, konterte Keff ungerührt. »Eigentlich hätten wir es mit MBA-487-J versucht, aber du mußtest ja unbedingt volle Pulle geben, so daß wir nicht mehr genug Treibstoff hatten und hierher zurückhumpeln mußten. Weißt du noch, Cari?«

»Das kann jedem mal passieren«, erwiderte Carialle, die nicht allzusehr darauf erpicht war, über ihre eigenen Fehler zu diskutieren. »Wir haben keine Zeit mehr.«

»Was wäre denn mit dem Gebiet oberhalb des Zentralweltenclusters? In Richtung Galaxienscheitel?«

»Maxwell-Corey wird von hier aus ins System DND-922-Z weiterreisen«, bemerkte Simeon.

Carialle schüttelte den Kopf und schnalzte. »Wir dürfen nicht das Risiko eingehen, daß er unsere Witterung aufnimmt.«

Keff musterte die Gesamtübersicht im 3-D-Tank. »Wie wäre es, wenn wir mal eine völlig neue Richtung nähmen? Nur, um mal zu sehen, was dort los sein könnte?«

»Was rätst du uns, Simeon?« fragte Carialle, während sie zugleich alle losen Gegenstände verriegelte und mit scharfem Zischen die Luftschleuse schloß. Die Anzeigen schossen in die Höhe, als Carialle ihre eigene Energieversorgung aktivierte. Nährstoffe, Treibstoff, Energiezellen – nichts davon war auch nur halbvoll. Sie verabscheute es, unter solchen Umständen starten zu müssen, hatte aber keine andere Wahl. Die Alternative hätte darin bestanden, wochenlange Befragungen über sich ergehen zu lassen, um womöglich am Ende noch – ungerechterweise! – Flugverbot zu bekommen.

»Ich habe da eine interessante Anomalie, die ihr vielleicht gern untersuchen würdet«, antwortete Simeon und überspielte eine Datei in Carialles Speicher. »Hier ist der Bericht eines Frachterkapitäns, der einen Sprung durch den Sektor R machte, um hierher zu kommen. Seine Spektroskope haben in der Umgebung von RNJ-599-B ungewöhnliche Energieabstrahlung aufgefangen. In unseren Unterlagen findet sich dort nirgendwo eine Siedlung. Könnte interessant werden.«

»Sonnen vom Typ G«, meinte Keff und nickte zustimmend. »Ja, ich verstehe, was er gemeint hat. Spektroanalyse, Cari?«

»Alle Merkmale sprechen dafür, daß RNJ Planeten hervorgebracht haben könnte«, erwiderte das Gehirn. »Was meint die Forschungsabteilung?«

»In diesem Teil des Sektors R hat bisher noch niemand geforscht«, antwortete Simeon ausdruckslos und sorgfältig darum bemüht, jede Gefühlsregung aus seiner Stimme zu halten.

»Niemand?« fragte Carialle und ging die Dateien durch. »Hm! Ach ja!«

»Dann wären wir also die ersten?« fragte Keff, der die Erregung in Carialles Stimme bemerkte. Das brennende Verlangen, irgendwo als *allererste* etwas zu entdecken, vor jedem anderen Bewohner der Zentralwelten, überlagerte die Furcht davor, vom Generalinspekteur eingeholt zu werden.

»Ich finde hier nicht einmal die Meldung irgendeiner Robotdrohne«, fuhr Carialle fort und zeigte Sternenkarten ohne jede neonfarbene Markierung oder Streckenvektoren. Keff strahlte.

»Dann also auf zu neuen Welten! Laßt uns kühn und wagemutig ...«

»Ach, halt die Klappe!« unterbrach Carialle ihn streng. »Du willst doch bloß der erste sein, der seine Fußstapfen in den Sand setzt.«

»Ihr habt noch zwölf Sekunden, um euch zu beraten«, sagte Simeon. »Erzählt mir nicht, wo ihr hinfliegt. Was ich nicht weiß, macht mich nicht heiß. Geht mit meinem Segen, und kommt sicher zurück. Und zwar bald.«

»Wird gemacht«, erwiderte Keff, während er sich anschnallte. »Danke für alles, Simeon. Cari, bin bereit ...«

Kaum hatte er die Worte ausgesprochen, als die CK-963 auch schon den Andockring löste und die Bugaggregate aktivierte.

KAPITEL 2

Die wütende Stimme des Generalinspekteurs hämmerte aus dem Sprachaufnahmegerät auf Simeons Privatfrequenz.

»CK-963, antworten Sie!«

»Erwischt!« rief Keff und schlug auf den Arm seiner Andruckliege. Der nächste Stoß barscher Laute ließ ihn in gespielter Beunruhigung aufjapsen. »Fang uns doch, wenn du kannst, du Drachenhahn!«

»Ruhe!« Carialle beantwortete den Anruf mit unschuldiger Stimme, die sie für ihren Muskel eigens hörbar machte. »S ... S-neun ... dert. H ... n schwier –« Keff konnte sich vor Lachen nicht halten. »B ... te wiederholen Sie F ... nk ... th!«

»Ich sagte, Sie sollen zurückkommen! Sie hatten um zehnnull-null Uhr mittlerer Ortszeit einen Termin mit mir, und inzwischen ist es zehn Uhr fünfzehn.« Carialle konnte sein rundliches Gesicht mit dem Schnäuzer förmlich vor sich sehen, wie es rot vor Zorn angelaufen war. »Was fällt Ihnen überhaupt ein, ohne meine Genehmigung zu starten? Ich will mit Ihnen reden!«

»Tut ... id«, erwiderte Carialle. »Verb ... g bricht ab. Werden Ihnen Operationsbericht senden, General.«

»Das war eben ein glockenklarer Empfang, Carialle!« hämmerte die zornige Stimme auf die Lautsprechermembran ein. »Ihre Funkmeldung weist keinerlei statische Interferenz auf. Machen Sie sofort kehrt, und kommen Sie zurück. Ich erwarte Sie in neunzig Minuten. Maxwell-Corey Ende.«

»Aber hoppla!« machte Keff fröhlich. Mit schräggelegtem

Kopf blickte er aus seiner Andruckliege ihre Säule an und zwinkerte. Seine tiefliegenden blauen Augen funkelen. »M-C wird wohl kaum glauben wollen, daß der letzte Satz ein willkürlicher Scherz des freien Weltalls war, oder?«

»Es wird ihm nichts anderes übrigbleiben«, erwiderte Carialle entschieden. »Ich habe jedenfalls nicht vor, zurückzukehren, damit er einen Abdruck von meinem Großhirn nimmt, o nein! Bürokratischer Taugenichts! Ich weiß, daß ich gesund bin, und du weißt, daß du es bist. Weshalb sollen wir uns da ständig vorbeugen und husten, jedesmal, wenn wir auf einem Planeten gelandet und eine neue Welt erforscht haben? Schließlich habe ich angedockt, habe eine Dampfreinigung und Dekontamination über mich ergehen lassen, habe unseren Bericht mit Text und Bildmaterial ans Amt übermittelt. Ich weigere mich kategorisch, mich schon wieder auf meinen Geisteszustand untersuchen zu lassen, nur weil ich früher mal ein paar schlimme Erlebnisse hatte.«

»Nett von Simeon, uns rechtzeitig zu warnen«, meinte Keff und rief die Schiffsstatusmeldungen auf seinem Bildschirm ab. »Ich hoffe nur, die machen ihm deswegen nicht die Hölle heiß. Aber schau dir das nur an! Dreißig Prozent Nahrungsmittel und Treibstoff?«

»Ich weiß«, erwiderte Carialle reumütig, »aber was hätte ich denn sonst tun können?«

»Nichts, nicht das geringste«, stimmte Keff zu. »Offengestanden ist mir das immer noch lieber als das, was wir hätten durchmachen müssen, wenn wir auf Simeons nächste Lieferung gewartet hätten. Gefüllte Tanks und Vorratslager stehen in meinem Bezugssystem keineswegs zwingend für Gemütsfrieden, solange ein M-C in der Gegend herumhängt. Aber irgendwann werden wir doch noch zurückkehren müssen, das weißt du hoffentlich.«

»Ja, und sei es auch nur, um sicherzugehen, daß Simeon mit dem Mann zurechtgekommen ist. Doch bevor wir das tun, werde ich Simeon einen Kompatkstoß in Schnellzeit übermitteln, um dafür zu sorgen, daß Maxwell-Corey tatsächlich in den Sektor D abgedampft ist ...«

»Oder irgendwohin, das genauso weit weg ist. Schließlich können wir zur Not immer noch eine Weile im Raum abwarten und von eisernen Rationen leben, bis Simeon dir klar Schiff meldet«, bot Keff tapfer an, obwohl Carialle genau sehen konnte, daß ihm diese Vorstellung nicht sonderlich behagte.

»Wenn der GI naseweis genug sein sollte ...«

»Und wenn irgend jemand diese Bezeichnung verdient hätte, dann ja wohl er ...«

»... die Nachrichtendateien durchzugehen, wird er auf diese Weise erfahren, ab wann Simeon weiß, wo wir uns befinden. Dann könnte er dafür sorgen, daß keine Station die 963 mehr mit Vorräten versorgt.«

»Zu dieser üblen Tat werden wir es gewiß nicht kommen lassen, meine edle Dame«, erwiderte Keff und nahm wieder seine Pose des Sir Galahad ein. »In der Zwischenzeit laß uns in den Sektor R fliegen und feststellen, was dort unserer harren mag.« Er vollzog einen begeisterten und ausholenden Schlenker und zeigte schließlich gen Bug.

Carialle mußte laut loslachen.

»Na schön«, meinte sie schließlich. »Wo waren wir stehengeblieben?« Der Hexer stand wieder an der Wand und sprach im knarzenden Ton eines uralten Manns: »Edler Herr Ritter, in gerechtem Kampfe hast du dir diese Rolle erworben. Wünschest du mir noch weitere Fragen zu stellen?«

Grinsend schnallte Keff seinen Degen an und trat ihm entgegen.

Während Keff Bewaffnete durch die Hauptkabine jagte, widmete Carialle den größten Teil ihrer Aufmerksamkeit darauf, sich den Versuchen des Generalinspekteurs zu entziehen, ihren Kurs zu ermitteln.

Kaum hatte sie Maxwell-Coreys zornige Nachricht abgeschnitten, als sie auch schon eine Nachrichtendrohne von der SSS-900 starten sah: Zweifellos hatte sie eine amtliche Vorladung an Bord. Da im Raum um die Station jede Menge

Verkehr herrschte, bedurfte es keiner besonderen Fertigkeiten, das sich an Thermik orientierende Fluggerät auf die Spur eines anderen Fahrzeugs zu lenken. Niemand, und schon gar keine hirnlose Drohne, konnte ein Gehirnschiff ausmanövrieren. Bis der Irrtum bemerkt würde, hatte Carialle diesen Sektor bereits verlassen und Kurs auf einen unbekannten Quadranten der Galaxie genommen.

Später, wenn Carialle sich nicht mehr so akut von Maxwell-Corey bedroht fühlte, würde sie eine Nachricht verfassen, um sich bei der GRIM über sein mittlerweile wirklich diskriminierendes Verhalten zu beschweren. Sie fand, daß sie den alten Blödmann inzwischen wirklich lange genug am Hals gehabt hatte. Die freie Fahrt bei voller Kontrolle über ihre eigenen Antriebsaggregate und Sinne war eins ihrer allerwichtigsten Lebensanliegen. Jedesmal, wenn dieses Recht gefährdet war, reagierte Carialle auf eine Weise, die die Behauptung des GI, sie leide unter gefährlicher Erregbarkeit, wahrscheinlich voll bestätigte.

In der Ferne bemerkte sie zwei kleinere Schiffe, die offensichtlich ihrem Erstkurs folgten. Also gut, da hatte der GI wohl tatsächlich einen Punkt gemacht: Er hatte gewußt, daß sie sich seinem Befehl widersetzen würde und hatte dementsprechend zwei Kundschafter losgeschickt, um sie aufzubringen. Das könnte möglicherweise bedeuten, daß er sogar eine Warnmeldung des Inhalts abgesetzt hatte, daß Carialle eine Gefahr für sich selbst und ihren Muskel darstellte, weshalb man sie – notfalls auch gegen ihren Willen – unbedingt zurückbringen müsse. Ob die kleinen Kundschafter ihre Energiepartikel aufgenommen hatten? Eigentlich hätte sie die Taktik des alten Sennet doch vorhersehen und mit ebendieser Maßnahme rechnen müssen. Sie hätte statt dessen auf Tauchstation gehen und ihre Aggregate abschalten sollen. Na schön. Es ließ sich wirklich nicht leugnen, daß die Nähe des GI sie in einen Zustand der Verwirrtheit versetzte. Sie stellte ihre Adrenalinwerte neu ein. Ganz ruhig, Mädchen. Immer mit der Ruhe. Denk lieber nach!

Ein schneller Blick durch ihre Sternenkarte zeigte ihr

einen Ionensturm, keine zweitausend Kilometer entfernt. Carialle hielt darauf zu. Sie durchstieß den Außenrand des Sturms. Nachdem sie sich von ihrem Computer die größtmögliche Strahlenbelastung hatte ausrechnen lassen, der sie sich aussetzen durfte, ohne daß ihre Systeme versagten, fuhr sie geschmeidig über die Oberfläche – wie ein Wellenreiter in gefährlichem Gewässer. Das Gefühl war einfach toll! Gewöhnliche Piloten, die nicht die Fähigkeit besaßen, die unterschiedlichen Drücke auf ihrer Schiffshaut zu spüren, wie sie es tat, würden ihr hier nur zögernd folgen. Zudem konnten sie Carialle mit ihren Meßgeräten in dem Strom der Ionenstatik unmöglich orten. Es dauerte nicht lange, bis Carialle sicher sein konnte, daß sie ihre Verfolger abgeschüttelt hatte. Aus dem Ionensturm hervortretend, flog sie einen scharfen, rechten Winkel und beobachtete, wie der undurchsichtige Schimmer des Sturms hinter ihr zurückwich, während sie ihren Antriebsaggregaten vollen Schub gab, bis sie mit Höchstgeschwindigkeit dahinflog.

Als sie sich wieder dem Spiel zuwandte, bemerkte sie, wie Keff gerade bei einem kalten Bier in der ›Dorfkneipe‹ die schwebende Holokarte studierte. Sie sprach ihn an, und er blickte zu ihrer Säule hinüber.

»Ich nehme an, daß wir keine unerwünschte Gesellschaft mehr haben?«

»Mit etwas Glück und der schieren Unbesiegbarkeit unserer strahlungsresistenten Schutzpanzerung«, bestätigte Carialle, »sind wir den Schergen des bösen Hexers entkommen. Nun ist es an der Zeit für einen Umtrunk.« Sie überprüfte ihre eigene Adrenalinermüdung und genehmigte sich einen kurzen Stoß Proteine und Vitamin-B-Komplex.

Keff prostete ihr zu. Eine schnelle Analyse bestätigte ihr, daß das goldene Getränk zwar so aussah wie Bier, daß es sich dabei aber in Wirklichkeit um den nichtalkoholischen Elektrolyt-Auffrischer handelte, den Keff nach seinem Körpertraining einzunehmen pflegte. »Auf deinen behenden Fuß und deine Schläue, meine Schöne, und möge die Verwirrung unsere Feinde strafen. Äh, ist mein Kaffee auch an Bord gelangt?«

»Jawohl, edler Herr«, erwiderte sie und ließ das Bild eines salutierenden Matrosen auf der Wand erscheinen. »Der Zeughausmeister hatte gerade noch genug Zeit, um etwas von dem guten Stoff auszuteilen, als Simeon seine Nachricht weitergab. Ich habe dir sogar eine geringe Menge Schokolade besorgt. Beste Ware aus Demubia.« Keff strahlte.

»Ach, Cari, nun weiß ich wirklich um deine Liebe zu mir. Und hattest du vielleicht sogar noch Zeit, einige meiner *besonderen* Order zu laden?« fragte er mit einem kurzen Kopfnicken.

»Nun, da du es erwähnst, im Frachtraum sind zwei Kisten mit deinem Namen darauf«, bestätigte Carialle.

Peng. KRACH! *Peng.* KRACH!

Das glänzende Gerät aus Stahl, das sich Rotoflex nannte, war sehr schnell zusammengebaut gewesen. Noch schneller hatte Keff das Lehrvideo zu seinem Gebrauch angeschaut. Nun saß er auf dem mit Kunstleder bezogenen modifizierten Sattel, in jeder ausgestreckten Hand einen zügelähnlichen, metallenen Flaschenzug. Sein breites Gesicht war rot von der Anstrengung, während er langsam eine Faust anzog, bis sie sein Schlüsselbein berührte, um sie danach wieder auszufahren. Die schweren Kabel schepperten, als sich die Widerstandsfedern strafften, um sich mit dumpfem Aufprall wieder zu entspannen, sobald Keff den maximalen Zug erreicht hatte. Mit zusammengekniffenen Augen zog er die zweite Faust an. Die Sehnen an seinem Hals traten wie Taue unter seiner schweißglänzenden Haut hervor.

»Zweihundertunddrei«, grunzte er.»Uuaahh! Zweihundertundvier. Zwei ...«

»Schaut mich nur an«, sagte Carialle und verfiel in den Baßoktav, wie er für viele 3-D-Werbesendungen charakteristisch war. »Bevor ich mit meinem Muskeltraining begann, war ich ein Schwächling von vierundvierzig Kilogramm. Schaut mich *jetzt* an! Auch Ihr könnt ...«

»Schon gut«, meinte Keff und ließ die Hanteln fahren. Sie

schwangen in lärmendem Kontrapunkt hin und her, bis die Metallkabel sich in ihre Arme zurückgezogen hatten. Keff erhob sich von seinem Trainingssitz und rieb sich mit dem Tuch trocken, das über ein Ende seiner Gewichtheberbank ausgebreitet lag. »Ich verstehe zarte Andeutungen durchaus, vor allem, wenn sie mit dem Vorschlaghammer verabreicht werden. Ich wollte nur mal sehen, wieviel diese Maschine aushält.«

»Meinst du nicht eher, daß du mal sehen wolltest, wieviel *du* aushältst? Eines Tages wirst du dir noch irgendeinen Muskelriß zuziehen«, ermahnte ihn Carialle. Sie stellte fest, daß Keffs Puls über zweihundert betrug, doch dieser Wert verringerte sich zusehends.

»Die meisten Unfälle geschehen im Haushalt«, erwiderte Keff grinsend.

»Es tut mir wirklich leid, daß ich dein Rendezvous mit Susa unterbrechen mußte«, sagte Carialle schon zum zwanzigstenmal während dieser Schicht.

»Kein Problem«, erwiderte Keff, und Carialle merkte, daß er es diesmal sogar ernst meinste. »Es wäre zwar eine angenehmere Methode gewesen, meinen Puls auf Trab zu bringen, aber das hier gerade eben war auch ganz nett, danke der Nachfrage.« Er gähnte und ließ die Schultern rollen, um sie zu entspannen, schoß erst mit dem einen Arm vor, dann mit dem anderen. »Jetzt habe ich es nur noch auf eine Dusche und mein Bett abgesehen, liebste Dame.«

»Dann ruhe wohl, du Ritter im glänzenden Muskelpanzer.«

Kurz danach herrschte bis auf die gedämpften Geräusche der summenden und gurgelnden Maschinen Ruhe im Schiffsinnern. Die Techniker der SSS-900 hatten ganze Arbeit geleistet, obwohl sie unter größtem Zeitdruck gestanden hatten. Carialle überprüfte die Systeme eins nach dem anderen, vermerkte bei den entsprechenden Komponenten jeweils entweder Reparaturen oder Austausch. Diese Art der Buchhaltung kostete ziemlich viel Zeit. Carialle ertappte sich dabei, wie sie sich nach Gesellschaft sehnte. Ein perverser Gedanke, da sie doch wußte, daß es noch Stunden dauern würde, bis Keff erwachte.

Noch hatte Carialle sich nicht weit genug von den Flugbahnen der Schürfer entfernt, als daß sie nicht mit anderen Schiffen in diesem Sektor hätte tratschen können, doch sie wagte es nicht, einen Funkkanal dafür freizugeben, weil Maxwell-Corey sonst von ihrem Verbleib erfahren könnte. Und so ließ ihre erzwungene Isolation des lautlosen Flugs reichlich Zeit für ihre eigenen Gedanken.

Keff stöhnte leise im Schlaf. Carialle aktivierte die Kamera unmittelbar hinter seiner verschlossenen Tür, um kurz nachzusehen; dann schaltete sie die Beleuchtung herunter und ließ ihn in Frieden. Der Muskel lag mit dem Gesicht nach oben auf seiner Pritsche, einen Arm über Stirn und rechtes Auge gelegt. Er hatte die dünne Thermodecke heruntergeschoben, und nun lag sie keusch drapiert um seine Lenden und ein Bein, das gelegentlich zuckte. Auf dem Nachttisch lag ein Exemplar aus seiner kostbaren Kollektion echter Bücher aufgeschlagen mit dem Gesicht nach unten. Dieses Stilleben wäre eines Werks der Alten Meister der Erde würdig gewesen – Herkules, der sich von seinen Arbeiten ausruhte. Frustriert, weil ihm die Nahbegegnung mit dem weiblichen Geschlecht verwehrt geblieben war, hatte Keff sich zu seiner steifen Masse aus Sehnen trainiert. Seine Muskeln zahlten ihm den Mißbrauch heim, indem sie für einen unruhigen Schlaf sorgten. Wenn er sich zur nächsten Schicht von seinem Lager erhob, würde ihm jedes Gelenk weh tun, bis er die Steifheit durch Training wieder abgebaut hatte. Im Laufe der Jahre brauchte Keff zunehmend länger, um sich aufzulockern, doch er blieb trotzdem dabei und war stolz auf seine hervorragende körperliche Kondition.

Carialle hielt die Weichschalen für seltsam. Sie unterzogen sich gewaltiger Mühen, um ihren Körper aufzubauen, der dann mit einer ungeheuren Anstrengung weiterhin gewartet werden mußte, die in keinerlei Verhältnis zum langfristigen Ergebnis stand. Sie waren ja so schutzlos! Selbst der Streß körperlichen Trainings, den sie für gesund hielten, war für einige von ihnen schädlich. Sie strebten Ziele an, die schon nach wenigen Generationen wieder verblaßten, ohne daß eine Spur von ihnen zurückgeblieben wäre. Und doch setzten sie ihr ›Schaffen‹ fröhlich fort, in der Hoffnung, daß irgend etwas schon überleben würde, um von einer späteren Generation oder einer anderen Art gebührend bewundert zu werden.

Carialle empfand große Zuneigung für Keff. Sie wollte nicht, daß er Schmerzen litt oder Behinderung erfuhr. Er hatte wesentlich dazu beigetragen, ihr wieder zu einer nützlichen Existenz zu verhelfen, und wenn er auch nicht gerade Fanine war – wer war das schon? –, besaß er doch viele gewinnende Eigenschaften. Er hatte ihr den Lebenswillen zurückgegeben, um sie dann für sein eigenes Ziel zu gewinnen – eine Spezies zu entdecken, mit der die Menschheit frei kommunizieren könnte, um zu kulturellem und wissenschaftlichem Austausch zu gelangen, zu einer freien, offenen Gesellschaft. Sie machte sich Sorgen, daß seine kurze Lebensspanne und die noch viel kürzere Dauer ihres Vertrags mit dem Forschungsamt der Zentralwelten nicht genügen könnten, um das Ziel zu erreichen, das sie beide sich gesteckt hatten. Eines Tages würde sie es allein weiterverfolgen müssen. Aber was, wenn die Wesen, die sie suchten, gar nicht existieren sollten?

Schalenmenschen verfügten über ein gutes, aber nicht unfehlbares Gedächtnis, gemahnte sie sich. Würde sie sich in drei-, vierhundert Jahren wirklich noch an Keff erinnern können? Würde sie das überhaupt tun wollen, wenn die Erinnerung möglicherweise ebenso schmerzhaft wäre wie die bange Vorahnung jetzt. *Wenn ich sie finden sollte, nachdem du ... Na ja, dann werde ich wenigstens dafür sorgen, daß sie nach dir benannt werden,* schwor sie Keff stumm, während sie seinem leisen Atmen lauschte. Wenigstens soviel Unsterblichkeit konnte sie ihm bieten.

Gemessen an diesem hehren Ziel waren die Aliens, auf

die das CK-Team bisher gestoßen war, die reine Enttäuschung gewesen. Auch wenn sie für Tierverhaltensforscher und Xenobiologen von Interesse sein mochten, handelte es sich bei den Wichten und Greifen, den Hydae und den Nagern Ungewöhnlicher Größe, et cetera pp ad nauseam, doch immer nur um unintelligente Lebensformen.

Bis zum heutigen Tag hatte CK nur ein einziges Mal berechtigte Hoffnung hegen dürfen, eine ebenbürtige oder sogar überlegene Spezies zu entdecken. Das war vor fünf Jahren und vier Monaten gewesen, als sie die Funkübertragung einer Rasse abfingen, die sich außerordentlich zivilisiert und intelligent angehört hatte. Während Keff sich überschlagen hatte, um das IÜP auf die Wesen anzusetzen, hatten er und Carialle sich in höchste Erregung hineingesteigert, hatten geglaubt, daß sie nun endlich die Rasse aller Rassen gefunden hätten, mit denen sie Kultur und Technologie würden austauschen können. Doch sie machten schon bald die Entdeckung, daß die Bewohner von Jove II in einer Atmosphäre und einem Druck lebten, die es völlig unmöglich machten, sich physisch dort hinzubegeben. Also doch nur eine reine Brieffreundschaft. Die Zentralwelten mußten jede Interaktion mit diesen Säureatmern auf Funkkontakte beschränken. Das war zwar kein Totalverlust, aber doch auch nicht das Richtige. Kein *wirklicher Kontakt.*

Vielleicht würde es ja im Laufe *dieser* Mission in den Sektor R gelingen, etwas Lohnenswertes aufzuspüren, gewissermaßen das echte Gold, das auf dem Prüfamboß nicht zu Sand zerrieselte. Diese Hoffnung lockte sie immer weiter in den unerforschten Raum, fort aus der *bekannten* Galaxie, von der Kommunikation mit Freunden und anderen M&G-Schiffspartnerschaften. Carialle zog es vor, Keff gegenüber nie einzugestehen, daß sie es ebensosehr auf den Erstkontakt abgesehen hatte wie er selbst. Dabei ging es nicht nur um den intellektuellen und emotionalen Kitzel, das erste menschliche Team zu sein, das tatsächlich einmal etwas völlig Neues entdeckte; vielmehr hätten die Häscher danach weniger Gelegenheit, ihr auf den Leib zu rücken ... solange sie nur immer weiter und weiter suchte.

Für Schalenmenschen mit ihrem hochentwickelten Datenzugriff und ihrem superschnellen Gedächtnis existierte jede Erinnerung in der gleichen Frische, als wäre alles erst wenige Augenblicke zuvor geschehen. Das Vergessen bedurfte einer eigenen Anstrengung: der Entscheidung, ein Ereignis aus den eigenen Datenbanken zu löschen. In mancherlei Hinsicht war ein derartig hervorragendes Gedächtnis der reinste Fluch, zwang es Carialle doch dazu, die Ereignisse, die schließlich zu dem Unfall geführt hatten, immer wieder aufs neue zu analysieren. Und immer und immer wieder litt sie Qualen, wenn die gnadenlose und unaufhaltsame Ereigniskette sich in alter Kristallklarheit an die Oberfläche drängte – was während dieses lautlosen Flugs mehr als einmal geschah.

Vor sechzehn Jahren hatte sie im Auftrag des Kurierdienstes zusammen mit ihrem ersten Muskel, Fanine, insgeheim eine kleine Raumwerkstatt an der Peripherie des Zentralweltenraums aufgesucht. Raumfahrer, die dort haltgemacht hatten, hatten sich bei CenCom über Nepp beschwert. Riesige, manchmal ruinöse Summen für getätigte Käufe mit scheinbar makelloser elektronischer Dokumentation wurden den persönlichen Identifikationsnummern der Reisenden belastet, manchmal erst Monate, nachdem sie SSS-267 verlassen hatten. Diskret hatte Fanine Beweismaterial für ein kompliziertes System der Nötigung, Bestechung und des Wuchers gesammelt und damit CenComs Verdacht bestätigen können. Sie hatten eine Nachricht des Inhalts abgesetzt, daß sie über beweiskräftige Einzelheiten verfügten und damit zurückkehren wollten.

Nie hatten sie mit Sabotage gerechnet, dabei hätten sie doch von selbst darauf kommen müssen ... Carialle berichtigte sich selbst: *Sie* hätte darauf kommen müssen. Sie hätte genauer darauf achten müssen, was die Dockarbeiter bei der letzten Überprüfung anstellten, die sie ihr angedeihen ließen, bevor die CF-963 wieder startete. Carialle erinnerte sich noch genau daran, wie sich der in ihrem Tank ausbreitende Treibstoff angefühlt hatte: kalt, merkwürdig kalt, als wäre er in einem Vakuum gekühlt worden. Sie hätte diese Treibstoffladung verweigern können, hätte es auch tun sollen.

Auf dem Rückflug zu den Zentralwelten wurde der in der Masse aufgelöste Stoff vom restlichen Antriebsmittel in Latenz gehalten. Doch nach und nach hatten ihre Maschinen diesen Puffer verbraucht, bis sie schließlich auf die Verbindung am Boden ihrer Tanks zugegriffen hatten. Als schließlich mehr Sprengmittel als Treibstoff übrig gewesen war, hatte die Ladung ihre kritische Masse erreicht und sich entzündet.

Zwar hatten sich ihre Sensoren im Augenblick der Explosion sofort abgeschaltet, doch dieser Augenblick – 10:54:02.351 – war in ihr Gedächtnis eingebrannt. Das war der Augenblick gewesen, da Fanines Leben endete und Carialle in die Dunkelheit hinausgeschleudert worden war.

Als erstes wurde sie der bitteren Kälte gewahr. Ihre Innentemperatur hätte konstant bei 37° C liegen müssen, die Kabinentemperatur bei ungefähr 21°. Carialle sandte einen Impuls aus, um die Wärme zu regulieren, doch er verfehlte sein Ziel. Die motorischen Funktionen waren irgendwie von ihr abgetrennt, unmittelbar außerhalb ihrer Reichweite. Sie fühlte sich, als wären alle ihre Gliedmaßen – bei einem Gehirnschiff hieß das: alle Motorsynapsen – und, was am schlimmsten war, ihre Sehfähigkeit amputiert worden. Sie war blind und hilflos. Nahezu ihre gesamten externen Systeme waren dahin, wenn man von einigen wenigen Laut- und Hautsensoren absah. Geräuschlos hatte sie nach Fanine gerufen: ein Ruf, auf den sie nie Antwort erhalten sollte.

Am Anfang hatte der Schock die Angst noch gedämpft. Sie fühlte sich seltsam unbeteiligt, als würde ihr das alles gar nicht selbst widerfahren. Ungerührt ging sie durch, was sie *wußte*. Es hatte eine Explosion gegeben. Die Hülle war dabei beschädigt worden. Sie konnte nicht mit Fanine kommunizieren. Fanine war wahrscheinlich tot. Carialle verfügte über keine optische Wahrnehmungsapparatur mehr oder hatte keine Kontrolle mehr darüber, sollte diese Apparatur noch intakt sein. Die Unfähigkeit zu sehen war das Schlimmste daran. Wenn sie wenigstens sehen könnte, hätte sie die Lage einschätzen und zu einem objektiven Urteil gelangen können. Nährmittelzufuhr und Luftumwälzung funktionierten, also hatte die Notstromversorgung überlebt, als die Schiffssysteme abgeschnitten wurden, und sie verfügte noch über ihren Vorrat an chemischen Verbindungen und Enzymen.

Die oberste Priorität hatte das Notsignal. Als Carialle sich durch das beschädigte Netz ihrer Synapsen tastete, fand sie die Verbindung für den Notpeilstrahl. Ohne zu wissen, ob er noch funktionstüchtig war oder nicht, aktivierte Carialle ihn; dann richtete sie sich in ihrer neuen Situation ein, um darob nicht verrückt zu werden.

Sie fing damit an, die Stunden zu verfolgen, indem sie die Sekunden zählte. Ohne Uhr hatte sie keinerlei Möglichkeit festzustellen, wie genau ihre Zeitmessung war, doch es beschäftigte wenigstens einen Teil ihres Verstands mit betäubenden Zahlenkolonnen. Allzuschnell ging sie ihren Vorrat an Endorphinen und Serotonin durch. Binnen weniger Stunden war sie dazu gezwungen, auf Streßbewältigungstechniken zurückzugreifen, die einst einer unwilligen, sehr viel jüngeren Carialle von geduldigen Instrukteuren, die es besser wußten, beigebracht worden waren. Sie sang jedes Lied und jede Instrumentalkomposition, die sie kannte, rezitierte Gedichte vom Mittelalter der Erde an aufwärts, übersetzte Werke der Literatur aus einer Sprache in die andere, dichtete sie zu Versen um, vertonte sie, meditierte und brüllte im Innern ihres Schädels.

Das lag daran, daß sich der größte Teil von ihr am liebsten in der finstersten Ecke ihres Geists versteckt und vor sich hin gewimmert hätte. Sie kannte sämtliche Geschichten von den Gehirnen, die einer sensorischen Deprivation ausgeliefert worden waren. Geschichten von Hysterie und Wahnsinn gehörten zu den gängigen Schauermärchen, die sich junge Schalenkinder nachts in den Grundschulnischen erzählten. Sie hatten sich gegenseitig die Symptome heruntergebetet wie die Beschreibung einer fortschreitenden tödlichen Krankheit: Als erstes kam die Furcht, dann der Unglaube, schließlich die Verzweiflung. Verzweifelt auf Reize wartend, begannen die Gehirnsynapsen schließlich, willkürliche Nervenmuster abzufeuern, Halluzinationen, die der bewußte Verstand rational anzudeuten versuchte, bis das Gehirn schließlich unwiderruflich dem Wahnsinn verfiel. Carialle erschauerte, als sie sich daran erinnerte, wie die Kinder sich mit Überschallstimmen zuzuflüstern pflegten, die nur von den Computerüberwachungsanlagen aufgefangen werden konnten, daß man nach einer Weile damit beginnen würde, alle möglichen Dinge zu hören, sie sich einzubilden und sie zu fühlen – Dinge, die in Wirklichkeit gar nicht existierten.

Zu ihrem Entsetzen mußte sie feststellen, daß ihr all dies soeben selbst widerfuhr. Unfähig, etwas anderes zu sehen als das sich nicht veränderte Sternpanorama, ohne Geräusch- und Berührungswahrnehmung, mit versagenden Gedächtnisspeichern in der Dunkelheit erfrierend, spürte sie das Hämmern an ihrer Schale, vernahm Schwingungen in ihrem ganzen Körper. Irgend etwas berührte sie.

Plötzlich wußte sie, daß es nicht ihre Einbildungskraft war. Irgend jemand hatte nach wer weiß wie langer Zeit auf ihren Notruf reagiert und kam nun, um sie zu retten. Elektrisiert schickte Carialle auf sämtlichen Frequenzen Befehle über ihre Comlinks, sandte Schreie durch ihre Audioanlagen, hoffte inständig, daß man sie hören und verstehen möge.

»Ich bin hier! Ich bin am leben!« schrie sie auf allen Frequenzen. »Helft mir!«

Doch die Wesen draußen an ihrer Schale beachteten sie nicht. Ihre Bewegungen hörten nicht auf. Das emsige Kratzen setzte sich fort.

Carialles Verstand, der zuvor dem Wahnsinn gefährlich nahe entgegengedriftet war, konzentrierte sich nun auf diese alleinige Tatsache; sie versuchte zu überlegen, wie sie die Wesen auf der anderen Seite der Schalengrenze auf ihre Anwesenheit aufmerksam machen könnte. Sie spürte, wie ihrer Haut Stücke entrissen wurden, wie man Sensorenverbindungen durchtrennte, bis die Nervenenden qualvoll aufschrien, als sie abstarben. Zuerst glaubte sie, daß ihre ›Retter‹ sich durch eine verbrannte, zerstörte Hülle schnitten, um sie herauszuholen; dafür aber dauerte das Klopfen und Kratzen zu lange. Die Fremden schlachteten nur ihre Schale aus, während sie noch lebendig darin gefangen war! Das war der ultimative Frevel: Das Äquivalent einer Verstümmelung zur Gewinnung von Transplantationsorganen. Sie schrie und wand sich und versuchte, auf *sich selbst* aufmerksam zu machen, doch sie hörten ihr nicht zu, vernahmen sie nicht, hielten nicht inne.

Wer war das? Jeder Raumfahrer der Zentralwelten kannte das Emblem der Gehirnschiffe. Jeder Landbewohner hatte einmal die 3-D-Abbildungen der schützenden Titansäule zu Gesicht bekommen, die den Schalenmenschen umhüllte. Nicht darum zu wissen und den Versuch zu unternehmen, ihre Schale ungeachtet des Wohlergehens der darin enthaltenen Person zu öffnen, bedeutete, daß diese Wesen nicht aus den Zentralwelten oder einem mit diesen verbundenen System stammten. Aliens? Konnte es sein, daß ihre Angreifer aus einem extrazentralen System stammten?

Als sie gerade zu der Überzeugung gelangt war, daß die Plünderer im Begriff standen, die Zuleitungen zu ihren Ernährungs- und Lufterneuerungssystemen zu kappen, endete das Kratzen abrupt. So plötzlich, wie der Angriff begonnen hatte, war Carialle wieder allein. Da sie begriff, daß sie hart an der Grenze zum Wahnsinn stand, zwang sie sich, zu zählen, dachte dabei an die Gestalt jeder Zahl, schmeckte sie, tat so, als würde sie sie fühlen und vor sich herschieben, sobald sie die nächste Zahl schmeckte und zu fühlen vorgab, dann die übernächste, und so weiter, und so fort. Sie hatte gar nicht gewußt, wie unterschiedlich Zahlen doch waren: jede ein eigenständiges Individuum, das sich auf vielfältigste Weise von allen anderen unterschied.

3 625 583 Sekunden später bemerkte ein wachsamer Militärtransporter den Notpeilstrahl. Er nahm Carialles Schale in den Laderaum seines Fahrzeugs auf. Er tat, was er konnte, was bei einer Schalenperson der Ersten Hilfe entsprach – er stellte ihre Sehfähigkeit wieder her. Bis er Carialle zur nächstgelegenen Raumstation gebracht hatte, wo die Techniker ihr zu Hilfe eilten, war sie bereits von ihren eigenen Abfallstoffen durchsotten und konnte niemanden davon überzeugen, daß das, von dem sie so sicher war, daß es geschehen sein mußte – die Bergung und Ausplünderung ihrer Hülle durch Aliens – tatsächlich eine den wahren Vorgängen entsprechende Schilderung ihrer Erlebnisse darstellte. Es gab keinerlei Hinweis darauf, daß irgend etwas ihr Schiff nach dem Unfall angerührt hatte. Keiner der Schäden ließ sich auch nur theoretisch auf irgend etwas anderes als die Explosion und die Kollision mit umherwirbelndem Weltraummüll zurückführen. Man zeigte Carialle die verbogene Metallscherbe, die als einziges von ihrem lebenserhaltenden System übriggeblieben war. Gerettet hatte sie nur die Tatsache, daß ein Ende durch die Explosionshitze zugeschmolzen war. Auf Grund der hohen Abfallstoffkonzentration in ihrem System gelangte man zu dem Schluß, daß es sich bei Carialles merkwürdigem Erlebnis um eine Halluzination gehandelt haben mußte. Carialle allein wußte, daß es keine Einbildung gewesen war. Dort draußen war irgend jemand gewesen. Ganz bestimmt!

Die Kindermärchen erwiesen sich glücklicherweise als haltlos. Carialle hatte die Strapaze überstanden, ohne dem Wahnsinn zu verfallen, obwohl die Sache natürlich ihren Preis hatte, bevor sie wieder völlig hergestellt war. Noch lange Zeit danach hatte Carialle Angst vor der Dunkelheit und flehte förmlich darum, nicht allein gelassen zu werden. Dr. Dray Perez-Como, der ihre Hauptbehandlung überwachte, teilte ihr eine ganze Truppe von Freiwilligen zu, die rund um die Uhr bei ihr blieben und sicherstellten, daß ihre optischen Sensoren allesamt und jederzeit Licht auffangen konnten. In Alpträumen ging sie immer wieder die Bergungsoperation durch, vernahm die Geräusche, als ihr Körper in Stücke gerissen wurde, während sie hilflos in der Finsternis vor sich hinschrie. Mit aller Macht ihres gewaltigen Geistes und ihrer Willenskraft bekämpfte sie die Depression; doch ohne Ablenkung, ohne etwas, das ihr Wachbewußtsein beschäftigte, neigte sie ständig zu Tagträumen, sobald sie sich nicht richtig konzentrierte.

Einer der Therapeuten riet Carialle dazu, ihr die qualvollen ›Sichtungen‹, die um die Vorherrschaft über ihren Verstand kämpften, durch Malerei aufs neue zu erschaffen. So lernte sie, mit Pinseln zu hantieren, Farben zu mischen. Zu Anfang stürzte sie sich auf die dunkelsten verfügbaren Farben und verteilte sie so dicht auf der Leinwand, daß kein Zentimeter mehr ›hell‹ blieb. Doch nach und nach, mit zunehmendem Fortschritt der wohltuenden, fürsorglichen und liebevollen Therapie traten auch Einzelheiten hervor: zunächst nur skizzenhaft, ein Klecks aus dunklen Schatten vielleicht, oder ein Hauch von Gelb. Wie es der detailversessenen, sorgfältigen Art aller Schalenmenschen entsprach, wurde ihr Werk zunehmend plastischer; dann begann sie, mit Farbe, Charakter und Dimension zu experimentieren. Die Wirkung der Farbe begann Carialle selbst zu faszinieren, und so konzentrierte sie sich zunächst auf zarte Pastelltöne, die einer in den anderen übergingen, wobei sie manchmal nicht mehr als ein einziges feines Pinselhaar verwendete. In die technische Seite des Handwerks vertieft, machte sie die Entdeckung, daß ihr die Malerei wirklich gefiel. Zwar ließ sich damit die Tragödie, die sie durchlitten hatte, auch nicht wieder ungeschehen machen, doch bescherte sie ihr ein hervorragendes Ventil für ihre Ängste.

Als sie schließlich in der Lage war, sich eingehender mit der Vergangenheit zu befassen, fiel ihr als erstes der Mangel an Einzelheiten auf: Einzelheiten aus ihrere Ausbildungszeit; in frühen Jahren in der Hauptausbildungseinrichtung der Zentrale; der Ausbildung selbst wie auch der Fertigkeit und des Wissens, das sie einst besessen hatte. Sie mußte ihr Gedächtnis von Grund auf wieder aufbauen. Vieles war verlorengegangen. Sie hatte Vokabularteile der Sprachen eingebüßt, die sie einst fließend beherrschte, ebenso naturwissenschaftliche Daten einschließlich Formeln, Gleichungen, Navigationsparameter. Ironischerweise konnte sie sich dafür aber in großem Detailreichtum an den Unfall selbst erinnern, ja, viel lebhafter, als es ihrer Gemütsruhe gutgetan hätte. Obwohl sie sorgfältig alle fehlenden Einzelheiten über ihren ersten Muskel, Fanine, rekonstruierte – alle relevanten Tatsachen: wohin ihre Aufträge sie geführt hatten –, blieben diese doch nur nackte Fakten. Keine Erinnerung an gemeinsame Erlebnisse, Ängste, Sorgen, an Freude oder Zank waren noch übrig. Dieses Manko war erschütternd.

Gehirnschiffe pflegten durchaus den Verlust ihrer Muskel zu betrauern, selbst dann noch, wenn der Muskel lange genug überlebte, um sich in hohem Alter auf irgendeinem Planeten niederzulassen. Man erwartete von Carialle förmlich, daß sie trauerte, ja, man ermunterte sie regelrecht dazu. Doch sie empfand lediglich ein leises Bedauern darüber, als Überlebende aus einer Situation hervorgegangen zu sein, die einem anderen das Leben gekostet hat. Doch konnte sie sich nicht genau genug an Fanine oder ihre gemeinsame Beziehung erinnern, um echte Trauer zu empfinden. Hatten sie einander überhaupt gemocht? Carialle hörte sich die Dataeder mit ihrem Missionsberichten und Notizen an. Alles ließ sich auf die eine oder auf die andere Weise deuten. In den neun gemeinsamen Jahren hatte sie sich auf reine Meldungen ohne jeden persönlichen Bezug beschränkt, an den Cari sich hätte erinnern können.

Als beschäftigungstherapeutische Maßnahme übernahm Carialle einen Job, bei dem sie bei der CenCom eintreffende Funknachrichten verteilen mußte, eine Art aufgewertete Managementassistenz. Es war Routinearbeit, die gut zu bewältigen war, keiner großen Anstrengung oder intellektuellen Bemühung bedurfte. Ihr Vorzug lag darin, daß Carialle dadurch von Stimmen und Gesichtern umgeben war. Zwei Jahre nach ihrer Rettung war sie bereit für ihr nächstes Schiff und dankte Gott für die Pflichtversicherung. Sobald die letzte Synapse angeschlossen war und sie das Bewußtsein wiedererlangt hatte, empfand Carialle eine geradezu unglaubliche Beschwingtheit: Sie war wieder ganz und stark. So wie jetzt entsprach sie ihrer Bestimmung: fähig, den Weltraum zu durchfahren, verfügbar und begierig auf wichtige Aufträge. Ihre Bestimmung erschöpfte sich keineswegs darin, Funkmeldungen zu beantworten oder Gravitationstransporter durch Gänge voller Weichpersonen zu bugsieren.

Die Kosten für Bergung und medizinische Versorgung hatte zwar die CenCom übernommen, da Carialles letzte Mission als entsprechend gefährlich eingestuft worden war, doch die frischgebackene CX-963 erlitt einen tüchtigen Schock, als die Preissteigerungen für Schiffshüllen erfuhr. Ihre Versicherung deckte nur den Neupreis und nicht den Wiederbeschaffungspreis ab. Sie hatte zwar vorher schon eine vorläufige Kostenschätzung durchgeführt, dabei aber fälschlicherweise ihre ursprünglichen Erwerbsdaten zugrunde gelegt. Durch diese Differenz verflüchtigten sich ihre Ersparnisse so schnell wie ein Kohlenstoffmeteorit in der Atmosphäre. Nun könnte sie nicht mehr wählerisch sein, was Aufträge anging: Sie würde alles und jedes annehmen müssen, und zwar sofort, um ihre aufgetürmten Schulden begleichen zu können.

Gleichzeitig redeten ihre Ärzte und die CenCom auf sie ein, sich doch einen neuen Muskel zuzulegen. Aber nachdem sie ihren letzten auf solch spektakuläre Weise verloren hatte, zögerte Carialle, mit der Prozedur zu beginnen. Schließlich könnte ja auch ihre nächste Wahl durch sie den Tod finden. Einmal willigte sie ein, einen Mann zu empfangen, der mit den besten erdenklichen Empfehlungen kam, doch sie vermochte keine Beziehung zu ihm herzustellen, und auch er verschwand wieder in der kürzesten Zeit, die sich mit den Geboten der Höflichkeit vereinbaren ließ. Schließlich *mußte* sie doch nicht unbedingt einen Muskel haben, nicht wahr? Gehirnschiffe konnten auch Solomissionen übernehmen, ebenso wie zeitlich begrenzte Aufträge. Einen Auftrag dieser Art würde sie vielleicht annehmen. Ihre Ärzte und die CenCom versprachen, diese Möglichkeit einer Überprüfung zu unterziehen, und ließen sie wieder in Ruhe.

Obwohl es sonst nur selten so viele waren, befanden sich im Augenblick neun Gehirnschiffe auf der CenCom-Basis Regulus. Teilweise machten sie dort Stopp zwischen zwei Aufträgen oder ließen Wartungs- und Umrüstungsarbeiten durchführen. Carialle hatte durchaus Gelegenheit, mit den anderen Schalenmenschen zu reden. Sie hießen sie in ihren gemeinsamen Konferenzen willkommen. Carialle wußte, daß die andern von ihrer Geschichte Kenntnis hatten, doch hätte niemand das Thema von sich aus zur Sprache gebracht, wenn sie es nicht selbst getan hätte. Und sie tat es nicht. Dafür konnte sie der angenehmen, oft albernen und manchmal sogar brutal offenen Unterhaltung ihrer Artgenossen lauschen. Bei den in Wartung befindlichen Schiffen handelte es sich um fünf 800er-Modelle und zwei 700er mit solch herausragenden Karrieren, daß Carialle sich genierte, sie überhaupt anzusprechen. Das achte Schiff war mit den Vorbereitungen für eine lange Mission beschäftigt, und schließlich war da noch sie selbst. Wenn sie auf einem freien, öffentlich zugänglichen Kanal miteinander sprachen, neigten die Gehirnschiffe dazu, mit ihren derzeitigen Partnern zu prahlen: wie ihr Muskel dies oder jenes getan hatte, welche Leistungen er oder sie auf dem Gebiet des Sports, der Musik, des Spiels oder des Tanzes vollbrachte, oder wie töricht er in diesen oder jenen Dingen noch sein konnte – aber hatten sie nicht zusammen auch den Planeten B oder den Mond C entdeckt? War es ihnen nicht gemeinsam gelungen, Erregerhunde auf Kolonie X zu bringen und dadurch neunzig Prozent der Betroffenen vor einem schrecklichen Tod zu bewahren? Die 800er liebten es, über die albernen Mißverständnisse zu sprechen, die zwischen Hirn und Muskel auftreten konnten. Eine gewisse Wehmut überfiel Carialle: die Ahnung, was ihr, der Partnerlosen, alles entging.

Als FC-840 davon erzählte, daß sie eine Hypcthek auf ihre Hülle hatte aufnehmen müssen, um ihren Muskel aus den Fängen eines örtlichen Spielkasinos zu befreien, fiel Carialle erleichtert auf, daß sie mit Fanine niemals solche Schwierigkeiten gehabt hatte. Das war das erste Gefühl, wenn schon keine präzise Erinnerung, das wieder an die Oberfläche zurückkehrte: die Tatsache, daß sie Fanines gesunden Menschenverstand respektiert hatte. Nun kehrten auch weitere Erinnerungen wieder, zunächst noch sehr schleppend, doch alle von sehr beruhigendem Charakter – allesamt Hinweise darauf, daß sie und Fanine nicht nur Kollegen, sondern tatsächlich *Freundinnen* gewesen waren. Natürlich blieb es nicht aus, daß sich Carialle im Zuge dieses Prozesses zunehmend einsamer fühlte.

Als ihr dies klar geworden war, teilte sie CenCom mit, daß sie nun bereit sei, Muskelbewerber zu empfangen und gegebenenfalls eine neue Partnerschaft aufzubauen. Sofort wurde sie mit Bewerbungen schier überschüttet, als hätte alle Welt nur in den Startlöchern gehockt, um ihr Einverständnis abzuwarten. So begann sie sich zu fragen, inwieweit die Gespräche der anderen Hirnschiffe darauf abgestimmt gewesen waren, sie zu ebendieser Entscheidung zu bewegen. Schließlich hatten alle ein Auge auf sie behalten.

Der erste Tag der Vorstellungsgespräche mit prospektiven Partnern verlief hektisch und aufregend, ein wahrer Wirbelsturm des Umworbenwerdens. Carialle vermied es gezielt, mit irgendeiner Bewerberin zu sprechen, die eine physische Ähnlichkeit mit Fanine aufwies – einer hochgewachsenen, ziemlich unscheinbaren Brünette mit großen Händen und Füßen. Auch sprach sie mit niemandem von Fanines Heimatplaneten. Glücklicherweise waren nur wenige darunter, die sich schon aus diesem Grund disqualifizierten. Keiner aus dem ersten Schub, weder männlich noch weiblich, paßte genau in die Rolle, obwohl jeder der Bewerber Carialle auf mindestens eine weitere Eigenschaft aufmerksam werden ließ, die der in ihren Augen perfekte Muskel aufweisen sollte.

Keff war der erste Besucher am Morgen des zweiten Tags. Sein breites, fröhliches Gesicht und die volle Stimme sprachen Carialle sofort an. Keff schien unentwegt in Bewegung zu sein. Amüsiert verfolgte sie ihn, als er die Kabine erkundete und zu jeder bewunderungswürdigen Einzelheit seinen Kommentar abgab. Sie unterhielten sich über ihre Hobbys. Als er darauf bestand, seinen eigenen Trainingsraum mitzubringen, verfielen sie in einen albernen Streit über die Besessenheit der Weichschalen, was ihre körperliche Fitneß betraf. Anstatt jedoch wütend darüber zu werden, daß Keff ihre Souveränität auf ihrem eigenen Deck nicht anzuerkennen bereit war, ertappte Carialle sich dabei, wie sie lachte.

Doch selbst wenn Keff ein Argument durchzusetzen versuchte, blieb sein Verhalten durchaus gewinnend, und er war stets bereit, Carialle zuzuhören. So informierte sie die CenCom von ihrer Einwilligung, mit Keff einen Gehirn-Muskel-Vertrag einzugehen. Keff zog sofort an Bord ein, und mit ihm der Zankapfel seiner Gerätschaft.

Es war Carialle gleichgültig, in welchem Ausmaß CenCom die Angelegenheit manipuliert hatte. Schließlich verkuppelte die CenCom schon seit langer Zeit Muskel mit Gehirnen, so daß man dort inzwischen einige Erfahrung gesammelt haben dürfte. Keff und Carialle ergänzten einander auf vielen Gebieten. Sie hatten die gleiche Triebkraft, die gleiche Hoffnung und verfügten auch über die gleiche Intelligenz. Schon während des Vorstellungsgesprächs war es Keff gelungen, in Carialle jenen Humor wiederzuerwecken, dessen Neubelebung sie für äußerst unwahrscheinlich gehalten hatte.

Schon nach wenigen Tagen, als beide noch immer auf ihren ersten Auftrag warteten, erschien es Carialle, als hätte sie nie einen anderen Partner als Keff gehabt. Wenn er davon sprach, daß sie fast ihre gesamte Zeit miteinander verbringen würden, galt das für Carialle gleich doppelt. Zwar verfolgte jeder von ihnen auch seine privaten Gedanken und Interessen, doch taten sie ihr Bestes, um stets zusammenzuarbeiten. So erschien ihr Keff wie die ergänzende Hälfte ihrer eigenen Seele.

Trotz ihres jüngsten Traumas war Carialle eine sehr gut angepaßte Schalenperson, wie schon ihre Genesung bewiesen hatte. Sie war stolz auf ihre überragenden Fähigkeiten, die es ihr ermöglichten, zahlreiche Tätigkeiten gleichzeitig zu bewältigen. Für schalenlose Menschen empfand sie Bedauern. Die erweiterten Funktionen, die jeder Schalenperson zur Verfügung standen, ganz besonders aber einem Gehirnschiff, lagen ja so weit jenseits aller Perspektiven ›normaler‹ Menschen! Sie betrachtete es als Glück, unter Umständen zur Welt gekommen zu sein, die zu ihrer Verschalung geführt hatten.

Jahrhunderte zuvor hatten Wissenschaftler sich darum bemüht, Möglichkeiten zu entwickeln, Kinder zu rehabilitieren, die zwar von normaler Intelligenz waren, deren physische Körper aber lebensuntauglich und nutzlos blieben. Durch Verbindung der Gehirnsynapsen mit speziellen Vernetzungspunkten konnte ein intelligentes Kind eine Schale mit ausfahrbaren Pseudopodien manipulieren, was es ihm gestattete, sich umherzubewegen, Werkzeuge zu gebrauchen oder an Tastaturen zu arbeiten. Die Weiterführung dieses Grundprinzips brachte die ersten Raumschiffe hervor, die ausschließlich von verschalten Menschen gesteuert wurden. Andere ›Schalenmenschen‹, die für Multiplextätigkeiten ausgebildet worden waren, leiteten komplizierte Industrieanlagen, Raumstationen oder Städte. Sobald ein Säugling für eine Karriere als Schalenperson angenommen wurde, wurde er auch darauf konditioniert, dieses Leben dem der Weichschalen mit ihren so eng begrenzten Fähigkeiten und Lebensspannen vorzuziehen.

Eines der berühmtesten Gehirnschiffe, die HN-832 oder Helva-Niall, hatte den Spitznamen ›das Schiff, das singt‹ erhalten, nachdem es sich dem Hobby zugewendet hatte, Mehrstimmigkeit zu entwickeln. Obwohl Helva nur selten in der engeren Umgebung CenComs andockte, waren die Abenteuer doch allen jungen Schalenmenschen eine Inspiration. Carialle war zwar zutiefst enttäuscht gewesen, als sie feststellen mußte, daß sie selbst über ein allenfalls mittelmäßiges musikalisches Talent verfügte; doch immerhin hatte man sie dazu ermuntert, sich ein anderes schöpferisches Ventil zu suchen. Es hatte erst einer Katastrophe bedurft, bis Carialle erkannte, daß es die Malerei war, die ihr am meisten lag.

Im Alter von drei Monaten in eine Schale integriert und danach überwiegend von KI-Programmen und anderen Schalenmenschen unterrichtet, betrachtete Carialle sich selbst nicht als gewöhnlichen Menschen. Sie verfügte zwar über Bilder von ihrer Familie und fand, daß sie wie nette Leute aussahen, fühlte sich ihnen aber doch zutiefst fremd.

Nachdem Carialle über die ›schwarze‹ Periode ihrer Malerei hinausgelangt war, hatten ihre Therapeuten sie gebeten, ein Selbstporträt zu malen. Es war eine stümperhafte Arbeit, denn sie wußte ja, daß man von ihr ein ›menschliches‹ Bild haben wollte, während Carialle selbst sich als Schiff empfand – und genau das produzierte sie schließlich auch: den kegelförmig zulaufenden Bug des anmutigen und detailgenau wiedergegebenen Raumschiffs, eingerahmt in einen ovalen Fleck mit Markierungen, die man mit Müh und Not als ›Gesichtszüge‹ hätte durchgehen lassen, ebenso wie die blonden Locken, die sich um einige gewöhnliche Schiffssensoren schmiegten. Ihre Schwester hatte langes blondes Haar gehabt.

Nach langen Konferenzen entschieden Dr. Dray und sein Mitarbeiterstab, daß es sich dabei durchaus um ein gültiges, ernst zu nehmendes Selbstbildnis handelte und gar nicht einmal um ein schlechtes: Tatsächlich verschmolz es ja Wahrheit (das Schiff) mit Dichtung (Carialles Gesichtszüge). Inzwischen gebe es genügend Schalenmenschen, bemerkte Dr. Dray, so daß man eigentlich damit hätte rechnen müssen, daß sie sich selbst einmal als eigenständige Spezies betrachten würden. Tatsächlich beweise Carialle damit sogar eine äußerst gesunde Schalenmenschenselbstbewußtheit, indem sie sich nicht mit einem perfekten Menschenkörper darstellte, etwas, das sie nie besessen hatte und auch nie besitzen würde.

Simeons Geschenk an Carialle war besonders gut gewählt: Sie hatte sehr viel für Katzen mit ihren pelzigen Gesichtern und ausdrucksstarken Schwänzen übrig und genoß immer dann die Bandaufzeichnungen ihres sehnigen Spiels, wenn sie sich ein wenig Entspannung gönnte. Sie unterteilte die Weichschalen in zwei eigenständige und interessante Arten, von denen einige Vertreter ihr anziehender erschienen als andere.

Für einen Menschen, so fand sie, sah Keff doch recht gut aus. In weniger hektischen Situationen hatten seine jungenhaften Locken und das Funkeln in den tiefliegenden blauen Augen ihm schon manche Eroberung eingetragen. Carialle wußte zwar intelektuell, daß er gut aussah und begehrenswert war, doch hegte sie ihm, wie auch allen anderen Menschen gegenüber, keinerlei sinnliche Gefühle. Im Vergleich zu einigen Aliens, denen sie begegnet war, erschienen ihr Menschen, die Männer ebenso wie die Frauen, doch als ziemlich schlecht konstruiert. Wenn der Mensch tatsächlich die Krone der Schöpfung darstellen sollte, dann mußte diese Schöpfung ziemlich viel Humor besitzen.

Wenn versehrte Erwachsene ihre abhanden gekommenen Gliedmaßen oder Sinnesorgane zwar schon immer durch Prothesen ersetzt hatten, ging die Firma Moto-Prothesen mit ihren Produkten doch weit darüber hinaus, indem sie den Behinderten dermaßen hochentwickelte Funktionen ermöglichte, daß keinerlei ›körperliche‹ Behinderung mehr zurückblieb. Das bedeutete für Schalenmenschen, daß sie voll funktionsfähige Alternativkörper ›bewohnen‹ konnten, in denen es ihnen möglich war, das gesamte Spektrum menschlicher Erfahrungen aus erster Hand kennenzulernen. Damit wurden zugleich mancherlei Vorstellungen von Einschränkungen oder Behinderungen ins technologische Altertum verbannt. Seit Keff zum erstenmal von den Körpern gehört hatte, die die Firma Moto-Prothesen den Gehirnen zur Verfügung stellte, piesackte er Carialle, sie solle sich doch auch einen bestellen. Sie vermied es, seinen Vorschlag geradeheraus abzulehnen, weil sie Keff schätzte und

Respekt für seine Meinung hegte, daß sie Gelegenheit haben sollte, das Leben außerhalb ihrer Schale zu genießen und sich mit ihm an seinen Projekten zu beteiligen, wie sie es in verschalter Form niemals hätte tun können. Doch sie betrachtete die ganze Idee in Wirklichkeit als schrecklich abstoßend. Hätten die Moto-Prothesen bereits vor ihrem Unfall zur Verfügung gestanden, hätte Carialle sich vielleicht dafür erwärmen können. Doch die Sicherheit, die Schale zu verlassen – na ja, sie zwar nicht wirklich zu verlassen, aber immerhin diesen Eindruck zu erwecken –, um sich der Verletzbarkeit auszuliefern ... Obwohl Keff darauf beharrte, sich doch endlich einmal die Grafiken und Handbücher vorzunehmen, aus denen eindeutig hervorgehe, wie belastbar und flexibel die M-P-Körper tatsächlich seien. Dies alles war kein Thema für sie. Und sie war sich auch noch nicht völlig darüber im klaren, weshalb Keff der Meinung war, daß sie wie andere Menschen sein sollte, die oft so tolpatschig wirkten, reichlich empfindlich und ganz unverkennbar verletzlich.

Sie startete Simeons Geschenkband, um diesen unproduktiven und ein wenig beunruhigenden Gedankengang zu unterbrechen. Obwohl Carialle eine Bibliothek besaß, in der sich Bandaufnahmen von sämtlichen Tier- und Vogelarten befanden, die jemals entdeckt wurden, genoß sie die Armut der Katzen doch am meisten, die geschmeidige Sehnigkeit ihrer Muskulatur. Dieses Dataeder zeigte als erstes eine riesige gefleckte Katze, die gerade vorwärts schlich, eine einzige fließende Bewegung in der Zeit, Kopf und Rücken geduckt und außer Sichtweite, als bewegte sie sich dicht unter einem dicken Brett. Die Schafe mit den Stoßhörnern auf der gegenüberliegenden Seite des Unterholzes konnten sie nicht sehen. Bewundernd beobachtete Carialle, wie die Katze zuckte, ihren Körper zusammenzog, lossprang und sofort blitzschnell auf ihre Beute zujagte. Carialle fror das Bild ein und spulte es ein Stück zurück bis zu dem Augenblick, da die herrliche Kreatur losjagte. Sie bewunderte die anmutige Bogenlinie ihres Rückens, das Strecken der Vorderglieder, die Sprungfederkraft der Hinterläufe. Carialle überlegte sich die Komposition des Bilds, das sie malen würde: das fliehende Schaf, mit seinem törichten Gesichtsausdruck, den weit aufgerissenen Augen und den abgespreizten Beinen, eingefroren vor der hinter ihm lauernden, herrlichen, seidigen Gefahr.

Während Carialle das Bild konzipierte, führte sie gleichzeitig Gravitationsanalysen durch, berechnete die wahrscheinliche Strahlungswirkung einer goldgelben Sonne, die Position eines Lichtpunkts, der sehr wahrscheinlich einen Planeten darstellte, sowie ein weiteres Computermodell, während sie beiläufig auch mit sich selbst Wetten darüber abschloß, ob es ihnen gelingen würde, eine fremde Rasse zu entdecken und wie diese wohl aussehen mochte.

KAPITEL 3

Keff ignorierte die spitzen Zweige, die sich in den Bauch seines Planetenanzugs bohrten, während er zappelnd vorwärts kroch, um einen besseren Blick zu bekommen. Jenseits des dünnen Schutzschirms der dornbelaubten Sträucher war das schiere Wunder zu sehen. Er traute seinen Augen nicht so recht. Sich seinem Ziel weiter zu nähern, könnte und würde nichts an dem ändern, was er schon aus der Ferne wahrzunehmen vermochte, es sei denn, daß hier irgend jemand mit optischen Täuschungen spielte – dennoch kroch er unter Schmerzen Zentimeter um Zentimeter weiter. Keine hundert Meter entfernt hackte ein Arbeitstrupp auf den harten Ackerboden ein und holte Wurzelfrüchte daraus hervor: zweibeinige, bilateral symmetrische Wesen, geschlechtlich heterogen, offenbar den Säugetieren zuzuordnen und mit einer überragenden Schädelentwicklung. Abgesehen von dem leichten Pelz, der bis auf Lippen, Handflächen, Fußsohlen, kleine Ringe unter den Augen und möglicherweise einige andere Körperstellen, die Keff unter der schlichten Bekleidung nicht ausmachen konnte, hatten sie eine erstaunliche Ähnlichkeit mit Menschen. Mit zottigen Menschen.

»Perfekt!« hauchte er in sein Mikrofon, und das nicht zum erstenmal, seit er damit begonnen hatte, Carialle mit Informationen zu versorgen. »Sie sind in jeder Hinsicht perfekt.«

»Menschen-Chauvi!« ertönte Carialles leise Stimme in dem Schädelimplantat hinter seinem Ohr. »Nur weil sie die Gestalt des Homo sapiens aufweisen, sind sie noch nicht perfekter als andere intelligente Humanoide oder menschenähnliche Rassen, denen wir schon begegnet sind.«

»Ja, aber denk doch mal darüber nach«, wandte Keff ein, während er ein weibliches Exemplar beobachtete, dessen Brüste schwer von Milch waren und das bei der Arbeit ihren Nachwuchs in einer Schlinge am Rücken trug. »Sie sind uns so *unglaublich* ähnlich!«

»Du sprichst wohl über dich selbst«, meinte Carialle etwas verschnupft.

»Na ja, sie sehen doch fast genauso aus wie Menschen.«

»Bis auf den Pelz und die Hundegesichter.«

»So hundeähnlich sind ihre Gesichter gar nicht«, protestierte Keff, doch wie immer hatte Carialles Künstlerauge die Ähnlichkeit sofort erkannt und auf den Punkt gebracht. Es war die mähnenartige Haarkrause, welche die Gesichter der ausgereiften Erwachsenen einrahmte, die Keff in die Irre geführt hatte. »Eine leise Andeutung des Hündischen, aber nicht viel stärker als die Schweinsähnlichkeit der letzten Gruppe. Ich glaube, wir haben endlich unseren Gral gefunden, Cari.«

Ein kalter Windstoß fuhr durch das Strauchwerk und ließ die bloßen Stoffalten am Rücken von Keffs Anzug flattern. Seine Ohren, Nase und Finger waren durchgefroren und wurden langsam steif, doch in seinem Entzücken über den Gegenstand seiner Forschung ignorierte er die Unbehaglichkeit nur zu gern. Auf RNJ-599-B-V waren sie tatsächlich auf eine Goldader gestoßen! Obwohl es noch sehr lange dauern würde, bis die Wesen, die er dort gerade beobachtete, ihnen im Weltall als Ebenbürtige gegenübertreten würden.

Während sie sich dem Planeten näherten, hatte Carialle die üblichen Erkundungsgeräte und Forschungsapparaturen aktiviert, um sich schon vorab einen Eindruck von Geographie und Geländebeschaffenheit machen zu können.

Der Hauptkontinent befand sich auf der nördlichen Halbkugel des Planeten. Bis auf die Polareiskappe wurde er von einem riesigen, hohen Gebirgszug, nicht unähnlich den

Alpen im Europa der alten Erde, in vier Gebiete unterteilt. Wie die vier kleinen Gebirgszüge in jedem der Quadranten, hatte auch hier in früheren Zeiten vulkanische Tätigkeiten geherrscht, doch keiner der Steinkegel schien heute noch aktiv zu sein.

Das Team befand sich schon seit einigen Tagen auf dem Planeten, wo es diese und andere Gruppen von Einheimischen aus verschiedensten Perspektiven beobachtete. Carialle parkte in einer Senke im östlichen Quadranten, vier Kilometer von Keffs gegenwärtigem Standort entfernt, für jeden Fußgänger unsichtbar. Es sei ein recht brauchbares Versteck, hatte Carialle erklärt, weil sie beim Anflug keinerlei Hinweise auf Radar- oder ähnliche Ortungstechnologien entdeckt hatten. Zwar ließen gelegentliche Energieschwankungen die Anzeigenadeln auf Carialles Meßgeräten zukken, aber da die Schwankungen in willkürlicher Folge aufzutreten schienen, war es durchaus *möglich,* daß es sich dabei nur um natürliche Schwankungen im Magnetfeld des Planeten handelte. Doch Carialle blieb skeptisch, da die Energiestöße kräftiger waren, als es ein Magnetfeld hätte erwarten lassen; und weil sie so diffus und nur von kurzer Dauer zu sein schienen, fiel es ihr schwer, das Phänomen auf mehr als fünf Planetenbogengraden genau zu lokalisieren. Ihre professionelle Neugier war geweckt, und sie war entschlossen, eine logische Erklärung für diese Erscheinung zu suchen.

Keff war stärker von dem Anblick eingenommen, der sich ihm bot – seine wundervollen Aliens nämlich. Er studierte das Werkzeug, mit dem das ihm am nächsten stehende männliche Exemplar gerade den Boden bearbeitete. Der schwere Metallkopf aus schlackehaltiger Eisen-Kupfer-Legierung war mühsam an zwei Stellen durchbohrt worden, wo er mit Stiften oder Nägeln an dem flachen, anderthalb Meter langen Griff befestigt war. Darüber hinaus war das Metall mit Sehnen oder Zwirn umwickelt, um ganz sicherzugehen, daß der Arbeiter den Kopf der Hacke nicht beim Schwungnehmen verlor. Keff preßte die Augenlider zusammen, um damit die Telefoto-Funktion seiner Kontaktlinsen zu aktivieren, und sah noch genauer hin. Die Werkzeuge waren zwar von primitiver Ausführung, dafür aber durchaus raffiniert und für ihren Zweck optimal konstruiert. Doch schien es noch keine Reparaturtechnologie zu geben: Der Ackerrand war mit weggeworfenen, zerbrochenen Geräten übersät. Dieses Volk mochte zwar bereits die Metallschmelze entwickelt haben, das Schweißen aber überstieg noch seine Fertigkeiten. Immerhin hatten sie sich bereits von Sammlern und Jägern zu Ackerbau und Viehzucht weiterentwickelt. Am Rande des Felds und von dem mannshohen Höhleneingang waren kleine, aber gutgepflegte Blumen- und Kräutergärten zu erkennen.

»Ihre Entwicklungsstufe scheint der Bronze- oder der frühen Eisenzeit zu entsprechen«, murmelte Keff. »Aus anthropologischer Sicht wäre dies die perfekte Spezies für eine Langzeitbeobachtung, um festzustellen, ob sich diese Gesellschaft ähnlich entwickelt wie die der Menschheit.« Er teilte das Unterholz, hielt sich dabei aber ein gutes Stück von der Lauböffnung fern. »Bis auf die Tatsache, daß sie an jeder Hand nur drei Finger und einen Daumen besitzen, verfügen sie über die geeigneten Extremitäten, um eine hochstehende Technologie zu entwickeln.«

»Diese Einschätzung entspricht durchaus den regierungsamtlichen Vorgaben«, meinte Carialle anerkennend. »Ich sehe allerdings nicht ein, weshalb das Fehlen eines Fingers ihrer Fähigkeit Abbruch tun sollte, auch komplizierte Werkzeuge zu entwickeln. Schließlich benutzen sie ja bereits einige davon.«

»Es wäre für mich eine größere Enttäuschung, wenn sie keinen Daumen besäßen«, sagte Keff. »Eine neue Humanoidenart! Über die kann ich einen Forschungsbericht verfassen.« Mit wachsender Begeisterung ging auch Keffs Atmung schneller. »Eine Parallelentwicklung zum Homo sapiens terraneum? Eine eigenständige Evolution abseits jener der irdischen Menschheit?«

»Da ist es doch sehr viel wahrscheinlicher, daß sie hier vor Tausenden von Jahren befruchtet wurden«, schlug Carialle vor, wohl wissend, daß sie Keffs Begeisterung dämpfen mußte, bevor sie aus dem Ruder lief. »Vielleicht eine vergessene Kolonie?«

»Aber die physischen Unterschiede würden ganze Äonen brauchen, um sich zu entwickeln«, wandte Keff ein. Die Wahrscheinlichkeit einer Parallelentwicklung war zwar verschwindend gering, doch die Vorstellung, möglicherweise auf einen unbekannten Vetter ihrer eigenen Rasse gestoßen zu sein, reizte ihn sehr. »Wissenschaftlich gesehen müssen wir das natürlich in Betracht ziehen, vor allem angesichts der Vielzahl kolonialer Expeditionen, die nie eine sichere Landung gemeldet haben.«

»Ja, diesen Aspekt sollten wir in der Tat ernsthaft berücksichtigen«, erwiderte Carialle, doch sie tat es ohne Sarkasmus.

Indem er seine Kieferlade vorstreckte, steigerte Keff die Reichweite seines Distanzmikrofons, um den Einheimischen zu lauschen, wie sie einander anriefen. Alle Bewohner dieses Orts waren mit der Wurzelernte beschäftigt. Falls es überhaupt irgendeine formalisierte Schulausbildung für die Kleinen gab, mußte sie für die Dauer des Einbringens der Ernte zurückgestellt worden sein. Wie es für Ackerbaukulturen typisch, drehte sich das ganze Leben um die Früchtefolge. Auf den weiten Feldern befanden sich Humanoide aller Altersklassen und Körpergrößen, die dort die Wurzeln ausgruben. Sie schienen in Gruppen von acht bis zehn Personen eingeteilt zu sein, die jeweils unter Aufsicht eines männlichen oder weiblichen Anführers standen, welche wiederum zusammen mit den Gruppenmitgliedern Feldarbeit leisteten. Es waren keine Aufseher zu beobachten; offensichtlich schien also jeder seine Aufgabe zu kennen, zu beherrschen und auch zu erfüllen. Wer langsam arbeitete, wurde durch wütende Blicke und Gruppendruck angespornt. Keff fragte sich, ob die Arbeiter wohl nach ihren Fertigkeiten ausgesucht worden waren oder ob die Arbeitseinteilung auf Erbfolge oder den Pflanzungsreihen der Familienclans beruhte.

Weitab von den Arbeitstrupps, wo sie niemanden stören konnten, paßten kleine Kinder auf Säuglinge auf, wobei sie sich so dicht wie möglich in der Nähe eines niedrigen Höhleneingangs hielten, an dem Carialle Wärmespuren wahrgenommen hatte, was darauf hinwies, daß der Eingang zu ihrer Behausung führte. Es leuchtete durchaus ein, daß die Einheimischen unterirdisch lebten, wo die konstante Temperatur ungefähr vierzehn Grad betrug, also wärmer war als an der Oberfläche. Eine solche Unterkunft wäre leicht zu heizen, wobei das Erdreich selbst als Isolation diente. Nur den Hunger hätte Keff in dieser Kälte Tag um Tag nach draußen treiben können, um dort Ackerbau zu betreiben oder zu jagen.

Hätte Keff einen Planeten entwerfen müssen, der von Subsistenzwirtschaft abhing, er hätte es nicht besser machen können. Die Tage waren zwar lang, doch zwischen Sonnenaufgang und Sonnenuntergang gab es keinerlei Temperaturschwankungen. Nur die zählebigsten Menschen würden diese Verhältnisse überleben und sich fortpflanzen können; gleiches galt für die Pflanzen. Darüber hinaus war es bestimmt kein leichtes, in diesem steinigen Boden Feldfrüchte anzubauen. Keff nahm eine Prise davon und zerrieb es zwischen Zeigefinger und Daumen.

»Hohe Konzentration von Silikatlehm in diesem Boden«, meldete Carialle, als sie es bemerkte. »Sehr schweres Erdreich, sowohl für den Bauern als auch für die Pflanze.«

»Könnte mehr Sand und Dünger gebrauchen«, ergänzte Keff. »Und Wasser. Wenn wir uns erst einmal kennengelernt haben, können wir ihnen Bewässerungs- und Bodenverbesserungsmethoden vorschlagen. Siehst du die flache, pfannenähnliche Mulde oben am Kopf des Ackers? Dort gießen sie das Wasser hinein, das sie zu Fuß den Berg hinauf befördern.« Eine Reihe grobschlächtiger Fässer, die dichtgedrängt am Hang standen, unterstützte seine Theorie.

Neben den Grabenden lagen beachtliche Haufen erdreichverschmierter Wurzeln unterschiedlichster Länge, Form und Farbe, während das Fell der Arbeiter schnell den stumpfbraunen Ton des Bodens annahm.

»Es ist unglaublich, was für Erträge die dort herausholen«, bemerkte Keff. »Denen muß die Agrarwissenschaft förmlich mit dem Holzhammer eingebleut worden sein.«

»Eine Überlebensfrage«, warf Carialle ein. »Stell dir nur einmal vor, was die erst mit gedüngtem Boden und stetem Regen hätten erreichen könnten. Die Atmosphäre besitzt eine Luftfeuchtigkeit von weniger als acht Prozent. Seltsam, wenn man sich überlegt, daß zwischen dem Meer und dem Gebirgszug dauernde Landwinde herrschen. Eigentlich müßte es hier jede Menge Regen geben, und eine *derart* mühselige Plackerei dürfte auch nicht erforderlich sein.«

Unter Anleitung eines männlichen Exemplars in den mittleren Jahren, dessen Fell eine hellbraune Färbung aufwies, arbeiteten Jugendliche neben den Grabenden und warfen die Wurzeln auf am Boden liegenden Tüchern zu Haufen zusammen, welche von zottigen, sechsbeinigen Lasttieren gezogen wurden, die die Reihen entlangschritten. War eines der Tücher voll, führte man das Tier davon und ersetzte es durch das nächste.

»Und welcher Schritt folgt nun in der Produktionskette?« fragte Keff und veränderte leicht seine Lage, um besser sehen zu können.

Die Frau führte das Tier zu einem aus faustgroßen Steinen markierten Quadrat, wobei sie dafür sorgte, daß nichts herunterfiel, während sie es über die Feldgrenze leitete. Im Karree angekommen, löste sie das Schlepptuch, um das Tier wenden zu lassen und zum Feld zurückzuführen, neben dem weitere gefaltete Tücher abholbereit aufgestapelt lagen.

»Aber wenn sie in der Höhle dort drüben leben«, fragte Keff verwundert, »weshalb bringen sie die Lebensmittel dann dort hinten hin?«

»Vielleicht müssen die Wurzeln erst getrocknet werden, bevor man sie ohne Fäulnisgefahr einlagern kann«, meinte Carialle. »Vielleicht stinken sie aber auch. Das kannst du ja feststellen, wenn wir Kontakt aufnehmen. Hier, Besucher, essen Wurzeln. Mächtig gut!«

»Nein, danke«, versetzte Keff.

Das sechsbeinige Zugtier wartete geduldig, während die junge Frau ein frisches Schlepptuch an seinem Geschirr befestigte. Bis auf die sechs Beine und einen doppelten Rükkenhocker auf dem zusätzlichen Schulterhüftenpaar glich das Tier flüchtig einem terranischen Ackergaul. Unter den Schichten aus braunem Staub war sein Fell dicht und flauschig: ein guter Schutz gegen den kalten Wind. Einige der von den Eingeborenen verwendeten Kleidungsstücke und Werkzeugtaschen waren zweifellos aus dem Leder dieser Tiere gefertigt. Neugierig ließ Keff den Blick auf die Füße der Kreatur schweifen. Überhaupt nicht hufähnlich: Jeder Fuß besaß drei Stummelzehen mit stumpfen Krallen und einer dicken Sohle, die steinhart aussah. Das Lasttier hatte stets denselben seelenruhigen Gang, ob das Schlepptuch hinter ihm voll beladen war oder nicht.

»Kräftig«, meinte Keff. »Ich wette, daß einer von diesen Sechsfüßlern dich den Hügel hinaufschleppen könnte.«

Carialle schnaubte. »Das möchte ich sehen!«

Die Anführer gaben mit Handzeichen Befehle, um die Arbeiter zu neuen Reihen zu führen. Die Arbeiter wiederum plauderten miteinander und stießen fröhliche Rufe aus, während sie die Wurzeln schälten und auf den Boden schlugen, um etwas von dem daran haftenden Erdreich zu entfernen. Carialle konnte das Xeno-Amt vor Begeisterung förmlich schnattern hören, wenn man dort erst einmal die Dataeder auswertete, die sie gerade zu diesem Zweck aufnahm.

»Seltsam«, bemerkte Keff nach einer Weile. »Ich habe das Gefühl, als müßte ich verstehen, was sie sagen. Ihr Sprechtempo gleicht dem des Standard. Sie haben auch Kadenzen, aber maßvoll, nicht zu schnell, und die Sprache ist auch nicht so inflektiert wie beispielsweise das Asiatische der alten Terra.«

Eine dichtbepelzte Mutter rief ihrem mit einer Handvoll anderer nackter Kinder in einer staubigen Erdmulde spielenden Sprößling etwas zu. Er ignorierte sie und fuhr mit seinem Spiel fort, eine ernste Angelegenheit, bei der es darum ging, Steine in einer bestimmten Reihenfolge auszulegen.

Die Mutter rief das Kind erneut an. Ihre Stimme hob sich und klang zunehmend verärgert. Als das Kind sich umdrehte, um nachzusehen, wiederholte sie ihren Befehl und unterstrich die Worte mit einer Spiralbewegung der rechten Hand. Die Augen des Kindes weiteten sich erschrocken. Sofort sprang es auf und kam zur Mutter hinübergerannt. Nachdem es wegen seines Ungehorsams einen Klaps auf den Hintern bekommen hatte, lauschte das Kind den Anweisungen; dann lief es davon, vorbei am Höhleneingang und um den Hügelhang herum.

»Wirklich *sehr* interessant«, kommentierte Keff. »Gesagt hat sie überhaupt nichts anderes; aber als sie diese Handgeste machte, hat das Kind ihr wirklich zugehört. Die müssen irgendwann ein somatisches Element in ihre Sprache eingeführt haben.«

»Oder es verhält sich genau anderesherum«, schlug Carialle vor, während sie sich auf die Geste konzentrierte und sie mit höchster Vergrößerungsstufe noch einmal abspielte. »Woher willst du wissen, daß die Handzeichen nicht als erstes da waren?«

»Das müßte ich erst eingehender studieren«, erwiderte Keff ernst, »aber rein spekulativ würde ich deshalb davon ausgehen, weil allgemeine Alltagssymbole meistens mit verbalen Phrasen abgehandelt werden. Deshalb kamen die Handzeichen höchstwahrscheinlich erst später. Ich frage mich nur, weshalb es sich auf diese Weise entwickelt hat.«

»Könnte vielleicht ein gewisser Prozentsatz dieser Wesen schwerhörig oder taub sein?«

»Nicht bei einer Sprache von derart ausgeprägter Kadenz und Rhythmik«, verneinte Keff. »Ich bezweifle, daß ein Ackerbauer dieser Stufe das Lippenlesen entwickeln würde. Hm. Ich könnte es auch mit der sächsisch-normannischen Verdrängung auf der alten Erde vergleichen. Vielleicht wurden sie von einem anderen Stamm erobert, der zur Kommunikation hauptsächlich Zeichensprache verwendete. Möglicherweise entspringen die Zeichen aber auch ihrem religiösen Leben, so daß Mama ihren Sohnemann vielleicht ermahnt hat, daß der liebe Gott sehr unglücklich sein würde, wenn er sich nicht sofort sputet.«

»Bäh! Erpressung mit dem Unsichtbaren.«

Keff tätschelte die ferngesteuerte IÜP-Einheit, die fast direkt unter seinem Kinn saß. »Ich möchte mit einigen von diesen Leuten reden und mal feststellen, wie lange mein Gerät braucht, um sie zu dolmetschen. Ich brenne darauf festzustellen, welche Ähnlichkeit es zwischen ihrer Sprachkultur und dem Standard gibt.« Er schickte sich an, aufzustehen.

»Nicht so schnell«, warf Carialle ein, und ihre Stimme hallte scheppernd in seinem Knochenimplantat. Er schnitt eine Grimasse. »Wenn etwas zu schön scheint, um wahr zu sein, ist es das meistens auch. Ich denke, wir sollten erst noch ein paar Beobachtungen anstellen.«

»Cari, wir haben bereits ein halbes Dutzend dieser Gruppen beobachtet. Sie sind alle gleich, sogar die Größe ihrer Blumenbeete. Wann kann ich endlich mit einem von ihnen sprechen?«

In dieser Stimme des Gehirns schwang Unbehagen mit. »Dieser Ort hat irgend etwas ... na ja, Merkwürdiges und Heruntergekommenes. Ist dir schon aufgefallen, wie alt diese Artefakte sind?«

Keff zuckte die Schultern. »Verwendungsfähige Werkzeuge werden von Generation zu Generation weitergereicht. In einer sich entwickelnden Zivilisation ist das nichts Ungewöhnliches.«

»Ich glaube, genau das Gegenteil ist der Fall. Schau dir das mal an!«

Zwei pelzige männliche Humanoiden kamen auf den Arbeitstrupp zu. Auf einem behelfsmäßigen Netz aus groben Stricken trugen sie ein halbkugelförmiges, schildähnliches Objekt mit einer schwappenden Flüssigkeit. Angeführt wurden sie von dem kleinen Jungen, der von seiner Mutter losgeschickt worden war. Triumphierend rief er den Arbeitenden etwas zu, worauf diese ihre Werkzeuge niederlegten und sich den Staub aus dem Pelz rieben, während sie herbeikamen, um etwas zu trinken. Jeder wartete geduldig, bis er an die Reihe kam, die grobschlächtige hölzerne Schöpfkelle zu benutzen; dann kehrte er sofort wieder auf den Acker zurück.

»Wasserpause«, bemerkte Keff, das Kinn auf die Handfläche gestützt. »Interessanter Eimer.«

»Sieht mir eher nach einer Mikrowellen-Strahlenkuppel aus, Keff«, warf Carialle ein. »Nicht zu fassen! Sie benutzen die Überreste eines hochentwickelten technischen Geräts zum Wasserholen.«

»Beim heiligen Georg und beim heiligen Vidicon, du hast recht! Das sieht wirklich nach einer Strahlenkuppel aus. Dann befindet sich diese Zivilisation also nicht in ihrer Weiterentwicklung, sondern in den letzten Stufen des Verfalls«, meinte Keff und trommelte nachdenklich mit den Fingerkuppeln gegen seine Wange. »Ich frage mich gerade, ob es hier vielleicht vor Urzeiten einen Krieg gegeben hat, bei dem sich die verfeindeten Kräfte aus der Zivilisation gebombt hat. Es ist hier so furchtbar kalt und trocken, daß wir es ebensogut mit den Überlebenden eines Meteoreinschlags zu tun haben könnten.«

Carialle ging die Bildkarten durch, die sie aus dem Weltraum von dem Planeten angefertigt hatte. »Auf der Planetenoberfläche sind keine Stadtruinen zu erkennen. Ich habe auch keine Anzeichen nachlassender Strahlung bemerkt, bis auf diese Energieschübe unbestimmter Herkunft – ach, übrigens, gerade eben habe ich wieder einen verspürt. Ob die von planetaren Magnetfeldstörungen herrühren? Im ganzen Gespinst des Planeten finden schwere elektromagnetische Stöße statt; sie scheinen von nirgendwoher zu kommen. Sicher, sie könnten *vielleicht* auch natürlichen Ursprungs sein, aber ... es ist jedenfalls sehr merkwürdig. Vielleicht gab es ja einen Pyrrhussieg, den keine der beiden Seiten unbeschadet überlebte, wodurch sie wieder in der Steinzeit endeten. Morgendämmerung der Pelzigen Menschheit, zweiter Durchgang.«

»Da du gerade davon sprichst, jetzt erkenne ich auch

einige Teile, aus denen sie ihre Werkzeuge gefertigt haben«, erwiderte Keff. Er beobachtete ein Mädchen in der Pubertät, das gerade zwei Sechsfüßler im Doppelgeschirr vor einem Pflug über den abgeernteten Acker führte. »Deine Erklärung ist wahrscheinlich die bessere, es sei denn, es handelt sich um eine hartgesottene, fundamentalistische Naturburschensekte, die das alles absichtlich macht, was ich allerdings stark bezweifle. Aber diese Pflugschar dort sieht mir eher wie der Teil einer Shuttleflosse aus. Vor allem vor dem Hintergrund der Tatsache, daß ihr Wassereimer eine siebenundneunzigprozentige Ähnlichkeit mit einer Strahlenkuppel aufweist. Traurig. Eine einstmals hochstehende Kultur, reduziert auf edle Wilde, die nur noch die Spuren ihrer Zivilisation verwalten.«

»Dann wollen wir sie auch so nennen«, entschied Carialle prompt. »Die Edlen Wilden.«

»Genehmigt. Antrag angenommen.«

Eine zweite junge Frau schleppte gerade mit ihrem gefügigen Sechsfüßler eine volle Wurzelladung zu dem Steinkarree hinüber. Keff verlagerte sein Gewicht, um sie im Auge zu behalten.

»He, die letzte Wurzelladung ist plötzlich verschwunden! Ich habe niemanden gesehen, der sie entfernt hätte.«

»Wir haben ja auch nicht darauf geachtet«, wandte Carialle ein. »Der Boden ist uneben. Vielleicht befindet sich in der Nähe des Quadrats ein Wurzelkeller mit einem weiteren Arbeitstrupp. Wenn du dort mal ein paar Schritte über den Boden gehst, könnte ich eine Sonarmessung durchführen und ihn ausfindig machen. Sollte der Keller unbeheizt sein, würde das erklären, weshalb er nicht so leicht zu lokalisieren ist wie ihre Wohnunterkunft.«

Keff vernahm ein sirrendes Geräusch hinter sich und drehte sich so lautlos um, wie er konnte. »Bin ich gut genug getarnt?«

»Mach dir keine Sorgen, Keff«, flüsterte Carialle ihm ins Ohr. »Das ist mal wieder nur so ein Kugelfrosch.«

»Verdammt. Ich hoffe, die sehen mich nicht.«

Außer den Sechsfüßlern gab es nur wenige Exemplare tierischen Lebens auf RNJ, darunter kleine grüne Amphibioiden, die die felsigen Ebenen durchstreiften, wahrscheinlich von einer seltenen Wasserquelle zur nächsten. Das taten sie in durchsichtigen, mit Wasser gefüllten Kugelbehältnissen. Ohne ihre Schalen wären sie ungefähr dreißig Zentimeter lang gewesen, mit zarten Gliedmaßen und großen, flachen Pfoten, mit denen sie die Kugeln über das trockene Land trieben. Keff hatte sie ›Kugelfrösche‹ getauft. Der Anführer befand sich in Begleitung zweier weiterer Exemplare. Kugelfrösche waren so neugierig wie Katzen, und alle schienen sie von Keff fasziniert zu sein.

»Arme Dinger, wie lebende Rollmöpse«, meinte Carialle mitfühlend.

»Das intelligente Leben ist auch nicht besser dran«, warf Keff ein. »Hier draußen ist es staubtrocken.«

»Schrecklich, wenn intelligente Wesen auf die bloße Überlebensstufe zurückgeworfen werden«, pflichtete Carialle ihm bei. »Hoppla«, sagte Keff resigniert. »Sie können mich doch sehen! Da kommen sie schon. Verdammt, Frau, hör auf zu lachen!«

»Das ist eben deine unwiderstehliche Anziehungskraft«, bemerkte Carialle erheitert.

Die Frösche kamen herbeigerollt und fächerten aus, bis sie eine Linie bildeten; vielleicht taten sie das, um Keff von allen Seiten begutachten zu können; möglicherweise war es auch eine reine Sicherheitsmaßnahme. Wenn er plötzlich aufspringen und angreifen sollte, könnte er auf diese Weise nur einen von ihnen erwischen. Das Rumpeln ihrer Behältnisse auf dem Boden hörte sich in Keffs Ohren wie Donnergrollen an.

»Ksch!« machte Keff und versuchte, die Tiere durch Winken zu vertreiben, bevor einer der Feldarbeiter herüberkam, um den Dingen auf den Grund zu gehen. Keff ließ den Blick über die Arbeitenden schweifen. Glücklicherweise schenkte niemand von ihnen den Fröschen Beachtung. »Cari, wo ist denn hier der nächste Wasservorrat?«

»Dort, wo die Strahlenkugel herkommt. Ungefähr zwei Kilometer in Richtung Nordnordost.«

»Begebt euch dorthin«, sagte Keff und zeigte in die benannte Richtung, die Hand dicht an den Körper gepreßt. »Wasser. Ihr wollt doch gar nichts von mir. Vamos! Verdrückt euch.« Er schnippte mit den Fingern. »Geht! *Bitte.*«

Die Frösche fixierten ihn mit ihren hervortretenden dunklen Augen und brachten ihre Kugeln ungefähr einen Meter von ihm entfernt zum Stehen. Einer von ihnen öffnete seinen kleinen Mund, um kurze, spitze Zähne und eine blasse blaugrüne Zunge freizulegen. Mit heftigen Gesten flehte Keff sie an, sich weiterzubewegen. Nachdem die Frösche sich gegenseitig angeschaut hatten, rollten sie wieder davon – erstaunlicherweise tatsächlich in die angezeigte Richtung. Ein kleines Kind, das ganz in der Nähe in einem seichten Graben spielte, quietschte vor Vergnügen, als es die Frösche vorbeirollen sah, und rannte hinter ihnen her. Die Frösche paddelten ein wenig schneller, doch der kleine Junge holte sie ein, um einer der Kugeln einen Tritt zu verpassen, der sie über die Hügelkuppe katapultierte. Die anderen folgten hastig ihrem Artgenossen, entflohen ihrem freudigen Verfolger. Das leise Rumpeln verstummte.

»Puh!« machte Keff. »Diese Frösche hätten fast mein Versteck auffliegen lassen. Ich glaube, ich sollte mich jetzt lieber offenbaren, bevor mich noch jemand per Zufall entdeckt.«

»Noch nicht! Unser verfügbares Datenmaterial bietet keinen Beweis dafür, daß die Edlen Wilden nicht feindselig sind.«

»Dieses Risiko müssen wir eingehen, edle Dame. Weshalb sind wir sonst hier?«

»Hör mal, wie wissen zwar, daß die Dorfbewohner, die wir bisher beobachtet haben, ihren Wohnort nicht verlassen, aber bis jetzt konnte ich noch keinen Bewohner des einen Dorfes von dem eines anderen unterscheiden. Und du siehst nun wirklich nicht wie einer der Edlen Wilden aus. Es gefällt mir nicht, das Risiko eines Angriffs einzugehen. Ich bin vier Kilometer von dir entfernt, mußt du wissen, und deshalb kann ich deinen Weichschalenhintern nicht rechtzeitig aus der Patsche holen, falls etwas passiert. Meine Servos würden Stunden brauchen, bis sie bei dir sind.«

Keff spannte die Muskeln an und wünschte sich, er könnte sich vorher noch einmal ordentlich strecken. »Wenn ich mich ihnen friedlich nähere, müßten sie mich wenigstens anhören ... hoffe ich.«

»Und wenn du ihnen dann erklärst, daß du von einem anderen Planeten kommst? Sind die etwa schon bereit für eine Begegnung mit einer Zivilisation wie der unseren?«

»Sie haben ein Recht auf unsere Spannungen, auf unsere Hilfe. Schau doch nur, was für ein armseliges Leben sie führen. Denk mal an die Strahlenkuppel und das andere Zeug, das wir schon gesehen haben. Die hatten früher einmal eine technologisch hochentwickelte Zivilisation. Die Zentralwelten können ihnen helfen. Es ist unsere Pflicht, ihnen die Gelegenheit zu geben, ihr armseliges Schicksal abzuwenden, indem wir sie in unser jetztiges Jahrhundert zurückführen. Schließlich standen sie früher einmal auf derselben Stufe wie wir. Da haben sie es auch verdient, dorthin zurückzukehren, Carialle.«

»Ihr habt nicht nur ein Gehirn, sondern auch ein Herz, edler Ritter. Na schön.«

Bevor sie sich auf das eigentliche Vorgehen geeinigt hatten, brach auf dem Acker Geschrei aus. Keff hob den Blick. Dort standen zwei große männliche Exemplare Nase an Nase und beschimpften einander. Einer der Männer riß ein Messer mit einer Klinge aus gebläutem Metall aus seiner Werkzeugtasche, ein weiteres Relikt, das vom vielen Schärfen zu einem bloßen Strich abgewetzt worden war. Sein Gegner wich zurück und nahm ein Hackwerkzeug mit abgenutztem Ende auf. Schreiend stoben die Kinder in alle Himmelsrichtungen davon. Bevor der Mann mit der Hacke seine Waffe heben konnte, hatte der andere bereits zugestochen. Zwei Gruppenführer kamen herbeigeeilt, um die Kämpfenden auseinanderzureißen. Der verwundete Mann, dessen rotes Blut sich in seinem Pelz mit Staub vermengte und dunkelbraun färbte, fauchte über den Kopf des Friedensstifters hinweg seinen Gegner an. Brüllend riß er sich los.

»Ich fürchte, die Gelegenheit zur friedlichen Annäherung hast du vertan, Keff.«

»Hm«, machte Keff. »Wer Prügel kennt und dann nicht rennt und sich nicht drückt, der ist verrückt.«

Während die Streithähne einander umkreisten, umgeben von einem Ring aus Zuschauern, wich Keff auf Händen und Knien wieder durch das Strauchwerk zurück. Fluchend über das Prickeln und Stechen in seinen Beinen, gelang es ihm schließlich, sich aufzurichten und sich den Hang hinunter auf den Weg zu Carialles Versteck zu machen.

Anmutig erhob sich Carialle aus der Senke und flog einen Bogen in Richtung der Planetendrehung auf eine andere Stelle an der Tagseite zu, wo ihre Meßgeräte Lebenszeichen gemeldet hatten.

»Vielleicht sollten wir diesmal vorher klingeln«, schlug Keff vor. »Was soll man erst abwarten, bis die sich von irgend etwas anderem ablenken lassen. Wenn ich doch nur früher gehandelt hätte!«

»Kein Grund zur Trauerrede«, entschied Carialle bestimmt. »Die *nächsten* Eingeborenen kannst du immerhin damit beeindrucken, wieviel du schon über sie weißt.«

An der Obergrenze der Atmosphäre ging Carialle in die Senkrechte und ließ ihr Heck sanft durch die dünne Wolkenschicht gleiten, um aus heiterem Himmel auf einem felsübersäten Acker, gut sichtbar für die Feldarbeiter, zu landen. Als sie ihre sämtlichen Außenkameras eingeschaltet hatte, brach sie in Lachen aus und überspielte das Ergebnis für Keff auf die Monitore.

»Damit könnte ich ein tolles Bild malen«, meinte sie. »Ein Porträt des blinden Erstaunens.«

»Noch so eine regionale Mutation«, bemerkte Keff, als er den Schirm studierte. »Sie sind zwar immer noch schön, immer noch vom gleichen Urstamm, aber die Gesichter sehen ein wenig nach Schafen aus.«

»Wie geschaffen für stumpfsinnige Verblüffung«, erwiderte Carialle sofort. »Was wohl unter den einzelnen Gruppen zu dieser Vielfalt führen mag? Strahlung, vielleicht? Evolution auf der Grundlage von Funktion und Lebensweise?«

»Was *nützt* es ihnen, wie Schafe auszusehen?« wollte Keff wissen, als er die Sicherheitsgurte abstreifte.

»Vielleicht standen sie noch ganz hinten in der Schlange, als man Affengesichter wie deins austeilte«, antwortete Carialle neckend; dann widmete sie sich wieder ihren Aufgaben. »Ich mache Anzeichen für weitere unterirdische Wärmequellen aus. Eine Behausung, drei Eingänge. Lufttemperatur vierzehn Grad. Dieser Planet ist wirklich *kalt.*«

»Ich zieh mir schon einen Pullover an, Mami. Los geht's!«

Während Keff ungeduldig in der Luftschleuse wartete, überprüfte er seine Tragegurte und biß auf den implantierten Mundkontakt, um sich von seiner Funktionstüchtigkeit zu überzeugen. Carialle ließ inzwischen die Rampe herab. Langsam öffnete sie die Schleuse. In hundert Metern Entfernung erblickte Keff eine Schar der schafsgesichtigen Edlen Wilden, die sich am Rand des Ackers versammelt hatten und immer noch den goßen silbrigen Zylinder begafften.

Keff atmete tief durch; dann trat er auf die Rampe hinaus, die Hand mit der Außenfläche nach vorn erhoben, unbewaffnet. Die IÜP-Einheit hing an einem Riemen um seinen Hals, und so ließ er die andere Hand lose an seiner Seite herabbaumeln.

»Heil, Freunde!« rief er den am Rand des staubigen Ackers stehenden Aliens zu. »Ich komme in Frieden.«

Er trat auf die Menge zu. Die Edlen Wilden starrten ihn an; die Gesichter der Erwachsenen waren ausdruckslos unter ihren Fellmasken, die der Kinder zeigten unverhohlene Ehrfurcht. Vorsichtig hob Keff die andere Hand und streckte sie vom Körper ab, damit die Aliens sie sehen konnten; dann lächelte er.

»Sie haben keine Angst vor dir, Keff«, meldete Carialle, die die Lebenszeichen der Edlen Wilden überwachte. »Sie sind nicht einmal überrascht. Das ist aber wirklich seltsam!«

»Warum kommt einer der Zauberer zu uns?« fragte Alteis besorgt, als der Fremde auf sie zutrat und ihnen die Zähne zeigte. »Was haben wir verkehrt gemacht? Wir haben die Ernte eingebracht. Alles verläuft nach Plan. Die Wurzeln sind fast alle abgeerntet. Sie sind von hoher Güte.«

Brannel schnaubte; die scharf ausgestoßene Luft ließ das Fell auf seiner Oberlippe beben, während er dem Alten die kalte Schulter zuwandte. Der alte Alteis hatte eine solche Angst vor den Zauberern, daß er sich wahrscheinlich eines Tages noch einmal selbst weh tun würde, wenn die Herrscher einmal *wirklich* verärgert sein sollten. Er starrte den nahenden Zauberer an. Der Mann war kleiner als er, dafür aber von mächtigem Körperbau und einem selbstsicheren, fast arroganten Gang. Ungewöhnlich für einen Zauberer: Seine Hände wiesen darauf hin, daß er nicht mit harter Arbeit vertraut war. Das vorgeschobene Kinngrübchen zeigte, daß er sich seiner hohen Stellung durchaus bewußt sein mußte, und doch wirkten seine dunklen, pechblauen Augen gutmütig. Brannel durchforstete sein Gedächtnis, gelangte aber zu dem Schluß, daß er diesem Gebieter noch nie begegnet war.

»Es ist einer, den wir nicht kennen«, sagte Brannel halblaut aus dem Mundwinkel. »Vielleicht ist er gekommen, um uns mitzuteilen, daß er unser neuer Herr ist.«

»Klemay ist unser Herr«, versetzte Alteis, und seine Pelzkrause und der Schnurrbart in seinem ledrigen Gesicht stellten sich empört auf.

»Aber Klemay ist schon einen ganzen Monat nicht mehr erblickt worden«, wandte Brannel ein. »Ich habe das Feuer in den Bergen gesehen; das habe ich dir doch erzählt. Seitdem ist von Klemays Gipfel keine Kraft mehr ausgebrochen.«

»Vielleicht dient dieser hier ja Klemay«, warf Mrana, die Gefährtin Alteis', beschwichtigend ein. Verstohlen strich sie einem ihrer Kinder den gröbsten Staub aus dem Gesicht. Zur Erntezeit, da kein Raum dafür blieb, sich um das Äußere zu kümmern, sah keiner von ihnen sonderlich gepflegt aus. Das mußte der Gebieter doch verstehen.

»Diener dienen«, schnaubte Brannel. »Kein Gebieter dient dem anderen, bis auf jenen der Fünf Richtungen. Klemay war kein Hochhexer.«

»Rede nicht von Dingen, die du nicht begreifst«, konterte Alteis so beunruhigt, wie es dieser törichte Mann nur werden konnte. »Die Zauberer könnten dich hören.«

»Die Zauberer lauschen nicht«, sagte Brannel.

Alteis wollte ihn gerade noch heftiger zurechtweisen, doch inzwischen war der Gebieter auf Hörweite herangekommen. Der Fremde näherte sich noch ein Stück; dann blieb er ein paar Schritte entfernt stehen. Alle Arbeiter verneigten sich und warfen dem Besucher dabei gelegentlich einen verstohlenen Blick zu. Alteis trat vor, um ihn zu empfangen, und verneigte sich besonders tief.

»Was ist dein Wille, Gebieter?« fragte er.

Anstatt sofort zu antworten, nahm der Zauberer die Kiste, die ihm vom Hals herabhing, und schob sie Alteis fast unter das Kinn. Dann sprach er ziemlich lange zu dem Anführer. Obwohl Brannel sorgfältig lauschte, sagten ihm die Worte nichts. Alteis wartete ab; dann wiederholte er das Gesagte so gut er konnte, für den Fall, daß der Gebieter ihn nicht verstanden hatte. Der Zauberer lächelte, den Kopf auf eine Seite gelegt; er verstand ihn tatsächlich nicht.

»Was dürfen ich und meine Werkgenossen tun, dir zu dienen, Erhabener?« fragte Brannel und trat vor, um sich neben Alteis aufzubauen. Auch er verneigte sich tief, um Respekt zu bekunden, obwohl sich in seinem Hinterkopf bereits eine Idee zu entwickeln begann. Er legte das Kinn gerade so weit schräg, wie es noch als höflich galt, um den Besucher genauer studieren zu können.

Der Mann nestelte an dem kleinen Kasten auf seiner

Brust, aus dem Geräusche drangen. Dabei sagte er irgend etwas; möglicherweise rezitierte er einen Zauberspruch. Das war nichts Ungewöhnliches. Alle Herrscher, denen Brannel jemals begegnet war, führten gelegentlich Selbstgespräche. Der stämmige Körper dieses Gebieters war von vielen Kraftgegenständen umgeben. Und doch schien er die Sprache des Volkes weder zu verstehen noch zu beherrschen. Er hatte nicht einmal Brannels Gebrauch der Zauberausdrucksweise bemerkt, die er raffiniert in seine Frage eingeflochten hatte.

Verwundert runzelte Brannel die Stirn. Seine Dienstgenossen hielten respektvoll Distanz und bekundeten angemessene Furcht und Achtung vor einem der großen Herrscher. Sie waren nicht weiter verwundert; denn sie hatten keine eigenen Gedanken, die sie hätten verwundern können, das jedenfalls glaubte Brannel. Und so beäugte er diesen seltsamen Gebieter so genau wie möglich.

Der Mann schien vom reinen Blut der Zauberer zu sein, wies er doch alle drei Merkmale auf: helle Haut, ganze Hand und leuchtende Augen. Seine Kleidung jedoch war anders als die der Herrscher. Da gelangte Brannel zu einem merkwürdigen Schluß: Dieser Mann war *gar kein* Gebieter. Er konnte weder die Sprache sprechen, noch trug er Kleidung, wie sie einer der Herrscher getragen hätte; er verhielt sich nicht wie ein solcher, und war ganz eindeutig nicht aus den hochgelegenen Orten im Osten gekommen. Die Neugier des Landarbeiters steigerte sich, und schließlich konnte er die Frage nicht länger zurückhalten.

»Wer bist du?« fragte er.

Alteis packte ihn an der Krause und riß ihn in die Menge der entsetzten Arbeiter zurück.

»Wie kannst du es wagen, in einem solchen Ton mit einem Gebieter zu reden, du junger Welpe?« sagte er knurrend. »Halte den Blick gesenkt und den Mund geschlossen!«

»Er ist kein Gebieter, Alteis«, erwiderte Brannel und wurde sich seiner Sache von Augenblick zu Augenblick sicherer.

»Unsinn«, warf Fralim ein und schloß die Hand schmerzhaft um Brannels Oberarm. Alteis' Sohn war größer und stärker als der Vater, dafür aber äußerst dumm. Er ragte vor Brannel in die Höhe und zeigte ihm die Zähne, doch Brannel wußte, daß diese Wildheit zum überwiegenden Teil von seiner Furcht herrührte. »Er hat schließlich alle Finger, nicht wahr? Der Finger der Herrschaft ist ihm nicht abgenommen worden. Er kann die Kraftgegenstände benutzen. Ich bitte um Vergebung, geehrter Gebieter«, sagte Fralim in unterwürfigem Tonfall zu dem Fremden.

»Er spricht unsere Sprache nicht, Fralim«, erklärte Brannel mit deutlicher Stimme. »Und ebensowenig die Sprache der Zauberer. Alle Zauberer sprechen die Linga Esoterka, die ich verstehen kann. Ich werde es beweisen – Gebieter«, sagte er zu Keff in der Zauberersprache, »was ist dein Begehr?«

Der Fremde lächelte freundlich und sagte wieder etwas, wobei er Brannel den Kasten entgegenstreckte.

Das Experiment beeindruckte Brannels Werkgenossen nicht sonderlich. Sie blickten den Neuankömmling voller Ehrfurcht und geistloser Bewunderung an, wie die Herdentiere, denen sie ja auch glichen.

»Keff«, sagte der Fremde, nickte mehrmals und deutete auf sich selbst. Dann schob er Brannel die Hand entgegen. »Und du?«

Die anderen zuckten zusammen. Wenn sich die Finger der Herrschaft auf einen von ihnen richtete, bedeutete das manchmal, daß ihnen göttliche Züchtigung bevorstand. Brannel versuchte zu überspielen, daß auch er zusammengezuckt war, doch schien die Geste lediglich eine Bitte um Erläuterung zu vermitteln.

»Brannel«, sagte er, die Hand aufs klopfende Herz gelegt. Die Antwort entzückte den Fremden, der daraufhin einen Stein aufnahm.

»Unn wattis dasss?« fragte er.

»Stein«, sagte Brannel. Er trat heran, bis er nur noch einen Schritt von dem Gebieter entfernt war. »Was ist das?« fragte er äußerst kühn und streckte die Hand aus, um den Ärmel des Zaubererkittels zu berühren.

»Brannel, nicht!« wimmerte Alteis. »Sonst wirst du sterben, weil du Hand an einen von ihnen gelegt hast!«

Alles ist besser, als sein Leben unter Schwachsinnigen verbringen zu müssen, dachte Brannel angewidert. Doch es folgte kein strafender Blitzstoß. Statt dessen sagte Keff: »Rmel.«

»Rmel«, wiederholte Brannel und überlegte. Es klang beinahe wie das richtige Wort. Ozran ist groß! dachte er, erfüllt von Dankbarkeit. Vielleicht war Keff ja *doch* ein Zauberer, aber einer aus einem weit abgelegenen Teil der Welt.

Sie begannen, Bezeichnungen von Gegenständen auszutauschen. Keff führte Brannel zu verschiedenen Stellen, wies mit Hand hierhin und dorthin und stellte Fragen. Brannel, den die Sache von Augenblick zu Augenblick mehr interessierte, nannte ihm die Begriffe und lauschte sorgfältig den fremden Worten, mit denen Keff dieselben Dinge bezeichnete. Keff entbot Brannel die uneingeschränkte Möglichkeit, Wissen auszutauschen, die Worte eines Zauberers im Gegenzug zu den eigenen zu erfahren. Sprache war Macht, das wußte Brannel, und die Macht war der Schlüssel zur Selbstbestimmung.

Hinter ihnen folgten die Dorfbewohner in einer dicht gedrängten Gruppe. Sie wagten es nicht, näherzutreten, mochten sich aber auch nicht fernhalten, während Brannel die gesamte und offensichtlich freundlich gesinnte Aufmerksamkeit eines Zauberers für sich beanspruchte. Fralim murmelte vor sich hin. Das hätte für gewöhnlich Schwierigkeiten bedeuten können; denn Fralim betrachtete sich als Erbe Alteis', was das Sagen im Dorf betraf. Doch der Scheinzauberer flößte ihm viel zu große Ehrfurcht ein, und außerdem hatte er einen Teil der Ereignisse bereits vergessen. Wenn es Brannel gelingen sollte, ihn später lange genug abzulenken, würden Fralim die Gründe für seinen Zorn für alle Zeiten entfallen und in der Schwärze der Erinnerung versinken, die fast jedem Dienenden auf Ozran zusetzte.

Brannel beschloß, die Gunst der Stunde zu nutzen, und nannte dem Zauberer den Namen eines jeden Arbeiters. Fralim wurde bleich unter seinem Fell, lächelte aber zähneknirschend zurück, als Keff seinen Namen wiederholte.

Der Fremdenzauberer fragte nach sämtlichen Wurzelarten, nach allen Blumen und Kräutern in dem geschützten Garten am Höhleneingang. Zweimal versuchte er, die Heimhöhle zu betreten, hielt aber inne, als er Brannel nervös auf der Schwelle stehenbleiben sah. Das überzeugte den Landarbeiter noch mehr davon, daß dieser Zauberer nicht so war wie die anderen: Er wußte offensichtlich nicht, daß das Betreten des Heims zwischen Morgen- und Abenddämmerung bei Strafe verboten war.

Gegen Abend erschien die zubereitete Nahrung für die Dorfbewohner auf dem Steinquadrat, wie es mehrmals am Tag geschah. Brannel würde einfach so tun müssen, als würde er essen, und konnte nur darauf hoffen, seinen knurrenden Magen unter Kontrolle zu behalten, bis er den Hunger später aus seinen geheimen Vorräten stillen konnte. Er hatte bereits einen langen, anstrengenden Arbeitstag hinter sich gehabt, bevor er auch noch seinen Verstand hatte anstrengen müssen, um dieser Herausforderung gerecht zu werden.

In der Menge, die ihnen auf den Fersen folgte, machte sich Gemurmel breit. Die Kinder waren ebenfalls hungrig und hatten weder die Manieren noch die Klugheit, dies allenfalls mit leiser Stimme kundzutun. Da sie den Zorn des zu Besuch weilenden Zauberers nicht reizen wollten, berieten Alteis und Mrana sich gerade, ob sie es wagen durften, dem Erhabenen eine so erbärmliche Kost anzubieten. Sollten sie die Visite des Gewaltigen überhaupt unterbrechen, indem sie die Arbeiter essen ließen? Was war zu tun?

Brannels nahm sich dieses Problem an. Respektvoll auf Distanz bleibend, führte er Keff zu dem Steinquadrat und hob den Deckel eines der riesigen, verschlossenen Kessel. Mit einer Hand tat er, als würde er aus dem dampfenden Topf etwas Gemüsebrei zu sich nehmen.

Keffs Augen weiteten sich verständig, und er lächelte. Wenngleich er alle Angebote, selbst etwas von dem Brei zu sich zu nehmen, mit einem Winken abtat, ermunterte er die Dörfler doch mit freundlichen Gesten, vorzutreten und zu essen. Da er wußte, daß Alteis das Geschehen beobachtete, war Brannel gezwungen, sich den anderen anzuschließen. Er verzehrte ein paar winzige Happen, doch so langsam, wie er es nur wagen durfte.

Glücklicherweise gab es eine Menge Ablenkung, die sein Zögern beim Essen überspielten. So erkundigte Keff sich nach den Bezeichnungen der Lebensmittel und danach, woraus ein jedes bestand; er deutete auf rohes Gemüse und gab fragende Geräusche von sich.

»Gedämpfte Apfelsinenwurzel«, erklärte Brannel und zeigte dem Zauberer den entsprechenden Abschnitt. »Getreidebrot.« Anhand des Getreidefutters für die Pflugtiere führte er ihm die entsprechende Art vor. »Gemüsebrei. Geschnittene Hülsenfrüchte, in Bohnenöl gebraten.« Bohnen gäbe es keine, weil die Zauberer sie im Vormonat abgeerntet und eingesammelt hatten, und so verwendete Brannel kleine Steine von der ungefähren richtigen Größe und tat so, als würde er sie zerquetschen. Keff verstand ihn, das war Brannel klar. Er reagierte ebenso aufgeregt wie der Zauberer, als der Kasten einige der richtigen Geräusche von sich gab, so als lägen ihm die Worte auf der Zunge: Frat, Frut, Brat, Brut, Brot.

»Brot! Das ist richtig«, sagte Brannel begeistert, als Keff wiederholte, was der Kasten gesagt hatte. »Das ist richtig, Zauberer-Gebieter: Brot!«

Keff schlug Brannel kräftig auf den Rücken. Der Arbeiter zuckte zusammen und hielt die Luft an, doch es war eine Geste der Freundlichkeit und nicht der Mißbilligung – ganz so, als wäre Keff ein Werksgenosse, ein Nachbar, ein ... ein Freund. Er versuchte zu lächeln. Die anderen gingen in die Knie und bedeckten die Köpfe mit den Armen, fürchteten den drohenden Blitz.

»Brot«, wiederholte Keff glücklich. »Ich glaube, ich habe es.«

»Wirklich?« fragte Carialle in seinem Ohr. »Und wo fischt Fischers Fritze nun genau seine frischen Fische?«

»Ozran, glaube ich«, sagte Keff subvokal, als die Dörfler sich wieder vom Boden erhoben und vorsichtig herankamen, um den lächelnden Brannel zu inspizieren. Keff strahlte vor Zufriedenheit, hielt sich aber zurück, um die Eingeborenen nicht noch mehr zu verschrecken. »Ich kann es kaum glauben. Ich mache schnellere Fortschritte, als ich je zu hoffen gewagt habe. In ihrer Sprache finden sich einige altterranischen Formen, Carialle, natürlich eingebettet in fremde. Ich glaube, die Ozraner hatten einmal Kontakt zur Menschheit, vielleicht vor Jahrzehntausenden. Einen bedeutsamen Kontakt, der die Funktionalität ihrer Sprache verändert oder ergänzt haben muß. Gibt es irgendwelche Aufzeichnungen in den Archiven über Erstkontakte in diesem Sektor?«

»Ich werde das Suchprogramm darauf ansetzen«, sagte Carialle, aktivierte die Suchsequenz und schickte sie durch ein automatisches KI-Programm. Einige der Schaltkreise ›klickten‹, dann begann das Bibliotheksprogramm leise vor sich hinzusummen.

Mit Hilfe von Keffs Kontaktknopf konzentrierte Carialle sich nun auf die Aktivitäten der Eingeborenen. Einige der Frauen nahmen gerade mit vorsichtigem Blick auf Keff die schmutzigen Teller auf, ohne sich zu nahe an ihn heranzuwagen. Der große Mann mit dem schwarzen Fell und der ältere mit dem gesprenkelten untersuchten soeben einen protestierenden Brannel. Der schlanke Mann versuchte erfolglos, sie abzuwehren.

»Was ist mit diesen Leuten los?« fragte Carialle.

»Keine Ahnung. Sie suchen Brannel nach Schäden oder irgendwelchen Markierungen ab. Womit haben sie denn gerechnet, als ich ihm auf den Rücken geklopft habe?«

»Ich weiß es nicht. Eigentlich dürfte der Körperkontakt nicht gefährlich sein. Ich wünschte, du könntest dicht genug an sie herankommen, damit ich ihre Lebensfunktionen interpretieren und eine chemospektrografische Analyse ihrer Haut durchführen kann.«

Keff stand ein Stück abseits von den Dorfbewohnern, nickte und lächelte jeden an, der ihm in die Augen zu blikken wagte; doch sobald er auf einen von ihnen zutrat, wich dieser vor ihm zurück. »Die lassen mich nicht, das ist ganz offensichtlich. Weshalb haben die meisten Angst vor mir, ohne dabei überrascht zu sein, mich zu sehen?«

»Vielleicht erzählen sie sich Legenden über Gottheiten, die genauso aussehen wie du«, meinte Carialle mit trockenem Humor. »Möglicherweise stellst du ja die Erfüllung einer langersehnten Prophezeiung dar. ›Der Kahlgesichtige wird vom Himmel herabsteigen und uns befreien.‹«

»Nein«, widersprach Keff nachdenklich. »Ich glaube, diese Reaktion ist unmittelbar, mehr ... gegenwartsbezogen. Was immer es sein mag, auf jeden Fall sind sie sehr höflich und ganz und gar kooperativ: der Traum eines jeden Ethnologen. Ich mache echte Fortschritte bei der Kommunikation. Ich glaube, daß ich das Verb für ›sein‹ bestimmt habe, bin mir aber nicht sicher, ob ich es bereits richtig benutze. Brannel grinst mich ständig an, wenn ich frage, was irgend etwas ›ist‹.«

»Mach nur so weiter«, ermunterte ihn Carialle. »Verzagten Herzens hat noch nie jemand seine Dame erobert. Du kommst wirklich gut voran.«

Mit allen Anzeichen der Veränderung befreite Brannel sich schließlich aus den Händen seiner Artgenossen. Er glättete sein zerzaustes Fell und musterte die anderen wütend mit der Miene eines Manns, der schon zu viel und zu lange gelitten hatte. Dann wandte er sich Keff zu, und seine Miene schien zu besagen: ›Setzen wir den Sprachunterricht fort und beachten wir dieses Gesocks nicht weiter.‹

»Ich wüßte nur zu gern, was da los ist«, sagte Keff mit höflichem Lächeln laut auf Standard, »aber ich muß noch eine Menge lernen, bevor ich die richtigen Fragen über eure gesellschaftliche Situation stellen kann.«

Einer der anderen Edlen Wilden murmelte halblaut vor sich hin. Brannel fuhr zu ihm herum und zischte einen scharfen Satz, der keiner Übersetzung bedurfte: jeder Laut war eine Beleidigung. Keff trat zwischen die beiden, um einen möglichen Streit zu entschärfen, worauf der andere Wilde einen entsetzten Satz zurück machte. Keff gewann Brannels Aufmerksamkeit wieder und deutete auf das Strahlenkugel-Wasserbehältnis. Durch sein Implantat den Hinweisen des IÜP lauschend, versuchte er, einen ganzen Satz in verstümmeltem Ozran auszuformulieren.

»Was sind das?« fragte Keff. »Na? Habe ich das richtig gesagt?«

Brannels erheitertem Ausdruck zufolge war das wohl nicht der Fall gewesen. Keff grinste, gewährte dem Eingeborenen sein gewinnendstes Lächeln. »Na gut. Dann bring es mir bei, ja?«

Durch Keffs freundliches Gebaren erkühnt, lachte der Edle Wilde: ein harsches Geräusch, mehr ein Gackern als ein Prusten.

»Also«, fragte Keff und versuchte es einmal mehr in Ozran, »was sind das?« Nebenbei bemerkte er zu Carialle: »Ich weiß noch nicht einmal, wie ich ›was ist richtig?‹ fragen soll. Wahrscheinlich höre ich mich an wie ein Vollidiot.«

»Was *ist* das. Was *sind* diese«, sagte Brannel betont, wobei er in eine Hand einen einzigen Stein, in die andere mehrere gab, um zunächst die erste, dann die zweite Hand emporzuhalten. Brannel hatte richtig geschlossen, daß Keff versuchte, ihn nach Einzahl- und Mehrzahlformen zu befragen, und hatte ihm gerade den Unterschied demonstriert. Die anderen verfolgten das Geschehen immer noch in stumpfsinnigem Stieren; sie hatten keine Ahnung, was hier vor sich ging. Keff war entzückt von seinem eigenen Erfolg.

»Unglaublich. Möglicherweise hast du den einzigen intelligenten Mann auf diesem Planeten ausfindig gemacht«, bemerkte Carialle, als sie beobachtete, wie das IÜP die korrekte Verwendung des Verbs aufzeichnete, daraus Beugungen und Suffixe für die anderen Verben in seiner Datei extrapolierte und die lautmalerischen Übertragungen durchmischte wie ein Kartenspiel. »Mit Sicherheit aber den einzigen in dem Haufen, der abstrakte Fragen versteht.«

»Ein Glückstreffer«, bestätigte Keff. »Ein geborener Linguist. Ich hätte sonst möglicherweise tagelang damit zubringen können, herauszubekommen, was er mir hier so freigebig und, wie ich hinzufügen möchte, intelligent darbietet. Es wird wohl noch ein Weilchen dauern, die Zeichensprache zu entziffern; aber wenn irgend jemand mich dabei unterstützen kann, dann ist es Brannel.«

Nachdem sie die Mysterien der Konjugation erfaßt hatten, nahmen Keff und Brannel neben dem Feuer Platz und begannen ein rudimentäres Gespräch.

»Merkst du, wie er versucht, meine Vokabeln zu verwenden?« fragte Keff Carialle subvokal.

Mit Hilfe frei gewählter Zeichensprache und seines anwachsenden Lexikons im IÜP fragte Keff Brannel nach der unterirdischen Behausung.

»... Wärme von ... Erde«, erklärte Brannel und tätschelte dabei den Boden neben seinem Oberschenkel. Das IÜP operierte mit Gesprächslücken, wenn Glossar und Grammatik nicht ausreichten, doch Keff genügte es, um zu verstehen, was gemeint war.

»Ein geothermales Beheizungssystem. Hier draußen ist es so kalt. Warum könnt ihr nicht gleich hineingehen?« fragte Keff und bildete mit Zeigefinger und Daumen auf dem Boden eine Höhle, während er Zeige- und Mittelfinger der anderen Hand darauf zu spazieren ließ.

»Nicht«, sagte Brannel entschieden mit einem eindeutigen Zeichen der linken Hand. Das IÜP dolmetschte mühsam: »Nicht Höhlentag. Wir sind ... Arbeit ... Tag.«

»Aha«, machte Carialle. »Ein kulturelles Tabu, damit die Faulpelze während der Arbeitszeit draußen auf dem Acker bleiben. Frag ihn, ob er weiß, was die Energiestöße hervorbringt, die ich gerade auffange.«

Keff gab die Frage weiter. Die anderen, die dem Gespräch lauschten, warfen Brannel schmollende Blicke zu. Der dunkelbraune Mann fing an zu sprechen, brach dann aber ab, als eine ältere Frau ein furchtsames Wimmern ausstieß. »Nicht«, sagte er knapp.

»Ich vermute, er weiß es nicht«, meinte Keff zu Carialle. »Du, Herr«, sagte er und schritt dabei auf den ältesten Mann zu, Alteis, der sich ängstlich zusammenduckte. »Woher kommt starke Hitze aus Himmel?« Mit den Händen zog Keff Bögen über seinem Kopf. »Was macht starke Hitze?«

Mit einem Schrei zog einer der kleinen Jungen – Keff meinte, denselben wiederzuerkennen, der sich schon den Anweisungen seiner Mutter widersetzt hatte – eine abgehackte Linie an den Himmel. Dann huschte er wieder in den sicheren Schoß seiner Mutter. Eine Frau in der Pubertät – Keff glaubte, ihren Namen als Nona verstanden zu haben – sah entsetzt zu ihm hoch und senkte hastig wieder den Blick zu Boden. Die anderen murmelten vor sich hin, doch niemand sah Keff an oder sagte etwas.

»Blitz?« fragte Keff Alteis leise. »Was macht den Blitz, Herr?«

Der Alte mit dem weißdurchschossenen Fell musterte sorgfältig Keffs Lippen, als dieser sprach; dann wandte er sich hilfeheischend an Brannel, der jedoch stoisches Schweigen bewahrte. Keff wiederholte seine Frage. Der alte Mann nickte feierlich, als würde er sich eine Antwort überlegen; dann aber schweifte sein Blick über Keffs Kopf hinweg. Als er Keff wieder anschaute, lag eine Leere in seinen Augen, die darauf schließen ließ, daß er entweder nicht das geringste verstanden oder die Frage bereits wieder vergessen hatte.

»Er weiß es nicht«, meinte Keff seufzend. »Schön, fangen wir also von vorn an. Wo wird das Essen gelagert?« fragte er. Er zeigte auf das Steinquadrat und hielt eine der Wurzeln hoch, die Brannel als Beispiel verwendet hatte. »Wohin Wurzeln gehen?«

Brannel zuckte die Schultern und murmelte irgend etwas. »Nicht wissen«, verstärkte das IÜP seine Aussage. »Wurzeln gehen, Essen kommt.«

»Eine Kultur, in der die Nahrungszubereitung ein geheiligtes Mysterium ist?« fragte Carialle mit wachsendem Interesse. »Also, das ist ja nun wirklich verrückt! Wenn wir das dem Xeno-Amt melden, haben wir uns eine Sonderprämie verdient.«

»Bist du gar nicht neugierig? Hast du nie versucht herauszufinden, was es damit auf sich hat?« fragte Keff Brannel.

»Nicht!« rief Brannel. Zum erstenmal seit Keffs Ankunft wirkte der kühne Dorfbewohner nervös. »Einer neugierig, alle ...« Klatschend schlug er die Hände zusammen. »Alle ... alle«, sagte er, stand auf und zog um einen erwachsenen Mann, eine erwachsene Frau und Kinder einen Kreis in der Luft. In einer pantomimischen Darstellung schlug er den Mann und schob die Essensschalen vor der Frau und den Kindern mit dem Fuß beiseite. Die meisten der fellgesichtigen Humanoiden erschauerten, und eins der Kinder brach in Tränen aus.

»Alle bestraft, weil einer neugierig war? Aber warum?« wollte Keff wissen. »Von wem?«

Zur Antwort zeigte Brannel mit der dreifingrigen Hand auf den Berg – mit einer verächtlichen Miene, die eindeutig zum Ausdruck brachte, daß Keff das ja nun eigentlich wissen müsse. Keff spähte zu dem Gebirgszug hinüber.

»Hä?« machte Carialle. »Ist mir da irgendwas entgangen?«

»Strafe aus dem Gebirge? Ob das vielleicht irgendeine heilige Überlieferung ist, die mit den Bergen zusammenhängt?« fragte Keff. »Seiner Körpersprache nach zu urteilen hat Brannel vor allem, was von dort kommt, einen heillosen Respekt, aber er mag es nicht.«

»Typisch Religion«, meinte Carialle verächtlich. Sie richtete die Kameras auf den Berggipfel in der Richtung, in die Keff gerade blickte, und vergrößerte das Bild, um es sich genauer anzusehen. »He, dort oben gibt es ja Gebäudestrukturen, Keff! Sie sind so gut an den Hintergrund angepaßt, daß ich sie beim ersten Überfliegen nicht bemerkt habe. Was sind das? Tempel? Heiligtümer? Wer hat sie erbaut?«

Keff wies darauf und wandte sich an Brannel.

»Was sind ...?« fing er an. Doch seine Frage wurde jäh unterbrochen, als ein heißer Lichtstrahl vom Gipfel des höchsten Bergs direkt vor Keffs Füßen einschlug. Heißes Licht umhüllte ihn. »Wa-?« machte er. Seine Hand fiel seitlich am Körper herab, knallte mit der Wucht einer Abrißbirne gegen sein Bein. Die Luft in seiner Kehle verwandelte sich in Feuer, trocknete Mund und Zunge wie Leder aus. Summen erfüllte seine Ohren. Das Bild von Brannels erschrockenem Antlitz verschwamm vor Keffs Augen, verblaßte auf seiner Retina zu einem schwarzen Schatten; dann wurde es in die Höhe geschleudert, in einen wolkenlosen Himmel, schwärzer als das All.

Der grelle Lichtstrahl überstieg die Leistungsfähigkeit der winzigen Kontaktknopfkamera, doch Carialles Außenkameras zeichneten das ganze Geschehen auf. Nachdem der Strahl eingeschlagen war, stand Keff noch einen Augenblick wie angewurzelt da; dann kippte er ganz langsam vornüber und sackte zu Boden. Sein Lebensmesser schrillte auf, als sämtliche Körperfunktionen aussetzten. Allem Anschein nach war er tot.

»Keff!« brüllte Carialle. Ihr Organismus verlangte nach Adrenalin. Sie kämpfte dagegen an, zwang Serotonin und Endrophine in ihren Blutkreislauf, um sich zu beruhigen. Es dauerte nur Millisekunden, bis sie sich wieder in der Gewalt hatte. Das mußte sie, um Keffs willen.

In den nächsten paar Millisekunden durchrasten ihre Schaltkreise eine Diagnose, überprüften die Implantate, um sicherzugehen, daß es sich nicht um einen Systemausfall handelt. Alle Anzeigen standen auf grün. »Keff«, sagte sie und steigerte dabei die Lautstärke in seinem Implantat. »Kannst du mich hören?« Er antwortete nicht.

Carialle ließ ihre Schaltkreise eine erneute Diagnose durchführen, um sich noch einmal davon zu überzeugen, daß sie es nicht mit einem Systemausfall zu tun hatte. Alle Systeme zeigten grün, bis auf das Video der Kontaktkamera, die sich erst nach und nach stabilisierte. Bevor Carialle noch mehr in Panik verfallen konnte, setzten Keffs Lebensfunktionen wieder ein; die Signale kamen nur schwach, aber stetig. Er lebte! Carialle war außer sich vor Freude. Doch Keff war in Gefahr. Was immer diesen Energiestoß ausgesandt hatte, der wie ein gutgezielter Donnerkeil dicht vor seinen Füßen niedergegangen war, würde es noch einmal tun können. Sie mußte ihn unbedingt dort herausholen. Ein solcher Energiestrahl konnte keines natürlichen Ursprungs sein, doch die genauere Analyse mußte warten. Keff war verletzt und brauchte Betreuung. Das war jetzt Carialles vorrangigste Sorge. Doch wie konnte sie ihn zurückholen?

Die kleinen Servomechanismen in ihrem Schiff vermochten ihn zwar zu bergen, doch sie waren eigentlich nur für die Fortbewegung auf relativ ebenem Boden konstruiert. Vollbeladen würden sie es nicht schaffen, Keffs Gewicht über das rauhe Gelände zu transportieren. Zum erstenmal in ihrem Leben wünschte Carialle, sie hätte sich doch einen Moto-Prothesen-Körper zugelegt, wie Keff es immer wieder von ihr verlangt hatte. Jetzt sehnte sie sich danach, zwei Beine und zwei kräftige Arme zur Verfügung zu haben.

Einen Augenblick mal! Sie hatte *doch* einen Körper zur Verfügung: den des einzigen intelligenten Einwohners auf diesem Planeten. Als der Energiestoß eingeschlagen war, hatte Brannel mit bewundernswert schnellen Reflexen einen Satz zur Seite gemacht, sich auf dem steinigen Boden abgerollt und hinter einem Felsvorsprung in Sicherheit gebracht. Die anderen Dorfbewohner waren Hals über Kopf in ihre Höhle zurückgestürzt, während Brannel sich nur wenige Meter von Keffs Körper entfernt aufhielt. Carialle überprüfte sein Infrarotsignal und den Puls: Es waren genau zehn Meter. Sie schaltete eine Stimmverbindung durch das IÜP und leitete sie in den Kontaktknopf weiter.

»Brannel«, rief sie und verstärkte den kleinen Lautsprecher, soweit es ohne Verzerrung ging. »Brannel nimm Keff auf. Bring Keff heim.« Das IÜP ließ beim Wort ›heim‹ eine Lücke. Carialle ging die Wortschatzdatei durch, suchte nach einer Entsprechung. »Bring Keff zu Keffs Höhle, Brannel!« Ihre Stimme kippte hysterisch über. Sie glättete den Tonfall und speiste Endorphine und Proteine in ihre Nährmittelzufuhr, um ihrer Aufgewühltheit gegenzusteuern.

»Zauberer Keff?« fragte Brannel. Vorsichtig hob er den Kopf aus seinem Versteck; er fürchtete sich vor einem weiteren Donnerkeil aus den Bergen. »Spricht Keff?«

Keff lag zusammengesackt am Boden, den Mund aufgerissen, die Augen halb geöffnet; das Weiße war deutlich zu erkennen. Brannel wußte, daß die Donnerkeile manchmal nach dem ersten Aufblitzen noch weiter brannten und knisterten, und hielt daher respektvolle Distanz.

»Bring Keff zu Keffs Höhle«, flehte eine körperlose Stimme. Es war eine Frauenstimme, die da unter dem Kinn des Zauberers ertönte. Vielleicht irgendein Familiargeist? Brannel wiegte vor und zurück; er war hin- und hergerissen. Keff war freundlich zu ihm gewesen. Brannel wollte durchaus tun, was der Zauberer wünschte. Andererseits würde er sich nicht für einen von denen in Gefahr begeben, die von den Zauberkeilen niedergestreckt worden waren. War Keff vielleicht der Nachfolger von Klemay? Hatte er deshalb ihr Ackerland aufgesucht? Doch Keffs Anspruch auf Klemays Nachfolger war soeben von dem Donnerkeil in Frage gestellt worden.

Auf der gegenüberliegenden Ackerseite ließ der Silberzylinder seine Rampe herunter; ganz offensichtlich erwartete er die Ankunft seines Gebieters. Brannel blickte von dem zu seinen Füßen liegenden Körper zu der rätselhaften beweglichen Festung hinüber. Er beugte sich vor und schaute Keff in die Augen. Darin zuckte er leicht. Der Zauberer war noch am Leben, wenn auch bewußtlos.

»Bring Keff zu Keffs Höhle«, sagte die Stimme schon wieder; sie hatte einen forschen, aber eindringlichen Ton. »Komm schon, Brannel. Bring Keff.«

»Also gut«, sagte Brannel schließlich, nachdem die Neugier auf den Silberzylinder die Oberhand über seine Vorsicht gewonnen hatte. Es war das erstemal, daß er eingeladen wurde, die Festung eines Zauberers zu betreten. Welche Wunder würden sich ihm in Keffs Turm wohl offenbaren?

Brannel legte einen schlaffenden Arm über Keffs Schulter, dann nahm er ihn auf und erhob sich. Nach Jahren harter Arbeit war es für Brannel keine sonderliche Anstrengung, einen Mann zu tragen, der kleiner war als er selbst. Außerdem war es das erstemal, daß er einen Zauberer angefaßt hatte. Schuldbewußt und erregt zugleich schleppte er den schlaffen Keff auf den silbernen Turm zu.

Am Fuß der Rampe blieb Brannel stehen und beobachtete, wie sich die glatte Tür unter leisem Zischen hob. Er starrte zu ihr hoch und fragte sich, was das für eine Tür sein mochte, die sich öffnen konnte, ohne daß Hände sie schoben.

»Komm, Brannel«, ertönte die seidige, eindringliche Stimme auf seinem Rücken.

Brannel gehorchte. Unter seinen rauhen, nackten Füßen dröhnte die Rampe hohl. Im Innern roch die Luft anderes. Als er den Fuß auf die Schwelle zu dem düsteren, schmalen Vorraum setzte, gingen die Lichter an. Die Wände waren glatt, wie die Oberfläche eines ungetrübten Gewässers. In makellos geformten Ecken trafen Decke und Wände aufeinander. Ein derartiges Beispiel perfekter Handwerkskunst erregte Brannels Bewundern. Aber was hätte man von einem Zauberer auch anderes erwarten sollen? tadelte er sich selbst.

Vor ihm befand sich ein Gang. Schmale Streifen aus bläulichem Licht beleuchteten sich selbst wie die wolkenverhüllte Sonne. Auf Augenhöhe Brannels erwachten orangerote Streifen an den Wänden zum Leben; sie bewegten sich vor, bis sie das Ende der Wände erreicht hatten. Dann kehrten die farbigen Lichter zum Ausgangspunkt zurück und warteten.

»Ich dir folgen. Ist das richtig. Ist das richtig?« fragte Brannel in Zauberersprache und betrat vorsichtig den Gang.

»Komm«, sagte die körperlose Stimme in gebräuchlichem Ozran, und überall um Brannel herum hallte das Geräusch wider. Der Zauberer Keff mußte wirklich ein sehr mächtiger Hexer sein, um ein Haus zu besitzen, das sprechen konnte.

Carialle war erleichtert, daß Brannel sich nicht vor der körperlosen Stimme oder dem Anblick eines interplanetaren Raumschiffs fürchtete. Sicher, er verhielt sich vorsichtig, aber das konnte sie ihm nur zugute halten. Sie führte ihn mit Hilfe der Lampen zu der Wand, in der Keffs Gewichtheberbank aufbewahrt wurde. Lautlos glitt die Bank in Kniehöhe vor dem Edlen Wilden hervor, dem man nicht erst zu sagen brauchte, daß er Keffs Körper hier ablegen sollte.

»Der einzige intelligente Mann auf dem Planeten«, sagte Carialle leise bei sich.

Brannel richtete sich auf und sah sich die Kabine sehr gründlich an, drehte sich dazu ein Stück auf seinen schwieligen Sohlen. Als er die Bildschirme erblickte, auf denen verschiedene Ansichten des Ackers draußen vor dem Schiff zu sehen waren, und die Nahaufnahme seiner Stammesgenossen bemerkte, die sich in der Höhlenöffnung zusammengekauert hatten, gab er ein Geräusch von sich, das einem verächtlichen Lachen glich.

Carialle schaltete ihre Bordmeßgeräte ein, um sich auf Keffs Lebensfunktionen zu konzentrieren. Die Atmung hatte wieder eingesetzt, und seine Augen zuckten unter den Lidern mit den langen Wimpern.

Brannel begann den Außenrand der Kabine abzuschreiten. Er war so vorsichtig, nichts anzurühren, obwohl er sich hin und wieder vorbeugte und das eine oder andere Gerät beschnüffelte. Vor Keffs Trainingsmaschinen atmete er etwas tiefer durch und richtete sich mit einem Schnauben und einem verwunderten Gesichtsausdruck wieder auf.

»Dank für deine Hilfe, Brannel«, sagte Carialle per IÜP über ihre Lautsprecher. »Du kannst jetzt gehen. Keff wird dir später ebenfalls danken.«

Brannel jedoch sah alles andere als bereit aus, jetzt schon wieder zu verschwinden. Ja, er schien die Stimme überhaupt nicht gehört zu haben. Er schlenderte durch die Hauptkabine, und das Schimmern des Erstaunens in seinen Augen begann sich zu verändern. Carialle gefiel sein berechnender Ausdruck nicht besonders. Sie war dem pelzigen

Mann sehr dankbar, daß er Keff gerettet hatte, und sie war bereit, ihm einen kurzen Inspektionsgang durch das Schiff zu gestatten, mehr aber auch nicht.

»Danke, Brannel. Lebwohl, Brannel«, sagte Carialle in etwas schärferem Tonfall. »Du kannst gehen. Bitte. Jetzt. Gehen. Fort!«

Brannel vernahm die abgehackten Worte des Familiars. Sie klangen schon sehr viel weniger freundlich als vorhin, als die Stimme ihn in Keffs Festung gelockt hatte. Er wollte einen derart faszinierenden Ort aber gar nicht verlassen. Viele Gegenstände verlockten ihn dazu, sie zu untersuchen. Manche davon waren klein genug, um sie in der Handfläche zu verbergen. Einige mochten sogar Kraftgegenstände sein. Bestimmt könnte der Zauberer das eine oder andere Stück entbehren.

Brannel richtete seine Aufmerksamkeit auf ein flachgepreßtes Ovoid aus schimmerndem Weiß von der Größe seiner Hand, das unter einem Regal aus großen, steifen, offenbar aus Holz bestehenden Quadraten auf einem schmalen Brett lag. Schon ein flüchtiger Blick auf das weiße Ding offenbarte ihm, daß es die fünf Eindrücke eines Kraftgegenstands auf seiner Oberfläche aufwies. Sein Atem ging schneller, und er griff danach, um es aufzunehmen.

»Nein!« sagte die Stimme. »Das ist meine Palette.« Eine Hand aus schwarzem Metall schoß aus der Wand hervor und schlug Brannel auf das Handgelenk. Verblüfft ließ er das weiße Ding fallen. Bevor es den Boden erreicht hatte, sprang eine weitere Hand aus der Wand und fing es auf. Brannel wich zurück, als die untere Hand das weiße Ding an die obere weiterreichte, die es danach wieder ins Regal zurücklegte.

Nachdem seine ursprüngliche Absicht vereitelt worden war, hielt Brannel nun Ausschau nach einem anderen beweglichen Gegenstand. Mit gewinnendstem Lächeln zeigte er seine langen Zähne und überlegte, wo sich der unsichtbare Beobachter verstecken mochte. Dabei bewegte er sich zielstrebig auf ein anderes kleines Ding zu, das auf einem mit funkelnden Lichtern geschmückten Tisch lag. Wie von allein hob sich seine Hand und griff danach.

»Nein, das wirst du nicht tun«, sagte Carialle entschieden und erschreckte ihn damit so sehr, daß er Keffs Pedometer wieder auf die Konsole fallen ließ. Sie sah, wie sein Kopf herumfuhr, als er festzustellen versuchte, wo sie sich befinden mochte. »Hat dir denn niemand beigebracht, daß Ladendiebstahl verboten ist?«

Er wich zurück, die Hände gut sichtbar auf den Rücken gelegt.

»Von allein willst du also nicht gehen, wie?« fragte Carialle. »Dann muß ich wohl ein bißchen nachhelfen?«

Beginnend an der gegenüberliegenden Seite der Hauptkabine, erzeugte Carialle komplizierte, dissonante Töne, die für Humanoidenohren garantiert schmerzhaft waren.

Der Mann ging in die Knie, die Hände auf die Ohren gepreßt, das Schafsgesicht im Krampf verzerrt. Carialle fuhr die Lautstärke höher und begann zielstrebig mit ihrem Lärm die Strecke bis zur Luftschleuse zu bestreichen. Der protestierende Brannel wurde stolpernd und kriechend auf die Rampe hinausgetrieben. Kaum hatte Carialle den Lärm abgestellt, als Brannel sich prompt wieder auf dem Absatz umdrehte und erneut versuchte, hereinzustürmen. Sie ließ einen lauten Knall wie von tausend Bienenstöcken ertönen und die Luke vor seiner Nase zugleiten, bevor er die Schwelle überqueren konnte.

»Manche Leute haben aber auch ein Sitzfleisch!« knurrte Carialle, während sie zwei Servomechanismen abbeorderte, Keff Erste Hilfe zu leisten.

Nachdem er von den spitzen Tönen ins Freie hinausgetrieben war, eilte Brannel von der fliegenden Burg fort und überquerte den Hügel. Auf der gegenüberliegenden Ackerseite kauerten die anderen mit wedelnden Armen in lärmender Ratsversammlung; vermutlich sprachen sie über den fremden Zauberer. Niemand beachtete Brannel, und das war auch gut so. Er hatte viel Stoff zum Nachdenken und war hungrig. Er war gezwungen gewesen, etwas von dem einschläfernden Essen zu sich zu nehmen. Er hoffte nur, daß es nicht genug gewesen war, um ihn alles vergessen zu machen, was er an diesem Tag erfahren hatte.

Als er einmal in seiner Jugend krank geworden war und unter Fieber, Brechreiz und Kopfschmerzen gelitten hatte, war er unfähig gewesen, etwas von der Nahrung zu sich zu nehmen, die die Gebieter ihnen zur Verfügung stellten. In jener Nacht hatten seine Eltern sich darüber gestritten, ob sie Klemay um ärztliche Hilfe angehen sollten oder nicht. Brannels Mutter hatte geglaubt, daß eine derartige Bitte wohlwollend aufgenommen werden würde; denn Brannel sei ein stämmiger Bursche und würde eines Tages zu einem kräftigen Arbeiter werden. Sein Vater dagegen wollte nicht um Hilfe bitten. Er befürchtete Bestrafung, wenn er einen der Hochgestellten ansprach. Brannel hatte das Gespräch belauscht und sich gefragt, ob er wohl sterben würde.

Am Morgen war Klemays schwebendes Auge vorbeigekommen, um das Tagewerk zu überwachen. Doch Brannels Mutter lief keineswegs hinaus, um sich vor ihm niederzuwerfen. Obwohl es Brannel noch nicht besser ging, schien seine Mutter die Dringlichkeit ihres Hilfsgesuchs völlig vergessen zu haben. In Felle eingehüllt legte sie Brannel an den Ackerrand und streichelte liebevoll sein Bein, bevor sie ihre Pflichten aufnahm. Sie hatte ihre Sorge vom Vorabend *tatsächlich* vergessen. Ebenso sein Vater. Brannel verübelte es den Eltern nicht. So war es dem Volk schließlich schon immer ergangen. Seltsam daran war nur, daß *er* selbst sich noch erinnern konnte. Das Gestern war nicht in einem undifferenzierten Grauschleier der Erinnerung versunken. Alles, was er gehört oder gesehen hatte, war ihm noch so deutlich, als würde es gerade erst geschehen. Und der einzige Unterschied zwischen dem gestrigen und dem heutigen Tag bestand darin, daß er gestern nichts gegessen hatte …

Seitdem hatte Brannel es wann immer möglich vermieden, das Essen des Volkes zu sich zu nehmen. Er hatte mit eßbaren einheimischen Pflanzen experimentiert, die unten am Fluß wuchsen, ernährte sich jedoch überwiegend vom Diebstahl rohen Gemüses und Getreides auf dem Acker oder aus den Futtervorräten des Ackerviehs. So war er größer und stärker geworden als alle seine Artgenossen. Wenn seine Mutter es überhaupt einmal bemerkte – nämlich dann, wenn der undeutliche Schleier der Erinnerung sich mal kurz lüftete –, war sie nur dankbar dafür, daß sie dem Gebieter einen so prächtigen, starken und großen Sohn geboren hatte, der für ihn arbeiten konnte. Brannels Verstand schärfte sich, und er konnte sich an alles erinnern, was er jemals hörte. Er wollte diese Fähigkeit nicht verlieren, indem er sich mit dem Essen des Volks vergiftete. Bisher hatten die Zauberer keinen Anlaß für den Verdacht gehabt, daß Brannel anders sei als die anderen Dorfbewohner. Und er war vorsichtig genug, nicht ungehorsam zu sein oder anderweitig ihre Aufmerksamkeit zu erregen. Das schlimmste Schicksal, daß er sich vorstellen konnte, wäre der Verlust seiner geistigen Klarheit gewesen.

Im Augenblick rätselte Brannels klarer Verstand an Keff herum: War er nun ein Zauberer oder nicht? Er besaß zwar Gegenstände der Kraft, sprach aber keine Zauberersprache. Sein Hausfamiliar beherrschte ihre Sprache ebensowenig, benutzte aber dieselben Mittel wie der Zauberer Klemay, um ihn zu vertreiben, so wie die Arbeiter in seiner Höhle jeden Tag ihres Lebens durch gräßlichste Geräusche ans Werk getrieben wurden. Keff schien über Macht zu verfügen, und doch hatte ihn der Donnerkeil der Zauberer unverhofft niedergestreckt. Ob Keff den Donnerkeil vielleicht nicht kommen gespürt hatte?

Als er auf der gegenüberliegenden Seite des Ackers angelangt war, schlüpfte Brannel zwischen den Sträuchern zu dem Hang hinüber, der ihn zu seinem Versteck in der Nähe des Flusses führte. Nur von ein paar Grünkugeln beobachtet, aß er etwas von den rohen Wurzeln aus dem Vorrat, den er dort zwei Nächte zuvor im Stroh versteckt hatte. In diesem Jahr waren alle Ernten gut gewesen. Niemand hatte gemerkt, wie viele Körbevoll Brannel zur Seite geschafft hatte, und falls doch, erinnerten sie sich nicht mehr daran. Ihre Vergeßlichkeit gereichte ihm zum Vorteil.

Nachdem er seinen Hunger gestillt hatte, kehrte Brannel wieder zur Höhle zurück, um sich die bemerkenswerten Tagesereignisse anzuhören, von dem neuen Zauberer zu vernehmen und davon, wie dieser niedergestreckt worden war. Niemand kam auf den Gedanken, die Frage zu stellen, was aus dem Zauberer geworden sein mochte, und Brannel teilte es den anderen auch nicht mit. Bis zum nächsten Morgen hätten sie es ohnehin wieder vergessen. Als es dunkel wurde, schwärmten alle in die warme Höhle zurück. Als sie auf ihrem Nachtlager Platz nahmen, musterte Alteis seinen Sohn, die Stirn angestrengt gerunzelt, während er versuchte, sich an etwas zu erinnern, das er Brannel hatte fragen wollen. Doch schließlich, eine ganze Weile später, gab er diese Bemühung auf.

KAPITEL 4

Auf den ersten Blick schien sich im Ratsraum des Hochhexers des Südens nur ein einziger Mann zu befinden, Nokias selbst, der auf dem thronähnlichen Schwebesessel in der Mitte ruhte, von den schräg einfallenden Strahlen der Nachmittagssonne erfaßt. Als Plennafrey ihr schwebendes Spähauge durch den Palastsaal lenkte, fiel ihr auf, daß hier allerdings doch mehr und Mächtigeres gegenwärtig war als irgendwo sonst auf Ozran. Sie war stolz darauf, zu jenen zu gehören, die man Nokias zurechnete, stolz, aber auch von Angst erfüllt.

Dem Rücken des Schwebesessels am nächsten hingen die schlichten Silberkugeln der vertrautesten Hauptgefolgsleute Nokias, bereit, dem Hochhexer zu Diensten zu sein, wobei sie ihn gleichzeitig bewachten. Sie waren seine Augen im Hinterkopf, wenn auch keine tatsächlichen, fleischlichen Augen, wie Plennafrey sie sich als Kind immer vorgestellt hatte. Willkürlich im großen Saal verteilt schwebten die reicher verzierten Kugeln der Zauberer und Zauberinnen. In der dunkelsten Ecke schwebte die Kugel des düsteren Zauberers Howet. Hoch über allen anderen war das Spähauge von Asedow zu erkennen, wie es verächtlich auf alle anderen herabblickte. Iranikas rote Kugel schwebte in der Nähe des riesigen, geöffneten Fensters, das auf den Gebirgszug hinausblickte; es schien, als würde sie den Ausführungen des Hochhexers keine Aufmerksamkeit zollen. Unmittelbar vor Nokias, auf Augenhöhe, schwebte das in metallischem Goldrosa schimmernde Auge von Potria, einer ehrgeizigen und gefährlichen Betörerin. Als würde es Plennafreys Blick spüren, richtete sich Potrias Spähauge auf sie, und Plennafrey lenkte ihres gerade noch rechtzeitig auf den Hochhexer Nokias, bevor die mystische Öffnung sich auf sie heftete.

Zu Hause, im Schutz ihrer viele Klicks entfernten Festung, spürte Plenna, wie ihre Wangen sich röteten. Es wäre nicht gut, Aufmerksamkeit zu erregen, und selbst ihre Unerfahrenheit würde keinen Akt eklatanter Unhöflichkeit entschuldigen. Auf solche Weise kamen Zauberer schließlich zu Tode. Sicherheitshalber verstärkte sie den Druck ihrer Finger auf die fünf Mulden in ihrer Gürtelschnalle, ihrem persönlichen Gegenstand der Kraft, und begann damit, das netzartige Gespinst eines Zauberer daraus hervorzuholen, der sie sowohl schützen als auch jeden töten würde, der seine Grenzen zu übertreten versuchte, wobei er zugleich eine Aura der Unterwürfigkeit und Bescheidenheit erzeugte. Sie verfügte über ebensogroße magische Schutzmittel wie alle anderen; ihre einzige Schwäche war ihr Mangel an Erfahrung. Plennafrey war die jüngste unter den Zauberern und Zauberinnen, die einzige Überlebende ihrer Familie. Erst vor zwei Jahren hatte sie den Platz ihres Vaters eingenommen.

Potria schien glücklicherweise nicht verärgert zu sein; das goldrosa Spähauge drehte sich in der Luft, um nacheinander seine Artgenossen zu begutachten. Plenna richtete ihr eigenes blaugrünes Auge so aus, daß es möglichst unauffällig schweben blieb und keine Aufmerksamkeit erregte; dann senkte sie den Schutzzauber und beließ ihn unaktiviert, aber einsatzbereit.

»Wir sollten jetzt dazu übergehen, Klemays Festung zu übernehmen«, verkündete Potrias mentale Stimme. Sie war so melodisch wie ein Hornstoß, von einem kräftigen, tiefen Klang, der von geheimnisvoller Kraft widerhallte. An den Wänden vibrierten leise die mystischen Kunstwerke der Ahnen und setzten die Muster in ihren tiefgeschnitzten Rahmen in Bewegung.

»Erst die Ratsbesprechung, Dame Potria«, sagte Nokias in mildem Tonfall. Er war ein hagerer, rotgesichtiger Mann, nicht so hochgewachsen wie Plennafreys verstorbener Vater, aber mit größeren Händen und Füßen, die im Vergleich zu seiner kleinen Statur überproportioniert wirkten. Seine hellbraunen Augen mit dem staunenden, unschuldigen Blick täuschten über den scharfen Verstand hinweg, der dahinter arbeitete. Er schnippte mit den langen Fingern, worauf ein Diener mit einem Tablett vor ihm erschien. Das Fellgesicht kniete zu Nokias' Füßen nieder und füllte den prächtigen Kelch mit perlendem grünen Wein. Der Hochhexer des Südens schien die Flüssigkeit zu studieren, als suchte er in ihrem smaragdgrünen Funkeln nach Rat. »Mein guter Bruder im Osten, Ferngal, hat auch einen Anspruch auf Klemays Anwesen. Schließlich war es sein Streit mit unserem verstorbenen Bruder, der dazu führte, daß sein Besitz ... verfügbar wurde.«

Schweigen breitete sich im Raum aus, während die Zauberer über die Lage nachdachten.

»Klemays Reich liegt an der Grenze zwischen Ost und Süd«, sagte Asedows Stimme aus der metallblauen Kugel. »Es gehört weder Ferngal noch uns, bis jemand es beansprucht. Stellen wir sicher, daß *wir* dies erfolgreich tun!«

»Hoffst du etwa auf schnelle Beförderung, indem du das Führungsrecht solcherart in die Hand nehmen willst?« fragte Nokias in mildem Tadel, stellte den halbleeren Kelch ab und klopfte mit einer Hand gegen den Boden des Gefäßes. Unter einigen Zauberern breitete sich mentales Gemurmel aus. Plenna wußte, genau wie die anderen, wie ehrgeizig Asedow war. Der Mann war jedoch noch nicht kühn oder stark genug, Nokias um das Amt des Zauberers des Südens herauszufordern. Er neigte dazu, sich kopfüber in gefährliche Situationen zu stürzen, ohne dabei so sorgfältig auf Rückendeckung zu achten, wie es angebracht gewesen wäre. Plennafrey hatte andere sagen hören, daß es wahrscheinlich nicht mehr allzu lange dauern würde, bis sich die Aasvögel um *Asedows* Besitztümer stritten.

»Klemay trug einen Kraftstab, der sich am stärksten aus dem Kern von Ozran speiste«, erklärte Asedow. »So lang wie dein Unterarm, mit einem Knauf an einem Ende, der wie ein großes rotes Juwel aussah. Damit konnte er den Blitz beherrschen. Ich beantrage Inbesitznahme.«

»Was du dir nehmen kannst, kannst du auch behalten«, erwiderte Nokias. Er sprach die Worte zwar sehr ruhig aus, dennoch wirkten sie so bedrohlich wie ein rumpelnder Vulkan. Aber doch selbst jetzt noch mochte Asedow nicht einlenken. Vielleicht will er Nokias gezielt zu einer Herausforderung verlocken, überlegte Plenna sich mit einem Anflug von Entsetzen. Doch nicht ausgerechnet jetzt, da sie vor der Herausforderung durch eine rivalisierende Fraktion standen! Vorsichtig neigte sie ihr Spähauge gen Boden, wo es nicht in die Schußlinie der Kräfte geraten würde. Sie hatte von einem Zauberer gehört, der von einem Kraftstoß, der durch sein Spähauge geschickt wurde, auf der Stelle in Asche verwandelt worden war.

Nokias war der einzige, der Plennas umsichtige Positionsverlagerung bemerkte, und er richtete einen gütigen, belustigten Blick in die Richtung ihrer Drohne. Plenna spürte, daß Nokias sie durch die sich zusammenziehende Pupille der Drohne so sehen konnte, wie sie wirklich war: ein Mädchen von gerade einmal zwanzig Jahren, mit spitzem Elfenkinn und dunklen, vor Beunruhigung weit aufgerissenen Augen. Beschämt darüber, Schwäche gezeigt zu haben, levitierte Plenna ihr Auge tapfer auf eine Höhe dicht unterhalb jener der anderen. Nokias musterte eine Ecke der Saaldecke, als meditierte er über deren Bedeutung für das anstehende Thema.

»Im Osten rührt sich etwas«, sagte Iranika mit ihrer rauhen Mentalstimme, wobei das rosafarbene Spähauge von ihrem Bemühungen, es zu halten, auf und ab zuckte. Iranika war eine ältere Zauberin, die ganz am Ende des südlichen Gebirgszugs lebte. Plennafrey war ihr noch nie persönlich begegnet und würde es wohl auch nie. Die alte Frau lebte zurückgezogen in ihrer gut bewachten Festung, um dafür zu sorgen, daß kein Attentäter versuchte, ihre alternden Reflexe auszunutzen. »Schon zweimal habe ich ungewöhnliche Emanationen in den Kraftlinien gespürt. Ich vermute Verschwörung, vielleicht einen bevorstehenden Versuch der östlichen Mächte, südliches Gebiet zu besetzen.«

»Ich habe auch so meinen Verdacht«, erwiderte Nokias nickend.

Iranika schnaubte. »Der Magier des Ostens will seine Herrschaft auf ganz Ozran ausdehnen, auf daß die Sonne über seinem Reich nie untergehe. Das verlangt nach Handeln, auf daß er dich nicht für schwach erachtet. Einige von euch sollten sofort auf Zauberrücken zu Klemays Berg fliegen. Die Macht muß dort jetzt sofort ergriffen werden! Es sind seltsame Vorzeichen zu beobachten.«

»›Einige von euch sollten zum Berg fliegen‹? Wirst du dich uns denn nicht anschließen, Schwester?« rumpelte Howet aus seiner Ecke.

»Nein. *Ich* bedarf keiner zusätzlichen Macht wie die anderen«, versetzte Iranika, ein grober Stich gegen Asedow, der ihn jedoch ignorierte, da Iranika sich auf seine Seite geschlagen hatte, was die Notwendigkeit des Angriffs betraf. »Ich habe bereits Macht genug. Aber ich möchte nicht, daß Klemays Schatzkammer durch Untätigkeit dem Osten in die Hände fällt.«

»Dasselbe könnte man von deiner sagen«, warf Potria angriffslustig ein. »Ja, ich sollte sie eigentlich sofort beanspruchen, bevor dein Sitz frei wird und jemand aus dem Westen ihn einnimmt.«

»Du darfst es gern versuchen, Mädchen«, antwortete Iranika und richtete ihr Auge voll auf das Potrias.

»Soll ich dir mal zeigen, wie ich so etwas tue?« fragte Potria, und ihre Stimme hallte immer lauter durch den riesigen Saal. Die goldrosa Kugel schwebte auf die rote zu. Beide stiegen zur Decke hoch, während sie Drohungen austauschten.

Plennars Spähaugenansicht geriet ins Wackeln, als sie sich auf den drohenden Streit zwischen den Frauen vorbereitete. So wie Asedow es auf den Sitz des Zauberers des Südens abgesehen hatte, begehrte Potria Iranikas Schatzkammer magischer Gerätschaften. Obwohl Nokias der älteste Zauberer in diesem Quadranten war, hatte Plennafrey davon reden gehört, daß er diesen Sitz nur innehielt, weil Iranika ihn nicht haben wollte. Plenna wünschte sich eine ebenso sichere Stellung, wie die alte Frau sie hatte. Sie hätte eine Menge darum gegeben zu wissen, ob die alte Iranika ihren Platz gerechtfertigterweise oder nur durch Bluff innehielt. Wenn offenkundig wurde, daß jemand an Stärke verlor, wurde er fast zwangsläufig zum sicheren Opfer eines Attentats, und dann verschwanden seine Gegenstände der Macht noch schneller, als die Aasvögel eintreffen konnten, um den Leichnam zu umkreisen.

Wer als Zauberer oder Zauberin in der Hierarchie aufsteigen wollte, mußte ältere Mitglieder herausfordern und besiegen. Solche Kämpfe gingen nicht immer tödlich aus, und sie wurden nicht nur magisch ausgefochten. Manchmal gelangte man ans Ziel, indem man die Diener eines Zauberers dazu zwang, seinem Herrn Gegenstände zu stehlen, bis dieser so viel Macht eingebüßt hatte, um durch heimtückische Mittel überwältigt zu werden. Wer tötete, gewann an Ansehen. Das wußte Plennafrey natürlich; dennoch wollte sie nur ungern jemandem das Leben rauben. Selbst bloße *Gedanken* an Raub und Mord fielen ihr schwer, obwohl sie so etwas zu denken lernte, da es eine Sache des Überlebens war.

Eine andere Möglichkeit, befördert zu werden, bestand darin, magische Gegenstände aus einem versteckten Hort der Alten oder Ahnen in seinen Besitz zu bringen – so etwas war durchaus schon vorgekommen; oder sie einem Zauberer abzunehmen, der sie nicht mehr benutzte. Nur wenn Plenna entsprechend kühn vorginge, würde sie irgend etwas Nennenswertes aus Klemays Hort erhalten. Doch sie war entschlossen, auf *irgend etwas* Anspruch zu erheben, koste es, was es wolle.

Die Kraftgegenstände, die von den Ahnen auf die Alten gekommen waren und von diesen auf die Zauberer, waren von unterschiedlicher Konstruktion, besaßen aber alle dieselbe Eigenschaft, nämlich die Fähigkeit, Kraft aus dem Kern von Ozran zu ziehen, der geheimnisvollen Urquelle aller Macht. Die Ahnen schienen bei der Herstellung kraftübertragender Gegenstände keinem bestimmten Muster gefolgt zu sein: Es waren Amulette darunter, Ringe, Stäbe, Keulen, Stöcke und Gegenstände von mysteriöser Gestalt, die an Gürteln oder Armbändern befestigt werden mußten. Ja, Plennafrey hatte sogar schon von einem Panzerhandschuh in Gestalt eines Tierkopfs vernommen. Nokias trug an seinem Handgelenk den Großen Ring von Ozran und besaß auch Amulette unterschiedlichster und seltsamster Form, doch hatten alle diese Artefakte eine Eigenschaft gemein: die fünf Mulden, in die man die Fingerspitzen legte, wenn man die mentalen oder verbalen Befehlsworte sprach.

»Genug der Zankerei«, warf Nokias ermüdet ein. »Wir sind uns also einig? Von Klemays Macht so viel zu nehmen, wie wir können? Was wir dort vorfinden, soll nach Dienstalter unter uns verteilt werden.« Nokias lehnte sich zurück; der Ausdruck seiner Augen verriet, daß er nicht mit Widerspruch rechnete. »Und nach Stärke.«

»Einverstanden«, ertönte die Stimme aus Potrias Spähauge.

»Ja«, dröhnte Howet.

»In Ordnung«, stimmte Asedow säuerlich zu.

»Gewiß.« Plenna brachte ihr leises Murmeln mit ein, das unter den anderen, ebenso leisen Stimmen im großen Raum förmlich unterging.

Nur Iranika schwieg, da sie schon alles gesagt hatte.

»Dann sollten wir ein Auge darauf werfen«, meinte Nokias jovial und klatschte in die riesigen Hände.

Plennafrey stimmte in das allgemeine Aufstöhnen ein, das daraufhin durch den Saal hallte. Dieser Witz war schon abgedroschen gewesen, als die Ahnen noch über Ozrans Oberfläche schritten.

»Wie sollen wir vorgehen, Hochhexer?« fragte Potria. »Sollen wir offen angreifen oder uns anpirschen?«

»Wenn wir uns anpirschen, sieht es so aus, als hätten wir

etwas zu verbergen«, konterte Asedow sofort. »Alte Schätze aber gehören jedem, der sie beansprucht und seinem Anspruch auch Geltung verschaffen kann. Ich sage, wir sollten uns mit großer Macht dorthin begeben und Ferngal offen herausfordern.«

»Oh!« rief Potria plötzlich. »Ferngal und die Ostlinge haben sich gerade in Bewegung gesetzt! Ich spüre eine Unterbrechung in den Kraftlinien der fraglichen Gebiete! Höchst ungewöhnliche Kraftemanationen.«

»Das würde Ferngal niemals wagen!« erklärte Asedow.

»Warte«, sagte Nokias, die Brauen über den nachdenklich dreinschauenden Augen zusammengezogen. Sein Blick wurde unscharf. »Ich spüre, was auch du spürst, Potria. Dyrene«, mit einem Handzeichen wandte er sich an eine seiner Dienerinnen, die unmittelbar hinter dem Sessel ihres Herrn schwebte. »Du hast ein Spähauge dort in der Gegend. Untersuche die Sache.«

»Ich gehorche, Hochhexer«, sagte Dyrenes Stimme. Die junge Frau hatte die Aufgabe, für Nokias gleich mehrere Augen zu überwachen, damit der Hochhexer seine Kräfte nicht für einfache Kundschaftertätigkeiten verschwenden mußte. »Hm ... hmmm! Das ist nicht Ferngal, ihr Magischen. Auf dem Acker steht zwischen den Arbeitern ein Silberzylinder. Er ist riesig, Hochhexer. Groß wie ein Turm. Ich weiß nicht, wie er dort hingekommen ist!! Daneben steht ein Mann und ... Ich kenne diese Person nicht.«

Iranika gackerte vor sich hin. Die anderen Spähaugen richteten sich auf ihres, die Pupillen geweitet, um den Zorn ihrer Besitzer anzuzeigen.

»Du hast es die ganze Zeit gewußt, alte Frau«, sagte Potria vorwurfsvoll.

»Ich habe es schon vor vielen Stunden entdeckt«, erwiderte Iranika in empörender Koketterie. »Ich habe euch doch gesagt, daß die Kraftlinien merkwürdige Bewegungen aufweisen! Aber habt ihr mir zugehört? Ist es euch vielleicht mal eingefallen, es selbst zu überprüfen? Ich habe alles beobachtet. Der große Silberzylinder ist auf Feuerstößen am unteren Teil vom Himmel gefallen. Eine richtige fliegende Festung. Ein Kraftgegenstand von unglaublicher Macht. Der Mann, der aus ihm hervorstieg, hat mit Klemays Bauern Umgang gepflegt.«

»Er ist nicht an den Kern von Ozran gebunden«, erklärte Nokias nach einem Augenblick der Konzentration, »folglich ist er auch kein Zauberer. Also wird es ein leichtes sein, ihn gefangenzunehmen. Wir werden feststellen, wer er ist und woher er kommt. Leih mir deine Augen, Dyrene. Öffne sie für mich.«

»Ich gehorche, Gebieter«, antwortete die blecherne Stimme.

Auf sein Ziel konzentriert, legte der Zauberer des Südens die linke Hand an seine rechte Hüfte, um den Großen Ring zu aktivieren; schließlich richtete er beide Hände auf das Fenster. Ein heftiges Krachen; dann schoß scharlachrotes Feuer aus seinen Fingerspitzen an den Himmel.

»Er stürzt zu Boden, Hochhexer«, meldete Dyrene.

»Diesen Fremden muß ich mir selbst ansehen«, warf Iranika ein. Ohne um Erlaubnis zu bitten, schwebte ihr Spähauge dem großen Fenster entgegen.

»Wartet, Hochgeborene!« rief Dyrene. »Ein Bauer bewegt den Leib des Fremden. Er trägt ihn zum Silberturm.« Und einen Augenblick später, als sich alle Spähaugen um Dyrenes Kugel versammelt hatten: »Jetzt ist er drinnen versiegelt.«

Iranika stöhnte auf.

»Ich will diesen Silberzylinder haben«, sagte Asedow aufgeregt. »Welche Macht er doch böte! Hochhexer, ich erhebe Anspruch darauf!«

»Und ich fordere dich heraus, Asedow«, schrillte Potria sofort los. »Ich erhebe sowohl Anspruch auf den Turm als auch auf das Wesen.«

Nun erhoben sich die Stimmen zum Streit: einige unterstützten Potria, andere Asedow, und es waren sogar ein paar darunter, die ihr *eigenes* Recht geltend machen wollten, sich der neuen Artefakte zu bemächtigen. Diese ignorierte

Nokias. Potria und Asedow wurde der Erstversuch gestattet. Die anderen Herausforderer würden es mit dem Sieger aufnehmen müssen, sofern Nokias nicht selbst seinen Lehnsherrenanspruch auf die Beute geltend machte.

»Die Herausforderung wurde vernommen und bezeugt«, erklärte Nokias brüllend, um den Lärm zu übertönen. Er hob die Hand mit dem Großen Ring. Mit einem Aufkrächzen schickte Plenna ihr Spähauge schutzheischend unter Nokias' Schwebesessel und bewachte die Fenster ihres Gebirgsheims. Summende scharlachrote Kraftstrahlen schossen durch Nokias' offenes Fenster; beide stammten aus den Gebirgsfestungen der beiden Gegner. Mit einer von dem großen Ring besiegelten, krachenden Explosion trafen die Strahlen aufeinander. »Der Wettkampf beginne.«

Alle Augen stoben aus dem Steinbogen hinter den Herausforderern davon, um sich die Streitobjekte genauer anzuschauen.

»Es ist gewaltig groß!« bemerkte Plennafrey, während sie ihr Auge spiralförmig immer wieder um den Silberturm führte. »Und wie schön es ist!«

»Hier sind Runen eingeschrieben«, sagte Iranikas alte Stimme. Plennafrey spürte den leisen Zug der alten Frau, als sie versuchte, die Aufmerksamkeit auf sich zu ziehen, und folgte dem Impuls zu dem roten Spähauge, das vor dem breiten Bodenstück schwebte. »Komm her und sieh selbst. In meinem ganzen Archiv habe ich noch nie etwas entdeckt, das dem ähnlich wäre.«

»Ich erspähe mit meinem kleinen Auge ein Rätsel von riesigem und bedeutsamstem Ausmaß«, sagte Nokias, dessen goldene Kugel hinter ihnen schwebte, während sie versuchten, die Runen zu entschlüsseln.

»Es ist eine wunderbare Illusion«, meinte Howet und schoß ein gutes Stück zurück, um das ganze Objekt aus der Ferne zu begutachten. »Denn woher soll ich wissen, daß es sich dabei nicht bloß um einen Trick Ferngals handelt? Metall und Feuer – das bedeutet noch kein Wunder, Hochhexer. Ich selbst könnte so etwas auch erbauen.«

»Es ist von sehr eigenwilliger Beschaffenheit«, meinte Nokias.

»Ferngal hat für so etwas doch gar nicht genug Vorstellungskraft«, wandte Potria ein.

»Es ist wunderschön«, sagte Plenna, die glatten Kurven bewundernd.

Iranika höhnte: »Schön, aber nutzlos!«

»Woher willst du das wissen?« fauchte Potria.

Während ihre Servos sich um Keff kümmerten, behielt Carialle den Gebirgszug im Süden weiterhin im Auge. Es regnete nicht; doch woher stammte dann dieser Blitzschlag, sofern es tatsächlich einer gewesen sein sollte? Eine elektrische Entladung solcher Stärke mußte einen Ursprung haben. In der fraglichen Richtung stellte Carialle nichts fest, was dem entsprochen hätte, nicht einmal eine Konzentration leitfähigen Erzes in den Bergen, das als verstärkendes Element hätte wirken können. Die Tatsache, daß der Blitz so dicht vor Keffs Füßen eingeschlagen war, wies auf eine gezielte Handhabung hin.

Die Luft in ihrer Umgebung fühlte sich ionisiert an, leer, beinahe brüchig. Nach dem Blitzschlag begann die Atmosphäre sich langsam zu normalisieren, als strömten die Elemente nach – wie Wasser, nachdem man einen Stein auf eine Teichoberfläche geworfen hatte.

Ihre Sensoren nahmen leises Rumpeln wahr, und wieder leerte sich die Luft um sie herum. Diesmal spürte sie einen Wind, der hart in Richtung Gebirgszug wehte. Plötzlich schlugen die scharlachfarbenen Blitze wieder ein, zwei zerklüftete Speere, die sich auf einem fernen Gipfel miteinander vereinten. Und dann stoben von der Einschlagstelle winzige Partikel auf sie zu, wie die Funken unter dem Hammer eines Schmieds.

Schnell konzentrierte sie sich auf die nahenden Geschosse. Ihre Form war zu regelmäßig, als daß es sich um Steinsplitter hätte handeln können; außerdem schienen sie ihren eigenen Antrieb zu haben und sogar noch zu beschleunigen. Die Analyse traf erst wenige Sekunden vor den Artefakten selbst ein. Es waren vollkommen geformte Kugeln, glatt und in kräftigen Farben, an deren Vorderseite ein Teil abgeschnitten war; dieser wies eine linsenartige Vorrichtung auf. Seltsamerweise konnte Carialle im Innern der Kugeln keine Apparaturen ausmachen: Sie schienen hohl zu sein.

Die Kugeln umflogen sie im Spiralflug, als würde irgendein phantastischer Jongleur sie allesamt gleichzeitig durch die Luft wirbeln. Carialle bemerkte schwache Niedrigfrequenzübertragungen. Die Kugeln schickten offenbar Daten an ihren Ausgangpunkt zurück. Sie koppelte das TÜP mit ihren Außeneinrichtungen.

Ihre erste Vermutung, daß die Daten lediglich für die jeweiligen Absender der Kugel bestimmt waren, erwies sich als falsch, als sie die alternierenden Sendemuster bemerkte und die leisen Funkantworten der nichtsendenden Kugeln auffing. Die *sprachen* ja miteinander! Als Carialle die Frequenz bestimmt hatte, konnte sie auch die Stimmen selbst vernehmen.

Mit Hilfe des Vokabulars und der grammatischen Regeln, die Keff im Gespräch mit Brannel und den anderen aufgezeichnet hatte, versuchte sie, die Gespräche zu entschlüsseln.

Das IÜP ließ lange, unübersetzbare Lücken in seiner Übertragung frei. Die Sprache von Ozran war ebenso kompliziert wie das Standard. Keff hatte gerade erst damit begonnen, ihre Syntax zu analysieren und ein Vokabularium aufzubauen. Carialle zeichnete sicherheitshalber alles auf, ob sie es verstand oder nicht.

»Verdammt, Keff, wach auf!« sagte sie. Das hier war schließlich *seine* Spezialität. Nur er konnte das IÜP richtig bedienen, das rätselhafte Gerät auf die Variablen und Parameter der Sprache einstellen. Die Wortfetzen, die Carialle verstand, stachelten nur ihre Neugier an.

»Kommt her«, sagte eine der farbigen Kugeln mit schriller

Stimme zu den anderen. »... (irgend etwas) nichts ... wie (unübersetzbar).«

»... (unübersetzbar) ... wie willst ... wissen ...«, hörte Carialle eine tiefe männliche Stimme, gefolgt von einem Wort, mit dem Brannel Keff bezeichnet hatte; dann folgte ein weiterer unverständlicher Satz.

»... (unübersetzbar).«

»Woher willst du das wissen?«

Nun kam ein vollständiger Satz in reiner Übersetzung. Carialle stellte ihre Audiosensoren schärfer, bemühte sich, noch mehr aufzufangen. Dem Servo an der Gewichtheberbank befahl sie, Keff an der Schulter zu rütteln.

»Keff. Keff, wach auf! Ich brauche dich. Das mußt du dir anhören. Herrje!« rief sie beinahe verzweifelt, und die Baßtöne ihrer Stimme brachten die Lautsprechermembranen zum Vibrieren. »Wir haben hier eine Gruppe von ungehemmten einheimischen Muttersprachlern vor uns, die werweißwo sein können, und du mußt ausgerechnet ein Nickerchen machen!«

Die merkwürdigen Energiebögen, die sie bei ihrer ersten Landung gespürt hatte, hatten sich inzwischen verstärkt. Ob diese Energie die Hohlkugeln speiste und ihr Funktionieren sicherstellte? Wer immer das System steuerte, verbrauchte jede Menge Strom, als wäre es die reinste Luft: kostenlos, unbegrenzt und mühelos zugänglich. Es fiel ihr schwer zu glauben, daß dies ein Werk der einheimischen Edlen Wilden sein sollte. Die besaßen doch technisch nichts Hochentwickelteres als Zugtiergeschirre. Sie sollte jetzt wohl besser einmal Ausschau nach einer anderen Gruppe halten, nämlich den ›Herrschern‹ dieser Kultur.

Carialle ging ihre Planetenkarten noch einmal nach einer Energiequelle durch, doch auch diesmal ließ sie sich nicht präzise bestimmen. Die Kraftlinien schienen überall und in alle Richtungen zu verlaufen, entzogen sich jeder Analyse. Hätte in der Atmosphäre weniger elektromagnetische Aktivität geherrscht, wäre die ganze Sache einfacher gewesen. So aber verhinderten die elektromagnetischen Strahlen eine genaue Lokalisierung. Carialle war fasziniert, aber beunruhigt. Angesichts der Tatsache, daß Keff verletzt war, hätte sie die Lage lieber aus sicherer Distanz studiert, bis sie genauer wußte, wer hier was beherrschte und womit.

Keine Zeit für einen eleganten Start. Auf ihren Befehl schlangen Carialles Servoroboter die gepolsterten Arme um Keffs Stirn, Hals, Brustkorb, Hüften und Beine und schnallten ihn so auf seine Bank. Carialle begann mit den Startvorbereitungen. Draußen war keiner von den Edlen Wilden mehr zu sehen, also würde sie die Wesen beim Start auch nicht erschrecken oder gar rösten. Und die fliegenden Augäpfel mußten selbst sehen, wie sie zurechtkamen. Carialle aktivierte die Triebwerke.

Alles war bereit und zeigte Grün. Nur daß sie nicht vom Fleck kam.

Carialle erhöhte den Schub, bis die Werte die rote Marke erreichten. Sie spürte, wie ihre Antriebsaggregate heißliefen, während sie den metallschweren Lehm unter ihrem Landegestell befeuerten, doch kam sie keinen Zentimeter in die Höhe.

»Was ist denn das für ein blöder Ort?« rief Carialle. »Was hält mich hier fest?« Sie deaktivierte den Antrieb, startete ihn erneut, hoffte, sich aus ihren unsichtbaren Fesseln zu reißen. Deaktivierung, erneuter Schub! Deaktivierung, erneuter Schub! Nichts. Sie saß in der Falle. Panik stieg in ihr auf; rasch unterdrückte sie die Furcht. Realitätsüberprüfung: So etwas hätte einem Schiff ihrer Leistungskapazität überhaupt nicht passieren dürfen.

Carialle führte eine komplizierte Gesamtdiagnose durch und machte die Feststellung, daß alle Systeme voll funktionstüchtig waren. Sie konnte kaum glauben, was die Systeme ihr meldeten. Es war doch kein Kraftwerk auf diesem Planeten auszumachen, schon gar keins, das leistungsfähig genug gewesen wäre, um ihren mit voller Leistung arbeitenden Antriebsaggregaten zu widerstehen. Außerdem hätte sie wenigstens ein leises *Rucken* verspüren müssen, wenn eine solche Energie frei würde. Aber irgendeine unglaubliche, fremdartige *Kraft* von unbekannter Potenz hielt sie hier am Boden fest.

»Nein«, flüsterte sie. »Nicht schon wieder!«

Objektiv betrachtet, faszinierte die Vorstellung von einer derart gewaltigen, rohen Kraft, die mit solcher Mühelosigkeit beherrscht wurde, den emotionslosen, berechnenden Teil von Carialles Verstand. Subjektiv hingegen empfand sie nur Angst. Sie deaktivierte ihre Maschinen und ließ sie abkühlen.

Rettung schien sehr unwahrscheinlich. Nicht einmal Simeon hatte ihr genaues Ziel gekannt. Der Sektor R war groß und unerforscht. Trotzdem, sagte sie sich störrisch. Die Zentralwelten mußten vor dieser energetischen Anomalie gewarnt werden, damit nicht noch jemand den Fehler beging, auf diesem Planeten zu landen. Carialle aktivierte eine Notdrohne und machte sie startklar, speiste ihren kleinen Gedächtnisspeicher mit sämtlichen Daten, die sie und Keff über Ozran zusammengetragen hatte. Dann öffnete sie eine kleine Luke und ließ die Drohne starten. Die Düsentriebwerke zündeten nicht. Die unsichtbare Kraft hielt die Drohne ebenso fest wie das ganze Schiff.

Eine Frequenzanalyse ergab, daß ein unverkapselter Notruf das elektromagnetische Umweltrauschen höchstwahrscheinlich nicht würde durchdringen können. Doch selbst wenn sie einen Notruf hätte losschicken können – wer hätte ihn die nächsten hundert Jahre auffangen sollen? Sie und Keff waren völlig auf sich selbst gestellt.

»Ooooh.« Ein Stöhnen aus ganzem Herzen verkündete, daß Keff auf seiner Gewichtheberpritsche soeben das Bewußtsein zurückerlangte.

»Wie fühlst du dich?« fragte Carialle und aktivierte den Stimmlautsprecher, der Keff am nächsten war.

»Gräßlich.« Keff wollte sich aufsetzen, bedauerte diese Bewegung aber schon im nächsten Augenblick. Ein scharfer, stechender Schmerz schien, einer Säge gleich, zu versuchen, den hinteren Teil seiner Schädelplatte zu amputieren. Er legte eine Hand an den Hinterkopf, preßte die Augen zusammen und öffnete sie wieder, so weit er konnte, in der Hoffnung, damit die Verschwommenheit seines Blicks zu vertreiben. Seine Augenlider fühlten sich dick und griesig an. Er atmete mehrmals tief durch und begann zu zittern. »Warum ist es hier drin so kalt, Cari? Ich bin durchgefroren bis auf die Knochen.«

»Für Menschen ist die Umwelttemperatur dieses Planeten wirklich ungemütlich kalt«, erklärte Carialle; vor Erleichterung über Keffs Wiederherstellung hatte sie einen forschen Ton angenommen.

»Brr! Wem sagst du das!« Keff schwang die Beine herum und stellte die Füße auf den Boden. Seine Sicht wurde klarer. Er sah, daß er auf seiner Gewichtheberbank saß. Carialles Servos standen in respektvoller Entfernung daneben und warteten ab. »Wie bin ich hier reingekommen? Ich kann mich nur noch erinnern, daß ich mit Brannel draußen auf dem Acker sprach. Was ist passiert?«

»Brannel hat dich hereingetragen, mein armer, verwundeter Ritter. Bist du sicher, daß es dir schon wieder gut genug geht, um das alles zu begreifen?« Carialles Stimme klang zwar heiter und verspielt, doch das konnte Keff nicht täuschen: Sie war außerordentlich aufgewühlt.

Als erstes mußte er den Kopfschmerz vertreiben und seine Kräfte wieder herstellen. Er nahm ein Trainingshandtuch und legte es wie ein Cape um seine Schultern; dann ging er sehr langsam, um seinen Kopf so wenig wie möglich zu erschüttern, zum Nahrungsmittelsynthetisierer hinüber.

»Katerkiller Nummer fünf, dazu ein Aufwärmer mit reichlich Kohlensäure«, befahl er. Der Synthetisierer gehorchte summend. Keff trank, was im Spender erschien, und erschauerte, als die Flüssigkeit seine Kehle herabrann. Er rülpste. »Das habe ich jetzt gebraucht! Und ich brauche auch etwas zu essen. Warm, mit viel Protein. Während ich mich stärke, kannst du mir ja alles erzählen, Herzensdame. Ich werde es schon aushalten.« Mit weitaus größerer Zuversicht, als er in Wirklichkeit empfand, lächelte Keff ihre Mittelsäule an und wartete.

»Mal sehen, wo waren wir stehengeblieben?« begann Carialle in einem Tonfall, der zwar durchaus gefaßt klang, aus dem Keff aber, da er Carialle schon sehr lange kannte, die Erregtheit sofort heraushörte. »Du bist von einem scharlachroten Blitz getroffen worden. Keine Naturerscheinung, vermute ich, denn die Wettersituation war nicht entsprechend. Außerdem ist da noch das Problem der Exaktheit, weil der Blitz nämlich unmittelbar vor deinen Füßen eingeschlagen ist und dich, und zwar dich *allein*, in Ohnmacht versetzt hat. Zufall schließe ich da kategorisch aus. Irgend jemand hat diesen Blitz genau auf dich abgefeuert! Ich habe Brannel dazu überredet, dich hereinzutragen.«

»Das hast du geschafft?« erwiderte Keff bewundernd, da er ja wußte, wie geringfügig ihr Sprachschatz gewesen war. Wie hatte Carialle es bloß geschafft, einen Einheimischen zu irgend etwas zu überreden?

»Danach ist er verduftet, allerdings nicht ganz ohne meine Mitwirkung, wie ich der Vollständigkeit halber erwähnen möchte. Dann hatten wir eine Plage mit ... etwas, das ich normalerweise als Aufklärungsdrohnen bezeichnen würde. Nur daß *diese* Drohnen über keine wahrnehmbaren inneren Mechanismen zu verfügen scheinen, ja, nicht einmal über Flug- oder Antigravgerät.« Carialles Monitore leuchteten auf und zeigten sowohl vergrößerte Außenansichten als auch Nahaufnahmen: Kleine bunte Kugeln schwebten in einiger Entfernung vor ihnen; die abgeflachten Öffnungen waren auf das Gehirnschiff gerichtet.

»Da hat aber jemand wirklich hübsche Augen«, meinte Keff interessiert. »Keine sichtbare Stütze, genau wie du sagst. Merkwürdig.« Der Summer im Essensschacht ertönte, und Keff nahm die große, dampfende Schüssel heraus. »Aaah!«

Auf dem Monitor war neben jeder Drohne ein Frequenzanzeiger eingespielt; die verschiedenen Laute hoben und senkten sich in bestimmten, erkennbaren Mustern. »Das habe ich in Sachen Ultraschall aufgepickt.«

»Das sind aber verdammt niedrige Frequenzen!« meinte

Keff, der die Grafiken am Schirm ablas. »Allzu kompliziertes Datenmaterial können sie damit wohl kaum übertragen.«

»Sie übertragen Stimmsignale«, erklärte Carialle. »Ich habe die Aufzeichnungen durch das IÜP gejagt und das hier erhalten.« Sie spielte die Datei in einem leicht über normal liegenden Tempo ab, um sie komplett abzuspulen. Als Keff die klaren Sätze in Standard vernahm, schossen seine Augenbrauen in die Höhe. Er trat an die Konsole, wo er mit Carialles Erlaubnis den Hauptrechner des IÜP installiert hatte, und bediente die Steuerelemente.

»Hm! Noch ein paar Vokabeln, Verben ... und außerdem wage ich zu behaupten, daß wir jetzt ein paar Redewendungen oder Ausrufformen haben, obwohl ich kein Referenzmaterial habe, um sie vollständig übersetzen zu können. Ist eine ziemlich grobschlächtige Angelegenheit, nicht wahr? Wer immer diese Artefakte steuert, ist zweifellos auch für die unerwarteten Energiestöße verantwortlich, die der Frachtkapitän unserem Simeon gemeldet hat.« Keff richtete sich auf und legte den Kopf schräg, als er Carialles Säule ansah. »Schön, schön, edle Dame. Ich mag nun mal keine Angriffe aus dem Hinterhalt mit Niedrigenergiewaffen. Und ich habe eigentlich auch keine Lust, hier herumzusitzen und mitten in einer Kriegszone Sprachen zu analysieren. Da wir für diese Party nicht hinreichend bewaffnet sind, sollten wir lieber abheben und einen Teilbericht über Ozran einreichen, den dann später jemand mit besseren Schutzschirmen vervollständigen kann. Was hältst du davon?«

Carialle macht ein empörtes Geräusch. »Lieber gestern als heute würde ich starten, aber wir werden von irgendeiner Art Traktorstrahl am Boden festgehalten! Ich kann weder seinen Ursprung noch die Richtung ermitteln, aus der die Energie kommt. So etwas ist zwar völlig unmöglich, aber ich kann mich keinen Zentimeter von der Stelle rühren. Immer wieder habe ich Treibstoff beim Versuch vergeudet, abzuheben – und du weißt selbst, daß wir keine großen Reserven haben.«

Keff beendete seine Mahlzeit und gab das Geschirr in den

Schacht des Synthetisierers. Mit ein bißchen Warmem im Bauch fühlte er sich schon wieder auf der Höhe. Sein Kopf hatte zu rotieren aufgehört, und aus seinen Knochen und Muskeln war die Kälte gewichen.

»Dafür bin ich ja schließlich dein Muskel«, sagte er heiter. »Um loszuziehen und solche Sachen zu suchen.«

»Willst du dich schon wieder opfern, Keff? Wegen irgendwelcher Wahnwitzaugen?« Carialle versuchte, albern zu klingen, doch Keff ließ sich nicht täuschen. Gewinnend lächelte er ihre Mittelsäule an. Seine Beschützerinstinkte waren aktiviert und funktionstüchtig.

»Du bist meine Herzensdame«, erwiderte er mit galanter Geste. »Und ich suche den Gegenstand meiner Queste, um ihn dir zu Füßen zu legen. In diesem Fall handelt es sich um Information. Vielleicht reagiert ein Ozranerstoffwechsel ja nur mit einem leichten Schock, wenn ihn dieser rätselhafte Energiestrahl trifft. Wir wissen noch nicht mit Sicherheit, ob die Leute wirklich feindselig sind.«

»*Alles*, was meinen Hintern am Boden festhält, ist feindselig!«

»Du sollst nicht weiterhin in Schmach verharren, solange ich, dein Paladin, noch die Lippen bewege.« Keff nahm die tragbare IÜP-Einheit auf, überprüfte sie auf Beschädigungen und schnallte sie sich vor die Brust. »Immerhin kann ich Brannel aufsuchen und ihn mal fragen, was mich da getroffen hat.«

»Nicht zu voreilig«, ermahnte ihn Carialle. Auf dem Hauptmonitor zeigte sie ihm ihre Aufzeichnungen von dem Angriff. »Die Gleichung hat sich gründlich verändert. Plötzlich haben wir es nicht mehr mit einheimischen Bauern ohne nennenswerte Technologie zu tun, sondern mit einer unbekannten Lebenform, die über eine höherstehende Technologie verfügt als wir. *Damit* mußt du es aufnehmen!«

Keff nahm wieder Platz und konzentrierte sich auf den Monitor, ließ die Bilder einzeln vor- und zurückspulen und spielte sie noch einmal mit normaler Geschwindigkeit ab.

»Gut! Jetzt weiß ich wenigstens, wonach ich fragen muß«,

sagte er und deutete auf den Schirm. »Siehst du das da? Brannel wußte, worum es sich bei dem Blitz handelt, er wußte, daß er kommen würde, *und* er ist ihm ausgewichen. Schau dir nur mal diese Reflexe an! Hm. Der Strahl kam aus den Bergen im Süden. Im Südwesten. Wie man auf Ozranisch wohl die Himmelsrichtung bezeichnet? Ich könnte Brannel natürlich eine Windrose in den Staub malen, mit dem planetaren Sonnenaufgangspunkt als Ostmarke ...«

Carialle unterbrach ihn, indem sie in der Hauptkabine Sirenengeheul ertönen ließ.

»Keff, du hörst mir ja überhaupt nicht zu! Die Sache ist möglicherweise viel zu gefährlich. Für unbekannte Mächte, die ein ausgewachsenes Raumschiff am Boden festhalten können, dürfte ein bloßer Menschenmann wohl kaum eine Gefahr darstellen. Außerdem haben sie dich schon einmal in die Knie gezwungen.«

»Es ist nicht so leicht, Von Scoyk-Larsens umzubringen«, meinte Keff lächelnd. »Möglicherweise staunen sie Bauklötze, wenn sie sehen, daß ich noch auf den Beinen bin. Aber wie ich schon sagte, vielleicht dachten sie ja gar nicht, daß der rote Strahl mir derartig zusetzen würde. Wie dem auch sei – wüßtest du einen anderen Ausweg?«

Carialle seufzte. »Schon gut, schon gut. Dann gürte eben deine männlichen Lenden und stürz dich ins Scharmützel, Sir Galahad! Aber wenn du dabei ausrutschst und dir beide Beine brichst, dann komm nicht wieder zu mir gelaufen.«

»Gewiß nicht, meine Dame«, antwortete Keff mit einem Grinsen und salutierte vor ihrer Titansäule. »*Mit* meinem Schild – oder darauf. Bin bald zurück.«

KAPITEL 5

Keff betrat die Luftschleuse. Er strich seinen Kittel glatt, überprüfte seine Ausrüstung und konzentrierte sich darauf, die Muskeln zu lockern, bis er schließlich einsatzbereit und ausgeglichen auf den Fußballen federte. Er machte sich mit einem letzten tiefen Atemzug Mut; dann nickte er Carialles Kamera zu und trat vor.

Carialle, die es von Sekunde zu Sekunde zu Sekunde mehr bereute, daß sie sich zu diesem Vorhaben hatte überreden lassen, öffnete ihre Luftschleuse und ließ die Rampe langsam zu Boden. Wie erwartet, kamen die fliegenden Augen dichter herangeschwebt, um zu sehen, was los war. Carialle machte sich Sorgen. Sie stellte sich die Frage, ob diese Augen wohl in der Lage wären, Keff zu erschießen. Er verfügte über keinerlei Schutzschirme. Andererseits hatte er recht: Wenn er keine Lösung fand, würden sie diesen Planeten nie wieder verlassen können.

Keff trat oben auf die Rampe und hielt den schwebenden Kugeln beide nach oben gerichtete Handflächen entgegen. »Ich komme in Frieden«, sagte er.

Die Kugeln drängten geballt heran, und dann – *flitsch!* Schon waren sie wieder in Richtung der fernen Berge verschwunden.

»Das hat ihnen heimgeläutet«, bemerkte Keff zufrieden. »Die Spitzel des bösen Hexers müssen nämlich stets weichen, edle Dame, wenn das Gute fürbaß schreitet.«

Wildes Alarmgeheul setzte ein. Carialle überpüfte ihre Meßgeräte.

»Spürst du das? Die mittlere Feuchtigkeit der unmittelbaren Umgebung ist kräftig abgesunken. Diese Bogenlinien unbestimmbarer Energie, die sich hoch über mir kreuzen und die ich gespürt habe, verstärken sich unmittelbar über uns. Energiestoß steigt, steigt ...«

»Ich spüre es«, sagte Keff und fuhr sich mit der Zunge über die trockenen Lippen. »Mein Nackenhaar sträubt sich. Schau mal!« rief er mit hallender Stimme. »Da kommen unsere Besucher!«

Obwohl in dreihundert Metern Entfernung alles kahl war, kamen auf diese Entfernung von einem Punkt in südsüdöstlicher Richtung plötzlich zwei Gegenstände wie aus dem Nichts auf sie zu, einer hinter dem anderen. Sie wurden beim Näherkommen immer größer, bis Carialle sie schließlich deutlich ausmachen konnte. Keff brauchte dazu einige endlose Millisekunden länger, doch als er die Neuankömmlinge schließlich erblickte, verschlug es ihm den Atem.

»Das sind nicht die Drohnen«, sagte er. »Es ist unser Hexer!«

»Kein einzelner Hexer«, berichtigte Carialle ihn, »sondern zwei.«

Keff nickte, als auch der zweite dicht hinter dem ersten abrupt in Sicht kam. »Das sind auch keine Edlen Wilden. Es ist eine gänzlich andere Art.« Die Augen fielen ihm fast aus dem Kopf. »Schau dir das an, Carialle! Richtige Humanoiden, genau wie wir!«

Carialle stellte ihre Linsen auf Zoom, um sie genauer zu betrachten. Diesmal hatte sich Keffs Wunschdenken tatsächlich erfüllt: Der Besucher, der Carialles Videosensoren am nächsten stand, sah aus wie ein ganz normaler, durchschnittlicher Mann in den mittleren Jahren auf einer der Zentralwelten. Anders als die höhlenbewohnenden Bauern hatte der Besucher eine glatte Gesichtshaut ohne Fell, Bart oder Schnäuzer; und an den Händen wies er vier Finger und einen frei beweglichen Daumen auf.

»Außergewöhnlich. Lebensfunktionen: erhöhter Puls bei fünfundachtzig pro Minute, wenn man menschliche Vergleichswerte heranzieht und die Rötung der Gesichtshaut und seinen Ausdruck betrachtet. Er keucht und flucht wegen irgend etwas. Atmung zwischen vierzig und sechzig«, meldete Carialle durch Keffs Knochenimplantat.

»Genau wie ein Mensch unter Streß!« wiederholte Keff glückselig.

»Das waren Brannel und seine Leute auch«, erwiderte Carialle und überspielte die Grafiken zum Vergleich ebenfalls auf ihren Schirm. »Bis auf oberflächliche äußerliche Unterschiede sind dieser Mann und unsere Edlen Wilden sich gleich. Das ist interessant. Ob diese neue Spezies sich aus der ersten Gruppe entwickelt hat? Aber weshalb ist die Linie der Edlen Wilden dann nicht ausgestorben? Mit der Entstehung einer überlegenen Mutation hätte das eigentlich geschehen müssen. Und wenn die Kahlgesichtigen sich tatsächlich aus den Haarigen entwickelt haben sollten, weshalb gibt es dann so viele verschiedene Grundtypen unter den Edlen Wilden wie Schafe, Hunde, Katzen und Kamele?«

»Das kann ich sie ja mal fragen«, antwortete Keff subvokal, während der erste Fliegende sich ihm näherte. Er hob an, dem Neuankömmling ein Zeichen zu geben.

Der kahlgesichtige Mann trug die hochmütige Miene eines überlegenen, an unterwürfiges Verhalten gewöhnten Wesens. Er besaß schöne, langfingrige Hände, die er über einem leichten Bauchansatz gefaltet hielt, der wiederum auf eine sitzende Tätigkeit und gute Ernährung hinwies. Aufrecht und würdevoll fuhr er in einem reichverzierten Apparat, der einem Sessel mit Bodenstabilisatoren glich. Im Profil betrachtet, war es ein kursives »h« mit verlängerter und aufgeblähter Unterserife, ein Streitwagen ohne Rösser. Wie die Metallkugeln, die das Eintreffen des Besuchers angekündigt hatten, schwebte auch der dunkelgrüne Sessel meterhoch über dem Boden, ohne daß er irgenwelche Hinweise auf einen Antrieb aufwies.

»Was hält das Ding in der Höhe?« wollte Keff wissen. »Hat die Luft hier vielleicht Balken?«

»Die pure, schiere, brutale Energie«, erklärte Carialle. »Obwohl ich beim besten Willen nicht begreife, wie er sie manipuliert. Er hat keinen Muskel gerührt, bewegt sich aber wie ein Raumjockey.«

»Psi«, warf Keff ein. »Teleportation haben sie bereits vorgeführt, und jetzt noch Telekinese. *Super*-Psi. Sämtliche Mentatenrassen, denen die Menschheit bisher in der Galaxis begegnet ist, sind zusammengenommen nicht annähernd so stark wie dieses Volk. Und dabei haben sie eine *solche* Ähnlichkeit mit Menschen! Heda, Freund!« Keff winkte mit dem Arm.

Ohne Keff zu beachten, schoß der schlittengleiche Thron dicht an Cerialles Außenhaut heran; dann fuhr er auf seiner Längsachse herum, um sich dem ihm folgenden goldrosa Wagen zu stellen, worauf dessen Insassin scharf bremste, um eine Kollision in der Luft zu verhindern. Hoch aufgerichtet saß sie in ihrem Sessel; blaugrünes Feuer loderte in ihren Augen, und die Wogen aus trockenem, bronzefarbenem Haar, die ihr angespanntes Gesicht einrahmten, knisterten schier vor Zorn. Ihre schlanke Gestalt war in wehende Umhänge aus ocker- und goldfarbenem Chiffon gehüllt, was ihr ein ätherisches Aussehen verlieh, wenn man von ihrem äußerst verärgerten Gesichtsausdruck absah. Sie bewegte die langen, dünnen Hände in komplizierten, webenden Gesten, und der Mann tat es ihr höhnisch gleich. Keff war die Kieferlade heruntergeklappt.

»Noch mehr Zeichensprache«, bemerkte Carialle, während sie die Gesten der Frau mit kritischem Blick begutachtete. »Neue Symbole. Die hat das IÜP noch nicht in seinem Glossar.«

»Ich bin verliebt«, sagte Keff verträumt. »Auf jeden Fall scharf auf diese Frau. Wer ist sie?«

»Ich weiß es nicht. Aber sie und dieser Mann sind wütend aufeinander. Sie streiten sich wegen irgend etwas.«

»Ich hoffe, sie gewinnt.« Keff seufzte und glotzte die Neue mit Mondkalbaugen an. »Wie schön sie ist! Was für eine Figur. Und das Haar! Genau dieselbe Farbe wie ihre Haut. Einfach wunderbar.« Die Frau schwebte über ihm. Keffs Augen fingen zu glänzen an, als er einen flüchtigen

Duft wahrnahm. »Und sie benutzt ein äußerst wohlriechendes Parfüm.«

Carialle bemerkte die Steigerung seines Blutdrucks und der Atemfrequenz und räusperte sich ungeduldig.

»Keff! Das ist eine Einheimische eines Planeten, den wir zufälligerweise gerade studieren. Bitte umgehend die Fünfzehnjährigen-Hormone absiedeln und dafür das Fünfundvierzigjährigen-Gehirn reaktivieren! Wir müssen herausfinden, wer sie sind, damit wir meinen Hintern freibekommen und diesen Planeten wieder verlassen können.«

»So leicht wie du kann ich aber nicht abschalten«, knurrte Keff. »Kann ich denn etwas dafür, daß ich attraktive Damen schätze?«

»Ich bin ebensowenig immun gegen Schönheit wie du«, ermahnte ihn Carialle. »Aber sollte die Frau für unsere Schwierigkeiten verantwortlich sein, möchte ich wissen, weshalb. Und ganz besonders möchte ich wissen, *wie*!«

Auf der gegenüberliegenden Seite des Ackers waren einige Edle Wilde aus ihrem Höhlenversteck hervorgekommen. In gebückter Haltung, die von Respekt und gesunder Furcht zeugte, hasteten sie auf die Schwebesessel zu und blieben in einiger Entfernung davor stehen. Keff bemerkte Brannel in ihrer Mitte, der ein wenig aufrechter dastand als die anderen. Er rebelliert immer noch gegen Autorität, dachte Keff in wehmütiger Bewunderung.

»Willst du ihn fragen, was hier los ist?« fragte Carialle durch das Implantat.

»Denk daran, was er über die Bestrafung von Neugierigen gesagt hat«, wandte Keff ein. »Das hier sind die Leute, vor denen er Angst hat. Wenn ich ihn mir gesondert herauspicke, kommt etwas auf ihn zu. Nein, ich werde ihn lieber später auf ein Gespräch unter vier Augen abfangen.«

Alteis der Älteste kam heran und verneigte sich tief vor den beiden Sesselbesitzern. Diese ignorierten ihn jedoch und setzten ihre Umkreisungsmanöver im Durchmesser von zehn Metern fort.

»Ich wußte doch, daß man dir nicht vertrauen durfte, erst abzuwarten, bis Nokias uns hierhergeführt hat, Asedow«, rief Potria zornig. »Eines Tages wird deine Machtgier dich den Kopf kosten.«

»Du machst mir Vorwürfe, weil ich mich nicht an die Regeln gehalten habe, obwohl du auch nicht gewartet hast?« versetzte Asedow. »Wo bleibt denn Nokias?«

»Ich konnte nicht zulassen, daß du deinen Anspruch mit Hilfe meiner Untätigkeit durchsetzt«, antwortete Potria, »deshalb hat dein Vorgehen mich dazu gezwungen, dir sofort zu folgen. Jetzt, da ich hier bin, verkünde ich noch einmal, daß ich Anspruch auf den Silberzylinder und das darin befindliche Wesen erhebe. Ich werde gewiß verantwortungsbewußter damit umgehen als du.«

»Über deinen Mangel an Raffinesse würden die Ahnen nur lachen, Potria«, versetzte Asedow verächtlich. »Du willst sie doch nur haben, damit ich sie nicht bekomme. Ich erkläre«, brüllte er dem Himmel entgegen, »daß ich der rechtmäßige Hüter dieser mir durch die Zeitalter übersandten Artefakte bin. Und bei meiner Hoffnung auf Beförderung: Ich werde weise und gut mit ihnen umgehen!«

Potria umkreise Asedow, versuchte näher an den großen Zylinder heranzukommen, doch ihr Widersacher schnitt ihr immer wieder den Zugang ab. Sie steuerte ihren Sessel in die Höhe, um ihn zu überfliegen. Mit gräßlichem Gegacker schoß Asedow blitzartig in die Höhe. Potria haßte ihn, haßte ihn dafür, daß er ihr Ansinnen vereitelte. Früher waren sie einmal Freunde gewesen, hatten sogar mit dem Gedanken gespielt, Liebende zu werden. Sie hatten gehofft, Verbündete sein zu können, um Nokias und Iranika, diesem Aas, die Macht zu nehmen und gemeinsam den Süden zu beherrschen, obwohl die obersten Gesetze der Ersten Zauberer verfügt hatten, daß nur einer führen dürfe. Sie war sich mit Asedow nie einig geworden, wer von ihnen der Höhergestellte sein sollte. Und jetzt würde er *ihren* Anspruch nicht unterstützen und sie ebensowenig den seinen. Nun waren sie gezwungen, uralten Gesetzen zu folgen, deren Begründung vor Tausenden von Jahren festgeschrieben worden war und nie mehr geändert werden durfte. Die beiden konnten sich nur noch ineinander verbeißen wie wahnsinnig gewordene Ratten, die man gemeinsam in einen zu kleinen Käfig gesteckt hatte. Einer von beiden mußte gewinnen, mußte als eindeutiger Sieger aus diesem Wettstreit hervorgehen, entweder sie oder Asedow. Potria hatte mit ganzer Seele den Entschluß gefaßt, dafür zu sorgen, daß *sie* den Sieg davontrug.

Das Rascheln in ihrem Zaubergehör sagte ihr, daß Asedow soeben aus den Linien Kraft zum Angriff schöpfte. Er brauchte sie nur zu vertreiben oder bewußtlos zu schlagen, dann wäre der Sieg sein. Töten war unnötig und würde den Hochhexer Nokias nur erzürnen, weil es ihn eines starken Untertans und Verbündeten berauben würde. Potria begann, zwischen ihren Fingern die Fäden der Macht aufzuwickeln; sie sammelte und sammelte, bis sie ein Netz besaß, das sie über den Gegner werfen konnte. Es würde die Wucht von Asedows Zauber zähmen und ihn zu Boden strecken.

»Diese dort ist unwürdig«, hörte sie Asedow ausrufen. »Gewährt mir den Sieg, nicht ihr!«

Potria streckte das verkohlende Netzgespinst zwischen ihren Daumen und breitete die Arme weit zum Zeichen des Gebets aus, die Hände aufrecht und die Handflächen geziemend einwärts gedreht, um den Segen zu umschließen.

»Im Namen von Ureth, der Mutterwelt des Paradieses, rufe ich alle Mächte an, mir in diesem Kampf zu dienen«, verkündete sie im Singsang.

Asedow peitschte in seinem Streitwagen an ihr vorbei und warf seinen Zauber aus. Potria schoß in die Höhe, ließ ihren Gegenzauber auf ihn fallen und lachte lauthals, als die Wucht seiner eigenen Kraft ihn selbst traf. Bedrohlich schwankend kam Asedows Sessel in hundert Metern Entfernung zum Stehen. Sein Fluchen war deutlich zu vernehmen; er war rasend vor Wut. Er wendete den Sessel auf seiner Längsachse. Da erblickte Potria sein Gesicht, dunkel von Blut wie eine Gewitterwolke. Er keuchte schwer.

»Hast wohl geglaubt, es würde ein leichter Sieg werden, wie?« rief Potria ihm höhnisch zu. Dann leitete sie ihren eigenen Angriff ein. Nichts Tödliches, nur etwas Angemessenes.

Sie spürte die Strömung im Äther. Weitere Zauberer kamen herbei, wahrscheinlich vom Aufbau der Macht an diesem öden, langweiligen Ort angezogen. Sie änderte die Grundausrichtung des Zauberspruchs, den sie gerade ausformte. Wenn sie schon Publikum hatte, wollte sie ein gutes Schauspiel liefern und Asedow gründlich demütigen.

Inzwischen schwebte ihr Gegner unsichtbar in einer Zauberwolke aus dunkelgrünem Rauch, der vor sich hin waberte und rumpelte. Potria meinte sogar winzige Blitze in seinem Innern auszumachen. Auch Asedow hatte das Eintreffen ihrer beider magischen Brüder bemerkt, und das machte ihn ungeduldig. Er schlug zu, obwohl sein Zauber noch nicht ausreichend vorbereitet war. Potria lachte und hob die schlanke Hand, die Finger abgespreizt. Die Kraft prallte von der Schutzkugel ab, die sie um sich selbst geschmiedet hatte, zerstob nach außen und explodierte bei der Berührung mit dem nächststehenden festen Gegenstand, einem Baum, der dabei lichterloh in Flammen aufging. Ein wenig von der Explosionswucht fiel auf Asedow zurück und schüttelte seinen Streitwagen so schwer durch, daß er beinahe die Kontrolle darüber verloren hätte.

Nachdem sie Asedows armselige Attacke abgewehrt hatte, warf Potria verstohlen einen Blick auf die soeben eingetroffenen Zauberer. Es waren allesamt kleine Lichter aus dem Osten, die wahrscheinlch wütend darüber waren, daß Potria und Asedow die Grenze zu ihrem erhofften neuen Reich übertreten hatte. Die Konvention verlangte, daß sie sich aus einem gerechten Kampf heraushalten mußten, und so schwebten sie denn an den Seitenlinien und schimpften auf die Invasion der südlichen Zauberer. Doch Potria war gleichgültig, was sie von ihr hielten, solange sie ihr aus dem Weg blieben, bis sie gesiegt hatte.

Keff sah die fünf Neuankömmlinge ein gutes Stück jenseits des Kampffelds plötzlich aus dem Nichts hervorspringen. Die ersten beiden bremsten derart abrupt, daß er sich fragte, ob sie wohl in wildester Fahrt auf die fragliche Stelle zugehalten und nun Schwierigkeiten hatten, ihr Tempo zu drosseln. Die anderen näherten sich ein wenig vorsichtiger den einander umkreisenden Kämpfenden.

»Die Erstankömmlinge erinnern mich an irgend etwas«, sagte Keff, »aber ich kann es nicht genau ausmachen. Großartiger Effekt, diese plötzliche Bremsung!«

»Es sah aus wie der Singularitätsantrieb«, meinte Carialle kritisch. »Interessant, daß sie diese Wirkung ohne Schutzfelder und in offener Atmosphäre dupliziert haben.«

»Das ist große Magie«, versetzte Keff.

Kaum hatten die fünf Neuankömmlinge den Rand des Felds erreicht, als der Zauberer und die Zauberin auch schon ihre letzte Salve aufeinander abfeuerten.

Aus der grünen Gewitterwolke explodierte eine Rauchfahne, von Blitzen und Donnergrollen durchzogen. Sie umhüllte die Zauberfrau mit ihren schlangengleichen Schleifen und schloß sich um die schlammig wirkende Kugel, in deren Mitte sich die goldene Frau befand. Lichter blitzten darin auf, und Keff vernahm einen Schrei. Doch er wußte nicht zu sagen, ob es ein Ausruf des Zorns, der Furcht oder des Schmerzes war.

Plötzlich brach die Kugel auseinander. Der Rauch verteilte sich am Abendhimmel und ließ die Frau ungeschützt zurück. Ihr Haar hatte sich aus der eleganten Frisur gelöst und stand nun in knisternden Strähnen ab. Das Schulterteil ihrer Robe war verbrannt und offenbarte das dunkle Fleisch darunter. Mit funkelnden Augen levitierte sie empor, schaufelte mit den Armen massenweise Nichts an ihre Brust. Dann fuhr sie mit den Händen vor, und ein Lichtgewitter, grelle, flüssige Elektrizität, jagte auf ihre Gegner zu. Der Mann kreuzte die Unterarme vor seinem Leib zu einer Geste, die den Angriff wohl abwehren sollte, konnte aber nur einen Teil davon deflektieren. Winzige Finger aus weißer

Glut besprenkelten seine Beine und die Kufen seines Sessels, brannten Löcher in seine Robe und versengten die Verzierungen des Fahrzeugs. Um dem zu entkommen, mußte er sich ein Stück von Carialle fortbewegen, auf das offene Feld hinaus, wohin die Blitze ihn nicht mehr verfolgten. Im Triumph kam die Frau herangerauscht und fuhr spiralförmig in einer Art Siegestanz um das Gehirnschiff herum. Vor dem Schiff baute sich plötzlich eine durchsichtige Ziegelmauer auf, Reihe um Reihe, bis sie so hoch war wie Carialle selbst.

Keff verfolgte das Geschehen mit fassungslosen Blicken.

»Kämpfen die etwa um uns?« fragte er ungläubig.

Schon die bloße Andeutung brachte Carialle in Rage. »Wie können die so etwas wagen?« fragte sie. »Das ist *mein* Schiff und keine Wettbewerbstrophäe!«

Doch der Mann hatte nicht vor, es seiner Gegnerin so leicht zu machen. Kaum war die Blitzwolke verschwunden, als er auch schon wieder auf das Schiff zuflog. Zwischen seinen Händen entstand eine weißblaue Kugel. Er schleuderte sie gegen die Ziegelmauer und die dahiner befindliche Zauberin.

Darauf war die Frau nur unzureichend vorbereitet, und so traf die Kugel sie am Bauch. Ihr Schwebesessel wurde Hunderte von Metern zurückgeschleudert, an den schwebenden Fremden vorbei, die hastig auseinanderstoben. Die illusionäre Mauer verschwand. Mit einem Aufschrei kam die Frau herbeigeflogen, die Finger gekrümmt wie die Krallen einer Katze. Scharlachrotes Feuer schoß aus jeder Fingerkuppe hervor, richtete sich gegen den Mann. Sein Sessel machte mitten in der Luft einen Satz und überschlug sich. Wie durch ein Wunder blieb er sitzen. In Carialles Nähe versuchte er, seine ursprüngliche Stellung einzunehmen.

»Die kämpfen ja *tatsächlich* um mich! Was für eine bodenlose Unverschämtheit!«

Beim ersten Anzeichen der Zauberblitze hatten die Landarbeiter sich in sichere Entfernung zurückgezogen, von wo sie nun gespannt den Kampf beobachteten. Ohne Alteis' gezischte Befehle zu beachten, den Kopf nicht zu heben, beobachtete Brannel begierig die Gebieter, so, wie sein Blick sich zuvor auf Keff gerichtet hatte. Vielleicht würde ja diesmal ein Wunder geschehen, und einer von ihnen würde einen Gegenstand der Kraft fallenlassen. Das würde im Schlachtgetümmel nicht weiter auffallen, so daß er, Brannel, darauf zuschießen und es an sich nehmen könnte. Vielleicht war man noch kein Zauberer, nur weil man einen Gegenstand der Kraft besaß; aber genau das wollte er erst einmal herausfinden. Sein ganzes Leben hatte er davon geträumt, das Fliegen oder den Blitz beherrschen zu lernen.

Die Wahrscheinlichkeit eines Erfolgs war indes verschwindend gering. Die Zauberer waren nun mal Zauberer, und die Arbeiter waren Arbeiter, um den Launen ihrer Gebieter entsprechend zu leben, zu sterben oder zu dienen, ohne jemals den Blick über den Horizont ihrer erniedrigten Stellung heben zu dürfen. Bis heute, da der Zauberer Keff vom Himmel herabgestiegen war, hatte Brannel nicht geglaubt, daß es noch eine dritte Lebensweise geben könnte. Nach den Normen Ozrans war der Fremde zwar kein Zauberer, da die Gebieter um ihn kämpften, als wäre er überhaupt nicht vorhanden; ganz bestimmt aber war er auch kein Arbeiter. Er mußte irgend etwas dazwischen sein, ein Treppstein, der vom Bauerntum zur Macht führte. Brannel wußte, daß Keff ihm helfen könnte, über seine niedrige Herkunft hinauszugelangen, um einen Platz unter den Zauberern einzunehmen. Doch wie sollte er sich seine Gunst und seine Hilfe sichern? Nun ja, er war dem Zauberer Keff bereits zu Diensten gewesen. Vielleicht könnte er ihm noch weitere Dienste erweisen – vorausgesetzt, daß Keff den Streit überlebte, der gerade über seinem Kopf stattfand.

Brannel hatte die Zauberin Potria und den Zauberer Asedow an ihren Farben erkannt, während seine Artgenossen sich viel zu sehr fürchteten, um die Köpfe aus dem Staub zu heben. Er würde sein Herz und den Rest seiner Finger darum geben, Zauber spinnen zu können, wie sie es taten. Trotz der Schäden, die die Kämpfenden einander zufügten, war bisher nicht das geringste Rauchwölkchen, nicht die kleinste Flamme Keff auch nur nahegekommen, der den tobenden Kampf gelassen und ohne Furcht beobachtete. Brannel bewunderte den Mut des Fremden. Keff würde ein mächtiger Lehrer sein. Gemeinsam würden sie die herrschende Ordnung bekämpfen und würdige Vertreter der untersten Kaste zur Herrschaft zulassen, wie ihre Intelligenz es verdient hatte. Vorausgesetzt allerdings, daß Keff auch den Krieg überlebte, in dem er Teil des Siegerlohns war.

»Eine Welt der Zauberer, edle Dame!« gluckste Keff Carialle fröhlich an. »Sie üben Magie aus! Kein Wunder, daß du keine Kraftfelder ausfindig machen kannst. Es gibt keine! Das hier ist die reine Evokation der Macht der Astralebene der Galaxie.«

Die schöne Frau schoß in ihrem Schwebesessel an ihm vorbei; ihre Hände waren emsig damit beschäftigt, Zeichen und Zauber zu formen. Keff stellte das IÜP darauf ein, sämtliche Bewegungen zu registrieren und diese anhand von wiederholtem Gebrauch und Kontext in Sprachlichkeit und rituelle Äußerung zu unterteilen. Gleichzeitig erfuhr er dabei etwas über eine zweite gesprochene Sprache oder einen Dialekt. Das IÜP hatte ihm mitgeteilt, daß Brannel einige der Begriffe verwendet hatte, und so staunte Keff über die Sprachverschiebung zwischen der einen Rasse und der anderen.

»Magische Evokation ist ja wohl kaum ein wissenschaftliches Konzept, Keff«, ermahnte Carialle ihn. »Irgendwoher beziehen sie ihre Kraft, soviel ist sicher. Ich kann sogar ihren Aufbau über kürzere Strecken verfolgen. Aber dann verliere ich die Spur wieder in den willkürlichen Emanationen.«

»Sie stammt aus dem Äther«, sagte Keff verzückt. »Das ist Magie.«

»Hör auf, es so zu nennen! Wir spielen hier kein Spiel«, versetzte Carialle in scharfem Tonfall. »Wir sind Zeugen einer hochentwickelten Manipulation von Energie, nicht irgendeines Hokuspokus aus dem Nichts.«

»Betrachte die Sache doch mal logisch«, konterte Keff und beobachtete, wie der Mann eine faustgroße Flammenkugel über seinen Kopf hinweg gegen die Gegnerin schleuderte. »Wie willst du es denn sonst erklären, wenn jemand ohne Apparate fliegen kann oder mitten aus dem Nichts auftaucht?«

»Telekinese.«

»Und was ist das, wenn jemand zwischen seinen Händen Blitze strickt? Oder Rauch oder Feuerkugeln ohne Brennstoff hervorbringt? Genau das ist doch das Zeug, aus dem die Legenden sind: Magie.«

»Es ist eine hochentwickelte Taschenspielerkunst, das räume ich gern ein. Aber es gibt dafür auch eine logische Erklärung.«

Keff lachte. »Das *ist* doch eine logische Erklärung! Wir haben einen Planeten entdeckt, auf dem die Gesetze der Magie die wissenschaftlichen Naturgesetze *sind*.«

»Na, die Physik gilt hier aber trotzdem«, konterte Carialle. »Unsere Zauberleute da oben werden nämlich langsam müde. Ihr Energievorrat ist auch nicht unerschöpflich.«

Die Finten und Gegenangriffe wurden immer langsamer. Die Zauberfrau bewahrte sich während des gesamten Konflikts einen Gesichtsausdruck grimmiger Erheiterung, während der Zaubermann seine Verärgerung nicht verbergen konnte.

Wie von dem Konflikt angelockt, erschien plötzlich eine Gruppe von Kugelfröschen aus dem Gestrüpp des Unterholzes am Rande der Äcker. Sie rollten mitten zwischen die Edlen Wilden, die sich in der Lücke drängten und den Luftkampf beobachteten. Die Wilden mieden den Kontakt mit den kleinen Kreaturen, indem sie so lange nach ihnen traten, bis die Kugeln sich von ihnen abwandten. Mühsam wälzte sich der kleine Trupp ins Freie und machte unterhalb der

Kämpfenden halt. Keff sah, wie sich ihre strahlenden schwarzen Augen auf die beiden Kontrahenten richteten. Sie schienen fasziniert von ihnen zu sein.

»Schau mal, Carialle«, sagte Keff und richtete seine Kontaktknopfkamera auf die Wesen. »Werden die durch die Bewegung angezogen oder durch das Licht? Man sollte doch meinen, daß sie sich vor gewalttätigen Lebewesen, die soviel größer sind als sie selbst, eher fürchten müßten.«

»Vielleicht fühlen sie sich ja von Kraft und Macht angezogen wie die Motten von der Kerzenflamme«, meinte Carialle, »obwohl ich einräumen muß, daß ich persönlich noch nie eine Motte oder Kerze gesehen habe. Ich bin keine Expertin, was Tierverhalten angeht, aber ich glaube nicht, daß dieses Hingezogensein etwas Ungewöhnliches darstellt. Sicher, es ist unvorsichtig, möglicherweise sogar selbstzerstörerisch. Jeder unserer Psi-Benutzer dort oben könnte sie mit einem Bruchteil der Energie vernichten, die er allein schon dazu braucht, um seinen Sessel in der Schwebe zu halten.«

Die beiden Zauberer jagten vorbei, parierten magische Donnerkeile und setzten nach; sie ignorierten die Kugelfroschgruppe, die sie über das Feld verfolgte. Schließlich gaben die kleinen Kreaturen ihre hoffnungslose Verfolgungsjagd auf und rollten im Pulk auf Keff und Carialle zu.

»Dein tierischer Magnetismus ist offensichtlich wieder in Aktion«, bemerkte Carialle. Die Kugelfrösche steuerten, mit ihren übergroßen Füßen hart gegen die Innenwand ihrer kugelähnlichen Panzerapparaturen paddelnd, die Rampe hinauf und hielten auf das Schiffsinnere zu. »Hoppla, einen Augenblick mal! Ihr könnt hier nicht hinein. Raus!« sagte sie mit voller Lautstärke aus ihrem Schleusenlautsprecher.

»Husch!«

Die Frösche beachteten sie nicht. Carialle verfolgte sie mit ihren Innenkameras und lenkte ihre Servos in die Luftschleuse, um die ungebetenen Gäste hinauszukomplimentieren.

Die Frösche unternahmen einige entschlossene Versuche,

an den niedrig gebauten Robotern vorbeizukommen. Als sie scheiterten, drehten sie sich in ihren Kugeln um und paddelten wieder in Gegenrichtung davon.

»Plagegeister!« sagte Carialle. »Ist eigentlich alles auf diesem Planeten nur scharf auf eine kostenlose Besichtigung meiner Innereien?«

Lärmend rollten die Kugelfrösche die Rampe und den mit Unterholz bewachsenen Abhang auf der gegenüberliegenden Seite der Lichtung hinunter. Keff blickte ihnen nach, bis sie verschwunden waren.

»Ich frage mich gerade, ob sie vielleicht nur von jeglicher Art von Schwingung oder Emission angezogen werden«, sagte er.

»Könnte sein – Kopf weg!« trompetete Carialle plötzlich. Sie steuerte ihre Servos mit voller Kraft in den Rückwärtsgang, damit sie Keff den Weg freimachten. Ohne erst zu fragen, was los war, sprang Keff seitlich in Carialles Luke und prallte dort am Boden auf. Nur einen Sekundenbruchteil später spürte er, wie ein flammenwerfergleicher Hitzestoß ihm beinahe die Wange versengte. Wäre er stehengeblieben, hätte er eine Gesichtsladung Feuer abbekommen.

»Sie sind außer Kontrolle geraten! Komm rein!« schrie Carialle.

Keff gehorchte. Der Kampf war wieder heftiger geworden, und inzwischen nahmen die Magier keine Rücksicht mehr darauf, wo ihre Energiestöße einschlugen. Wieder schoß aus den Fingerspitzen der Frau ein flammender Zauber hervor, nur ein knappes Dutzend Meter von Keff entfernt.

Der Muskel zog den Kopf ein und rollte sich durch die Innenluke ab. Unverzögert ließ Carialle die Schleusentür zugleiten. Keff vernahm das Wimmern belasteten Metalls, als irgend etwas gegen die Schiffsseite krachte.

»Aua!« protestierte Carialle. »Dieser Stoß war vielleicht kalt! Wie machen die das bloß?«

Keff rannte zu den Monitoren in der Hauptkabine und ließ sich in seine Andruckliege fallen.

»Volle Ansicht, bitte, Carialle!«

Das Gehirn gewährte sie ihm, indem es die drei umgebenden Kabinenwände mit einem 270°-Panoramabild ausfüllte.

Keff drehte sich auf seinem Pilotensessel, um den grünen Kondensstreifen über dem Himmel zu verfolgen, als sich der Zaubermann ans gegenüberliegende Ende der Kampfzone zurückzog. Er wirkte frustiert. Der letzte, erfolglose Stoß, der Carialle an der Flanke getroffen hatte, mußte von ihm gekommen sein. Die Frau, schön, mächtig und aufrecht in ihrem Sessel sitzend, bereitete mit emsigen Händen die nächste Attacke vor. Ihre grünen Augen wirkten stumpf, als wäre es ihr inzwischen gleichgültig geworden, wo ihr Kraftstoß schließlich enden mochte. Die fünf Magier am Rand des Kampffelds wirkten gelangweilt und zornig; sie konnten sich nur mit Mühe beherrschen, um nicht einzugreifen. Soviel war deutlich: Der Kampf würde bald zu Ende sein, so oder so.

Selbst im Innern des Schiffs spürte Keff die plötzliche Veränderung in der Atmosphäre. Sein Haar knisterte vor Statik, Augenbrauen, Augenlider und Armbehaarung eingeschlossen. Irgend etwas Gewaltiges stand unmittelbar bevor. Er beugte sich zum Mittelschirm hinüber.

Plötzlich erschienen wie aus dem Nichts drei Neuankömmlinge in Schwebesesseln mitten in der Kampfzone. Keff zuckte unwillkürlich in seinem Sessel zurück.

»Holla! Die meinen es aber ernst«, sagte Carialle. »Nichts, von wegen hundert Meter Sicherheitsabstand oder so. Einfach – klatsch! Mitten hinein ins Getümmel!«

Die Zauber, welche die Kämpfenden gerade aufzubauen versuchten, verpufften wie bunter Rauch im Wind. Carialles Instrumente zeigten ein deutliches Absinken der elektromagnetischen Felder an. Magier und Magierin ließen die Hände steif auf ihre Armlehnen sinken und blickten wütend auf die Hindernisse, die plötzlich zwischen ihnen schwebten. Wenn Blicke Raktentreibstoff hätten zünden können, wären Carialles Tanks jetzt in Flammen aufgegangen. Was immer die beiden mit Kraft versorgte, war von den Dreien in der Mitte offenbar unterbrochen worden.

»Hoho! Die Großen Bergzampanos sind das«, bemerkte Keff witzelnd, doch mit ausdrucksloser Miene.

Die Sessel der Neuankömmlinge waren größer und bunter als alle anderen, die Keff und Carialle bisher zu Gesicht bekommen hatten. Eine Heerschar kleinerer Schwebesessel mit unbedeutenderen Magiern erschien plötzlich, um in respektvoller Distanz am Kreisrand schweben zu bleiben. Die drei Männer in der Mitte ignorierten sie; offensichtlich waren sie im Begriff, die Kämpfenden zu disziplinieren.

»Man stellt sich vor«, sagte Keff, das IÜP überwachend. »Groß und mächtig. Der Bursche in Gold ist Nokias, der in Schwarz heißt Ferngal, und der Silberne in der Mitte, der so nervös aussieht, ist Chaumel. Der ist Diplomat.«

Carialle beobachtete die beschwichtigenden Gesten des Zauberers im silbernen Schwebesessel. »Ich glaube, Ferngal und Nokias mögen sich nicht besonders.«

Doch Chaumel schwebte geschmeidig nickend und lächelnd in seinem silbernen Sessel zwischen dem Goldenen und dem Schwarzen hin und her und brachte sie immerhin dazu, einander höflich, wenn schon nicht friedlich, zuzunicken. Sofort teilten sich die unbedeutenderen Magier in zwei Gruppen, womit sie ihre jeweiligen Loyalitätsverhältnisse kundtaten.

»Komplimente an die großen Bergzampanos von meiner hübschen Dame und ihrem Freund«, fuhr Keff fort. »Sie heißt Potria, er Asedow. einer der Nebenstehenden meint, sie wären ganz schön *irgendwas* – vielleicht kühn? frech? –, hierherzukommen. Aha, das also bedeutet das Wort, das auch Brannel benutzt hat: verboten! Jetzt habe ich endlich einen Hinweis auf einige andere Dinge, die sie gerade sagen. Ich werde die Dataeder noch einmal durchgehen müssen – ich glaube, es geht gerade um einen Territorialdisput.«

Nokias und Ferngal sprachen jeweils eine gewisse Zeitlang. Keff konnte einige der Komplimente übersetzen, die die Zaubermänner einander machten.

»Irgend etwas über hohe Berge«, sagte er und ließ das IÜP die Kontakt-Daten durchgehen. »Ja, ich glaube, dieses wiederholte Wort muß wohl ›Macht‹ bedeuten, also sagt Ferngal über Nokias gerade, daß er über Macht verfügt, so hoch, ich meine, so stark wie die hohen Berge und so tief wie ihre Wurzeln.« Er lachte. »Das ist derselbe Kalauer, wie wir ihn im Standard haben, Cari. Er hat dasselbe Wort wie Brannel für die eßbaren ›Wurzeln‹ benutzt. Die Bauern und die Zauberer sprechen zwar verschiedene Dialekte, aber die sind miteinander verwandt. Faszinierend, diese kognitiven Differenzen! Völlig fremdartig, vergleichen mit allen anderen Sprachen in meinen Datenbanken.«

»Diese intellektuelle Analyse mag ja sehr amüsant sein«, warf Carialle ein, »aber was sagen sie denn nun gerade? Und was noch wichtiger ist, inwieweit betrifft es *uns?*«

Sie schwenkte die Kameras, um Potria und Asedow auf separate Monitore zu holen. Nachdem die beiden Honoratioren ihre Reden gehalten hatten, wurde den Kämpfenden gestattet, sich ebenfalls zu äußern, was sie denn auch taten, wobei einer den anderen ständig unterbrach und beide sehr häufig auf Carialle deuteten.

»Das sind ganz eindeutig besitzanzeigende Gesten«, meint Keff beunruhigt.

»Auf *mein* Schiff erhebt niemand einen Anspruch!« sagte Carialle entschlossen. »Wer von denen hat seinen Traktorstrahl auf mich gerichtet? Ich will, daß er sofort abgeschaltet wird!«

Keff lauschte dem Dolmetschprogramm und schüttelte den Kopf. »Ich glaube, keiner von ihnen hat es getan. Das könnte auch eine Naturerscheinung sein.«

»Und warum hängt dann keiner von diesen Schwebesesseln am Boden fest?«

»Cari, wir wissen noch nicht genau, ob das wirklich alles so ist.«

»Ich habe einen ziemlich gut entwickelten Überlebensinstinkt, und der sagt mir, daß es genau darum geht.«

»Na schön, dann werden wir ihnen sagen, daß dir dein Schiff selbst gehört, und daß sie es nicht bekommen können«, gab Keff nach. »Warte mal, jetzt redet der Diplomat.«

Der Magier in der silbernen Robe hatte aufmerksamkeitsheischend die Hände gehoben und sprach nun eine ganze Weile zu der Versammlung, wobei er nur gelegentlich einen Blick über die Schulter warf. Asedow und Potria hörten damit auf, einander anzuschreien, während die beiden anderen Großen Bergmenschen nachdenklich dreinblickten. Keff legte amüsiert den Kopf schräg.

»Schau dir das an: Chaumel hat sie alle beruhigt. He, jetzt kommt er hierher!«

Der silberne Streitwagen löste sich von den anderen und kam auf Carialle zugeschwebt, um etwa vier Meter vor der Rampe sanft aufzusetzen. Erwartungsvoll blieben die beiden Magierlager über der Ackermitte schweben; das Spektrum der Mienen reichte von nervösem Interesse bis zu unverhohlener Habgier. Der Magier stand auf und trat von der Schwebeplattform seines Sessels, um sich daneben aufzubauen. Die Hände über dem Bauch verschränkt, verneigte er sich vor dem Schiff.

»Stehen können sie also«, bemerkte Carialle. »Aus den verschreckten Mienen unserer Edlen Wilden dort drüben schließe ich, daß das etwas Ungewöhnliches sein muß. Ich vermute, diese Magier bewegen sich sonst nicht allzuviel zu Fuß.«

»Da hast du wohl recht. Ich schätze, wenn man Zugriff auf die mystischen Kräfte der Astralebene hat, wird man die Fortbewegung durch eigene Kraft wohl eher an die Bauern delegieren.«

»Er wartet auf irgendwas. Ob er will, daß wir ihm ein Zeichen geben? Ihn vielleicht auf ein Täßchen Tee hereinbitten,«

Keff musterte Chaumels Bild genauer. »Ich glaube, wir sollten lieber abwarten, bis er den ersten Zug tut. Aha! Er kommt, um uns einen Besuch abzustatten. Ein echter Staatsbesuch, edle Dame!«

Chaumel überwand seine innere Unentschlossenheit und machte sich mit feierlicher Würde auf den Weg zum Rampenende, jeder Schritt eine bedächtige und majestätische

Bewegung. Als er an der Rampe angekommen war, blieb er stehen und verneigte sich noch einmal.

»Ich fühle mich geehrt«, sagte Carialle. »Wenn ich vorher gewußt hätte, daß hoher Besuch kommt, hätte ich glatt noch einen Kuchen gebacken.«

KAPITEL 6

»Jetzt liegt die Initiative bei uns«, sagte Keff. Er behielt den kleinen Bildschirm seines Intentionsübersetzers im Auge, während dieser alle Dataeder verarbeitete, die Carialle während Keffs Bewußtlosigkeit aufgezeichnet hatte, und sie mit den Dialogdaten seiner Gespräche mit Brannel und der Diskussionen unter den Zauberern verband. Nachdem das letzte Dataeder aus dem Schlitz geschossen kam und Keff es in seine tragbare IÜP-Einheit auf dem Instrumentenpaneel geschnippt hatte, fuhr er fort: »Das wär's. Jetzt haben wir ein verwendungsfähiges Vokabularium des Ozranischen. Nun kann ich mit ihm reden.«

»Reicht das tatsächlich aus, um auch intelligente Fragen zu stellen?« wollte Carialle wissen. »Um diplomatische Verhandlungen über unsere Freilassung zu führen und sie zu informieren: ›Ach, noch etwas, Leute, wir kommen übrigens von einem anderen Planeten‹?«

»Nein«, antwortete Keff nüchtern. »Es reicht nur, um dumme Fragen zu stellen und weitere Informationen zu sammeln. Das IÜP wird die Antworten aufnehmen, die ich zu hören bekomme, und sie aus dem Kontext heraus übersetzen – hoffe ich jedenfalls.«

»Bisher war das IÜP nicht einmal die Elektronen wert, mit denen man es hätte atomisieren sollen«, warf Carialle mit ausdrucksloser Stimme ein.

»Nun mach aber mal halblang, werte Dame«, erwiderte Keff, die Säule anlächelnd.

»Tut mir leid«, sagte sie sofort. »Ich lasse mich viel zu sehr von der Situation beeindrucken. Es gefällt mir eben nicht, keine Kontrolle mehr über meine eigenen Funktionen zu haben.«

»Das kann ich sehr gut verstehen«, sagte Keff. »Und genau deshalb meine ich auch, je früher ich hinausgehe und mit diesem Burschen rede, um so besser, selbst wenn ich seine Sprache noch immer nicht perfekt beherrsche.«

»Falls du aus Versehen etwas Beleidigendes sagen solltest, bezweifle ich, daß du noch einen zweiten Blitzschlag überleben wirst.«

»Wenn sie den Menschen auch nur annähernd so ähnlich sind, wie sie aussehen, wird ihre Neugier sie schon daran hindern, mich umzubringen, bevor sie nicht alles über mich in Erfahrung gebracht haben. Und bis dahin sind wir schon längst dicke Freunde geworden.«

»Edler Herr Ritter, du gehst davon aus, daß sie in Sachen Höflichkeit deinem werten Selbst das Wasser reichen können«, wandte Carialle ein.

»Ich muß mich aber dem Ritter des Zauberers stellen, und sei es nur aus Gründen der Ritterlichkeit.«

»Sir Keff, es mißbehagt mir, daß du die Feste Burg verläßt, dieweil dort draußen ein Dutzend Zauberer sind, die allesamt die Fähigkeit besitzen, dir ihre Kraftbolzen mitten ins Gekröse zu treiben, während ich nicht das geringste tun kann, um dich zu beschützen.«

»Die Queste muß aber nun einmal weitergehen, Carialle.«

»Na ...«, fing sie an, doch dann fuhr sie schnaubend fort: »Ich bin wohl ein wenig zu bemutternd, wie? Man kann es schließlich schlecht als Erstkontaktaufnahme bezeichnen, wenn du nur hier drinnen herumsitzt und es zuläßt, daß sie wie verrückt auf uns ballern. Und außerdem kommen wir sonst nie mehr hier weg. Wir müssen Verbindung aufnehmen. Tun wir es nicht, kriegen die im Xeno-Amt scharenweise einen Herzinfarkt, und dann ade Zulage.«

»Das ist die rechte Einstellung«, meinte Keff und befestigte das Haltegeschirr seines Geräts.

Carialle überprüfte ihre Außenverbindungen zum IÜP.

»Alles, was wir sagen, kommt als Pidgin-Ozran heraus, stimmt's?«

Keff unterbrach seine Tätigkeit und sah zu ihrer Säule hinauf. »Meinst du wirklich, du solltest überhaupt etwas sagen? Findest du nicht, daß ein sprechendes Schiff die Leute da draußen vielleicht ein wenig überfordern würde?«

»Aber fliegende Sessel sollen *wir* wohl mal eben so wegstecken, wie?« konterte Carialle. »Wir erscheinen denen mindestens ebenso fremdartig wie umgekehrt.«

»Es wäre mir lieber, wenn sie nicht wüßten, daß du sprechen kannst«, meinte Keff nachdenklich.

»Aber das wissen die längst schon! Schließlich habe ich ja mit Brannel gesprochen, als du bewußtlos warst. Es sei denn, er hat gedacht, daß du gerade eine außerkörperliche Erfahrung durchmachst.«

»Selbst wenn wir einmal annehmen, daß Brannel den Mut aufbrächte, unsere Zauberer anzugehen, könnte er die gehörte Stimme trotzdem nicht erklären. Im Gespräch mit mir wirkte er zwar durchaus mutig, aber auf dem Schirm kannst du sehen, daß er die Sesselhocker ganz schön meidet. Die haben hier schließlich das Sagen, und er ist bloß ein Leibeigener.«

»Stimmt, er hat Angst vor ihnen«, pflichtete Carialle ihm bei. »Denk auch daran, wie er erklärt hat, daß die Strafe aus den Bergen kam, als einer von seinen Leuten zu neugierig wurde. Für die ist das kein Problem, Strafen auszuteilen. Die sind ja offenbar endlos kreativ, was Offensivmaßnahmen betrifft.«

»Andererseits möchte ich mir erlauben, Zweifel daran zu äußern, daß irgendeiner der Zauberer ihn auch nur anhören würde, sollte er tatsächlich mit dieser Information anrükken. Da draußen an der Peripherie steht eine ganze Schar von Brannels Leuten, und die Zauberer haben sie bisher nicht einmal eines Blicks gewürdigt. Niemand schenkt den Bauern auch nur die geringste Beachtung. Dein Geheimnis ist also noch immer gewahrt. Deshalb möchte ich auch, daß du dich ruhig verhältst, es sei denn, die Situation erfordert etwas anderes.«

»Also gut«, willigte Carialle schließlich ein. »Dann halte ich eben den Mund. Aber solltest du in Gefahr geraten ... werde ich nicht dafür garantieren, was ich dann tue.«

»Einverstanden.« Und Keff schoß ihrer Säule ein anerkennendes Grinsen zu.

»Prüfen wir das System«, setzte Carialle fort. Der kleine Bildschirm rechts vom Hauptcomputer erwachte zum Leben und zeigte eine Strichzeichnung von Keffs Körper. Der Muskel erhob sich und baute sich davor auf, die Arme seitlich abgesteckt, der Skizze entsprechend.

»Testlauf«, sagte er. »Ma, me, mi, mo, mu. Zwei Boxkämpfer jagen Sylvia über den großen Deich. Maxwell-Corey ist eine dicke, dämliche Dumpfbacke.« Dann wiederholte er die Sätze in subvokalem Flüstern. Auf den Wangen der Grafik leuteten kleine grüne Punkte auf.

»Alles klar«, sagte Carialles Stimme in seinem Ohr. Die Anzeigen der Kieferimplantate leuchteten auf; dann folgten jene der optischen Fibersensoren, die neben seinen Augenwinkeln implantiert waren. »Ich verlasse mich nicht allein auf die Kontaktknöpfe. Der Blitz vorhin hat sie nämlich eine ganze Weile außer Gefecht gesetzt.« Herz-, Atmungs- und Hauttonusmesser in Keffs Brustkorb und in den Oberschenkelmuskeln leuchteten grün auf. Dann erloschen die Anzeigen und flammten nacheinander wieder auf, als Carialle einen zweiten Sicherheitstest durchführte. »Jetzt bist du ordnungsgemäß verwanzt und kannst losziehen. Ich kann alles sehen, hören und fühlen, was mit dir passiert.«

»Gut«, meinte Keff und stand wieder bequem. »Unser Gast erwartet uns.«

»Da kommt der Fremde.«

Keffs Implantat dolmetschte Asedows Bemerkung, als er aus dem Schiff trat. Er nahm die gleiche würdevolle Haltung an, wie Chaumel sie zur Schau stellte, und schritt zum Ende der Rampe hinüber. Dort blieb er stehen und überlegte, ob er gleich hier verharren sollte, was ihm gegenüber seinem

Besucher einen psychologischen Vorteil verschaffen würde, weil dieser dann zu ihm aufblicken müßte. Oder sollte er sich als Zeichen der Höflichkeit zu dem Burschen dort unten gesellen? Lächelnd machte er einen seitlichen Ausfallschritt. Chaumel wich ein kleines Stück zurück, um ihm Platz zu machen. Als Keff dem Zauberer von Angesicht zu Angesicht gegenüberstand, hob er die Hand mit der Fläche nach außen.

»Gruß«, sagte er. »Ich bin Keff.«

Der Augenzeugenbericht hatte nicht getrogen, begriff Chaumel erschreckt. Der Fremde war einer von ihnen. Am merkwürdigsten daran war, daß er ihn nicht erkannte. Auf Ozran gab es nur einige wenige hundert Mitglieder der Kaste. Keine Zaubererfamilie hätte einen solchen Sohn verbergen können, bis er zu einem reifen Mann herangewachsen war, und schon gar nicht einen, der einen derart unglaublichen Kraftbündler wie den Silberzylinder besaß.

»Gruß, Hochgeborener«, sagte Chaumel höflich mit dem Hauch eines Nickens. »Ich bin Chaumel. Deine Anwesenheit gereicht uns zur Ehre.«

Der Mann legte den Kopf schräg, als würde er erst auf irgend etwas in der Ferne lauschen, bevor er antwortete. Chaumel spürte die leise Andeutung der Kraft während der Pause, und doch kam diese nicht aus dem Kern Ozrans, genau wie Nokias es ihm berichtet hatte. Als er schließlich sprach, drückte der Fremde sich mit einem höchst ungebildeten Satzbau aus, gelegentlich durchsetzt von Kauderwelsch.

»Willkommen«, sagte er. »Es ist … meine *Ehre*, dich kennenzulernen.«

Chaumel wich einen halben Schritt zurück. In Wahrheit verstand der Fremde die Sprache gar nicht. Doch wie ließ sich eine derartige Anomalie erklären? Ein Zauberer, der über Kraft gebot, die nicht aus dem Urkern allen Seins stammte, und ein Mann aus Ozran, der die Zunge nicht beherrschte?

Der Fremde schien seine Gedanken zu erraten und sprach

weiter, obwohl nicht einmal die Hälfte dessen, was er sagte, einen Sinn ergab. Und das, was davon verständlich war, hörte sich schier unglaublich an.

»Ich komme von den Sternen«, sagte Keff und zeigte nach oben. Dann deutete er hinter sich auf das Gehirnschiff, streckte die Hand flach in der Horizontalen aus, um sie unter Hebungen und Senkungen mit der Fläche andeutungsweise auf den Boden herabzuführen. »Ich bin hierhergeflogen in dem ... äh, Silberhaus. Ich komme von einer anderen Welt.«

»... nicht ... hier«, sagte Chaumel. Dem IÜP war zwar einiges von dem Vokabular entgangen, nicht aber der Sinn. Er wies auf Keff und kehrte dem Rest seiner Leute dabei den Rücken zu.

»Du willst nicht, daß ich hier darüber spreche?« fragte Keff mit sehr viel leiserer Stimme.

»Nein«, sagte Chaumel, mit einem vorsichtigen Blick über die Schulter zu den beiden anderen Großen Bergmenschen gewandt. »Komm ... Berge ... mir.« Das IÜP formulierte den Satz und dolmetschte ihn erneut aus dem Kontext heraus. »Komm in die Berge mit mir. Dort werden wir reden.«

»Nein, danke«, antwortete Keff kopfschüttelnd. »Reden wir lieber gleich hier. Das geht schon in Ordnung. Warum fragst du nicht die anderen ... äh!«

»Keff!« Carialles Stimme hämmerte gegen sein Gehirn. In diesem Augenblick begriff er, weshalb alle Edlen Wilden so unterwürfig und darauf bedacht waren, jedweden Ärger zu vermeiden. Chaumel hatte ein Gerät, das einer dürren Taschenlampe glich, aus einer Gürtelschlaufe geholt und es Keff in die Seite gerammt. Feuer raste, von seinen Rippen ausgehend, den Hals hinauf und die Wirbelsäule entlang und setzte jeder Muskelkontrolle ein jähes Ende. Zum zweitenmal in zwei Stunden sackte Keff wie ein knochenloses Bündel zu Boden. Diesmal allerdings mit dem Unterschied, daß er bei vollem Bewußtsein blieb. Unmittelbar vor seinen Augen sah er, daß Chaumel unter dem Saum seiner knöchellangen Robe schwarzsilberne Stiefel trug. Sie hatten sehr dicke Sohlen. Obwohl der Boden unter seinem Wagen trokken war, schien der Staub nicht an dem schwarzen Material zu haften, das aus irgendeiner tierischen Haut gefertigt zu sein schien, vielleicht aus dem Leder eines Sechsfüßlers. Dann merkte Keff, daß Carialle zu ihm sprach.

»... verdammt, Keff! Warum hast du dich nicht von ihm ferngehalten? Ich weiß, daß du bei Bewußtsein bist. Kannst du dich überhaupt noch bewegen?«

Chaumels Stiefel stapften schräg nach hinten, verließen Keffs begrenztes Gesichtsfeld. Plötzlich schoß der Boden davon. Unfähig, seinen Muskeln zu befehlen, sich zu bewegen, spürte Keff, wie sein Kopf schlaff zur Seite herabsackte. Beinahe desinteressiert sah er, daß er in der Luft schwebte. Es fühlte sich an, als würde er auf einer kurzen Matratze emporgetragen.

Ohne großes Federlesens wurde Keff von der unsichtbaren Matratze auf die Fußstütze von Chaumels Streitwagen gerollt; sein Kopf war in einem unbehaglichen Steilwinkel verkeilt. Der Magier trat in das von Keffs Körper gebildete U und nahm auf dem verzierten Thron Platz. Plötzlich erhob sich der ganze Apparat in die Luft.

»Telekinese«, murmelte Keff in sein Dentalimplantat. Er stellte fest, daß er langsam wieder die Kontrolle über seinen Körper zurückgewann. Ein Finger zuckte. Ein Muskel in seiner rechten Wade zog sich zusammen. Es prickelte. Dann merkte Keff, wie der Sessel sich über die Äcker erhob; er schaute auf die Außenwölbung der unterirdischen Höhle von Brannels Volk und die dahinterliegenden Berge, die sehr hoch waren, viel höher, als er geglaubt hatte.

»Gut!« Carialles Erleichterung war nicht zu überhören. »Die Verbindung steht noch. Ich hatte schon geglaubt, sie würde wieder abbrechen, als er dich mit diesem Gerät getroffen hat.«

»Stab«, sagte Keff. Inzwischen konnte er die Augen wieder bewegen und richtete sie auf den Gürtel des silbernen Magiers. »Stark.«

»Es sah aus wie ein Stab. Hatte aber eher die Wirkung

eines Viehtreibers.« Eine kurze Pause. »Keine elektrischen Schäden. Es scheint allein die synaptischen Reaktionen beeinträchtigt zu haben. Das ist wirklich ein hochentwickeltes Psi-Gerät.«

»Magie«, zischte Keff leise.

»Darüber streiten wir uns später noch. Kannst du dich befreien?«

»Nein«, antwortete Keff. »Die motorischen Reaktionen sind gehemmt.«

»Verdammt und zugenäht, Galahad! Ich kann nicht zu dir kommen und dich rausholen. Du schwebst schon hundert Meter in der Luft. Na gut, wenigstens kann ich dich verfolgen, wohin du dich auch begibst.«

Carialle war wütend. Keff wollte zwar nicht, daß sie wütend war, aber er selbst war so gut wie bewegungsunfähig. Es gelang ihm, den Kopf in eine etwas bequemere Lage zu bringen, doch selbst diese winzige Bewegung verschlug ihm fast den Atem. Zwar war man in der Galaxie schon öfter auf Psibegabte und telepathische Wesen gestoßen, doch die Fähigkeiten dieser Leute hier überstieg alles Bekannte. Keff konnte nur voller Ehrfurcht über eine telekinetische Kraft staunen, die stark genug war, um den Sessel, Chaumel und ihn ohne erkennbare Anstrengung zu tragen. Eine solche Kraft lag weitab jenseits aller bekannten wissenschaftlichen Wirklichkeiten.

»Magie«, murmelte er.

»Ich glaube nicht an Magie«, versetzte Carialle entschieden. »Nicht angesichts dieser wildgewordenen elektromagnetischen Strömungen.«

»Auch die Magie bedarf der Physik«, wandte Keff ein.

»Pah!« Carialle begann damit, Möglichkeiten durchzugehen, von denen einige hart an eben die Magie grenzten, die sie selbst leugnete, doch sie suchte verzweifelt nach *irgend etwas*, das Keff dorthin zurückbringen würde, wo er hingehörte – in ihre Schiffshülle – und mit dessen Hilfe sie diesen Planeten wieder verlassen könnten, sobald ihre Lähmung, genau wie Keffs, das leiseste Anzeichen der Abschwächung zeigte.

Brannel hatte sich am anderen Ende des Ackers allein im Gebüsch versteckt, um zu sehen, ob der Zauberer Keff wieder herauskommen würde. Nachdem es den Zauberherrschern die Ehre erwiesen hatte, hatte der Rest seines Volks das Desinteresse der Erhabenen an ihnen ausgenutzt und war nach Hause zurückgeeilt, wo es wenigstens warm war.

Der Arbeiter war neugierig. Vielleicht würden die Zauberherrscher ja jetzt, da der Kampf vorüber war, wieder weggehen, so daß er allein zu Keff gehen konnte. Zu seinem Entsetzen machten die Erhabenen jedoch keinerlei Anstalten zu verschwinden. Offensichtlich warteten sie auf dasselbe wie er: daß der Zauberherrscher Keff herauskam. Ehrfürchtiges Staunen erfüllte Brannel, als er beobachtete, wie Chaumel der Silbrige sich zu Fuß dem großen Turm näherte. Dort blieb der Zauberer abwartend stehen, den Blick auf die verschlossene Tür geheftet, die Miene von derselben erwartungsvollen Gespanntheit geprägt, wie auch Brannel sie empfand.

Keff kam nicht. Vielleicht spielte Keff ja alle nur gegeneinander aus. Vielleicht war er klüger als die Zaubererherrscher. Darin läge eine höchst befriedigende Ironie.

Aber als Keff dann schließlich doch herauskam und mit dem Zauberer einige Worte wechselte, brach er plötzlich zusammen. Dann wurde er auf den Streitwagen von Chaumel dem Silbrigen gehievt und davongetragen. In diesem Augenblick erstarben Brannels sämtliche Träume von Freiheit und Ruhm. Alle Schätze im Innern des Silberturms waren soeben seinem Zugriff entglitten und würden für alle Zeiten unerreichbar bleiben.

Er murrte die ganze Strecke bis zur Höhle laut vor sich hin. Fralim fing ihn ab und fragte ihn, was er da täte.

»Wir sollten dem Zaubererherrscher Keff folgen und ihn retten.«

»Einen Zauberer retten? Du mußt verrückt geworden sein«, meinte Fralin. »Es ist Nacht. Komm rein und leg dich schlafen. Morgen früh gibt es wieder Arbeit.«

Niedergeschlagen machte Brannel kehrt und folgte dem Häuptlingssohn in die Wärme.

KAPITEL 7

»Warum ... Dinge machen mehr ... schwererer ... als nötig?« brummte Chaumel, als er den Sessel von der Ebene fortsteuerte. Die IÜP-Einheit bestimmte die Wurzel der fehlenden Vokabeln und vermittelte Keff den Wortlaut der Frage über seine Ohrschnittstelle. »Warum mußt du alles schwerer machen als nötig? Ich will mit dir sprechen ... in früh ...«

»Bitte um Verzeihung, Geehrter«, sagte Keff stockend.

Er hatte sich hinreichend von dem Schock erholt, um nun an einem Ende von Chaumels Sessel aufrecht dasitzen zu können. Der Zauberer beugte sich vor, um Keffs Schulter zu ergreifen, und zog ihn ein paar Zentimeter zurück. Als er den Blick nach unten schweifen ließ, reagierte der Muskel dankbar auf diesen beruhigenden Körperkontakt. Aus den hundert Metern, die Carialle als letztes gemeldet hatte, waren inzwischen mindestens zweihundert geworden, Tendenz steigend. Keff hatte keine Ahnung, wie so etwas bewerkstelligt wurde, doch langsam fing er an, den ungewöhnlichen Flug zu genießen.

Die Sicht war wunderschön. Das sieben mal sieben Meter große Steinquadrat, auf dem Brannel und seine Leute ihre Erntefrüchte abzulegen pflegten, und der Erdaufwurf, unter dem sich ihre Wohnhöhle befand, waren beide auf eine Fläche zusammengeschrumpft, die noch kleiner war als Keffs Fingernagel. Auf der abgeflachten Hügelspitze stehend sah das schimmernde Gehirnschiff wie ein Denkmal aus. In seiner Nähe stiegen die Miniatursessel mit ihren buntgekleideten Puppen auf, um sich wieder zu entfernen.

Plötzlich bemerkte Keff, daß sie nicht allein dahinflogen.

Goldene und schwarze Augenkugeln flankierten den Silbersessel, als er noch höher stieg und dem sich verdunkelnden Himmel entgegenflog. Weitere Kugeln in den unterschiedlichsten Farben folgten ihnen wie vorsichtige Spatzen einer Krähe, ohne ihnen jemals zu nahe zu kommen. Das ist wohl wieder die Hierarchie, dachte Keff. Er bezweifelte, daß es sich bei ihren Begleitern um eine Ehrengarde handelte; denn er hatte aus den Gesprächen schließen können, daß Nokias und Ferngal gesellschaftlich höher standen als Chaumel. Die Kugeln dienten wohl eher der Überwachung sowohl des silbernen Zauberers als auch des Fremden. Keff grinste und winkte ihnen zu.

»Hallo, Mami«, sagte er.

»Bei diesem Tempo werdet ihr Stunden brauchen, bis ihr einen der Gebirgszüge erreicht«, sagte Carialle durch das Implantat. »Ich wüßte gern, wie lange der Bursche das Ding fliegen kann, bevor er tanken oder sich ausruhen muß, oder was auch immer.«

Keff wandte sich an Chaumel.

»Wo fliegen wir ...«

Er hatte die Frage noch nicht beantwortet, als sich das Panorama plötzlich veränderte.

»... hin?«

Keff blieb die Spucke weg. Sie schwebten nicht mehr über Brannels Acker. Von einem Augenblick zum anderen hatte der silberne Streitwagen sich mühelos an einen Punkt oberhalb schneebedeckter Berggipfel bewegt. Der Temperatursturz kam so plötzlich, daß Keff schon heftig und unwillkürlich zu zittern begann, bevor er überhaupt merkte, daß er fror.

»... mistiger dämlicher flatulenter Drecksplanet!« Carialles Stimme, die nur für Augenblicke aus Keffs Bewußtsein verschwunden war, verschaffte sich wieder mit voller Lautstärke Geltung. »Da bist du ja! Du befindest dich einhundertvierundsiebzig Kilometer nordöstlich von deiner letzten Position.«

»Meine liebe Dame, ich muß schon bitten. Was sind denn

das für Ausdrücke!« preßte Keff zwischen Zähneklappern hervor. »Das geziemt sich nicht für *meine* Herzensdame.«

»Ungeziemend, aber völlig angebracht! Du warst ganz schön lange verloren. Verdammt, ich habe mir Sorgen gemacht!«

»Für mich fühlte sich das gerade einmal wie eine Sekunde an«, sagte Keff entschuldigend.

»Dreiundfünfzig Hundertstelsekunden«, berichtigte Carialle ihn knapp. »Was sich für meine Prozessoren wie ein ganzes Zeitalter anfühlt. Ich mußte deine Lebenssignale durch zahllose Energiefelder verfolgen, bis ich dich schließlich wieder lokalisiert habe. Glücklicherweise hat uns dein böser Hexer ja verraten, daß ihr *ins Gebirge* fliegt. Das hat das zu durchkämmende Gebiet um etwa die Hälfte reduziert.«

»Wir sind teleportiert«, sagte Keff staunend. »*Ich* bin teleportiert! hat sich überhaupt nicht so angefühlt. Das geht ja völlig mühelos!«

»Mir stinkt das«, antwortete Carialle. »Während du im Transit warst, warst du auch nicht mehr auf Sendung. Ich wußte nicht, wohin du verschwunden oder ob du überhaupt noch am Leben warst. Verdammte Bagage, mit ihren unelektronischen Spielzeugen und nichtmechanischen Maschinen!«

»Mein ... Gebirgsheim«, verkündete Chaumel und unterbrach damit Keffs subvokales Streitgespräch. Der silberne Magier deutete auf ein überdachtes Gebäude hinunter, das auf der höchsten Stelle des höchsten Gipfels des gesamten Gebirgszugs errichtet war.

»Wie hübsch«, sagte Keff und hoffte inständig, daß einer der Ausdrücke, den er aus Carialles Aufzeichnung der sendenden Drohnen entlehnt hatte, in diesem Zusammenhang auch wirklich paßte. Chaumels erfreutem Gesichtsausdruck nach zu schließen, war das wohl tatsächlich der Fall.

Zunächst konnte er nur den Balkon erkennen, der auf Trägern über einem bodenlosen Abgrund schwebte und im Licht der untergehenden Sonne in rauchiges Purpur und Schwarz getaucht war. In den Berggipfel waren hohe, gebogene Glasfenster eingelassen, die im letzten Tageslicht schimmerten. Sie waren nur durch ihre Flachheit und Glätte von der blauweißen Eisspitze zu unterscheiden. Ansonsten waren von dem Berg nur noch zerklüftete Vorsprünge und steile Abhänge zu erkennen.

»Mächtig ... nicht ... vom Boden«, sagte Chaumel und machte eine Geste, als würde etwas von unten versuchen aufzusteigen, um an der Spitze von einer Faust empfangen zu werden. Das IÜP formulierte die Bemerkung um und dolmetschte in Keffs Ohr: »Das ist eine mächtige Festung. Nichts kann sie vom Boden aus erreichen.«

»Nein, bestimmt nicht.« Nun, das stand ja auch zu erwarten. Kein Zauberer würde in einer Festung leben wollen, die sich erklettern ließ. Wenn sie nur aus der Luft zu erreichen war, blieb sie natürlich viel unzugänglicher.

Als sie sich dem Balkon näherten, stellte Keff fest, daß dieser die Größe eines Heliports hatte; die Landeflächen waren mit verschiedenen, in das Pflaster eingelassenen, farbigen Steinen markiert. Das den hohen Glastüren am nächsten liegende Quadrat war silbergrau und offenbar für den Hausherrn reserviert.

Der Streitwagen schwang sich in einer geschmeidigen Kurve über das Landefeld und setzte so vorsichtig auf wie eine Feder. Kaum war er gelandet, als die Schar der Späh-augen auch schon kehrtmachte und davonflog. Chaumel bedeutete Keff, er solle aussteigen.

Der Muskel stieg von dem Fußbock auf die stumpfen Steinfliesen – und mußte tänzelnd um sein Gleichgewicht kämpfen. Der Boden war glatt und rutschig, so reibungslos wie die Oberfläche eines Trackballs. Da glitt Keff auch schon aus, stürzte rücklings zu Boden, fing seinen Fall mit nach hinten ausgestreckten Händen auf und mühte sich wieder um eine aufrechte Position. Die Art und Weise, wie der Fußboden sich anfühlte, behagte ihm nicht: Er strahlte nämlich förmlich vor Energie. Keff konnte sie zwar weder hören noch sehen, spürte sie dafür aber deutlich. Das Gefühl war äußerst irritierend. Er rieb die Handflächen aneinander.

»Was ist los?« rief Carialle. »Die Ansicht wechselt ständig. Ah, schon besser. Hm. Nein, doch nicht. Was ist denn das für eine furchtbare Schwingung? Fühlt sich mechanisch an.«

»Weiß ich nicht«, erwiderte Keff subvokal und prüfte den Boden mit vorsichtiger Hand. Obwohl er trocken aussah, fühlte er sich klebrig, beinahe klamm an. »Glitschig«, fügte er hinzu, zu seinem Gastgeber auflächelnd.

Chaumel zog die Augenbrauen zu einem ungeduldigen V zusammen und bedeutete Keff mit einer Geste, aufzustehen. Mit äußerster Vorsicht benutzte Keff beide Hände, um erst auf die Knie und dann, noch zaghafter, auf die Füße zu kommen. Chaumel nickte, drehte sich um und schritt durch die hohe Doppeltür. Mit abgespreizten Füßen folgte Keff ihm watschelnd wie ein Wasservogel so schnell wie möglich nach, allein schon deshalb, um die glatte Oberfläche möglichst rasch hinter sich zu bringen.

Jedesmal, wenn er einen Fuß aufsetzte, durchzuckte ihn die beunruhigende Vibration vom Bein bis in die Wirbelsäule. Keff zwang sich dazu, das leichte Zittern zu ignorieren, während er versuchte, Chaumel einzuholen.

Der silberne Zaubermann meckerte weiter vor sich hin, halb an Keff gewandt, halb zu sich selbst. Keff stellte die Empfindlichkeit des IÜP höher, um jedes Wort aufzunehmen, damit er es später wieder abspielen könnte.

Die Glastüren führten in einen großen ball- oder thronsaalähnlichen Raum. Die Decke war ungewöhnlich hoch und mit phantastischen Verzierungen versehen. Keff blickte senkrecht zu einem gemalten und vergoldeten Trompe-d'oeil-Fresko mit einheimischen Vögeln hinauf, die durch einen wolkenfleckigen Himmel flogen. In die Wand waren auf sämtlichen Ebenen Glasfenster, Bergkristalle und farbige Mineralien eingelassen. Ein Oberlicht schnitt sich tortenähnlich in die Saaldecke. In Anbetracht der Tatsache, daß sein Gastgeber und dessen Volk sich fast überallhin im Flug bewegte, überraschte Keff die Sorgfalt nicht, die man auf die Ausgestaltung der obersten Räume verwandt hatte. Das

Zaubervolk schien es ohnehin hell zu mögen, und wenn man in einem Berg lebte, könnte das sonst wohl durchaus Platzangst auslösen. Die Wände waren aus natürlichem Granit gehauen, doch der Boden hatte überall die gleiche frustrierende Trackball-Oberfläche.

»Dies (Ding) ... mein ... alt«, erläuterte Chaumel und wies auf zwei gerahmte Kunstwerke an der Wand. Keff musterte das erste der beiden, um festzustellen, was es darstellte – da bereute er auch schon seinen Versuch. Denn die abstrakte Moiré-Zeichnung schien sich in schwindelerregenden Mustern von allein zu bewegen. Hastig wandte Keff den Blick ab. Tränen traten ihm in die Augen, und er mußte sein Magengrimmen unterdrücken.

»Sehr originell«, bemerkte er japsend. Chaumel hielt kurz in seinem Geplapper inne, um Keffs offensichtliche Sinnesstörung strahlend zur Kenntnis zu nehmen; dann deutete er auf einen weiteren Magenumdreher. Sorgfältig behielt Keff den Blick scharf neben den Rahmenrand gerichtet und reihte Kompliment an Kompliment, ohne genauer hinzusehen. Dann heftete er den Blick auf die Fußsohlen des Magiers und dessen Rocksaum, während er noch ein Stück schneller watschelte, um ihn einzuholen.

Sie gelangten über eine Türschwelle in einen Vorraum, wo mehrere Diener mit Fegen und Staubwischen beschäftigt waren. Wenn sie nicht gerade den Blick hoben, um ihre Anwesenheit zur Kenntnis zu nehmen, achteten auch sie sorgfältig darauf, den vor ihnen liegende Fußboden im Auge zu behalten. Es war für Keff nur ein schwacher Trost, daß andere offenbar auf die gleiche Weise auf die »Kunstwerke« reagierten wie er selbst.

Chaumel war der einzige Kahlhäutige, den Keff zu sehen bekam. Die Dienerschaft schien ausschließlich aus bepelzten Edlen Wilden zu bestehen, genau wie Brannel, nur daß sie statt vier Fingern an jeder Hand fünf aufwiesen.

»Der *missing link*?« fragte Keff, an Carialle gewandt. Diese Lebewesen sahen wie eine Kreuzung zwischen Chaumels und Brannels Volk aus. Obwohl auch ihre Gesichter behaart waren, wiesen ihre Züge doch nicht die gleiche Tierähnlichkeit auf, wie sie die verschiedenen Dorfbewohner kennzeichnete. Statt dessen wirkten sie stärker menschlich-diversifiziert. »Meinst du, daß wir immer stärkere Veränderungen in der Gesichtsstruktur vorfinden werden, je weiter wir uns von den Herrschern entfernen?« Keff blieb stehen, um das Fellgesicht einer Magd zu studieren, die daraufhin errötete und scheu den Blick senkte. Verlegen knüllte sie ihr Staubtuch zwischen den Händen.

»Ähem! Eine geographische Ursache wäre unlogisch«, wandte Carialle ein, »obwohl du natürlich auch Inzucht zwischen den beiden Rassen postulieren könntest. Das würde wiederum bedeuten, daß sich die Rassen genetisch sehr nahestehen. Höchst interessant.«

Als Chaumel bemerkte, daß er die Aufmerksamkeit seines Besuchers verloren hatte, kehrte er zurück und führte Keff von dem Dienstmädchen fort zu einem Steinboden.

»Was für eine exzellente handwerkliche Arbeit!« sagte Keff bewundernd. »Ganz hervorragend, Chaumel.«

»Es freut mich, daß du ...« sagte der Zaubermann und trat durch das Tor in einen weiten Gang hinaus. »Dies hier ... mein Vater ...«

»Dies« erwies sich als Wandteppich aus gefärbten Pflanzenfasern mit eingewobenen, kunstvoll-farbig gestickten Gestalten aus Sechsfüßlerhaar, wie Carialle Keff nach einer mikroskopisch genauen Betrachtung mitteilte.

»Alt«, meinte sie. »Mindestens vierhundert Jahre. Und handwerklich äußerst gekonnt, darf ich wohl hinzufügen.«

»Wunderschön«, sagte Keff und stellte sicher, daß der Kontaktknopf alles aufnahm, um es in seinen xenologischen Aufzeichnungen zu speichern. »Äh, hohe Handwerksschaft, Chaumel.«

Sein Gastgeber war entzückt und nahm ihn nun am Arm, um ihm jeden der im langen Gang aufgehängten Gegenstand zu zeigen.

Chaumel war offensichtlich ein begeisterter Kunstsammler, und bis auf die schwindelerregenden Bilder wies er einen gut ausgeprägten Schönheitssinn auf. Es fiel Keff überhaupt nicht schwer, die prächtig gefertigten Sessel zu bewundern, die Beistelltische und Podeste aus Holz und Stein; weitere Wandteppiche; Stücke von wissenschaftlichem Gerät, das nicht mehr verwendet wurde und das man zweckentfremdet hatte. Ein primitiver Streitwagen, offensichtlich der Vorgänger der eleganten Sessel, die Chaumel und sein Volk verwendeten, stand in einem Schrein unter dem Bild eines Bärtigen in silberner Robe. Chaumel besaß auch einige Gemälde und Werke gegenständlicher Kunst, die mit großem Können ausgeführt waren und nicht nur kein Mißbehagen auslösten, sondern eine echte Augenweide darstellten. Keff kommentierte alles mit bewundernden Ausrufen, zeichnete es auf und hoffte dabei, daß er damit zugleich auch Hinweise darauf sammeln mochte, die zu Carialles Freisetzung führten, damit sie Ozran sobald wie möglich verlassen konnten.

Einige von Chaumels Schätzen widersetzten sich jeder Beschreibung. Auf den ersten Blick hätte Keff sie für Plastiken oder Statuen gehalten, doch einige der senkrechten und waagerechte Oberflächen wiesen Gebrauchsspuren auf und waren durch lange Verwendung glattpoliert. Es handelte sich um Mobiliar, aber für was für eine Art von Lebewesen?

»Was ist das, Chaumel?« fragte Keff und lenkte die Aufmerksamkeit des Zaubermanns auf eine kleine, in einem Alkoven angeordnete Gruppe von Gegenständen. Er wies auf einen davon. Der sah aus wie eine niedrige Malerstaffelei, aus der zwei Hartholzstöcke in Form eines V herausragten. »Das ist sehr alt.«

»Ah!« machte der Zaubermann eifrig. »... aus alt, Alttag-Tag.« Das IÜP dolmetschte prompt »aus alter Zeit« und registrierte das Idiom.

»Meinen Messungen zufolge liegt das Alter zwischen eintausendsechshundert und eintausendneunhundert Jahren«, bestätigte Carialle Chaumels Erklärung. Der Zaubermann warf Keff einen merkwürdigen Blick zu.

»Das war doch bestimmt nicht bei deinem Volk in

Gebrauch«, fuhr Keff fort. »Man kann sich doch gar nicht darauf setzen, nicht?« Er tat, als wollte er sich auf eine schmale, waagerechte Kante in Kniehöhe setzen.

Chaumel grinste und schüttelte den Kopf. »Die Ahnen pflegten ... sitzen-liegen«, erklärte er.

»Es waren keine Humanoiden?« fragte Keff und präzisierte die Frage, als der Zaubermann ihn verständnislos ansah. »Nicht wie du oder ich oder deine Diener?«

»Nicht, nicht. Vor den Neuen, wir.«

»Dann handelt es sich bei den Humanoiden auf diesem Planeten also nicht um eine einheimische Rasse«, sagte Carialle aufgeregt in Keffs Implantat. »Es sind tatsächlich Nomaden. Sie haben sich hier unter den einheimischen Lebewesen niedergelassen und ihre Kultur teilweise übernommen.«

»Das würde die linguistischen Anomalien erklären«, meinte Keff. »Und diese schrecklichen Kunstwerke im großen Saal.« Dann fügte er laut hinzu: »Gibt es noch welche von den Alten, Chaumel?«

»Nicht, nicht. Viele Tage vorbei. Gearbeitet, bewegen von leerem Land zu Berg. Gaben uns, gaben sie.« Chaumel mühte sich mit einer pantomimischen Darstellung ab. »Alle ... weg.«

»Ich glaube, ich habe verstanden. Ihr habt ihnen beim Umzug aus dem Tal geholfen, und sie haben euch etwas gegeben ... Aber was? Und dann sind alle gestorben? Was war die Ursache dafür? Eine Seuche?«

Plötzlich wurde Chaumel mißtrauisch. Er murmelte etwas und ging auf die nächste Gruppe von Artefakten zu. Dramatisch baute er sich vor einem Gegenstand auf einem Holzpodest auf. Das graue Steinobjekt von etwa fünfzig Zentimetern Höhe glich einer merkwürdig verzerrten Urne mit einer nicht ganz in der Mitte liegenden Öffnung.

»Alt-*alt*-Alte«, sagte er ehrfurchtsvoll und legte die Hände besitzergreifend auf die Urne.

»Alten – Ahnen?« fragte Keff und stellte mit einer Handgeste einen weiteren Rückwärtsschritt dar.

»Ja«, sagte Chaumel. Er streichelte den Stein. Keff trat näher heran, damit Carialle über den Kontaktknopf eine Messung durchführen konnte.

»Der ist sogar noch älter als der Sessel der Alten, falls das wirklich einer war. Sehr viel älter. Frag ihn, ob es sich um einen religiösen Kunstgegenstand handelt. Sind die Ahnen ihre Götter?« wollte Carialle wissen.

»Hast du, dein Vatersvater, die Ahnen nach Ozran mitgebracht?« fragte Keff.

»Nicht *unsere* Vorfahren«, widersprach Chaumel und legte drei gedachte Gegenstände in einer Reihe aus. »Ozran: Ahnen; Alte; Neue, wir. Ahnen«, fügte er hinzu und streckte den Stab aus seinem Gürtel vor.

»Carialle, ich glaube, er meint, daß dieser Gegenstand noch von der ursprünglichen Kultur stammt. Er ist *tatsächlich* uralt; aber es hat da eine Modifikation gegeben, die ein paar tausend Jahre zurückliegen dürfte.« Dann sagte er laut zu Chaumel: »Die haben also nützliche Gegenstände vererbt. Sahen die Ahnen so aus wie die Alten? Waren sie ihre Vorfahren?«

Chaumel zuckte die Schultern.

»Sieht mir nach einer völlig andersartigen Kultur aus, Keff«, meinte Carialle, während sie das Bild verarbeitete und eine schematische Überblendung sämtlicher Stücke in dem Saal herstellte. »Wie es scheint, gibt es hier nur sehr wenige Artefakte der Ahnen. Aber mein Rekonstruktionsprogramm weist auf unterschiedliche Körpertypen der Ahnen und der Alten hin. Allerdings sind sie sich ähnlich. Beide Arten pflegten den aufrechten Gang und besaßen nach hinten biegbare untere Gliedmaßen mit Gelenken – ich weiß zwar nicht genau, wie viele, aber das Mobiliar der Alten ist auf jeden Fall für größere Lebewesen erbaut worden. Allerdings nicht ganz so groß wie die Humanoiden.«

»Hört sich so an, als habe eine Art die andere abgelöst«, antwortete Keff. »Die Alten sind bei den Ahnen eingezogen, und viele Generationen später sind die Ahnen ausgestorben. Dann trafen die Neuen ein und lebten mit den Alten zusammen. Somit wären sie die dritte Rasse, die in Folge hier auf diesem Planeten lebt: Erst kamen die Ureinwohner, dann die Alten und schließlich die Neuen oder magieverwendenden Humanoiden.«

Carialle schnaubte. »Spricht nicht gerade für Ozran als Gastgeber von Lebensformen, wenn binnen weniger Jahrzehntausende gleich zwei intelligente Rassen hintereinander aussterben.«

»Und die Humanoiden sind auf eine nichttechnologische Existenz reduziert worden«, sagte Keff, während er Chaumel nur mit einem Ohr zuhörte. Der hielt ihm gerade mit eindringlichem Gesichtsausdruck wieder einen Vortrag. »Könnte es mit dem Kraftfeld zu tun haben, das dich an den Boden fesselt? Daß sie hier festgesessen haben?«

»Was immer mich festsetzte, Keff, hat es selektiv getan!« widersprach Carialle. »Immerhin war ich bereits sechsmal auf Ozran gelandet und gestartet. Das ist gezielt geschehen, und ich möchte wissen, durch wen und warum.«

»Ein weiteres Rätsel, dem es nachzugehen gilt. Ich möchte aber auch noch wissen, weshalb die Alten hier hochgezogen sind, fort von ihrer Nahrungsquelle«, fuhr Keff fort. »Da sie von dem, was hier angebaut wird, abhängig zu sein scheinen, handelt es sich dabei um eine soziologische Anomalie.«

»Ah«, sagte Carialle, als sie gerade die frisch übersetzten alten Daten des IÜP durchging. »Die Alten sind gar nicht mit Hilfe der Neuen hier hochgezogen, Keff. Sie befanden sich bereits hier oben, als die Humanoiden eintrafen. Sie haben die Artefakte der Ahnen in den Tälern gefunden.«

»Dann hatten diese Neuen also bereits eine gewisse Vorliebe für künstlerisches Talent, als sie hier eintrafen, aber durch ihren Kontakt mit den Alten hat diese Vorliebe sich zu dem weiterentwickelt, was wir heute bei ihnen beobachten können. Gleich zwei raumfahrende Rassen, Carialle!« sagte Keff, aufs höchste erregt. »Ich möchte sehen, ob wir nicht noch mehr über diese völlig fremde Kultur herausbekommen. Und später wollen wir dann mal schauen, ob wir ihr

Ursprungssystem ausmachen können. Schade, daß nur so wenig von ihnen übrig ist. Nach mehreren hundert Jahren Humanoidenherrschaft ist hier alles ziemlich durcheinander.«

»Die Synthese ist doch wohl ebenso selten, nicht?« fragte Carialle spitz.

»In unserer Kultur schon. Das erklärt übrigens auch, woher die Zeichensprache stammt«, fuhr Keff fort. »Das ist ein Relikt einer der vorhergehenden Rassen – eine nützliche Symbolik, die die Magie funktionsfähig macht. Die Alten haben möglicherweise nie die Sprache der Humanoiden erlernt; schließlich waren sie ja auch die gastgebende Rasse. Aber irgendwie haben sie sich den Neuankömmlingen doch verständlich gemacht. Das ist mindestens einen Aufsatz für *Galaxia Geographica* wert, was? Und es ist auch ganz eindeutig, daß Chaumel nicht weiß, wie die Ahnen gelebt haben.«

Der Zaubermann beobachtete Keff, wie dieser mit sich selbst redete; er vernahm seinen eigenen Namen und schließlich auch Keffs Frage. Bedauernd schüttelte er den Kopf. »Weiß ich nicht. Viele Vortage von mir.«

»Woher stammt dein Volk?« wollte Keff wissen. »Von welchem Stern, woher dort oben?« Er zeigte zum Himmel.

»Auch das weiß ich nicht. Woher stammt deins?« fragte Chaumel und heftete seinen scharfen Blick auf Keff.

Der Muskel überdachte verschiedene Möglichkeiten, wie er mit dem begrenzten, ihm zur Verfügung stehenden Vokabular die Zentralwelten erklären sollte; dann aber konnte er nur hilflos die Hände heben.

»Vergebliche Liebesmüh.« Carialle seufzte. »Ich versuche immer noch, Aufzeichnungen über Siedlungsaktivitäten in diesem Sektor zu finden. Bisher aber alles null. Könnte ich eine Nachricht absetzen, dann könnte ich die Leute in den Zentralwelten die gesamten Archive durchsuchen lassen.«

»Und wie passen dann die Edlen Wilden ins Bild, Chaumel?« fragte Keff und legte dem Mann freundlich den Arm auf die Schulter, bevor dieser wieder mit dem nächsten Vortrag über eins seiner Kunstwerke beginnen konnte. Er zeigte auf einen männlichen Diener in einer langen weißen Robe, der mit weit aufgerissenen Augen davoneilte, als er bemerkte, wie die Kahlhäutigen ihn musterten. »Mir ist aufgefallen, daß die Diener hier dünnere Pelze haben als die Leute im Bauerndorf.« Er deutete hinter sich und hoffte, Chaumel klarmachen zu können, daß er damit den Ort meinte, von dem sie gerade gekommen waren. Er nahm eine Locke seines Haares und rieb sie zwischen den Fingern, um das Wort »dünn« zu verdeutlichen; dann fuhr er sich mit den Fingern das Gesicht hinab und streckte die Hand vor.

»Sie sehen besser aus. Und manche haben fünf Finger, genau wie ich.« Keff wackelte mit dem Zeigefinger. »Warum haben die Leute im Tal nur vier?« Er krümmte den Finger und verbarg ihn in der Handfläche.

»Ach so«, sagte Chaumel lachend. In einem freundlichen, beiläufigen Tonfall sagte er etwas, das das IÜP nicht übersetzen konnte. Dabei tat er so, als würde er seinen eigenen Zeigefinger abschneiden. »... wenn wenige Tage – Säuglinge. Wenig Verstand ... nicht neugierig ... Arbeiter.« Wieder machte er die Schnittbewegung.

»Was?« kreischte Carialle in Keffs Ohr. »Das ist gar keine Mutation – es ist eine *Verstümmelung*! Es gibt hier überhaupt keine zwei Rassen von Humanoiden, nur die eine, wobei die meisten der armen Dinger von einigen glücklichen Wenigen augebeutet werden.«

Keff verstummte schockiert. Glücklicherweise schien Chaumel auch gar keine Antwort zu erwarten. Carialle sprach mit leiser Stimme weiter, während Keff dem Zaubermann zunickte und ihn anlächelte.

»Außerdem bezeichnet er die Edlen Wilden als ›Besitztümer‹. Als er seine Besitztümer erwähnte, hat das IÜP seinen Begriff für die Dorfbewohner noch einmal mit ›Leibeigener‹ übersetzt. Mir gefällt dieses Volk nicht. Das sind wirklich böse Hexer!«

»Äh, sehr hübsch«, sagte Keff auf Ozranisch, weil ihm keine bessere Erwiderung einfiel. Chaumel strahlte.

»Wir sorgen für sie, wir, die wir mit dem Kern von Ozran

in Verbindung stehen. Wir führen unsere schwächeren Brüder. Wir stehen Wache, während sie im Tal hart arbeiten, um für uns alle Nahrung anzubauen.«

»Ihr versklavt sie, das meinst du doch wohl«, sagte Carialle verschnupft. »Und die leben hier oben im Luxus, während Brannels Volk unten friert. Dabei sieht der Kerl so warmherzig und freundlich aus – für einen Sklavenhändler. Schau dir mal seine Augen an. So tot wie Microchips.«

»Schwächere Brüder?« fragte Keff den Zaubermann. »Meinst du vielleicht schwachsinnig? Die Leute unten in den Tälern haben zwar einen starken Körper, aber sie ... äh, scheinen nicht besonders helle zu sein«, sagte Keff. »Diese hier, deine Diener, sind viel intelligenter als alle anderen, die wir kennengelernt haben.« Brannel erwähnte er lieber nicht.

»Ah«, machte Chaumel; er wirkte locker und wachsam zugleich. »Die Arbeiter essen dumm, nicht fragen ... wer weiß besser, Gebieter.«

»Du meinst, ihr tut etwas ins Essen, um sie dumm und fügsam zu halten, damit sie ihre Dienerexistenz nicht in Frage stellen? Das ist ja monströs«, meinte Keff, lächelte aber weiter.

Chaumel verstand das letzte Wort nicht. Er verneigte sich tief. »Danke. Talent gebraucht, vor vielen Jahren vorbei, wir geben ihnen«, er deutete auf die Haut über seinem eigenen Handgelenk und machte vor, wie sie dichter bewachsen wurde, »mehr Haut, Haar, züchten dichtes Fleisch ...«

Das IÜP ging eine Liste von Synonymen durch. Keff wiederholte eins davon. »Muskeln?« fragte er. Das IÜP wiederholte Chaumels letzten Begriff; offensichtlich war es mit Keffs Definition zufrieden.

»Ja«, antwortete Chaumel. »Gut zum Leben ... kalte Täler. Harte Arbeit!«

»Du meinst, ihr könnt euch die Zentralheizung sparen, wenn ihr sie widerstandsfähiger macht«, warf Carialle verächtlich ein. »Ihr Blutsauger!«

Chaumel runzelte die Stirn, als hätte er Carialle gehört.

»Pst! Äh, ich weiß ja nicht, ob diese Frage tabu ist, Chaumel«, sagte Keff an und rieb sich dabei mit Daumen und Zeigefinger das Kinn, »aber ihr kreuzt euch doch auch mit der Dienerklasse, nicht wahr? Kahlhäutige mit Pelzhäutigen? Machen Babys?«

»Ich nicht«, erklärte der silberne Zaubermann hastig. »Aber andere. Manche niederen ... Zauberer und Zauberinnen haben Gesichter mit Haar. Machen nie ihren Weg als Zauberer von ... aber nicht jeder ... ist bestimmt zur Mächtigkeit.«

»Bestimmt zur Größe«, berichtigte Keff das IÜP. Das Programm wiederholte das Wort. »Warum bist du dann nicht groß? Ich meine«, um des Takts willen formulierte er seine Erklärung um, »keiner der Zauberer von ... IÜP, denselben Begriff verwenden, den er gerade benutzt hat!« wies er das Programm an.

»Oh, ich bin gut – zufrieden zu sein, was ich bin«, erwiderte Chaumel und verschränkte die Finger behaglich über den gutgepolsterten Rippen.

»Wenn sie sowieso schon unter Drogen gesetzt werden, weshalb dann noch ihre Finger amputieren?« wollte Carialle wissen.

»Was haben Finger mit der Magie zu tun?« warf Keff ein und machte eine drängende, zugleich überraschte Geste.

»Ah«, machte Chaumel seinerseits. Er hakte Keff fest unter und begleitete ihn den Gang entlang bis zu einer tief im Gemäuer eingelassenen, niedrigen Tür. Die vorbeikommenden Diener zeigten Keff das Weiße in ihren Augen, als Chaumel den silbernen Stab aus seinem Gürtel gleiten ließ und auf das Schloß richtete. Und als die rote Feuerlanze sich wie ein Laser in das Schlüsselloch bohrte, beschleunigten einige der Fellgesichter ihren Schritt. Ein oder zwei von ihnen, die denselben aufgeweckten Gesichtsausdruck hatten wie Brannel, spähten durch die geöffnete Tür. Mit kaltem Blick verscheuchte Chaumel die Neugierigen und drängte Keff hinein.

Kaum waren sie über die Schwelle getreten, als die Dunkelheit im Raum einem milchigen Leuchten wich, das aus der Wandsubstanz selbst hervorzuschimmern schien.

»Cari, ist das etwa radioaktiv?« fragte Keff. Durch den rauhen Stein wurde sein Flüstern zu einem gespenstischen Rauschen verstärkt.

»Nein. Ich bekomme überhaupt keine Messungen, was das Licht betrifft. Merkwürdig.«

»Magie!«

»Hör endlich auf damit«, warf Carialle mürrisch ein. »Ich behaupte, es ist eine Form von Energie, mit der ich nur noch nicht vertraut bin.«

Anders als alle anderen Räume in Chaumels Adlerhorst, die Keff bisher zu Gesicht bekommen hatte, hatte dieser eine tief hängende, unverzierte Decke aus rauhem Granit, die sich eine knappe Armlänge über ihren Köpfen befand. Keff hatte das Gefühl, sich vorneigen zu müssen, um nicht dagegenzustoßen.

Chaumel bewegte sich über den Boden wie ein Mann in einer Kapelle. Das Mobiliar des schmalen Raums verstärkte diesen Eindruck noch. Gegenüber der Tür befand sich ein gegossener silberner Tisch, einem Altar nicht unähnlich, auf dem fünf im Kreis angeordnete Gegenstände auf einem bestickten Tuch lagen. Keff folgte Chaumel auf Zehenspitzen.

Die Gegenstände selbst waren nicht besonders beeindrukkend: ein Metallarmband von etwa zwölf Zentimetern Durchmesser; eine Silberröhre; eine abgeflachte Scheibe, die rund um den Außenrand mit halbmondförmigen Ausstanzungen versehen war; ein Keil aus durchsichtigem Kristall, dessen Ende mit einem stumpfen Metallstück verschmolzen war, sowie ein Hohlzylinder, der eine gewisse Ähnlichkeit mit einem Marmeladenglas aufwies.

»Was ist das?« fragte Keff.

»Kraftgegenstände«, erklärte Chaumel. Er nahm sie nacheinander auf und zeigte sie Keff. Dann nahm er sich wieder den Reif vor und drehte ihn herum, damit Keff den inneren Bogen sehen konnte. In die ansonsten glatte Fläche waren in einem Abstand von etwa zwei Zentimetern fünf Einbuchtungen eingelassen. Chaumel zeigte Keff nacheinander jede ihrer Markierungen. Bei der letzten legte er die Fingerpitzen in die Mulden und entriß Keff den Reif.

»Aha«, sagte Keff begreifend. »Man braucht also fünf Finger, um die zu benutzen.«

»Dann dient die Amputation also dazu, die Diener daran zu hindern, eine Palastrevolte zu organisieren«, ergänzte Carialle. »Mit nur vier Fingern verfügt keiner von ihnen über die Handfertigkeit, die Dinger zu benutzen.«

»Hm«, machte Keff. »Wie alt sie wohl sind?« Er trat dichter an den Altar heran und beugte sich über das Tuch.

»Alt, alt«, sagte Chaumel und tätschelte dabei das Marmeladenglas.

»Es sind wirklich Artefakte der Ahnen«, bestätigte Carialle, nachdem sie die Gegenstände mit Hilfe von Keffs Augenimplantaten überprüft hatte. »Der Reif übrigens auch. Die anderen drei sind Erzeugnisse der Ahnen, einige davon mit nachträglichen Anpassungen der Alten. Alle haben fünf in die Struktur eingearbeitete Druckplatten. Deshalb hat Brannel auch versucht, meine Palette an sich zu nehmen. Die hat fünf Mulden, genau wie diese Gegenstände. Wahrscheinlich hielt er sie auch für einen derartigen ›Kraftgegenstand‹.«

»Merkwürdiger Zufall: Beide Alienrassen hier waren fünffingrig, genau wie die Menschen. Ich frage mich allmählich, ob das nicht ein allgemeines, galaktisches Grundmerkmal aller technologisch fortgeschrittenen Rassen ist«, warf Keff ein, »fünffingrige Hände ...«

Chaumel jedenfalls schien äußerst stolz auf seine fünf Finger zu sein. Nachdem er das Marmeladenglas abgesetzt hatte, rieb er sich die Hände; dann schnippte er unsichtbare Staubflecken von seinen Fingernägeln und nahm sich die Zeit, sie genüßlich von vorn bis hinten zu bewundern.

»Na ja, es sind ja wohlgeformte Hände«, meinte Carialle. »Sie wären selbst in Michelangelos Fresken in der Sixtinischen Kapelle eine wahre Zierde, wenn sie nicht diese verrückten Proportionen hätten.«

Keff studierte Chaumels Hände genauer. Zum erstenmal fiel ihm auf, daß die Daumen, die ihm schon ziemlich lang erschienen waren, lebensechte Prothesen aufwiesen, komplett mit Fingernägeln und winzigen Haarbüscheln, was sie ebenso lang machte wie die Zeigefinger. Der kleine Finger war so lang wie der Ringfinger, was das Auge empörte, sahen die Finger dadurch doch insgesamt so aus, als wären sie gerade abgeschnitten worden. Ohne Keffs Blick so recht zu bemerken, zog Chaumel an seinen kleinen Fingern.

»Versucht er dadurch etwa, sie länger zu machen?« fragte Carialle. »Das ist körperlich zwar unmöglich, aber ich nehme kaum an, daß er damit aufhören wird, nur weil wir ihn darauf hinweisen. Aberglaube bleibt Aberglaube.«

»Das ist, äh, grotesk, Chaumel«, sagte Keff und lächelte, wie er hoffte, voll überzeugender Bewunderung.

»Danke, Keff«, antwortete der silberne Zaubermann mit einiger Verneigung.

»Zeig mir, wie die Kraftgegenstände funktionieren«, fuhr Keff fort und wies dabei auf den Tisch. »Ich hätte nichts gegen eine kleine Vorführung ... bei der ich ausnahmsweise einmal nicht das Ziel bin.«

Chaumel war nur zu gern bereit, diesem Wunsch zu entsprechen.

»Jetzt siehst du, wie diese sind«, sagte er großmütig. Er nahm sich den Ring und die Röhre vor und schob dazu seinen Liebling, den Stab, wieder in das Gürtelhalfter zurück. »Hier entlang.«

Auf dem Weg aus dem schmalen Zimmer nahm Chaumel seinen Monolog wieder auf. Diesmal schien es um den Ursprung und die Besitzverhältnisse der Gegenstände zu gehen.

»Wir sind stolz auf unsere Spielzeuge«, sagte Carialle spöttisch. »Schau mal, mein Ärmel ist ganz leer, simsalabim!«

»Hoppla!« sagte Keff, als Chaumel die Hand ausstreckte und plötzlich eine riesige Steingutvase darin erschien. »Simsalabim – das kann man wohl sagen!«

Mit leisem Lächeln blies Chaumel auf die Vase, und plötzlich flog sie den Gang entlang, als würde sie über Eis gleiten. Er hob die Röhre, zielte damit und preßte sie leicht. Die Vase erstarrte; dann stob sie wie in Zeitlupe in einem Sandschauer auseinander und besprenkelte dabei die Wände und die beiden Männer.

»Hervorragend!« sagte Keff applaudierend. Er spuckte etwas Sand aus. »Bravo! Mach das noch mal!«

Entgegenkommenderweise erschuf Chaumel als nächstes einen großen Steingutteller. »Meiner Mutter dies gehörte. Ich mögen das *niemals* leiden«, fügte er hinzu. Mit einem Schlenker seines Handgelenks folgte der Teller der Vase. An Stelle der Röhre benutzte der Zaubermann diesmal den Ring. Mit einem Krachen explodierte der Teller in seine Bestandteile. Nun erschienen ein gläserner Kelch und danach eine Karaffe aus dem Nichts. Chaumel ließ beide einander umtanzen; dann verschmolz er sie mit einem roten Lichtstoß aus seinem Zauberstab zu einem einzigen Stück. Sie stürzten zu Boden und verstreuten dabei ihre Glassplitter.

»Und was gibt's als Zugabe?« fragte Keff, als er den Blick durch den mit Trümmerstücken übersäten Boden gleiten ließ.

»Hmph!« machte Chaumel. Er wedelte mit dem Stab, worauf drei beschürzte Bedienstete erschienen, gefolgt von Besen und Eimern. Chaumel ließ die magischen Gegenstände in der Luft schweben und klatschte in die Hände. Hastig machten sich die Diener an die Aufräumarbeit. Zufrieden verschränkte Chaumel die Arme und blickte Keff mit selbstgefälliger Miene an.

»Ich verstehe. Du hast den Spaß, und die armen Schweine machen den ganzen Dreckkram wieder weg«, meinte Keff nickend. »Trotzdem, bravo!«

»Ich habe gerade eben den Energieaufbau während dieser kleinen Wildwest-Show verfolgt«, flüsterte Carialle. »Es gibt keinerlei Verbindung zwischen dem, was Chaumel mit seinem Spielzeug macht, dem Summen im Fußboden und irgendeiner Energiequelle, wenn man von einer leisen Reaktion aus dem heillosen Durcheinander am Himmel absieht. Die Geothermik schweigt. Und damit du ihn gar nicht erst danach fragst – er hat keinen Generator bei sich. Frag ihn, woher sie ihre Energie beziehen.«

»Woher stammen deine magischen Talente?« fragte Keff den silbernen Zaubermann. Er imitierte Potrias Zaubertechnik, indem er mit den Armen Luft heranschaufelte und die Hände vorschob. Chaumel machte einen Satz zur Seite. Er erbleichte und musterte Keff mit bösem Blick.

»Ich schätze, es ist wohl doch keine bloße Zeichensprache«, meinte Keff kleinlaut. »Echter Funktionalismus der Symbole. Tut mir leid, wenn ich gegen die Etikette verstoßen habe, alter Knabe. Aber konnten die Neuen das auch«, er tat, als wollte er die Geste wiederholen, unterließ es aber ganz betont, »als sie nach Ozran kamen?«

»Manche. Die meisten haben bei den Alten gelernt«, erläuterte Chaumel, ohne daß er sich wirklich dafür zu interessieren schien. Er warf seinen Zauberstab hoch in die Luft. Der überschlug sich, verschwand und erschien schließlich wieder in seinem Seitenhalfter.

»Fliegen?« fragte Keff und ahmte die Art und Weise nach, wie der Flugsessel des silbernen Zaubermanns herabsauste und wendete. »Von den Alten gelernt?«

»Ja. Gaben uns Lernen, dafür, daß wir ihnen gaben.«

»Ist ja unglaublich«, meinte Keff und pfiff durch die Zähne. »Was würde ich nicht für Zauberstunden geben! Aber woher kommt die Kraft?«

Chaumel blickte glückselig drein. »Aus dem Kern von Ozran«, sagte er, die Hände zu einer mystischen Geste erhoben.

»Und was soll das sein? Ist es etwas Körperliches oder eine Art philosophisches Zentrum?«

»Es ist der Kern«, antwortete Chaumel ungeduldig und quittierte Keffs Begriffsstutzigkeit mit einem Kopfschütteln. Der Muskel zuckte die Schultern.

»Der Kern ist eben der Kern«, meinte er. »Natürlich. Mehr

ist dazu nicht zu sagen. Chaumel, mein Schiff kann sich nicht mehr von der Stelle bewegen. Hat der Kern von Ozran etwas damit zu tun?«

»Vielleicht, vielleicht.«

Keff hakte nach. »Die Antwort darauf wüßte ich wirklich gern, Chaumel. Merkwürdigerweise ist das nämlich ... irgendwie wichtig für mich«, sagte er und zuckte dabei wie desinteressiert die Schultern.

Chaumel schüttelte gereizt den Kopf und wedelte mit den Händen.

»Ich werde ihn später noch einmal angehen, Cari«, sagte Keff halblaut.

»Jetzt wäre es besser ... Was ist das für ein Geräusch?« fragte Carialle und unterbrach sich selbst.

Keff sah sich um. »Ich kann nichts hören.«

Doch Chaumel hatte es gehört. Wie ein Jagdhund beim Erschallen eines Horns wandte er den Kopf. Keff spürte den Aufbau von Statik, der ihm die Nackenhaare aufstellte.

»Da ist es schon wieder«, sagte Carialle. »Ungefähr fünfzig Kilohertz. Jetzt zeigen sich dort, wo du bist, aber ernsthafte Energiefluktuationen! Was Chaumel im Gang getan hat, war nur ein Tröpfchen im Ozean, verglichen mit *dem* hier.«

Chaumel packte Keffs Arm und machte mit dem Zeigefinger eine spiralförmige Aufwärtsbewegung.

»Hier entlang, in Eile!« sagte Chaumel und schob Keff durch den Gang in den großen Saal und von dort auf den davorliegenden Landeplatz. Die Hand fuhr über seinen Kopf, wo sie immer wieder die Spirale wiederholte. »Eile, Eile!«

KAPITEL 8

Die Nacht hatte sich über das Gebirge gelegt. Die Neuankömmlinge schienen in ihrem eigenen Gespensterlicht zu leuchten, als sie durch den purpurdunklen Himmel auf Chaumels Balkon zuflogen. Keff, der sich zusammen mit Chaumel hinter einem Vorhang der großen Glastür versteckt hielt, erkannte Ferngal, Nokias, Potria und einige der weniger bedeutenden Zaubermänner und Zauberfrauen vom Nachmittag. Allerdings waren außerdem sehr viele neue Gesichter darunter, einige in ebenso reich verzierten Flugsesseln wie der von Chaumel.

»Die hohen Tiere und ihr Kreis von Busenfreunden, nehme ich an. Ich wünschte, ich hätte Zeit gehabt, mich vorher noch ordentlich in Schale zu schmeißen«, murmelte Keff Carialle zu. Seinen Gastgeber fragte er: »Sollten wir nicht hinausgehen und sie begrüßen, Chaumel?«

»Hutt!« sagte Chaumel, legte eilig die Hand an die Lippen und hob drohend den Stab in seinem Gürtel, um seinem Befehl Geltung zu verschaffen. Stumm vollführte er eine Pantomime, bei der er einen Gegenstand nach dem anderen der Reihe nach auslegte. »... (unübersetzbar) ...«

»Ich glaube, ich verstehe dich«, sagte Keff und unterbrach den Versuch des IÜP, die Bedeutungswurzeln dieses Halbsatzes zu ermitteln. »Anciennität des Protokolls. Du wartest, bis alle gelandet sind.«

Chaumel schürzte die Lippen, nickte knapp und widmete seine Aufmerksamkeit wieder dem Geschehen. Wie eine Schar riesiger Zugvögel bildeten die Flugsessel nun vor der Landeplatzmündung eine Schlange. Manche versuchten eine bessere Position zu ergattern, nahmen aber sofort wieder ihren Platz ein, sobald einer der Zauberleute in den reicher verzierten Sesseln ein scharfes Wort sprach. Keff merkte, daß die Befolgung des Protokolls bei den Zauberleuten mit großer Strenge eingehalten wurde. Benimm dich, oder dich trifft der Blitzschlag, dachte er.

Sobald der letzte seinen Platz eingenommen hatte, öffnete Chaumel weit die großen Türen und stellte sich mit geneigtem Kopf an die Seite. Hastig folgte Keff seinem Beispiel. Fünf der Sessel kamen herbeigeflogen und nahmen allesamt gleichzeitig auf dem nächstgelegenen Quadrat ihren Landeplatz ein. Die Sitzenden erhoben sich und traten majestätischen Schritts auf sie zu.

»Zolaika, Hochzauberin des Nordens«, sagte Chaumel mit tiefer Verneigung. »Ich grüße dich.«

»Chaumel«, erwiderte die winzige alte Frau mit dem laubgrünen Sessel, wobei sie leicht den Kopf neigte. Mit herrischem Gebaren segelte sie in den großen Saal hinein, wo sie etwa zwei Meter über dem Boden schweben blieb, als wäre sie in Glas gegossen.

»Ilnir, Hochhexer der Inseln.« Chaumel verbeugte sich vor einem hageren Mann in Purpur mit Hakennase und kugelrundem, kahlem Kopf. Nokias wollte vortreten, doch Chaumel hob mit bedauernder Geste einen Finger. »Ferngal, Hochhexer des Ostens, ich begrüße dich.«

Nokias' Gesicht lief im Lichtschein des Ballsaals rot an. Er setzte sich wieder in Bewegung, nachdem Ferngal mit selbstzufriedenem Halbgrinsen vorbeigeschritten war. »Ich hatte es vergessen, Bruder Chaumel. Verzeih mir meine Unhöflichkeit.«

»Verzeih mir die meine, Hochgestellter«, erwiderte Chaumel jovial und hob die Hände, um sie zu spreizen. »Bei Ureth, du könntest doch niemals etwas anderes sein als höflich. Sei gegrüßt, Nokias, Hochhexer des Südens.«

Ernst trat der goldene Zaubermann ein und nahm seinen Platz am südlichen Punkt des Mittelkreises ein. Ihm folgte Omri aus dem Westen, ein flamboyanter, attraktiver Mann, der in passendes Pfauenblau gekleidet war. Chaumel begrüßte ihn ausgiebig.

Mit weitaus weniger Pomp und Unterwürfigkeit hieß er nun auch den Rest der zu Besuch gekommenen Zauberer willkommen.

»Er steht gesellschaftlich über diesen Leuten«, sprach Carialle in Keffs Implantat. »Er macht ihnen deutlich, daß sie von Glück sagen können, ihn überhaupt zu Gesicht zu bekommen. Ich weiß nicht genau, welche gesellschaftliche Stellung er wirklich einnimmt. Wahrscheinlich hält er nicht ganz denselben Rang inne wie die ersten fünf, aber er verfügt auf jeden Fall über sehr große Macht.«

»Und mich hat er auch dort, wo er mich haben will«, sagte Keff in säuerlichem Tonfall.

Genau wie Nokias mußten auch andere unter den unbedeutenden Zauberleuten unerwartet hinter einigen ihrer Artgenossen zurückstehen. Chaumel blieb unbeugsam, als er Degradierungen andeutete, und ignorierte jene, die sich nur mürrisch fügten. Keff überlegte, ob die Reihenfolge vielleicht flexibel war und häufiger geändert wurde. Er sah, wie manche der Anwesenden giftige Blicke tauschten und knappe, barsche Gesten machten, doch sagte niemand ein Wort, und keiner schwang seinen Stab.

Potria und Asedow hatten inzwischen Zeit gehabt, sich umzuziehen und nach dem Kampf ein wenig frischzumachen. Potria rauschte auf ihrem goldrosa Streitwagen in einem halbdurchsichtigen Tuchumhang herbei, der von solcher Feinheit war, daß er an Handgelenken und Kehle von ihrem Herzschlag pulsierte. Ihr Parfüm hätte verboten werden müssen. Asedow, immer noch grün gekleidet, trug mehrere Ketten und Armbänder aus einem gehämmerten und durchbohrten Material, die beim Gehen schepperten. Die beiden stießen sich gegenseitig die Ellenbogen in die Rippen, als sie auf Chaumel zukamen; jeder wollte der erste sein. Chaumel löste den Konflikt, indem er sich über Potrias Hand verbeugte, dabei aber Asedow hinter ihrem Rücken durchwinkte. Potria feixte ob der zusätzlichen Aufmerksamkeit durch den Gastgeber; dafür aber gelangte Asedow mit rauschenden grünen Gewändern vor ihr in den Saal. Wie Carialle und Keff schon früher bemerkt hatten, war Chaumel tatsächlich ein Diplomat.

»Wie wird man eigentlich befördert?« fragte Keff Chaumel, als dieser gerade das letzte Mitglied des Zaubervolks, ein schlankes Mädchen in primelgelber Robe, mit einer Verneigung in den Ballsaal dirigierte. »Nach welchen Kriterien entscheidest du, wer als erster drankommt?«

»Das werde ich dir beizeiten noch erklären«, erwiderte der silberne Zauberer. »Komm.«

Er ergriff Keff fest am Oberarm; dann trat er vor, um mit seinen vielen Besuchern unbeschwert zu plaudern. Er brachte Keff zu Zolaika, vor der er sich verbeugen mußte, worauf diese buchstäblich über Keffs Kopf hinweg ein unverständliches Gespräch mit Chaumel begann, nachdem der Gastgeber sich schwebend auf dieselbe Höhe wie die Dame begeben hatte. Keff stand da und blickte zu dem verbalen Schlagabtausch hinauf. Er wünschte sich, das IÜP könnte schneller simultandolmetschen. Er vernahm zwar öfter seinen Namen, konnte aber kaum ausmachen, um was es ging. Der größte Teil des Gesprächs wurde in einem anderen, fremdartig anmutenden Dialekt geführt, unterstrichen von sparsamen Handgesten. Keff erkannte nur die Zeichen für ›Hilfe‹ und ›Ehre‹ wieder.

»Ich hoffe, du zeichnest das alles auf, damit ich es später noch einmal durchgehen kann«, brummte er Carialle subvokal zu. Die Hände auf den Rücken gelegt, drehte er sich um seine Längsachse, um den Rest des Saals zu beobachten.

»Ja, schon, aber mit heraushängender Zunge«, antwortete Carialle. »Junge, Junge, da hast du aber wirklich ganze Heerscharen mobilisiert! Alle wollen sie einen Blick auf dich werfen. Ich gehe jede Wette mit dir ein, daß hier so ziemlich jeder anwesend ist, der mit einer Zutrittserlaubnis rechnen durfte. Ich frage mich nur, wie viele jetzt wohl noch zu Hause herumhocken und versuchen, sich einen guten Vorwand auszudenken, um mal vorbeizuschauen.«

»Die Wette halte ich lieber nicht«, erwiderte Keff fröhlich. »Oh, guck mal, der Dekorateur war da!«

Der große Saal, der bis zum Eintreffen der Gäste noch leer gestanden hatte, füllte sich nun nach und nach mit passenden Möbelstücken. An den Wänden erschienen zwei Reihen aus Fackelhaltern, in denen lodernde Leuchten staken. Drei Zauberleute, die gerade in der Nähe der Doppeltür plauderten, entdeckten plötzlich eine Couch hinter sich und nahmen darauf Platz. Spinnenbeinige Stühle verfolgten Magier durch den Saal, um sich an der richtigen Stelle und zur richtigen Zeit in Position zu bringen; denn die Zauberer blickten nicht einmal hinter sich, um sich davon zu überzeugen, daß tatsächlich eine Sitzgelegenheit vorhanden war – man ging einfach davon aus. Dichtwachsende, farnähnliche Pflanzen in riesigen Töpfen entstanden plötzlich um zwei Zauberleute, die sich an eine Wand gedrückt hatten und in verstohlenem Tonfall miteinander redeten.

Ein geflügelter Sessel stieß Zolaikas Kniekehlen an, während sich zu Füßen der alten Frau liebevoll ein Polsterschemel anschmiegte. Sie machte es sich bequem, als einige jüngere Zauberleute herbeikamen, um ihr ihre Aufwartung zu machen. Ein kleiner Tisch mit runder, geränderter Platte erschien in ihrer Mitte. Einige der Gäste legten ihre magischen Gegenstände darauf, womit sie für die Dauer des Gesprächs anscheinend eine Art Waffenstillstand in die Wege leiteten.

Nachdem er Zolaika mit einem Handkuß die Ehre erwiesen hatte, löste Chaumel sich von der Gruppe und lenkte Keff zu dem nächsten hochstehenden Zaubermann im Raum hinüber. Ilnir, der gerade in ein Gespräch vertieft war, würdigte Keff kaum eines Blickes, gewährte Chaumel aber ein freundliches Kopfnicken, während er sehr betont die Geste mit seiner armdicken magischen Keule unterstrich. Ein geschnitztes Podest erschien unter Ilnirs Ellenbogen, und er stützte sich darauf.

Jeder der höherstehenden Zauberleute hatte eine Reihe männlicher oder weiblicher Schmeichler dabei. Potria, die in ihrem wallenden, tief ausgeschnittenen Pfirsichumhang richtig betörend aussah, gehörte zu der Gruppe um Nokias. Asedow stand unmittelbar neben ihr. Finster musterten sie Chaumel; sie nahmen seine Mißachtung ihres Anführers offenbar sehr persönlich. Als Chaumel und Keff vorüberkamen, beschwerten sie sich gerade darüber, daß man es ihnen regelwidrig untersagt habe, ihren Wettstreit zu Ende zu führen.

Ferngal und Nokias standen abseits ihrer jeweiligen Kreise in der Nähe der Kristallfenster beisammen. Zwar tauschten sie Artigkeiten aus, unterhielten sich aber nicht wirklich. Keff, der die Aufnahmeempfindlichkeit seiner Audioanlage mit einem Pressen seines Kiefers verstärkt hatte, vernahm sogar, wie einer der beiden eine Bemerkung über das Wetter machte.

Chaumel blieb mit gleichem Abstand zu beiden Hochhexern stehen. Die Hand in einer Falte seiner silbernen Robe verborgen, hielt er Keff mit scharfen Stößen dazu an, sich erst vor Ferngal, dann vor Nokias zu verneigen. Keff entbot jedem der beiden einige höfliche Worte. Das IÜP machte Überstunden bei dem Versuch, die aufgezeichnete Plauderei auszuwerten, versorgte Keff aber immerhin mit den erforderlichen Höflichkeitsfloskeln, und das langsam genug, um sie ohne Rückgriff auf den Lautsprecher der IÜP-Einheit rezitieren zu können.

»Ich komme mir vor wie ein abgerichteter Affe«, bemerkte Keff subvokal.

Als er sich wieder aufrichtete, konnte Carialle sein Publikum ausmachen. »Dafür halten sie dich auch. Sie scheinen überrascht zu sein, daß du überhaupt sprechen kannst.«

Chaumel führte Keff von seinen bieden wichtigen Gästen fort und schob den Kopf mit verschwörerischer Intimität in seine Richtung.

»Weißt du, mein junger Freund, ich hätte es vorgezogen, dich ganz allein für mich zu behalten, aber ich kann den ranghöchsten Zauberern nicht den Zugang verwehren, wenn sie schon beschließen, meinem bescheidenen Heim für einen Abend ihren Besuch abzustatten. Man erklimmt die Leiter durch Macht … (Macht-Spiele, schlug das IÜP vor) gehandhabt, wie es in den von unseren Vorfahren ererbten Anleitungen steht. Solcherlei Macht-Spiele bestimmen die eigene Höhe (Position in der Rangordnung, flüsterte das IÜP). Ebenso durch Tod. Darin sind sie äußerst geschickt.«

»Tod?« wiederholte Keff. »Meinst du damit, daß hier alle um eine Stufe aufsteigen, wenn jemand stirbt?«

»Ja, aber auch, wenn jemand einen anderen *totmacht*«, sagte Chaumel mit beunruhigtem Blick auf die Hochhexer. Keff fielen beinahe die Augen aus dem Kopf.

»Du meinst, ihr steigt auf, wenn ihr jemanden umbringt?«

»Klingt mir ganz nach der Beförderungspolitik in den Raumdiensten«, meinte Carialle zu Keff.

»Nein, nicht dadurch allein, sondern indem man von diesem mehr Geheimnisse und magische Gegenstände und mehr erlangt. Aber Ferngal vom Osten hat soeben, äh, fortgeworfen …«

»Entsorgt«, warf Carialle ein.

»… den Zauberer Klemay in einem Duell. Dadurch steht er jetzt höher als der Zauberer Nokias vom Süden. Ich muß diesen Statuswechsel reibungslos umsetzen, obwohl«, sein Gesicht nahm einen Ausdruck übertriebener Tragik an, »es mich schmerzt, mitansehen zu müssen, in welche Verlegenheit es meinen Freund Nokias bringt. Wir versuchen, alles harmonisch zu regeln.«

Keff dachte bei sich, daß Chaumel in Wirklichkeit gar nicht so furchtbar unbehaglich aussah. Es schien vielmehr so, als würde er die mißliche Lage des Zauberers des Südens genießen.

»Das ist eine bösartige Brut hier. Denen geht es die ganze Zeit nur darum, den anderen eins auszuwischen«, bemerkte Carialle. »Das einzige, was hier Harmonie herstellt, sind die farblich abgestimmten Klamotten und Schwebesessel. Ist dir das mal aufgefallen? Hier hat jeder seine eigene Totemfarbe. Ich würde wirklich gern mal wissen, ob sie die erben, sich verdienen oder frei wählen.« Ihr Kichern ertönte in

Keffs Ohr. »Und was passiert eigentlich, wenn jemand anders dieselbe Farbe hat, die du haben willst?«

»Dann gibt es wahrscheinlich wieder ein Attentat«, meinte Keff, während er sich nach einer Seite lächelnd verneigte, als Ferngal zu Ilnirs Gruppe hinüberging.

Nachdem der Kreis des schwarzgekleideten Zauberers sich ein Stück zurückgezogen hatte, breiteten sich Nokias' Anhänger ein wenig aus, als seien sie dankbar, nun freier atmen zu können. Keff wandte sich an Potria und gewährte ihr sein gewinnendstes Lächeln, doch sie blickte ihn nur vor oben herab an.

»Wie schön, dich wiederzusehen, edle Dame«, sagte er in langsamem, aber deutlichem Ozran. Die schöne bronzefarbene Frau wandte sich spitz ab und blickte in eine andere Richtung. Der goldene Haarbausch über ihrem rechten Ohr verbarg ihr Gesicht völlig vor seinen Blicken. Keff seufzte.

»Das läuft wohl nicht«, meinte Carialle. »Da hättest du dich ebensogut mit ihrem Sessel unterhalten können. Tz, tz, tz! Besonders vernunftgeprägt sind deine Hormone ja nicht gerade.«

»Danke für die kalte Dusche, liebste Herzensdame«, sagte Keff halb an Potria, halb an Carialle gewandt. »Du bist vielleicht ein herzloses Weibsstück, bist du!« Das Gehirn kicherte in seinem Ohr.

»Die ist auch nicht viel anders als die anderen hier. Ich habe noch nie im Leben einen solchen Haufen mieser Kunden auf einmal gesehen. Sei bloß wachsam! Gib nicht mehr über uns preis, als du unbedingt mußt. Wir sind auch so schon angreifbar genug. Ich mag keine Leute, die andere zu Tausenden verstümmeln und versklaven, ganz zu schweigen von Kreaturen, die hilflose Schiffe kapern.«

»Du sprichst mir aus der Seele, liebe Dame«, erwiderte Keff fröhlich. »Aber *die* da sieht nicht ganz so fies aus.«

In der Nähe der Wand, fast versteckt in den Vorhängen hinter einer Vettel in rosa Robe, war die letzte Zauberfrau, die Chaumel unter Verneigungen in den Saal geleitet hatte. Das IÜP erinnerte Keff daran, daß ihr Name Plennafrey war.

In ihrem schlichten, primelgelben Umhang und dem metallischen, blaugrünen, von der Schulter zum Boden hängenden Schleier verliehen ihr ihre großen, dunklen Augen, das spitze Kinn und die breiten Wangenknochen ein spitzbübisches Aussehen. Sie schaute zu Keff hinüber und wandte sofort wieder die Augen ab. Keff bewunderte ihr Haar: tintenschwarz mit rostroten Schattierungen, zu einem schlichten, viersträhnigen Zopf geflochten, der fast den ganzen Rücken herabhing.

»Sie tut mir leid«, sagte Keff. »Sie sieht so aus, als wäre sie hier ziemlich deplaziert. Sie ist nicht bösartig genug.«

Carialle verpaßte ihm gleich eine verbale Abreibung. »Du fällst doch immer wieder auf die naive Masche rein«, meinte sie. »Deshalb ist es bei Mythen & Legenden so leicht, dich in die Falle zu locken.«

»Oho, jetzt hast du es endlich zugegeben! Von nun an werde ich vor dir auf der Hut sein.«

»Bleib mal lieber bei diesen Leuten auf der Hut. Das sind keine fischfressenden Sumpfbewohner wie die Flatulenten.«

Keff hatte gerade noch genug Zeit, dem hochgewachsenen Mädchen höflich zuzunicken, bevor Chaumel ihn beiseite riß, um ihn dem letzten der fünf hohen Zauberer vorzustellen. »Ich weiß, wie sie sich fühlt, Cari. Das kann ich gut nachempfinden. Ich bin es auch nicht gewöhnt, mich mit hochentwickelten Gesellschaften zu befassen, die komplizierter und heimtückischer als jene sind, aus der ich selbst entstamme. Da ziehe ich die halbnackten Sumpfbewohner jederzeit vor!«

»Schau dir das an«, sagte Potria säuerlich. »*Ich* habe Anspruch auf ihn, aber Chaumel stolziert mit ihm herum, als hätte er ihn selbst entdeckt.«

»Moment mal«, widersprach Asedow. »Noch haben wir die Frage des Besitzrechts nicht geklärt.«

»Er hat ein gütiges Gesicht«, warf Plennafrey mit kleinlauter Stimme ein. Potria wirbelte in einer Wolke aus Rosagold zu ihr herum und starrte sie böse an.

»Du bist ja verrückt! Es ist nicht völlig ozranisch, also ist es auch nicht besser als ein Tier, genau wie die Bauern.«

Plennafrey entsann sich ihres Vorsatzes, sich kühner zu verhalten, so angsterfüllt sie sich auch fühlen mochte; deshalb räusperte sie sich und erwiderte: »Ich bin mir sicher, daß er kein bloßes Ding ist, Potria. Er sieht wie ein richtiger Mann aus.«

Tatsächlich fand sie sein Äußeres durchaus anziehend. Seine funkelnden Augen erinnerten sie an glückliche Zeiten, die sie seit dem Tod ihres Vaters nicht mehr gekannt hatte. Wenn sie einen solchen Mann doch haben könnte! Dann wäre sie nicht mehr so einsam.

Potria wandte sich angewidert ab. »Ich bin meiner Rechte beraubt worden.«

»Du? Ich habe als erster gesprochen.« Asedows Augen funkelten.

»Ich stand kurz vor dem Sieg«, versetzte Potria, zog die Lippen hoch und offenbarte ihre zusammengebissenen Zähne. Blitzartig führte sie direkt unter Asedows Nase ein Handsignal aus. Er wich zurück, machte ein Abwehrzeichen. Plenna sah bestürzt zu. Obwohl sie wußte, daß die beiden es nicht wagen würden, ihren magischen Krieg hier wieder aufflackern zu lassen, wäre sich doch keiner von ihnen zu schade gewesen, dem anderen ein Messer zwischen die Rippen zu stoßen.

Plötzlich verspürte sie, wie sich eine Wand aus Kraft zwischen die Streitenden schob. Auch Nokias mußte wohl der Gedanke an einen möglichen Zwischenfall gekommen sein. Asedow und Potria wichen langsam immer weiter voreinander zurück, ohne in ihrem Streit nachzulassen. Plenna schaute zu den anderen Zauberergruppen hinüber. Die fingen schon an, ihnen Blicke zuzuwerfen. Nokias, der heute abend schon einmal gedemütigt worden war, würde außer sich vor Zorn sein, falls seine Untergebenen ihn hier vor versammelter Mannschaft auch noch blamieren sollten.

Asedow wurde lauter; im Flug zogen seine Hände die alten Zeichen und unterstrichen das Gesagte. »Es geht um meine Ehre, und der Turm und das Tier werden mir zuteil werden!«

Potria wedelte ebenso erregt mit den Händen. »Ehre? So etwas kennst du doch überhaupt nicht! Deine Mutter war eine Fellhaut mit einem Zugtierkinn, und dein Vater war betrunken, als er sie bestieg!«

Als sie Asedows mörderischen Blick sah, nahm Plenna sich zusammen und legte die Hand fest auf die Gürtelschnalle unter dem schützenden Schleier. Wenigstens könnte sie zu verhindern helfen, daß der Streit sich noch mehr ausweitete. Mit einem Willensakt pufferte sie die Luft um sie herum ab, bis kein Geräusch mehr aus ihrem kleinen Kreis nach außen drang. Das betäubte zwar das Geschrei, hinderte die anderen aber nicht daran, weiterhin die Pantomime zu beobachten, mit der die beiden Streithähne einander zuzusetzen versuchten.

»Wie könnt ihr es wagen!« Zolaikas Sessel schoß auf das Paar herab und trieb die beiden mit einem Kraftstoß auseinander, der Plennas Wolke des Schweigens zerstieben ließ. »Ihr entweiht die heiligen Zeichen in einem kleinlichen Streit!«

»Sie versucht zu nehmen, was von Rechts wegen mein ist«, brüllte Asedow. Ungedämpft war seine Stimme so laut, daß die Decke einzustürzen drohte.

»Erhabene, ich rufe dich an«, sagte Potria, an die ältere Zauberin gewandt. »Ich habe die göttlichen Gegenstände für mich beansprucht und betrachte sie als mein Eigentum.« Sie wies auf Keff.

Keff war fassungslos.

»Einen Augenblick mal«, sagte er und trat vor, als er die Ausdrücke wiedererkannte. »Ich bin niemandes Leibeigener!«

»Hutt!« befahl Zolaika und richtete ein unregelmäßig geformtes, handgroßes Gerät auf ihn. Keff duckte sich; er fürchtete, einen weiteren roten Blitzstrahl verpaßt zu bekommen. Chaumel zerrte ihn zurück, legte ihm die Hände fest auf die Schultern und sprach beschwichtigend auf Potria ein.

»Sie ist doch nicht ganz die Betörerin, für die ich sie gehalten habe«, meinte Keff traurig zu Carialle.

»Eine echte *belle dame sans merci*«, erwiderte Carialle. »Mit Höflichkeit zu behandeln, auf respektvolle Distanz.«

»Da wir gerade bei Rechtsansprüchen sind«, warf Ferngal ein, der zusammen mit den anderen hochgestellten Zauberleuten vortrat. Er verschränkte die langen Finger vor sich in der Luft und musterte sie. »Darf ich darauf hinweisen, daß die Gegenstände in Klemays Gebiet gefunden wurden, das inzwischen mir untersteht? Deshalb habe *ich* den Erstanspruch. Der Turm und das Männchen gehören mir.« Heftig preßte er die Handflächen aufeinander.

»Aber vorher waren sie in meinem Gebiet«, rief die alte Frau in Rot vom Fenster aus herüber. Ihr Sessel hob sich hoch in die Luft. »Ich habe den silbernen Gegenstand und das Wesen in der Nähe meines Dorfs gesehen, als es zum erstenmal auf Ozran fiel. Daher beanspruche ich den Fund noch vor dir, Ferngal!«

»Ich bin niemandes Fund!« rief Keff und riß sich von Chaumel los. »Ich bin ein freier Mann. Mein Schiff ist *mein* magischer Gegenstand. Er gehört niemandem sonst.«

»Ich gehöre *mir* selbst«, erinnerte Carialle ihn barsch.

»Es ist besser, wenn du ein Exemplar magischer Esoterika bleibst, liebste Dame. Denn wenn es erst einmal um ein sprechendes Schiff mit eigenem Gehirn geht, bringen die mich doch auf der Stelle um!«

Die *belle dame sans merci* stieß einen spitzen Schrei aus. Chaumel, der darauf bedacht war, in seinem eigenen Haus den Frieden zu bewahren, stürmte in die Saalmitte und hob die Hände.

»Zauberer und Zauberinnen und verehrter Gast, die Stunde ist gekommen! Laßt uns *speisen*. Wir werden sehr viel vernünftiger über die Situation debattieren können, wenn wir alle erst einmal einen Happen zu uns genommen haben. Bitte!« Er klatschte in die Hände, worauf einige Diener mit dampfenden Tabletts erschienen. Auf einen Wink ihres Herrn verteilten sie sich unter den Gästen und boten ihnen schmackhafte Happen an. Keff schnüffelte anerkennend.

»Nicht anfassen«, ermahnte ihn Carialle. »Du weißt nicht, was da drin ist.«

»Ist mir klar«, antwortete Keff, »aber ich bin halb verhungert. Es ist schon Stunden her, seit ich die letzte warme Mahlzeit zu mir genommen habe.« Er spürte, wie sein Magen zu knurren drohte, und spannte das Zwerchfell an, damit es niemand hörte. Gleichzeitig konzentrierte er sich darauf, höflich-desinteressiert zu wirken.

Chaumel klatschte erneut in die Hände, und plötzlich erschienen überall im Sal fellgesichtige Musiker mit merkwürdig geformten Instrumenten. Höflich lächelnd gingen sie zwischen den Gästen umher. Chaumel nickte zufrieden und gab ein weiteres Zeichen.

Nun erschienen weitere Edle Wilde wie aus dem Nichts. Sie trugen Kelche und Karaffen mit funkelnden, edelsteinfarbenen Flüssigkeiten. Ein Sessel hoppelte auf Keff zu und stupste ihn seitlich mit der Sitzfläche an den Beinen, als wollte er ihm anbieten, sich zu setzen.

»Nein, danke«, sagte er und trat einen Schritt beiseite. Unbeirrt torkelte der Sessel auf den Nächststehenden zu. »Schau dich doch mal um, Cari! Das ist wie Merlins Haushalt in *Das Schwert im Stein*. Ich fühle mich ein bißchen ruhmestrunken, Cari. Wir haben eine Rasse von Magiern entdeckt! Das ist der Höhepunkt unserer Karriere. Sollten wir uns morgen zur Ruhe setzen, wird man trotzdem noch bis ans Ende aller Zeiten von uns sprechen.«

»Ja, wenn wir erst einmal von diesem Felsen weggekommen und wieder zu Hause sind! Ich sage es dir doch immer wieder, Keff, was die da tun, das ist keine Magie. Das kann gar nicht sein. Echte Magie dürfte keiner *Kraft* oder Energie bedürfen! Ganz bestimmt nicht der Art von Energie, vielleicht, aber keine vom Typ Batterie-Generator. Aber genau *das* ist es, was hier durch die elektromagnetischen Linien in der Luft hereinkommt.«

»Na ja, es gibt schließlich nicht nur die Evokation der Kraft, sondern auch ihre Invokation, bei der man sie in sich selbst hineinruft«, erwiderte Keff bei dem Versuch, sich an die Formulierungen im Regelwerk von Mythen & Legenden zu erinnern.

Carialle schien seine Gedanken gelesen zu haben. »Sprich bloß nicht von Spielen! Das hier ist das wirkliche Leben. Das ist keine Zauberei. Aha! Da ist er ja schon – der Beweis!«

Keff blickte auf. Chaumel verbeugte sich gerade vor etwas, das auf Augenhöhe vor ihm schwebte, einer Art Kasten. Der Gegenstand verschob seine Position ein wenig, bis die abgeflachte Seite, die zuvor auf Chaumel gezeigt hatte, auf Keff deutete. Hinter einer Glasplatte war ein Männergesicht zu erkennen, dunkelhäutig und älter als Methusalem. Die runzeligen Augenlider zogen sich zusammen, als der Mann Keff eindringlich musterte.

»Siehst du? Das ist ein Monitor«, fuhr Carialle fort. »Eine Kommunikationseinheit. Das ist ein Gerät, keine *Zauberei*. Nichts, was aus der Person des Benutzers selbst heraufbeschworen wurde. Er überträgt damit sein Abbild. Wahrscheinlich, weil er zu schwach ist, um persönlich herzukommen.«

»Vielleicht ist der Kasten ja nur ein Relikt aus alter Zeit«, wandte Keff ein, aber wußte genau, daß seine Theorie auf recht wackligen Beinen stand. »Und schau mal, er hat auch keine Energiezuleitung.«

»Man braucht kein Kabel, um Energie zu übertragen, Keff, das weißt du doch genau! Selbst Chaumel zaubert das Essen nicht einfach herbei. Er ruft es irgendwo ab. Wahrscheinlich aus die Tiefen des Verlieses, wo vermutlich eine Heerschar zottelgesichtiger Köche sich gerade krummschuftet, während pelzige Mundschenke den Wein dekantieren. Ich finde, er führt sich auf wie das Teleportergegenstück zu einem Oberkellner.«

»Na schön, ich geb' ja zu, daß sie *vielleicht* auch Techniker sein könnten. Aber im Augenblick möchte ich viel lieber wissen, was die sich eigentlich von uns versprechen, daß sie sich solche Mühe geben, uns hier festzusetzen.«

»Wir sehen – ich jedenfalls – nach einem überlegenen technischen Gerät aus. Deine Freundin und ihr grüner Laufbursche wollen nur nicht, daß ihnen etwas so Großes durch die Lappen geht. Die Habgier beschränkt sich übrigens nicht nur auf die beiden. Mindestens achtzig Prozent der Leute hier leiden gerade unter höherer Atmungsfrequenz und gesteigertem Puls, sobald sie dich und den IÜP-Kasten anschauen und somit indirekt auch mich. Das ist wirklich obszön!«

Chaumel streifte durch den Saal wie ein Zephyr, entschärfte hier einige Streitgespräche und drängte dort Leute dazu, Platz zu nehmen, um sich auf die Mahlzeit vorzubereiten. Keff bewunderte Chaumels Art, sich mit leichter Hand um jede noch so geringfügige Einzelheit zu kümmern. Ruheliegen mit daran befestigten Tischen erschienen aus dem Äther. Die Gäste ergossen sich über die Samtdecken, worauf die Tische von selbst die passende Entfernung einrichteten. Mitten im Schritt verschwanden plötzlich die Diener mit ihren Häppchen, und mit ihnen die Überreste des Hors d'oeuvres. Auf jedem Tisch erschienen Tischdecken, Tafelsilber und durchschimmerndes Geschirr, gefolgt von einem, dann zwei, schließlich drei funkelnden Kristallkelchen unterschiedlichster Art. Weiße, bestickte Servietten entfalteten sich und legten sich jedermann über den Schoß.

Irgend etwas traf Keff voll im Bauch, so daß er zusammenklappte. Ein gepolsterter Sitz fing ihn auf, hob ihn hoch und führte ihn einige Meter weit mitten in den Kreis der Zauberleute, während sich das Tablett vor seiner Körpermitte fest an die andere Sessellehne quetschte. Unter seinen Füßen streckte sich ein breiter Träger aus, um ihn zu stützen. Eine Serviette plusterte sich auf und legte sich wie Schwanendaunen auf seine Oberschenkel.

»Oh, ich habe aber gar keinen Hunger«, sagte er, an niemanden im besonderen gewandt. Doch der unsichtbare

Oberkellner mißachtete Keffs Protest. Geschirr und Kristall wurden aufgedeckt, dazu eine kleine Fingerschale auf einem Wägelchen. Keff nahm einen der Kelche auf, um ihn zu untersuchen. Obwohl das Glas oblatendünn war, war es mit arabesken Ornamenten und raffiniert ineinandergreifenden Diamanten verziert.

»Wie wunderschön!«

»Da haben wir mal ein zeitgenössisches Stück. Nicht schlecht«, sagte Carialle in zähneknirschender Anerkennung.

Keff drehte den Kelch, bis er den Fackelschein widerspiegelte. Er klopfte mit einem Fingernagel dagegen und lauschte dem lieblichen Klang.

Ein haargesichtiger Diener erschien neben Keff, einen irdenen Krug in der Hand, um Keffs Glas mit dunklem, goldenem Wein zu füllen. Keff lächelte ihn an und beschnüffelte die Flüssigkeit. Sie duftete nach Honig und Kräutern.

»Trink das nicht«, sagte Carialle nach kurzem Zögern, um erst die Meßdaten aus Keffs Nasenimplantat auszuwerten. »Voll von Sulfiden. Und falls du die Borgias für eine lustige Familie halten solltest – das Zeug enthält genug Strychnin, um dich gleich sechsmal umzubringen.«

Erschreckt schob Keff das Glas von sich. Es verschwand und wurde sofort von einem leeren ersetzt. Eine weitere Dienerin schwebte herbei und goß ein zedernrotes Getränk ein. Keff lächelte die Frau mit dem Gesichtspelz an, worauf sie kurz die Mundwinkel hochzog, bevor sie zum nächsten Gast weitereilte.

»Wer hat meinen Wein vergiftet?« flüsterte Keff und ließ den Blick durch die Runde schweifen.

Chaumel sah mit besorgtem Ausdruck zu ihm hinüber. Keff nickte und lächelte, um ihm zu zeigen, daß alles in Ordnung sei. Der silberne Zaubermann erwiderte das Nicken und setzte seinen Gang von einem Gast zum anderen fort.

»Ich weiß es nicht«, antwortete Carialle. »Im Krug war keins, ist auch *immer noch* keins, aber ich war nicht schnell genug, um den Energiestoß bis zu seinem Verursacher zurückzuverfolgen. Scheint allerdings kein unbekanntes Verfahren zu sein.«

Neben jedem Zauberer erschien nun ein Edler Wilder. Neugierig musterte Keff sie. Jeder hatte seinen eigenen Gesichtsschnitt. Manche wirkten tierähnlicher als andere; zweifellos stammten sie aus den Heimatprovinzen der Zaubermenschen. Asedows Diener sah sogar wie ein Sechsfüßler aus. Der Diener des schönen Mädchens war kaum mutiert, nur sein Augenschnitt hatte etwas von einer Raubkatze. Potria würdigte ihren Schweinemenschen keines Blicks, reichte ihm nur mit steifem Arm ihren Kelch. Vorsichtig kostete der Edle Wilde einen Schluck. Ihm widerfuhr nichts, dafür brachen zwei andere Diener ganz in der Nähe unter Krämpfen zusammen. Sie verschwanden auf der Stelle und wurden durch andere ersetzt. Der Schweinemann reichte seiner Gebieterin den Kelch zurück, die Augen so weit aufgerissen, daß das Weiße deutlich zu erkennen war, und wartete mit geballten Fäusten auf ihr zustimmendes Nicken. Andere Zauberer, denen ihr erster Trunk schon gemundet hatte, hoben die Gläser und riefen laut nach den Mundschenken.

»Vorkoster! Es gibt wirklich mehr zwischen Himmel und Erde, als sich deine Schulweisheit träumen läßt, Horatio«, meinte Keff.

»Hmph!« machte Carialle. »Das ist ja wohl die Untertreibung des Tages. Ich wünschte, du könntest sehen, was ich gerade sehe. Diese dahingegossen wirkenden Posen sind nichts anderes als eben dies – Posen. Ich zeichne alles für dich auf ... du liebe Güte, das wird wahrscheinlich achtzehn Prozent meines gesamten Gedächtnisspeichers beanspruchen! Schließlich überwache ich nicht nur drei Sprachformen parallel zueinander. Im geheimen passiert hier noch sehr viel mehr. Jeder Vertreter unseres Zaubervolks ist nämlich so verspannt, daß ich mich schon fragte, wie sie überhaupt noch etwas herunterbekommen. Die Luft quillt über von Energieübertragungen, von merkwürdigen, winzigen Gravitationsschächten, von Niedrigfrequenzsignalen und Mikrowellen.«

»Kannst du irgend etwas davon zurückverfolgen? Was soll das überhaupt alles?«

»Die Niedrigfrequenzen lassen sich leicht verstehen. Das ist bloßes Geplapper. Sie senden einander private Nachrichten, schmieden Verschwörungen gegen so ziemlich alles und jeden im Raum. Die Energiestöße entsprechen wohl schmutzigen Tricks, wie dem Gift in deinem Wein. Was die Mikrowellen betrifft, kann ich nicht feststellen, wozu sie dienen sollen. Die Übertragung verläuft doch etwas anders, als alles andere, was ich bisher kennengelernt habe. Außerdem kann ich sie ohnehin nicht abfangen, weil ich nicht am Empfängerende sitze.«

»Gebündelter Richtfunk?«

»Ich wünschte, *ich* könnte mit derart wenig Streuung übertragen«, gestand Carialle. »Irgend jemand weiß hier ganz genau, was er tut.«

Das IÜP setzte seine Übersetzungsarbeit fort, doch das allermeiste, was es vermeldete, war seichte Unterhaltung über die Qualität des Weins und der diesjährigen Beerenernte. Mit Sesseln, die immer wieder auf und ab bebten, um ihre Aussage zu unterstreichen, unterhielten sich zwei Zauberfrauen über Architektur. Hier und dort steckten ein paar Gäste die Köpfe zusammen, als tauschten sie irgend etwas Vertrauliches aus, doch bewegten sie dabei nicht die Lippen. Keff vermutete, daß sie sich derselben Übertragungsart bedienten, mit denen die Zauberleute auch ihre Spähaugen lenkten. Er blickte zur Decke empor und fragte sich, wohin die Augen wohl verschwunden sein mochten. Immerhin hatten sie sich noch am Nachmittag auf dem Feld dicht gedrängt.

Keff verglich die Suppe, die nun in riesigen silbernen Schüsseln erschien, mit dem Absud, den Brannels Volk zu essen gezwungen war. Noch immer waren er und Cari nicht frei, den Planeten zu verlassen. Aber trotz aller Einschränkungen war er durchaus zufrieden.

»Das ist genau die Rasse, von der alle im Forschungsamt immer schon geträumt haben«, sagte er mit einem Blick auf die Zauberleute. »Sie sind uns technisch ebenbürtig, Cari. Und außerdem handelt es sich dabei wider aller Wahrscheinlichkeit um eine Humanoidenrasse, die sich parallel zu unserer eigenen entwickelt hat. Die sind einfach unbglaublich.«

»Unglaublich, wenn sie Babies die Finger amputieren?« fragte Carialle. »Und wenn sie einen ganzen Teil der Rasse mit drogenverseuchter Nahrung und Getränken unter ihrem langen Daumen halten? Wenn die uns tatsächlich ebenbürtig sein sollten, dann vielen Dank, da möchte ich ihnen lieber nicht ebenbürtig sein. Außerdem scheinen es keine Macher zu sein, sondern nur Benutzer. Chaumel ist mächtig stolz auf dieses Technospielzeug, das ihm die Alten und die Ahnen hinterlassen haben, aber er weiß nicht, wie man den Kram repariert. Und das weiß auch sonst keiner von denen. Schau mal da drüben, in der Ecke!«

Keff tat, wie Carialle ihm geheißen. Dort lag Chaumels Marmeladenglas auf dem Boden. Keff verschlug es fast die Sprache.

»Weiß er, daß er es verloren hat?«

»Er hat es gar nicht verloren. Ich habe gesehen, wie er es dort fallenlassen hat. Es funktioniert nicht mehr, deshalb hat er es weggeworfen. Alle haben es mit lodernder Habgier in den Augen angestiert. Aber sobald ihnen klar wurde, daß es nicht mehr funktioniert, haben alle das Interesse daran verloren. Das sind bloße Operatoren, keine Ingenieure.«

»Trotzdem sind es Lebewesen mit einer fortgeschrittenen Zivilisation, die Werkzeuge verwenden und über technische Entwicklungen verfügen, die, wenn man es schon unbedingt so ausdrücken muß, der unseren in vielerlei Hinsicht überlegen sind. Wenn wir diese Technik, diese Leute in die Zentralwelten integrieren können, werden sie uns noch viel beibringen, da bin ich sicher.«

»In Sachen Korruption brauchen wir keine Nachhilfe mehr, vielen Dank«, versetzte Carialle.

Ein Diener trat vor, verneigte sich und bot Keff die Suppenschüssel dar. Er schnüffelte daran. Die Suppe roch wunderbar. Er setzte ein gequältes Lächeln auf. Ein weiterer

Diener erschien plötzlich aus dem Nichts neben ihm und löffelte mit einer großen Kelle etwas von der Suppe in einen Teller. Die kräftige goldene Brühe war dick von roten und grünen Gemüsestücken und winzigen, schmalzkringelförmigen Nudeln. Keff stocherte mit seinem silbernen Löffel darin herum.

»Cari, ich bin so gut wie ausgehungert. Ist irgend etwas davon genießbar? Sie haben mir keinen Vorkoster zugewiesen, aber dem könnte ich wahrscheinlich ohnehin nicht trauen.«

»Halt mal einen Löffelvoll hoch, dann kann ich dir sagen, ob irgend jemand etwas hineingetan hat.«

Keff gehorchte, wobei er so tat, als würde er die Suppe durch Pusten abkühlen.

»Alles in Ordnung. Nur zu.«

»Aaah!« Keff führte den Löffel vollends an die Lippen.

Da verpaßte irgend etwas seinem Sessel einen heftigen Ruck. Der Inhalt des Löffels schoß knapp an seiner Wange vorbei durch die Luft und war schon verschwunden, bevor er sich auf seine Schulter ergießen konnte. Plötzlich sah Keff sich Omri gegenüber.

»Sag mir, Fremder«, sagte der Zauberer im Pfauenkostüm, auf seiner schwebenden Liege zurückgelehnt, mit einer Hand träge in der Suppe rührend, um sie ungekostet wieder in seinen Teller zurücktropfen zu lassen. »Woher kommst du?«

»Paß auf!« schrie Carialle.

»Von weit weg, geehrter Herr«, antwortete Keff. »Von einer Welt, die weit von hier um eine Sonne kreist.«

»Das ist unmöglich.«

Keff wurde um eine halbe Drehung herumgerissen, bis er sich Nase an Nase vor einer Frau in Braun mit nachtschwarzen Augen wiederfand.

»Es gibt keine anderen Sonnen. Nur unsere.«

Keff machte den Mund auf, um etwas zu erwidern, doch bevor er es aussprechen konnte, fuhr sein Sessel wieder herum.

»Schenk Lacia keine Beachtung. Sie ist eine Revisionistin«, sagte Ferngal. Seine Stimme klang freundlich, doch seine Augen wirkten wie tote Scheiben aus dunkelblauem Schiefer. »Erzähl mir mehr von diesem Stern. Wie heißt er?«

»Calonia«, sagte Keff.

»Jetzt sind sie auch nicht klüger«, meinte Carialle.

»Jetzt sind wir auch nicht klüger«, wiederholte Chaumel und ließ Keffs Sitz in der Horizontalen einen Dreiviertelkreis gegen den Uhrzeigersinn drehen. »Wie weit ist er von hier entfernt, und wie lange hast du gebraucht, um hierherzukommen?« Keff wollte Chaumel gerade antworten, da verschwand der silberne Zaubermann plötzlich wieder.

»Welche Kraft hat dein Volk?« fragte Asedow. *Wusch!*

»Wie viele seid ihr?« wollte Zolaika wissen. Ein harter Ruck, Gegendrehung.

»Warum bist du hergekommen?« fragte ein dicklicher Mann in hellem Gelb. Ein verschwommener Fleck.

»Was suchst du auf Ozran?« fragte Nokias. Keff wollte eine Antwort hervorpressen.

»Nicht ...« Kurzer Ruck zur Seite.

»Wie bist du in den Besitz des Silberturms gelangt?« erkundigte sich Potria.

»Das ist mein Sch...« Zwei heftige Halbdrehungen in entgegengesetzte Richtungen, bis er sich schließlich einem schwankenden, schaukelnden Abbild Ferngals gegenübersah.

»Werden noch mehr von deinem Volk kommen?« vernahm Keff. Sein Magen hatte sich mittlerweile auf den Marsch in Richtung Speiseröhre begeben.

»Ich ...«, fing er an, aber da verschob sich sein Sessel schon wieder, diesmal auf ein Zwillingsbild Ilnirs zu, der ihm mit heiserer Stimme irgend etwas vorplapperte, das aber vom Gebrüll in seinen Ohren übertönt wurde.

»He!« protestierte Keff schwach.

»Die Gräßliche Belagerung, Sir Galahad«, ulkte Carialle. »Sei stark, sei entschlossen, sei kühn, edler Recke!«

»Mir ... dreht sich langsam ... der Magen um«, erwiderte

Keff subvokal. »Selbst die Fliegerausbildung ... war nicht so schlimm! Ich fühle mich wie ... ausgekaut.« Der Sessel drehte sich von Ilnir ab. Eine verschwommene Gestalt in Primelgelb setzte sich in seinem Augenwinkel etwas auf.

Neben Keffs Hand erschien ein kleines Glas. Es war mit einer blaßgrünen, funkelnden Flüssigkeit gefüllt. Plötzlich konnte Keff wieder scharf sehen. War das etwa der nächste Gifttrunk? Der silberne Fleck, als den Chaumel sich darstellte, warf einen mißtrauischen Blick auf das große Mädchen; dann nickte er Keff zu. Der Muskel wollte gerade von dem reich verzierten Glas nippen, als zwei weitere Vorkoster plötzlich umkippten und ihre Gläser klirrend zu Boden fielen. Prompt erschienen zwei neue Diener, ebenfalls vierfingrige Fellgesichter. Keff musterte das Glas argwöhnisch.

»Was soll ich tun, Cari? Kann ich das Zeug trinken?«

»Das ist ein Medikament gegen Schwindelanfälle«, meldete Carialle nach einer schnellen Spektralanalyse.

Hastig stürzte Keff die grüne Flüssigkeit herunter, bevor man ihn wieder in Drehung versetzen konnte. Sie schmeckte angenehm nach Minze und wärmte leicht den Magen. Fast im selben Augenblick fühlte Keff sich schon sehr viel besser und sah sich imstande, die Tortur zu überstehen. Als er beim nächstenmal an dem hübschen Mädchen vorbeiwirbelte, zwinkerte er ihr zu. Sie antwortete ihm mit einem zaghaften Lächeln.

Die Gräßliche Belagerung wurde für einen Augenblick unterbrochen, und Keff bemerkte, daß sein Suppenteller verschwunden war. An seiner Stelle standen nun ein sichelförmiger Obstkorb und ein Salatteller. Seine Mitspeisenden wurden ebenfalls mit dem nächsten Gang beglückt. Einige winkten ihn mit gelangweilter Miene beiseite, worauf man ihnen sofort hohe, schlanke Porzellanschalen mit einem Salzrand servierte. Bevor Keff wieder davonwirbelte, sah er noch, wie Zolaika etwas daraus hervorholte und ein bösartig aussehendes Schalentier in Stücke riß.

»Bäh«, machte Keff. »Auf den Fischgang kann ich dankend verzichten.«

Dank des Heilgetränks der jungen Frau fühlte er sich wieder dazu in der Lage, etwas zu essen. So nahm er, während er zugleich versuchte, die Fragen der Zauberleute zu beantworten, ein kleines Stück Obst nach dem anderen zu sich. Carialle untersuchte sie auf verdächtige Zusätze.

»Nein«, sagte Carialle. »Nein, nein, nein, ja – hoppla, jetzt nicht mehr. Nein, nein, ja!«

Keff stopfte sich, ohne hinzusehen, das Obst hastig in den Mund, bevor ein anderer Attentäter es aus der Ferne vergiften konnte. Es zerplatzte in einem köstlichen Aufwallen von sanftem Fruchtfleisch und leicht bitterem Saft. Keffs nächste Halbantwort kam nur verstümmelt heraus, durch Beerenbrei behindert; aber es spielte keine Rolle, da man ihm sowieso nicht gestattete, einen Satz zu Ende zu führen, bevor ihn der nächste Zauberer gierig für sich beanspruchte. Keff schluckte und hielt nur noch Ausschau nach dem nächsten leckeren Happen.

Der Korb verschwand unter seiner Hand und wich dem übelkeiterregenden Teller. Seine Finger senkten sich spritzend in die wäßrige graue Soße, die einen schier überwältigenden Geruch von ranzigem Öl verströmte. Keffs Magen, der durch das Obststückchen gerade angenehm erregt worden war, hätte beinahe angefangen, loszuwimmern. Keff hielt die Luft an, bis sein unsichtbarer Kellner den Hinweis verstand und den Teller fortnahm. An seiner Stelle erschien nun eine angenehm duftende Pastete mit cremefarbener Soße.

»Nein!« sagte Carialle, als Keff gerade nach der Gabel griff.

»Ach, Cari!« Sein Sessel drehte sich. Er wurde mit dem Rücken gegen die Lehne gepreßt, und die Fleischpastete verdampfte in einer Wolke. »Ach, verdammt ...«

»Weshalb bist du nach Ozran gekommen?« fragte Ilnir. »Du hast meine Frage nicht beantwortet.«

»Man hat es mir nicht erlaubt«, erwiderte Keff und bereitete sich innerlich darauf vor, jeden Augenblick von dem nächsten Zauberer fortgerissen zu werden. Als der Sessel sich jedoch nicht mehr bewegte, richtete er sich etwas auf. »Wir sind gekommen, um zu forschen. Dieser Planet sah interessant aus, deshalb sind wir gelandet.«

»Wir?« fragte Ilnir. »Sind in dem silbernen Turm denn noch mehr von euch?«

»Hoppla!« machte Carialle.

»Ich und mein Schiff«, erklärte Keff hastig. »Wenn man allein reist, wie ich es tue, fängt man irgendwann an, Selbstgespräche zu führen.«

»Und erhältst du dann auch Antwort?« fragte Asedow, begleitet vom üppigen Gelächter seiner Artgenossen. Keff lächelte.

»Das wäre was, wie?« fragte Keff liebenswürdig. Asedow feixte.

»Der Mann hat gerade einen Volltreffer gelandet und merkt es nicht einmal«, bemerkte Carialle.

»Hört mal, ich bin überhaupt keine Gefahr für euch«, fuhr Keff ernst fort. »Ich wüßte es sehr zu schätzen, wenn ihr mich und mein Schiff freilassen würdet, damit wir uns wieder auf den Weg machen können.«

»Oh, aber jetzt noch nicht«, warf Chaumel mit einem leisen Lächeln ein, das Keff überhaupt nicht gefiel. »Du bist doch gerade erst angekommen. Bitte erlaube uns, dir unsere Gastlichkeit zu beweisen.«

»Du bist zu gütig«, erwiderte Keff. »Aber ich muß mich trotzdem wieder auf den Weg machen. Leider, leider.«

Diesmal traf ihn die Drehung unvorbereitet.

»Weshalb hast du es so eilig, zu gehen?« wollte Zolaika wissen und musterte ihn dabei mit schmalen Augen. Das neben ihr schwebende Gesicht im Monitor musterte ihn von oben bis unten und sagte etwas in dem sekundären, ein wenig förmlicheren Dialekt. Keff berührte die vor seiner Brust hängende IÜP-Einheit, worauf diese eine stockende Frage wiedergab.

»Was erzählst du von uns?«

»Was ich über euch erzählen werde?« wiederholte Keff und dachte hastig nach. »Na ja, daß ihr ein hochentwickeltes und gebildetes Volk mit einer starken Kultur seid, die zu studieren interessant sein könnte.«

Die Wucht der plötzlichen Gegendrehung schleuderte ihn ein Stück zur Seite.

»Du würdest andere herschicken?« fragte Ferngal.

»Nicht, wenn ihr das nicht wünscht«, antwortete Keff. »Wenn ihr es vorzieht, ungestört zu bleiben, kann ich euch versichern, daß das auch geschehen wird.« Er mußte eine schnelle Drehung in Richtung Omri über sich ergehen lassen.

»Noch ungestörter bleiben wir, wenn du gar nicht erst zurückkehrst, um Bericht zu erstatten«, meinte der Pfauen-Zaubermann. Nun folgte eine Halbdrehung, die Keff vor Potria führte.

»Ach, kommt schon, Freunde«, sagte sie mit gewinnendem Lächeln. »Weshalb das Schlimmste annehmen, wenn es doch gar nicht stimmt? Fremder, du wirst deine Zeit hier bei uns genießen, das verspreche ich dir. Auf unsere neue Freundschaft.« Sie schnippte mit den Fingern. Ein Becher aus undurchsichtigem Glas materialisierte vor ihr und schoß durch die Luft auf Keffs Tablett zu. Überrascht und erfreut nahm Keff ihn auf und prostete ihr zu.

»Was ist da drin, Cari?« fragte er subvokal.

»Hm. Wirklich ein hübscher Gehirnputzer«, meinte sie. »Stabilisiertes Natriumpentothal und ein paar andere neckische Sachen, die garantieren, daß du für niemand anderen mehr Augen haben wirst als für sie.« Keff gewährte der Zauberin ein Lächeln voller Charme und ein höfliches Nicken, hob den Becher einmal mehr und setzte ihn wieder ab, ohne davon zu kosten. »Bitte um Verzeihung, edle Dame, aber ich trinke nicht.«

Die bronzefarbene Frau machte wütend eine fahrige Bewegung mti der Hand, worauf der Kelch verschwand.

»War wohl nix, Putzi«, sagte Cari triumphierend.

Vom nächsten Teller, der auf seinem Tablett erschien, nahm Keff eine kleine gefüllte Nudel.

»Ja«, flüsterte Carialle ihm zu. Keff steckte sie in den

Mund und schluckte. Seine Gier erheiterte das Zaubervolk des Südens; mit jedem Lachen hüpften die Sessel auf und ab. Er lächelte sie gütig an und beschloß, den Spieß umzudrehen.

»Ich interessiere mich sehr für eure Gesellschaft. Wie werdet ihr regiert? Wer ist für die Entscheidungen verantwortlich, die euch alle betreffen?«

Diese schlichte Frage löste eine philosophische Diskussion aus, aus der schon bald ein lautstarkes Streitgespräch wurde, das wiederum zum Tod oder körperlichen Unbehagen sechs weiterer fellhäutiger Vorkoster führte. Keff lächelte und nickte und versuchte, das Gespräch vollständig zu verfolgen, während er ein paar Bissen zu sich nahm.

Auf Carialles Anweisung winkte er die nächsten beiden Gänge fort, nahm einen kleinen Bissen vom dritten, ignorierte die nächsten drei, als Carialle darin einheimische Spurenelemente entdeckte, die seiner Verdauung zusetzen würden, und aß einige köstliche Happen vom letzten Gang, nämlich krosse, heiße Pasteten mit frischer Gemüsefüllung. Jedes Gericht war noch schmackhafter und attraktiver als sein Vorgänger.

»Die Vielseitigkeit der Magie hier macht mich immer noch staunen«, flüsterte Keff, während er mit einem Soufflé spielte, das um ein Haar der Schwerkraft ein Schnippchen geschlagen hätte.

»Würde es sich wirklich um Magie handeln, könnten sie irgend etwas herbeizaubern, was du auch essen willst, und nicht nur das, was sie dir geben wollen. Und was den Rest betrifft, kennst du meine Meinung ja schon.«

»Na ja, das Essen ist jedenfalls super«, wandte Keff stur ein. »Nichts ist angebrannt, keine verpatzten Soßen, keine Knorpel. Das hört sich doch ganz nach Magie an.«

»Vielleicht sind es auch Nahrungssynthetisierer«, konterte Carialle. »Würde ich für Chaumel arbeiten, dann würde mir jedenfalls ordentlich davor grausen, irgendwelche Fehler zu machen und ihm das Essen zu verderben. Dir etwa nicht?«

Keff seufzte. »Wenigstens habe ich immer noch meine Aliens.«

»Genug des belanglosen Geplauders«, rief Chaumel und erhob sich. Er klatschte in die Hände. Die Versammelten reckten die Hälse, um zu ihm hinüberzuschauen. »Ein bißchen Unterhaltung gefällig, liebe Freunde?« Wieder führte er die Hände zusammen.

Mit einem Purzelbaum erschien plötzlich ein fellhäutiger Artist zwischen Nokias und Ferngal und sprang in die Mitte des Saals. Keffs Sessel wich sofort – und vollautomatisch – ein Stück zurück, bis er zwischen zwei anderen zu schweben kam, die Kreismitte freigebend. An der Decke erschien ein schmales Kabel, daran hingen, Fußknöchel an Fußknöchel, ein Mann und eine Frau in einer Höhe von zehn Metern über dem Boden. Mit zunächst nur sehr langsamen Bewegungen begannen sie sich zu drehen, wurden schließlich immer schneller, bis sie in waagerechter Lage parallel zum Boden im Kreis wirbelten. Nun ertönte das leise Klatschen geheuchelten Beifalls. Seil und Akrobaten verschwanden; dann vollführte der Artist einen doppelten Purzelbaum in der Luft und landete auf einer Hand. Ein kleines Tier mit einem schmucklosen Halsband erschien auf seinen an die Decke zeigenden Füßen. Dort vollführte es Überschläge, wobei der Artist es mit Stößen seiner kräftigen Beine immer höher in die Luft schleuderte. Omri gähnte. Der Mann und sein Tier verschwanden, um einer ganzen Truppe jugendlicher Artisten Platz zu machen.

Keff bemerkte einen Windstoß vor den geöffneten Fenstern. Die Nachtluft blies eine Staubwolke über die leuchtende Brüstung, erreichte jedoch nicht die offenstehende Tür. Chaumel ließ seinen Zauberstab mit abwehrender Geste in Richtung Balkon fahren, worauf der Staub gegen eine sich aufblähende, unsichtbare Barriere prasselte und zu Boden rieselte.

»War das auch ein Teil des Unterhaltungsprogramms?« fragte Keff subvokal.

»Schon wieder einer von diesen Energiestößen«, meldete

Carialle. »Irgendwie saugen sie mit dem, was sie tun, die ganze Energie, die ganze zusammenhängende Kraft aus der unmittelbaren Umwelt. Die Luft draußen vor Chaumels kleinem Bergnest ist völlig tot bis zu der Stelle, wo ich stehe.«

»Magie braucht nicht von irgendwoher zu kommen«, erwiderte Keff.

»Keff, das ist doch reine Physik! Energie strömt auf deinen Standort zu. Deshalb legt die Logik auch den Verdacht nahe, daß sie absichtlich in diese Richtung gezogen wird.«

»Magie hängt nicht von Physik ab. Aber ich räume ein, daß du recht hast.«

»Es stimmt, ob du nun daran glaubst oder nicht! Die konzentrierten Kraftfelder schwächen sich überall ab, nur nicht bei euch.«

»Und sind sie auch zufälligerweise schwach genug geworden, um dich wieder freizugeben?«

Es folgte eine kurze Pause. »Nein.«

Ein Bühnenzauberer erschien plötzlich mit seiner schlanken, goldpelzigen Assistentin aus dem Nichts und schwebte zu Boden, während er mit Feuer und Seidentüchern komplizierte Taschenspielertricks vorführte. Dann hielten beide Reifen in die Höhe, worauf Akrobaten aus den Wänden hervorgeschossen kamen, um hindurchzuspringen. Nun materialisierten weitere Akrobaten, um die Springer aufzufangen und sofort danach wieder zu verschwinden. Keff sah fasziniert zu, bewunderte die raffinierte zeitliche Abstimmung. Doch schien die Vorführung das Interesse der anderen Gäste zu verfehlen. Keffs Sessel ruckte grob in Richtung Lacia; fast wäre er dabei durch die Rückenlehne geschleudert worden. Die Akrobaten mußten einen behenden Satz zur Seite machen, um nicht von Keff überrollt zu werden.

»Du bist ein Spion für eine Partei auf der anderen Seite von Ozran, nicht wahr?« wollte Lacia wissen.

»Es gibt keine anderen Parteien auf Ozran, gnädige Frau«, antwortete Keff. »Das habe ich aus dem Weltall überprüft. Sämtliche Siedlungen beschränken sich auf diesen Kontinent der Nordhalbkugel und auf das Archipel im Südwesten.«

»Dann stehst du also in deren Dienst«, folgerte sie. »Wessen Spion bist du?«

Mit einemmal begann das Verhör von neuem. Anstatt ihm Zeit zu lassen, auf ihre Fragen zu antworten, schienen sie miteinander zu wetteifern, ihre Bezichtigungen, was Keff auf Ozran alles anstellen mochte, auf die Spitze zu treiben. Die immer noch wütende Potria würdigte ihn zwar keines Gesprächs, entriß ihn aber immer wieder einmal anderen Zauberleuten um der schieren Freude willen, ihn vor Unbehagen japsen zu sehen. Asedow spielte auch mit, indem er Keff seiner Rivalin entriß. Auch Chaumel beschloß, seiner Autorität als Kurator der Neugier zur Geltung zu verhelfen, und so zog er Keff von den anderen Zauberleuten fort, um ihn daran zu hindern, ihre Fragen zu beantworten. In dem ganzen Durcheinander wurde Keff immer schneller herumgewirbelt, und es fuchste ihn von Sekunde zu Sekunde mehr, daß die Zauberer ihn wie eine willenlose Schachfigur behandelten. Er hatte die Hände an die Armlehnen seines Sessels geklammert und die Zähne fest zusammengebissen, während er versuchte, seinen Brechreiz zu unterdrücken. Ihre Stimmen schnatterten und fiepten wie eine Schar von Vögeln.

»Wer bist du ...?«

»Ich verlange zu wissen ...!«

»Was bist du ...?«

»Sage mir ...«

»Wie hast du ...?«

»Warum ...?«

»Was ...?«

Als er es schließlich leid war, brüllte Keff der konturlosen Farbmasse entgegen: »Genug von diesem blöden Verhör! Ich spiele nicht mehr mit!«

Ungeachtet seiner eigenen Drehgeschwindigkeit schob er das Tablett von sich, trat von dem Fußschemel und stürzte in die Tiefe, immer tiefer und tiefer ...

KAPITEL 9

Keff stürzte einem dunklen Abgrund entgegen. Eisige Winde peitschten von unten empor, ließen Gesicht und Finger gefrieren; die Hände wurden ihm hinter dem Kopf nach oben gepreßt. Der waagerechte Schmierstreifen aus den Gesichtern und Kostümen des Zaubervolks wich einem senkrechten Schmierstreifen aus Grau und Schwarz und Braun. Er stürzte durch einen schmalen Tunnel aus nacktem Gestein, dann und wann erhellt von Streifen aus grellbuntem Licht. Keffs Hände griffen ins Nichts; seine Füße suchten nach Halt und fanden keinen.

Dämonenfratzen lechzten ihn geifernd an. Flugwesen mit Dutzenden von klauenbewehrten Füßen fuhren herab, um sich über Haar und Schultern herzumachen. Die Masseträgheit riß seinen Kopf zurück, bis er zu einem Lichtpunkt weit, weit oben hinaufstarrte, der mit jedem Herzschlag bebte. Die Bewegung machte ihn schwindeln. Hart drückte sein Magen gegen die Rippen. Er war im Begriff, selbst das Wenige von sich zu geben, das er hatte verzehren können. Der Wind fuhr ihm beißend in die Ohren, und seine Zähne klapperten. Er zwang sich, den Mund zu schließen, kämpfte um Kontrolle.

»Carialle, hilf mir! Ich stürze! Wo bin ich?«

Das Gehirn hörte sich verwundert an, als es Antwort gab. »Du hast dich nicht von der Stelle gerührt, Keff. Du bist immer noch mitten in Chaumels Speisesaal. Alle beobachteten dich und haben dabei einen Heidenspaß, wie ich hinzufügen darf. Äh, im Augenblick starrst du gerade die Decke an.«

Keff versuchte, Carialles Beobachtung mit dem entsetzlichen Gefühl des Sturzes in Einklang zu bringen, mit den engen Steinmauern, den Dämonenfratzen – und plötzlich wich alle Furcht von ihm. Der Abgrund war bloße Einbildung! Alles war nur eine einzige Illusion, mit der er bestraft werden sollte. Verdammte Manipulationen!

»Genug von diesem Unfug!« brüllte er.

Plötzlich, ganz abrupt, endete jedes Gefühl. Das Prickeln, das er mit einemmal in den Füßen verspürte, machte ihm Sorgen, und so setzte er sich in Bewegung und stellte fest, daß er auf dem glatten Boden mühsam um sein Gleichgewicht kämpfte. Mit einem Aufschrei geriet er ins Stolpern und zerschrammte sich dabei schmerzhaft Handflächen und Knie. Er blinzelte angestrengt, und die ihn umgebenden Lichtpunkte verwandelten sich in Wandfackeln; das blasse Oval wurde zu Plennafreys Gesicht. Sie wirkte bekümmert. Keff erriet, daß sie es gewesen sein mußte, die den Zauber gebrochen hatte, mit dem die anderen seinen Geist malträtiert hatten.

»Danke«, sagte er. Seine Stimme klang ihm selbst hohl in den Ohren. Er ging wieder in die Hocke und sammelte seine Kräfte, um aufzustehen.

Keff merkte, wie die anderen Zauberleute die junge Frau wütend anstarrten. Chaumel war zornig, Nokias wirkte schockiert, und Potria war stumm vor Empörung. Plenna reckte ihr kleines Kinn vor und erwiderte trotzig die Blicke ihrer Vorgesetzten, ohne mit der Wimper zu zucken. Keff fragte sich, wie er auf den Gedanken hatte kommen können, daß Plennafrey schwach sei. Im Gegenteil – sie war einfach großartig.

»Erhöhter Herzschlag und Atmung. Jetzt steckt sie in Schwierigkeiten«, vermeldete Carialle. »Sie ist noch ein junges Mitglied, ich würde sogar sagen, das jüngste, nämlich um ein volles Jahrzehnt – und sie hat den Älteren den Spaß verdorben. Frech, frech! Hoppla, noch mehr Energiespitzen.«

Keff spürte, wie unstoffliche Gedankententakel versuchten, sich in seinen Geist zu bohren. Sie wurden grob von einer anderen Berührung vertrieben, deren Gefühl/Duft leicht an Wildkräuter erinnerte. Plennafrey verteidigte ihn. Ein neuer Ansturm anderer Geister trieb Keff ein Bild von blutigen, halbzerfressenen Leichnamen, die lodernd auf einem Stück Ödland verbrannten, ins Bewußtsein, bevor sie von frischer, kühler Luft davongespült wurden.

»Keff, was ist los?« fragte Carialle. »Dein Adrenalinwert ist soeben in die Höhe geschossen.«

»Geistiger, paranormaler Angriff«, preßte er zwischen den Zähnen hervor. »Mit dem Ziel, meinen Geist unter Kontrolle zu bekommen.«

Er kämpfte darum, an alles mögliche zu denken, nur nicht an die Bilder, die unentwegt gegen sein Bewußtsein hämmerten. Er stellte sich ein kaltes Bier vor, bis dieses sich unaufhaltsam in einen Strom aus grünem, dampfendem Gift verwandelt hatte. Er wechselte zu der Vorstellung, mit einem ganzen Dutzend Mädchen in einer Antigrav-Disco zu tanzen. Sie verwandelten sich in Harpyien mit Geierschwingen, die auf sein Fleisch einhackten, während er von einem Haken herabhing. Keff dachte an Sport, zog im Geiste die Rotoflex-Hanteln eine nach der anderen an die Brust, konzentrierte sich auf das Brennen in seinen Oberkörper- und Nackenmuskeln. Schon eine derart geringfügige Konzentration schien seine Peiniger zu verwirren, als sie versuchten, seinen Gedanken zu zersetzen und erneut die Herrschaft über ihn zu gewinnen.

Früher oder später würden die Zauberleute den Durchbruch schaffen. Dann wäre er nicht mehr in der Lage, den Unterschied zwischen seinem eigenen Bewußtsein und dem zu erkennen, was sie seinen Geist einpflanzten. Er verspürte einen Anflug von Verzweiflung. Auf all seinen ausgedehnten Reisen war ihm nichts begegnet, das ihn auf diese Art von Macht hätte vorbereiten können. Wie lange würde er das noch durchstehen? Wenn sie ihr Vorhaben fortsetzten, würde er schon bald damit beginnen, seine Lebensgeschichte herauszuposaunen – und die seines Lebens mit Carialle.

Nein, das nicht – niemals! Wütend stählte er seinen Willen. Wenn er sich nicht einmal selbst schützen konnte, könnte er auch Carialle nicht beschützen. Er mußte unbedingt verhindern, daß sie von Carialle erfuhren, selbst wenn es ihn das Leben kostete. Anderenfalls wäre das Hirnschiff noch größeren Gefahren ausgesetzt als er; es würde Carialle noch Übleres drohen als damals, bevor sie Partner wurden.

Die Rotoflex-Hanteln seiner Vorstellung verwandelten sich in Dolche, die er immer wieder schmerzhaft in seine eigene Brust bohrte. Er zwang sein geistiges Selbst, die Dolche fallenzulassen. Sie zerplatzten zu Flammen, die an seinen Armen emporloderten. Er spürte das Knistern seiner Unterarmbehaarung. Dann setzte sanfter Regen ein. Mit enttäuschtem Zischeln erstarb das Feuer. Keff hätte beinahe gelächelt: Das war wieder Plennafrey.

Er war dankbar für den Eingriff der jungen Zauberfrau. Wie lange würde sie es gegen die vereinten Kräfte ihrer älteren Kollegen durchstehen? Fast konnte er die geistigen Funken spüren, die zwischen Plennafrey und den anderen hin und her sprühten. Doch sie hielt stand, was bei den anderen Zorn und Empörung auslöste. Die vordergründig ruhig wirkende Pattsituation drohte, sich zu etwas weitaus Schlimmerem zu entwickeln.

»Kleine Energieschübe«, verkündete Carialle. »Ein Stich nach rechts. Oh, nach links pariert. Ein Rundumschlag – was war das denn?«

Keff fühlte sich von einer unsichtbaren Kraft gepackt. Langsam begann er sich mitten in der Luft zu drehen, genau wie die Seiltänzer, doch diesmal ohne seinen Sessel. Dann wirbelte er immer schneller um die eigene Achse. Die kläglichen Überreste seiner anfänglichen Freude darüber, eine Rasse von Magiern entdeckt zu haben, verschwanden schnell in den Wogen der Übelkeit, die seinem geschundenen Magen zusetzten. Er versuchte, den Boden zu erreichen oder wenigstens einen der anderen Zauberer, doch er schaffte es nicht annähernd. Immer schneller und schneller wurde er herumgewirbelt, bis sich der Saal in verschiedene

Schichten aus Licht und Farbe teilte. Bilder drangen in sein Bewußtsein, begleitet von furcht- und zorngeschwängerten schrillen Schreien, die seine Nerven schrumpfen ließen. Er spürte nichts anderes mehr als Schmerz, und das Brüllen in seinem Kopf übertönte sämtliche andere Sinneswahrnehmungen.

Keff spürte eine Berührung am Arm, und plötzlich stolperte er mit wackligen Knien über den glatten Boden hinter Plennafrey her. Sie hatte das Schlachtgetümmel verlassen, um ihn zu retten. Fest hielt sie seine Hand gepackt, während sie auf die offenstehenden Türen zusteuerte.

Chaumels unsichtbare Mauer war kein Hindernis. Plennafrey schob die Hand durch den Umhang an ihren Gürtel, worauf in der Wand ein Loch erschien, während eine Staubwolke an ihnen vorbei in den Saal peitschte. Hustend stürzten Plennafrey und Keff auf das Landefeld hinaus. Keff erinnerte sich daran, was Carialle über die Farbkoordination gesagt hatte, und rannte dem Mädchen nach, dem blaugrünen Sessel am äußersten Balkonrand entgegen. Auf dem vibrierenden Boden fand er nur ungewissen Halt, zwang sich aber mit Gewalt dazu, die Distanz zu überwinden, und wäre der jungen Frau dabei beinahe auf die Hacken getreten.

Sie warf sich in ihren Sessel, zog Kef zu sich hinauf. Der Sessel erhob sich augenblicklich und jagte in die Nacht hinaus. Keff sah, wie hinter ihnen die anderen Zauberleute hastig auf ihre Sessel zurannten. Er sah auch, wie Chaumel die Faust in ihre Richtung schüttelte, und plötzlich war das ganze Bild wie ausgelöscht.

Sie gelangten in eine riesige, fackelbeschienene Steinhöhle, die links und rechts von ihnen irgendwo in der Ferne endete. Plenna hielt für einen Sekundenbruchteil inne; dann lenkte sie den Flugsessel nach rechts. Sie hatte die großen, dunklen Augen weit aufgerissen, wandte den Kopf mal zur einen, mal zur anderen Seite, als sie hindurchjagten.

Keff klammerte sich fest, als der Sessel einen Satz machte, um einem Stalagmiten auszuweichen und durch eine niedrige Höhlenöffnung zu fliegen. Er rang nach Luft. Die schmeckte feucht und war von mineralischer Schwere.

»Wo bist du?« explodierte Carialles Stimme in seinem Ohr. »Verdammt, wie ich das verabscheue!«

»Achte auf deine Lautstärke, Cari!«

Mit stark gedämpfter Stimme fuhr Carialle fort: »Du befindest dich ungefähr neunhundert Meter unmittelbar unterhalb deiner letzten Position, mit südlichem Kurs, in einem riesigen System miteinander verzweigter unterirdischer Höhlen. Hm!«

»Was ist los?« fragte Keff; dann biß er sich auf die Zunge, als Plennafreys Sessel durch eine schmale Röhre sauste und in eine Höhle gelangte, deren Boden unter ihnen abfiel, wie es schon der illusionäre Abgrund getan hatte.

»Ich betrachte gerade einige der elektromagnetischen Linien dort unten, nicht weit von dir. Allerdings kreuzen sie nicht den Tunnel, durch den ihr gerade kommt.«

»Wo fliegen wir hin?« fragte er das Mädchen.

»In Sicherheit«, erwiderte sie knapp. Sie hatte die Stirn in Falten gelegt und saß vorgebeugt da, als müßte sie mit den Schultern irgend etwas gewaltsam anschieben.

»Stimmt etwas nicht?«

»Es sind die Kraftlinien«, erklärte sie. »Die sind hier sehr schwach. Ich zapfe nur welche an, die weit entfernt sind. Wir müssen die starken erreichen, um zu fliehen, aber Chaumel hindert mich daran.«

»Kraftlinien?« fragte Keff verständnislos. Dann erinnerte er sich: Es handelte sich um eine alte Vorstellung mystisch-magischer Art. Keff beschloß, sich später noch eingehender mit diesem Konzept zu befassen.

Der Sessel machte einen Satz, prallte gegen einen kleinen Felsvorsprung, und Keff spürte, wie sein Körper von der Plattform zu gleiten drohte. Er packte die Kanten so fest, bis das Weiße seiner Knöchel hervortrat. Die Luft pfiff ihm in den Ohren.

»Und wenn du die starken Kraftlinien nicht erreichen kannst?« schrie er.

»Auf der Strecke hier unten schaffen wir es fast bis zu meiner Festung«, antwortete das Mädchen, ohne auf ihn zu blikken. »Das wird zwar länger dauern, aber unten sind die Berge hohl. Oh!«

Vor ihnen vedichtete sich plötzlich die Luft, und ein Dutzend Streitwagen nahm Gestalt an. Sie jagten auf Keff und das Mädchen zu, das abrupt einen Haken schlug und wieder auf den schmalen Durchgang zuhielt. Keff konnte einen kurzen Blick auf Chaumel werfen, der, glitzernd wie ein Stern, die Führung übernommen hatte. Der silberne Magier grinste sie bösartig an.

Asedow beschleunigte seinen grünen Streitwagen, um noch vor Chaumel Plennas Fahrzeug einzuholen. Doch damit verursachte er lediglich einen kleinen Verkehrsstau, indem er den Tunneleingang versperrte, durch den Plennafrey verschwunden war. Als die Verfolger sich endlich wieder entwirrt hatten, besaß ihr Opfer bereits einen deutlichen Vorsprung.

Plennafrey schoß einmal mehr durch den Wald aus Onyxsäulen zurück. Keff lehnte den Rücken gegen ihre Knie, als sie eine besonders scharfe Kurve flog, um beim Austritt dem Felsvorsprung auszuweichen. Keff sah zu ihr auf und stellte fest, daß ihr Gesicht gelassen wirkte, konzentriert, wachsam, blaß und so wunderschön wie eine Lilie. Er schüttelte den Kopf und fragte sich, wie ihm das zuvor nur entgangen sein konnte. Dann riskierte er einen raschen Blick nach hinten.

Weit hinter ihnen kamen die Verfolger gerade inmitten des Stalaktitengewirrs zu Schaden. Keff vernahm wütende Schreie, dann eine Warnung und kurz darauf einen Aufprall. Jetzt waren es nur noch elf.

»Jenseits der Verzweigung, wo ihr zum ersten Mal aufgetaucht seid, wird der Gang breiter«, sagte Carialle, nachdem sie ihre Sonaruntersuchung des Höhlensystems ausgewertet hatte. »Weiter vorn befinden sich Lebensformen.«

Sie sausten unter einen niedrigen Vorsprung dahin, der die Grenze zur nächsten Kalksteinblasenhöhle markierte. Keff roch Essensduft und blinzelte ins Fackellicht hinaus. Der Geruch von heißem Essen vermischte sich mit dem kalten, feuchten Kalksteinduft der Höhlen. Vor ihnen lagen die unterirdischen Küchen, deren Existenz Carialle bereits vermutet hatte. Verglichen mit der frostigen Umwelttemperatur an der Oberfläche war es hier geradezu tropisch. Keff spürte, wie seine Wangen sich von der Wärme röteten. Auch Plennafrey hatte eine leichte rosa Gesichtsfärbung angenommen. Dutzende von pelzgesichtigen Köchen und Gehilfen huschten umher wie die Ameisen, trugen Töpfe und Pfannen zu den riesigen, an den Wänden aufgereihten Mehrbrennern oder schleppten volle Tabletts mit zubereiteten Speisen zu den riesigen Tischen entlang der Höhlenmitte.

»Naturgas, geothermische Hitze«, bemerkte Carialle. »Der Kantinenservice für die neun Höllenkreise.«

In einer Ecke lagen, beiseite geworfen wie die Spielzeugteller eines Puppen-Teeservices, Hunderte von Schüsseln, Tellern und Tabletts, die von geschmäcklerischen Essern unberührt zur Oberfläche zurückgeschickt worden waren.

»Welch eine Vergeudung«, sagte Keff, als sie über den Müllberg hinwegflogen. Die stinkenden Dämpfe der sich zersetzenden Speisen trieben ihm das Wasser in die Augen. Er würgte.

Der Streitwagen wich einem tief herabhängenden Deckenteil aus und schoß zu den Köchen herab, die ihre Pfannen und Teller fallen ließen und in Deckung sprangen. Der untere Teil der Kufe schlug gegen etwas Weiches, doch das Gefährt setzte seinen Flug unbeirrbar fort. Als Keff zurückblickte, sah er die Trümmer einer großen Torte und die bestürzte Miene des Konditormeisters.

»Tut uns leid!« rief Keff ihm zu.

Hinter ihnen stürmten die Zauberleute auf ihren Streitwagensesseln in die Höhle und schrien Plennafrey zu, sie solle ihre Beute aufgeben. Rote Blitze zuckten an ihnen vorbei; ihr Aufprall hallte donnernd von den Wänden wider. Gesteinstrümmer hagelten auf die schreienden Köche herab. Plennafrey riß den Streitwagen in die Tiefe. Ein Blitz schoß über sie hinweg und ließ einen Stalaktiten in tausend Stücke zerspringen, kurz bevor sie ihn erreichten. Keff riß einen Sekundenbruchteil zu spät die Hände vors Gesicht, was damit endete, daß er Kalksteinsand spuckte.

»Nichts beschädigen!« brülle Chaumel. »Meine Küche!« Keff sah ihn hektisch mit den Händen Symbole schlagen, um seinen Besitz zu schützen.

Plennafrey warf einen verstohlenen Blick über die Schulter und beschleunigte noch mehr. Sie riß Keffs Körper ein Stück zurück, preßte ihn gegen ihre Beine. Erklärung heischend blickte er zu ihr hoch.

Sie sagte: »Ich brauche die Hände frei«, und sofort begann sie mit einer Reihe komplizierter Gesten ihre eigenen Zauber zu weben. Keff stemmte sich zwischen Rückenteil und Sesselbeine, um Plennafrey damit in ihrem Sitz zu sichern.

Das Ende der Höhle mündete in einer scharfen Verjüngung, was sie dazu zwang, immer dichter am Boden entlang zu fliegen. Fellgesichtige Edle Wilde, die sich bisher zu Boden geworfen hatten, um nicht in ihren Weg zu geraten, preßten sich nun flach auf die Erde oder drückten sich mit Wucht gegen die Wände, als Plennafreys Streitwagen vorbeiblitzte. Frauen kreischten, Männer stießen heisere Schrekkensrufe aus.

Scharlachrotes Feuer prallte von den Wänden ab, verfehlte den blaugrünen Streitwagen nur um wenige Handbreit. Die junge Zauberfrau feuerte faustgroße Kugeln aus rauchigem Nichts ab, indem sie diese hinter sich warf. Keff, der den Blick an die Decke über dem Höhlenmund geheftet hielt, auf den sie gerade zujagten, vernahm Schreie und Protestrufe, gefolgt von einer Serie von Verpuffungen.

Plennafrey übernahm gerade noch rechtzeitig wieder die Steuerung ihres Schwebesessels, um ihn in scharfem Winkel in die Tiefe und den steinernen Tunnel hineinzulenken. Das schien der Hauptgang von Chaumels Untergrundkomplex zu sein. Hunderte von Edlen Wilen ließen ihre Lasten fallen und stoben deckungsuchend auseinander, als Keff und Plennafrey hindurchschossen. In geschicktem Zickzackkurs, mal absinkend, mal aufsteigend, wich Plennyfrey jedem Lebewesen und jeder Steinsäule in der langen Felsröhre aus.

»Die Kleine ist gut auf diesem Ding«, vertraute Keff Carialle an. »Was für einen tollen Raketenfahrrad-Jockey sie doch abgeben würde!«

Rechts wie links boten sich ihnen verschiedene kleinere Tunnels an; Plennafrey warf im Vorbeijagen in jeden einen Blick. Im schwachen Licht der Fackeln konnte Keff kaum weiter als vier Meter hineinschauen. Die Zauberfrau biß sich auf die Lippe, dann bog sie in den neunten Tunnel rechts ab.

»Keff, doch nicht diesen!« sagte Carialle drängend.

»Aha!«

Keff vernahm Chaumels Siegeskrähen und den Jubel der anderen Verfolger. Er fragte sich, weshalb sie sich so erfreut anhörten.

Plenny wich der linken Wand erneut aus, um nicht mit einem von Sechsfüßlern gezogenen und turmhoch mit Müll beladenen Wagen mit grobgehauenen Rädern zusammenzuprallen. Der Platz im Gang reichte kaum für beide, aber irgendwie schaffte die Zauberfrau es doch. Nach einer kurzen Pause hörte Keff lautes Schaben, zwei heftige Kratzgeräusche, gefolgt von wütenden und höhnischen Schreien. Jetzt würden zwei weitere Zaubermänner das Rennen aufgeben müssen, um sich nach Hause zu begeben und dort den Abfall aus ihren prunkvollen Roben zu entfernen. Das nächste Kratzen endete mit einem furchtbaren Krachen. Keff vermutete, daß der Zaubermann des fraglichen Streitwagens wahrscheinlich den Abstand zwischen Karren und Wand überschätzt hatte. Damit waren es also nur noch acht Verfolger. Keff riskierte einen Blick zurück. Das silberne Schimmern an der Spitze war Chaumel, dicht hinter ihm das Dunkelgrün Asedows, das Goldrosa Potrias, Nokias' Gold und der Schatten Ferngals. Dahinter waren noch weitere auszumachen, doch die konnte Keff nicht identifizieren.

Plennyfrey bahnte sich ihren Weg durch die unregelmäßig verlaufenden, sich verjüngenden Gänge, wobei sie ihre Zauber über die Schulter schleuderte, um die Verfolger aufzuhalten.

»Eigentlich müßte ich mich umdrehen und ein Netz weben, um sie darin zu verheddern«, sagte sie, »aber ich traue mich nicht, die Augen von unserem Weg zu nehmen.«

»Da kann ich dir nur aus vollstem Herzen zustimmen, edle Dame«, meinte Keff. »Behalte lieber den Weg im Auge. Schau mal, weiter vor wird es heller.«

Das Nachlassen der Düsternis deutete auf eine größere Höhle mit mehr Manövrierraum hin. Plenna schoß über die hohe Schwelle – und stieß ein bestürztes Stöhnen aus. Der Raum weitete sich zwar tatsächlich zu einer großen Höhle, war aber so glatt und merkmallos wie eine Wasserblase. Die untere Hälfte der Wände war von zahllosen, mit Flaschen gefüllten Regalen bedeckt. Nirgendwo wies eine Lücke auf einen etwaigen Ausgang hin.

»Eine Sackgasse«, sagte Keff in ausdruckslosem Tonfall. »Wir befinden uns in Chaumels Weinkeller. Kein Wunder, daß er sich so diebisch gefreut hat.«

»Ich habe versucht, dich zu warnen«, meldete Carialle sich reumütig zu Wort. »Aber du hast nicht zugehört.«

»Tut mir leid, Cari. War eine wilde Fahrt«, erklärte Keff.

Plennafrey flog eine Schlaufe, die Keff das Herz in die Kehle preßte, und hielt wieder auf den schmalen Eingang zu, doch der füllte sich plötzlich mit Chaumel und dem Rest des Verfolgertrupps. Plennafrey wich zurück, bis sie in der Mitte des Raums zu schweben kamen. Acht Sessel umringten sie wie Geschworene kurz vor der Hinrichtung.

»... und es sieht so aus, als wär's vorbei.«

»Da seid ihr ja, sagte Chaumel. »Zauberin Plennafrey, du hast deine Kompetenzen überschritten. Es geht nicht an, daß Beutestücke wie dieser Fremde und sein Turm von der Unbedeutendsten unter uns in Beschlag genommen werden.«

Keff spürte, wie sich Plennas Knie in seinem Rücken anspannten.

»Vielleicht möchte er ja niemandes Besitz sein«, versetzte sie. »Ich werde ihm seine Freiheit lassen.«

»Du hast kein Recht, diese Entscheidung zu treffen, Zauberin«, sagte Nokias. Er streckte die Arme aus und legte eine große Hand auf den Ring, der das andere Handgelenk umschlang. Keff verspannte sich, als rote Blitze aus dem Armband hervorschossen und ihn samt Schwebesessel umhüllten.

Ein unsichtbarer Stab sammelte die Blitze ein, um sie schadlos im Nichts verpuffen zu lassen. Der verblüffte Gesichtsausdruck Nokias' verriet, daß er weder damit gerechnet hatte, daß Plennafrey sich ihm widersetzen würde, noch daß sie überhaupt in der Lage sei, seinen Angriff zu kontern.

»Ein solcher Blitz hat dich auf der Ebene getroffen«, flüsterte Carialle Keff ins Ohr. »Es hat dieselbe Frequenz. Es muß Nokias gewesen sein! Junge, der sieht vielleicht erstaunt aus.«

Die anderen Zauberleute hoben ihre Kraftgegenstände und bereiteten einen Großangriff auf ihr irregeleitetes Mitglied vor.

»Bitte, meine Freunde«, sagte Chaumel und bewegte sich zwischen die anderen und das wachsame Paar in der Mitte des Raums. Seine Augen glühten von einem irren inneren Licht. »Es sei mir gestattet.«

Er nahm den Stab aus der Schlinge an seinem Gürtel und hob ihn. Keff schaute an Plennafrey hoch. Die Zauberfrau begann mit trotzigem Blick, mit den Armen Luft einzusammeln.

»Ich kann erkennen, was sie da tut«, sagte Carialle höchst beunruhigt. »Keff, sag ihr, sie soll nicht wieder teleportieren. Dann kann ich nicht ...«

Die Höhle explodierte in einem grellen weißen Blitz.

Bis auf die fehlenden acht zornigen Zauberleute hätte man meinen können, daß Keff und Plennafrey sich nicht von der

Stelle bewegt hätten. Sie befanden sich in der Mitte einer aus dem nackten Fels gehauenen Kugel. Dann bemerkte Keff, daß die Wände gröber wirkten und die Decke nicht so hoch war. Hastig ließ Plennafrey den Sessel landen. Vor Erleichterung stieß sie einen tiefen Seufzer aus. Keff tat es ihr gleich.

Er sprang auf und bot ihr seine Hand dar. Mit leisem Lächeln griff sie danach und gestattete ihm, ihr aus dem Sessel zu helfen.

»Edle Dame, ich möchte dir sehr inständig dafür danken, daß du mir das Leben gerettet hast«, sagte Keff und verneigte sich über ihren verbundenen Händen. Als er den Blick hob, sah er, daß Plenna errötete, doch ob dies aus Freude oder Verlegenheit geschah, wußte Keff nicht mit Sicherheit zu sagen.

»Ich konnte nicht zulassen, daß sie dich wie einen Leibeigenen behandeln«, sagte sie. »Ich finde, du bist ein wirklicher Mann, auch wenn du keiner von uns bist.«

»Ein wahrer Mann verehrt die wahre Dame«, erwiderte Keff mit erneuter Verneigung. Plennafrey löste sich von ihm und wandte sich ab; schüchtern preßte sie ihre Hand an den Körper. Keff lächelte.

»Was für hübsche Manieren du doch hast«, meldete sich Carialles Stimme. Sie klang sehr dünn und weit entfernt. »Du befindest dich fünfundvierzig Planetenbogengrade von deiner letzten Position entfernt. Ich hatte gerade noch Zeit, dich aufzuspüren, bevor euer Energiestoß losging. Ihr seid in einer kleinen Blasentasche in einem weiteren langgezogenen Höhlenkomplex. Was ist das für ein Ort?«

»Das wollte ich selbst gerade fragen.« Keff sah sich um. »Meine Dame, wo sind wir hier?«

Anders als Chaumels Weinkeller roch dieser Ort nicht so überwältigend nach Sandstein und Hefe. Der leicht mineralische Geruch vermengte sich mit einem duftigen, pulvrigen Parfüm. Obwohl er groß war, hatte der Raum etwas Intimes an sich. Ein bequem wirkender, übermäßig gepolsterter Sessel stand mitten zwischen kleinen Beistelltischen, prallen Bodenkissen und Spielzeugtieren. An einer Wand stand ein kleines Bett, sauber gemacht unter einer dicken, aber abgenutzten Bettdecke neben einem Tisch voller Schmuckstücke. Darüber eine Hängelampe mit kobaltblauem Schirm, klein und hell wie ein Juwel, die gemütlich leuchtete. Keff erkannte, daß er sich im Privatgemach einer jungen Dame befand, die erst vor kurzem ihren Platz in der Welt der Erwachsenen eingenommen hatte, aber noch nicht ganz bereit war, ihre kostbaren Kindheitsschätze aufzugeben.

»Das ist mein ... Ort«, antwortete Plennafrey. Das Adjektiv entging dem IÜP, doch Keff vermutete, daß das fehlende Wort ›geheimer‹ oder ›privater‹ lautete. Der schüchterne Stolz der jungen Frau zeigte Keff, daß er der erste war, der dieses Allerheiligste jemals zu Gesicht bekommen hatte. »Hier sind wir in Sicherheit.«

»Ich fühle mich geehrt«, sagte Keff aufrichtig und ließ seinen Blick wieder zurück zu Plennafrey schweifen. Sie lächelte ihn an, beobachtete ihn. Er musterte das Bettregal, suchte sich einen runden Rahmen aus, aus dem die Bilder mehrerer Leute ein Stückchen hervorragten. Er nahm den Rahmen auf und führte ihn dicht an seine Augen, damit Carialle ihn analysieren konnte.

»Holographie«, sagte Carialle sofort. »Na ja, nicht genau. Ein ähnlicher Effekt, aber eine andere Technik.«

Keff drehte den Rahmen in seinen Händen. Der Mann im Hintergrund war groß und hager, mit schwarzen Haaren und ernst wirkenden Augen. Er hatte die Hände auf die Schultern zweier Jungen gelegt, die große Ähnlichkeit mit ihm aufwiesen. Das kleine Mädchen in der Mitte der Gruppe mußte eine jüngere Fassung von Plennafrey sein. »Deine Familie?«

»Ja.«

»Gut aussehende Leute. Wo wohnen sie?«

Sie wandte den Blick ab. »Sie sind alle tot«, sagte sie.

»Das tut mir leid«, erwiderte Keff.

Plennafrey blickte ihn wieder an. Ihre Augen waren gerötet, die Wimpern von Tränen benetzt. Sie nestelte an dem langen, metallischen Umhang, zog ihn sich über den Kopf und warf ihn so weit durch den Raum, wie sie nur konnte. Klirrend traf er auf die Wand und glitt zu Boden.

»Ich hasse es, was das zu bedeuten hat. Ich hasse es, eine Zauberin zu sein. Ich wäre so glücklich gewesen, wenn nicht ...« Das IÜP versuchte, ihre Rede zu dolmetschen, griff dabei aber wieder darauf zurück, die Wurzeln der von ihr verwendeten Wörter wiederzugeben. Keff konnte darin nicht allzuviel Bedeutung erkennen, doch Carialle unterbrach seine Gedanken.

»Ich glaube, sie hat sie umgebracht, Keff«, meinte sie beunruhigt. »Hat Chaumel nicht gesagt, daß die einzige Möglichkeit, weiterzukommen, darin besteht, Artefakte zu stehlen und Morde zu begehen? Du bist in dieser Höhle mit einer Verrückten eingesperrt. Reiz sie bloß nicht! Verschwinde von dort!«

»Das glaube ich nicht«, antwortete Keff entschieden. »Sie sind alle gestorben, sagst du? Magst du mir davon erzählen?« Er nahm die Hände des Mädchens in die seinen. Sie zuckte zusammen, wollte sich losreißen, doch mit gütiger, geduldiger Miene hielt Keff den steten, sanften Druck um ihre Handgelenke aufrecht. Er führte sie zu dem überpolsterten Fußschemel und ließ sie Platz nehmen. Erzähl es mir. Deine Familie ist gestorben, und dadurch hast du ihre Kraftgegenstände geerbt, nicht wahr? Du willst damit doch nicht sagen, daß du entscheidend zu ihrem Tod beigetragen hast, oder?«

»Das will ich doch«, erwiderte Plenna mit geröteter Nase. »Ich habe es getan. Mein Vater war ein sehr mächtiger Zauberer. Er war ein ... Nokias'.«

»Rivale«, ergänzte das IÜP knapp. Keff nickte.

»Sie wollten beide die Stellung des Zauberers des Südens, aber Nokias hat sie übernommen. Das Amt zu verlieren, beunruhigte ihn. Nach Tagen und Tagen ... Zeit, wurde er ...« Hilflos ließ sie die Finger neben ihren Schläfen flattern, wagte es nicht, das Wort laut auszusprechen.

»Er ist verrückt geworden«, sagte Keff. Plenna senkte den Blick.

»Ja. Er hat geschworen, selbst die Alten noch auszustechen. Dann gelangte er zu dem Schluß, daß das Kinderkriegen seine Macht vermindert hätte. Er wollte uns vernichten, um sie sich zurückzuholen.«

»Das ist ja gräßlich«, meinte Keff. »Er war also *tatsächlich* verrückt. Keiner, der noch bei Verstand ist, würde auch nur daran denken, seine eigenen Kinder umzubringen.«

»Sag das nicht!« bat Plennafrey ihn inständig. »Ich habe meinen Vater geliebt. Er mußte seine Stellung wahren. Du weißt nicht, wie das auf Ozran ist. Das geringste Anzeichen von Schwäche, und schon will irgend jemand anders ... in die Bresche springen.«

»Erzähl ruhig weiter«, sagte Keff ernst. Gelegentlich von dem IÜP unterstützt, fuhr Plennafrey fort.

»Da gibt es nicht viel zu erzählen. Vater hat viele Rituale versucht, um seine Verbindung zum Kern von Ozran aufzubauen und damit seine Macht zu mehren, aber alle waren erfolglos. Eines Tages, das war vor zwei Jahren, studierte ich gerade die Kraftlinien und spürte, wie sich eine feindliche Gegenkraft aufbaute und verstärkte ...«

»Bündelte«, unterbrach das IÜP.

»Ich verteidigte mich, genau wie man es mir beigebracht hatte, indem ich Kraftmauern errichtete ...«

»Schutzzauber?« fragte Keff, der der Analyse ihrer Begriffswurzeln durch das IÜP lauschte.

»Ja, und ich habe auch Kraft die Linien entlang zurückgesandt, über die sie gekommen war. Da war mehr, als ich je zuvor erlebt hatte.« Die Pupillen des Mädchens weiteten sich, was ihre Augen fast schwarz aussehen ließ, als sie die Szene noch einmal durchlebte. »Ich war draußen auf unserem Balkon. Dann war ich von heißem Feuer umringt. Ich habe die Kraft aufgebaut und so weit von mir geschleudert, wie ich konnte. Das bedurfte meiner ganzen Macht. Die Kraft schoß zu ihrem Sender zurück. Sie raste an mir vorbei in unsere Festung. Ich spürte eine Explosion in unserem Heim. Da wußte ich, was ich getan hatte. Ich lief los.« Ihr Gesicht war fahl und gehetzt. »Die Tür des Privatgemachs meines Vaters war nach außen aufgesprengt worden. Meine Brüder lagen dahinter im Gang. Alle tot. Alle tot. Und alles meine Schuld.« Jetzt rannen Tränen ihre Wangen herab. Sie tupfte sie mit dem Saum eines gelben Ärmels ab. »Nokias und die anderen kamen in die Festung. Sie sagten, ich hätte meinen ersten Coup gelandet. Ich hätte das Amt einer Zauberin errungen. Ich wollte es gar nicht haben. Schließlich hatte ich ja meine eigene Familie mit dieser Kraft umgebracht.«

»Aber du hast es doch gar nicht absichtlich getan«, wandte Keff ein und tastete in der Tasche seines Einteilers nach einem Taschentuch, das er ihr schließlich reichte. »Es war doch nur ein Unfall.«

»Ich hätte meinem Vater auch den Erfolg lassen können. Dann wären er und meine Brüder vielleicht noch am Leben«, wandte Plennafrey ein. »Ich hätte es wissen müssen.« Eine Träne schlängelte sich ihre Wange hinunter. Wütend wischte sie sich die Augen und saß da, das zerknüllte Tuch in den Fäusten.

»Du hast dich nur selbst verteidigt. Das ist ganz normal. Du brauchtest dich nicht für die Machtgelüste eines anderen zu opfern.«

»Aber es war doch mein Vater! Ich habe seinen Willen respektiert. Ist das dort, wo du lebst, denn nicht so?« fragte das Mädchen.

»Nein«, erwiderte Keff mit schärferer Betonung, als er eigentlich vorgehabt hatte. »Dort würde kein Vater so etwas tun. Für uns ist das Leben etwas Heiliges.«

Plennafrey starrte auf ihre Hände. Dann sagte sie mit leisem Seufzen: »Ich wünschte, ich würde auch dort leben.«

»Langsam verabscheue ich diese Welt immer mehr«, sagte Carialle, der noch vor ihrer Geburt bereits besondere Eingriffe zuteil geworden waren, um ihr Leben zu retten. »Korruption wird belohnt, und wegen Kindermordes hebt niemand auch nur eine Augenbraue. Die Macht ist das wichtigste, wichtiger als Familie, Leben, Vernunft. Wir werden darauf hinwirken, daß man diesen Planeten nach unserer Rückkehr per Dekret von jedem Kontakt ausschließt. Sie verfügen über keine Raumfahrt; deshalb brauchen wir uns für die nächsten paar Jahrtausende keine Sorgen darüber zu machen, daß sie plötzlich auf den Zentralwelten aufkreuzen könnten.«

»Erst mal müssen wir wieder von hier wegkommen«, erinnerte Keff sie. »Vielleicht können wir ihnen ja noch helfen, alles wieder hinzubiegen, bevor wir gehen.«

Carialle seufzte. »Natürlich hast du recht, Ritter in glänzender Rüstung. Wir sollten wirklich alles tun, was wir können. Ich kann nur den Gedanken nicht ertragen, was dieses arme Mädchen alles durchgemacht hat.«

Keff wandte sich wieder Plennafrey zu. Die blickte starr zu Boden, ohne ihn wirklich zu sehen, und hing ihren Gedanken über die Vergangenheit nach.

»Bitte, Plennafrey«, sagte Keff und verlieh seiner ozranischen Aussage so viel eindringlichen Charme, wie er nur konnte. »Ich bin neu in deiner Welt, und ich möchte etwas über dich und dein Volk erfahren. Das interessiert mich sehr. Was ist denn das hier?« fragte er und nahm den nächstbesten unidentifizierbaren Gegenstand auf.

Sie ließ sich tatsächlich von ihm ablenken und hob den Blick. Keff hielt ihr den kleinen Zylinder entgegen, und sie mußte lächeln.

»Das ist eine Musikdose«, sagte sie. Ihrer Anweisung folgend, schüttelte er den Kasten hin und her, um ihn dann wieder abzusetzen. Die Seitenwände klappten auf, und eine liebliche, leicht blechern klingende Melodie ertönte. »Das habe ich schon seit ... ach, seit meiner Kindheit.«

»Ist es alt?«

»Ja, ein paar Generationen alt. Mein Vatersvatervater«, sie kicherte, als sie es an den Fingern abzählte, »hat es für seine Frau gemacht.«

»Es ist schön. Und was ist das da?« Keff stand auf und griff nach dem kurzen, gedrehten Faden mit dem runden Anhänger. Die undurchsichtige Substanz glitzerte im Lampenlicht blau, grün und rot.

»Das ist ein Spielzeug«, erklärte Plennafrey, und die leichte Rötung ihres Gesichts gab ihr wieder einen Hauch ihrer ursprünglichen Vitalität zurück. »Es verlangt einige Fertigkeit. Es ist nicht magisch. Ich bin sehr gut darin. Meine Brüder waren nie so geschickt.«

»Zeig es mir«, forderte Keff sie auf. Sie stellte sich neben ihn und wickelte den Faden um die Mittelrille des Anhängers. Dann schob sie den Zeigefinger durch die Schlaufe am Ende des Fadens, nahm das Spielzeug in die Handschale und warf es. Es spulte sich ab und schnellte in ihre Hand zurück. Sie ließ es noch einmal hervorschießen, führte die Hand diesmal jedoch so, daß ihr der Anhänger an ihrem Kopf vorbei zwischen die Knie fuhr und erst danach wieder in ihre Hand zurücksauste.

»Ein Jo-Jo!« sagte Keff entzückt.

»Habt ihr auch solche Dinger?« fragte Plennafrey. Sie lächelte ihn an.

Keff grinste. »O ja. Aber das hier ist viel schöner als die, mit denen ich früher gespielt habe. Es ist das reinste Kunstwerk. Darf ich es mal versuchen?«

»In Ordnung.« Plenna schälte den Faden vom Finger und reichte Keff das Spielzeug. Er nahm es entgegen, wobei seine Hände für einen flüchtigen Augenblick die ihren umfaßten. Dann ließ er das Jo-Jo mehrmals in gerader Linie auf und ab schnellen, spielte mit ihm ›Weltumrundung‹ und schwang es schließlich im Trapez.

»Du bist auch sehr gut«, meinte Plenna erfreut. »Magst du mir zeigen, wie du das gerade eben gemacht hast?«

»Ist mir ein Vergnügen«, erwiderte Keff. Er legte das Spielzeug wieder in ihre Hände. Als seine Handflächen die ihren berührten, empfand er beinahe so etwas wie einen elektrischen Schlag. Er merkte, daß sie sehr dicht beieinander standen; ihre Oberschenkel streiften sich leicht, so daß er ihre Körperwärme spüren konnte. Kurz stockte ihr der Atem; dann ging er deutlich schneller als vorher. Keff erging es genauso. Zu seinem Entzücken und Erstaunen begriff er nun, daß sie sich von ihm ebensosehr angezogen fühlte wie umgekehrt. Das Jo-Jo glitt unbeachtet auf das Polster, als Keff ihre Hand fest umschlang. Sie lächelte ihn an; ihr Blick war erfüllt von Vertrauen und Staunen. Bevor sie noch ein Wort sagen konnte, glitt sein Arm den ihren entlang, umfaßte die schmale Hüfte, die Hände flach gegen ihren Rücken gepreßt. Er spürte, wie sie leise erzitterte; dann schmiegte sie sich drängend an ihn, legte den Kopf auf seine Schulter. Durch den dünnen Stoff ihres Kleids war die Haut warm, und ihr blumiger, würziger Duft betörte ihn.

Es kam ihm so natürlich vor, sie in seinen Armen zu halten, daß er sich erst selbst gemahnen mußte, es mit einem Alien zu tun zu haben; dann aber verwarf er alle Hemmungen. Selbst wenn es körperlich nicht klappen sollte, war ihnen doch immerhin die intensive Verbundenheit von Menschen gemein, die zusammen in Gefahr gewesen waren, was an sich schon eine Art von Trost bot. Und doch gestattete er sich die Überzeugung, daß alles schon so werden würde, wie er es begehrte. Plennafreys Volk wies viel zu viele äußere Ähnlichkeitsmerkmale mit den Menschen auf. Mit ein bißchen Glück würden sie auch auf dieselbe Weise Liebe machen.

Plennafrey hatte nichts von der Verführungskunst der schleierverhüllten Potria an sich, doch Keff empfand ihre unverfälschte Ansprechbarkeit als sehr viel begehrenswerter. Als Plennafreys Vorgesetzten ihn gequält hatten, war ihr wahrscheinlich nichts anderes in den Sinn gekommen, als ihn wie ein mißbrauchtes ›Spielzeug‹ zu betrachten.

So war sie einfach nur freundlich zu einem Fremden gewesen oder, weniger wohlwollend ausgedrückt, zu einem dummen Tier, das sich selbst nicht zu schützen wußte. Jetzt, da sie zusammen waren, wallten faszinierende chemische Reaktionen zwischen ihnen auf. Keff beobachtete die langen Wimpern, wie sie sich hoben, um große, dunkle Augen zu offenbaren. Er bewunderte den langen Hals und das Schlagen des Pulses im kleinen Schatten ihrer Schlüsselbeinmulde. Ihre Mundwinkel hoben sich, als auch sie innehielt, um ihn zu mustern.

»Was denkst du?« fragte er und blickte dabei zu ihr auf.

»Ich finde, du siehst gut aus«, sagte sie.

»Oh, du bist selbst wunderschön, edle Dame Zauberin«, flüsterte er und beugte sich vor, um ihre runde Schulter zu küssen.

»Ich hasse es, Zauberin zu sein«, sagte Plennafrey mit einer Stimme, die schon fast wie ein Schluchzen klang.

»Aber ich bin doch froh, daß du eine Zauberin bist«, warf Keff ein. »Wärst du's nicht gewesen, hätte ich dich niemals kennengelernt, und dabei bist du doch das Netteste und Schönste, was ich seit meiner Landung auf Ozran zu Gesicht bekommen habe.«

Er schob die Hand unter ihr Kinn, streichelte den weichen Hals mit sanften Fingern, als würde er eine Katze kraulen. Und beinahe katzengleich schloß auch Plenna die Augen zu langen Schlitzen und ließ den Kopf zurückgleiten, bis es schien, als wollte sie am liebsten losschnurren. Sie führte ihr Gesicht vor seins, und ihre Hand kroch seinen Nacken hinauf, um seinen Kopf zu sich herunterzuziehen. Keff schmeckte Kirschen und Zimt auf ihren Lippen; er war entzückt, sich im Duft ihres Parfüms verlieren zu können. Er vertiefte den Kuß, und Plenna erwiderte es mit Begeisterung. Er beugte sich vor, um erneut ihre Schulter zu küssen, spürte, wie ihre Wange sein Ohr streifte.

Plötzlich ließ sie ihn los und trat zurück, blickte ihn halb erwartungsvoll, halb furchtsam an. Keff nahm ihre Hände auf und küßte sie, zog Plenna an sich, berührte ihre Lippen mit sanftem, federleichtem Streicheln, bis sie sich öffneten. Sie seufzte.

»Bild und Ton bitte abschalten, Cari«, flüsterte Keff. Plennafrey schmiegte den Kopf in seine Schulterbeuge, und er küßte sie.

Carialle zögerte erst einen Augenblick, bevor sie die Sensoren deaktivierte. Es widersprach sämtlichen Kurierdienstvorschriften, in einer potentiell feindseligen Umgebung alle

Kommunikationswege abzuschalten, vor allem dann, wenn Gegner die Verfolgungsjagd aufgenommen hatten.

Die Ozran-Frau stieß einen stummen Schrei aus, und Keff entsprach ihm mit einem Stöhnen aus der Tiefe seines Herzens. Carialle wägte Vorschrift gegen Keffs Recht auf Intimsphäre ab und gelangte zu dem Schluß, daß ein begrenztes Signal nicht verwerflich sei. Ein Anliegen wie Keffs war zulässig, solange das Gehirn noch irgendeinen Kontakt zu seinem Muskelpartner aufrechthielt.

»Wie du wünschst, mein fahrender Ritter«, sagte sie und deaktivierte hastig die Augen- und Mundimplantate. Statt dessen überwachte sie nun Keffs Herz- und Atmungssensoren. Die wurden gerade ordentlich auf Trab gebracht.

Da ihr Muskel nunmehr anderweitig beschäftigt war, richtete Carialle ihre Aufmerksamkeit auf das äußere Ozran. Der größte Teil der Energie und der Funksignale bündelte sich immer noch auf Chaumels Gipfel und im Innern des Berges. Es hatte sich herausgestellt, daß jeder Zaubermann und jede Zauberfrau eine etwas andere Funkfrequenz zur Kommunikation benutzte, woran Carialle sie nun unterscheiden konnte. Die acht verbliebenen Verfolger, die Keff und seine Freundin durch die unterirdischen Gänge gejagt hatten, verteilten sich immer wieder auf der Planetenoberfläche, um sich nach einer Weile erneut zusammenzufinden. Die Verfolgung erwies sich als fruchtlos. Mental zog Carialle ihnen eine lange Nase.

»Wunderschönes Pech wünsche ich euch, ihr Brutalos«, sagte sie fröhlich.

Auf der Ebene erschienen die Augenkugeln aus dem Nichts und umkreisten unentwegt die Zauberleute. Carialle musterte jedes der Spähaugen genau und zeichnete sein Geplapper durch den Filter des IÜP auf. Keff hatte inzwischen schon ein recht brauchbares ozranisches Vokabular und eine umfangreiche Grammatik, zusammengetragen, so daß Carialle die gefunkten Nachrichten der Frustration und des Zorns gut entziffern konnte, mit denen sich die Verfolger verständigten.

Einige Zeit später schwächte sich Keffs Herzschlag wieder auf ein normales Tempo ab. Seine Gehirnwellen zeigten an, daß er eingeschlafen war. Carialle beschäftigte sich in den Stunden vor der Dämmerung damit, ihre Computersysteme zu warten und die Verfolger im Auge zu behalten, die inzwischen eigentlich schon ziemlich erschöpft sein müßten.

Carialle gewährte Keff eine Anstandspause, um seine Schlaftoxine abzubauen; dann schaltete sie die Sensoren wieder ein. Ihre neben seinen Augen eingelassenen Videosensoren boten ihr ein höchst idyllisches Stilleben.

Auf dem kleinen Bett an der Trägerwand hatte sich die junge Zauberfrau an Keff gekuschelt. Sie waren beide nackt, und Keffs dunkel behaarter, muskulöser Arm lag schützend um ihre schmale, bleiche Hüfte. Ihre Knöchel kreuzten sich, und nun begann Keff, mit dem Zeh ihre Wand hinauf- und hinabzufahren. Carialle nutzte die Gelegenheit, Keffs Gefährtin zu untersuchen, und fand die Meßergebnisse äußerst interessant.

Keff schnaubte sanft, was er kurz vor dem Aufwachen immer tat.

»Ahem!« machte Carialle gerade laut genug, um Keff zu wecken, ohne ihn zu erschrecken. »Bist du sicher, daß dies die richtige Interpretation dessen ist, was die Zentralwelten unter einem Erstkontakt verstehen?«

Keff stieß ein tiefes, kehliges Glucksen hervor. »Na ja, es war *tatsächlich* ein Erstkontakt, edle Dame«, erwiderte er und überließ ihr dabei die Interpretation seiner zwei-, ja, Mehrdeutigkeit.

»Ein wahrer Gentleman küßt zwar, plaudert aber niemals, du muskulöser Affe«, tadelte Carialle ihn. Er lachte leise. Das Mädchen bewegte sich leicht im Schlaf und legte die Hand auf Keffs Brusthaar. Sie lächelte sanft im Traum. »Keff, ich muß dir etwas über Plennafrey sagen, genau genommen über sämtliche Ozraner: Es sind Menschen.«

»Sie sind ihnen zwar sehr ähnlich, aber nur wie Verwandte«, berichtigte Keff sie. »Und warte erst einmal ab, bis ich Xeno die Bänder gezeigt habe. Natürlich nicht dieses hier. Die bekämen ja glatt einen Blutsturz.«

»Sie ist *wirklich* menschlicher Herkunft, Keff. Sie muß die Nachfahrin irgendeines verschollenen Kolonial- oder Militärschiffs sein, das vor Urzeiten hier gelandet ist. Ihre Reaktionen, sowohl die emotionalen als auch die körperlichen, ganz zu schweigen von Blutdruck, Körperbau, Stoffwechselsystem – sie war deinen Kontaktimplantaten nahe genug, daß ich sichergehen konnte. Und jetzt bin ich mir auch sicher. Wir haben die Ozraner kennengelernt, und es sind die Unseren.«

»Und die genetische Analyse?« Keff war enttäuscht. Carialle merkte, daß er immer noch hoffte; aber er war Exobiologe genug, um der Wahrheit ins Auge zu blicken.

»Bring mir eine Locke von ihrem Haar, dann werde ich es dir beweisen.«

»Na schön«, antwortete er, drückte Plennafrey enger an sich und legte ihren Kopf an seine Schulter. »Dann kann ich mich wenigstens immer noch darüber freuen, eine Mutation der Menschheit entdeckt zu haben, die über derart mächtige TK-Fähigkeiten verfügt.«

Carialle seufzte. Seine Sturheit hat durchaus ihren Charme, dachte sie.

»Das ist keine TK. Es ist ein hochentwickelter Gebrauch von Werkzeugen. Nimm ihr die Spielzeuge weg und schau selbst, ob sie dann noch irgendwelche Zauberkunststücke vollbringen kann.«

Keff griff über die Kante des kleinen Betts nach dem schweren Gürtel, nahm ihn an der Schnalle auf. Er wiegte ihn in der Hand; dann ließ er ihn in seine Handfläche gleiten, bis die Finger auf die fünf Mulden zeigten. »Soll das heißen, daß ich diese Dinger ebenfalls gebrauchen kann?«

»Ich würde sagen, ja.«

Die Glieder des Gürtels klimperten leise. Doch das Geräusch genügte, um die junge Zauberfrau aus dem Schlaf zu schrecken. Sie fuhr auf und suchte mit großen Augen den Raum ab.

»Wer ist da?« fragte sie. Keff reichte ihr den Gürtel, und sie riß ihn schützend an sich.

»Ich bin's nur«, antwortete Keff. »Tut mir leid. Ich wollte sehen, wie er funktioniert. Ich wollte dich nicht wecken.«

Plenna blickte entschuldigend drein, weil sie auf seine harmlose Neugier überreagiert hatte, und bot ihm den Gürtel mit beiden Händen dar, wobei sie allerdings zugleich eine Warnung aussprach: »Wir dürfen ihn hier drin nicht gebrauchen. Das ist der Grund, weshalb mein Hort sicher ist. Wir befinden uns hier am äußersten Rand der Kraftlinien. Deshalb erzeugen meine Gürtelschnalle und mein Umhang eine viel zu geringe Resonanz, um von anderen Zauberern aufgespürt zu werden.« Mit ausladender Geste zeigte sie um sich. »Alles in diesem Raum wurde von Hand herbeigeschafft. Oder von Hand aus neuen Materialien hergestellt, ohne Kraftverbrauch.«

»Das ist beste magische Tradition«, bemerkte Keff lobend. »Das bedeutet nämlich, daß keine ›Schwingungen‹ früherer Benutzer übriggeblieben sind. In diesem Fall Spürgeräte oder Suchzauber.«

»Oder Schaltkreise«, warf Carialle ein. »Wie funktioniert ihre Magie denn?«

Doch sie erhielt keine Antwort auf ihre Frage. Bevor Keff sie an Plenna weiterleiten konnte, fand er sich plötzlich wieder, wie er die Zimmerdecke begaffte. So geschmeidig wie ein Taschenspieler, der Tücher aus seinem Ärmel zog, erschienen aus dem Nichts erst Chaumels Schwebesessel, gefolgt von dem Streitwagen Potrias und schließlich Asedows. Chaumel kam dicht über das Bett geschwebt. Mit blutunterlaufenen Augen blickte der silberne Zauberer die beiden wütend an.

»Was für ein hübscher Ort«, sagte er und zeigte in freudlosem Grinsen sämtliche Zähne. »Den werde ich später gern mal genauer untersuchen.« Mit arroganter Habgier musterte er Plennafreys schlanke Nackheit. »Möglicherweise mit deiner ... engen Unterstützung, meine Dame. Du hast dir ja ein paar schöne Stunden gemacht, während wir überall nach dir gesucht haben!«

Keff und Plennafrey griffen hastig nach ihren Kleidern. Nacheinander erschienen auch die anderen Verfolger, bis die kleine Steinblase überfüllt war.

»Aha, die Jagd wird also wieder interessant«, meinte Potria. Sie sah nicht besonders gut aus. Der Chiffon ihres Kleids hing schlaff herab wie ein welkes, pfirsichfarbenes Salatblatt, und ihre Augenschminke war verschmiert. »Es hat mich vielleicht gelangweilt, ständig nur irgendwelchen Schatten nachzulaufen!«

»Ja, die Beute kommt wieder zum Vorschein«, bestätigte Chaumel. »Aber diesmal sind die Raubtiere bereit.«

Plenny warf Chaumel einen zornigen Blick zu, als sie sich das primelgelbe Kleid über den Kopf streifte.

»Wir hätten niemals im Sessel herkommen sollen«, rief sie. Keff stieg in seine Hosen und zerrte den rechten Stiefel an.

»Das stimmt«, meinte Chaumel lässig und lehnte sich zurück, während er die abnorm langen Finger zeltförmig auf den Bauch stellte. »Wir haben einige Zeit gebraucht, um die Ader ausfindig zu machen, durch die das Herz von Ozran dich mit Kraft speist, aber jetzt haben wir dich endlich. Wir werden später noch über dich zu Gericht sitzen, junge Zauberin. Aber im Augenblick wünschen wir vor allem, daß uns unsere Beute zurückgegeben wird.«

Die beiden standen wie angewurzelt da, als Nokias, Ferngal und Omri sich in ihren Schwebesesseln neben ihren Gefährten aufbauten.

»Für deinen Ungehorsam wirst du büßen müssen«, sagte Nokias streng zu Plenna.

Die junge Frau neigte den Kopf, hielt den Gürtel und ihren Umhang in den Händen. »Ich entschuldige mich für meine Respektlosigkeit, Hochhexer«, sagte sie reumütig. Ihre plötzliche Unterwürfigkeit schockierte Keff.

Nokias lächelte, daß Keff dem Zauberer am liebsten die Zähne in die dürre Kehle gerammt hätte. »Mein Kind, du warst nur etwas voreilig. Ich weiß zu vergeben.«

Der goldene Sessel legte sich leicht schräg und schickte

sich an, auf der freien Stelle zwischen Plennas kleinem Bett und ihrem Tisch zu landen. Mit blitzschnellen Reflexen packte Plennafrey Keff bei der Hand, machte einen Satz über den unteren Teil des Sessels und rannte auf ihren eigenen zu. Während Keff seine restlichen Kleider und einen Stiefel an sich raffte, blieb ihm gerade noch ein Sekundenbruchteil, um sich zusammenzureißen, als Plenna auch schon den blaugrünen Streitwagen durch die von Nokias hinterlassene Lücke lenkte und in einen der Tunnels hinausjagte, die aus der Blase führten.

Keff schlang die Beine um die Außenränder von Plennafreys Streitwagen, um sich abzustützen, während er zappelnd seinen Kittel anlegte. Den Riemen des IÜP-Kastens hielt er krampfhaft mit den Zähnen fest. Er löste ihn, zerrte ihn unter seinem Hemd hervor und legte ihn um den Hals, wo er hingehörte. Sein Stiefel mußte warten.

»Gut gemacht, meine Dame«, rief er. Seine Stimme hallte von den Wänden des schmalen Gangs wider, der sich dahinwand und mal breiter, mal enger wurde.

»Wie können die es wagen, in mein Allerheiligstes einzudringen!« Plennafrey kochte vor Wut. Anstatt verängstigt über den Auftritt der anderen Zauberer zu sein, war sie außer sich vor Zorn. »Das übersteigt jede Unhöflichkeit! Es ist ... als würden sie in meinen Geist eindringen! Wie können die das nur wagen! Ach, ich komme mir so dumm vor, weil ich dort hineinteleportiert bin. Das hätte ich niemals tun dürfen.«

»Dafür bin ich mal wieder verantwortlich, Plenny«, sagte Keff reumütig. Er hielt sich fest, als sie eine scharfe Kurve nahm. Er konnte gerade noch rechtzeitig die Beine hochreißen. Um ein Haar hätte die Sesselkante einen steinernen Vorsprung gestreift. Plennafreys Hand legte sich sanft auf seine Schulter, und er griff hinauf, um ihre Hand zu drükken. »Du warst schließlich damit beschäftigt, mir das Leben zu retten.«

»Ach, dich mache ich doch gar nicht dafür verantwortlich, Keff«, sagte sie. »Wenn ich doch nur klar überlegt hätte! Es ist alles meine Schuld. Du konntest nicht wissen, was *mir* hätte klar sein müssen, ja, wofür ich mein ganzes Leben lang ausgebildet wurde!« Ihre Hand spannte sich in seiner, und so ließ er sie los. »Es ist ja nur, daß ich jetzt auch nicht mehr weiß, wohin wir noch fliehen können.«

Die Verfolgungsjagd war wieder in vollem Gang. Keff vernahm Geschrei und nervenzerreißendes Kratzen, als die Verfolger sich im Gänsemarsch neu organisierten und sich anschickten, ihnen zu folgen. Dieser Tunnel war enger als alle anderen unter Chaumels Festung. Ein herabgefallener Stalaktit zielte mit fangzahngleicher Spitze auf sie, und Plenna wich ihm nur mit Mühe aus. Als sie die gegenüberliegende Wand streifte, riß sie ein paar Holzsplitter von ihrer seitlichen Fahrzeugverschalung. Keff zog die Beine unter das Kinn, fort von der Außenkante, und hoffte inständig, daß er nicht herabstürzen würde.

»Normalerweise gehe ich hier nur zu Fuß«, erklärte Plenna entschuldigend. »Es war nie vorgesehen, diesen Gang mit einem Sessel zu nehmen.«

Keff war überzeugt, daß Chaumel und die anderen dies inzwischen auch bemerkt haben mußten. Das Fluchen und Kreischen wurde zunehmend lauter und heftiger. Wenn Plenna doch keine so hervorragende Pilotin sein sollte, würden auch sie noch an den Felsen zerschellen.

»Können wir nicht hinausteleportieren?« fragte Keff.

»Wir können nicht einfach irgendwo hinausteleportieren«, sagte Plenna, den Blick geradeaus gewandt. »Nur irgendwo hinein. Wir sind fast da. Festhalten!«

Keff packte die Beine ihres Schwebesessels. Eine Reihe riesiger Höhlen und Korkenziehergänge schoß an ihnen vorbei, als sie durch einen Gang jagten, der in einer Spirale mündete, die danach immer breiter wurde, ohne daß die Wände sich jemals voneinander entfernten. Zu Keffs Erleichterung gelangten sie hinaus an die frische Luft. Sie befanden sich über einem steilen, schmalen, ausgetrockneten Flußbett, das von dunkelbraunem Gestrüpp und Sträuchern gesäumt wurde. Keff konnte einen kurzen Blick auf die teilweise verborgene Gesteinsnische werfen, wo Plenna höchstwahrscheinlich sonst allein zu landen pflegte; dann schwebten sie auch schon über der Bodenspalte, die dem Sonnenaufgang entgegenführte. Bei dem Gedanken, wie hoch sie gerade flogen, drehte sich Keff der Magen um. Er schalt sich selbst einen dummen Feigling: im Vakuum machte ihm Höhe nichts aus, aber dort, wo Schwerkraft herrschte, litt er tatsächlich unter Höhenangst.

Er hörte einen Schrei und drehte sich um. Durch schieres Glück waren Chaumel und Asedow fast schon unmittelbar hinter ihnen. Die anderen versuchten wahrscheinlich immer noch, aus Plennas Labyrinth zu gelangen, falls sie nicht gegen die Felswände geprallt waren. Kaum hatte er den Höhlengang hinter sich gelassen, als Asedow auch schon seine Keule hob. Rotes Feuer schoß hinter ihnen her. Plenna, die offenbar ahnte, wo Asedows Schuß treffen würde, schlug Haken sowohl nach oben als auch nach unten, den Schwebesessel schräg gelegt, um die Strahlen an sich vorbeirasen zu lassen. Das trockene Strauchwerk des tiefen Flußbettals begann zu qualmen und fing Feuer.

Chaumel ging subtiler vor als Asedow. Keff spürte, wie sich etwas in seinen Geist einschlich und sich darin festsetzte. Plötzlich glaubte er, sich im Maul eines Drachen zu befinden. Feuriger Atem kroch ihm den Rücken hoch bis ins Haar und wurde immer heißer. Die tödlichen weißen Fänge würden gleich zubeißen und ihm die Beine abtrennen. Er stöhnte auf, verspannte die Kieferlade, während er gegen die Illusion ankämpfte, die seinen Geist im Griff hielt. Das Bild löste sich in der lieblichen Brise auf, die Keff mit Plenna zu assoziieren gelernt hatte, doch folgte ihm sofort eine weitere gräßliche Illusion. Plenna wehrte sie blitzschnell ab, ohne dabei in ihrer Konzentration auf den Kampf nachzulassen. Doch schon war Chaumel zum nächsten Angriff bereit.

»Die sollen meinen Verstand nicht kriegen!« stieß Keff knirschend hervor, während er gegen Bilder von Tintenfischen mit Nadelspitzen, ringförmig angeordneten Zähnen ankämpfte.

»Konzentrier dich, Keff«, riet Carialle. »Wenn du dein Konzentrationsspektrum klein hältst, können diese heimtückischen Drecksäcke nirgends greifen. Denk an eine Gleichung. Wieviel ist sechs hoch acht ...?«

»Mal sechs ist sechunddreißig, mal sechs ist zweihundertsechzehn, mal sechs ist ...«, rezitierte Keff.

Plennyfrey begann damit, zwischen den Händen kleine Kugeln aus grauem Nichts zu formen. Ihr Sessel fuhr auf der eigenen Längsachse herum, bis sie ihren Verfolgern ins Gesicht blicken konnte. Die schwenkten seitlich ab wie erfahrene Kampfpiloten, doch erst, nachdem sie ihre Zauber auf sie abgefeuert hatten. Explosionen hallten durch das Tal. Ferngals Sessel kippte hintüber, und er stürzte in die Bodenspalte. Keff hörte seinen Aufschrei, bevor der Zaubermann plötzlich mitten in der Luft verschwand. Auch der schwarze Sessel löste sich auf. Nokias kam auf sie zugeschossen, die Hand an seinen Zauberring gelegt. Plenny zog gerade noch rechtzeitig einen Schutzwall hoch, der sie vor dem scharlachroten Blitz bewahrte.

»Geteilt durch vierzehn ist ...? Komm schon!« sagte Carialle. »Bis zur nächsten Ganzzahl.«

Einer nach dem anderen erschienen die letzten drei Zauberleute in der Höhlenöffnung und mischten sich in den Luftkampf. Keff konnte nicht länger zusehen, wie Plenny ihre Zauber wob, weil die Gespinste ihn an Riesenspinnen denken ließen, die von den Illusionswerfern auf ihn zugetrieben wurden und ihn aufzufressen drohten. Er vertrieb die gräßlichen Wesen durch Zahlen.

»Wie lang ist eine Funkwelle von fünfundneunzig Kilohertz?« setzte Carialle nach. »Keff, hier die neueste Schlagzeile: Soeben haben zweihundert Streitwagen Chaumels Residenz verlassen. Sie kommen *alle* auf euch zu. Teleportieren – und zwar sofort!«

»Wir sind viel zu angreifbar«, rief Keff heiser. »Wenn die meinen Geist in die Finger kriegen, wie sie es im Eßsaal getan haben, ende ich noch als deren Spielzeug. Sofern sie uns nicht vorher abknallen.«

Die sechs verbliebenen Zauberer gingen um Plenna herum in Position wie die Kanten eines Würfels, flogen auf sie zu, warfen dabei ihre unterschiedlichen Zauber und schickten Illusionen und Trugbilder. Mit wirbelnden Händen schützte Plennafrey sich selbst und Keff in einer durchsichtigen Energiekugel. Carialles Stimme wurde von Statik überlagert.

Plötzlich sackte der Sessel unter Keff in die Tiefe. Zauber und Blitze verschwanden mit einem Schlag, ebenso die Schildkugel. Die Wände der Bodenspalte schossen in die Höhe wie die steinernen Wände in seinem Alptraum.

»Was ist denn da passiert?« rief er. Auch die anderen Zauberer stürzten; ihre Mienen waren vor Furcht wie eingefroren. Noch bevor er die Frage gänzlich ausgesprochen hatte, endete der grauenerregende Absturz auch schon wieder. Keff spürte, wie sein Haar von statischer Elektrizität knisterte, und grelle Funken schienen sämtliche Zaubererstreitwagen zu umsprühen. Ohne zu zögern ging Plenna in den Steilflug über, aus der Schlucht hinaus. Als sie den oberen Rand überflogen hatte, jagte sie waagerecht in Richtung Osten. »Was war das?«

»Habt ihr die Stromrechnung nicht bezahlt?« fragte Carialle in seinem Ohr. »Das war ein Totalausfall, ein gewaltiger Abfall entlang der elektromagnetischen Linien. Ich glaube, ihr habt die Schaltungen überlastet, was immer sie nun antreiben mag; aber jetzt funktionieren sie wieder. Zum Glück hat es alle auf einmal erwischt, nicht nur euch.«

»Alles in Ordnung bei dir?« fragte Keff.

Die Sehnsucht und die Frustration in der Stimme des Gehirns waren nicht zu überhören. »Während dieses kurzen Augenblicks war ich frei, aber leider nicht schnell genug, um abzuheben! Die gesamte Energie des Planeten strömt jetzt auf euch zu – selbst die Pflanzen scheinen ihre Farbe zu verlieren. Alles ist mit voller Kraft hinter euch her. Keff, bring das Mädchen dazu, euch hierherzufliegen!«

Wie ein Schwarm zorniger Hornissen strömten nun ganze Pulks von Streitwagen über den Spaltenrand und nahmen wieder die Verfolgung auf. Rote Blitze peitschten an Keffs Ohr vorbei. Er packte Plennafreys Knie und blickte zu ihr auf.

»Plenny, wenn du nicht hinausteleportieren kannst, dann müssen wir eben in irgend etwas hineinteleportieren – zum Beispiel in mein Schiff!«

Sie nickte knapp.

Über seinem Kopf sponnen die Arme des Mädchens vor sich hin. Keff beobachtete, wie die Meute der Schwebesessel hinter ihnen den Himmel auszufüllen begann. Er betete, daß sie nicht noch einmal einen magischen Totalausfall erleiden mußten.

»Großer Mutterplanet des Paradieses, hilf mir!« Plenna warf die Arme hoch – da verschwand die ganze Szene samt der zornigen Zauberer.

KAPITEL 10

Plonk! Plötzlich umfaßten die Wände von Carialles Hauptkabine den Streitwagen.

»Das war reichlich knapp«, bemerkte Carialle über ihren Hauptlautsprecher. »Ihr wart fast dicht genug am Schott, um mit dem Lack zu verschmelzen.«

»Aber wir haben es immerhin geschafft«, sagte Keff und stieg vom Wagen. Dankbar streckte er die Beine und griff mit verschränkten Händen hoch über seinen Kopf, bis seine Wirbelsäule an mehreren Stellen knackte. »Aaah ...«

Plenna stand auf und blickte sich staunend um. »Ja, wir haben es geschafft. So sieht der Turm also von innen aus. Wie ein Heim, aber mit so vielen fremden Dingen!«

»Na ja, was sollte man hier drin auch *nicht* mögen?« fragte Keff. »Sind die Zauberleute noch hinter uns her?«

»Sie wissen nicht, wohin ihr verschwunden seid. Das werden sie sich schnell genug denken, aber ich erzeuge gerade weißes Rauschen, um mein Innenleben zu kaschieren. Das bringt die Spähaugen zwar zur Weißglut, aber das ist mir durchaus recht. Diese widerlichen kleinen Metallmoskitos!«

»Das bist ja gar nicht *du*, der da spricht«, sagte Plennafrey, seine Lippen beobachtend, als Carialle ihre jüngste Erklärung abgab. »Da ist noch eine zweite Stimme, eine weibliche. Kann dein Turm etwa sprechen?«

Keff, der erkennen mußte, daß die Gewohnheiten von vierzehn Jahren offensichtlich mächtiger waren als der Zwang zur Diskretion, blickte zu Carialles Säule hinüber und schnitt eine entschuldigende Grimasse.

»Hoppla«, machte Carialle.

»Äh, das ist kein Turm, Plenna. Es ist ein Schiff«, erklärte Keff.

»Und es gehört auch nicht ihm. Es ist meins.« Carialle manifestierte auf dem Hauptbildschirm ihr Abbild der Herzensdame aus Mythen & Legenden. Mit gewaltiger, bewunderungswürdiger Selbstbeherrschung fing Plennafrey ihre Kieferlade gerade noch ab, bevor sie herunterklappen konnte. Sie musterte die herrliche Silhouette, und es war offensichtlich, daß sie ihr eigenes zerzaustes Kostüm ungnädig mit dem rosafarbenen Schleier und Satin der Dame verglich.

»Du bist ... nur ein Bild«, sagte Plenna schließlich.

»Willst du mich dreidimensional haben?« fragte Carialle und ließ ihr Abbild von der Wand ›steigen‹, um zu einem beweglichen Holo-Bild zu werden. Sie streckte die Hände aus, und ihre langen Ärmel flatterten in flüsternder Seide. »Wie du wünschst. Ich bin wirklich. Ich existiere innerhalb der Wände dieses Schiffs. Ich bin die zweite Hälfte von Keffs Mannschaft. Mein Name ist Carialle.«

Plennas wütender Gesichtsausdruck verriet Carialle, daß sie auf alles eifersüchtig war, was Keff betraf. Dieses Problem würden sie noch in Angriff nehmen müssen, nachdem die gegenwärtige Krise überwunden war. Andererseits konnte sie die Zauberfrau durchaus verstehen.

»Ich grüße dich, Carialle«, sagte Plenna höflich.

»Sie ist ein Volltreffer, Keff«, sagte Cari und schaltete diese Mitteilung dabei allein in Keffs Gehörimplantat. »Und hübsch. Und ein kleines bißchen größer als du. Das hat die Sache bestimmt interessant gemacht.«

Keffs Gesicht verfärbte sich.

»Nun, da wir uns alle miteinander bekanntgemacht haben, müssen wir mal ein ernstes Wort wechseln, bevor Chaumel und seine Wilde Jagd uns eingeholt haben. Was, zur Sommerzeit, ist dort draußen bloß passiert?« fragte Carialle.

»Ich habe die Hochhexer nie so ... so verrückt erlebt«, warf Plennafrey kopfschüttelnd ein. »Sie haben jede Vernunft verloren.«

»Das habe ich nicht gemeint«, sagte Keff. »Als wir über dem Flußbett hingen, setzte ganz plötzlich die Magie aus.«

»Aber das ist schon öfter passiert«, fügte Plenna mit ernstem Nicken hinzu. »Allerdings noch nicht, wenn ich gerade am Himmel flog. Es war schrecklich!«

»Der riesige Energiebedarf hat offensichtlich das System aus dem Gleichgewicht gebracht«, bemerkte Carialle. Sie berechnete einen Sessel, in dem ihr Abbild Platz nehmen konnte, und wies die beiden anderen mit einer Geste an, sich ebenfalls zu setzen. »Der Absturz geschah, nachdem das gesamte Gitter aus, wie die Dame es bezeichnet, ›Kraftlinien‹ auf dem gesamten Planeten abfiel. Für einen kurzen Augenblick gab es keine Energie mehr, die man noch hätte abrufen können. Diese Energie ist erst wieder zurückgekehrt, nachdem ihr alle eine Art Stromausfall erlitten hattet. Schaut mal.«

Carialle projizierte ein zwei Meter hohes dreidimensionales Bild von Ozran in ihre Mitte, auf dem die Kraftlinien in Purpur über den braungrünen blauen Globus verliefen. Geografische Merkmale, darunter auch einzelne Gipfel und Täler auf den Kontinenten, nahmen Gestalt an.

»Oh«, hauchte Plenna, als sie einiges von dem Gebiet wiedererkannte. »Sieht so Ozran aus?«

»Ganz genau«, bestätigte Keff.

»Wie wunderschön«, sagte sie und lächelte Carialle zum ersten Mal an. »So schöne Bilder machen zu können!«

Carialle nahm das Kompliment mit höflichem Nicken zur Kenntnis.

»Danke, Fräulein. So, das zeigt jetzt den normalen Strömungsverlauf dieser mysteriösen elektromagnetischen Wellen. Und jetzt kommt, was passiert ist, als ihr in Chaumels Festung den Sandsturm erlebt habt.«

Der durchsichtige Globus drehte sich, bis der große Kontinent auf der nördlichen Halbkugel auf Keff und Plennafrey wies. Die dunklen Linien verdichteten sich auf einen Gipfel hin, der sich in einer Gebirgskette des südöstlichen Gebiets befand, während die Linien zugleich überall sonst immer dünner wurden. Zurück blieben kleine ›Spitzen‹, die sich unregelmäßig über die Linien verteilten. »Ich vermute, das sind wohl die Zauberer, die nicht zum Abendessen gekommen sind. Und hier ...« Die Konfigurationen veränderten sich leicht; die Ausbuchtungen verschoben sich gen Süden, »seht ihr, was passiert ist, als ihr von dem Abendessen geflohen seid. Und als nächstes kommt nun der Moment, als ihr ins Allerheiligste der Zauberin Plennafrey teleportiert seid.«

Die purpurnen Linien vollführten komplizierte Tänze. Zunächst entstand eine kleine Ausbuchtung der Linien in einem Flußtal im südlichsten Gebirgszug des Kontinents, dem im Gegenzug ein leises Abschwellen der Energien im Südosten folgte. Chaumels Bergspitze war zwischen den Kraftlinien kaum noch auszumachen, bis die Zauberer sich wieder über ganz Ozran verteilten. Gelegentlich liefen die Linien auch wieder zusammen.

»Diese große Spitze hier zeigt den Zeitpunkt an, als die acht Zauberer Plennafreys Versteck entdeckten«, erläuterte Carialle, »gefolgt von den ganz großen Tieren, als alles zusammenkam, um sich den Spaß nicht entgehen zu lassen. Als nächstes kommt die Verfolgungsjagd. Ein riesiger Energieaufbau, als die anderen Chaumels Bergspitze verließen. Und dann ...«

Abrupt dünnten die Linien aus; manche verschwanden sogar für einen Augenblick.

»Das ist schon öfter passiert«, wiederholte Plenna. »Nicht häufig, aber inzwischen geschieht es öfter als früher.«

»Absolute Macht korrumpiert. Das gilt auch für Energie«, beendete Carialle die Betrachtung der geographischen Kraftlinien.

»Kannst du dieses eine Bild noch einmal ablaufen lassen, Cari?« fragte Keff und beugte sich vor, um es genauer zu studieren. »Zauberei sollte eigentlich kein Ungleichgewicht in Planetenfeldern erzeugen.«

»Aber das tut sie nun mal, und zwar abhängig davon, wo sie herkommt«, wandte Carialle ein. »Wozu dient das? Weshalb gibt es hier ein weltweites Netz aus Kraftlinien? Es muß doch aus irgendeinem Grund hier installiert worden sein.« Sie wandte sich an Plenna. »Wo kommt denn *deine* Kraft her, Zauberin?«

»Na, von meinem Gürtelamulett natürlich«, erklärte Plennafrey und zeigte auf die schwere Gürtelschnalle. »Der Umhang ist auch ein Amulett, aber das gehörte meinem Vater, und ich benutze es nicht gern.« Sie löste ihren Hüftgürtel und überreichte ihn Carialle.

Die ließ ihr Abbild den Kopf schütteln. »Feststofflich bin ich leider nicht, meine Liebe.« Statt dessen leitete sie das Artefakt an Keff weiter. Dann schaltete Carialle einen intensiven Punktstrahler an der Kabinendecke ein und richtete ihn so aus, daß sie und ihr Muskel mehr zu sehen bekamen. Keff drehte den Gürtel in seinen Händen. Carialle schaltete ein Kameraauge auf mikroskopische Vergrößerung.

Die fünf Mulden waren, genau wie Chaumel erklärt hatte, Teil der ursprünglichen Konstruktion. Irgendein unbekannter Schmied hatte die Schnalle vor mindestens achthundert Jahren umgearbeitet, wie Carialle bei einer Schnellanalyse feststellte. Er hatte Befestigungen und eine Zunge an den Seiten angeschweißt. Das ganze Gerät hatte ein Volumen von ungefähr neunzig Kubikzentimetern und war mit Feingold überzogen, was auch erklärte, wieso die Oberfläche im Laufe der Jahrhunderte nicht korrodiert war. Carialle schrieb sämtliche Daten in ihren Zugangsspeicher.

»Kannst du mir beibringen, wie man es benutzt?« fragte Keff und lächelte Plennafrey hoffnungsfroh an. Diese reagierte erst mit Unbehagen, ließ sich aber schließlich von dem tödlichen Von-Scoyk-Larsen-Charme betören.

»Also gut«, sagte sie. »Ich will dir vertrauen.« Ihre Miene machte deutlich, daß sie nicht häufig oder leichtfertig jemandem vertraute. Das würde auf dieser Welt, überlegte Carialle, dem Überleben wohl auch eher abträglich sein.

Plenna stellte sich hinter Keff auf und zeigte ihm, wie er die Finger in die Mulden zu legen hatte. »Nicht herunterdrücken, nicht ... fest«, sagte sie.

»Physisch«, berichtigte Keff die Übersetzung des IÜP.

Er umfaßte die Schnalle mit der anderen Hand und hob sie vor die Augen.

»Richtig«, sagte Plenna, die das Simultandolmetschen des Kastens beim Sprechen nicht bemerkte. »Stell dir vor, wie deine Finger tief ins Herz greifen, wo sie Berührung mit dem Kern von Ozran bekommen.«

»Ist das der Grund, weshalb ihr diese Fingerverlängerungen tragt?« fragte Keff, nachdem er versucht hatte, seine Hand in die Mulden einzuschmiegen. Den Daumen und den kleinen Finger mußte er unnatürlich abspreizen, um alle fünf Punkte berühren zu können, während Plenna es mit der Prothese an ihrem kleinen Finger mühelos schaffte und lediglich den Daumen etwas überdehnen mußte.

»Ja. Die meisten Zauberer haben zu kurze Finger dafür. Auch in dieser Hinsicht sind wir den großen Ahnen unterlegen, die uns diese Werkzeuge hinterließen«, sagte Plenna mit einem Anflug von Ehrfurcht. »Und nun denke angestrengt nach. Spürst du das Feuer im Innern? Es müßte deinen Arm entlang zum Herzen emporströmen.«

»Ich spüre etwas«, sagte Keff nach einer Weile. »Und nun?«

Plenna blickte sich um und deutete schließlich auf das Pedometer, das auf der Instrumentenkonsole lag. »Laß diesen Kasten dort fliegen«, sagte sie.

Keff heftete den Blick auf das Pedometer. Er lief rot an vor Anstrengung. Zu Carialles Befriedigung hob sich das Gerät einige Zentimeter, bevor es scheppernd wieder herabfiel.

»Siehst du?« sagte sie. »Bloße Mechanik.«

Plennafrey griff wieder nach ihrem Gürtel, und Keff gab ihn ihr zurück. »Ja, und so mache ich das.« Die Zauberfrau berührte die fünf Mulden nur ganz leicht, während sie auf den Kasten blickte. Der schoß sofort empor und blieb mitten in der Luft schweben. Keff trat hinüber und versuchte, das schwebende Instrument herunterzupressen. Es rührte sich nicht vom Fleck. Er riß mit aller Macht daran.

»Es ist so unbeweglich, als hättest du es dort festgenagelt«, sagte Keff, riß Plenna von den Beinen und verpaßte ihr einen Kuß. »Carialle, wir haben beide recht! Sie verwenden zwar Maschinen, aber es steckt noch mehr dahinter. Ich kann nicht einfach nachmachen, was sie gerade vorgeführt hat. Ich habe mir fast einen Bruch gehoben, um das Pedometer überhaupt zu stemmen. Sie dagegen hat es wie in einem dreidimensionalen Koordinatensystem punktgenau plaziert und ist dabei nicht einmal leicht errötet.«

Das Abbild der Edlen Dame ließ nichts von der Empörung erkennen, die in Carialles Stimme als Unterton mitschwang.

»Na schön, dann verfügen sie also von Geburt an über TK und Psi-Fähigkeiten, die von den Mechanismen verstärkt werden. Wahrscheinlich haben sie das im Laufe der Jahrhunderte durch selektive Paarung noch gesteigert – du siehst ja, was sie mit den Edlen Wilden gemacht haben.«

»Saure Trauben«, meinte Keff fröhlich. »Und dieses Ding funktioniert also überall auf dem Planeten?« fragte er Plennafrey.

»Ja«, sagte die Zauberfrau, »aber je näher man dem Kern von Ozran ist, um so leichter wird es.«

Keff nickte und nahm neben Plenna Platz, um noch einmal die Gürtelschnalle zu untersuchen. »Chaumel hat diesen Begriff auch erwähnt, wollte aber nicht sagen, um was es sich dabei handelt. Ist das die Kraftquelle? Weißt du, wie sie funktioniert?«

»Ja, ich weiß es – oder glaube es zumindest.«

Plennafreys Augen bekamen einen verträumten Ausdruck, als sie mit erhobenen Händen wedelte. »Es ist ein großes, glühendes Herz der Macht, irgendwo tief unter der Oberfläche von Ozran. Das erhabenste Werk der Ahnen.« Einen Augenblick wirkte die junge Frau verlegen. »Verglichen mit den anderen, ist meine Kraft sehr schwach. Ich habe versucht, mehr über die Ahnen und den Kern in Erfahrung zu bringen, um meine Kraft dadurch zu steigern, allerdings nicht so ... nicht auf dieselbe Weise, wie manche andere es getan haben.« Sie warf Carialle einen beunruhigten Blick zu.

»Ich weiß alles über deinen Vater, Zauberin«, antwortete

Carialle. »Alles, was Keff sieht und hört, sehe und höre auch ich.«

Da fiel Plennafrey ein, was Carialle an diesem Morgen wohl alles gesehen und gehört haben mußte, und sie errötete vom Halsansatz bis zum Scheitel.

»Oh«, sagte sie. Carialle versuchte freundlich, ihrer Enthüllung die Spitze zu nehmen.

»Und ich stimme auch allem zu, was er über deine Situation gesagt hat. Du bist sehr tapfer, Zauberin.«

»Danke. Tja, also ... wie ich schon sagte, ich wollte eine stärkere Verbindung zum Kern herstellen, ohne anderen damit zu schaden. Ich besitze einige alte Dokumente, von denen ich sicher bin, daß sie den Schlüssel der Macht des Kerns enthalten, kann sie aber nicht lesen.« Hilfesuchend wandte sie sich an Gehirn und Muskel: »Ich habe es nie gewagt, jemanden um Hilfe zu bitten, damit sie mir meinen kleinen Vorteil nicht noch rauben. Vielleicht könntet ihr mir helfen?«

»Dokumente?« Keff wurde hellhörig, erhob sich und ging in der Kabine auf und ab. »Dokumente, die möglicherweise von den Ahnen stammen? Zeigst du sie mir? Ich bin ein Fremder. Ich habe keinen Grund, dich zu berauben. Außerdem kann ich sehr gut mit Sprachen umgehen. Wirst du mir vertrauen?« Er blieb vor Plennafreys Sessel stehen und nahm sie bei der Hand.

»Also gut«, sagte Plennafrey. Sie sah ihm liebevoll in die Augen. »Es gibt niemanden, dem ich lieber vertrauen würde.«

»Die spielt hier doch in der völlig falschen Liga«, flüsterte Carialle Keff ins Ohr. »Was für eine Schande, daß es auf diesem Planeten keinen Platz für die netten Leute gibt ... Wir haben ein Problem«, sagte sie laut. »Ich kann von hier aus nicht starten, und im Augenblick umfliegt ein Kundschaftertrupp aus überdimensionalen Murmeln meine Schiffshülle.«

»Wo sind Chaumel und die anderen?« fragte Keff.

Carialle überprüfte ihre Meßgeräte und ließ den Globus

zu neuem Leben erwachen. Die riesige Purpurmasse war ausgedünnt und hatte nur einzelne, über die sich einander überschneidenden Linien verteilte Punkte zurückgelassen. »Bis auf einige wenige, die auf Chaumels Bergspitze herumhängen, sind alle nach Hause gegangen.«

»Ich bin sicher, daß sie in meiner Festung nach mir suchen werden«, sagte Plenna resigniert. »Es ist alles verloren.«

»Wir brauchen einen Mitverschwörer«, entschied Keff. »Und ich weiß auch schon, wen.«

»Wen denn? Ich habe dir doch gesagt, daß die anderen meine Dokumente nur stehlen würden. Und dann wird man dich zwingen, sie ihnen vorzulesen.«

Keffs Augen glitzerten. »Es ist kein Zauberer. Cari, kannst du mich unbemerkt durch die Frachtluke schleusen? Ich werde Brannel in Dienst nehmen.«

»Wer ist Brannel?« fragte Plenna, die hinter Keff und Carialle hertrabte, als diese zur Frachtluke gingen.

»Es ist einer der Arbeiter, die draußen in der Höhle leben«, erklärte Keff und zeigte mit unbestimmter Geste hinaus.

»Ein Vierfinger? Du willst einem von Klemays Bauern die Geheimnisse des Kerns von Ozran anvertrauen?«

»Du weißt doch überhaupt nicht, was in deinen Dateien steht«, wandte Carialle ein. »Vielleicht ist es auch bloß ein Kochbuch aus dem Mittelalter. Hör mal zu, Zauberin.« Carialles Abbild blieb im Frachtraum stehen, während Keff sich daranmachte, Behältnisse aus dem Weg zu räumen. Plennafrey blieb stehen, um nicht dagegenzuprallen. »Wir brauchen Hilfe. Auf deiner Welt passiert etwas sehr Schlimmes. Ich glaube, das war schon so, als eure Vorfahren noch in der Wiege lagen. Deine Dokumente sind die ersten echten Informationen, von denen wir bisher erfahren haben. Brannel kann etwas tun, was keiner von uns vermag: Er kann in deinem Haus aus und ein gehen, ohne daß die anderen Zauberleute ihn bemerken.«

»Cari?« Keff zeigte auf einen der größeren Container, welche die Leiter zur Ausgangsluke blockierten. Servoarme lösten sich von den Wänden und begannen, Behältnisse in leere Regale zu hieven. »Außerdem muß ich drei Meter tief springen. Du wirst eine Ablenkung herstellen müssen.«

»Überlaß das nur mir«, sagte Carialle.

Sie führte die Zauberfrau in die Hauptkabine zurück. »So, und jetzt genehmigen wir uns mal ein bißchen Spaß.«

Carialle schaltete drei ihrer Außenkameras auf Monitore der Hauptkonsole, damit Plenna zuschauen konnte, und richtete sie auf die Spähaugen, die Wartungs- und die Hauptausstiegsluke.

Sie beobachteten, wie die Augen sich zusammenscharten, als Carialle ihre Rampe heruntergleiten ließ und die Luftschleuse öffnete, um einen Servo hinauszulassen. Der gedrungene Roboter rollte auf die Ebene hinaus und verschwand im Gestrüpp, dicht gefolgt von der Schar der Späh-augen. Die Luke schloß sich wieder.

»Los!« sagte Carialle über den Frachtraumlautsprecher. Sie öffnete die Luke ein winziges Stück.

Keff zog sich einige kleinere Schürfungen zu, als er aus dem schmalen Spalt sprang und geduckt zu Boden ging. Er lief den Hügel hinunter und über das Feld zu den Arbeitern, die sich gerade vor der Höhle versammelten, um ihr Tagewerk zu beginnen.

Carialle vertraute darauf, daß Keff seinen Teil des Plans schon bewältigen würde, und so beobachtete sie durch eine der Steuerkameras des Servoroboters ihm folgten. Der Servo holperte den Hügel hinunter in einen Graben und fuhr planschend in eine Pfütze, bespritzte einige der Augen dabei mit Wasser, was sie zurückweichen ließ. Plennafrey lachte.

Der Servo rumpelte voran, mitten in eine Herde von Kugelfröschen hinein, die hastig zurückrollten, einander in ihren Schalen Zeichen gaben und erregt krächzten. Sie stellten sich dem Servo in den Weg und setzten ihre Schimpfkanonade fort, als wollten sie der Maschine Vorhaltungen machen, weil diese sie erschreckt hatte. Cari steuerte den

Roboter sorgfältig aus, damit er gegen keines der Wesen prallte, und führte ihn in den tiefsten Sumpf hinaus.

Zwischen den Spähaugen surrte die Niedrigfrequenzkommunikation. Carialle schaltete das IÜP an die Audioempfänger. Dem konzentrierten Gesichtsausdruck nach zu schließen, lauschte Plenna gerade den Gesprächen ihrer Kollegen und genoß es, ausnahmsweise einmal mehr zu wissen als die anderen.

»Wo geht es hin?« fragte Potrias Stimme. »Glaubst du, es geht dorthin, wo *sie* sind?«

Plennafrey kicherte.

»Macht das Haus des Fremden das alles aus eigener Kraft?« fragte Nokias. »Es ist ein äußerst mächtiges Artefakt.«

Carialle reagierte verschnupft. »Die glauben immer noch, ich wäre ein bloßer Gegenstand! Na ja, im Augenblick kann ich noch nichts dagegen tun.«

»Wenn sie wüßten, daß du ein Lebewesen bist«, versetzte Plenna, »würden sie dich nicht wie einen Gegenstand behandeln. Ach«, sagte sie plötzlich, als sie zu begreifen begann, worum es ging. »Das würden sie wohl doch nicht tun, nicht wahr? Mit Keff haben sie es ja auch getan. Was ist nur mit meiner Welt los?«

Carialle empfand Mitleid für Plenna. Sie mochte zwar zur Herrscherschicht gehören, war über diese Stellung aber alles andere als glücklich.

Auf dem Monitor summten die Spähaugen einander emsig an, umkreisten das Gebiet, versuchten zu erraten, was der Servo wohl vorhaben mochte. Gelassen rollte der Roboter zu einer sumpfigen Stelle, an der rosablühendes Kraut wuchs. Carialle stellte seine Parameter darauf ein, ein Sumpfkraut mit genau fünfzehn Blättern und zwölf Blütenblättern auszusuchen.

»Damit dürfte er eine Weile beschäftigt sein«, sagte sie.

»Was will er bloß an diesem furchtbar feuchten Ort?« jammerte Asedows Stimme. »Da tun mir ja schon vom bloßen Zusehen die Knochen weh!«

»Haltet die Augen offen«, ermahnte Nokias' Stimme die anderen. »Möglicherweise erhalten wir dadurch einen Hinweis, der uns zu dem Fremden führt.«

Carialle stimmte in Plennafreys entzücktes Glucksen ein.

Keff lief zur gegenüberliegenden Seite der Höhlenöffnung, um durch den Hügel vor der Erkundung der Spähaugen geschützt zu sein. Die Edlen Wilden, die noch damit beschäftigt waren, die Spuren des Frühstücks aus Gesichts- und Brustfell zu beseitigen, ließen sich gerade von ihren Gruppenführern die Tagesarbeit zuteilen. Brannel, der bei Alteis' Gruppe stand, schien die ganze Sache nur zu langweilen. Keff hegte inzwischen den Verdacht, daß der Stoffwechsel des Edlen Wilden wohl dafür verantwortlich sein mußte, daß die vergesseninduzierende Droge bei ihm nicht wirkte. Vielleicht war er auch klüger, als seine Herren wußten. Keff setzte auf letzteres.

»Pst, Brannel!« flüsterte er. Ein kleines Mädchen vernahm das leise Geräusch und drehte sich zu ihm um. Streng schüttelte Keff den Kopf und machte eine Drehbewegung mit dem Finger, damit es sich wieder nach vorn wandte. Verschreckt legte sie die Hände zusammen und nahm mit steifem Rücken wieder ihre Ausgangslage ein. Keff meinte ihr Zittern zu sehen und bedauerte, daß er das Kind hatte erschrecken müssen. Aber es war leichter, dem Kind Angst einzuflößen, als sich mit ihm anzufreunden. Er zischte ein zweites Mal.

»Pst, Brannel! Hier drüben!«

Diesmal hörte Brannel ihn. Das schafgleiche Gesicht des Edlen Wilden brach in ein breites Grinsen aus, als er Keff winken sah. Er erhob sich auf Hände und Knie und kroch von dem Arbeitstrupp fort.

Alteis bemerkte es. »Brannel, komm zurück!« befahl er.

Wortlos deutete Brannel auf seinen Bauch, als müsse er sich erleichtern. Der Führer schüttelte den Kopf; dann verlor er alles Interesse an seinem besten Arbeiter. Keff bewunderte Brannels Geistesgegenwart; unter den Feldarbeitern Ozrans mußte er wirklich einzigartig sein.

»Ich bin so froh, dich in Sicherheit zu sehen, Zaubergebieter«, sagte Brannel, nachdem sie sich um die Hügelbiegung verzogen hatten. »Ich habe mir schon Sorgen um dich gemacht.«

Keff war gerührt. »Danke, Brannel. Auch ich war eine Weile besorgt. Aber wie du siehst, bin ich gesund und unversehrt.«

Brannel war beeindruckt. Gestern noch konnte der Zauberer Keff nur sehr wenig Ozranisch sprechen. Über Nacht hatte er die Sprache so gut gelernt, als wäre er hier geboren.

»Wie kann ich dir dienen, Zauberherr?«

»Ich wollte dich fragen, ob du mir vielleicht einen Gefallen tun magst. Ich brauche jemanden, der so clever ist wie du.« Als er Brannel verständnislos den Kopf schütteln sah, verbesserte Keff: »Äh, jemanden mit wachem Verstand, wie du ihn hast.«

»Aha«, machte Brannel und speicherte das Wort ›clever‹ als Begriff der Linga Esoterka, den er bisher noch nicht gekannt hatte. »Du bist zu gütig, Zauberer Keff. Dein Wunsch sei mir Befehl.«

Insgeheim jubilierte Brannel. Der Zauberer hatte *ihn* auserwählt! Ihn, Brannel, einen einfachen Arbeiter! Er würde diesem Zauberer dienen, und wer wußte, was es dafür geben würde? Keff besaß viele große Talente und ein umfangreiches Wissen, das er ihm, Brannel, möglicherweise im Gegenzug für gute Dienste zuteil werden lassen könnte. Dann würde Brannel eines Tages auch dazu in der Lage sein, seinen Traum zu verwirklichen und als Zauberer die Macht in die Hände zu nehmen.

Keff sah sich um. »Ich möchte hier nicht sprechen. Möglicherweise werden wir belauscht. Komm mit mir zum Silberturm.« Als Brannel ihn schief anschaute, fragte er: »Was ist los?«

»Das Geräusch, das er gemacht hat, Zauberer Keff«, sagte

Brannel und steckte die Finger in die Ohren. »Es hat mich hinausgetrieben.«

»Ach so«, antwortete Keff. »Das wird nicht wieder vorkommen. Diesmal möchte ich, daß du hereinkommst und auch bleibst. In Ordnung?«

Brannel nickte. Der Zauberherr erhob sich geduckt und huschte über den Acker. Keiner der Arbeiter sah ihn. Brannel eilte ihm hoffnungsfroh nach.

Anstatt über die Rampe zur offenstehenden Luke zu gehen, führte er Brannel hinten um den Turm und deutete nach oben. In der glatten Silberwand hatte sich ein Schlitz geöffnet, so breit, wie sein Unterarm lang war.

»Aber warum ...?« fragte er.

»Der Vordereingang wird überwacht«, erklärte Keff. Er verschränkte die Hände und legte sie auf ein Knie. »Stell deinen Fuß hier drauf – so ist gut. Und jetzt greif nach oben. Hoch mit dir!«

Brannel ergriff den Rand der Öffnung und hievte sich selbst hinein. Danach half er, den Zauberer Keff in einen mit Kisten überfüllten Raum hinaufzuziehen. Mit äußerster Vorsicht mußten sie von einem Regal herabklettern. Als Brannel und Keff schließlich im Frachtraum waren, schloß sich die Öffnung in der Wand wieder. Da sagte die weibliche Stimme des Turms etwas in ihrer fremden Sprache.

»Aha«, machte sie. »Kommt durch.«

»Komm mit mir«, sagte Keff auf Ozranisch.

Sie schritten durch einen kurzen Gang. Vorn saßen zwei Gestalten vor den großen Bildern, die die Umgebung draußen zeigten. Eine von ihnen stand auf und starrte Brannel bestürzt und überrascht an.

Das Bestürzung beruhte auf Gegenseitigkeit.

»Zauberin Plennafrey!« Mit einem furchterfüllten Blick und Keff ging Brannel in die Knie und sah zu Boden.

»Es ist schon in Ordnung, Brannel«, sagte Keff und ergriff den Arbeiter beruhigend am Oberarm. »Wir arbeiten hier alle zusammen.«

»Und jetzt Ruhe, bitte«, sagte die andere Zauberin mit der Turmstimme. »Jetzt kommt unsere Ablenkung. Ich möchte nicht, daß die Spione hier drinnen irgendein Geräusch auffangen.«

Carialle aktivierte ein Magnetfeld in der Luftschleuse, das stark genug war, um die Spähaugen funktionstüchtig zu machen, sollte eins von ihnen sich erdreisten, eindringen zu wollen, aber nicht stark genug, um den Servo aufzuhalten. Dann ließ sie die Luke hochgleiten. Der niedrige Roboter kam unberührt die Rampe hinaufgerumpelt und rollte durch die Bogenöffnung. In einer schlanken und schwarzen Metallhand hielt er mit großer Vorsicht eine Sumpfblume.

Sofort glaubten die Spähaugen, die Gelegenheit zum Sturm auf den Turm nutzen zu müssen, und jagten dem Servo hinterher. Eins der Augen schlug noch vor den anderen gegen das Feld und stürzte scheppernd zu Boden. Der Funkverkehr wurde zu einem nervösen Schnattern, und sofort machten die anderen Kugeln kehrt und rasten davon.

»Das wird sie in den Wahnsinn treiben«, meinte Carialle. Das erste Spähauge rollte die halbe Rampe hinunter, bevor sein Besitzer es am anderen Ende des Kontinents wieder in seine Gewalt bekam. Kaum war es aufgestiegen, als es auch schon davonflitzte.

»Ab mit Schaden«, sagte Carialle und widmete ihre Aufmerksamkeit wieder der Situation in der Kabine.

Keff stand mit ausgestreckten Händen zwischen Plennafrey und Brannel. Brannel war wieder auf den Beinen, die verstümmelten, seitlich am Körper herabhängenden Hände zu Fäusten geballt. Plenna hatte die langfingrigen Hände schützend auf ihre Gürtelschnalle gelegt. Die Ozraner starrten einander finster an.

»Immer mit der Ruhe«, sagte Keff. »Ich brauche euch beide. Bitte, laßt uns Frieden schließen.«

»Du willst einem Arbeiter erklären, was wir vorhaben?« fragte Plenna, an Keff gewandt. »Dieser Knülch hier hat doch nur vier Finger! Du kannst ihnen zwar Befehle geben, aber detaillierte Anweisungen oder komplizierte Sachverhalte verstehen sie nicht.«

Brannel, der dem Zweitdialekt mit augenscheinlichen Schwierigkeiten folgte, antwortete stockend in derselben Sprache, was die Zauberfrau ebensosehr verblüffte wie seine Kühnheit, in ihrer Gegenwart überhaupt das Wort zu ergreifen. »Ich kann *doch* verstehen. Zauberer Keff hat eingewilligt, mir Gelegenheit zu geben, zu helfen. Ich werde alles tun, was Zauberer Keff verlangt«, sagte Brannel standhaft.

Carialle ließ ihr Abbild einen Schritt vortun. »Edle Dame Plennafrey, du leidest unter dem Vorurteil, daß alle Leute, denen der Finger amputiert wurde, dumm sind. Aber Brannel stellt die Ausnahme zu so ziemlich sämtlichen Regeln dar, die dir nur einfallen. Für jemanden, der unter solchen Entbehrungen aufgewachsen ist, verfügt er über eine überragende Intelligenz. Ich glaube, er ist sehr viel klüger als die wenigen Begünstigten, die mit euren Zauberern in den Bergen leben. So verschieden seid ihr gar nicht. Ihr gehört derselben Art an«, sagte sie und suchte nach einem Beispiel, »genau wie ... Keff und ich.«

»Du?« fragte Plennafrey.

Beinahe überrascht davon, daß ein solcher Gedanke aus ihren eigenen Lautsprechern ertönt war, mußte Carialle innehalten, um über ihre veränderte Grundeinstellung nachzudenken. Es mochte viel damit zu tun haben, daß sie auf diesem Planeten die Teilung einer einzigen Rasse in Herren und Sklaven hatte beobachten können. Jetzt erkannte sie, daß es kontraproduktiv war, sich von der Gemeinschaft ihrer Eltern absondern zu wollen. Gewiß, sie war anders; aber verglichen mit allem, dem sie und Keff bisher begegnet waren, waren die Ähnlichkeiten doch sehr viel wichtiger. Endlich fühlte sie sich ... *richtig* an, ihre Menschlichkeit anzuerkennen. Gleich, welches Bild Carialle sonst von sich zeichnen mochte, wußte sie doch, daß im Innern der Metallhülle und des sorgfältig geschützten Nervenzentrums ein Mensch lebte. Dieser Gedanke erfüllte sie mit neuer Wärme.

»Ja«, sagte sie schlicht. »Ich.«

Keff strahlte ihre Säule an. Ihr Holobild der Edlen Dame strahlte glücklich zurück. Plennafrey kochte vor Wut angesichts dieses Austauschs. Wenn Carialle ein Mensch war, hatte die Ozranerin eine echte Rivalin. Diese Tatsache – und die liberale Einstellung ihres Liebhabers den unteren Klassen gegenüber – bestürzte die junge Frau. Zwar hatte sie schon bewiesen, daß sie zäh und anpassungsfähig war, doch sie mißbilligte zutiefst, daß Keff noch eine andere Frau in seinem Leben haben sollte. Um der Zauberfrau den Wind aus den Segeln zu nehmen, ließ Carialle ihr eigenes Abbild wieder in der Kabinenwand verschwinden. Plennafrey beruhigte sich zusehends.

»Deshalb meine ich, daß du begreifen sollst, daß Brannel eine Erklärung verdient hat, wenn er uns schon helfen soll.«

»Na ja ...«, sagte Plennafrey.

»Ich habe erfahren, daß einige der Zauberer von Brannels Volk abstammen«, setzte Keff eindringlich nach. »Gehört Asedows Mutter nicht auch dazu? Ich habe gehört, wie Potria sie als Zugtiergesicht beschimpfte.«

»Das stimmt«, bestätigte Plenna nickend. »Und er ist durchaus intelligent. Er denkt die Dinge zwar nie zu Ende, aber intelligent ist er.« Sie lächelte Keff wehmütig an. »Ich will meinem Volk und mir die Sache nicht noch schwerer machen. Ich werde mitarbeiten.«

»Und wofür soll ich mein Leben aufs Spiel setzen?« fragte Brannel heiser und sah von Zauberer zu Zauberin.

»Für einen Stapel Papiere«, erklärte Keff. »Ich muß sie sehen. Die Zauberin Plenna wird sie beschreiben, und Carialle wird ein Bild davon herstellen, damit du das Gesuchte vorher sehen kannst.«

Brannel machte einen unzufriedenen Eindruck. »Und was bleibt für mich? Wofür riskiere ich mein Leben?« wiederholte er.

»Ach so, ja«, sagte Keff. »Nun, welchen Preis verlangst du? Was willst du haben?«

Plennafrey verlor auf einen Schlag ihre neugewonnene Liberalität, richtete sich empört auf und pflaumte Brannel an: »Du wagst es, eine Belohnung zu verlangen? Geben die Zauberer dir nicht Nahrung und Unterkunft? Das hier ist nur ein weiterer Auftrag, den wir dir erteilt haben.«

»Ja, Nahrung und Unterkunft haben wir, Zauberin, aber wir wollen auch Wissen haben!« versetzte Brannel. Nachdem er erst einmal solcherart angefangen hatte, war er auch entschlossen, seine Position darzulegen, gleich welcher zornige Gebieter das mißbilligen mochte – obwohl er andererseits in gewisser Weise nun auch zu betteln begann. »Zauberer Keff, ich ... ich will auch ein Zauberer werden. Für einen kleinen, winzigen Gegenstand der Kraft werde ich euch helfen. Er braucht nicht groß zu sein oder sehr mächtig; aber ich weiß, daß ich ein guter Zauberer werden könnte. Ich will mir mein Weiterkommen verdienen. Etwas anderes habe ich nie gewollt: lernen. Gib mir das, dann gebe ich dir mein Leben.« Keff sah die Leidenschaft im Blick des Edlen Wilden und war bereit, einzuwilligen.

»Einem Vierfinger Macht geben? Nein!« protestierte Plenna und schnitt ihm das Wort ab.

»Das ist nicht gut für dich, Brannel«, sagte Carialle eindringlich und stellte sich unerwarteterweise auf Plennafreys Seite. »Schau doch nur, was eure Zauberer mit ihrer unbegrenzten Macht aus diesem Planeten gemacht haben. Wie wäre es denn statt dessen mit einer besseren Behausung oder echten Bildungschancen?«

»Wie wäre es denn damit, das Gleichgewicht der Macht zu korrigieren, Cari?« fragte Keff halblaut.

»Das bedarf keiner Korrektur, sondern der Entschärfung«, antwortete Carialle durch das Knochenimplantat ihres Muskelpartners. »Könnte dieser Planet tatsächlich noch so einen rachsüchtigen Zauberer verkraften, der mit dem Stab herumfuchtelt? Wir wissen immer noch nicht, wozu die Kraft ursprünglich gedacht war.«

Brannels längliches Gesicht hatte einen Ausdruck, der an ein Maultier erinnerte. Carialle konnte ihn sich mit angelegten Eselsohren vorstellen. Er war nicht glücklich darüber, von der flachen Zauberin Befehle zu empfangen; ebensowenig behagte es ihm, einer echten Zauberin dienen zu müssen.

»Niemand spricht davon, was vorher passiert ist«, sagte er. »Die Versprechungen, die die Zauberer anderen als den ihren machen, erweisen sich immer als falsch. Ich habe Klemay gedient, und jetzt ist er tot. Wer hat ihn umgebracht? Ich weiß, daß der, der tötet, nicht immer auch der nächste Herrscher wird.«

Plennas Kieferlade klappte herunter. »Woher weißt du das? Du bist doch völlig ungebildet. Und du hast immer nur hier an diesem Ort gelebt.«

»Ihr sprecht über unsere Köpfe hinweg, als wären wir Luft«, antwortete Brannel geradeheraus. »Aber ich, *ich* verstehe euch. Wer das war? Das möchte ich auch gern wissen. Denn wenn du es warst, kann ich euch nicht helfen.«

Die Vorstellung, daß jemand ihr einen kaltblütigen Mord unterstellen könnte, schien Plennafrey zu bestürzen. Keff tätschelte ihre Hand.

»Er weiß es doch gar nicht, Plenna«, sagte Keff beschwichtigend. »Woher auch? Es war Ferngal«, sagte er, an Brannel gewandt. »Chaumel hat es gestern abend erzählt.«

»Also gut, wenn das so ist«, antwortete Brannel eilfertig, »dann werde ich tun, was du verlangst. Um den Preis, den ich genannt habe.«

»Das ist unmöglich«, warf Plenna ein. »Er ist ungebildet.«

»Mangelnde Bildung ist heilbar«, versetzte Keff heftig. »Schließlich hat man ihm ja keine Gehirnzellen wegamputiert.« Er vollführte eine hackende Bewegung in Richtung seiner eigenen Hand. »Er kann dazulernen. Das hat er bereits bewiesen.«

Neidisch blickte Brannel auf Plennas lange Finger. »Aber ich kann die Kraftgegenstände nicht ohne Hilfe benutzen.«

Es tat Carialle sofort leid, daß Keff die Amputation

erwähnt hatte. »Brannel, dagegen läßt sich im Augenblick nichts unternehmen. Einige der anderen Zauberleute benutzen Prothesen – falsche Finger. Das könntest du auch.«

»Wenn wir zu Hause wären«, warf Keff nachdenklich ein, »ließe sich durch einen chirurgischen Eingriff dafür sorgen, daß die Finger nachwachsen.« Er hob den Blick und stellte fest, daß Plenna ihn unverblümt ansah.

»Ich muß mir diese Wunder doch selbst einmal anschauen«, sagte Plenna und trat näher. »Sollte ich nicht vielleicht mit dir zurückkehren? Du hast doch auch gesagt, daß du hier bist, um im Namen deines eigenen Volks alles über meins zu erfahren. Ich kann euch alles über Ozran beibringen und mir auch eure Welt anschauen. Und eines Tages können wir dann gemeinsam hierher zurückkehren.« Sie legte eine lange Hand auf seinen Arm.

»Äh, alles zu seiner Zeit, Plenna«, erwiderte Keff; sein Lächeln war wie angefroren. Ihre Berührung jagte ihm ein Prickeln durch den Arm. Ihr Duft und ihre wunderschönen Augen zogen ihn an wie ein Magnet, doch der plötzliche Gedanke an eine dauerhafte Beziehung mit ihr war ihm noch nie in den Sinn gekommen. Ihr dagegen schon, wie es den Anschein hatte. Er machte sich Vorwürfe, weil er nicht an die Folgen gedacht hatte, bevor er mit ihr ins Bett gegangen war. »Carialle, möglicherweise haben wir ein Problem«, sagte er subvokal.

»Ein Problem haben wir *ganz bestimmt«*, sagte Carialle laut. »Die Augen sind nämlich zurückgekehrt. Sie kreisen draußen umher.«

»Oh!« Plenna lief an den Bildschirm. »Nokias, Chaumel und die anderen Hochhexer. Sie versuchen zu beschließen, was sie unternehmen sollen.«

»Haben sie herausgefunden, daß wir hier drin sind?« fragte Keff.

»Nein«, meldete Plenna, nachdem sie eine Weile gelauscht hatte. »Ihre gesamte Gefolgschaft sucht noch nach uns.« Carialle bestätigte ihre Feststellung.

»Dann sollten wir wohl besser den nächsten Zug machen,

und zwar schnell, wenn wir diese Papiere wirklich haben wollen«, meinte Keff. »Jetzt bleibt nur noch zu hoffen, daß unser Agent einwilligt, sie uns zu besorgen.«

Brannel hatte neben der Konsole gestanden und den drei Kahlhäutigen zugehört. Jetzt verschränkte er die Arme vor der pelzigen Brust.

»Ich würde alles für dich tun, Zauberer Keff, aber eine solche Gelegenheit bekommt jemand wie ich nur einmal im Leben. Du hast mich nach meinem Preis gefragt. Ich habe dir meinen Herzenswunsch genannt. Willst du den Preis zahlen?«

Keff wandte sich an Plennafrey.

»Ich finde, er hat es verdient, daß man ihm eine Chance gibt.«

Mit deutlichem Unbehagen musterte Plennafrey den Edlen Wilden. »Wenn alles gutgeht, stimme ich zu, daß er eine Chance verdient hat«, sagte sie schleppend. »Ich weiß noch nicht, wo ich einen Kraftgegenstand für ihn auftreiben kann, aber ich werde es dann bestimmt versuchen.«

»In Ordnung, Brannel? Die Zauberin Plennafrey wird dir beibringen, wie du einen Kraftgegenstand *benutzen* kannst. Sie wird deine Lehrerin sein und daher in gewissem Umfang auch Kontrolle darüber ausüben, was du tust – aber dafür bekommst du auch deine Chance. Außerdem wird sie dir andere Dinge beibringen, die ein gebildeter Mann wissen muß. Einverstanden?«

»Einverstanden«, wiederholte Plennafrey.

Mit leuchtenden Augen fiel Brannel vor der Zauberfrau auf die Knie. »Danke, Zauberin.«

»Es könnte sein, daß irgendwann überhaupt keine Kraft mehr für irgend jemanden da ist«, gemahnte Carialle. »Wenn sich diese Energieabfälle im Laufe der Zeit immer häufiger wiederholt haben, könnte das bedeuten, daß das, was hier auf Ozran die Magie mit Kraft speist, langsam zur Neige geht.«

»Wonach soll ich suchen?« fragte Brannel kleinlaut.

Carialle folgte Plennas Instruktionen und erschuf das

holographische Abbild eines Stapels staubiger, vom Alter vergilbter Dokumente und ließ es rotieren, damit der Edle Wilde es von allen Seiten betrachten konnte.

»Sie sind sehr zerbrechlich«, ergänzte Plenna. »Sie können zu Staub zerfallen, wenn du sie nur anhauchst.«

»Ich werde sehr vorsichtig sein, Zauberin, das verspreche ich.«

»Jetzt haben wir nur noch ein Problem«, warf Keff ein. »Wie schaffen wir Brannel in Plennafreys Festung?«

Carialles Abbild der Edlen Dame lächelte spitzbübisch. »Es könnte sich möglicherweise lohnen, auf einen dieser Energieabfälle zu setzen. Wenn wir noch einmal jedermanns Aufmerksamkeit auf uns lenken, könnte ich losstarten, sobald überall das Licht ausgeht. Schließlich bin ich nicht vom Kern Ozrans abhängig. Ich brauche dafür nur einen kurzen Augenblick. Ich kann mich bereithalten, von einer Sekunde zur nächsten zu starten, dann habt ihr eure Ablenkung und könnt in aller Seelenruhe dort hinteleportieren.«

»Und wie stellen wir einen Energieabfall her?« fragte Keff verwundert.

»Indem wir die anderen wissen lassen, wo ihr seid«, erklärte Cari. »Ihr huscht hinaus und setzt die Wilde Jagd erneut in Gang. Dann werden alle Schaulustigen wieder herbeieilen und damit die Kraftlinien überlasten, wenn ich mich nicht täusche. Sobald der Traktorstrahl nachläßt, der an meinem Heck hängt, starte ich und lenke die Verfolger von euch ab. Ich werde sie im Orbit um Ozran führen, während Brannel eure Papiere holt.«

»Hast du denn überhaupt noch genügend Treibstoff?« wollte Keff wissen.

»Genug für einen Versuch«, erklärte Carialle und ließ eine Tankinhaltsanzeige erscheinen. »Mehr ist nicht drin, sonst kommen wir möglicherweise nicht mehr nach Hause. Ich habe schon eine Menge in dem Versuch verbraucht, mich loszureißen. Laßt mich nicht im Stich.«

»Und wenn es mir das Herz zerreißen würde, edle Dame,

ich tät es wohl«, erwiderte Keff und warf ihr eine Kußhand zu. »Wir treffen uns hier in zwei Stunden wieder.«

Mit einem letzten vorwurfsvollen Blick auf Carialles Abbild nahm Plenna wieder in ihrem Streitwagen Platz. Keff kauerte sich hinter ihr nieder, während Brannel sich, auf Händen und Knien hockend, am Hinterteil festklammerte, bis das Weiße seiner Knöchel durch den Pelz an seinen Fingern hervorschimmerte.

»Auf die Plätze, fertig, los!« Carialle öffnete die Luftschleuse, und der Streitwagen schoß durch den schmalen Gang hinaus.

»Juhu!« schrie Keff, als sie über die Höhle der Edlen Wilden hinwegsausten. Die Spähaugen erstarrten.

Plötzlich wimmelte die Luft von Streitwagen. Die Zauberer hielten überall Ausschau nach Plennafrey, die aber inzwischen schon kilometerweit von Carialle entfernt war.

»Schaut mal!« rief Asedow und zeigte mit ausgestrecktem Arm nach ihnen, worauf die Meute sofort kehrtmachte, um die Verfolgung aufzunehmen.

Chaumel blitzte heran, neben ihm Nokias und Ferngal. Wie ein gutausgebildetes Fluggeschwader gingen die Zauberer dahinter in Formation. Keff drehte sich um und machte ihnen eine lange Nase.

»Hiiiaaahh!« brüllte er.

Zweihundert Blitze zuckten aus zweihundert Amuletten hervor und schossen auf ihren Rücken zu. Plennafrey zog hinter sich einen Schutzschirm hoch, der die Energie mit einem gewaltigen Schauspiel in alle Richtungen zerstreute. »Falls es kommen sollte, dann kommt es jetzt gleich«, sagte Carialle Keff ins Ohr. »Ja, es kommt tatsächlich ... Es kommt ... jetzt!«

»Festhalten!« schrie Keff, als mit dem Energieausfall der Boden unter ihnen wegsackte. Plennafreys Schultern spannten sich unter seinen Händen, und Brannel stöhnte auf.

Im Tal hallten die Rufe und Schreie wider, als auch die anderen Zauberer, ihrer gesamten Energie beraubt, hilflos der Planetenoberfläche entgegenstürzten. Manche flogen tief genug, um tatsächlich aufzuprallen, bevor der Energieausfall endete. Eine Zauberin fand sich benommen inmitten der Trümmer ihres Schwebesessels wieder und blickte völlig verstört um sich.

Wie beim letztenmal, war der Energieausfall auch diesmal nur kurz, genügte Carialle aber, um ihre Triebwerke zu zünden und sich aus ihren unsichtbaren Fesseln zu befreien. Mit gewaltigem Brüllen und einem immer länger werdenden Feuerpilz erhob sie sich in die Luft. Wie auf Befehl wirbelten die Hunderte von Zauberern herum und nahmen die Verfolgung auf; Plennafrey und Keff waren plötzlich vergessen. Carialles Kameras zeigten verblüffte und zornige Gesichter. Chaumel drosch gerade auf seine Sessellehne ein.

»Hasch mich, ich bin der Frühling!« rief Carialle und nahm Kurs auf den planetaren Norden.

Noch fünfzig Meter, dann brachte Plennafrey sie aus Klemays Tal auf einen isolierten Berggipfel. Brannel war verstummt, ein zusammengekauertes Bündel aus Knien und Ellenbogen zu ihren Füßen. Keff glaubte erst, daß der Edle Wilde verängstigt sei, bis Brannel sie mit glühenden Augen ansah.

»Ach, *das* möchte ich auch können, Zauberin!« rief er. »Es wäre der größte Augenblick meines Lebens, wenn ich mich selbst zum Fliegen brächte. Von so etwas habe ich immer nur träumen können. Ich flehe dich an, mir dies *als erstes* beizubringen.«

Keff lächelte über die Begeisterung des Arbeiters. »Ich hoffe, du wirst dich auch noch so schwungvoll dranmachen, wenn du erst einmal erfahren hast, wieviel Arbeit das Zaubern mit sich bringt«, warf er ein.

»Ach, ist das ein herrliches Gefühl, wieder frei zu sein!« sagte die Stimme in seinem Ohr. Da Carialle ihr Ziel bereits kannte, hatte sie sofort nach dem Teleportsprung wieder den Kontakt zu Keffs Implantaten herstellen können. »Ich muß ganz langsam fliegen, um mein Publikum nicht zu verlieren. Das sind vielleicht lahme Enten! Zweimal hätte ich Potria beinahe abgehängt.«

»Sind dort draußen irgendwelche unerwünschten Beobachter, Cari?« fragte Keff und deutete mit den Fingern, damit die Augenimplantate es sehen konnten.

»Bisher sind hier keine Spähaugen zu sehen«, antwortete Carialles Stimme kurz darauf.

Plenna schoß auf eine Terrasse zu, das Gegenstück zu jener auf Chaumels Festung, und blieb wenige Zentimeter über den grauen Fliesen schweben.

»Ich darf nicht landen, sonst zeigen die Kraftlinien es an«, sagte sie.

Brannel sprang ab und huschte ins Innere.

»Viel Glück!« rief Keff ihm nach. Plenna lenkte den Sessel wieder in die Höhe und flog am Rand des Landeplatzes eine Kurve, um schließlich unter dem Felsvorsprung in Warteposition zu gehen.

Brannel spürte, wie der Boden unter seinen Füßen summte. Er zwang sich, das Gefühl zu ignorieren. Diese Unbehaglichkeit war ein kleiner Preis, falls sie es ihm ermöglichte, mit Zauberern zu verkehren und von ihnen wie ein Freund, ja, wie ein Gleichgestellter behandelt zu werden. Sogar eine echte ozranische Zauberin war nett zu ihm gewesen, und dann erst das Versprechen, das der Zauberer Keff ihm gemacht hatte! Das Wissen darum verlieh seinem Schritt zusätzliche Spannkraft, als er durch den mit bemalten Fliesen gekachelten Gang lief. An der Tür mit dem grünen Rand drehte er sich um und legte die Hand auf den Griff.

»Holla!« Brannel drehte sich wieder um. Ein hochgewachsenes Fellgesicht mit fünf Fingern kam auf ihn zu. Er hatte ein seltsames Antlitz mit flacher Nase, und seine Augenwinkel schossen steil in die Höhe; aber er sah dabei durchaus stattlich aus, fast so stattlich wie ein Zauberer. »Du bist fremd hier. Was glaubst du, was du da tust?«

»Ich bin von der Zauberin geschickt worden«, sagte Brannel und lehnte sich dem Hausdiener mit der ganzen Aggression eines Kämpfers entgegen, der schon die schlimmsten Situationen überlebt hatte. Der Diener wich einen Schritt zurück.

»Wer? Welche Zauberin?« wollte er wissen. Verächtlich musterte er Brannels starkes Kinn. »Du bist keiner von uns!«

»Das bin ich tatsächlich nicht«, sagte Brannel und plusterte sich etwas auf. »Ich bin der Schüler der Zauberin Plennafrey.«

Diese Erklärung und der wie beiläufig benutzte Name der Zauberin erschreckte den Hausdiener fast zu Tode. Bestürzt riß er die Augen auf.

Brannel beachtete ihn nicht weiter und ging durch die Tür. Der Raum war mit Stoffbildern verhangen. Er trat ans vierte Bild, von der Tür aus gerechnet, schob die Hand dahinter und betastete die Wand in Kniehöhe. Vorsichtig holte er ein dickes Bündel aus der verborgenen Tasche. Er zwang sich zum Gehen, nicht zum Laufen, als er durch die Tür zurückging, vorbei an dem verstörten Hausdienern, den Gang entlang und wieder hinaus auf den offenen Balkon.

Mit einemmal erschien der Streitwagen über der niedrigen Mauer am Rande des Abgrunds und erschreckte ihn. Keff stieß einen Jubelschrei aus, als Brannel das Bündel hochhielt, und winkte ihn ans Ende des Sessels.

»Gut gemacht, Brannel! Wo bist du, Cari?« fragte der Zauberer Keff die Luft. »Wir sind auf dem Rückweg zur Ebene. Ja, ich habe sie! Cari, ich kann sie sogar beinahe lesen!«

Der Schwebesessel schoß einmal mehr in die Höhe. Nun, da sein Werk vollbracht war und ihm der Lohn winkte, gestattete Brannel es sich, die Aussicht zu genießen. Eines Tages würde auch er, genau wie jetzt, in seinem eigenen Streitwagen über die Berge fliegen. Wie Alteis dann wohl gaffen würde?

»Sind die Papiere das, was sie zu sein scheinen?« fragte Carialle von ihrer Position über dem Südpol aus.

»Ja! Es sind technische Handbücher eines Raumschiffs«, sagte Keff hocherfreut. »Eines von *unseren* Raumschiffen.

Sie sind in Menschenstandard geschrieben, aber alt. Sehr alt. Der Syntax nach schätze ich sie auf neunhundert bis tausendzweihundert Jahre. Bitte überprüf doch einmal deine Datenbank für diesen Zeitraum, und zwar geht es um die«, er hielt einen zitternden Finger unter die Bezeichnung, um sicherzugehen, daß er sie auch richtig vorlas, »CW-53 TMS *Bigelow*. Schau mal nach, wann sie gestartet und wann verschollen ist; denn über ihre Landung hier gibt es ganz bestimmt keine Unterlagen.«

Keff blätterte die zerbrechlichen, vergilbenden Dokumente Seite um Seite durch und hielt jede davon vor die Implantate, damit Carialle sie einscannen konnte.

»Dieses Dokument ist kostbar und nicht sehr robust«, sagte er. »Sollte mir irgend etwas zustoßen, bevor ich am Ziel bin, haben wir wenigstens eine vollständige Aufzeichnung davon.« Umschlag und Seiten bestanden aus einem feingemaserten, flexiblen, inzwischen aber brüchig gewordenen Plastik. Es sprach für eine tausend Jahre alte Technologie, daß der Laserdruck immer noch vollkommen schwarz und sehr gut lesbar war. Staunend ging Keff das Dokument durch und stellte sich vor, was die ursprünglichen Besitzer wohl gesagt hätten, wenn sie jetzt sehen könnten, welchem Zweck ihre Aufzeichnungen dienten.

»Sind diese Dokumente gut?« fragte Plennafrey, das Rauschen des Flugwinds übertönend.

»Mehr als gut!« erwiderte Keff und beugte sich vor, um ihr die Schiffsskizze und die Klassifikation zu zeigen, die im inneren Umschlagdeckel der ersten Mappe wiedergegeben war. »Sie beweisen, daß du die Nachfahrin einer Raumschiffbesatzung der Zentralwelten bist, die vor tausend Jahren hier gelandet ist. Du bist menschlicher Herkunft, genau wie ich.«

»Das macht ja alles erst richtig wunderbar!« rief Plennafrey und ergriff sein Handgelenk. »Dann gibt es ja überhaupt keine Schwierigkeiten für uns, zusammenzubleiben. Wir könnten sogar Kinder haben!«

Keff schluckte. Wenn er nicht gerade beleidigend werden

wollte, blieb ihm im Augenblick nichts anderes übrig, als ihr strahlendes Gesicht zu küssen, was er auch eifrig tat.

»Eins nach dem anderen, Plenna«, sagte Keff und setzte hastig seine Lektüre der Mappen fort. »Aha, hier ist auch ein Hinweis auf den Kern von Ozran. Wenn ich das richtig verstehe, ja ... Es ist ein Gerät, das ihnen überlassen wurde, und zwar von den Alten, die es selbst nur weitergaben, und von denen findet sich auf der nächsten Seite eine Abbildung.« Keff blätterte um und erblickte das Solido. »Bäh! Wie häßlich!«

Bei den Alten handelte es sich tatsächlich um Lebewesen von aufrechtem Gang und Zweiersymmetrie, welche die in Chaumels Kunstsammlung stehenden Sessel benutzen konnten; aber damit endete ihre Ähnlichkeit mit Humanoiden auch schon. Von den flachen, dünnen, einen Meter breiten Leibern hingen vielgliedrige Beine mit nach hinten einklappenden Kniegelenken herab. Die fünf kleinen Augen in dem flachen, dunkelgrünen Gesicht waren in einer Reihe angeordnet. Bei den dünnen schwarzen Tentakeln auf ihren zylindrischen Köpfen handelte es sich entweder um Behaarung oder um Antennen, was Keff anhand der Beschreibung unter der Abbildung nicht genau feststellen konnte.

»Igitt«, machte Keff und zog eine Grimasse. »Aber jetzt wissen wir wenigstens, wie die Alten aussahen.«

»O ja«, bemerkte Brannel und erhob sich so lässig im hinteren Teil des Sessels, als würde er jeden Tag hundert Kilometer im Fliegen zurücklegen. »Mein Vatersvater hat uns von den Alten erzählt. Sie lebten vor vielen Jahren mit den Gebietern in den Bergen.«

»Vor wie vielen Jahren?« wollte Keff wissen.

Brannel versuchte sich an Einzelheiten zu erinnern; dann gab er es achselzucken auf. »Das Dämmeressen schädigt unser Gedächtnis«, erklärte er in entschuldigendem Tonfall, hatte den Unterkiefer dabei aber vor Wut angespannt.

»Keff, wir müssen irgend etwas dagegen unternehmen, daß die Hälfte der Bevölkerung hier gezielt retardiert wird«, sagte Carialle ernst. »Bei der Diät, von der Brannels Volk hier leben muß, könnte ihm die Fähigkeit zum rationalen Denken in wenigen Generationen tatsächlich noch abhanden kommen.«

»Aha!« krächzte Keff triumphierend. »Bänder!« Er zupfte eine versiegelte Spule aus dem Rückendeckel eines Ordners. »Komprimierte Daten, wie ich hoffe. Vielleicht auch Dokumentationsmaterial über unsere schuppigen Freunde. Könntest du die lesen, Carialle?«

»Ich könnte eins meiner Geräte daran anpassen, aber ich habe keine Ahnung, um welches Format es sich handelt«, sagte sie. »Das könnte ein Weilchen dauern.«

Keff hörte gar nicht zu. Er war bereits in den Inhalt der zweiten Mappe vertieft.

»Faszinierend!« sagte er. »Schau dir das an, Cari. Das ganze System der ferngesteuerten Energiemanipulation gehört zu einem weltumspannenden System der Wetterkontrolle! *Dazu* dienen also die Kraftlinien. Es sind elektromagnetische Sensoren, die auf ganz Ozran Temperatur und Luftfeuchtigkeit messen. Sie lenkten die Energie um, so daß dort Regen oder Nebel erzeugt wurden, wo man sie brauchte ... Aha, aber die Alten haben es nicht selbst gebaut. Sie haben es entweder fertig vorgefunden, oder sie sind den ursprünglichen Besitzern begegnet, als sie auf diesen Planeten kamen. Sieht so aus, als hätten sie sich darüber ausgeschwiegen. Die Alten haben die Geräte angepaßt, um die für das Regenmachen vorgesehene Energie anzuzapfen, und haben sie an euch weitergegeben«, teilte er Plennafrey mit. »Sie wurden von den Ahnen gebaut.«

»Die Ahnen«, wiederholte Plenna ehrfurchtsvoll und griff nach der Mappe, um sie zu betrachten. »Sind von denen auch Abbildungen dabei? Es weiß nämlich niemand, wie sie ausgesehen haben.«

Keff blätterte die Aufzeichnungen durch. »Nein. Nichts. Mist.«

»Regen?« fragte Brannel staunend. »Die konnten Regen machen?«

»Wetterkontrolle«, sagte Carialle. »Das hört sich wirklich

nach einer technologisch hochentwickelten Zivilisation an. Schade, daß sie nicht mehr da sind. Dieser Planet ist ja ein einziges Staubloch. Keff, ich bin jetzt fünfzig Klicks vom vereinbarten Treffpunkt entfernt. Setze die Landung an ... O weh, die Energiewerte in eurer unmittelbaren Umgebung steigen kräftig an. Ihr bekommt Gesellschaft!«

Keff vernahm Triumphgeschrei und blickte sich sofort danach um. Etwa zwanzig Zauberleute, angeführt von Potria und Chaumel, waren soeben materialisiert und schossen mit nordwestlichem Kurs auf sie zu.

»Sie haben uns entdeckt!« rief Plenna mit weit aufgerissenen dunklen Augen. Keff richtete sich gerade auf und ergriff den Rücken ihres Sessels.

Die Zauberfrau begann ihre Arme in komplizierten Mustern zu bewegen. Als Brannel begriff, daß er sich genau in der Schußlinie eines sich aufbauenden Zaubers befand, ließ er sich flach hinfallen. Plenna feuerte ihre Salve ab und hatte die Befriedigung, mit anzusehen, wie drei der Zauberleute vor ihr auswichen. Das rasselnde Zischen des sein Ziel verfehlenden und daraufhin verschwindenden Zaubers fuhr Keff durch alle Knochen.

»Kannst du teleportieren?« fragte Keff, der sich immer noch am senkrechten Teil des Sessels festklammerte.

»Irgend jemand blockiert mich.« Plenna preßte die Worte zwischen den Zähnen hervor. »Ich muß hinaus und kämpfen, und ...«

»Hier drinnen wärst du sowieso nur ein stehendes Ziel«, unterbrach Carialle sie forsch, »denn sobald ich gelandet bin, hat der Traktorstrahl mich wieder gepackt. Bleibt in Bewegung!«

Plenna bedurfte Carialles Ratschlag nicht. Wie ein Luftkampfveteran flog sie Ausweichmanöver, jagte im Zickzack über die Köpfe der Verfolger hinweg und tauchte zwischen zweien von ihnen ab, so daß ihre roten Blitze einander nur knapp verfehlten. Im Vorbeiflug sah Keff Potrias Miene. Die goldene Zauberfrau hatte ihren Ausdruck lässiger Langeweile abgelegt und wirkte nur noch grimmig. Wenn ihr Wille oder ihr Zielvermögen es mit ihrem Gesichtsausdruck hätten aufnehmen können, hätte sie ihre Gegner wohl allesamt aufgespießt.

Chaumel dagegen schien es zu genießen, mit ihnen zu spielen. Er verschoß seine Blitze weniger, um zu treffen, als um zu sehen, was Plennafrey wohl tun würde, um ihnen auszuweichen. Er schien bemerkt zu haben, daß sie es nicht aufs Töten abgesehen hatte, was unter den Zauberern von Ozran offensichtlich etwas Neues war.

Plennafrey flog tief in die Täler hinab und forderte die Zauberleute damit heraus, sie durch die Irrungen und Wirrungen ihres eigenen Reichs zu verfolgen. Keff spürte das Knistern trockenen Geästs, das seine Schultern streifte, als Plennafrey ihren Sessel durch eine schmale Flucht in einen verborgenen Tunnel lenkte. Während die anderen oben am Himmel kreisten und wie die Krähen loskrächzten, flog sie durch den Berg. Brannels Schlachtruf hallte von den feuchten Steinwänden wider. Kurz darauf traten sie ans Tageslicht hinaus.

Keff glaubte, daß sie ihre Verfolger vielleicht schon abgeschüttelt haben könnten, doch anscheinend hatte er nicht mit Chaumels Entschlossenheit gerechnet. Kaum hatten sie den Tunnelausgang verlassen, als der silberne Zaubermann auch schon direkt vor ihnen schwebte und mit den Händen Nichts aufspulte. Brannel stieß einen kurzen Schrei aus und warf schützend die Arme über den Kopf.

Plenna preßte die Hände flach auf ihre Gürtelschnalle, und schon umhüllte sie eine durchsichtige Kraftblase.

»Ach, Kind.« Chaumel grinste und schnippte mit den Fingern. Der Sessel senkte sich dem Boden entgegen.

»Er hat den Kraftschirm schwer werden lassen!« sagte Keff. »Wir stürzen ab!«

Plennafrey gab sofort ihre Verteidigungsstrategie auf, ließ die Energiekugel platzen und schleuderte selbst einige Blitze gegen Chaumel. Mit einer beinahe trägen Bewegung vollführte die Zauberer eine Geste, und Plennas Blitze spalteten sich um ihn, jagten schadlos dem Horizont entgegen. Dann bündelte er erneut Energie, die Plenna jedoch abwehrte. Sie erwiderte das Feuer, schickte ihm eine Handvoll Toroide, die sich immer mehr ausdehnten, bis sie schließlich Chaumels Gliedmaßen und seinen Hals hätte umschließen können. Zwei davon berührten ihn tatsächlich, nur um als offene Bögen wieder abzufallen, wobei sie auch die anderen Ringe einfingen und mit in die Tiefe rissen.

Im nächsten Augenblick erschienen auch Potria und Asedow.

»Du hast sie gefunden!« rief Potria. Die rosagoldene Zauberin jubilierte. Plenna drehte sich auf ihrem Sitz um und feuerte eine Zwillingsladung weißer Funkenblitze auf sie ab. Potria kreischte auf, als ihre edlen Gewänder und die Haut von heißen Funken versengt wurden. Sie konterte sofort, indem sie ein Netz webte, in dessen Rändern Energiegeschosse staken, die es der jungen Zauberin entgegentrieben.

Ebendiesen Augenblick nutzte Asedow, um von der anderen Seite auf sie zuzustoßen. Seine Methoden waren nicht ganz so elegant wie die seiner Rivalin. Er produzierte einen steten Strom rauchiger Wölkchen, die wie Minen in der Luft schwebenblieben, bis Plennafrey bei dem Versuch, Potrias Netz zu entweichen, in diese zurückgetrieben wurde.

Als hinter ihm die erste Explosion losging, wäre Keff beinahe vom Sessel geschleudert worden. Plennafrey ließ ihr Gefährt mitten im Flug herumfahren und wollte es durch die Hindernisse manövrieren. Doch welche Richtung sie auch flog, stets stieß sie mal mit dem einen, dann mit dem anderen zusammen. Inzwischen hatte Potrias Netz ihr Ziel erreicht.

Keff spürte, wie sich um ihn herum Bahnen aus einem seidigen Gewebe legten, unsichtbar und magnetisch. Sie holten ihn ein, umgaben ihn, erstickten schließlich Nase und Mund. Als der Zauber gegriffen hatte, drohte er, Keff jedes Erg an Kraft durch die Poren aus dem Körper zu pressen. Keff keuchte, griff sich mühsam an die Kehle. Er stand kurz vor dem Ersticken, und das mitten in der dünnen Luft. Plennafrey, deren schlanke Gestalt seitlich über einer Sessellehne hing und deren Haut blau angelaufen war, kämpfte immer noch darum, sich und ihre Gefährten aus dem Netz zu befreien. Ihr Hände ließen primelgelbes Feuer aus der Gürtelschnalle hervorschießen. Wie sich herausstellte, war Plennafreys Wille mächtiger als die Magie einer anderen Frau. Die sonnenartigen Flammen verzehrten die umgebende Luft; dann erfaßten sie auch den Netzschleier, der sich an Keff und Brannel geheftet hatte, verwandelten ihn in substanzlose schwarze Asche. Plennafrey hatte fast schon alle befreit, als Dutzende von roten Blitzen aus allen Richtungen auf sie einprasselten.

Als Keff das Bewußtsein verlor, hörte er Potria und Asedow einander immer wieder anschreien und sich darüber streiten, wer von beiden ihn und sein Schiff bekommen würde. Er schwor, daß er eher sterben würde, bevor er es zuließ, daß irgend jemand Carialle in seine Gewalt brachte.

Ein beißender Geruch unter seiner Nase: Unwillkürlich atmete er tief durch und zuckte keuchend zurück. Er kämpfte gegen den üblen Geruch an; aber es war nichts da, was sich hätte greifen lassen.

»Du bist wieder bei Bewußtsein«, sagte eine Stimme. »Sehr gut.«

Mühsam öffnete Keff die Augen. Um ihn herum begannen die Dinge Form anzunehmen. Er lag in der Hauptkabine seines Schiffes auf dem Rücken. Neben ihm war Plennafrey, die ebenfalls gerade unter Qualen aus der Bewußtlosigkeit erwachte. Brannel lag ohnmächtig zu Plennas Füßen, zu einem schlaffen Haufen zusammengesunken. Und wer sich gerade mit einem verzerrten Ausdruck bekümmerter Fürsorglichkeit über ihn beugte, war Chaumel.

KAPITEL 11

Carialle kämpfte gegen die Finsternis an, die sich so abrupt um sie gelegt hatte. Sie konnte und wollte es einfach nicht glauben. Von einem Nanopuls zum nächsten war Chaumel einfach in der Hauptkabine erschienen, an der schützenden Magnetmauer vorbei, die sie errichtet hatte. Nun stand er hämisch feixend vor den Instrumenten eines gekaperten Raumschiffs. Empört über sein Eindringen, aktivierte Carialle dasselbe Mehrfrequenzschrillen, mit dem sie schon Brannel vertrieben hatte. Chaumel hob schützend die Hände, legte sie aber nicht auf die Ohren.

Plötzlich konnte Carialle überhaupt nichts mehr bewegen; ihre sämtlichen optischen Sensoren versagten. Nur noch hören konnte sie, und die höhnische Stimme dröhnte hohl in ihren akustischen Empfangsgeräten, setzte die Inventur fort und gab gelegentlich einen selbstzufriedenen Kommentar ab.

Dann sprach Carialle, bat ihn, sie nicht in Dunkelheit zu belassen. Die Stimme hielt überrascht inne. Als nächstes spürte Carialle, wie Hände sie betasteten, unsichtbare, stofflose Hände, die ihre Rüstung durchdrangen und ihre Neuralverbindungen beiseite wischten, ohne sie zu lösen.

»Oh, oh, was bist du denn?« fragte Chaumels Stimme.

»Stell meine Steuerungselemente wieder her!« beharrte Carialle. »Du weißt ja nicht, was du tust!«

»Wie hochinteressant das alles doch ist«, sagte Chaumel gerade zu irgend jemandem. »Nicht einmal in meinen kühnsten Träumen hätte ich mir einen Mann vorstellen können, der gleichzeitig eine Maschine ist. Unglaublich! Es ist doch ein Mann, oder nicht?« Die Hände kamen näher, fuhren über sie, fuhren *durch* sie. »Aber nein! Es ist eine Frau! Und was für interessante Dinge sie befehligt! *Das* muß ich mir unbedingt ansehen.«

Unsichtbare Finger lösten die Steuerungselemente der Mehrfachkameras von Carialles Nervenenden, bis sie gerade außer Reichweite waren. Sie spürte, wie ihr lebenserhaltendes System startete und stoppte, je nachdem, wie Chaumel mit seine TK damit spielte. Sie spürte einen Adrenalinstoß, als er das Gleichgewicht ihrer chemischen Versorgung durcheinanderbrachte, und sie hatte keinen Zugriff auf die Endorphine mehr, um dem gegenzusteuern. Dann entstand ein Stau in ihren Entsorgungsleitungen, der sich in ihren Nährstofftank ergoß. Sie fühlte, wie ihr empfindliches Nervensystem auf die Kombination reagierte, indem es schläfrig und schwer wurde.

»Halt!« flehte sie. »Du bringst mich um!«

»Ich bringe dich nicht um, fremde Frau in einem Kasten«, sagte Chaumel mit leichter, luftiger Stimme, »aber ich werde auch nicht riskieren, wie du es getan hast, als die Magie versagte. Was für eine Verfolgungsjagd du uns geliefert hast! Einmal rund um Ozran und zurück. Du warst eine würdige Jagdbeute, aber irgendwann wird man des Spiels müde.«

»Keff!«

»Ich bin hier, Carialle«, ertönte die Stimme des Muskels, schwach, aber wütend. Carialle hätte vor Erleichterung am liebsten laut losgesungen. Sie vernahm das Scharren von Füßen und ein Krachen. Keff sprach erneut, durch sengenden Schmerz: »Chaumel, wir werden zusammenarbeiten, aber du mußt sie in Ruhe lassen. Du weißt gar, was du ihr antust.«

»Wieso? Sie atmet, sie ißt – sie hört und spricht sogar. Ich kontrolliere nur, was sie sieht und tut.«

Für die Dauer eines kurzen Aufblitzens erblickte Carialle den Kontrollraum. Keff und der silberne Zaubermann standen sich gegenüber; der Ozraner hatte die Lage eindeutig in der Hand. Keff hielt sich die Seite, als wollte er den Schmerz seiner geschundenen Rippen lindern. Plenna stand hinter Keff, aufrecht, doch kreidebleich. Brannel kauerte desorientiert in einer Ecke hinter Keffs Gewichthebebank. Dann erlosch das Bild wieder, und Carialle blieb in der alles umhüllenden Finsternis zurück. Sie konnte ihren verzweifelten Aufschrei nicht mehr unterdrücken.

Es war, als durchlebe sie für den Generalinspektor Maxwell-Corey noch einmal die Erinnerung an ihren Unfall. Die ganze furchtbare Geschichte noch einmal! Die Hilflosigkeit, von der sie gehofft hatte, sie niemals wieder erleben zu müssen: sensorische Deprivation, ihr chemisches System ein Durcheinander, ihre Steuerungselemente unzugänglich oder funktionsuntüchtig. *Diesmal* würde es noch schlimmer enden, denn diesmal würde ihr Muskel in greifbarer Nähe sein, würde mitanhören, wie sie den Verstand verlor.

Keff schluckte schwer, um den Schmerz in seinen Rippen zu unterdrücken; dann sprang er Chaumel noch einmal an. Mit einem beiläufigen Schnippen seiner Hand ließ Chaumel Keff wieder gegen das Schott prallen. Plennafrey eilte an seine Seite und hakte ihren Arm in den seinen, um ihm beim Aufstehen behilflich zu sein.

»Du solltest das lieber bleiben lassen, Fremder«, riet Chaumel ihm. »Das Ergebnis wird immer dasselbe sein, wenn du versuchst, Hand an mich zu legen. Und du wirst rascher ermüden als ich.«

»Du weißt überhaupt nicht, was du ihr antust!« sagte Keff, während er sich hochkämpfte. Er fuhr sich mit der Hand über den Mundwinkel. Nun wies sie eine Blutspur von seiner geplatzten Lippe auf.

»O doch. Ich sehe schließlich Bilder«, antwortete Chaumel, und ein Lächeln umspielte seine Lippen, als seine Augen einem unsichtbaren Geschehen folgten. »Nein, keine Bilder, *Geräusche,* die ihren Geist heimsuchen, ganz deutlich, nie weit entfernt von ihrem bewußten Denken –

klopfend.« Die Lautsprecher hämmerten eine ferne, träge, finstere Kadenz.

Carialle schrie ohrenbetäubend auf. Keff wußte, was Chaumel tat: er übte dieselbe Macht der Bilderzeugung aus, mit der er schon in Keffs Bewußtsein eingedrungen war. Gegen diese Art von Illusion besaß Carialle keinerlei geistigen Schutz. Die lange zurückliegenden Erinnerungen an ihren Unfall, verbunden mit Chaumels Fähigkeit, sie hier festzuhalten und ihrer normalen Funktionen zu berauben, könnte sie den Verstand kosten.

»Bitte«, flehte Keff. »Ich werde kooperieren. Ich werde alles tun, was du willst. Spiel bitte nicht so mit ihr herum. Du schädigst sie mehr, als du begreifen kannst. Gib sie frei.«

Chaumel setzte sich auf Keffs Andruckliege, die Hände leicht gefaltet. In seine glitzernden Roben gehüllt, sah er aus wie der Zeremonienmeister bei einem dämonischen Ritual.

»Bevor ich einen Finger hebe und meine Gefangene freigebe«, er richtete seinen überlangen Zeigfinger auf Keff, »möchte ich wissen, wer ihr seid und was ihr hier zu suchen habt. Schließlich habt ihr ja wohl kaum nur aus reinem Vergnügen die gesamte herrschende Schicht dieses Planeten an der Nase herumgeführt. Also, was habt ihr für Absichten?«

Keff wußte, daß er schnell sein mußte, um Carialles geistige Gesundheit zu retten, und so verzichtete er auf jede Zurückhaltung und begann zu reden. Unter Auslassung von Namen und Entfernungen gab er Chaumel eine Zusammenfassung, wie es dazu gekommen war, daß sie Ozran ausgewählt hatten, und wie sie hierher gelangt waren.

»... wir sind gekommen, um euch zu studieren, wie ich es schon einmal erklärt habe. Das ist die Wahrheit. Bei unseren Untersuchungen haben wir Ungleichmäßigkeiten in dem Kraftgitter entdeckt, das ihr alle benutzt«, erklärte Keff. »Dieses Ungleichgewicht stellt eine unmittelbare Gefahr für euch und eine mittelbare für euren Planeten dar.«

»Du meinst die Aussetzer der Kraftlinien?« fragte Chaumel und hob die geschwungenen Augenbrauen. »Ja, mir ist aufgefallen, wie ihr euch das beim letzten Mal zunutze gemacht habt. Sehr, sehr raffiniert.«

»Keff! Sie kriechen über meine Haut«, stöhnte Carialle. »Reißen meine Nervenenden ab. Halt sie auf!«

»Chaumel ...«

»Alles zu seiner Zeit. Sie ist nicht in Gefahr.«

»Da täuscht du dich«, sagte Keff ernst und betete darum, daß der Zaubermann ihn erhören würde. »Sie hat vor langer Zeit Schlimmes durchgemacht, und du läßt sie es jetzt wieder durchleben.«

»Und noch so laut dazu!« Chaumel schnippte mit den Fingern, und Carialles Stimme verstummte. Keff verspürte das wilde Verlangen, zu ihrer Säule zu laufen und sich dagegen zu werfen, um zu spüren, ob sie noch am Leben war. Er wollte sie beruhigen, ihr mitteilen, daß er noch hier war. Sie war doch nicht allein! Statt dessen aber mußte er diesen Kampf im Sitzen führen, ohne Fäuste, ohne Degen, und konnte nur hoffen, daß seine qualvolle Sorge sich nicht in seiner Miene widerspiegelte, um diesen gelassenen Tyrannen dazu zu bewegen, sie freizugeben, bevor sie den Verstand verlor.

»Ich habe noch etwas anderes entdeckt, das du wissen solltest, wie ich meine«, setzte Keff schnell nach. »Dein Volk stammt nicht von Ozran.«

»Oh, das wußte ich bereits«, sagte Chaumel mit seinem leisen Lächeln. »Ich bin Historiker, der Sohn von Historikern, wie ich dir erzählte, als du mich ... besucht hast. Unsere Legenden berichteten davon, daß wir von den Sternen kamen. Als ich dich sah, wußte ich sofort, daß unsere Völker Brüder sind. Wie nennt ihr unsere Rasse?«

»Menschen«, sagte Keff hastig, begierig, den Zaubermann wieder zum Thema zurückzuführen, um Carialles Geist freizugeben. »Der alte Begriff lautete ›Homo sapiens‹, der ›weise Mann‹. Was nun Carialle angeht ...«

»Und du möchtest mir auch mitteilen, daß unsere Macht eine mechanische Quelle hat und nicht etwa auf mystische Weise der Luft entzogen wird, wie manche abergläubische

Zauberer meinen mögen? Auch das wußte ich bereits.« Er schaute Plennafrey an. »Als ich so alt war wie du, bin ich meiner Macht zu ihrem Ursprung gefolgt. Ich weiß mehr als die Hochhexer der Himmelsrichtungen darüber, wie unsere Verbindung zum Kern zustande kommt, aber ich habe dieses Wissen für mich behalten und die Augen stets gesenkt getragen, weil ich nicht den Wunsch verspürte, mich zur Zielscheibe zu machen.« Bescheiden richtete er den Blick zu Boden.

Falls er mit Applaus rechnete, hatte er sich das falsche Publikum ausgesucht. Keff sprang Chaumel an und preßte seine Schultern gegen die Rückenlehne des Sessels.

»Während du hier herumsitzt und seelenruhig prahlst«, sagte Keff mit deutlicher, gefährlicher Stimme, »macht meine Partnerin ein unnötiges und möglicherweise unumkehrbares psychisches Trauma durch.«

»Ach? Na schön«, sagte Chaumel ungerührt und schloß die Hand um den Griff seines Stabs, als Keff ihn wieder losließ. »Was du erzählst, ist auch amüsanter. Natürlich wirst du mir noch mehr sagen, sonst sperre ich sie wieder ein.«

Sehvermögen und Gefühl durchfluteten sie auf einen Schlag. Carialle hätte vor Erleichterung fast losgeschluchzt, fing sich aber binnen Sekunden. Zu Keff, dessen mitfühlendes Gesicht sich dicht vor ihrer Säulenkamera zeigte, sagte sie: »Danke, Herr Ritter. Mir geht es gut. Versprochen.« Doch sie spürte, wie ihre Stimme zitterte. Keff blickte zweifelnd drein, als er ihre Säule streichelte, um sich schließich wieder hinzusetzen.

»Keff sagt, daß unsere Kraft ursprünglich dazu benutzt werden sollte, um Regen zu machen«, sagte Plenna. »Ist das der Grund, weshalb die Ernten ausbleiben? Weil wir sie für andere Dinge verwenden?«

»Das ist richtig«, bestätigte Keff. »Wenn ihr die Wettertechnologie so verwendet, wie ihr es getan habt, ist es kein Wunder, wenn sich das ganze System überlädt. Immer, wenn ein neuer Zauberer an die Macht kommt, wird das System dementsprechend stärker belastet.«

»Hast du Beweise dafür?« fragte Chaumel mit verengten Augen.

»Wir haben sogar Beweise, die von euren frühesten Vorfahren stammen«, sagte Keff.

»Ach ja«, meinte Chaumel und nahm die Aufzeichnungsmappen aus seinem Schoß. »Diese hier. Ich habe darin gelesen, während ich darauf wartete, daß ihr wieder aufwacht. Bis auf ein Bild vom Innern einer merkwürdigen Festung und ein anderes, das die Alten zeigt, verstehe ich es nicht.«

»Ohne meine Ausrüstung kann auch ich nur Teile davon entziffern«, warf Keff ein. »Die darin verwendete Sprache ist sehr alt. Es hat sich viel geändert, seit eure Vorfahren und meine auseinandergegangen sind.«

»Es handelt sich um eine Datei des ursprünglichen Landungstrupps«, sagte Carialle. »Soviel können wir mit Bestimmtheit sagen. Die Menschen sind auf einem Raumschiff namens TMS *Bigelow* nach Ozran gekommen, und zwar vor mehr als neunhundert Jahren.«

»Und woher habt ihr diese … Datei?«

»Sie gehört mir!« verkündete Plenna entschieden. Sie trat vor, um ihr Eigentum an sich zu nehmen, doch Chaumel richtete eine drohende Hand gegen Carialles Säule. Mit einem Blick in Keffs besorgte Miene blieb Plenna wie angewurzelt stehen.

»Dir?« Der silberne Zaubermann musterte sie mit neugewonnenem Respekt. »Ich hätte nicht geglaubt, daß du das Zeug dazu hast, ein tiefgehendes Geheimnis für dich zu behalten, geringste aller Zauberinnen. Dein Vater Rardain hätte das jedenfalls nicht gekonnt.«

Plenna reagierte mit Scham auf die Erwähnung ihres verstorbenen Vaters. »Er wußte nicht davon. Ich habe alles an einem alten Ort gefunden, nachdem er … starb.«

»Spielt das eine Rolle?« fragte Keff, trat vor und legte den Arm schützend um Plennas Taille. Das große Mädchen zitterte. »Wir versuchen gerade, zu tun, was wir können, um eine planetenweite Katastrophe zu verhindern, und du hinderst uns daran, mehr über das anstehende Problem in Erfahrung zu bringen.«

»Und diese ›Datei‹ kann euch mitteilen, was zu tun ist?« Chaumel wirkte leicht skeptisch.

Carialle manifestierte ihr Edle-Dame-Bild auf der Kabinenwand. Chaumel fuhr kurz zusammen; dann fand er sich damit ab und stellte hin und wieder sogar Augenkontakt her.

»Wenn man mir Zeit läßt, kann ich versuchen, die Bänder zu entziffern«, fuhr Carialle fort. »In der Zwischenzeit könnte Keff den Ausdruck übersetzen.«

Chaumel lehnte sich zurück. »Gut. Wir haben soviel Zeit, wie du willst. Der Schleier, den du um diesen Ort gelegt hast, wird die anderen daran hindern, uns zu finden. Nur noch ein kleines Weilchen, und sie sind es leid, hinter Schatten herzujagen, und werden nach Hause zurückkehren. Dann werden wir ungestört sein.«

»Kann ich meine Monitore verwenden?«

Der silberne Zaubermann war großmütig. »Benutze alles, was du brauchst. Du kannst nirgendwo hinfliehen.«

Knurrig über Chaumels Anmerkung, sich ganz wie zu Hause zu fühlen, verwendete Carialle einige Minuten darauf, das chemische Gleichgewicht ihres organischen Systems wiederherzustellen. Sie fuhr zwei komplette Sonderzyklen der Entsorgungsanlage, dann befand sich in ihrem Blutkreislauf nur noch, was auch hineingehörte. Sie steigerte die Nährmittelzufuhr und war froh zu spüren, wie der Adrenalinstoß abebbte.

Sie begutachtete das äußere Format der Bandkassette, die Keff ihr entgegenhielt, und stellte fest, daß die kleine, luftdicht versiegelte Kapsel eine Spulmulde aufwies. Zwei ihrer Eingabekonsolen waren dazu geeignet, außer Dataedern auch Bänder aufzunehmen. Carialle schob Andrucksrolle und Spindel im Abspielgerät ein Stück nach vorn und verengte den Eingabeschacht, damit das Band nicht eiern konnte; dann öffnete sie den Schacht.

»Ich bin bereit«, sagte sie.

»Dann los«, verkündete Keff und schob das Band ein.

Carialle schloß den Schacht wieder. Als sie die Spindel in Gang setzte, klappte die Kassette auf, gab das Band frei und ließ einen Luftschwall entweichen. Carialle, die genau damit gerechnet hatte, fing die Probe der tausend Jahre alten Atmosphäre in einer Laborflasche ein und beförderte diese im Innern ihrer Kabinenwände weiter, um den Inhalt zu analysieren.

Langsam spulte sie das Band an die Leseköpfe, verglich das Aufzeichnungsmuster auf ihrem Wellenmesser mit Tausenden von ähnlichen Mustern.

»Kannst du es lesen?« fragte Keff.

»Wir werden sehen«, antwortete Carialle. »Es gibt da gewisse Unregelmäßigkeiten im Aufzeichnungsmuster, von denen ich annehme, daß sie auf nachlässige Wartung des Aufzeichnungsgeräts zurückzuführen sind, mit dem das Band hergestellt wurde.

Herrje, verdammte Nachlässigkeit! Warum mußten die ausgerechnet dieses wichtige Stück Geschichte damit aufnehmen? Es hätte doch überhaupt keine Mühe gemacht, das Gerät ordentlich zu warten.«

»Hast du etwa erwartet, daß alles ganz einfach sein wird, liebste Herzensdame? Weißt du was? Mir fällt gerade auf, daß ich Hunger habe«, verkündete Keff und wandte sich an die anderen. »Plenna, wir haben seit gestern abend nichts mehr zu uns genommen. Darf ich dich zum Essen einladen?«

Die Zauberfrau blickte ihn erleichtert an. Ihre Wangen sahen von den überstandenen Strapazen fast schon eingefallen aus.

»Ach, das wäre sehr schön«, antwortete sie mit matter Stimme. Ein zaghaftes Krächzen aus Richtung der Gewichthebebank erinnerte Keff an Brannel. Auch der Edle Wilde war offenbar hungrig.

»Na schön. Macht drei Personen. Chaumel?«

»Nein, sehr freundlich, vielen Dank«, erwiderte der silberne Zaubermann und winkte ab, obwohl der Blick, den er auf Keff geheftet hielt, alles andere als beiläufig wirkte. Keff erteilte dem Synthetisierer seine Anweisungen und kehrte schon wenige Augenblicke später mit drei dampfenden Tellern auf einem Tablett zurück.

»Sehr schlicht: Fleisch, Kartoffeln, Gemüse, Brot«, erklärte Keff seinen Gästen die einzelnen Bestandteile der Mahlzeit.

»Moment mal, Keff«, unterbrach Carialle. »Ich traue unserem Besetzer nicht.« Keff richtete seine optischen Implantate nacheinander auf jeden Teller. »Alles in Ordnung. Ich wollte nur sichergehen.«

»Danke, liebste Herzensdame. Ich zähle auf deine Unterstützung«, sagte Keff subvokal. Nachdem er den ersten Teller auf Plennas Schoß abgestellt hatte, überreichte er Brannel den zweiten Teller sowie eine Gabel, bevor er auf der Gewichthebebank Platz nahm, um dort selbst zu schmausen.

Brannel starrte immer noch den unterteilten Teller an, als Keff sich wieder zu ihm umdrehte.

»Was ist los?« fragte Keff. »Es schmeckt gut. Vielleicht ein bißchen viel Kohlenwasserstoffe, aber das verdirbt nicht den Geschmack.«

Wortlos richtete Brannel einen ängstlichen Blick auf ihn.

»Ach so, ich verstehe«, sagte Keff, als er das Problem erahnte. »Soll ich erst vorkosten, damit du siehst, daß es in Ordnung ist? Wir essen alle das gleiche. Oder möchtest du lieber meine Mahlzeit haben?«

»Nein, Zauberer Keff«, sagte Brannel nach kurzer Pause und warf Chaumel einen gehetzten Blick zu, »dir vertraue ich.«

Einen Bissen später waren seine Vorbehalte vergessen. Er saß geduckt über seiner Mahlzeit und schaufelte sich ungeschickt mit der Gabel den Mund voll. Hätte Keff jetzt versucht, ihm den Teller wegzunehmen, wäre er dabei wahrscheinlich angeknurrt worden. Blitzschnell hatte Brannel alles vertilgt.

»Das hast du ja ganz schön schnell weggeputzt. Möchtest du noch einen Teller? Macht gar keine Mühe.«

Mit hoffnungsvollem Flackern in den Augen nickte Brannel. Er wirkte ein wenig verlegen ob seiner Gier, doch noch faszinierender schien ihm, daß ›noch ein Teller‹ keine Mühe machen sollte. Kaum hatte er den Nachschlag in der Hand, als er ihn auch schon zu verschlingen begann.

»Hm! Ziemlich krude«, bemerkte Chaumel, während er den Arbeiter abschätzig beobachtete. »Nun ja, wer sich gern Haustiere hält ...«

Brannel schien den älteren Zauberer nicht zu hören. Er lutschte einen Soßenklecks von den behaarten Fingern und kratzte das letzte Stück Kartoffel vom Teller.

»Wie steht es denn mit meinen Synthetisierungsvorräten, Cari?« fragte Keff scherzhaft. Brannel erstarrte mitten im Kauen. »Ich mache nur Spaß, Brannel«, sagte er. »Wir haben genügend Nahrungsmittel an Bord, um einen erwachsenen Mann für zwei Jahre zu versorgen – oder einen von euch für sechs Monate. Keine Sorge. Wir sind doch Freunde.«

Plenna aß etwas gelassener. Einmal strahlte sie Keff sogar an, um ihm zu zeigen, wie gut es ihr schmeckte. Keff tätschelte ihre Hand.

»Ich hab's!« verkündete Carialle triumphierend. »Meine Damen und Herren, nun kommt der gemütliche Teil.«

Aus ihren Hauptkabinenlautsprechern ertönte Jubel, gefolgt vom Zischen qualitativ minderwertiger Audioaufnahmen. Carialle gab ihren Hauptmonitor für die Videowiedergabe frei. Darauf erschien nun ein ferner, um seine eigene Achse rotierender Globus.

»Der Scan verläuft fast vertikal über die gesamte Bandbreite«, erklärte Carialle. »Sehr hohe Aufzeichnungsdichte. Die Geschwindigkeit läßt sich in Millimetern pro Sekunde messen. Deshalb gibt es dort, wo Aussetzer erschienen, keine Sicherheitskopie. Weil das Ganze auf einem Magnetträger gespeichert wurde, ist einiges unwiederbringlich verloren, wenn auch nicht viel. Ich habe die Lücken ergänzt, wo ich konnte. Das ist nicht das vollständige, offizielle Protokoll. Ich vermute, es handelt sich um die persönlichen Aufzeichnungen eines Biologen oder Ingenieurs. Ihr werdet schon sehen, was ich meine, wenn ihr den Inhalt kennenlernt.«

Das Band zeigte mehrere Ansichten Ozrans aus dem Weltall, darunter auch technische Messungen der Kontinente und Meere. Die Bildlücken wurden von lautem, statischem Gebrumm begleitet. Verglichen mit ihren eigenen, hochmodernen Geräten betrachtete Carialle diese Technik als geradezu steinzeitlich, konnte aber immerhin zwischen den Bildzeilen lesen. Auf einem Nebenmonitor ließ sie ihre Untersuchungsergebnisse erscheinen, damit die anderen sie ablesen konnten.

»Sieht wie ein verdammt guter Prospekt für eine Kolonie aus«, meinte Keff, als er die Daten so kritisch musterte, als würde er gerade einen neuen, unbekannten Planeten anfliegen. »Die Atmosphäre ist der auf der Alten Erde sehr ähnlich.«

»Ureth«, hauchte Plennafrey, und ihre Augen leuchteten vor Ehrfurcht.

Keff lächelte. »Tja, ich begreife schon, weshalb sie damals hier gelandet sind. Ihre Telemetrie war einfach zu primitiv. Heute würden uns keine oberirdischen Bauten und Anzeichen landwirtschaftlicher Aktivität aus dem All entgehen, wie geringfügig sie auch sein mögen, aber bei ihnen war das noch der Fall. Und so stellten sie den Erstkontakt her.«

Die Besatzung der *Bigelow* hatte aus vierhundertzweiundfünfzig Personen bestanden, allesamt menschlicher Herkunft. Keff meinte, in den Gesichtszügen des dunkelhäutigen Kapitäns eine gewisse Familienähnlichkeit mit dem flamboyanten Zauberer Omri zu erkennen.

Chaumels Fassade hochkultivierter Gelassenheit bröckelte schnell ab, als der erste Alte auf dem Schirm erschien. Er gaffte ihn mit aufgesperrtem Mund an. Auch Keff staunte über das fremde Wesen. Aber er konnte sich vorstellen, daß sich das alles für Chaumel so darstellen mußte, als wären die Götter des Olymp plötzlich der Stadt Athen erschienen.

»So etwas wie die habe ich noch nie gesehen. Du vielleicht, Carialle?«

»Nein, und Xeno auch nicht«, antwortete sie, während sie die Aufnahmen im Schnelldurchlauf mit ihren eigenen Archiven verglich. »Ich möchte nur zu gern wissen, woher die stammen. Vielleicht auch aus dem Sektor R? Inzwischen ist es zu spät und daher unmöglich, etwaige Ionenstrahlen zurückzuverfolgen.«

Was das Standbild in den von Keff durchgesehenen Mappen nicht hatte wiedergeben können, war die Tatsache, daß die Aliens jedes ihrer fünf Augen unabhängig von den anderen bewegen konnten. Die flachen Körper wirkten leicht erheiternd, wie der Satz Kartenmenschen in *Alice hinter den Spiegeln*. Die Bänder enthielten in komprimierter Form viele Aufzeichnungen von frühen Begegnungen mit der gastgebenden Rasse, wie diese die Mannschaft der *Bigelow* durch ihre Heime führten, sie ihrem Nachwuchs vorstellten und einige Wunder ihrer anscheinend unerklärlichen Energiemanipulation vorführten.

Die Alten hatten offensichtlich einst eine blühende Zivilisation entwickelt. Zum Zeitpunkt der Landung der *Bigelow* waren sie jedoch auf zwei kleine Populationsteile reduziert worden: Jene, die als Einzelgänger in den Gebirgen lebten, und die Gemeinschaften, die in den Tälern den Boden bestellten. Da es nur noch wenige waren, hatten sie die verfügbaren Ressourcen damit nicht allzusehr strapaziert; andererseits waren sie nicht mehr zahlreich genug, um ihren Bestand zu sichern.

Keff lauschte der Darstellung des Tagebucheigners und wiederholte laut in das IÜP, was er davon verstand, damit auch die anwesenden Ozraner davon profitieren konnten.

»Der Erzähler beschreibt die Alten, und wie froh sie waren, daß die Menschen kamen, um unter ihnen zu leben. Er spricht von häßlichen Fähigkeiten – nein, von fabelhaften Fähigkeiten, über die diese häßlichen Aliens verfügen, die zudem versprochen haben, ihnen alles mitzuteilen, was sie wissen. Junge, Junge, das ist vielleicht ein uralter Dialekt des Standard.«

Einer der Alten ließ sich überreden, ein paar Worte in die Kamera zu sprechen. Das Wesen preßte sein angsterregendes Gesicht dicht vor das Videogerät und richtete drei Augen darauf. Die beiden anderen wanderten beunruhigend umher.

»Ich kann verstehen, was es sagt«, warf Chaumel ein, der inzwischen viel zu fasziniert war, um sich noch mit Prahlereien aufzuhalten. »Es spricht das, was wir heute die Linga Esoterka nennen. ›Wie Freude finden Fremdfreude finden fremd Zweiaugenvolk‹, sagt dieses Wesen hier gerade.«

»Er ist also erfreut, dich kennenzulernen«, faßte Keff mit einem Grinsen zusammen. Er wies das IÜP an, Chaumels Übersetzung in sein Arbeitsglossar des zweiten ozranischen Dialekts aufzunehmen. »Hört sich so an, als sei ein großer Teil der Sprache der Alten in einen Gebrauchsdialekt eingeflossen, eine Mischform, die von Menschen und Alten zur Kommunikation verwendet wurde.«

Auch die rätselhafte Zeichensprache, die Keff beobachtet hatte, wurde unter den grünen Eingeborenen häufig verwendet, doch der Erzähler auf dem Band hatte ihre Bedeutung noch nicht erfaßt. Keff spürte, wie Carialles Videoüberwachung auf ihn gerichtet blieb, als wollte sie an jene Zeit erinnern, da das IÜP körperliche Signale noch ignoriert hatte. Er grinste ihre Säule über die Schulter gewandt an. Diesmal jedoch preschte das IÜP vor wie die Kavallerie.

»Daher stammt also der Ausdruck ›gleichzeitig in viele Richtungen schauen‹«, sagte Chaumel erregt. »Wir können das nicht, aber die Alten konnten es.«

In seiner Ecke lauschte Brannel jedem Wort. Keff begriff, daß seine drei Gäste sehr viel mehr von den Aliensprachen verstehen konnten als er selbst. Die beiden Zauberer gluckststen erfreut, als sie die alten Sprachen vernahmen und damit Gesten und Worten des Gemeinozranischen Bedeutung verliehen, einer Sprache, die, wie Keff nun erkannte, nichts anderes darstellte als eine Vermengung eines Dialekts des menschlichen Standard mit der Umgangssprache der Alten. Ein wenig betrübt nahm er auch zur Kenntnis, daß er, der Xenolinguist, angesichts Carialles verstärkter kognitiver Kapazität nun ausgerechnet derjenige war, der am wenigsten davon mitbekam, was sich auf dem Monitor abspielte. Carialle machte Keff auf etwas aufmerksam, als eine Handvoll Skizzen aufblitzte.

»Dein Ingenieur identifiziert gerade die Mikrowellenstrahlen, die mich vor ein Rätsel gestellt haben«, erklärte sie. »Es handelt sich um Empfangsbestätigungen der Steuerungselemente der Kraftgegenstände, mit denen sie dem Kern von Ozran Anweisungen geben, wieviel Energie er für sie bereitstellen soll. Jedes Gerät besitzt seine individuelle Frequenz, genau wie ein persönliches Kommunikationsgerät. Der Kern speist übrigens auch die Geräte selbst. Hm, da besteht doch ein geringfügiges Risiko von Radioaktivität.« Auf einem Hilfsschirm Carialles erschien ein vergrößertes Abbild einer der Grafiken. »Aber ich habe keinerlei Anzeichen für Krebserkrankungen vorgefunden. Trotz ihrer Fehler sind die Ozraner ein kerngesunder Haufen. Also muß die Strahlung sehr geringfügig und dementsprechend unschädlich sein.«

Der nächste Zeitsprung. Nun wurde gezeigt, wie die Menschen sich häuslich eingerichtet hatten und Nachwuchs hervorbrachten. Einige von ihnen, so auch der unbekannte Erzähler, hatten eine Lehre begonnen, um von den Alten den Gebrauch der Kraftgegenstände zu erlernen. Der Rest lebte in unterirdischen Behausungen auf den Ebenen.

»So kommt also die Teilung der Ozraner in zwei Völker zustande«, bemerkte Keff nickend. »Es fällt schwer zu glauben, daß es sich um denselben Planeten handelt.«

Die Bildaufnahme zeigte jetzt blühende Äcker und ausgedehntes, gesundes Anbauland. Der ozranische Boden war anscheinend hervorragend für pflanzliches Leben terranischer Herrkunft geeignet. Der Erzähler richtete sein Aufnahmegerät auf umgebaute Schlitten voll Getreide und Gemüse, die von gezähmten Sechsfüßlern gezogen wurden.

Die nächste Szene, angesichts derer die Ozraner vor Freude aufjauchzten, zeigte, wie die Menschen und ein paar der Alten bei einbrechendem Gewitter in den Schutz einer Bauernhöhle rannten. Schwerer Regen prasselte auf die Äcker voller junger, grüner Feldfrüchte nieder.

Als nächstes kam der unvermeidliche stolze Bauer, wie er neben einem riesigen Kürbis von der Größe eines Spanferkels stand. Weitere Menschen im Bild gratulierten ihm gerade.

Keff musterte die drei Ozraner. Sie waren völlig hingerissen vom Anblick des üppigen Ackerlands.

»Das können keine Bilder von unserer Welt sein«, warf Plenna ein, »andererseits sind das dort hinten die Südberge. Die kenne ich seit meiner Kindheit. Ich habe noch nie so großes Gemüse gesehen!«

»Das ist reine Phantasie«, sagte Chaumel stirnrunzelnd. »Eine derartige Riesenwurzel könnten unsere Äcker niemals hervorbringen.«

»Doch, sie konnten es einmal«, widersprach Carialle, »nämlich vor tausend Jahren. Bevor ihr Zauberer damit anfingt, an dem System herumzufummeln, das man euch vererbt hatte. Bitte, schaut selbst.«

Sie zeigte die vollständigen Analysewerte der Luftprobe aus der Bandkassette. Keff las sie durch und nickte. Nun wußte er, worauf Carialle hinauswollte.

»Diese Probe zeigt, daß die Atmosphäre in der Frühzeit menschlicher Besiedlung Ozrans über sehr viel mehr Stickstoff-/Sauerstoff-/Kohlenstoffketten und eine erheblich höhere Feuchtigkeit verfügte als die gegenwärtige Atmosphäre.« Ein zweites Bild legte sich über das erste »Und hier ist die Zusammensetzung dessen, was ihr heute atmet. Es weist einen unnatürlich hohen Ozonwert auf. Der erhöht sich jedesmal, wenn vom Kern Ozrans große Energiemengen abgerufen werden. Wenn ihr mehr wissen wollt ...«

Carialle ließ ein dreidimensionales Bild Ozrans in der Kabinenmitte entstehen. »So hat sich der Planet euren Vorfahren aus dem All dargestellt.« Der Globus bräunte sich.

Die Eiskappen schmolzen ein Stück. Die Ozeane nagten an Küstenstrichen und überschwemmten kleinere Inseln. Die Kontinente schienen wie vor Schmerz leicht zu schrumpfen. »Und so sieht es heute aus.«

Plenna schlang vor Sorge über Ozrans Verwandlung von einem gesunden grünen Planeten in seinen jetztigen Zustand die Arme um die Schultern.

»Und wie soll die Zukunft dann aussehen?« fragte sie, den bekümmerten Blick auf Carialles Abbild geheftet.

»Es ist noch nicht alles verloren, Zauberin. Laß mich dir ein paar andere Planeten im Cluster der Zentralwelten zeigen«, sagte Carialle und ließ das Bild eines eiförmigen, wasserbedeckten Globus mit kleinen, atollförmigen Landmassen erscheinen. »Kojuni war durch industrielle Umweltverschmutzung in einen schlimmen Zustand geraten. Es hat einiges an Anstrengung gekostet, aber die Bewohner haben ihn wiederhergestellt.« Der Himmel von Kojuni verwandelte sich von bleiernem Grau zu einem klaren, schimmernden, Silber. »Selbst der Planet Erde mußte ums Überleben kämpfen.« Eine leicht abgeflachte Kugel aus Blau, Grün und Violett drehte sich plötzlich zwischen ihnen. Die grünen Massen auf den Kontinenten wichen zurück und dehnten sich wieder aus, als Carialle mehrere Jahrhunderte im Sekundenraffer zeigte. Als weitere Beispiele zeigte sie verschiedene Planeten der Klasse M, die in guter Verfassung waren, mit normalen Wind-, Regen- und Schneevorkommen. Dann erloschen die dreidimensionalen Karten und ließen das Bild des rotierenden Ozrans von heute zurück.

Chaumel räusperte sich.

»Aber wie soll eurer Meinung nach die Lösung aussehen?« fragte er.

»Ihr Herrscher müßt aufhören, die Energie zu verwenden«, antwortete Keff. »So einfach ist das.«

»Die Kraft aufgeben? Niemals!« antwortete Chaumel mit derart empörter Miene, als hätte Keff ihn gerade aufgefordert, sich das rechte Bein abzuschneiden. »Das gehört doch zu unserer Wesensart!«

»Zauberer Keff.« Mit großem Mut kroch Brannel heran und meldete sich zum erstenmal zu Wort, wobei er ausschließlich den Muskel ansprach. »Was du da von den Neuen und ihrem Land gezeigt hast – das haben die Arbeiter von Klemay schon versucht, seit ich lebe.« Er blickte zu Plenna und Chaumel hinüber. »Wir wissen, daß Pflanzen auch größer werden können. In manchen Jahren tun sie das. Die meisten sterben ab oder bleiben klein. Aber ich weiß ...«

»Still!« brüllte Chaumel und sprang auf. Verängstigt wich Brannel in die Ecke zurück. »Weshalb läßt du es zu, daß ein Fellgesicht redet?« wollte der silberne Magier von Keff wissen. »Du siehst es doch schon seinem Gesicht an, daß er völlig unwissend ist.«

»Hör mal zu, Chaumel«, versetzte Keff und zeigte anklagend mit dem Finger auf ihn, »Brannel ist intelligent. Hör ihn dir erst einmal an. Er besitzt etwas, über das kein Bauer auf eurer ganzen Welt verfügt: Ein funktionierendes Gedächtnis – und das ist deine Schuld, deine und die deiner Mitherrscher. Ihr habt sie mutieren lassen, ihr habt sie verstümmelt, aber es sind immer noch Menschen geblieben. Begreifst du denn nicht, was du da auf der Bandaufzeichnung gesehen hast? Brannel weiß, wann eure Ernten versagt haben, möglicherweise sogar *warum*. Also laß den Mann gefälligst ausreden.«

Brannel war hocherfreut, daß der Zauberer Keff sich für ihn einsetzte. Also nahm er seinen Mut wieder zusammen und versuchte – stockend im Angesicht von Chaumels Mißbilligungen –, die gescheiterten Bemühungen von Jahren zu beschreiben und zusammenzufassen. »Wir versuchen die Erde zu füttern, damit sie auf diese Weise gedeiht. Ich weiß, daß sie es könnte. Aber jedesmal sterben die Pflanzen entweder ab, oder die Kälte und die Trockenheit kehren zurück, sobald die Zauberer miteinander kämpfen. Das Ackerland könnte uns alle sehr viel besser ernähren, wenn es mehr Wasser gäbe, wenn es wärmer wäre. Von den Feldfrüchten«, er hielt alle acht Finger hoch, »überleben so viele nicht.« Er krümmte fünf seiner Finger.

»Ihr verliert mehr als sechzig Prozent eurer Erträge, nur weil ihr so viel Wert auf ein Luxusleben legt«, erläuterte Keff. »Euer verschwenderischer Gebrauch von Energie, nur um damit anzugeben, um zu spielen, um zu *töten*, ist völlig verantwortungslos. Ihr bringt eure eigene Welt damit um. Eines Tages werden eure Äcker euch nicht mehr ernähren können. Dann werden die Leute Hungers sterben. Egal, was ihr von ihren intellektuellen Fähigkeiten halten mögt – das könnt ihr euch unmöglich wünschen. Denn dann hättet *ihr selbst* nichts mehr zu essen, und niemand würde für euch die geforderte körperliche Arbeit leisten.«

Chaumel blickte von Keffs grimmiger Miene zu dem sich drehenden Globus Ozrans hinüber und ließ sich hart auf die Andruckliege sinken.

»Wir tun all das tatsächlich«, räumte er ein und hob kapitulierend die langen Hände. »Alles, was er sagt, stimmt. Er weiß, wovon er spricht. Aber wenn ich selbst heute meine Kraftgegenstände niederlegen würde, um zu helfen, wird mein Nachgeben die anderen nicht aufhalten, ebensowenig wie ein Appell an ihre Weisheit. Dazu mißtrauen wir Zauberer einander zu sehr.«

»Dann müssen wir eben einen massiven Waffenstillstand aushandeln«, bemerkte Carialle.

»Nicht ohne eine verfügbare Alternative«, versetzte Chaumel prompt. »Unser System ist völlig durchtränkt von Verrat und der Belohnung von Vernichtungsschlägen.«

»Darauf habe ich auch Hinweise gefunden«, sagte Keff mit einem Blick auf eine Seite des ersten Handbuchs. »Irgend jemand hat einmal für eure Vorfahren eine schlechte Übersetzung der Dienstanweisungen für Offiziere angefertigt, die sich um eine Beförderung bemühten. Darin heißt es, ›für eine Beförderung kommt in Frage, wer die erfolgreichsten Projekte auf effizienteste Weise verwirklicht‹. Dann folgt der Hinweis, daß diese Projekte der gesamten Gemeinschaft förderlich sein sollten, aber ich vermute, daß dieser Teil im Laufe der Zeit verlorenging. In unserer eige nen Schiffsvorschrift findet sich eine ähnliche Klausel, nur in etwas modernerer Sprache gehalten.«

Chaumel stöhnte auf.

»Dann haben wir also die ganze Zeit einen riesigen Fehler gemacht.« Hilfeheischend sah er Keff und Carialles Abbild an. »Ich wußte nicht, daß wir auf der Grundlage fehlerhafter Informationen handelten. Ich habe mein Leben lang geglaubt, daß ich *tatsächlich* den Anweisungen der Ersten Folge leiste. Ich wollte mich meiner Vorfahren als würdig erweisen. Ich bin beschämt.«

Keff stellte fest, daß Chaumel tatsächlich betroffen war. Denn nach seinen eigenen Maßstäben hielt sich der silberne Zauberer für einen Ehrenmann.

»Nun«, sagte Keff schleppend, »dann kannst du immerhin anfangen, die Sache geradezubiegen, indem du uns unterstützt.«

Chaumel machte eine hackende Handbewegung.

»Dein Schiff ist frei. Was soll ich sonst noch für euch tun?«

»Stell fest, was der Kern von Ozran ist und wozu er ursprünglich diente, was seine eigentliche Kapazität darstellt«, erwiderte Carialle sofort. »Auch wenn ich es für unwahrscheinlich halte, ist es möglich, daß ihr etwas von eurem gegenwärtigen Lebensstandard werdet retten können. Aber wenn ihr es ernst damit meint, euren Planeten und zukünftige Generationen vor der Katastrophe zu bewahren ...« – »Oh, das meine ich durchaus ernst«, versetzte Chaumel. »Ich werde euch keine Schwierigkeiten mehr machen.«

»Dann wird es Zeit, die Kraft wieder ihrer ursprünglichen Bestimmung zuzuführen, wie sie von den Ahnen vorgesehen war: Die Wetterkontrolle.«

»Aber was sollen wir mit den anderen Zauberern tun?« wollte Plennafrey wissen.

»Wenn wir sie nicht überzeugen können«, erwiderte Carialle, »weiß ich eine Möglichkeit, ihnen das Handwerk zu legen, und zwar auf der Grundlage dessen, was unser seit langem verstorbener Chronist über die Antwortfrequenzen gesagt hat. Wenn ich ein wenig experimentiert habe, werde ich es wohl schaffen, spezifische Signale zu blockieren, gleich welcher Wellendichte. Die anderen werden eben lernen müssen, entweder mit der Energie zu haushalten oder überhaupt keine mehr zu bekommen. Wir lassen ihnen die freie Wahl.«

Als er Chaumels Reaktion bemerkte, warf Keff schnell ein: »Diese Option werden wir natürlich nur wahrnehmen, wenn es keine andere Möglichkeit gibt, sie zur Kooperation zu bewegen.«

»Und genau an dieser Stelle komme ich ins Spiel«, sagte Chaumel und lächelte zum allerersten Mal. »Ich besitze ein gewisses Ansehen auf Ozran. Ich werde meinen Einfluß für Verhandlungen nutzen, um eine allgemeine Kapitulation auf Gegenseitigkeit zu erwirken. Mit Hilfe der magischen Bilder, die du uns zeigen wirst«, er verneigte sich in die Richtung von Carialles Abbild, »werden wir die anderen davon überzeugen, wie klug es wäre, zur Lebensweise der Ahnen zurückzukehren. Wir dürfen nicht scheitern. Die Größe dieses Kürbisses ...«, fuhr er fort und schüttelte in gespieltem Unglauben leicht den Kopf.

»Ich finde trotzdem, daß es ein Fehler ist, Brannel zurückzulassen«, wandte Keff ein, als Plenna ihn über die ausgedehnten Ebenen zu Chaumels Festung beförderte.

»Es ist besser, wenn nur wir drei mit Hilfe von Carialle und ihrer Illusionen versuchen, die Zauberer zu überzeugen«, versetzte der silberne Zaubermann ungerührt. Er saß aufrecht in seinem Streitwagen, die Hände vor dem Bauch verschränkt.

»Aber weshalb nicht Brannel? Ich bin doch gar kein Einmischer. Ich kann das alles nicht so erklären, daß dein Volk es begreifen wird.«

Chaumel schüttelte den Kopf und sprach etwas lauter, um den Wind zu übertönen. »Meine Kollegen werden schon Schwierigkeiten genug damit haben, an eine Frau zu glauben, die in einer Mauer lebt. Dann noch ein intelligenter Vierfinger – das würde sie völlig überfordern! Komm, wir müssen unsere Strategie besprechen! Sag mir noch einmal, was in den Dokumenten zum Thema Beförderung stand. Das muß ich mir merken.«

Die Streitwagen flogen so weit davon, daß sie nicht einmal mehr auf den magischen Bildern zu erkennen waren. Brannel, den man allein in der Hauptkabine zurückgelassen hatte, war deswegen zwar ein wenig verletzt, hatte es aber nicht gewagt, im Angesicht von Chaumels Widerstand Protest anzumelden. So blieb Brannel zurück und spukte durch das Schiff wie ein vereinsamter Geist.

Die flache Zauberfrau erschien neben ihm an der Wand und begleitete ihn, während er auf und ab schritt.

»Ich weiß nicht, wann sie zurückkommen werden«, sagte Carialle sanft und überraschte ihn in seinem Gedankengang. »Du solltest jetzt gehen. Keff wird schon kommen und dich abholen, wenn er wieder da ist.«

»Aber, Zauberin«, fing Brannel an, verkniff sich dann aber den Einwand, der ihm auf der Zunge lag. Immerhin vertrieb sie ihn diesmal nicht mit schmerzhaften Geräuschen. Doch er war unglücklich darüber, immer dann entlassen zu werden, wenn die Herrscher seiner gerade nicht bedurften. Nach all dem Gerede über Gleichheit und dem Versprechen einer Lehrlingsausbildung, nachdem er in der Festung der Zauberin Plennafrey ein so großes Risiko eingegangen war, war er, der schlichte Arbeiter, einmal mehr unwichtig geworden und vergessen. Er seufzte.

»Nun, Brannel.« Das Abbild der Frau lächelte. »Man wird dich in der Höhle vermissen, wenn du nicht kommst. Stimmt's?«

»Stimmt.«

»Dann komm zurück, wenn du dein Tagewerk vollendet hast. Du kannst mir Gesellschaft leisten, während ich den Rest der Bänder durchlaufen lasse.« Die Stimme klang einschmeichelnd. »Dann wirst du sie noch vor der Zauberin Plenna und vor Chaumel sehen. Wie wäre das denn als Entschuldigung dafür, daß du nicht mit den anderen mitgehen durftest?«

Brannels Miene hellte sich ein wenig auf. Nach seiner Berührung mit der Macht würde es ihm zwar schwerfallen, in den Alltag zurückzukehren, doch er nickte mit erhobenem Kopf. Er hatte viel zum Nachdenken.

»Ach, und noch etwas, Brannel«, fügte Carialle hinzu. Die flache Zauberin war gütig. Sie zeigte auf die Essenstür, die sich soeben geöffnet hatte. Dahinter lag ein Teller. »Die untere Schicht besteht aus weichem Brot. Den Rest kannst du darin einrollen. Wir nennen das ein ›Sandwich‹.«

Brannel schritt die Schiffsrampe hinab, das ›Sandwich‹ aus Zaubereressen schützend in den Händen. Der appetitliche Duft ließ ihm das Wasser im Mund zusammenlaufen, obwohl es noch nicht lange her war, seit er die köstliche Mahlzeit zu sich genommen hatte. Er wußte selbst noch nicht, wie er Alteis erklären sollte, daß er den Tag über fort gewesen war, doch er würde es immerhin mit vollem Bauch tun. Der Umgang mit Zauberern war wirklich nicht nur die reine, ungetrübte Freude.

»Entspannen wir uns«, sagte Chaumel und lehnte sich gelassen in einem tiefen, geschnitzten Armsessel zurück, der sanft in der Luft auf und ab hüpfte. »Entweder kommt er, oder er kommt nicht. Ich werde den nächsten aufrufen; dann kassieren wir den Hochhexer Nokias eben später. Nimm Platz! Entspann dich! Ich werde uns Wein einschenken. Ich habe da einen sehr guten Tropfen aus dem Süden.«

Keff, der im großen Saal von Chaumels Festung auf und ab stolziert war, blieb stehen. Chaumel hatte den ersten Zauberer bestimmt, an den er appellieren wollte, und hatte ihm ein Spähauge mit einer diskreten Einladung geschickt. Inzwischen war es Abend geworden, während die drei auf die Entscheidung warteten, ob Nokias akzeptieren würde oder nicht. Der Holoprojektionstisch aus der Hauptkabine des Schiffs war in der Saalmitte aufgebaut. Keff ging hinüber, um ihn anzufassen und sich davon zu überzeugen, daß alles in Ordnung war. Plennafrey beobachtete ihn. Die junge Zauberfrau saß in einem Sessel mit gerader Rückenlehne an ihrem Lieblingsplatz neben den Vorhängen, die Hände im Schoß verschränkt.

»Es ist wichtig, das richtig hinzukriegen«, bemerkte Keff.

»Das weiß ich selbst«, erwiderte Chaumel. »Die Risiken sind mir bekannt. Ich mag mein Leben ja durchaus genießen, aber ich liebe auch meine Welt und möchte, daß sie weiterlebt, wenn ich einmal fort bin. Es könnte sich aber als schwierig erweisen, auch meine Kollegen davon zu überzeugen. Nur gewinne ich nichts dadurch, daß ich mir Sorgen um ihre möglichen Antworten mache, bevor ich überhaupt meine Frage gestellt habe. Das Beweismaterial spricht eigentlich für sich.«

»Und was ist, wenn sie es nicht glauben?«

»Den Rest überlaß mal lieber mir«, versetzte Chaumel. Er schnippte mit den Fingern, worauf ein Diener auf einem Tablett eine Flasche Wein und ein Glas brachte. Er schenkte ein wenig von der bernsteinfarbenen Flüssigkeit ein und bot sie Keff an. Der Muskel schüttelte den Kopf und setzte seinen Marsch durch den Saal fort. Achselzuckend trank Chaumel den Wein daraufhin selbst.

»Alles klar und einsatzbereit«, meldete Carialle durch Keffs Implantat.

»Empfang in Ordnung«, sagte Keff, um seinen Sprachtransmitter zu prüfen, und ließ ihn die anderen anfunken. »Ich habe die Frequenzen sämtlicher Kraftgegenstände von Chaumel und Plennafrey ermittelt, auch ihre Streitwagen. Sie liegen allesamt innerhalb eines sehr schmalen Wellenbands. Könntest du Plennafrey mal bitten, irgend etwas zu manipulieren, möglichst nichts Gefährliches oder Zerbrechliches?«

Dankbar für die Gelegenheit, das Warten ein wenig abkürzen zu können, willigte Plennafrey ein.

»Ich werde meinen Gürtel benutzen, um meinen Schuh schweben zu lassen«, verkündete sie, zog ihre zierliche, primelgelbe Sandale aus und hielt sie empor. Dann trat sie einen Schritt beiseite und ließ sie in der Luft schweben.

»Aber du berührst den Gürtel ja überhaupt nicht«, wandte Keff ein. »Mir ist schon aufgefallen, daß die anderen das auch tun.«

Plenna lachte – es klang ein bißchen dünn, ein Hinweis darauf, daß auch sie der bevorstehenden Konfrontation mit Beunruhigung entgegensah. »Für so etwas Kleines genügt die bloße Konzentration.«

»Es geht los«, meldete Carialle.

Ohne jeden einleitenden Fanfarenstoß fiel der Schuh zu Boden.

»Hurra!« jubelte Keff.

»Das ist doch unmöglich!« wandte Plenna ein. Sie nahm ihn auf und plazierte ihn erneut, diesmal mit der Hand unter ihrem langen Umhang.

»Mach das noch einmal, Cari!«

Diesmal brauchte Cari einen geringfügig stärkeren Statikstoß auf der fraglichen Frequenz, doch immerhin gelang es ihr, den Zauberbann zu brechen. Wieder stürzte der Schuh zu Boden.

Plennafrey legte ihn erneut an.

»Ohne Frequenzbestätigung keine Energie«, flüsterte Carialle ihrem Muskel ins Ohr. »Jetzt brauche ich mich nur noch bereitzuhalten, um die Energiesignale der nächsten Zaubermenschen aufzufangen, dann kann ich auch *seine* Zauber unterbrechen. Ich fürchte nur, daß es innerhalb eines derart engen Spektrums zu Überlagerungen auf andere Gegenstände kommen könnte, die ich gar nicht ausschalten möchte. Dabei reduziere ich die Toleranzspannen schon so gut es geht.«

»Gute Arbeit, Cari«, bemerkte Keff. Er rieb sich die Hände.

»Du bist ja ziemlich fröhlich, nur weil ein Schuh abgestürzt ist«, meinte Chaumel.

»Ja, denn das könnte möglicherweise die Antwort auf die Frage nach dem Umgang mit Abweichlern sein«, erklärte Keff.

Das Aufblitzen von Gold vor dem dunklen Himmel richtete ihre Aufmerksamkeit auf den Balkon, der durch die hohen Türen zu sehen war. Nokias materialisierte ganz allein unmittelbar über Chaumels Residenz und landete auf dem nächstgelegenen Platz vor der Tür. Wie in ihrer Nachricht erbeten, war er in aller Diskretion angereist, also ohne Hofstaat. Chaumel erhob sich aus seinem Liegesessel und trat hinaus, um seinen hohen Gast in Empfang zu nehmen.

»Großer Zauberer Nokias! Dein Besuch ist eine Ehre für mein armseliges Heim. Wie freundlich von dir, dir die Mühe zu machen, es aufzusuchen. Ich wäre untröstlich, sollte meine Botschaft dir als etwas anderes erschienen sein denn eine demütige Bitte.«

Nokias' Antwort blieb unhörbar. Chaumel fuhr in derselben lauten Stimme fort, den Hexer des Südens mit Komplimenten zu überschütten. Keff und Plenna hielten sich hinter den verhangenen Türen verborgen und hörten zu. Plenna unterdrückte ein Kichern.

»Er trägt ja ziemlich dick auf, nicht wahr?« flüsterte Keff. Das Mädchen mußte sich beide Hände auf den Mund pressen, um nicht in ein Trillern der Erheiterung auszubrechen.

Unter Chaumels Lobesbombardement verbesserte sich Nokias' Laune merklich, und als er in den großen Saal trat, wirkte er recht aufgeräumt.

»Weshalb das Beharren auf Geheimhaltung, alter Freund?« fragte der Hochhexer und schlug Chaumel dabei eine seiner riesigen Pranken auf den Rücken.

»Es gibt da eine Angelegenheit, die ich nur mit dir besprechen möchte, Nokias«, erklärte Chaumel. Er gab den anderen in ihrem Versteck ein Zeichen.

Keff trat hinter dem Vorhang hervor, Plenna nach sich ziehend.

»Guten Abend, Hochhexer«, sagte er mit tiefer Verneigung. Nokias' schmales Gesicht verfinsterte sich vor Zorn.

»Was tun die denn hier?« wollte er wissen.

Chaumel ließ sich in seiner aalglatten Schmeichelei nicht aus dem Takt bringen.

»Keff hat dir eine Geschichte zu erzählen, Hochgestellter«, sagte er. »Über unsere Vorfahren.«

Carialle, die hundert Klicks entfernt im Osten allein auf der nachtverhangenen Ebene stand, überwachte das Gespräch durch Keffs akustische und visuelle Implantate. Chaumel war wirklich gut. Jeder Schachzug, jede Geste diente dazu, die Zuhörer auf seine Seite zu bringen. Sollte er Ozran jemals verlassen, würde der Diplomatische Dienst ihn jederzeit mit Kußhand nehmen.

Carialle behielt ihn im Auge, während sie gleichzeitig ihre Archive durchforstete. Ihre Aufgabe bestand darin, auf Stichworte die Bilder zu liefern, die Chaumel haben wollte. Dazu waren gewisse Erfordernisse zu erfüllen. Die Auswahl der holographischen Videos mußte ein abweisendes Publikum überzeugen. Und abweisend würde Nokias schon sein, wenn Chaumel erst am Ende seines Vortrags angekommen war.

»Du bist sicherlich neugierig darauf zu erfahren, weshalb ich dich hierhergebeten habe, nachdem wir doch den ganzen gestrigen Tag und den ganzen Morgen zusammen verbracht haben, Hochhexer«, sagte Chaumel jovial, »aber inzwischen ist etwas Wichtiges zutage getreten, und da wollte ich dich als ersten um Hilfe bitten.«

»Mich?« fragte Nokias, sichtlich geschmeichelt. »Aber was ist denn los?«

»Ach, ja«, machte Chaumel und sprach in die leere Luft hinaus: »Carialle, wenn ich bitten darf?«

»Carialle?« fragte Nokias und musterte erst Plennafrey, dann Keff. »Hat er zwei Namen?«

»Nein, Edler. Aber Keff kommt von dort, wo unsere Vorfahren herkamen, und in seinem silbernen Turm befindet sich noch eine weitere Person. Sie kann zwar nicht herkommen, um dich kennenzulernen, aber dafür besitzt sie viele Talente.«

Das war das erste Signal. Mit Hilfe von Videoeffekten, die Carialle einem 3-D-Programm entnommen hatte, das sie und Keff sich einmal im Raumhafen angesehen hatten, ließ sie das Bild vom Holotisch in einer komplizierten Spirale aufsteigen und sich immer mehr ausbreiten, bis sie schließlich den Globus des derzeitigen Ozran wiedergab.

Nokias war beeindruckt von Keffs ›Magie‹, und so gewährte er ihm einen respektvollen Blick, bevor er das Bild zu studieren begann. Chaumel verwickelte ihn in ein Gespräch über Ackerbautechniken der Gegenwart.

Beim nächsten Stichwort führte Carialle das Bild Ozrans ein, wie es in ferner Vergangenheit gewesen war.

»Wenn man dem Ackerbau und der Bodenerhaltung größere Aufmerksamkeit widmen würde ...«, setzte Chaumels geschmeidige Stimme gerade nach.

Vielleicht könnte eine kleine Videodarstellung mit einer Großaufnahme der von den Vierfingern geleiteten Ackerbaubetriebe jetzt ganz nützlich sein, überlegte Carialle. Schade, daß die durch Keffs Kontaktknopf aufgenommenen Bilder nur zweidimensional waren; doch sie konnte immerhin eine Pseudo-Holo aus den Bildern seiner Augenimplantate hervorzaubern. So nahm sie sich das Bild der Hundemenschenkommune vor und vergrößerte Ausschnitte von den Sechsfüßlern, wie sie gerade eine Tuchladung kleiner Wurzeln zogen.

»Höhere Erträge ... Wassernutzung ... einheimische Vegetation ... Handelsvorteile ...«

Auf seinem Ehrensitz spannte Nokias sich etwas an. Chaumels Ausführungen zum Thema größere Handelsvorteile zwischen den Regionen traf bei dem Zaubermann aus dem Süden einen Nerv.

»Meine Leute bewirtschaften die tropische Zone«, bemerkte Nokias mit einem Nicken in Richtung Plennafrey, die ihren älteren Kollegen aufmerksam beobachtete. »Wir ernten eine Menge Frischobst.« Chaumel reagierte mit höflichem Interesse, als vernähme er diese Tatsache zum erstenmal. »Wenn das Klima wärmer und feuchter wäre, könnte ich mir vorstellen, daß meine Obsthaine größere Erträge hervorbrächten. Das interessiert mich durchaus, Freund Chaumel.«

»Ich fühle mich zutiefst geehrt«, sagte der Zaubermann geschmeidig mit einer angedeuteten Verneigung. »Wie du siehst, ist eine Verschlechterung eingetreten.«

Während sie das Holo weiterlaufen ließ, ging Carialle die Datenbank durch und suchte nach spezifischen Bildern zum Thema Ernteerträge. Mit einiger Erheiterung entdeckte sie dabei die Videoaufzeichnung ihres Servos auf seiner Suche nach der Sumpfblume. Kugelfrösche prallten gegeneinander bei dem Versuch, vor dem kleinen Roboter zu fliehen. Empört deuteten sie auf den Servo, als machten sie ihm Vorhaltungen, weil er sie erschreckt hatte.

»Hilf uns, Ozran zu retten«, sagte Chaumel gerade und verwendete dabei sowohl Geste als auch Wort, um sein Anliegen zu unterstreichen. »Hilf uns, der Vernichtung unserer Welt von eigener Hand Einhalt zu gebieten.«

»Hilfe«, wiederholte Carialle bei sich und übersetzte Chaumels Zeichensprache dabei.

»Es wäre auch gut, den Arbeitern keine Vergessensdrogen mehr zu verabreichen, damit sie klug genug werden, uns dabei zu helfen, unsere Welt zu retten«, meldete sich Plennafrey zaghaft zu Wort.

»Da bin ich mir alles andere als sicher«, wandte Nokias ein.

»Aber denk doch mal darüber nach«, bat Plenna. »Sie sind Teil unseres Volks. Wenn wir weniger Kraft verbrauchen, brauchen wir mehr Hilfe von ihnen. Dazu müßte man ihnen nur die Fähigkeit verleihen, mehr Verantwortung für ihre Aufgabe zu tragen. Hilf uns«, sagte sie und machte dabei dieselbe Geste.

Carialle spielte die Videoaufzeichnung von der ersten Landung ab, darunter auch die der Begegnung mit den Alten. Nokias war zutiefst beeindruckt.

»Das beweist, wie wir schon sagten, daß die Arbeiter von derselben Herkunft sind wie wir. Es gibt zwischen uns keinen Unterschied«, schloß Chaumel.

»Ich werde darüber nachdenken«, sagte Nokias schließlich.

»Hilfe«, sagte Carialle erneut. »Wo habe ich diese Geste nur schon einmal gesehen?« Sie ging noch einmal ihr Gedächtnis durch. Hm, Potria hatte sie beim ersten Kampf um Keff und das Schiff benutzt; aber Carialle war sich sicher, daß es noch nicht so lange her gewesen war – Moment mal, die Frösche!

Sie spielte noch einmal das Video des Servoroboters ab und kehrte den Datenfluß bis zu jenem Moment zurück, da der Roboter die Sumpfwesen erschreckte. Die Frösche reagierten nicht etwa aus tierhafter Angst!

»Sie haben zu uns gesprochen!« sagte Carialle. Sie speiste das Bild in das IÜP ein. Die Zeichensprache paßte genau.

Fasziniert führte Carialle eine Analyse sämtlicher Aufzeichnungen von den Amphibioiden durch, die ihr zur Verfügung standen, und gelangte zu einem überraschenden Entschluß.

»Keff«, funkte sie an Keffs Implantat. »Keff, die Kugelfrösche!«

»Was ist mit ihnen?« fragte er subvokal. »Ich versuche gerade, mich auf Nokias zu konzentrieren.«

»Diese Kugelpanzer sind eigens fabriziert worden.«

»Na klar. Eine natürliche Anpassung, die das Überleben sichern soll.«

»Nein, sie sind künstlich. Aus Plastik. Nicht aus Schleim und Tümpelschlamm. *Plastik,* habe ich gesagt. Und die Frösche sprechen die Zeichensprache. Ich glaube, wir haben unsere ebenbürtige, raumfahrende Rasse entdeckt, Keff. Das sind die Ahnen.«

»Ach, komm schon!« sagte Keff laut. Nokias und Chaumel drehten sich befremdet zu ihm um. Er lächelte verlegen. »Komm schon, Hochhexer. Wir möchten, daß du wohlhabend wirst.«

»Danke, Keff«, erwiderte Nokias ein wenig verwundert. Chaumel warf Keff einen mißbilligenden Blick zu; dann lenkte er die Aufmerksamkeit seines Gastes wieder auf sich und fuhr mit seiner sorgfältig vorbereiteten Rede fort.

Carialles Stimme ertönte weiterhin leise in Keffs Ohr. »Man kann die Frösche sehr leicht unterschätzen. Auch wir selbst sind ja völlig gedankenlos an ihnen vorbeigegangen. Deshalb sind die Alten in die Berge gezogen – um die gestohlene Technologie dem Zugriff ihrer rechtmäßigen Eigentümer zu entziehen, die ihnen nicht dorthin folgen konnten. Als die Menschen kamen, wußten sie nichts von den Fröschen, und so haben sie das Energiesystem übernommen, ohne zu ahnen, daß es anderen gehört. Sie hielten die Kugelfrösche für gewöhnliche Tiere. Das würde auch erklären, weshalb die sich so sehr für alle Arten von Energiestößen interessieren.«

»Ich glaube, da könntest du einer großen Sache auf der Spur sein, meine Herzensdame«, antwortete Keff. »Aber laß es uns im Augenblick für uns behalten. Wir verlangen schon genug Entgegenkommen, und die Sache ist ziemlich heikel. Deine Hypothese können wir später noch überprüfen.«

»Es ist *keine* Hypothese«, erwiderte Carialle. Doch sie zügelte ihre überschäumende Freude und machte sich wieder an ihre Aufgabe als Audio-Video-Vorführerin des Abends.

»Also gut«, entschied Nokias viele Stunden später. »Ich sehe ein, daß unsere Welt sterben wird, falls wir keine Kraft einsparen. Ich bin sogar bereit, über ein größeres Selbstbestimmungsrecht zum Zwecke der Übernahme größerer Selbstverantwortung meiner Arbeiter zu sprechen. Aber ich werde meine Kraftgegenstände nur dann niederlegen, wenn alle anderen dasselbe tun. Du wirst ja wohl kaum von mir erwarten, daß ich mich irgendwelchen umherstreunenden Kraftbolzen mißmutiger ... äh ... Freunde aussetze.«

»Hochhexer, da stimme ich dir von ganzem Herzen zu«, erwiderte Chaumel und legte die Hand auf die Brust. »Mit deiner Hilfe können wir Einmütigkeit unter den Zauberern herstellen, und dann wird Ozran gedeihen.«

»Ja. Ich muß jetzt gehen«, erwiderte Nokias und erhob sich aus seinem Sessel. »Ich habe viel Stoff zum Nachdenken. Hältst du mich über deine Fortschritte auf dem laufenden?«

»Selbstverständlich, Hochhexer«, sagte Chaumel. Dann machte er sich daran, seinen Gast in die Nacht hinauszubegleiten.

Mit einem leisen Aufschrei wies Plennafrey auf die Vorhänge. Die anderen drehten sich danach um. Eine Handvoll schwebender Spähaugen flitzte aus dem Fenster und verschwand in der Nacht.

»Wem gehörten die?« wollte Chaumel wissen.

»Es war zu dunkel, um das festzustellen«, meldete Plenna.

»Ich gehe jetzt«, entschied Nokias beunruhigt. »Diese Lauscher könnten die Feinde deiner Pläne sein, Chaumel. Ich bin nicht wild darauf, Ziel eines Attentatsversuchs zu werden.«

Begleitet von einem wachsamen Chaumel, von Keff und Plennafrey eilte der goldene Zauberer zu seinem Streitwagen hinaus. Kaum schwebte er einige wenige Meter über dem Balkon, als er auch schon davonteleportierte.

»Ich möchte euch zwar kein Unbehagen bereiten, aber Nokias hat recht, wenn er sagt, daß es eine Menge Widerstand gegen unsere Pläne geben wird«, sagte Chaumel. »Heute nacht wärt ihr hier in Sicherheit. Ich halte jeden Zugang zur Festung unter Bewachung.«

»Nein, danke«, erwiderte Keff und nahm Plennafrey bei der Hand. »In meiner eigenen Kabine fühle ich mich sicherer.«

Chaumel verneigte sich. »Wie du wünschst. Und morgen setzen wir das gute Werk fort, wie?« Trotz der Gefahr bewies er eine gewisse, vorsichtige Fröhlichkeit. »Nokias steht auf unserer Seite, Freunde. Das spüre ich. Aber es ist durchaus vernünftig von ihm, sich vor den anderen zu fürchten. Wenn irgendeiner von uns Schwäche zeigt, ist das so, als würde er die nackte Brust dem Dolch darbieten.«

KAPITEL 12

Keff stieg auf die Plattform hinter Plennafreys Sessel und legte die Hände auf die Rückenlehne, als das blaugrüne Gerät dem Himmel entgegenstieg. Er beobachtete, wie sie einen Schutzschirm wob und ihn um beide warf. Chaumel, der seine Pflicht als Gastgeber erfüllt hatte, begab sich wieder ins Gebäude. Mit einem endgültig wirkenden Knall schlossen sich die großen Türen. Keff vermutete, daß der silberne Zauberer wahrscheinlich jede noch so kleine Ritze gegen mögliche Eindringlinge versiegeln würde.

Vor ihnen war außer der unscharfen, zerklüfteten Silhouette der Bergkette nichts zu erkennen. Plennas Schwebesessel strahlte ein mattes Leuchten ab, das auf hundert Klicks von allen Richtungen aus zu sehen sein mußte. Der Gedanke an Gefahr jagte Keff ein Prickeln in die Beine, das durch die Lenden bis in die Wirbelsäule fuhr, doch zu seiner Überraschung stellte er fest, daß er sich nicht fürchtete.

Er hatte die Arme auseinandergebreitet und von der Rükkenlehne abgestemmt, so daß er nicht abrutschen und um sein Gleichgewicht fürchten mußte. Er blickte in die Tiefe. Plennafrey griff nach seinen Händen und zog sie an seine Brust, kehrte ihm das Gesicht zu, einen Kuß erheischend. Das Licht hob ihre Wangenknochen und den zarten Schnitt ihrer Kieferlade hervor. Keff meinte, noch nie im Leben etwas so Schönes gesehen zu haben.

»Ob ich dich wohl immer so aufregend finde, sobald wir in Gefahr schweben?« fragte Plennafrey schelmisch. Keff fuhr mit den Händen streichelnd ihre glatten Schultern herab, und sie erschauerte vor Freude.

»Ich hoffe nicht«, sagte er und quittierte ihr Dahinschmelzen mit einem Glucksen. »Dann wüßte ich ja nie, ob die Spannung von der Gefahr oder deiner Liebe herrührt. Und dieser Unterschied ist mir durchaus wichtig.«

Den Rest des Flugs sprachen sie kein Wort mehr. Keff lauschte mit neuentdeckter Begeisterung den Nachtvögeln und den leisen Geräuschen des im Schlaf seufzenden Ozran. Am Himmel um sie herum hing ein unsichtbares Gespinst aus Energie, doch tat es weder der Schönheit noch der Stille Abbruch.

Die Luke der Luftschleuse öffnete sich, und Plennafrey konnte ihren Schwebesessel geschmeidig in die Hauptkabine lenken. Diesmal durfte sie die Landestelle selbst bestimmen und parkte das Fahrzeug am gegenüberliegenden Schott genau neben Keffs Sportausrüstung. Keff hob Plenna vom Sessel und riß sie heftig in seine Arme. In feurigem Drängen trafen sich ihre Lippen. Plennas Hände fuhren ihm den Rücken hinauf ins Haar.

»Keff, können wir mal sprechen?« fragte Carialle in seinem Ohr.

»Jetzt nicht, Cari«, murmelte Keff. »Oder liegt ein Notfall vor?«

»Nein. Ich wollte nur mit dir darüber reden, was ich heute abend herausgefunden habe.«

»Jetzt nicht, bitte.« Keff keuchte laut, als Plenna ihm mit den Zähnen die Halssehne entlangfuhr.

Verärgert funkte Carialle ihm einem Stoß dissonanten Lärms in beide Gehörimplantate. Er zuckte leicht zusammen, weigerte sich aber, sich dadurch von Plennafrey ablenken zu lassen. Er schob die Daumen in das Leibchen der jungen Frau, streifte steife Brustwarzen und weiches, nachgiebiges Fleisch. Er beugte den Kopf darüber.

Plennafrey stöhnte leise. »Carialle wird uns doch nicht beobachten, oder?«

»Nein«, sagte Keff beruhigend. Mit dem Ellenbogen stieß er gegen den Schalter, und die Kabinenluke öffnete sich.

»Ihr Reich endet an meiner Tür. Bitte, liebste Dame, tritt ein!«

Eingeschlossen in seinem Arm, betrat Plenna auf Zehenspitzen Keffs Kabine.

»Die ist genau wie du«, sagte sie. »Sparsam, ordentlich und äußerst gutaussehend. Oh, Bücher!« Sie nahm eins von dem kleinen Regal neben seiner Koje und befingerte sanft die Seiten. »Natürlich kann ich es nicht lesen.« Mit einem betörenden Grübchen im Mundwinkel sah sie zu Keff auf. Da verfing sich ihr Blick in den Kunstwerken an den Wänden. »Die sind ja wunderschön! Geradezu gespenstisch! Wer hat sie gemalt?«

»Du stehst mitten in ihr«, erwiderte Keff grinsend. »Carialle ist eine Künstlerin.«

»Sie hat wirklich ein wunderbares Talent«, meinte Plenna mit entschiedenem Nicken, »aber du gefällst mir besser.«

Darauf wußte Keff nur eine einzige Antwort: Er küßte sie.

Nachdem sie sich geliebt hatten, stemmte Keff sich auf den Ellenbogen, um Plennafrey bewundernd zu betrachten. Ihr gelöstes Haar umgab die weißen Schultern und den Busen wie ein schwarzes Mieder.

»Du bist wunderschön«, sagte Keff und spielte mit einer verirrten Strähne. »Es wird mir das Herz zerreißen, wenn ich wieder gehen muß.«

»Aber warum sollte ich nicht mit dir zu deinem Planeten zurückkehren?« fragte Plenna und zog mit den Fingern komplizierte Muster auf seinen Unterarm.

»Weil ich achtzig Prozent meines Lebens im Weltall zubringe«, antwortete Keff. »Und wenn ich mal auf einem Planeten lande, dann nur selten in der Nähe irgendeiner Zivilisation. Normalerweise besteht meine Arbeit darin, Erstkontakt zu fremden Rassen aufzunehmen. Das ist eher fremdartig und voller Gefahr. Du machst dir keine Vorstellungen davon. Nein, mein Lebensstil würde dir bestimmt nicht behagen.«

»Aber hier bin ich doch auch nicht glücklich«, sagte Plenna in klagendem Tonfall und legte flehend die Hände zusammen. »Wenn du mich mitnimmst, würde ich meinen Machtanspruch an Brannel abtreten und so mein Versprechen halten, das ich ihm gegeben habe. Es gibt hier nichts, was mich noch halten könnte, keine Familie, keine Freunde. Ich würde gern andere Völker und Welten kennenlernen.«

»Ja, aber ...«

Sie berührte sein Gesicht, und ihre Augen suchten die seinen. »Wir passen doch zueinander, nicht wahr?«

»Ja, aber ...«

Mit einem Kuß brachte sie ihn zum Verstummen.

»Dann denk doch bitte mal darüber nach«, sagte sie und schmiegte sich in seine Arme. Keff drückte sie fest an sich, verlor sich in ihrem Duft, verlor sich in ihr.

Am frühen Morgen überprüfte Carialle gerade ihre externen Bewegungsmelder, als sie in dem Sumpfgebiet unterhalb ihres Berghangs Lebenszeichen bemerkte. Sie ließ ihre Rampe herunter und schickte die beiden Servoroboter ins rosa Licht der Morgendämmerung hinaus. Die kastenförmigen Apparaturen verschwanden durch die Schneise im Gesträuch und hinter der Felskante. Während Carialle beiläufig ein halbes Dutzend Spähaugen registrierte, die hundert Meter von ihr entfernt in der Luft schwebten, vernahm sie Scheppern und schrilles Quieken, als die Roboter ihr Ziel erreichten. Kurz darauf kehrten die Servos wieder, zwei Kugelfrösche vor sich hertreibend. Die Amphibioiden versuchten mit Zeichensprache, ihre Empörung kundzutun, mußten aber ständig im Innern ihrer Plastikkugeln weiterpaddeln, damit die Kästen sie nicht von hinten anrempelten. Mit einiger Mühe schafften die Servos ihre Opfer die Rampe hinauf. Carialle versiegelte die Luftschleuse und zog die Rampe wieder ein.

Als die Frösche in die Hauptkabine kamen, stellte Carialle Verbindung zum IÜP her, um sämtliche Zeichensprachenproben aufzurufen, die sie und Keff in den vergangenen Tagen hatten dokumentieren können.

»So, meine kleinen Freunde«, sagte sie. »Jetzt wollen wir doch mal sehen, ob eure vermeintliche Zeichensprache nur ein Zufall war oder nicht.« Sie manifestierte das Bild eines anderen Froschs auf dem Seitenmonitor in ihrer Höhe, ein Exemplar wie sie, aber von Färbung und Körperbau her doch hinreichend verschieden, um ihn als Fremden auszuweisen. »Dann plaudern wir mal ein wenig.«

Einige Stunden später öffnete sich Keffs Kabinentür, und der Muskel kam gähnend heraus, nur in seine Uniformhose gekleidet. Plenna folgte ihm, in seinen Bademantel gehüllt, und fuhr ihm dabei mit einem trägen Finger den Nacken entlang.

»Guten Morgen, ihr Jungverliebten«, sagte Carialle fröhlich. »Wir haben Gäste.«

Rote Lichter jagten einander an den Wänden und formten einen Pfeil, der auf zwei Kugelfrösche zeigte, die ganz in der Nähe der Ecke der Luftschleuse lagen. Keff riß erstaunt die Augen auf.

»Wie sind die denn durch Plennas Abwehr gekommen? Sie hat mir gesagt, daß sie das ganze Gebiet abgeschirmt hat. Jeder Eindringling hätte sofort Alarm auslösen müssen.«

»Wir sind nur gegen Magie geschützt«, warf Plenna ein und musterte die Sumpfwesen angewidert. »Nichts gegen Ungeziefer.«

»Sie sind kein Ungeziefer, und außerdem wissen sie auch, daß du sie nicht magst«, versetzte Carialle empört. »Wir haben soeben Komplimente ausgetauscht.«

Auf ihrem Hauptmonitor zeigte sie ein vergrößertes Bild der beiden kleinen Kreaturen, wie sie den fremdartigen Frosch an der Wand anstarrten.

»Das ist mein computergenerierter Gehilfe«, erklärte Carialle. »Und nun schaut zu.« Das Abbild machte eine Geste, auf welche die einheimischen Kreaturen mit ähnlicher Bewegung antworteten. Mit zunehmender Komplexität und Anzahl der Zeichen wurden die Frösche immer erregter und prallten dabei gegeneinander, eifrig bemüht, ihrem imaginären Gastgeber zu antworten.

Keff beobachtete den Datenstrom und warf dabei gelegentlich einen Blick auf die Frösche.

»Was Affen seh'n, das Affen tun«, meinte er schließlich kopfschüttelnd. »Sie haben die Ozraner beobachtet, wie sie Zeichen gaben, und sie kopiert. Diese kleine Vorführung ist ohne Bedeutung.«

»Ich erinnere an die Flatulenten«, konterte Carialle. Keff schnitt eine Grimasse. »Keff, ich habe auch kein subjektives Urteil gefällt, was die Frequenzen und die Bedeutung dieser Symbole betrifft. Du brauchst nur das Funktionsprotokoll des IÜP zu überprüfen. Geh mal die Vokabelliste durch.«

Als Keff schließlich den Blick von dem kleinen Textmonitor hob, leuchteten seine Augen.

»Wer hätte das gedacht?« sagte er. »Cari, dein Scharfsinn und deine Beobachtungsgabe – sie leben dreimal hoch!«

Plennafrey hatte sorgfältig der IÜP-Übersetzung von Cariallaes und Keffs Gespräch gelauscht. Nun deutete sie auf die Frösche.

»Willst du etwa behaupten, daß die sprechen können?« fragte sie.

»Mehr als das«, erwiderte Keff. »Möglicherweise sind sie die Gründer eurer Zivilisation.« Plennas Kieferlade klappte herunter, und sie starrte die beiden Amphibioiden an. »Darf ich mal deine Gürtelschnalle ausleihen?«

Der Gürtel kam aus Keffs Kabine gesaust und klatschte in Plennas Hand. Sie wollte ihn gerade Keff reichen, da zog sie ihn wieder zurück. »Wofür?« fragte sie.

»Um festzustellen, ob sie damit umgehen können. Äh, nimm die Schnalle doch bitte vom Gürtel ab. Sie ist zu schwer für sie.« Willig löste Plenna die Schnalle und reichte sie Keff.

Mit größter Langsamkeit ging Keff auf die Frösche zu. Sie warteten teilnahmslos in ihren Kugeln, traten gelegentlich

Wasser, um ihre Stellung zu halten, und beobachteten ihn mit ihren schwarzen Knopfaugen. Keff kauerte nieder und streckte ihnen die Schnalle entgegen.

Mit einem bestürzten Ausdruck in seinem spitzen Gesicht, starrte ihm der größere der beiden Frösche in die Augen. Sofort öffnete sich die Schale, teilte sich in zwei Hälften, wobei sie den Kabinenboden mit Wasser bespritzte, und der Frosch griff nach dem Kraftgegenstand. Sein dürres Handgelenk endete in einer langen, feingliedrigen Hand, die in gespreiztem Zustand ebenso groß wie Plennafreys war. Die Kuppen der Finger glitten in die fünf Mulden. Ein beinahe hörbares *Klick* ...

»Jetzt hat es Verbindung zum Kern von Ozran«, sagte Plennafrey leise.

Das Wasser, das sich aus der Plastikschale ergossen hatte, sammelte sich erneut um den Körper des Froschs, als würde die Schale es dort festhalten. Solcherart geschützt, erhob sich der Amphibioide auf überraschend langen, dünnen Beinen und schritt die Kabine ab. Sein kleines Gesicht war quicklebendig vor Staunen. Keff führte das Wesen zum Astrogationstank, auf dem die Position von Ozran und seiner Sonne zu sehen war. Der Frosch blickte verständnisvoll in die dreidimensionale Sternenkarte hinein und studierte die umgebenden Instrumentenpaneele und Tastaturen. Dann kehrte er zu Keff zurück.

»Hilf uns«, signalisierte er ihm.

»Du hast gewonnen, Herzensdame Carialle. Plenna, darf ich vorstellen: eure Ahnen«, sagte Keff und wandte sich mit einem Kratzfuß an Plennafrey. »Sie waren die ganze Zeit unter euch.« Die junge Zauberfrau schluckte.

»Ich ...« Sie schien Schwierigkeiten zu haben, die Worte hervorzupressen. »Ich glaube nicht, daß ich Respekt für *Frösche* hegen könnte.«

Chaumel reagierte ein wenig gelassener, als er mit den Tatsachen konfrontiert wurde. »Ich weigere mich, überrascht zu sein«, bemerkte er kopfschüttelnd. »Im Laufe von ein, zwei Tagen hat sich mein ganzes Leben auf den Kopf gestellt. Die Fellgesichter stellten sich als unsere lange verschollenen Brüder heraus, und wir haben jede Menge Vettern unter den Sternen, die bereit sind, uns aufzusuchen. Einige von ihnen leben in Kästen. Warum sollten wir da nicht auch noch die Entdeckung machen, daß die Ahnen die ganze Zeit vor unserer Nase ausgerechnet in den Sümpfen gehaust haben?«

»Versuch mal, mit einem von ihnen zu sprechen«, bedrängte ihn Keff. Zweifelnd musterte Chaumel die drei Kugelfrösche, die Keff und Plenna in seine Festung mitgebracht hatten. Die Tiere rollten gerade durch den großen Saal und gaben sich vor jedem Artefakt oder Möbel heftige Handzeichen.

»Na ja ...«, meinte Chaumel verlegen.

»Mach schon«, sagte Keff. Mit ein paar winkenden Gesten erregte Keff die Aufmerksamkeit der Frösche und signalisierte ihnen, zu ihm zurückzukommen. Der ›Hofstaat‹ überschlug sich zwar gelegentlich auf dem spiegelglatten Boden, aber der größere der Frösche hatte seine Kugel erstaunlich gut im Griff.

Nach seinen anfänglichen Kommunikationsversuchen hatte Keff Carialles Exemplare mit der Aufforderung fortgeschickt, einen ihrer Anführer zu ihm zu senden. Eine Stunde später war ein größerer Frosch mit gelben Altersflekken, die auf ein äußerst langes Leben hinwiesen, in einer zerbeulten Schale die Rampe hinaufgerollt. Zwei kleinere, jüngere Frösche, seine Wächter oder Diener, waren ihm dicht gefolgt. Der erste Amphibioide war sofort zu Plenna hinübergerollt und hatte nach ihrer Gürtelschnalle verlangt. Wegen seines herrischen Gebarens und seiner Körpergröße hatten Keff und Carialle ihn den Froschprinz getauft. Aus den beiden Symbolen, mit denen er seinen Namen ange geben hatte, war Keff zu dem Schluß gelangt, daß er ›Hohe Augenbraue‹ oder so ähnlich genannt wurde.

»Ich bin sicher, daß es durch die Übersetzung etwas verliert«, erklärte er.

Chaumel kniete nieder und machte ein paar höfliche Begrüßungszeichen. Er war sich erst unsicher, entwickelte aber zunehmende Begeisterung, als seine Höflichkeitsgesten nicht nur erwidert, sondern aufgegriffen und sogar weitergeführt wurden.

»Das sind keine abgerichteten Kreaturen«, sagte er entzückt. »Dieses Wesen versteht mich wirklich!«

»Gerade hat Augenbraue dasselbe über dich gesagt«, bemerkte Keff erheitert.

»Es besitzt Füße. Wozu dienen die Kugeln?«

»Ozran hatte früher eine sehr viel höhere Luftfeuchtigkeit«, erklärte Keff. »Die Frösche haben eine sehr empfindliche Haut. Die Schalen schützen sie vor der trockenen Luft.«

»Wir dürfen den anderen Zauberern auf keinen Fall von ihnen erzählen, bevor wir nicht den ›Waffenstillstand‹ unter Dach und Fach gebracht haben«, teilte Chaumel ihm ernst mit. »Nokias bedauert bereits, daß er seine Mitarbeit zugesagt hat. Er hegt den Verdacht, daß Ferngal letzte Nacht diese Spähaugen vorbeigeschickt hat, und ich sehe keinen Grund, daran zu zweifeln. Wenn wir denen jetzt noch sprechende Tiere vorsetzen, die Schalenblasen brauchen, um existieren zu können, erklären sie uns allesamt für verrückt, und dann ist es aus mit dem ganzen Einvernehmen.«

Weder Keff noch Carialle, die dem Gespräch durch die Implantatkontakte lauschte, konnten etwas dagegen einwenden.

»Es ist viel zu wichtig, sie dazu zu bringen, keine Kraft mehr zu verbrauchen«, sagte Keff. »Es widerspricht zwar allen meinen Instinkten, aber es kann der Sache der Frösche nur nützen, wenn wir nicht versuchen, den Zauberern allzuviel Unmögliches auf einmal zuzumuten.«

In den folgenden Wochen reisten der Muskel und die beiden Zauberleute zu den Festungen aller anderen Zauberer, um sie dafür zu gewinnen, im Interesse des ökologischen Überlebens an einem Strang zu ziehen.

Keff brachte das Wenige, das ihm noch an Freizeit blieb, an den Abenden mit Plennafrey und am Morgen mit den Fröschen zu. Er mußte eine völlig neue Sprache erlernen, doch noch nie im Leben war er so glücklich gewesen. Seine linguistischen Fertigkeiten erlebten eine gründliche, handfeste Herausforderung. Carialles Datenspeicher begannen sich mit Holos von Gesten unterschiedlichster Bedeutungen und Assoziationsinhalte zu füllen.

Da die Zauberer schon immer Zeichen als Mittel heiliger oder magischer Mitteilung verwendet hatten, mußte Keff mit den Fröschen wieder ganz von vorn anfangen. Die Zauberer hatten nur eine kleine Anzahl von Gesten verwendet, die sie den Alten im Alltagsleben abgeschaut hatten, was Keff nur ein sehr begrenztes Ausdrucksvokabular bescherte. Chaumel kannte nur ein paar hundert Zeichen, Plenna einige Dutzend. Auf dieser Grundlage tastete Keff sich an eine wissenschaftliche Beschreibung und Bestimmung dieser Sprache heran.

Die mathematischen Prinzipien waren leicht zu ermitteln. Diese Frösche, mit denen er zu tun hatte, waren die fünfhundertste Generation, seit diese Welt von Lebensformen besiedelt worden war. Das bestätigte Keff in dem Verdacht, daß keine der drei vorherrschenden Lebensformen des heutigen Ozran dort entstanden war.

Das Wissen um ihre Vergangenheit war durch Auswendiglernen von einer Generation auf die nächste übermittelt worden. Die Frösche hatten die lebenserhaltenden Blasen mit Hilfe des einzigen Kraftgegenstands angefertigt, der ihnen noch geblieben war. Alle anderen Geräte hatten die Flachen – womit sie, wie Keff erkannte, die Alten bezeichneten – erst von ihnen ausgeliehen und dann gestohlen.

Das IÜP arbeitete zur Abwechslung einmal so, wie Keff es sich immer erhofft hatte. Ein optisches Aufnahmegerä speiste die Froschgesten in den Computer ein, und die Stimme des Programms wiederholte die Bedeutung in Keffs Implantat sowie, für die anderen, über einen kleinen Lautsprecher. Keff erarbeitete einen einfachen Körpersprachcode, mit dem das IÜP seine laut gesprochenen Antworten übertrug. Zwar war es sehr zeitraubend, einen Satz nach dem Aussprechen erst einmal gestisch darstellen zu müssen, doch es dauerte nicht lange, bis er immer mehr von dieser körperlichen Sprache aufgenommen hatte und sich unmittelbar darin ausdrücken konnte.

Es überraschte ihn allerdings, daß nur so wenige Frösche dazu bereit waren, sich mit den Ozranern zusammenzutun und dabei zu helfen, die Sprachbarriere zu überwinden. Der Froschprinz versicherte ihm, daß es nichts Persönliches sei, sondern eine reine Frage der Sicherheit. Nach so vielen Jahren der Mißachtung fiel es ihnen schwer, Vertretern der Großen Leute Vertrauen entgegenzubringen. Keff konnte das sehr gut nachempfinden. Er achtete äußerst sorgfältig darauf, bei seinen zahlreichen Reisen auf die Festung der Zauberer die Frösche mit keinem einzigen Wort zu erwähnen.

Am Ende einer weiteren staubigen Wurzelreihe auf den Knien hockend, beobachtete Brannel, wie Keff und Plennafrey in das silberne Schiff zurückkehrten. Während er so lange am unteren Teil einer verwelkten Pflanze herumschabte, wie er es wagen durfte, wartete er darauf, daß Keff Carialles Versprechen einlösen und kommen würde, um ihn zu holen. Es kam ihm seltsam vor, daß sie ihn nicht sehen konnten; aber vielleicht hatten sie ja nicht in seine Richtung geblickt, als er aufgestanden war. Er wußte, daß er nur zur Tür hinübergehen mußte, um Einlaß zu erhalten. Doch wollte er es lieber nicht tun, bis er dazu aufgefordert wurde, da sie kein Interesse daran zu haben schienen, ihn dazu einzuladen. Während Brannel die Frage abwog, ob er nun warten sollte oder lieber nicht, schob er seinen Sammelkorb in die nächste Reihe und machte sich daran, den lehmdicken Boden nach weiterem holzigen Gemüse zu durchgraben.

Ein betäubender Schlag seitlich an seinen Kopf vertrieb ihm diesen Gedanken. Verblüfft stürzte Brannel zu Boden. Alteis stand vor ihm, mit einem Wurzelklumpen aus seinem Korb wedelnd und überall Erdkrümel verstreuend. Einiges davon war auf Brannels Kopf gelandet. Neben dem alten Anführer stand eine Frau mit hellbraunem Fell und funkelte ihn böse an.

»Du bist in der falschen Reihe, Brannel!« rief Alteis. »Das hier ist Gonnas Reihe. Du mußt dorthin.« Er deutete nach rechts und wartete, bis Brannel seine Sachen aufgenommen hatte und sich in Bewegung setzte.

»Du bist in Gedanken im Gebirge?« fragte Fralim kichernd über den Acker. Die wenigen Spuren eines Langzeitgedächtnisses, die sich bei den anderen zeigten, stammten von Überlieferungen und Wiederholungen, und sie hatten Brannels Eigenheiten, Schrulligkeiten und Ambitionen beobachtet, als er noch ein Kind gewesen war. Bis auf seine Mutter verachteten alle die Ambitionen des jungen Mannes. »Wir haben gesehen, wie der Zauberer Keff und die Zauberin Plennafrey in den Turm geflogen sind. Hast du vor, bei den Zauberern einzuziehen?« Er gackerte.

Ein weiterer Arbeiter stimmte mal wieder mit demselben alten Witz ein, den er schon die letzten zwanzig Jahre vorzubringen pflegte. »Wirste dir vielleicht das Gesicht rasieren und dich selbst Zauberer nennen, Brannel?«

Brannel war pikiert. »Wenn ich das tun sollte, werde ich dir zeigen, über welche Macht die Herrscher verfügen, Mogag«, sagte er grollend. Alteis kam herbei und verpaßte Brannel noch eine Ohrfeige.

»An die Arbeit!« sagte der Anführer. »Die Wurzeln ziehen sich nicht von selbst aus dem Boden.«

Die anderen johlten. Brannel arbeitete allein vor sich hin, bis die Sonne nur noch eine Fingerspitze breit über der Berglinie am Rande des Tals stand. Jetzt mußte bald das Essen eintreffen; dann würe er sich davonstehlen können. Vielleicht könnte er ja sogar *jetzt* schon verschwinden, falls gerade niemand hinsah.

Es war sein Pech, daß Alteis und dessen kräftiger Sohn fast unmittelbar hinter ihm standen. Fralim riß Brannel am Kragen und Hosenboden seiner Bekleidung vom Ackerrand und schleuderte ihn mit dem Gesicht nach unten in seine nur zur Hälfte bearbeitete Reihe zurück.

»Halt dich von diesem Turm fern«, befahl Alteis. »Du hast Verpflichtungen deinem eigenen Volk gegenüber.«

Die Augenblicke krochen vorbei wie Jahre. Kochend vor Zorn, beendete Brannel sein Tagewerk mit heftigem Murren. Sobald die Zauberin ihr ihm gegebenes Versprechen erfüllt hatte, würde er niemals wieder an diesen Ort voller dummer Leute zurückkehren. Er würde den ganzen Tag lernen und studieren und große Werke der Magie vollbringen, genau wie die Vorfahren und die Alten.

Am Ende des Tages löste Brannel sich ein Stück von der Menge, die auf das frisch materialisierte Essen zueilte. Solange Alteis mit etwas anderem beschäftigt war, behielt niemand den unzufriedenen Arbeiter im Auge. So stahl sich Brannel durch die langen Schatten auf dem Acker davon und eilte zum Schiff.

Als er die hohe Tür erreichte, glitt diese gerade hoch, um die Zauberin Plennafrey und Keff auf ihrem Schwebesessel hinauszulassen.

»Ach, Brannel!« sagte der Zauberer Keff überrascht. »Freut mich, daß du gekommen bist. Tut mir leid, aber wir haben es gerade eilig. Carialle wird sich schon um dich kümmern, in Ordnung?« Bevor Brannel ihm mitteilen konnte, daß aber auch gar nichts ›in Ordnung‹ sei, beförderte der Sessel sie bereits davon. »Bis später!« rief Keff.

Brannel sah sie an den Himmel steigen; dann machte er sich auf den Weg ins Innere des Turms.

Dort war die Zauberin Carialle gerade mit einem Dreigespann von Sumpfwesen beschäftigt.

»Ach, Brannel«, sagte sie in unbewußter Wiederholung Keffs. »Willkommen. Hast du schon etwas gegessen?« Er hatte noch nicht aufgehört, den Kopf zu schütteln, als auch schon eine dampfende Mahlzeit in der kleinen Öffnung erschien. »Ich habe dir einen Blick auf die Bandaufzeichnungen versprochen. Nimmst du vielleicht mal in dem großen Sessel Platz? Ich muß zwar gleichzeitig noch etwas anderes erledigen, aber ich kann ja viele Dinge auf einmal tun.«

Keffs großer Sessel drehte sich ihm zu, und so folgte Brannel dieser unverblümten Einladung. Er trat vor, und es war ihm nur ein kleines bißchen mulmig zumute, sich ohne jedes andere Lebewesen allein in dem großen silbernen Zylinder aufzuhalten. Sumpfwesen zählen ja nicht, dachte er, als er sein Abendessen verzehrte, und was Carialle genau war, dessen war er sich nicht sicher.

Obwohl sie selbst nichts zu essen schien, hatte Carialle in Anbetracht seines Appetits gleich eine doppelt so große Mahlzeit für Brannel bereitgestellt wie jene, die er beim letztenmal verzehrt hatte. Jeder Gang war mehr als reichlich und höchst schmackhaft. Mit jedem Bissen behagte Brannel der Gedanke daran, zu den rohen Wurzeln und dem Getreide zurückkehren zu sollen, immer weniger. Als er fast fertig war, leuchtete das große Bild vor ihm auf, und er blickte plötzlich in das merkwürdige grüne Gesicht eines der Alten. Abrupt hörte er zu kauen auf.

»Hier ist das erste der Bänder. Es fängt dort an, wo wir letztesmal aufgehört haben«, sagte Carialles Stimme.

»Aha«, antwortete Brannel und fing sich wieder.

Es war ihm unmöglich, nicht hinzusehen, denn die ganze Sache faszinierte ihn, und Carialles Stimme versorgte ihn regelmäßig mit einer Übersetzung in seiner eigenen Sprache. Hin und wieder stellte Brannel ihr eine Frage. Diese beantwortete sie zwar, doch ohne ihm die gleiche Aufmerksamkeit zu widmen, wie sie es mit Keffs Erkundigungen zu tun pflegte. Er warf einen Blick über die Schulter und fragte sich verwundert, weshalb sie wohl ein Bild von den Sumpfwesen angefertigt hatte und was diese daran nur so interessant finden mochten.

»… und das war das letzte Band«, sagte Carialle eine Weile später. »Wie gut, daß sich ein solches Zugriffsmittel ergibt.«

»Was soll ich jetzt tun?« fragte Brannel und blickte um sich. Carialles Abbild erschien neben ihm auf der Wand. Die Dame lächelte.

»Du hast schon sehr viel für uns getan – und für Ozran, indem du uns vom Ackerbau erzählt hast«, sagte sie. »Wir können jetzt nichts anderes tun als abzuwarten und zu sehen, was die Zauberer von unserem Beweismaterial halten.«

»Ich könnte den Zauberern alles erzählen, was ich weiß«, sagte Brannel hoffnungsfroh. »Das könnte helfen, sie davon zu überzeugen, das Land besser zu bestellen.« Doch die flache Zauberin schüttelte den Kopf.

»Danke, Brannel. Jetzt noch nicht. Es ist besser, wenn du nicht in die Sache verwickelt wirst – weniger gefährlich für dich«, fügte sie hinzu. »So, im Augenblick habe ich nichts, was erledigt werden müßte. Was hältst du davon, nach Hause zu gehen und dich auszuschlafen? Ich bin sicher, daß Keff dich morgen oder übermorgen aufsuchen wird. Sobald er dir etwas wirklich Neues mitteilen kann.«

Brannel ging davon, doch Keff kam nicht.

Der Arbeiter verbrachte den nächsten und den übernächsten Tag damit, darauf zu warten, daß Keff zwischen seinen eiligen Reisen in die entlegensten Gebiete Ozrans auf dem Sessel der Zauberin kurz bei ihm vorbeikäme. Doch Keff würdigte Brannel nicht einmal eines Blickes. Trotz seines Versprechens hatte er den Arbeiter völlig vergessen. Er hatte die Freundschaft vergessen, die sich zwischen ihnen entwickelte.

Noch schlimmer aber war, daß Brannel nun den Kopf voller Informationen über die Vorfahren und die Alten hatte – doch was nützte ihm das schon? Das alles hatte nicht das geringste damit zu tun, ihn zum Zauberer auszubilden oder ihn besser zu verpflegen. Mit der Zeit wurde aus Brannels Enttäuschung lodernder Zorn. Wie konnten diese Fremden es wagen, ihm erst Hoffnungen zu machen, um ihn dann wegzuwerfen und vermodern zu lassen wie eine der verworfenen Feldwurzeln! Wie konnten sie sich erdreisten, ihm ein Versprechen zu machen, wohl wissend, daß er nie etwas vergaß, um dann so zu tun, als sei dieses Versprechen nie gegeben worden! Brannel schwor sich, niemals wieder einem Zauberer zu vertrauen.

Ferngals Festung befand sich abgeschieden auf einem hohen, zerklüfteten Berggipfel, der vom Rest des östlichen Gebirges durch auseinanderlaufende Flußarme abgetrennt war. Das obsidiandunkle Gestein seines Gemäuers hatte wenig von der aufgeschlossenen Gastfreundlichkeit, die Chaumels Heim vermittelte. In dem dunklen Saal mit der vergleichsweise niedrigen Decke beschlich Keff das unbehagliche Gefühl, daß die Wände sich immer mehr zusammenzogen. Die braunbekleidete Lacia und ein weiterer Zauberer in einem gelben Mantel saßen gerade bei Ferngal, als Chaumel seinen inzwischen sehr vertrauten Vortrag über die Bewahrung und Wiederherstellung des natürlichen Gleichgewichts von Ozran hielt.

In seinen hellen Gewändern wirkte Chaumel wie eine lebendige Gasflamme, wie er so hinter Carialles Illusionen schwebte. Er wandte sich nacheinander an jeden seiner Zuhörer; offensichtlich mochte er es nicht, mit mehreren Zauberern zugleich reden zu müssen. Vor ihrem Eintreffen hatte er Keff und Plenna davor gewarnt.

»In einer Gruppe ist Widerspruch immer wahrscheinlicher. Das verlangt nach sehr sorgfältiger Handhabung, und ich bin mir nicht sicher, ob ich dem gewachsen bin.«

Ein Schauer hatte Keff bei diesen Worten erfaßt. »Wenn du es nicht schaffst, stecken wir in Schwierigkeiten«, hatte er gesagt. »Aber wir *müssen* das alles beschleunigen! Die Energieausfälle treten immer häufiger auf. Ich weiß nicht, wieviel Zeit euch noch bleibt, bis alles endgültig zusammenbricht.«

»Sollte das geschehen«, teilte Chaumel seiner Zuhörerschaft mit, »werden die Zauberer in den Bergen festsitzen, und niemand wird sie mehr retten können. Dann gibt es keine Lebensmittelverteilung mehr, so daß in vielen Gebieten Hungersnöte ausbrechen werden. Wir haben die Fellgesichter von unserem System abhängig gemacht. Wir dürfen sie nicht im Stich lassen – und uns selbst ebensowenig.«

Zu Anfang der Besprechung hatte Lacia verkündet, daß ihr das ganze Konzept vom Kern Ozrans als Bestandteil einer Wissenschaft wie ein Sakrileg erscheine. Sobald der silberne Zaubermann Augenkontakt zu ihr herstellte, blickte sie ihn stirnrunzelnd an. Der Magier in den gelben Gewändern, ein älterer Mann namens Whilashen, sprach nur wenig und zwickte sich während Chaumels Vortrag mit Daumen und Zeigefinger die Unterlippe.

»Mir gefällt der Gedanke nicht, noch mehr auf die Dienerklasse setzen zu sollen«, wandte Ferngal ein. »Die sind alle geistig beschränkt.«

»Bei allem Respekt, Hochhexer«, versetzte Keff, »aber woher willst du das wissen? Chaumel hat mir erzählt, daß selbst eure Hausdiener in ihrem Essen eine geringe Dosis der Fügsamkeitsdroge verabreicht bekommen. Ich habe Untersuchungen an den Arbeitern in der Provinz des verstorbenen Zauberers Klemay angestellt und kann euch die Ergebnisse zeigen. Die Arbeiter gehören zur selben Rasse wie ihr alle, und sie besitzen auch dieselben Fähigkeiten. Sie brauchen lediglich etwas mehr Betreuung und Bildung, und natürlich müßt ihr auch die rituellen Verstümmelungen und die Schädelmutationen beenden. Dann werden schon die Kinder der nächsten Generation allesamt wieder ein menschliches Aussehen haben, möglicherweise mit Ausnahme eines gewissen Hirsutismus. Den müßte man vielleicht noch herauszüchten.«

»Unerhört!« Ferngals ohnehin schon rötliches Gesicht nahm noch mehr Farbe an.

»Ich kann gar nicht erwarten, was erst passiert, wenn wir ihm erst von dem Froschprinz erzählen«, bemerkte Carialle durch die Implantate. »Der bekommt doch glatt einen Blutsturz!«

Keff lehnte sich vor, die Hände ausgestreckt, und appellierte an den Zauberer. »Ich kann dir den wissenschaftlichen Prozeß erklären und Beweismaterial vorlegen, das du verstehen wirst.«

»Beweise, die du angefertigt hast, besagen überhaupt nichts«, konterte Ferngal. »Alles Illusion, genau wie diese Bilder.«

»Aber Nokias sagt ...«, begann Plennafrey. Chaumel versuchte, sie zum Verstummen zu bringen, doch es war schon zu spät. »Nokias ...«

Ferngal schnitt ihr sofort das Wort ab. »Du hast mit Nokias gesprochen? Du hast mit ihm geredet, bevor du zu mir gekommen bist?« Der schwarze Zaubermann blähte die Nüstern. »Hast du denn überhaupt keinen Respekt vor dem Protokoll?«

»Notias ist mein Lehnsherr«, erwiderte Plenna würdevoll. »Ich mußte so handeln. Du würdest von jedem Zauberer des Ostens das gleiche verlangen.«

»Na ja ... Das stimmt.«

»Willst du denn nicht noch einmal darüber nachdenken, was wir dir gesagt haben?« bat sie.

»Nein. Ich werde weder Kraft noch Macht aufgeben. Ihr könnt euch eure Argumente, die Bauern klüger zu machen, an eine Stelle stecken, wo kein Zaubergegenstand hinpaßt. Ihr seid ja nicht ganz bei Trost, so etwas zu verlangen! Und falls Nokias tatsächlich weich genug geworden sein sollte und einer solchen Verrücktheit zugestimmt hat, wird er das noch bedauern.« Ferngal zeigte seine Zähne in einem bösartigen Grinsen. »Dann werde ich den Süden schon bald meinem Reich eingliedern. Chaumel, *du* solltest es eigentlich besser wissen.«

»Hochhexer, manchmal obsiegt die Wahrheit sogar über den gesunden Menschenverstand.«

Abrupt verlor Ferngal jegliches Interesse an ihnen.

»Geht«, sagte er und wies mit einer trügerisch beiläufigen

Geste auf die Tür hinter sich. »Geht jetzt, bevor ich die Geduld verliere.«

»Ketzer!« kreischte Lacia.

Chaumel nahm seine ganze Würde zusammen und führte die kleine Prozession um Ferngal herum auf die Tür zu. Keff packte den Holotisch zusammen und machte lange Schritte, um die anderen einzuholen, ohne rennen zu müssen.

Ganz dicht an seinem Ohr vernahm er eine flüsternde Stimme. Nicht Carialle – die eines Mannes.

»Einige von uns besitzen noch Ehre«, wisperte die Stimme. »Sag deinem Herrn, er soll sich später mit mir in Verbindung setzen.« Erschreckt drehte Keff sich um. Whilashen nickte ihm zu, seine Augen loderten.

Trotz Chaumels Ersuchen um Diskretion sprach sich die Sache unter den anderen Zauberern herum, bevor er Gelegenheit gehabt hatte, persönlich mit ihnen zu reden. Es wurde das Gerücht verbreitet, daß Chaumel und ein unbekanntes Heer von Zauberern die anderen entmachten wollten, indem sie ihre Verbindung zum Kern von Ozran vernichteten. Chaumel verwandte sehr viel Zeit auf ›Schadensbegrenzung‹, wie Keff es nannte, indem er den Tratsch ausmerzte und den von Panik gepackten Zauberleuten versicherte, daß er keineswegs die Absicht habe, ganz Ozran an sich zu reißen.

»Niemand wird dazu *gezwungen*, alle Kraft aufzugeben«, sagte Chaumel in dem Versuch, eine wütende Zolaika zu beschwichtigen. Er saß in einem Schwebesessel zum Zeichen seines Respekts in Höhe ihrer Knie in ihrem Arbeitszimmer. Keff und Plennafrey standen einige Meter darunter auf dem Fußboden und sahen schweigend zu. »Jeder Zauberer muß in einer derart gewichtigen Angelegenheit aus freien Stücken entscheiden dürfen. Aber ich denke, Zolaika, du siehst ein – und am Ende wird das jeder tun –, daß wir doch sehr viel umsichtiger mit der Kraft umgehen müssen. In deiner großen Weisheit wirst du doch schon erkannt haben, daß die Gaben des Kerns von Ozran nicht unbegrenzt sind.«

Zolaika hielt sich bedeckt. »Gewiß, ich begreife wohl die Wahrheit in dem, was du *sagst*, Chaumel; aber bisher hast du uns noch keine Beweise geliefert! Bilder, was besagen die schon? Hübsche Illusionen wie diese stelle ich für meine Enkelkinder zur Belustigung her!«

»Wir arbeiten gerade daran, handfeste Beweise zu sammeln«, erwiderte Chaumel, »Beweise, die jeden davon überzeugen werden, daß es die Wahrheit ist, was wir über den Kern von Ozran sagen. Doch bis dahin wird es erforderlich sein, den kommenden Schlag abzupuffern, meinst du nicht auch?«

»Ich bin eine alte Frau«, fauchte Zolaika. »Ich brauche keine Worte, um ›den kommenden Schlag abzupuffern‹ – ich brauche Fakten! Ich bin weder blind noch senil. Das einzige, was mich überzeugt, sind Beweise.« Für einen kurzen Moment wurde ihr Blick weicher, und Keff meinte, ein angedeutetes Zwinkern in ihren Augen zu erkennen. »Du hast mich nie belogen, Chaumel. Du verwendest zwar immer tausend Wörter, wo ein einziges genügen würde, aber ein Lügner bist du nicht, und auch kein Phantast. Wenn du davon überzeugt bist, lasse ich mich auch überzeugen. Aber bring mir Beweise!«

Als sie von Zolaikas Balkon starteten, saß Chaumel kerzengerade in seinem Streitwagen; sein Gesichtsausdruck kündete von Selbstzufriedenheit. »Das ist sehr gut gelaufen!«

»Wirklich? Sie hat doch gar nicht gesagt, daß sie uns unterstützen wird«, wandte Keff ein.

»Aber Zolaika glaubt uns. Alle respektieren sie, selbst jene, die um ihre Stellung zaubern.« Chaumel vollführte eine abschneidende Geste, um zu zeigen, was er meinte. »Ihr Glaube an uns wird seine Wirkung zeigen. Es ist gleich, ob sie ausdrücklich sagt, daß sie uns unterstützt – das tut sie allein schon dadurch, daß sie *nicht das Gegenteil behauptet.*«

»Da spricht der Diplomat!« bemerkte Carialle. »Der macht selbst aus der schärfsten schwarzen Druckschrift auf weißem Hintergrund ein verwaschenes Aquarell. Erfolgsbericht: Von zweihundertundsiebzehn Zauberern mit jeweils mehreren Kraftgegenständen habe ich inzwischen einhundertzweiundfünfzig Frequenzen bestimmt. Ich bin jetzt theoretisch dazu in der Lage, den Energieausstoß jedes dieser Gegenstände selektiv abzufangen und zu unterbrechen.«

»Gute Arbeit. Vielleicht sind wir mal darauf angewiesen«, erwiderte Keff. »Aber ich hoffe es nicht.«

Zusammen mit Zolaika hatten sich nunmehr vier der Hochhexer prinzipiell bereiterklärt, den Verbrauch an Energie zu drosseln, um sie nicht gänzlich einzubüßen, doch einige der Begegnungen mit unbedeutenderen Zauberleuten waren nicht so erfolgreich verlaufen. Kaum hatte Chaumel die ersten Sätze vorgebracht, als Potria ihn und seine Begleiter auch schon mit einem Miniatursandsturm aus ihrem Haus vertrieb. Harvel, der nächstjüngste Zauberer nach Plenna, hatte sie bezichtigt, ihn bei ihrem Aufstieg in der sozialen Rangordnung überholen zu wollen. Als Chaumel ihm daraufhin erklärte, daß ihre überlieferte Beförderungsstruktur eine Perversion des Systems ihrer Vorfahren darstellte, hatte der dergestalt beleidigte Harvel sein Bestes gegeben, um ihnen mit einem Bombardement von Blitzen den Garaus zu machen. Carialle entschäfte seine beiden Zaubergegenstände, einen Stab und einen Ring, und ließ Harvel in seinem eigenen Saft schmoren, während die anderen sich hastig zurückzogen.

»Ich glaube, was die verbliebenen Zauberer angeht, können wir uns ruhig auf die potentiellen Quertreiber konzentrieren«, sagte Chaumel, als sie wieder über seinem Balkon materialisierten. »Von den anderen werden die meisten sich nicht einmischen wollen. Von denen benutzen ungefähr hundert ihre Zauber ohnehin gerade einmal dazu, Haushaltsgegenstände zu besorgen und zu transportieren oder um ihre Schwebesessel zu betreiben.«

»Denen wird die Kraft am meisten fehlen«, meinte Keff, »aber wenigstens sind sie nicht die profiliertesten Verbraucher.«

»Oh, das ist gut gesagt!« bemerkte Chaumel glucksend, während er sich den Ausdruck auf der Zunge zergehen ließ. »Die ›profiliertesten Verbraucher‹ haben uns den größten Teil der Arbeit machen lassen. Ich mußte ja richtig lachen, als Howet sagte, daß er durchaus einwilligen wollte, sofern wir für ihn mit seinen Bauern reden – Verni, was machst du denn hier draußen?«

Unter ihnen, an die Brüstung von Chaumels Landeplatz geklammert, war sein Hauptdiener. Kaum ging der Zaubermann in den Schrägflug über, um aufzusetzen, als Verni auch schon händeringend auf ihn zugerannt kam.

»Gebieter, der Hochhexer Nokias ist hier«, flüsterte er, als Chaumel in seinem Streitwagen aufstand. »Er ist im Antiquitätensaal. Er hat den Ein- und den Ausgang verriegelt. Ich bin schon seit Stunden hier draußen ausgesperrt.«

»Nokias?« wiederholte Chaumel und wechselte einen verwunderten Blick mit Keff und Plennafrey. »Was will der denn hier? Verriegelt, sagst du?«

»Ja, Gebieter«, bestätigte der Diener und zerknüllte dabei händeringend seine Schürze. »Keiner von uns kann hinein oder hinaus, bis er nicht die Schranke aufhebt.«

»Wie merkwürdig. Was kann denn einen Hochhexer so erschrecken?«

Chaumel schritt durch den großen Saal. Der Diener, Keff und Plennafrey eilten ihm nach; sie mußten rennen, damit die hohen Glastüren ihnen nicht beim Schließen gegen die Hacken stießen.

Vor der zweiten Tür blieb der silberne Zauberer stehen und prüfte vorsichtig die Luft. Dann trat er vor und klopfte mit dem Ende seines Stabs dagegen.

»Hochhexer!« rief er. »Ich bin es, Chaumel. Öffne die Tür! Ich habe die Außentüren verschlossen.«

Die Tür ging einen Spalt auf, gerade weit genug, um eine Person hindurchschlüpfen zu lassen. Chaumel gab den anderen ein Zeichen und glitt hinein. Keff ließ Plenna den Vortritt; dann folgte er ihr mit dem Diener. Hinter der Tür stand niemand. Als sie eingetreten waren, schnappte sie wieder zu.

Nokias saß in der Saalmitte auf dem alten Schwebesessel, die Hände in Anschlag gebracht und bereit, sein Armamulett zu aktivieren. Selbst auf diese Entfernung konnte Keff die Verspannung um die Augen des Zauberers erkennen.

»Alter Freund«, sagte Chaumel und trat mit ausgebreiteten Armen vor. Er entspannte sich ein wenig. »Wozu die Heimlichkeit?«

»Ich mußte diskret vorgehen«, erklärte Nokias. »Auf meiner Zitadelle hat es bereits einen Attentatsversuch auf mich gegeben. Da hast du aber einen ganz schön heftigen Sturm unter den anderen Zauberern gesät, Chaumel. Viele von ihnen fordern deinen Kopf. Sie sind empört über deine Drohung mit Vernichtung. Die meisten anderen glauben dir dein Datenmaterial nicht – sie wollen einfach nicht. Ich bin gekommen, um dir mitzuteilen, daß ich es nicht riskieren kann, meine Macht aufzugeben. Jetzt noch nicht.«

»Jetzt noch nicht?« wiederholte Keff. »Aber du siehst doch ein, weshalb es sein muß. Was hat sich denn verändert?«

»Sicher sehe ich das ein«, erwiderte der Hexer des Südens, »aber in meinen Bauernhöhlen braut sich gerade ein Aufstand zusammen. Ich kann jetzt nicht einfach die Waffen niederlegen, da Gewalt droht. Sonst sterben Leute dabei. Und die Ernte wird zerstört.«

»Was ist passiert?« fragte Chaumel.

Nokias ballte die großen Hände zu Fäusten. »Ich habe mit den Bewohnern von einem meiner Bauerndörfer nach dem anderen geredet. Sicher, viele von ihnen wußten nicht so recht, was ich mit meinem Versprechen der Freiheit meinte, aber immerhin habe ich dort den einen oder anderen Funken Intelligenz bemerkt. Die Schwierigkeiten begannen erst vor ein, zwei Tagen. Meine Hausdiener meldeten, daß unter der Bauernschaft Furcht und Zorn herrschten. Sie verkünden, daß sie nicht mitmachen werden. Das stachelte die anderen an. Wenn ich meine Regierungsfähigkeit einbüße, wird es zu Aufständen kommen.«

»Das ist doch nur die Angst der Leute vor dem Unbekannten«, sagte Chaumel geschmeidig. »Die sollten eigentlich froh darüber sein, was du ihnen anbietest: der erste Hochhexer seit zwanzig Generationen, der die Zustände dahingehend verändert, wie sie sein sollten!«

»Die Leute haben keine Begabung für abstraktes Denken«, berichtigte Nokias ihn streng.

»Dann werde ich hingehen und in deinem Namen mit ihnen reden, Nokias«, entschied Chaumel. »Das habe ich schon für Zolaika getan. Da ist es nur gerecht, wenn ich es auch für dich tue.«

»Ich wäre dir dankbar dafür«, meinte Nokias. »Aber ich werde nicht persönlich dabei auftreten.«

»Das brauchst du auch nicht«, versicherte ihm Chaumel. »Ich und meine Freunde hier werden uns schon darum kümmern.«

Das Bauerndorf sah genauso aus wie die anderen, die Keff zu Gesicht bekommen hatte, nur daß es sich außer den üblichen Äckern auch noch eines älteren, aber gut gepflegten Obsthains rühmen konnte. An den obersten Ästen der Bäume, die der Wohnhöhle am nächsten standen, hingen noch vereinzelte Spätfrüchte. Nokias' Bauern waren gerade damit beschäftigt, die nächste Baumreihe abzuernten.

Die Edlen Wilden musterten die drei ›Zauberleute‹ mißtrauisch, als sie eintrafen; dann wandten sie sich wieder ihrer Arbeit zu, das Gesicht abgewendet, sorgfältig darauf bedacht, keinen Augenkontakt zu ihnen herzustellen.

»Bestimmt fragen sie sich, was drei Zauberer hierherführen mag«, meinte Keff.

»Sie wagen nicht zu fragen«, sagte Plenna. »Das steht ihnen nicht zu.«

Chaumel blickte zu der über dem Horizont schwebenden Sonne. »Es ist schon bald Abend.«

Er warf die Hände über den Kopf, und schon füllte sich die Luft um ihn herum mit blauen und roten Lichtern. Wie die Irrwische stoben die Funken auseinander, umgaben die Bauern und umtänzelten sie, um sie dazu zu bewegen, von den Bäumen herabzusteigen; dann trieben sie die Dorfbewohner zu den drei am Höhleneingang Wartenden hinüber. Keff, der links von Chaumel stand, beobachtete alles mit der gebührenden Bewunderung, wie sie einem herausragenden Showman zukam. Plennafrey stand stolz und stumm zu Chaumels Rechten.

»Liebe Freunde!« rief Chaumel den Bauern zu, als das ganze Dorf sich versammelt hatte. »Ich habe von eurem Gebieter Nokias Neuigkeiten für euch!«

In gemächlichen, majestätischen Sätzen schilderte Chaumel ihnen die bevorstehenden Ereignisse, da die Arbeiter über größere Fähigkeiten verfügen würden, um zu denken und zu handeln. »Ihr steht vor einer Entwicklung, wie sie für eure Eltern und Großeltern unvorstellbar gewesen ist. Ihr Arbeiter werdet größere Möglichkeiten haben als alle anderen, seit die Vorfahren nach Ozran kamen.«

»Oh, oh«, sagte Carialle zu Keff. »Irgend jemand da draußen ist aber alles andere als glücklich, euch zu sehen. Irgend jemand in der Menge weist stark erhöhten Blutdruck und Pulsschlag auf. Laß mal den Blick schweifen, dann versuche ich die Person zu lokalisieren.«

Ohne genau zu wissen, wonach er eigentlich suchte, musterte Keff langsam die Menge. Wie immer standen die Kinder in Gegenwart der mächtigen Gebieter mit aufgesperrten Mündern da. Die meisten Erwachsenen wagten es immer noch nicht, Chaumel anzublicken. Nur die jüngeren sahen verstohlen zu ihm auf; vereinzelt starrten sie die ›Zauberer‹ auch unverhohlen an, wie Brannel es getan hatte.

»... Nokias hat mich, Chaumel den Silbernen, gesandt,

um euch zu verkünden, daß euch größere Freiheit gewährt sein soll, als ihr sie je in eurem Leben hattet!« erklärte Chaumel und ließ die Ärmel um seinen Kopf schweifen. »Wir, die Zauberer, werden fortan ein offeneres Ohr für euch haben, was Fragen der Schulbildung und Eigenverantwortung betrifft. Dafür müßt ihr weiterhin dem Zaubervolk gegenüber eure Pflichten wahrnehmen, da eure Arbeit ganz Ozran dient. Dies ist die letzte Ernte dieser Jahreszeit. Es ist lebenswichtig, sie einzubringen, damit ihr im Winter nicht hungern müßt. Im Frühjahr gibt es eine neue Weltordnung, und die dann eintretenden Veränderungen dienen nur zu eurem Vorteil. Begrüßt sie! Freut euch!«

Chaumel wedelte mit den Armen, und die Illusion einer Schar kleiner Blaumeisen flatterte hinter ihm empor. Das Publikum gaffte.

»Nein! Das ist eine Lüge!« Eine tiefe Männerstimme hallte über das Flachland. Als alle sich nach rechts und links zur Seite drehten, um den Sprechenden auszumachen, flog ein Stein über die Köpfe der Menge auf Plenna zu.

Mit blitzschnellen Gesten schützte die Zauberfrau sich. Der Stein traf gegen einen unsichtbaren Schutzschirm und fiel mit dumpfen Aufprall zu Boden. Keff sah, wie die Farbe aus Plennafreys entsetztem Gesicht wich. Nur mit großer Mühe beherrschte sie sich, um nicht in Tränen auszubrechen. Keff schob sich vor die beiden Zauberleute und blickte die Dorfbewohner finster an. Einige von ihnen waren vor Entsetzen zurückgewichen. Sie fragten sich, was ihnen wohl bevorstehen mochte, jetzt, da sich in ihrer Mitte ein Attentäter befand. Der Steinwerfer stand weit hinten und starrte mit geballten Fäusten zornig herüber. Keff stürzte sich in die Menge und jagte auf ihn zu.

Der Bauer konnte gegen den gestählten Raumfahrer nichts ausrichten. Kaum hatte der verschreckte Landarbeiter sich abgewandt und die ersten paar Schritte getan, als Keff schon gegen ihn prallte. Mit einem einzigen Hieb streckte er den Mann zu Boden. Der Arbeiter wehrte sich und schrie, doch Keff schob ihm ein Knie ins Kreuz und riß ihm die Arme hinter den Kopf.

»Was soll mit ihm geschehen, Chaumel?« rief Keff in der Linga Esoterka.

»Bring ihn her.«

Kräftig riß Keff an den über Kreuz liegenden Handgelenken. Hastig erhob sich der Landarbeiter, und Keff trabte mit ihm zwischen den anderen den Weg entlang, der sich auf magische Weise vor ihm öffnete.

»Wer ist für diesen Mann verantwortlich?« fragte Chaumel. Ein Graubart trat zaghaft vor und verneigte sich tief. »Selbst wenn es Wandel gibt, muß der gegenseitige Respekt doch bestehen bleiben«, erklärte Chaumel. »Gib dem Mann zusätzliche Arbeit auf, um seine überschüssige Kraft abzubauen.«

»Sieht so die neue Weltordnung aus? Wenn wir den Arbeitern mehr Gedankenfreiheit gestatten, kann ich mich nirgendwo mehr in Sicherheit blicken lassen«, sagte Plenna mit stockender Stimme zu Keff. Er legte den Arm um sie.

»Wir sollten besser von hier verschwinden«, meinte Keff halblaut zu Chaumel.

»Es wäre besser gewesen, du hättest so getan, als wäre nichts geschehen«, sagte Chaumel über Keffs Schulter. »Man erwartet von uns, daß wir über solchen kleinlichen Attacken stehen. Aber egal. Folgt mir.« Obwohl er offensichtlich selbst erschüttert war, sorgte der Zaubermann für einen gelassenen und eindrucksvollen Abgang. Schleunigst entfernten sich die drei in ihren Schwebesesseln aus dem Dorf.

»Ich verstehe das nicht«, sagte Chaumel schließlich, als sie in hundert Metern Höhe über die Ebene flogen. »In allen anderen Dörfern waren sie entzückt von dem Gedanken, endlich etwas lernen zu dürfen und frei zu werden. Genießen die es etwa, dumm zu bleiben? Ach, Unsinn«, tadelte er sich selbst.

Keff seufzte. »Langsam habe ich den Eindruck, daß ich mit der Hand ins Hornissennest gestochen habe, Cari«, sagte er halblaut. »Habe ich denn einen Fehler begangen, als ich versuchte, die Zustände hier zurechtzurücken?«

»Ganz und gar nicht, Sir Galahad«, versicherte ihm Carialle. »Denk doch nur an die Frösche und die Energieausfälle. Natürlich wird sich nicht jeder über eine globale Veränderung freuen, aber behalte dabei stets die Fakten im Auge. Das Machtungleichgewicht hier, sowohl das gesellschaftliche als auch das physikalische, könnte für Ozran tödlich enden. Du tust schon das Richtige, auch wenn das nicht alle einsehen wollen.«

Als sie in Chaumels Residenz zurückkehrten, wurden sie dort von einem weiteren Besucher erwartet. Ferngal, der mit einem mächtigen Hofstaat unbedeutender östlicher Zauberer angerückt war, machte sich nicht einmal die Mühe, drinnen auf sie zu warten. Die Hofschranzen überzogen den Landeplatz mit Sperren und kleineren Schutzzaubern wie der Sicherheitsdienst eines Präsidenten. Vorsichtig bahnte Chaumel sich den Weg zu seiner eigenen Landestelle, wobei er mit der Hand vor sich herfuhr, um sicherzugehen, daß nichts vermint war. Dann setzte er sanft auf und schritt zu Fuß zu dem schwarzen Streitwagen hinüber.

»Hochhexer Ferngal! Wie schön, dich schon so rasch wiederzusehen«, sagte Chaumel, die Arme zur Begrüßung ausgebreitet. »Komm herein. Gestatte mir, dir meine Gastfreundschaft angedeihen zu lassen.«

Ferngal war nicht in Plauderstimmung. Mit einer zornigen Handbewegung schnitt er Chaumels Komplimente ab.

»Wie kannst du es wagen, unter *meinen* Landarbeitern zur Abspaltung aufzufordern? Du wagst es tatsächlich, deinen Unfug in meinen Bauerndörfern zu predigen? Jetzt hast du deine Kompetenzen aber wirklich überschritten.«

»Hochhexer, ich habe doch überhaupt nicht zu deinen Landarbeitern gesprochen. Das obliegt dir allein! Du kannst es tun oder bleiben lassen, ganz wie *du* entscheidest«, erwiderte Chaumel verwundert. »Ich würde es nicht wagen, auf deine Gebiete überzugreifen.«

»Ach, wirklich? Das kannst aber nur du gewesen sein! Du wirst sofort mit diesem Unsinn über den Kern von Ozran aufhören, sonst wirst du es bereuen.«

»Das ist kein Unsinn, Hochhexer«, versetzte Chaumel in mildem Tonfall, aber mit Stahl in der Stimme. »Ich erzähle dir diese Dinge um deinet-, nicht um meinetwillen.«

Ferngal hielt Chaumel zornig einen Finger unter die Nase. »Sollte das ein kleinlicher Versuch sein, Macht zu gewinnen, wirst du für deinen Verrat schwer büßen«, drohte er. »Ich bin der Herrscher des Ostens, und deine Festung fällt in mein Gebiet. Ich befehle dir, damit aufzuhören, weiterhin deine Lügen zu verbreiten.«

»Ich lüge nicht«, antwortete Chaumel. »Und ich kann auch nicht aufhören.«

»Dann soll es eben so sein«, brüllte der schwarzgekleidete Zauberer.

Er erhob sich zusammen mit seinen Leuten vom Balkon und verschwand. Kopfschüttelnd wandte Chaumel sich an Keff und Plenna; seine Miene war ein einziges Achselzukken.

»Kopf hoch, Keff!« sagte Carialle. »Energiewallung in eurem Gebiet – und zwar eine schwere. Bündelung ... Aufbau ... aufgepaßt!«

»Carialle sagt, daß irgend jemand einen riesigen Kraftstoß gegen uns schickt!« schrie Keff.

»Ein Angriff«, kreischte Plenna. Die drei liefen auf der Balkonmitte zusammen. Die Zauberfrau und Chaumel warfen schützend die Hände über den Kopf. Einen Sekundenbruchteil, bevor der Sturm losbrach, bildete sich eine rosafarbene Panzerung um sie, wie eine riesige Seifenblase.

Es war kein gewöhnlicher Sturm. Vielfarbige Blitze und schwerste Regengüsse prasselten gegen ihren Schutzschirm. Faustgroße Explosionen erschütterten sie, stießen Rauchwolken hervor und ließen zerklüftete Trümmerteile gegen den Panzer prasseln. Wahre Wasserfälle aus konzentrierter Säure und rotflammender Lava strömten die Kanten entlang und versanken im Boden, bis die Ruine nur noch einen Fingerbreit von ihren Füßen entfernt war.

Abrupt verstummte der ohrenbetäubende Lärm. Als der Rauchvorhang sich verzogen hatte, wartete Chaumel noch einen Augenblick, bevor er die Blase auflöste. Er ließ sie leise knackend platzen und trat einen Schritt vor. Ein Teil des Bodens bebte unter seinen Füßen. Keff packte Chaumel, denn zwei Schritte vor ihnen war das Ende des Balkons von dem magischen Sturm abgerissen worden, als hätte ein Riese ein Stück herausgebissen. Noch immer krachten Trümmerstücke mit dumpfem Hall in die tief unter ihnen liegende Schlucht. Plenna stieg auf ihren Sessel, um die Lage zu erkunden. Als sie zurückkehrte, schüttelte sie den Kopf.

»Es gilt ...«, begann Chaumel und mußte abbrechen, um sich zu räuspern. »Es gilt als unhöflich zu bemerken, wenn ein anderer gerade einen Zauber aufbaut, vor allem dann, wenn er von höherem Rang ist als man selbst. Ich bin der Auffassung, daß es für uns inzwischen zu einer Frage von Leben und Tod geworden ist, sich unhöflich zu verhalten.«

»Ferngal«, sagte Carialle. »Hat zwei Kraftgegenstände auf einmal benutzt. Ich habe beider Frequenzen gespeichert.« Keff gab die Information weiter.

»Abspaltung, hat er gesagt.« Chaumel war verwirrt. Er wandte sich an Keff. »Von welcher Abspaltung hat Ferngal geredet? Ich habe mit niemandem in seinem Gebiet gesprochen. Das *wollte* ich gar nicht.«

»Dann muß es ein anderer sein, der es ihnen einredet«, erwiderte Keff. »Nokias hat von ähnlichem gesprochen. Wir sollten der Sache lieber nachgehen.«

Eine schnelle Lufterkundung der beiden Bauerndörfer, auf die sich Nokias' und Ferngals Beschwerden bezogen, erbrachte, daß die Dörfer sehr nahe beieinander lagen, was vermuten ließ, daß der oder die Anstifter der Unruhen sich in diesem Gebiet aufhielten, und zwar zu Fuß und nicht in der Luft. Chaumel bat einige der Zauberer um Hilfe, die ihm diese bereits zögernd zugesagt hatten. Sie schickten Spähaugen in sämtliche umgebenden Dörfer, die dort Ausschau nach allem halten sollten, was nach Gefahr aussah.

In den nächsten beiden Tagen geschah nichts. Am dritten Tag fing ein hellgrünes Spähauge Chaumel ab, als er gerade Carialles Schiff verließ.

»Hier hast du deinen Unruhestifter«, verkündete Kiyottals Mentalstimme.

Als Plennafrey im Schiff die Ankunft eines Spähauges spürte, unterbrach sie ihre Versuche, mit dem Froschprinzen eine Konversation zu führen. Sie eilte hinaus, gefolgt von Keff.

»Wir haben den Unruhestifter lokalisiert«, sagte Chaumel, nachdem er stumm mit der Kugel kommuniziert hatte. »Er ist dein Vierfinger. Er schwingt Volksreden.«

»Brannel?« fragte Keff und sah zu den Äckern hinüber. Mit schweren Gabeln wendeten die Landarbeiter dort gerade leere Furchen und füllten sie mit Stroh. Er musterte ihre Reihen und wandte sich wieder Chaumel zu.

»Du hast recht. Den hatte ich ganz vergessen. Er ist fort.«

»Folgt mir«, sagte Kiyottals Stimme. »Ich habe auch Ferngal alarmiert. Nokias kommt ebenfalls. Immerhin ist es sein Gebiet.«

Mitten auf der Lichtung eines südlichen Ackerdorfs hob Brannel schweigengebietend die Arme. Die Landarbeiter, die allesamt langgezogene, lasttierähnliche Gesichter aufwiesen, waren ein wenig besorgt über diesen hageren, schmutzigen Fremden, der da in ihrem Dorf eingetroffen war, ein erschöpftes Zugtier auf den Fersen.

»Ich sage euch, die Zauberer werden schwächer!« rief Brannel. »Sie sind nicht allmächtig. Wenn wir uns erheben, wenn alle Arbeiter es gemeinsam tun, werden sie herauskommen, um uns zu bestrafen. Aber dabei werden sie alle hilflos zu Boden stürzen!«

»Du bist ja verrückt«, sagte eine Bäuerin und zog höhnisch die breiten Lippen zurück.

»Warum sollten wir die Zauberer stürzen wollen?« fragte einer der Männer. »Wir haben doch genug zu essen.«

»Aber ihr könnt nicht für euch selbst denken«, erwiderte Brannel. Er war müde. Er hatte erst Tage zuvor dieselbe Rede in einem anderen Ackerdorf gehalten, und einige Tage zuvor schon einmal, und immer stand er vor denselben stumpfsinnigen Gesichtern und beantwortete dieselben stumpfsinnigen Fragen. Hätte nicht die Flamme der Rache in seinem Innern gelodert, der Gedanke an eine Reise durch ganz Ozran hätte ihn hinreichend eingeschüchtert, um zu Alteis zurückzukehren. »Ihr tut jeden Tag eures Lebens dasselbe, Jahr um Jahr.«

»Na und? Was sollen wir denn sonst tun?« Die meisten Zuhörer waren eher geneigt, mit ihm zu streiten, doch Brannel glaubte, in den Gesichtern einiger weniger ein Aufscheinen des Verständnisses zu erblicken.

»Der Wandel wird kommen, aber nicht zu unseren Gunsten – nur zum Vorteil der Zauberer. Wenn ihr wollt, daß die Dinge sich zu *eurem* Vorteil verändern, dann eßt nicht die Zaubernahrung. Eßt sie heute abend nicht, nicht morgen, nie mehr! Behaltet Wurzeln aus eurer Ernte zurück und eßt diese. Dann werdet ihr euch *erinnern*«, beharrte Brannel und wies dabei mit beiden Händen auf seine Schläfen. »Morgen werdet ihr es sehen. So etwas habt ihr noch nie in eurem Leben erlebt. Ihr werdet euch tatsächlich *erinnern*! Vertraut mir, dann werdet ihr sehen! Ihr baut die Nahrung an, also habt ihr auch ein Recht darauf! Wir können uns des Zaubervolks entledigen. Am ersten Tag der nächsten Pflanzung, wenn die Sonne am höchsten steht, werft euer Werkzeug nieder und weigert euch zu arbeiten.«

Das schwirrende Geräusch in der Luft lenkten die meisten Landarbeiter ab, und so blickten sie auf und warfen sich plötzlich flach auf den Boden. Brannel und seine wenigen Bekehrten blieben stehen und starrten zu den vier Streitwagen hinauf, die gerade zu ihnen herunterkamen.

Der Schwarze und der Goldene setzten als erste auf.

»Bring ihn um«, sagte Ferngal hitzig und zeigte auf den schafsgesichtigen Mann, »sonst tue ich es selbst. Sein Volk ist schon viel zu lange ohne Gebieter. Das ist denen zu Kopf gestiegen.«

»Nein«, widersprach Keff. Er sprang von Plennas Sessel, baute sich zwischen dem Hochhexer und dem Bauern auf. »Faß ihn nicht an! Brannel, was tust du hier?«

Zunächst verharrte Brannel noch in verstocktem Schweigen; dann aber sprudelten die Worte aus ihm hervor wie ein Wasserfall verletzter Gefühle.

»Du hast es mir versprochen, und ich habe mein Leben riskiert, und Chaumel hat mich niedergeschlagen, und du hast mich wieder mit Nichts hinausgeworfen. Nichts!« fauchte Brannel. »Ich bin, was ich vorher war, nur schlimmer. Die anderen machen sich über mich lustig. Warum hast du dein Versprechen nicht gehalten?«

Keff hob abwehrend die Hände. »Ich habe versprochen, daß ich für dich tun würde, was ich kann. Amulette sind nicht leicht zu finden, mußt du wissen, und außerdem wird die Kraft bald sowieso erschöpft sein. Willst du deinen Kopf etwa mit nutzlosem Wissen vollstopfen?«

»Ja! Wissen bedeutet, das eigene Leben zu verstehen.«

Ferngal spuckte aus. »Wenn du meine Zeit damit verschwenden willst, mit einem Diener Unsinn zu reden, verschwinde ich. Aber sorge dafür, daß er nie wieder in mein Gebiet kommt. Niemals!« Der schwarze Sessel verschwand, raste den Wolken entgegen. Nokias flog kopfschüttend in die entgegengesetzte Richtung davon. Durch die Abreise der Hochhexer von ihrer Lähmung befreit, machten sich die Landarbeiter daran, über ihr Essen herzufallen, das soeben auf dem Steinquadrat erschienen war. Brannel wandte sich von Keff ab, um die Aufmerksamkeit der Dorfbewohner zurückzugewinnen. Der Muskel packte ihn am Arm.

»Misch dich nicht ein, Brannel. Nächstesmal werde ich Ferngal nicht aufhalten können. Hör doch zu, Mann, ich habe lediglich dafür garantiert, daß Plenna dich unterrichten würde.«

Brannel war unzufrieden. »Nicht einmal das ist geschehen. Du hast mich fortgeschickt, und dann habe ich tagelang nichts mehr gehört. Als ich dich das letzte Mal sah, hattest du es zu eilig, um auch nur mit mir zu reden!«

»Das war sehr unhöflich von mir«, räumte Keff ein. »Und es tut mir leid. Aber du *weißt* doch, was wir gerade tun. Es gibt eine Menge zu erledigen, und es gilt, viele Zauberer zu überzeugen.«

»Aber wir hatten eine Abmachung«, konterte Brannel stur. »*Sie* könnte mir ja einen ihrer Kraftgegenstände geben; dann kann ich mir selbst beibringen, ihn zu benutzen. Dann habe ich genauso lange Magie wie alle anderen Zauberer.«

»Brannel, ich möchte dir eine andere Art von Macht und Kraft anbieten. Eine, die dauerhaft ist. Wirst du mir zuhören?«

Widerwillig, doch von der Ernsthaftigkeit des ersten Freunds beeindruckt, den er je hatte, willigte der Edle Wilde schließlich ein, zuzuhören. Keff winkte ihn zu einem breiten Felsen am Rande des Ackers, weitab von den Zauberleuten und den zugtiergesichtigen Bauern.

»Wenn du immer noch mithelfen willst«, sagte Keff, »und dir zutraust, deine Reise fortzusetzen, dann möchte ich, daß du's tust. Sprich mit den Landarbeitern. Erkläre ihnen, was geschehen wird.«

»Aber der Hochhexer Ferngal hat gesagt ...«

»Ferngal will nicht, daß du alles noch schwieriger machst. Hilf uns, statt uns zu behindern. Sag den Leuten, was sie durch Zusammenarbeit gewinnen könnten.« Keff sah, wie in den Augen des Manns das Verständnis aufzuleuchten begann. »Ja, du begreifst mich, nicht wahr? Im Gegenzug versorgen wir dich mit Nahrung. Wir könnten es möglicherweise so einrichten, daß du mit dem Sessel von Region zu Region befördert wirst. Wenn du in einem Streitwagen dort eintriffst, hast du bei den anderen sofort ein hohes Ansehen. Du fliegst doch gern, oder?«

»Ich fliege sehr gern«, bestätigte Brannel, der sich von einem derart verlockenden Angebot nur zu willig überzeugen ließ. »Dann werde ich über Zusammenarbeit zu ihnen sprechen.«

»Gut! Sag ihnen die Wahrheit. Die Arbeiter bekommen eine bessere Behandlung und mehr Mitspracherecht in Regierungsangelegenheiten, sobald die Kraft nachläßt. Dann werden die Zauberer euch mehr brauchen denn je.«

»Das werde ich meinen Arbeitsgenossen mit Freuden mitteilen«, sagte Brannel ernst.

»Und *ich* habe dir ein Geheimnis mitzuteilen, aber nur dir allein«, sagte Keff und neigte sich dem Landarbeiter zu. »Versprichst du, es für dich zu behalten? Gut. Dann hör mir zu: Die Zauberer sind nicht die wirklichen Eigentümer des Kerns von Ozran. Vergiß das nicht.«

Brannel starrte ihn mit riesigen Augen an. »Ich vergesse nie etwas, Zauberer Keff.«

Sieben Tage später kehrte Chaumel händereibend in seinen großen Saal zurück. Ein Streitwagenquintett hob vom Balkon ab und verschwand über den Berggipfeln. Chaumel stand einen Augenblick da, als lauschte er; dann wandte er sich mit einem Lächeln an Plenna und Keff.

»Das ist der letzte von ihnen«, sagte er zufrieden. »Alle, die mitzuarbeiten versprochen haben, Druck auf diejenigen auszuüben, die sich weigerten. Alle haben zugesagt, sich bis dahin auf das absolut erforderliche Minimum zu beschränken. An dem von dir bestimmten Zeitpunkt, also in zwei Tagen, zum Sonnenaufgang in der östlichen Provinz, beginnt der große allgemeine Waffenstillstand.«

»Nicht ohne Gemurre, wie ich vermute«, sagte Keff grinsend. »Ich bin sicher, daß es vorher noch eine Menge Versuche geben wird, diese Abmachung zu jedermanns Wohl noch einmal neu auszuhandeln. Wenn die Energie erst einmal nachläßt, gibt mir das den letzten Hinweis, den ich noch brauche, um den Kern von Ozran ausfindig zu machen.«

»Überlaß die letzten Zweifler ruhig mir«, antwortete Chaumel. »Du mußt zum vereinbarten Zeitpunkt bereitstehen. Es war nicht leicht, ein derartiges Abkommen auszuhandeln, und so etwas läßt sich möglicherweise nie mehr wiederholen. Du darfst auf keinen Fall scheitern!«

KAPITEL 13

Vor Sonnenaufgang wirkten die hohen Berge in ihren tiefen Schatten sehr einschüchternd, als Plennafrey und Chaumel darauf zuhielten. Keff saß auf Plennas Sessel, die alten Handbücher im Schoß ausgebreitet. Während er die Plastikseiten glättete, knisterten sie in der Kälte.

»Die Sonne wird gleich über Ferngals Bergen aufgehen«, teilte Carialle ihm mit. »In dreißig Sekunden dürftest du einen Energieverlust bemerken.«

»Hervorragend, Cari. Chaumel, kommt dir das hier irgendwie bekannt vor?«

Chaumel, der sich um die drei Kugelfrösche zu kümmern hatte, die er mit Hilfe eines winzigen, von seinem Stab erzeugten Fesselungsfelds davor bewahrte, von seinem Sessel zu plumpsen, nickte.

»Ich erkenne die Strecke, die ich letztes Mal gekommen bin«, rief er. Seine Stimme hallte zwischen den gewaltigen Bergen. »Siehst du die beiden spitzen Gipfel dort über uns, die so aussehen wie die Zinken einer Gabel? Die habe ich die ganze Strecke bis zum Kern immer links von mir gehabt. Sie befinden sich vor einem schmalen Zugang.«

»Jetzt«, sagte Carialle.

Chaumels und Plennas Streitwagen ruckten ein Stück vor, und die ›Sitzgurte‹ der Kugelfrösche leuchteten strahlendblau auf.

»Das ist der Rückstoß«, bemerkte Keff. »Alle anderen Zauberer auf der Welt haben das Licht ausgemacht. Deshalb stehen dir plötzlich annähernd hundert Prozent der Energie zur Verfügung.«

»Ein sehr berauschendes Gefühl, das muß ich zugeben«, meinte Chaumel gut gelaunt. »Aber ich kann dir sagen, es war sehr schwierig, all die Zauberer und Zauberinnen davon zu überzeugen, daß sie uns auf dieser Reise nicht mit ihren Spähaugen begleiten sollen. Aha, da kommt schon der Zugang! Folgt mir.«

Er steuerte nach rechts und sauste auf eine Steinfalte zu, die von weitem einer Sackgasse glich. Als die beiden Sessel nähergekommen waren, konnte Keff erkennen, daß der Felsvorsprung aus riesigen, rohen Blöcken bestand, die gut vier Meter weit auseinanderlagen.

Die dünne Luft zwischen ihnen war kein Hindernis für Keff und den Froschprinzen, sich zu unterhalten. Vom Leuchten des Streitwagens beschienen, erinnerte der Amphibioide an einen bizarren Gnom aus Lehm. Keff winkte, um seine Aufmerksamkeit zu erregen.

»Weißt du, wohin wir fliegen?« signalisierte er.

»Zu lange her, daß sich ein Lebender noch erinnern könnte«, signalisierte Hohe Augenbraue zurück. »Die hohen Finger ...«, er wies nach oben, »... in der Geschichte erwähnt.«

»Was kommt denn als nächstes?«

»Lippe, Loch, lange Höhle.«

»Hast du das mitbekommen, Carialle?« fragte Keff. In der schmalen Schlucht waren sie jeglicher Umgebungsbeleuchtung beraubt. Chaumel steigerte das silberne Strahlen seines Streitwagens, um etwaigen Hindernissen rechtzeitig ausweichen zu können.

»Habe ich«, erwiderte die forsche Stimme. »Meinen Planetenkarten zufolge nähert ihr euch einem etwas breiteren Plateau, das in einer hohen Sattelklippe endet. Das ist wahrscheinlich die Lippe. Was das Loch betrifft, so ist der niedrige Gebirgszug dahinter voller Kamine.«

»Laß mich mal in die alten Handbücher schauen.« Keff blätterte; dann las er im sanften gelben Licht von Plennafreys Sessel vor: »Wenn das stimmt, was hier steht, liegt die Höhle mit dem Kraftgenerator auf dreiundneunzig Grad, sechs Minuten, zwei Sekunden östlicher Breite und siebenundvierzig Grad, fünfzehn Minuten, sieben Sekunden nördlicher Länge.« Er hielt einen Navigationskompaß in die Höhe. »Immer noch ein gutes Stück nördlich.«

»Die Kraftlinien führen geradeaus«, teilte Chaumel ihm mit. »Ohne die Einmischung des restlichen Ozran kann ich den Linien bis zu ihrem Herzen folgen. Man muß dir gratulieren, Keff. Ohne einen Waffenstillstand wäre das nicht möglich gewesen.«

»Wir können den Kern nicht verfehlen«, antwortete Keff triumphierend. »Dazu haben wir viel zu viele Informationen daürber.«

Die Sonne tauchte die schneebedeckten Gipfel hoch über ihnen in orangefarbenes Licht, als sich der Paß auf ein großes, zentrales Rundloch öffnete. Obwohl in früheren Zeitaltern von Gletschern glattgeschmirgelt, waren die Berge eindeutig vulkanischen Ursprungs. Scherben aus schwarzem Obsidianglas ragten aus dem wolkigen Weiß der Schneebänke unter den Eisfällen hervor. Die beiden Sessel flogen die Moräne entlang, bis diese abrupt steil unter ihnen abfiel. Keff überkam ein kurzer Schwindelanfall, als er zur Klippe zurückblickte.

»Wie hoch ist das Ding, Cari?« erkundigte er sich.

»Achthundert Meter. Man fragt sich, wie die Menschen ursprünglich hierhergekommen sind. Ganz zu schweigen von den Kugelfröschen, die den Kern erbaut haben.«

Auf Keffs Signal lenkte Plenna den Sessel in das dunkle, kalte Tal hinunter. Keff zitterte in der Finsternis und legte wärmeheischend die Arme um seinen Oberkörper. Er sah zu Plenna hinauf, die gerade staunend nach vorn blickte.

»Was siehst du?« fragte er.

»Ich sehe ein großes Gespinst von zusammenlaufenden Linien«, antwortete sie. »Ich werde versuchen, es dir zu zeigen.« Sie wedelte mit den Händen, und schon leuchtete über ihren Köpfen die leise Andeutung eines fingerbreiten blauen Feuers auf und setzte sich nach vorn wie eine brennende Lunte fort. Einen Augenblick später erschien ein

Gespinst ähnlicher Linien um sie herum über den Bergkanten; allesamt führten sie zu einem vor ihnen liegenden Punkt. Plennafreys leuchtender Blick traf auf den Keffs. »Das ist das Erstaunlichste, was ich je im Leben gesehen habe.«

»Der Konvergenzpunkt befindet sich ungefähr im Zentrum der Regionen der fünf Hochhexer«, erklärte Carialle. »So hat jedermann gleichermaßen Zugang zum Kern.«

»Ist überhaupt schon einmal irgend jemand hierhergekommen?« fragte Keff Chaumel.

»Es gilt als Niemandsland für Zauberer«, erwiderte der silberne Zaubermann. »Gerüchten zufolge geraten die Dinge in diesem Gebiet außer Kontrolle. In meiner Jugend konnte ich nicht so weit vorstoßen. Das Übermaß an Kraft machte mich konfus, so daß ich mich verirrte und bei dem Versuch, davonzufliegen, beinahe umgekommen wäre. Da ist der Weg, genau vor uns markiert, als sollte es so sein.«

»Wir hätten den Ursprung unserer Kraft niemals aus dem Auge verlieren dürfen«, warf Plenna ein. »Ebensowenig wie die Ziele, die unsere Vorfahren verfolgten.« Ihre persönliche Tragödie, vermutete Keff, war unterschwellig offenbar stets präsent.

Die beiden Streitwagen warfen spitze Schatten, als sie über dem zerborstenen Boden dahinschwebten. Rußgeränderte Löcher von zehn Metern Durchmesser und mehr übersäten das Schneefeld. Keff verfolgte die Anzeige auf seinem Kompaß, als der Zähler sich immer mehr ihren Zielkoordinaten näherte.

Und dann sagten Chaumel, Carialle und der Froschprinz wie aus einem Mund: »Der da.«

»Und ab durch die Mitte!« rief Keff.

Die Tunnelöffnung war größer als die meisten anderen Kamine auf der schneebedeckten Ebene. Ein Schauer kroch über Keffs Haut, als sie in das Loch niedergingen und auch das letzte schwache, vormorgendliche Sonnenlicht abschnitten. Nur das sanfte Licht von Plennas Streitwagen bewahrte

Keff vor völliger Blindheit, als sie unter der Oberfläche verschwanden. Chaumel fiel ein kleines Stück zurück, um auf gleicher Höhe mit ihnen weiterzufliegen.

Sie überwanden eine Strecke von sechshundert Metern in beinahe völliger Finsternis. Plenna legte die Hand auf Keffs Schulter, und er drückte sie. Plötzlich weitete sich der Schacht, und sie gelangten in eine riesige, halbkugelförmige Höhle. Sie wurde von einem stumpfblauen Leuchter erhellt, und ihr Inneres hallte von einem sanften Summen wie vom Schnurren einer Katze.

»Da drinnen könnte man bequem Chaumels ganzen Berg unterbringen«, meinte Carialle, nachdem sie durch Keffs Implantate eine Messung durchgeführt hatte.

Die Höhlendecke war irgendwann in grauer Vorzeit glattgeschliffen worden, so daß sie am Ende jeder schalldämmenden Blase nur junge, winzige Stalaktiten aufwies, die wie Geißelhärchen aussahen. Vereinzelt erstreckte sich eine riesige, texturierte Onyxsäule vom Boden bis zur Decke, von einem inneren Licht glühend.

Die Kugelfrösche begannen, aufgeregt in ihren Schalen auf und ab zu hüpfen und erregte Zeichen zu machen. Auch Keff war nach Tanzen zumute. Vor ihnen lag eine vergleichsweise winzige Plattform, die sich oben auf einer komplizierten Maschinenanordnung befand. Erst als er sie als solche erkannte, wurde Keff klar, daß sie fast die ganze Zeit über einen riesigen Maschinenpark hinweggeflogen waren, der beinahe den gesamten Höhlenboden bedeckte.

»So etwas habe ich in meinem ganzen Leben noch nicht gesehen«, flüsterte Chaumel und brach damit als erster das Schweigen. Seine Stimme klang belegt und wurde von den Felswänden wie ein Ball hin- und hergeworfen.

»Das hat auch sonst niemand unter den heute Lebenden«, sagte Keff. »In diese Höhle ist seit mindestens fünfhundert Jahren niemand mehr gekommen.«

»Stufenfeldgeneratoren«, sagte Carialle sofort. »Schau dir mal diese wunderschöne Konstruktion an! Und wie riesig die sind! Damit könnte man eine Raumstation tausend Jahre lang beleuchten.«

»Das ist erstaunlich«, hauchte Plennafrey.

Sie lehnte sich vor, wie auch Chaumel, und trieb wie er ihren Streitwagen zu höherer Geschwindigkeit an, als würden sie um die Wette fliegen, wer als erster auf der Plattform landete. Keff krallte die Hände in die Rückenlehne des Sessels unter seinen Hüften, bis er das Gefühl hatte, daß seine Finger Dellen ins Holz preßten, aber er lachte dabei. Auch die anderen lachten und jubelten, und die Frösche hüpften in ihren Schalen vor Freude auf und ab.

»Das Handbuch sagt ...«, erklärte Keff, als er noch vor Plenna vom Sessel krabbelte, »... das Handbuch sagt, daß das System die Energieanforderungen bedient, indem es Kraft aus dem darunterliegenden Planetenkern und von der Oberfläche bezieht. Hier steht auch was von Blitzen – Cari, diese Stelle ist zu rissig, um noch lesbar zu sein. Ich muß beim Flug ein Stück davon verloren haben.«

Carialle holte die Kopie aus ihrer Speicherbank. »Es sieht so aus, als seien die Generatoren so konstruiert, daß sie nicht nur von der Oberfläche Energie aufnehmen können, sondern auch natürliche elektrische Entladungen nutzen, wie beispielsweise Gewitterblitze. Eigentlich ganz vernünftig; aber wahrscheinlich ist die Sache aus dem Ruder gelaufen, als der Energiebedarf die vorgesehene Kapazität überstieg. Da hat man damit angefangen, Energie aus lebender Materie abzuzapfen.«

Plenna übergab ihre Gürtelschnalle dem Froschprinzen. Der verließ seine Schale und gesellte sich zu Keff und Chaumel vor der tiefliegenden Konsole am Rande der Plattform. Der Muskel, auf den Knien hockend, zeigte Carialle durch seine Implantate die Instrumente, während er zugleich mit den Amphibioiden Zeichen wechselte. Mit vielen Pausen, in denen er mit seinen Gefährten Beobachtungen austauschte, las der Froschprinz das feine Gekrakel auf jeder der Anzeigen vor und versuchte schließlich, den Menschen in Zeichensprache deutlich zu machen, wozu die Anzeigen dienten.

»Das hier zeigt also die Innentemperatur des Kerns an,

Braue?« fragte Keff und markierte das entsprechende Instrument mit einem unlöschbaren Stift in Standard. »Übrigens ist es ziemlich heiß hier drin. Ist dir das schon aufgefallen?«

»Restwärme durch jahrelange Überlastung«, erklärte Carialle. »Ich schätze, daß es mehr als zwei Jahre braucht, um diese Höhle auf vierzig Grad Celsius zu erwärmen.«

»Na, wir wußten ja, daß die Überlastung nicht über Nacht einsetzte«, bemerkte Keff. »Aha, er sagt, das hier ist die Energieleistungsanzeige? Danke, Chaumel.« Keff machte eine weitere Notiz auf einer verglasten Anzeige, während der Zaubermann mit dem Amphibioiden gestikulierte. »Wirklich jammerschade, daß dein Vorfahr keine Dokumentation über den Mechanismus selbst besaß, Plenna.«

»Steigt dieser Pegel hier?« fragte Plenna und deutete über Keffs Schulter. Keff hob den Blick von dem Schaltkreis, in den er sich gerade vertieft hatte.

»Du hast recht, er steigt«, bestätigte er. Fast unmerklich veränderte sich das Summen der Maschinen unter ihren Füßen und wurde ein wenig schneller. »Was ist hier los? Ich habe doch gar nichts angefaßt. Keiner von uns.«

»Ich empfange Blinkmarken im Energiegitter draußen vor eurem Standort«, meldete Carialle. »Ich würde sagen, daß einige der Zauberer des Stillhalteabkommens müde geworden sind und ihre Verteidigungsanlagen wieder hochziehen.«

Keff leitete diese Vermutung an Chaumel weiter, der sie mit traurigem Nicken quittierte. »Das Mißtrauen ist zu groß, als daß eine Kampfpause von allzu großer Dauer sein könnte«, meinte er. »Ich bin überrascht, daß wir überhaupt so viel Zeit hatten, um den Kern untersuchen zu können.« In schneller Folge sprang eine Energiezelle nach der nächsten an; einige stöhnten und ächzten, als ihre Turbinen sich wieder zu drehen begannen. Die Anzeige kroch in die Höhe, bis sie den rechten Außenrand erreicht hatte, doch das Brüllen der Generatoren wurde immer lauter und schriller, bis es in den Ohren schmerzte.

»Die Anlage wird überlastet«, schrie Keff und klopfte mit dem Fingernagel gegen das Glas. Die Anzeige rührte sich nicht. »Hör dir nur dieses Stocken an! Die Generatoren klingen, als würden sie jeden Augenblick hochgehen. Wir sind wirklich keine Sekunde zu früh gekommen.«

»Der Lärm steigert sich noch«, rief Plenna. Sie streckte die Hände aus und konzentrierte sich – um entsetzt zurückzuzucken, als die Turbinen als Antwort ihre Geschwindigkeit wiederum leicht erhöhten. »Meine Kraft kommt ja von hier!« sagte sie bestürzt. »Ich mache alles nur schlimmer.«

Die Frösche wurden sehr erregt, stießen ihre Schalen gegen die Knie der Menschen.

»Schalt es ab«, befahl Augenbraue mit ausholenden Gesten, an Keff gewandt. »Schalt es ab!«

»Das würde ich ja, wenn ich nur könnte«, erwiderte Keff in Zeichensprache. »Wo ist denn der Ausschaltknopf?«

»Ist es dieser?« fragte Chaumel und zeigte auf einen großen, schweren Schalter dicht über dem Boden.

Keff folgte der Leitung bis zu der Stelle, an der sie in die riesige Apparatur eintrat. »Das ist ein Unterbrecher«, bestätigte er. »Wenn ich den betätige, kommt alles zum Stillstand. Aber das könnte sämtliche Generatoren zerstören. Wir müssen die Anlage langsam herunterfahren, nicht unterbrechen. Aber das ist ohne eine technische Anweisung völlig unmöglich!« rief er verzweifelt und schlug sich mit der Faust aufs Knie. »Sonst stehen wir womöglich genau im Detonationszentrum einer Planetenexplosion. Warum gibt es hier eigentlich keine Sicherung? Ingenieure, die fortgeschritten genug waren, um so etwas zu konstruieren, müssen doch ein Sicherungssystem eingebaut haben, damit die Anlage nicht überlastet werden kann.«

»Vielleicht haben die Alten es ja abgestellt«, überlegte Chaumel. »Oder vielleicht sogar unsere armen, irregeleiteten Vorfahren.«

»Abgestellt?« Plennafrey klopfte ihm auf die Schulter und übertönte das Getöse. »Kann Carialle denn nicht jeden Kraftgegenstand abstellen?«

»Gute Idee, Plenna! Cari, Ausführung!«

»Jawohl, mein Herr«, ertönte die Stimme knisternd in

Keffs Ohr. »Behalte mal die Schaltkreise im Auge, während ich sie nacheinander abschalte. Die Zauberleute werden es nicht bemerken – die werden nur glauben, sie hätten es wieder mit einem Stromausfall zu tun. Du und die Kugelfrösche, ihr solltet eigentlich feststellen können, wo die Transformatorstufen loslegen. Schau mal, ob du nicht die ganze Anlage auf ein niedrigeres Niveau einpegeln kannst.«

Langsam begannen die Turbinen sich abzuschwächen, als der Energiebedarf sank. Der Froschprinz und seine Assistenten befanden sich bereits an den Instrumenten. Da er der einzige war, dessen Hände sich nicht innerhalb einer Plastikkugel befanden, mußte der Anführer die Abschaltungen überwachen und mit den Meßwerten abgleichen, die seine Assistenten von den Anzeigen ablasen. Seine langen Finger legten einen Schalter nach dem anderen um und betätigten versenkte Knöpfe in einer Reihenfolge, die ihm offensichtlich aus irgendeinem Grund sinnvoll erschien. Langsam erstarb das Winseln der Turbinen. Eine Weile später hob der Amphibioide die große Hand über den Kopf, die Finger zu einem Kreis geformt, und blinzelte Keff zufrieden an.

»Du hast die Sache unter Kontrolle«, signalisierte Keff.

»Ich begreife jetzt die überlieferten Lehren«, antwortete der Alien, und seine Miene war froh, als er Keff signalisierte: »›Nach rechts ist ein, nach links ist aus‹, hieß es. ›Den großen nach unten bei Gefahr, den kleinen hinunter wie Treppen, dann gelangt die Macht in deine Hand.‹ Und so kontrolliere ich die Anlage jetzt auch.« Er hielt Plennafreys Gürtelschnalle hoch. Seine langen Finger glitten in die Mulden. »Dieses Gerät befindet sich in einem sehr viel besseren Zustand als das einzige, das wir besitzen und das all die vielen Jahre unserem ganzen Volk gedient hat.«

Augenbraue blickte zu den Instrumenten hinüber. Die Schalter betätigten sich nun selbst; Knöpfe und Hebel bewegten sich, auch ohne daß sie von Hand berührt wurden. Die großen Maschinen verstummten zu einem kaum noch wahrnehmbaren Summen.

»Endlich«, gestikulierte er, »nach fünfhundert Generationen haben wir unser Eigentum wieder. Jetzt können wir uns erneut in Erscheinung bringen.«

Doch als das Ausmaß der Schäden langsam offenbar wurde, dämpfte sich seine Begeisterung merklich. Lichterreihen zeigten an, daß einige Turbinen nur noch mit halber, teilweise noch geringerer Leistung liefen. Manche funktionierten überhaupt nicht mehr. Irgendwann hatte ein unbekannter Ingenieur eine Anzahl Generatoren durch ein einziges Steuerungselement miteinander verkoppelt, obwohl sie weit über den Höhlenboden verstreut standen.

»Das wird eine Menge Reparaturen brauchen«, meinte Keff, als er, umringt von den Fröschen, den Mechanismus untersuchte. Manche Zeigernadeln waren schon lange nicht mehr in Bewegung gewesen, daß sie bis zum Stumpf verrostet waren. Er kratzte mit dem Fingernagel an einer davon, versuchte sie zu lösen. »Wir müssen mal untersuchen, ob wir aus den Komponenten, die mir zur Verfügung stehen, irgendwelche Ersatzteile anfertigen können. Sollten die aber zu kompliziert sein, müßtet ihr welche anfordern, vorausgesetzt, daß sie auf eurem Heimatplaneten noch gefertigt werden.«

»Heimatplaneten?« signalisierte einer der Kugelfrösche zurück. »Wenn ihr die Koordinaten habt, sorgen wir für euren Transport«, erbot Keff sich glücklich und bediente sich der IÜP-Kurzsignale. »Unsere Aufgabe besteht darin, Kontakt zu anderen Rassen herzustellen, und wir sind sehr erfreut, *euch* kennenzulernen. Meine Regierung wäre begeistert. Beziehungen zu euch aufzunehmen.«

»Das ist alles ja schön und gut, Keff«, warf Chaumel ein, »aber vergiß uns dabei nicht. Was soll aus den Zauberern werden? Wahrscheinlich wundern die sich gerade, was mit ihren Kraftgegenständen passiert ist. Normalerweise dauern die Ausfälle nur ein paar Augenblicke. Da wird gleich die Hölle losbrechen.«

»Und was soll in Zukunft werden?« wollte Plenna wissen.

»Euer Volk wird begreifen müssen, daß ihr jetzt in friedlicher Gemeinschaft mit den Kugelfröschen lebt«, meinte

Keff nachdenklich. »Aber es stimmt schon, Braue. Ihr werdet irgend etwas wegen der Zauberer unternehmen müssen. Die sind in gewissem Umfang von dem System abhängig. Vielleicht können wir ja ein gemeinsames Nutzungsabkommen vereinbaren?«

»Sie können alles haben«, erwiderte Augenbraue mit einer verächtlichen Geste in Richtung des zusammengeflickten Instrumentenpaneels. »Das ist doch alles zerstört. Zerstört! Ihr kommt von den Sternen. Warum bringt ihr mein Volk nicht zurück in unsere Heimatwelt? Wir sind hier doch so gut wie enteignet. Seit den Tagen, da die Flachen uns beraubten, hat man uns ignoriert. Niemand wird unser Fehlen bemerken. Sollen doch die Diebe, die unsere Apparate mißbrauchten, sie behalten, und ebenso die Hülse, die von diesem Planeten übriggeblieben ist.«

»Wir würden eurem Wunsch gern entsprechen«, sagte Keff vorsichtig, »aber verzeih mir, Braue, mit dem Volk eurer Heimatwelt werdet ihr wahrscheinlich nicht mehr allzuviel gemein haben, oder? Ihr seid doch alle hier geboren. Seit fünfhundert Generationen ist dein Volk auf Ozran heimisch. Und ausgerechnet jetzt, da sich die Dinge bessern könnten, wollt ihr fort?«

»Hört, hört«, sagte Carialle.

Einer der Kugelfrösche blickte traurig drein und machte eine wegwerfende Geste. Der Froschprinz musterte ihn. »Ich glaube, das wollen wir nicht. Um genau zu sein, *ich* will es nicht. Aber was sollen wir tun?«

»Welchen Auftrag hatte dein Volk denn? Weshalb seid ihr überhaupt hierhergekommen?«

»Um auf diesem grünen und fruchtbaren Planeten Dinge anzubauen«, signalisierte Braue, und es war beinahe ein Tanz anmutiger Gesten, als wiederholte er eine gut einstudierte Lektion. Er brach ab. »Aber nichts ist mehr so grün und fruchtbar wie in den alten Geschichten. Alles ist trokken, staubig, kalt.«

»Wollt ihr denn gar nicht versuchen, den Planeten wieder in einen gesunden Zustand zurückzuversetzen?«

»Wie denn?«

Keff berührte den kleinen Amphibioiden sanft am Rücken und zog Chaumel mit dem anderen Arm enger zu sich heran. »Das Wissen darum ist offensichtlich noch immer in den mündlichen Überlieferungen deines Volks enthalten. Warum nicht die Hoffnungen und Träume eurer Vorfahren Wirklichkeit werden lassen? Arbeitet doch mit den Menschen zusammen. Teilt mit ihnen. Ihr könnt die Maschinen reparieren. Ich bin übrigens auch der Meinung, daß ihr Kontakt zu eurer Heimat herstellen solltet, und dabei werden wir euch auch helfen. Aber kehrt nicht für immer zurück. Bittet sie um technische Unterstützung und um Kommunikationsmöglichkeiten. Sie werden hocherfreut sein, wenn sie erfahren, daß Kolonisten eures Volkes überlebt haben.«

Jetzt sah der traurige Frosch schon sehr viel glücklicher aus. »Anführer, ja!« signalisierte er Augenbraue begeistert.

»Helft uns«, bedrängte Keff den Anführer mit erhobenen Händen. »Wir werden versuchen, unter den Arten für gegenseitigen Respekt zu sorgen. Sollte das nicht gelingen, können Carialle und ich euch immer noch zurückbringen, nachdem wir das System hier repariert haben.«

Chaumel räusperte sich und ergriff das Wort, wobei er Zeichensprache mit gesprochener Linga Esoterka vermengte. »Ihr habt sehr viel mit unserer Unterschicht gemein«, sagte er. »Ihr werdet unter den Bauern und Landarbeitern auf sehr viel Sympathie stoßen.«

»Die kennen wir schon«, signalisierte Braue verächtlich. »Die treten uns mit Füßen.«

Keff signalisierte Beschwichtigung.

»Wenn die erst einmal erfahren haben, daß ihr intelligente Wesen seid, wird sich das alles ändern. Die menschliche Zivilisation auf diesem Planeten ist zu einer landwirtschaftlichen Subsistenzwirtschaft verkommen. Nur mit eurer Hilfe kann Ozran als stimmberechtigtes Mitglied der Föderation intelligenter Rassen beitreten.«

»Das ist aber ein ziemlicher Drahtseilakt, was du da gerade aushandelst, Keff«, ermahnte ihn Carialle, als sie

Plennas schockierten Gesichtsausdruck bemerkte. Chaumel dagegen nickte und unterdrückte ein Grinsen. Er billigte Keffs zweifelhaften Umgang mit der Wahrheit im Interesse der Diplomatie.

»Bei gegenseitigem Respekt und Gleichberechtigung würden wir bleiben«, signalisierte der Froschprinz, nachdem er sich mit seinen Artgenossen beraten hatte.

»Ihr werdet es nicht bereuen«, versicherte Keff. »Dann könnt ihr euren Nachkommen sagen, daß es eure Generation war, die im Bund mit einer anderen großen und intelligenten Rasse das Werk eurer Vorfahren vollendet hat.«

»Erst nichts, jetzt alles«, signalisierte der Froschprinz, und seine Glubschaugen weiteten sich, was Keff als Zeichen der Freude deutete. »Dann waren die zahllosen Jahre vielleicht doch nicht umsonst.«

»Nur, wenn wir diesen Planeten darin hindern können, zu explodieren«, erinnerte Carialle sie. Keff übermittelte den anderen ihre Feststellung.

»Aber was müssen wir tun, um ein gesundes Gleichgewicht wiederherzustellen?« wollte Chaumel wissen.

»Hört auf, die Energie zu mißbrauchen«, erwiderte Keff schlicht. »Oder hört wenigstens damit auf, das System so radikal auszubluten, wie ihr es bisher getan habt. Die Zauberer werden sich in Zukunft mit dem begnügen müssen, was nach Bereitstellung der legitimen Funktionen noch an Energie zur Verfügung steht. Zu diesen Funktionen gehören die Wetterkontrolle, die Wasserkonservierung und alles, was die Umwelt stabilisiert. Dazu waren die Geräte ursprünglich konstruiert. Die restliche Energie darf nur für die lebensnotwendigsten Zwecke verwendet werden. Und solange die Frösche das System noch nicht repariert haben, wird das herzlich wenig sein. Du hast doch gesehen, um wieviel kälter und trockener Ozran geworden ist, seit hier Menschen siedeln. Es wird nicht mehr allzulange dauern, bis dieser Planet unbewohnbar geworden ist. Aber ihr könnt nirgendwo anders hin.«

»Das habe ich voll und ganz begriffen«, antwortete Chaumel. »Aber den anderen wird es nicht gefallen.«

»Die sollen sich das selbst anschauen«, warf Plenna unerwartet ein. »Laßt sie hierherkommen.«

»Die Idee deiner Freundin ist gar nicht schlecht«, sagte Carialle zu Keff. »Zeig ihnen diesen Ort. Die Kugelfrösche können die Energie kontrollieren. Gebt ihnen gerade genug, daß sie mit ihren Streitwagen hierher fliegen können, aber nicht genug, um einen Weltkrieg anzuzetteln.«

»Nur *gerade* eben genug«, betonte Keff, als der Froschprinz sich an die erforderlichen Einstellungen machte, »daß sie sich nicht stranguliert fühlen. Aber es sollte auch ganz klar deutlich werden, daß die Zeiten, in denen sie es Knallfrösche schneien lassen konnten, endgültig vorbei sind.«

»Ha!« machte Chaumel. »Am meisten würde es sie beeindrucken, wenn du es *Schnee* schneien lassen könntest! Das muß jeder mal mit eigenen Augen gesehen haben, sonst werden sie es nicht glauben. Die Versammlung muß sofort einberufen werden.«

Der Froschprinz und seine Begleiter paddelten zu Keff zurück. »Wir bleiben hier, um die Anlage zu überprüfen und festzustellen, was alles zerstört ist.«

Keff erhob sich und stampfte mit den Füßen auf, um den Kreislauf in seinen eingeschlafenen Beinen wieder in Gang zu bringen.

»Ich bleibe auch hier. Da es weder eine technische Anleitung noch irgendwelche Blaupausen gibt, werden Carialle und ich eine Konstruktionsskizze der Anlage herstellen und prüfen, bei welchen Reparaturen wir behilflich sein können, Cari?«

»Ich werde bereits mit Werkzeugen und Komponenten dort sein, bevor du auch nur simsalabim sagen kannst, Sir Galahad«, erwiderte sie.

»Dann bleibe ich auch besser hier«, entschied Plenna. »Irgend jemand muß die anderen aufhalten, damit sie nicht hier eindringen, sobald der silberne Turm die Ebene verläßt. Sie erregt einfach zuviel Aufsehen und Neugier.«

»Das stimmt. Bring auch Brannel mit«, forderte Keff Carialle auf. »Er hat es verdient, die Früchte seiner harten Arbeit betrachten zu dürfen. Das hier wird die Einigung entweder endgültig festschreiben oder sie beenden.«

»Es wird entweder das Ende oder der Anfang unserer Welt sein«, stimmte Chaumel ihm zu und nahm in dem silbernen Schwebesessel Platz. Dann erhob er sich von der Plattform und schnellte dem fernen Licht entgegen.

KAPITEL 14

Die riesige Höhle schluckte die wenigen hundert Zauberer wie ein Garten einen Mückenschwarm. Jeder Hochhexer wurde von seinen Lehnsleuten begleitet, die sich um ihn herum und über ihm keilförmig bis zum Rand einer gedachten Schüssel anordneten, in deren Mitte sich Keff, Chaumel, Plenna, Brannel und die Kugelfrösche auf der Plattform befanden. Alle Neuankömmlinge musterten neugierig die Maschinen am Höhlenboden und blickten ehrfürchtig zu der hohen Plattform hinauf. Der Edle Wilde sah sich staunend um und betrachtete diese Versammlung der Größten und Mächtigsten seiner Welt. Alle blickten ihn an. Keff schlug dem Landarbeiter kameradschaftlich auf die Schulter und zwinkerte.

»Du bist hier völlig sicher, mein Freund«, beteuerte er.

»Ich fühle mich aber nicht sicher«, flüsterte Brannel. »Ich wünschte, die könnten mich nicht sehen.«

»Ob sie es wissen oder nicht, sie sind dir Dank schuldig. Du hast ihnen geholfen und verdienst die entsprechende Anerkennung. In gewissem Sinne ist das hier deine Belohnung.«

»Es wäre mir lieber, man würde mich nicht erkennen«, versetzte Brannel. »Auf unsichtbare Ziele kann man nämlich nicht schießen.«

»Hier wird niemand schießen«, versicherte Keff. »Hier ist ja nicht einmal genug Energie übrig, um auch nur ein Streichholz zu entzünden.«

»Was geht hier eigentlich vor?« polterte Ilnir und übertönte das Gewirr der Stimmen und das Summen der Maschinen. »Ich bin es nicht gewöhnt, herbeizitiert zu werden. Und daß ich warten soll, bis die Bauern sich beraten haben, ist lächerlich!«

»Weshalb hat man den Silberturm hierher verbracht?« rief ein anderer Zauberer. »Gehört der nicht in den Osten?«

»Weshalb funktionieren meine Kraftgegenstände nicht mehr?« beklagte sich eine Zauberin auf dem Gefolge Zolaikas. »Chaumel, bist du für das alles verantwortlich?«

»Hochgestellte Zauberer und Zauberinnen«, rief der silberne Zaubermann geschmeidig. »Die Ereignisse der vergangenen Wochen gipfeln in dieser heutigen Zusammenkunft. Ozran ist einem Wandel unterworfen. Vielleicht haben euch einige dieser Veränderungen enttäuscht, aber ich kann euch versichern, daß sie zum besten sind – genau genommen sind sie sogar unvermeidlich, so daß es auf längere Sicht keine Rolle spielt, ob es euch gefällt oder nicht. Mein Freund Keff wird es euch erklären.« Er wies mit der Hand auf den Zentralweltler.

»Wir haben euch heute hier zusammengebracht, damit ihr euch das anschaut«, sagte Keff mit einer Stimme, die auch noch in den hintersten Reihen der Zauberer zu verstehen war. »Das hier«, er klopfte gegen den nächststehenden Schaltungskasten, »ist der Kern von Ozran.«

»Lächerlich!« schrie Lacia ihn von ihrem Platz hoch oben im östlichen Kontingent aus an. »Der Kern ist etwas völlig anderes. Das hier ist nur ein lärmendes Spielzeug.«

»Sei nicht zu voreilig, Zauberin«, rief Chaumel. »Denn ohne dieses Spielzeug, wie du es nennst, hättest du zu Fuß hierherkommen müssen. Keiner von euch hat diese Anlage jemals zu Gesicht bekommen, aber sie war die ganze Zeit hier. Sie hat Tausende von Jahren unter der Kruste Ozrans ihren Dienst getan. Sie ist die Quelle unserer Kraft, und sie steht kurz vor dem Zusammenbruch.«

»Ihr habt sie mißbraucht«, warf Keff ein. Dann hob er rasch die Hände, um die Empörung zu beschwichtigen. »Diese Anlage war niemals dazu gedacht, die Bedürfnisse einer Massengesellschaft von Hexern zu befriedigen. Vielmehr wurde sie konstruiert«, inzwischen mußte er schreien, um sich über dem anschwellenden Gemurmel Gehör zu verschaffen, »um als Wetterkontrollinstrument zu dienen! Es soll den Verlauf von Wind, Regen und Sonnenschein über euren Feldern regulieren. Wir haben euch hierher gebeten, damit ihr begreift, weshalb ihr aufgefordert seid, eure Kraftgegenstände nicht mehr zu verwenden. Tut ihr es dennoch, wird der Kern diesen Planeten immer schneller seines Lebens berauben und schließlich explodieren, wobei er mindestens ein Drittel der Planetenoberfläche mit sich reißen dürfte. Dann werdet ihr alle sterben!«

»Im Augenblick nehmen wir den Kern doch so gut wie gar nicht in Anspruch«, rief Omri. »Wir brauchen mehr als dieses Rinnsal.« Ein Chor von Stimmen pflichtete ihm bei.

»Jetzt ist die Zeit, da jeder von euch die unmittelbaren Folgen selbst vor Augen hat. Also laßt die Energieverschwendung und rettet eure Welt. Chaumel hat mit jedem von euch gesprochen, hat euch Bilder gezeigt. Ihr alle habt Zeit gehabt, darüber nachzudenken. Jetzt kennt ihr die Konsequenzen. Es geht nicht mehr darum, *ob* der Kern explodieren wird – es geht darum, *wann* er es tut!«

»Aber wie sollen wir dann herrschen?« fragte die piepsige Stimme Zolaikas. Sofort verstummten alle anderen. »Wie sollen wir die Ackerdörfer in Gang halten? Wenn wir uns nicht um alles kümmern, werden die Arbeiter nicht mehr arbeiten.«

»Es ist erforderlich, daß ihr euch um alles kümmert, Zauberin. Hört auf, die Gefügigkeitsdroge zu verabreichen, dann werdet ihr feststellen, daß ihr die Arbeiter nicht wie eine Schafherde hüten müßt«, versetzte Keff. »Dann werden sie zu Erfindern, und Ozran wird die Geburt einer Zivilisation erleben, wie der Planet sie noch nie gekannt hat. Im Augenblick betäubt und verdummt ihr potentielle Bildhauer, Architekten, Wissenschaftler, Ärzte, Lehrer. Ihr müßt ihnen allerdings beibringen«, fügte Keff mit einem Lächeln hinzu, »sich selbst zu bekochen. Vielleicht könnt ihr ihnen Angehörige eures Küchenpersonals schicken – nachdem ihr ihnen Öfen und Herde gebaut habt. Geothermische Energie steht schließlich in allen Höhlen zur Verfügung. Binnen einer Woche könntet ihr in jeder Ackerbaukommune eine Gemeindeküche aus dem Boden gestampft haben. Danach braucht ihr keine Energie mehr auf die Nahrungsverteilung zu vergeuden.«

Keff bedrängte Brannel, sich auf das Mittelpodium zu stellen. »Sprich. Mach schon. Das wolltest du doch vorhin noch tun.«

»Zauberin«, begann Brannel schüchtern, doch dann brüllte er förmlich los, als einige der Zauberer sich beschwerten, weil sie ihn nicht verstehen konnten. »Zauberin, wir brauchen mehr Regen! Wir Landarbeiter könnten mehr Nahrung anbauen und größere Feldfrüchte hervorbringen, wenn wir mehr Regen hätten – und wenn ihr nicht so viele Kriege führen würdet.« Als sich zorniges Gemurmel ausbreitete, reagierte Brannel verschreckt und wollte sich zurückziehen, doch Keff schob ihn sanft wieder an seinen Platz.

»Hört ihn an!« brüllte Nokias. Brannel schluckte erst, fuhr dann aber tapfer fort: »Ich ... wenn ihr viel Magie in unserer Nähe benutzt, entweicht das Leben aus den Pflanzen. Wir sorgen für den Boden, wir pflügen ihn gründlich und bewässern ihn mit großer Mühe, aber wenn Magie eingesetzt wird, sterben die Pflanzen ab.«

»Begreift ihr das?« fragte Keff und ließ Brannel sich zurückziehen. Der Edle Wilde lehnte sich nervös an eine Strebe der Steuerungsplattform, und Plennafrey tätschelte seinen Arm. »Eure Bauern wissen, was gut für den Planeten ist – und ihr macht ihre größten Anstrengungen zunichte, indem ihr mit euren kleinlichen Scharmützeln fortfahrt. Gebt ihnen mehr Eigenverantwortung und Unterstützung, dazu weniger Beeinträchtigung des Energiestroms, und ich bin sicher, die Ergebnisse werden euch angenehm überraschen.«

»Du redest und redest nur über die Bauern«, rief Asedow. »Wir haben genug von den Bauern gehört. Aber was machen *die* hier?« Der grüngekleidete Zaubermann deutete auf die Frösche.

Keff lächelte.

»Das ist die wichtigste Entdeckung, die wir gemacht haben, seit wir den Problemen mit dem Planetenkern nachgegangen sind. Als Carialle und ich auf Ozran landeten, hatten wir gehofft, eine uns ebenbürtige, vernunftbegabte Spezies vorzufinden, die über herausragende technische Fertigkeiten verfügt. Wir waren enttäuscht, als wir feststellen mußten, daß ihr Zauberer keine solche Spezies seid.« Mit einer Handbewegung kam er den erwarteten Beschwerden zuvor. »Nein, damit meine ich nicht, daß ihr rückständig seid! Wir haben nur die Entdeckung gemacht, daß ihr *Menschen* seid wie wir. Wir gehören derselben Art an. Wir haben in euch einen lange verloren geglaubten Zweig unserer eigenen Rasse wiedergefunden.«

»Ihr seid Ozraner?«

»Nein! *Ihr* seid Zentralweltler. Euer Volk ist vor tausend Jahren an Bord eines Schiffs Namens *Bigelow* nach Ozran gekommen. Das ist auch der Grund, weshalb ich die von euren Vorfahren hinterlassenen Bänder und Papiere übersetzen konnte. Die Sprache ist eine uralte Version meiner eigenen. Carialle und ich haben unser Ziel trotzdem noch erreicht. Wir haben eine uns ebenbürtige Rasse gefunden.«

»Wo denn?« rief jemand. Keff hob beide Hände.

»Ihr wißt alles über die Ahnen und die Alten. Ihr wißt, wie die Alten aussahen. In vielen eurer Festungen gibt es Bilder von ihnen. Eure Großeltern haben euch Schauergeschichten erzählt, und ihr habt auch die Holographien gesehen, die Chaumel mich von den Aufzeichnungsbändern eurer Vorfahren abzuspielen bat. Aber ihr habt noch nie die Ahnen gesehen. Ihr wißt, daß sie den Kern von Ozran erbaut und das ganze System begründet haben, auf dem seit nunmehr zehn Jahrhunderten eure Macht und Kraft beruht. Das hier«, sagte er mit einem triumphierenden Armschwenken in Richtung des Froschprinzen und seiner Gehilfen, »sind die Ahnen!«

»Niemals!« rief Ferngal, das rote Gesicht zu einer wütenden Maske verzerrt.

Keff übertönte die ungläubigen Schreie aus den Tiefen seines stiergleichen Brustkorbs:

»Dieses Volk lebt seit nunmehr zehn Jahrhunderten direkt vor eurer Nase. Es sind die Ahnen, die den Kern und alle Kraftgegenstände erfunden haben.«

Das Gemurmel verstummte. Für einen Augenblick herrschte völlige Stille; dann baute sich hysterisches Gelächter auf, bis es die riesige Höhle ausfüllte. Keff wahrte eine höfliche Miene, doch ohne zu lächeln. Er wies auf den Froschprinzen.

Der Amphibioide trat vor und begann, in Zeichensprache die Rede zu halten, die er mit Keffs Hilfe vorbereitet hatte. Er war eloquent, forderte zu Anerkennung auf und versprach Kooperationsbereitschaft. Die Zauberer erkannten die alten Zeichen wieder, und ungläubig weiteten sich ihre Augen. Nach und nach legte sich die Heiterkeit. Sämtliche Mienen im Kreis kündeten von Erstaunen, Verblüffungen, Schreck. Das Publikum ließ den Blick zwischen Hohe Augenbraue und Keff hin und her schweifen.

»Das meinst du doch wohl nicht im Ernst, oder?« fragte Nokias. »*Das* sollen die Ahnen sein?«

»Es ist mir völlig ernst«, erwiderte Keff. »Chaumel wird es dir bestätigen. Sie haben mir dabei geholfen, ja, mich sogar *angeleitet*, den Kern provisorisch zu reparieren. Er stand kurz vor der Überhitzung. Es wird noch sehr viel Zeit vergehen, bis er soweit hergerichtet ist, daß er bei Überlastung nicht explodiert. Ich allein würde das nicht schaffen. Einige der Komponenten habe ich noch nie im Leben gesehen. Freund, diese Maschine ist einfach phantastisch! Es ist ein System, das aus der feststofflichen Materie in seiner Umgebung elektrische Energie beziehen kann, ohne dabei verstrahlten Abfall zu erzeugen. Wen ihr hier an meiner Seite seht, ist der Nachfahre einiger der begabtesten Wissenschaftler und Ingenieure in der ganzen Galaxie. Diese Leute haben schon wie die Tiere in den Sumpfgebieten gehaust, lange bevor euer Volk hierherkam.«

»Aber es *sind doch* Tiere!« schrie Potria.

»Das sind sie nicht«, widersprach Keff geduldig. »Sie wurden lediglich dazu gezwungen, so zu leben. Als die Alten in die Berge zogen, die ihr eure Festungen nennt, haben sie das Froschvolk des Zugangs zu seiner eigenen Maschinerie beraubt und es in die Subsistenzwirtschaft zurückgezwungen. Es sind aber *wirklich* fortgeschrittene Lebewesen. Sie sind dazu bereit, euch bei der Reparatur des Systems zu helfen und dafür zu sorgen, daß es wieder so funktionieren *soll*! Ihr habt alle die Holobänder vom Zustand Ozrans zur Zeit der Ankunft eurer Vorfahren gesehen. Ozran könnte wieder zu einem üppigen grünen Paradies werden – so, wie es war, bevor die Alten die Kraftgeräte an sich rissen und Zaubergegenstände daraus machten. Sie haben sie an euch weitergegeben, und ihr habt das System über seine Kapazität zur Wetterkontrolle hinaus belastet. Das ist nicht eure Schuld. Ihr wußtet es nicht anders. Aber dafür müßt ihr jetzt dabei helfen, alles wieder ins rechte Lot zu rücken. Euer eigenes Leben hängt davon ab.«

»Ha! Du wirst mir nicht einreden, daß dieses abgerichtete Sumpfgeschleim die Ahnen sein sollen!« Potria lachte, ein harsches Geräusch mit hysterischem Unterton. »Das ist ein armseliger Witz, und ich habe genug davon!« Sie wandte sich an die anderen. »Glaubt *ihr* etwa diese Märchen?«

Die meisten Zauberer waren gerade damit beschäftigt, sich nervös miteinander zu beraten. Keff war froh, daß nur einige wenige von ihnen »Nein!« riefen.

»Du sagst, wir sollen teilen«, warf Asedow ein, »aber diese sogenannten Ahnen verfolgen damit ja möglicherweise ihre eigenen Interessen.«

»Sie waren als erste hier, und es ist ihr Gerät«, antwortete Keff. »Da ist es nur gerecht, daß sie jetzt Zugang dazu bekommen.«

»Sie können damit ja wohl kaum noch unvernünftiger umgehen, als wir es getan haben«, rief Plennafrey kühn.

»Was ist aus dem Rest unserer Kraft geworden?« fragte Ferngal.

»Die Turbinen liefen schon heiß. Wir haben sie heruntergefahren, damit sie sich abkühlen können«, erläuterte Keff. »Es gibt genug Energie, um die normalen Funktionen zu gewährleisten. Allerdings keinen Luxus. Entweder findet ihr euch damit ab, oder es gibt überhaupt nichts mehr, sobald das System in die Luft fliegt. Ihr werdet eben lernen müssen, damit zu leben.«

»Ich werde aber nicht damit ›leben‹. Wie willst du mich daran hindern?« fragte Asedow bösartig.

»Halt den Mund, Bengel, und hör gefälligst auf die Erwachsenen«, rief die alte Frau namens Iranika.

»Wer ist auf meiner Seite?« rief Potria und ignorierte die Alte. »Dieser Fremde hat uns beleidigt. Er *behauptet*, daß er uns unsere Kraft zu unserem eigenen Wohl genommen habe, aber nun will er sie ausgerechnet *Sumpfwesen* aushändigen. Der will doch nur Ozran beherrschen, mit dieser dürren Zicke an seiner Seite und Chaumel als Lakai!«

»Potria!« donnerte Nokias und wirbelte in seinem Streitwagen mitten in der Luft zu ihr herum. »Du überschreitest deine Kompetenz. Asedow, zurück auf deinen Platz!«

»Freunde, bitte«, rief Chaumel.

»Du kümmerst dich mehr um ein Fellgesicht als um einen der Deinen, Nokias«, setzte Asedow nach. »Vielleicht möchtest du ja lieber einer von ihnen werden – macht- und kraftlos und ohne Finger!«

»Er begann, Kraft zu sammeln, um eine seiner berühmten Rauchwolken zu bilden. Doch er brachte nichts weiter zustande als eine leise Verpuffung. Keff sah, wie er sich abmühte und sein Amulett umklammerte, um mehr Energie an sich zu ziehen. Die Wolke schwoll bis zur Größe seines Kopfs an; dann löste sie sich auf. Asedow keuchte. Nokias mußte lachen.

»Zu mir, Asedow!« rief Potria. »Wir müssen zusammenarbeiten!« Ihr Streitwagen schoß empor, verließ seinen Platz in der gedachten Schale. Asedow, Lacia, Ferngal und eine

Handvoll anderer umringten Potria. Im selben Augenblick schoß auch schon ein Blitz aus ihrer Mitte hervor. Hätte Chaumel nicht einen dünnen Schutzschild aufgeworfen, wäre der Blitz am Rand der Plattform eingeschlagen.

»Der Schild ist zu schwach«, sagte er zu Keff. »Er wird nicht halten.«

Nokias, Zolaika, Ilnir und Iranika flogen von ihren Plätzen zur Plattform hinüber.

»Das bedeutet Ärger«, rief Nokias. »Wieviel Kraft ist noch da?«

»Nicht viel mehr als das, was ihr braucht, um eure Streitwagen zu betreiben«, antwortete Keff.

»Auch die können sie noch pervertieren«, warnte Zolaika. »Seht mal!«

Als sie die Anzeichen einer sich entwickelnden großen Schlacht erkannten, machten viele der anderen Zauberer in ihren Schwebesesseln kehrt und hielten auf den Ausgang zu. Die Streitwagen gerieten ins Stocken und neigten sich gefährlich der Turbinenreihe entgegen, als die vereinte Willenskraft der Dissidenten ihnen die Energie entzog. Viele machten kehrt, scharten sich um die Plattform und kämpften um Landeplatz.

»Ich werde sie aufhalten«, sagte Braue und schloß die riesigen Hände um das Gürtelschnallenamulett.

»Nein«, widersprach Keff. »Wenn du jetzt den Strom abdrehst, werden auch die Zauberer hier abstürzen.«

»Ich mache der Sache ein Ende«, entschied Zolaika. »Brüder und Schwestern, zu mir!« Sofort fügten Nokias, Ilnir und eine Schar weiterer Zauberleute ihre eigene schwache Kraft der der alten Zauberin hinzu. Begleitet vom qualvollen Lärm der Generatoren, baute Zolaika einen Zauber auf und schleuderte ihn mit letzter verbliebener Kraft gegen den Kreis der Dissidenten.

Die fliehenden Zauberer schrien vor Furcht auf, als ihre Sessel abzusacken begannen wie junge Vögel, die noch nicht richtig flügge waren. Die große Höhle rumpelte, und junge Stalaktiten brachen von der Decke ab. Spitze Zähne aus

Felsgestein krachten auf die Plattform. Die Magier schützten sich mit Schilden, welche die Geschosse kaum abzuwehren vermochten. Keff machte einen Satz, als ein meterlanges Gesteinsstück neben ihm den Pfeiler traf. Es prallte einmal vom Boden ab und stürzte mit lautem Dröhnen seitlich mitten in die Anlage.

Im Kreis der Dissidenten hoch oben an der Höhlendecke streckten Potria und ihre Verbündeten einander die Hände entgegen. Keff sah, wie sich farbige Lichtbänder zwischen ihnen ausbildeten, ein Ring für jeden Zauberer und jede Zauberin, die sich ihnen angeschlossen hatten.

»Wir haben ein Problem, Keff«, meldete Carialle. »Sie haben ihre Verbindung zu den Steuerungselementen des Kerns wiederhergestellt.«

»Sie zerren«, sagte Plenna und griff nach Keffs Arm. »Sie zerren am Kern. Sie versuchen, die Barriere zu durchbrechen, die die Kraft dämpft – jetzt haben sie es geschafft!«

»Braue, halt sie auf!« schrie Keff.

»Nicht möglich«, signalisierte der Amphibioide hastig. »Alt, kaputt.«

»Maschinen wieder auf voller Leistung«, meldete Carialles Stimme.

Mit gewaltigem Brüllen legten die Generatoren wieder los. Die Zauberer, die in ihren Schwebesesseln dem Ausgang förmlich entgegengehumpelt waren, schossen plötzlich los wie von einem Katapult getrieben. Keff stöhnte auf, als er versengtes Silizium roch. Er und die Frösche hatten nicht viel mehr tun können, als die Sicherungen zu flicken. Jetzt waren sie geschmolzen und nicht mehr zu reparieren.

»Als euer Lehnsherr befehle ich euch aufzuhören!« brüllte Nokias die Dissidenten an.

»*Mir* erteilst du keine Befehle, Bruder«, höhnte Ferngal. Er hob seinen Stab und richtete ihn gegen Nokias. Ein Feuerstoß, dessen Größe und Intensität sogar seinen Erschaffer überraschte, raste auf Nokias zu. Der goldene Zauberer wich zur Seite aus. Sein Schwebesessel, der ebenfalls einen übermäßigen Kraftstoß durch den Kern erhalten hatte, glitt durch die Luft davon wie auf Eis. Nokias brauchte einen Augenblick, um ihn wieder in seine Gewalt zu bringen. Diese kurze Pause genügte Ferngal, um mehrere weitere Kraftbolzen abzufeuern. Bis auf den letzten verfehlten alle ihr Ziel, doch der Treffer riß eine Armlehne von Nokias' Schwebesessel. Glücklicherweise hatte der Zauberer gerade die Arme gehoben. Er war im Begriff, seine Gegensalve vorzubereiten.

Lacia hatte sich gegen Chaumel gewandt. Die beiden feuerten explodierende Feuerbälle aufeinander ab, die größer und größer wurden, als die Zauberer begriffen, daß der Kern seine Übertragung wiederaufgenommen hatte. Im Sturzflug gingen die Dissidenten auf die Plattform nieder. Mit bewundernswerter Gelassenheit und tödlicher Zielgenauigkeit schaffte Chaumel es, sie allesamt auf Distanz zu halten.

»Stopp!« brüllte Keff. »Je mehr Kraft ihr verbraucht, um so schneller gehen wir alle in die Luft!«

Mit einem Kriegsschrei schoß Potria auf Keff hinab, die krallenbewehrten Finger nach ihm ausgestreckt. Er sah, wie sich der rote Blitz zwischen ihnen ausbildete, und brachte sich mit einem Hechtsprung unter der niedrigen Konsole in Sicherheit. Dort kauerten bereits Brannel und die Frösche. Hohe Augenbraue stand schützend mit dem Rücken zu seinen Gefährten. Keff wünschte sich, eine Waffe zu haben, gleich welcher Art. Da erblickte er seine lederne Werkzeugtasche, die gefährlich dicht am Rand der Plattform hing und nur noch von der Kante eines Sessels festgehalten wurde, der auf der Tasche gelandet war. Keff ging in die Hocke und kroch auf Händen und Knien aus seinem Versteck, geschützt von der Zusammenballung von Streitwagen.

Als die Energieübertragung wiederhergestellt worden war, nutzte Brochindel der Scharlachrote die Gunst des Augenblicks, um abzuheben und die über seinem Kopf tobende Schlacht zu fliehen. Keff warf sich mit ausgestreckter Hand auf den Bauch. Mit einem Glied seines gekrümmten Fingers gelang es ihm, ein winziges Stück vom Tragegurt zu erwischen. Potria sah Keff schutzlos am Boden liegen und stieß einen Schrei aus; dann flog sie eine Wende und schoß zum zweiten Mal auf ihn zu. Unter dem Gewicht der Werkzeugtasche stöhnend, riß Keff sie auf und zerrte sie in den Schatten der Konsole. Dort leerte er sie auf der Suche nach einer Waffe. Hämmer – nein. Spanner – nein. Ah, ja, der Bohrer! Der besaß ein flexibles, ein Meter langes Bit.

»Der Ritter soll sein Schwert haben«, bemerkte Carialle. »Hol sie dir, Sir Keff.«

Keffs Finger nestelten an dem Verschluß, versuchten, den Einsatz zu lösen. Potria, deren Energie durch die Nähe zum Kern überladen wurde, schleuderte eine Feuerkugel, die eine geschmolzene Narbe auf der Plattformoberfläche hinterließ. Keff sprang auf, als sie vorbeigejagt war, ließ die improvisierte Schwertklinge vorschnellen und traf Potria damit am Handrücken. Sie ließ das Amulett fahren, doch es fiel nur in ihren Schoß.

»Du ... du Bauer!« kreischte sie, als ihr nichts Besseres einfiel. »Du hast mich geschlagen!«

Plennafrey eilte an Keffs Seite. Zwar hatte der Froschprinz inzwischen ihre Gürtelschnalle, doch besaß sie immer noch den Umhang ihres Vaters. Während sie die langen Finger in die Mulden schob, bildete sie um sich, Keff und die Konsole herum einen dünnen Schutzpanzer. Potria schoß mit wechselndem Ziel in die Höhe und wich zurück, jedoch nicht, bevor Plennafrey ein kleines Loch in den Schild gebohrt hatte. Sie hob einen herabgestürzten Felsbrocken auf und warf ihn der rosagoldenen Zauberin nach. Er traf Potria am Armrücken, was diesmal eine bunte Kette von Schimpfworten hervorrief, als der Zauberin ihr Kraftgegenstand aus der Hand fiel. Sie sauste in die Tiefe, um ihn wieder aufzufangen, bevor er zwischen die Maschinen stürzte.

»Guter Wurf, Plenna!« sagte Keff.

»Energiesparend«, meinte Plenna fröhlich und grinste ihn an.

Asedow schoß herbei, die Keule zum Schlag erhoben. Keff warf sich flach zu Boden und wich den Rauchblasenbomben aus; dann sprang er wieder auf. Mit einem Zucken seines improvisierten Degens traf er Asedow und entwaffnete ihn, schleuderte die Keule in den Abgrund hinab. Fluchend machte Asedow kehrt. Er blickte zu den wirbelnden Maschinen hinunter; dann nestelte er am Brustteil seiner Robe. Er holte ein kleines Amulett hervor und schob die Finger hinein.

»Verdammt!« fluchte Carialle. »Das Ding habe ich noch nicht in meinen Aufzeichnungen.«

Zum Glück benutzte Asedow es nicht sofort. Dafür erschien Potria mit zusammengebissenen Zähnen viel zu früh wieder am Rande der Plattform.

»Ich wollte nur auf Wiedersehen sagen«, verkündete sie, in den Augen ein wahnsinniges Schimmern. »Ich gehe auf Froschjagd! Kommst du mit, Asedow?«

»Und ob, Schwester!« gluckste der grüne Zauberer. »Unsere neuen Gebieter werden vielleicht überrascht sein, wenn wir sie besuchen!«

Unter der Konsole ertönten beunruhigte Geräusche. Braue kam hervor und signalisierte heftig. Als Geste des Abschieds schleuderte Potria ihm eine Handvoll Blitze entgegen. Braue schirmte sich reflexartig ab und setzte seine Signale panikerfüllt fort.

»Mein Volk«, wiederholte er immer wieder. »Mein Volk!«

»Wir müssen sie aufhalten!« entschied Keff. Plennafrey zerbrach die sie umgebende Blase, und zu dritt hielten sie auf ihren Schwebesessel zu.

»Ich werde unsere Freunde beschützen«, sagte Chaumel und bahnte sich einen Weg über die Plattform auf sie zu. Ferngal schleuderte einen gegabelten Blitz, zielte damit auf den silbernen und die goldene Zauberin zugleich. Chaumel duckte sich, und zischend fuhr das Geschoß über seinen Kopf hinweg. In der nächsten Sekunde hatte er eine dünne, leuchtende Schutzkugel um sich und die Konsole gebildet, mit der er den Attacken der Dissidenten widerstand.

Plennafrey erhob sich von der Plattform. Asedow und Potria hatten es schon fast bis zum Tunnel geschafft. Plötzlich erschien ein halbes Dutzend Streitwagen über ihren Köpfen und schnitt ihnen den Weg ab. Mit grimmiger Miene klammerte Keff sich fest. Braue umschlang Plennafreys Knie, als sie versuchte, den anderen auszuweichen, doch es waren einfach zu viele.

»Verräter!« kreischte Lacia und ließ Blitze auf sie herabhageln.

»Emporkömmling!« schrie Ferngal Plennafrey zu. »Du kennst wohl deinen Platz nicht. Aber das wirst du noch lernen! Alle zusammen – *los!*«

Die junge Zauberfrau baute einen Schild auf, doch die Kraft von sechs oder mehr älteren Zauberinnen zerfetzten ihn wie ein Stück Papier. Regenbogenfarbenes Feuer verzehrte die Luft um sie herum. Unter ihnen erschütterte eine Explosion den Streitwagen. Geblendet und hustend merkte Keff, wie er tiefer und tiefer fiel.

Nur wenige Meter über den Generatoren wurde er von etwas Federndem und doch Unstofflichem aufgefangen. Als seine Augen sich wieder an die Lichtverhältnisse gewöhnt hatten, blickte Keff sich um. Ein aus Silber und Gold gewebtes Netz trug ihn und die anderen in die Höhe. Auf der Maschinenoberfläche lagen die Trümmer von Plennafreys Streitwagen verstreut. Es hatte ihn in Stücke gerissen. Plennafrey hing, Braue umklammernd, in einem ähnlichen Netz, das von Chaumel und Nokias gesteuert wurde. Ferngal und die anderen befanden sich etwa auf halber Entfernung zur Höhlenwand und flogen soeben eine Schleife, um erneut anzugreifen.

»Alles in Ordnung?« fragte Chaumel, als er ihnen auf die Plattform zurückhalf.

»Ja«, erwiderte Keff und sah, wie Plenna ein wenig zittrig nickte. »Die Generatoren geraten außer Kontrolle. Wir müssen sie herunterfahren.«

Braue löste sich mit einem Ruck aus Plennas Armen und eilte zur Konsole hinüber. Mit Hilfe des Amuletts betätigte er Schalter und Drehknöpfe, doch Keff mußte erkennen, daß seine Bemühungen nur wenig Wirkung zeigten. Ferngal und die anderen hatten sie fast schon erreicht. Ein weißblauer Blitz fuhr krachend zwischen Braue und die Konsole, trieb ihn zurück. Tapfer warf sich der kleine Amphibioide nach vorn. Keff stellte sich zwischen Braue und die Dissidenten, bereit, den nächsten Ansturm abzufangen.

»Jetzt reicht's aber!« erklärte Carialle laut. Plötzlich versagten die Kraftgegenstände. Die Streitwagen der Dissidenten verlangsamten ihre Geschwindigkeit, gingen sogar in die Kippe. Alle stießen erschreckte Schreie aus. Lacia klammerte sich an den Armlehnen fest.

»Hört sofort mit dieser Attacke auf!« brüllte Keff und riß die Arme hoch. »Als nächstes schalten wir eure Schwebesessel ab! Wenn ihr nicht ins Getriebe stürzen wollt, hört sofort auf! Damit dient ihr weder eurer Sache noch eurem Planeten!«

Wütend, aber hilflos zogen Ferngal und die anderen sich von der Plattform zurück. So würdevoll, wie es ihm unter diesen Umständen möglich war, führte Ferngal seine gebeutelte Truppe aus der Höhle.

»Saubere Arbeit, Cari«, bemerkte Keff.

»Ich war mir nicht sicher, daß ich derart eng beieinanderliegende Frequenzen würde anpeilen können, aber es hat funktioniert«, antwortete Carialle triumphierend. »Sie werden zwar nicht abstürzen, aber das ist auch schon alles – das haben sie nun von ihrer Widerborstigkeit. *Deren* Kraftgegenstände schalte ich jedenfalls nicht wieder ein. Das kann Braue ja eines Tages tun, wenn er glaubt, ihnen wieder trauen zu können.« Keff blickte zu dem Kugelfrosch hinüber, der trotz der kleinen Verbrennungen, die er davongetragen hatte, fieberhaft an der Konsole arbeitete. Mit schmerzvollem Stöhnen und Kreischen verlangsamten sich die Turbinen und gingen wieder in ein friedliches Summen über.

»Der Typ imponiert mir«, murmelte Keff. Plennafrey ergriff seinen Arm.

»Wir müssen Potria aufhalten«, sagte sie drängend. »Sie

wird die Ahnen umbringen, und dazu braucht sie keine Kraft. Sie ist verrückt. Es genügt schon, wenn sie im Sessel ihr Ziel erreicht.«

Keff schlug sich mit der Hand an die Stirn. »Ich habe mich ablenken lassen. Ja, wir müssen sie sofort abfangen.«

»Sie ist durchgedreht«, warf Nokias ein. »Ich werde das erledigen.« Der goldene Sessel hob sich von der Plattform. »Ich werde dir helfen, Zauberer Keff«, erbot sich Brannel und kam aus seinem Versteck hervor.

»Wir müssen ihr folgen, Chaumel«, sagte Keff, an den silbernen Zaubermann gewandt. »Kannst du uns auch mitnehmen?«

»Keine Sorge«, sagte Carialle in behaglichem Tonfall. »Potria ist draußen. Im Schnee. Und flucht.«

»Carialle hat sie schon aufgehalten«, rief Keff. Nokias wandte den Kopf, und Keff nickte heftig. Die anderen jubelten. Plenna warf sich Keff in die Arme. Er drückte sie ausgiebig an sich; dann ging er neben Braue in die Knie. Die beiden anderen Kugelfrösche waren unter der Konsole hervorgekommen, um ihrem Häuptling zu helfen. Alle drei wirkten beunruhigt.

»Kann ich helfen?« frage Keff.

»Große, sehr große Kraft, gespeichert«, signalisierte Braue und zeigte auf die Batterienanzeige. »Von denen gemacht.« Er gestikulierte in Richtung des verschwundenen Ferngal und seiner Anhänger. »Müssen etwas damit tun, sofort!«

»Ein Stau in den Speicherbatterien?« fragte Keff. Er sah die überlasteten Anzeigen. Die anderen, die durch ihre langjährige Praxis wußten, wie sich die Launen des Kernfelds anfühlten, schauten angespannt zu. »Was könnt ihr denn tun? Könnt ihr es entladen?«

Braue nickte einmal scharf; dann beugte er sich, das Amulett in den Händen, über die Kontrollinstrumente.

Oben auf der Planetenoberfläche ruhten Carialles Heckflossen unweit des Eingangs auf einem einsamen Felsvorsprung. Zufrieden beobachtete sie, wie Potria ihren funktionsuntüchtigen Streitwagen erst durchrüttelte, dann daran zerrte und ihm schließlich einen Tritt verpaßte. Asedow lag bewußtlos auf einer Schneewehe, in die er beim Aussetzen seines Schwebesessels gestürzt war. Die rosagoldene Zauberin raffte ihre Röcke und stapfte durch den Permafrost auf Asedows Fahrzeug zu. Doch das wollte ebensowenig funktionieren. Sie trat danach, trat nach ihm und kam schließlich herüber, um mit den Zehenspitzen ihrer zierlichen Pfirsichstiefel Carialles Heckflossen zu bearbeiten.

»He!« protestierte Carialle über Lautsprecher, »hör sofort damit auf!«

Potria machte einen Satz zurück. Schmollend begab sie sich wieder zu ihrem Schwebesessel, nahm majestätisch darauf Platz und wartete, daß etwas geschähe.

Es geschah auch etwas; doch ganz bestimmt hatte Potria etwas völlig anderes im Sinn gehabt. Carialle spürte eine atmosphärische Veränderung. Energie kroch aus der Planetenoberfläche hervor, schien förmlich durch feste Materie zu sickern. Anstatt sich ionisiert und ausgelaugt anzufühlen, wurde die Luft plötzlich schwer. Carialle überprüfte ihre Instrumente. Mit Interesse stellte sie fest, daß die Temperatur anstieg und demzufolge auch die Luftfeuchtigkeit.

»Keff«, funkte sie, »du solltest alle mal hinausführen, und zwar pronto.«

»Was ist los?« fragte die Stimme des Muskels besorgt.

»Nichts. Nur ... bringt einfach alle noch oben. Das werdet ihr euch bestimmt anschauen wollen.«

Sie überwachte das verwunderte Gespräch, als Keff seinen kleinen Trupp zu dem langen Flug an die Oberfläche versammelte. Als sie schließlich im Kamineingang erschienen, begannen sich am klaren blauen Himmel bereits die ersten Wolken zu bilden.

Plennafrey saß im Huckepack auf Chaumels Sessel, während die drei Kugelfrösche sich an der Rückenlehne festklammerten. Keff und Brannel teilten sich den goldenen Schwebesessel mit Nokias. Nokias' verbliebene Gefolgsleute flogen hinterher. Die Gruppe landete neben Carialles Rampe. Potria hielt die Nase hochgereckt und ignorierte sie spitz.

»Was ist den so Wichtiges geschehen, Cari?« fragte Keff, nachdem er sich mit einem Blick auf Asedow davon überzeugt hatte, daß der Mann noch am Leben war.

»Schau sie dir doch mal an«, schlug Carialle vor. Die Ozraner starrten wie gebannt an den Himmel. »Für dich ist das vielleicht nicht wichtig, aber für sie. Es ist sogar lebenswichtig!«

»Was geht denn hier vor?«

»Nun warte es doch mal ab! Ihr Weichschalen seid vielleicht ungeduldig«, tadelte Carialle ihn scherzhaft.

»Die Luft fühlt sich seltsam an«, meinte Brannel eine Weile später und rieb sich prüfend ein Stück Fell mit zwei Fingern. »Sie ist nicht mehr kalt, sondern *dick*.«

Das Donnergrollen erschreckte sie alle. Gewitterblitze zuckten über den Himmel, und im nächsten Augenblick begann es zu gießen.

Kaum hatten die ersten Tröpfchen ihre ausgestreckten Hände berührt, als Chaumel und die anderen schon vor Freude kreischten und Tänze vollführten. Einige der Zauberer sammelten eine Handvoll kalte, schwere Wassertropfen nach der anderen und bespritzten sich damit das Gesicht. Plennafrey packte Keff und Brannel und wirbelte sie im Kreis.

»Regen!« rief sie. »Echter Regen!«

Unter seinem nassen, am Schädel klebenden Haar strahlte das Gesicht des Edlen Wilden.

»Ach, Zauberer Keff, das ist das Schönste, was mir je passiert ist.«

In der Mitte ihres kleinen Kreises hatten die drei Kugelfrösche ihre Behälter verlassen und standen mit ausgestreckten Händen da, ließen das Wasser an ihren Leibern herabströmen.

»Danke, Freunde«, sagte Chaumel und kam zu ihnen hinüber, um sie mit nassen Ärmeln zu umarmen. »Schaut nur, wie weit die Wolken sich ausbreiten! In einer Stunde wird es auch in den Regionen des Südens und des Ostens regnen. Regen, auf meinem Berggipfel! Was für eine Kostbarkeit!«

»Genau das wird geschehen, wenn ihr den Kern von Ozran so arbeiten laßt, wie es gedacht war«, antwortete Keff. Plenna umarmte ihn so heftig, daß ihm dabei fast eine Rippe brach, und strahlte Brannel an.

»Dieses hochwillkommene Gewitter wird mehr Zweifler überzeugen als alle Reden oder Höhlen voller Apparate«, meinte Nokias, als er sich zu ihnen gesellte. »Noch ein paar von der Sorte, vor allem um die Saatzeit, und wir bekommen Spitzenernten. Meine Obstbäume«, sagte er stolz, »werden Früchte tragen wie nie zuvor.«

»Ozran wird gedeihen«, sagte Chaumel siegessicher. »Ich gebe euch jetzt folgende drei Versprechen, und vor allem dir, mein pelziger Freund: keine Amputationen mehr, kein Gift mehr im Essen, keine hochmütigen Zauberer, die auf ihren Bergfestungen hocken. Wir werden uns wie Verwalter gebaren und nicht wie verdorbene Patrizier, die zwar die Nahrungsmittel verzehren, aber die Bauern dafür verprügeln. Wir werden von unserem hohen Roß herabsteigen und unserer ... Menschlichkeit in Ehre gerecht werden.«

Brannels Augen leuchteten. »Ich hätte nie geglaubt, einmal den Tag zu erleben, da einer der wichtigsten Zauberer auf der ganzen Welt zu mir wie zu einem Ebenbürtigen spricht.«

»Du bist doch selbst wichtig«, warf Keff ein. »Du bist der intelligenteste Arbeiter auf der Welt, nicht wahr, Chaumel?«

»Und ob!« Chaumel spuckte Wasser aus und fuhr sich über das Gesicht. »Mein Freund Nokias und ich haben dir einen Vorschlag zu machen. Möchtest du ihn dir anhören?«

Nokias blickte einen Augenblick zweifelnd drein, dann aber schien ihn die stumme Kommunikation zwischen den beiden beruhigt zu haben. »Ja, das haben wir.«

»Ich werde zuhören«, sagte Brannel vorsichtig, nachdem er Keff erlaubnisheischend angeblickt hatte.

»Ozran wird einen Berater für Ressourcenerhalt brauchen. Und jemanden, der zwischen Arbeitern und Verwaltern vermittelt. Das wird eine Stellung sein, die denen der Zauberer fast ebenbürtig ist. Es wird sehr viel harte Arbeit bedeuten, aber dafür wirst du deinen klugen Verstand auch zum Wohle deiner ganzen Welt benutzen. Nimmst du an?«

Brannel sah dermaßen erfreut aus, daß es fast schien, als brauchte er zwei Schwänze zum Wackeln. »O ja, Zauberer Chaumel. Ich werde mich dieser Aufgabe von ganzem Herzen widmen.«

»Soll ich es ihm jetzt sagen?« flüsterte Plenna Keff ins Ohr. »Er kann meinen Umhang und meine anderen Sachen bekommen, wenn ich mit dir fortgehe. Hohe Augenbraue hat ja schon meinen Gürtel.«

»Äh, sag es ihm noch nicht, Plenna. Laß es eine Überraschung werden. *Ach, je,* Cari«, fuhr Keff subvokal fort. »Wir haben da immer noch ein Problem.«

»Ich bin bereit, Herr Ritter. Führ sie herein.«

»So, Freunde«, sagte Nokias, einen Ärmel nach dem anderen auswringend. »So sehr ich diesen Regen auch genieße, ist er doch ziemlich naß. Kommt mit mir auf meine Festung, wo wir diese prächtige Gewitter mit einem Dach über dem Kopf beobachten und genießen können.« Er wandte sich an Brannel. »Komm mit uns, Fellgesicht. Du hast noch viel zu lernen. Warum sollten wir nicht sofort damit anfangen?«

Brannel, der sein Glück kaum fassen konnte, bestieg den hinteren Teil des goldenen Schwebesessels und schickte sich an, den Flug zu genießen. Nokias versammelte seine Gefolgschaft, darunter auch die widerwillige Potria und Asedow, der gerade mit allen Anzeichen eines schier tödlichen Kopfschmerzes wieder zu sich kam.

»Nur zu«, sagte Keff. »Wir haben hier noch einige Dinge zu erledigen.«

Als Keff, Plennafrey, Chaumel und das Kugelfroschtrio in die Kabine kamen, befand sich Carialles Herzensdamenbild an der Wand. Sofort befahl sie ihre Servos herbei, den einen mit einem gewaltigen Schwammfeudel, den anderen mit einer Regalladung Handtücher.

»So, wärmt euch erst einmal auf«, sagte sie freundlich. »Ich mache etwas Heißes zu trinken. Auch wenn ihr es vielleicht vergessen habt, habt ihr doch immerhin mit nassen Füßen oben auf einem Gletscher gestanden.«

Keff stieg aus seinen feuchten Stiefeln und begab sich in sein Schlafabteil. »Komm mit, Chaumel. Ich möchte wetten, du hast dieselbe Schuhgröße wie ich. Die anderen können es sich gemütlich machen.«

Plennafrey warf Keff liebevoll eine Kußhand zu. Er erwiderte es augenzwinkernd.

»Ach, Plenna«, sagte Carialle in trügerischer Gelassenheit. »Da sind übrigens ein paar Daten, die ich dir gern zeigen wollte.« Keffs Andruckliege drehte sich einladend der Zauberfrau zu. »Nimm Platz. Ich denke, du solltest sie dir mal anschauen.«

Als Keff und Chaumel einige Minuten später frisch umgezogen wieder in der Kabine erschienen, hatte Plennafrey das Gesicht in den Händen vergraben. Die Edle Dame ›saß‹ mitfühlend neben ihr und sprach mit beruhigender Stimme auf sie ein.

»Du siehst also«, sagte Carialle gerade, »angesichts der Mutation in deiner DNS kann ich nicht für deine Sicherheit auf ausgedehnten Raumreisen garantieren. Und Keff könnte hier nicht ansässig werden. Sein Beruf ist sein ganzes Leben.«

Plenna hob ihr tränenüberströmtes Gesicht und sah die anderen an.

»Ach, Keff, schau nur!« Die junge Frau deutete auf den Wandmonitor. »Meine DNS hat sich im Laufe von tausend

Jahren verändert, sagt Carialle. Und mein Blut ist zu dünn – ich kann nicht mit dir kommen.«

Keff musterte die DNS-Tabelle und versuchte, irgendeinen Sinn in den parallel verlaufenden Spiralen und den daneben abspulenden Daten zu finden. »Cari, stimmt das?« fragte er subvokal.

»Belügen würde ich sie nicht. *Niemand* kann die vollkommene Sicherheit eines anderen im Weltraum garantieren.«

»Danke, liebste Dame, du bist wirklich eine taktvolle Seele ... Wie furchtbar«, fuhr er laut fort und kniete zu Plennas Füßen nieder. »Das tut mir leid, Plenna, aber im Weltall wärst du sowieso nicht glücklich geworden. Die meiste Zeit ist es ziemlich langweilig – wenn es nicht gerade gefährlich wird. Ich könnte nicht von dir verlangen, das ein Leben lang über dich ergehen zu lassen, aber ehrlich gesagt, wäre ich selbst nirgendwo anders glücklich.«

»Ich bin froh, daß dem so ist«, sagte Chaumel und musterte dabei die Tabellen und die Mikroskopanalyse auf Cariallés Hauptmonitor. Aus dem Augenausdruck des Zauberers schloß Keff, daß er möglicherweise ihr Gespräch auf dem Privatkanal belauscht hatte. »Ihr könnt Ozran nicht so einfach eines solchen Schatzes wie der Zauberin Plennafrey berauben.«

Er baute sich vor der Zauberfrau auf, nahm ihre Hand und verneigte sich. Plennafrey blickte ihn erst erschreckt an, dann blitzten Sterne in ihren Augen auf. Sie erhob sich, sah ihm zaghaft in die Augen wie ein Tier, das jeden Moment die Flucht ergreifen könnte. Chaumel sprach mit leiser Stimme und streckte eine sanfte Hand aus, um ihr die Tränen von den Wangen zu streifen.

»Ich bewundere deine Beherztheit, meine Liebe. Du bist tapfer und einfallsreich, und schön dazu.« Er gewährte ihr einen feurigen Blick, und sie errötete. »Es wäre mir eine große Ehre, wenn du einwilligtest, meine Frau zu werden.«

»Deine ... deine Frau?« wiederholte Plenna, die dunklen, großen Augen weit aufgerissen. »Ich fühle mich geehrt, Chaumel. Ich ... *natürlich* werde ich das. Ach!« Chaumel hob die Hand an seine Lippen und küßte sie. Keff erhob sich vom Kabinenboden.

»Hör gut zu, Herr Ritter. Von diesem Burschen kannst du noch etwas lernen«, bemerkte Carialle heimtückisch. Chaumel warf ihrer Säule ein leises Lächeln zu und widmete Plennafrey danach seine gesamte Aufmerksamkeit.

»Wir werden unsere Kraft teilen und unsere Mit–Ozranern lehren, sich an unsere Zukunft anzupassen. Unsere Gesellschaft wird zwar an Einfluß verlieren, aber dafür wird sie wachsen und größere Perspektiven entwickeln. Die Ahnen können uns viel beibringen, was wir vergessen haben.«

»Und eines Tages könnten unsere Kinder vielleicht den Raum bereisen«, sagte Plenna und wandte sich lächelnd an Keff, »um dort auf deine zu treffen.« Sie beugte sich vor, gab Keff einen schwesterlichen Kuß auf die Wange und ließ sich dann von Chaumel umarmen.

Chaumel zwinkerte über ihren Kopf hinweg.

»Und nun, schöne Zauberin«, sagte er, »werde ich dich nach Hause fliegen, da dein eigenes Vehikel zu Schaden gekommen ist.« Strahlend begleitete Plennafrey ihren Zukünftigen die Rampe hinunter. Behutsam hob er sie auf seinen eigenen Streitwagen und stellte sich hinter ihr auf den Rand des Fahrzeugs.

»Dieser Mann macht aber auch jeden Stich«, sagte Carialle durch Keffs Implantat.

»Danke, Cari«, antwortete Keff. »Aber mal ganz unter uns, wenn ich die Wahl hätte, mich zwischen Plenna und dir als lebenslange Gefährtin zu entscheiden, würde ich immer für dich optieren.«

»Oh, Herr Ritter, ich fühle mich geschmeichelt.«

»Du solltest dich auch geschmeichelt fühlen«, meinte Keff mit einem Feixen. »Plenna ist intelligent, anpassungsfähig schön, begehrenswert, aber sie versteht nichts von meinen Interessen, und während der langen Reisen zwischen zwei Aufträgen würden wir einander nur in den Wahnsinn treiben. Das ist die beste aller Lösungen.«

Chaumels wohlvertraute Diplomatie und das unerwartete Geschenk des Gewitters begannen in den nächsten Tagen erste Früchte zu tragen. Zauberer und Zauberinnen suchten Keff und die Kugelfrösche in der Höhle auf, um zu fragen, ob sie irgend etwas tun könnten, um das Wunder auch in ihrem Teil von Ozran zu beschleunigen. Überall flogen Spähaugen umher, weil jeder den Fortschritt der Reparaturen beobachten wollte.

Das größte Problem, mit dem die Reparaturmannschaft zu kämpfen hatte, war das schiere Alter der Anlage. Keff und Braue improvisierten, so gut sie konnten, um sie in Gang zu halten, doch schließlich befahl der Froschprinz die Einstellung der Aktivitäten.

»Wir müssen die Anlage erst genauer studieren«, entschied Braue. »Im Laufe der Zeit werden wir mit Hilfe deines Ausdrucks der Konstruktionsskizzen genauer feststellen können, was alles getan werden muß, um die Anlage wiederherzustellen. Unsere bisherigen Reparaturen genügen fürs erste«, fügte er stolz hinzu. »Wir brauchen die Heimatwelt also nicht um Hilfe anzugehen. Es wäre mir auch lieber, wenn wir dort als Gleichberechtigte aufträten.«

»Gute Arbeit!« lobte Keff. »Wir werden unseren Bericht nach Hause auf die Zentralwelten mitnehmen. Sobald wir können, kommen wir wieder, um euch beim Rest der Arbeit zu helfen. Ich vermute, daß ihr und die Edlen Wilden bis dahin den Zauberern alles beigebracht habt, was sie über Wettersteuerung und Hochleistungslandwirtschaft wissen müssen.«

»Die Fellgesichter werden ihnen beibringen, das Land zu pflügen und dafür zu sorgen. *Davon* verstehen wir nämlich nichts«, erwiderte Braue in anerkennenswerter Bescheidenheit. »Brannel ist unser Freund. Wir brauchen einander. Gemeinsam können wir die Hoffnungen unserer Vorfahren Wirklichkeit werden lassen. Andere werden uns aufnehmen und zum Kern zurückbringen, wenn unser Gespräch beendet ist«, versicherte der Froschprinz. »Viele von ihnen beschützen uns die ganze Zeit. Ihr habt viel dafür getan, daß die Menschen uns mit Respekt begegnen.«

»Nein«, widersprach Keff. »Das habt ihr selbst getan. Ich konnte sie doch nicht überzeugen. Ihr mußtet ihnen erst euer Können und Wissen vorführen, und das ist geschehen.«

Braue signalisierte höfliche Ungläubigkeit. »Kommt bald wieder.«

Carialle und Keff lieferten Braue und seine Gefährten zum letzten Mal auf Brannels Plateau ab. Die Kugelfrösche verabschiedeten sich schnell von ihnen, bevor sie im Gestrüpp verschwanden. Fünf Spähaugen folgten ihnen in respektvollem Abstand.

Chaumel und Plennafrey trafen rechtzeitig auf der Ebene ein, um Keff und Carialle zu verabschieden.

»Ihr habt hier wirklich einiges aufgewühlt, Fremde«, sagte Chaumel, als er Keffs Hand schüttelte. »Ich stimme zu, daß ihr nichts anderes hättet tun können. Meine kleinen Freunde haben mit erzählt, daß Ozran sonst bald eine katastrophale Explosion erfahren hätte. Dann wären wir alle ums Leben gekommen, ohne jemals die Ursache dafür zu erfahren. Dafür danken wir euch.«

»Es war uns eine Freude, euch zu helfen«, antwortete Keff. »Wir kehren dafür unsererseits mit Daten über ein Generationenschiff heim, das vor Hunderten von Jahren verschollen ging, und mit jeder Menge Informationen über eine Zivilisation, die später einmal zu den faszinierendsten Mischkulturen der ganzen Galaxie zählen dürfte. Ich freue mich darauf, euch gedeihen zu sehen.«

»Das wird sicherlich sehr interessant«, bestätigte Chaumel. »Ich habe die Feststellung gemacht, daß die begrenzte Kraftmenge, die die Ahnen uns zu überlassen bereit waren, ebensosehr dazu eingesetzt werden wird, uns vor unzufriedenen Landarbeitern zu schützen, wie dazu, ihnen zu Selbstbestimmung zu verhelfen. Auf dieser neuen Welt wird nicht alles nur friedlich verlaufen. Viele der Bauern fürchten, daß ihre neuen Erinnerungen bloße Halluzinationen seien. Aber schließlich«, seufzte er, »haben wir uns das ja auch selbst zuzuschreiben. Unsere eigenen Probleme müssen wir schon selbst lösen. Dein Brannel erweist sich dabei als große Hilfe.«

Plennafrey trat vor, um Keff einen keuschen Kuß zu geben. »Lebewohl, Keff«, sagte sie. »Es tut mir zwar leid, daß sich mein Traum, mit dir zu gehen, nicht verwirklichen ließ, aber ich bin doch glücklicher darüber, daß es so gekommen ist.« Stumm beugte sie den Kopf vor, um ihm ins Ohr zu flüstern: »Ich werde immer die Erinnerung an das hochhalten, was wir gemeinsam erlebt haben.«

»Ich auch«, antwortete Keff leise. Plenna trat zurück neben Chaumel, und der lächelte sie an.

»Lebt wohl, Freunde«, sagte der Zauberer und half dem großen Mädchen die Rampe hinunter zu seinem Streitwagen. »Wir freuen uns auf eure Wiederkehr.«

»Wir auch«, sagte Keff winkend. Der Schwebesessel ging auf sichere Distanz und landete, um den Start des Schiffs zu beobachten.

»Eigentlich sind sie ein ganz hübsches Paar«, meinte Carialle. »Ich würde ihnen gern ein großes Doppelproträt als Hochzeitsgeschenk malen. Daß die ausgerechnet immer in Primelgelb und Silber rumlaufen müssen – das wird schwierig werden, es farblich einigermaßen ausgewogen darzustellen. Hm, vielleicht geht es aber auch mit einem bernsteinfarbenen Hintergrund, möglicherweise auch in Bernstein-Cognac.«

Keff drehte sich um und kehrte in die Hauptkabine zurück. Die Luftschleuse schloß sich hinter ihm, und er vernahm das Stöhnen des Motors, der die Außenrampe nahtlos an das Schott schmiegte. Zufrieden klatschte der Muskel in die Hände.

»Warte nur, bis wir Simeon und den Pennern bei Xeno von dem Froschprinzen und seinen Kaulquappenschranzen auf dem Planeten der Zauberer erzählen«, sagte er hämisch, nahm auf seiner Andruckliege Platz und legte die Füße auf die Konsole. Er verschränkte die Hände hinter dem Kopf. »Ach! Wir werden das Gesprächsthema Nummer eins auf SSS–900 und jeder anderen Raumstation im Umkreis von hundert Trillionen Klicks werden!«

»Ich kann es selbst kaum erwarten, die Nachricht zu verbreiten«, sagte Carialle zufrieden, als sie die Triebwerke aktivierte und sie sich in die Atmosphäre erhoben. »Wir haben es geschafft! Sollen die Leute uns doch für eine Mannschaft von Verrückten halten, am Schluß sind wir es, die die besten Ergebnisse vorweisen ... ach, verdammt!«

»Was ist los?« fragte Keff und fuhr besorgt auf.

Auf dem Bildschirm erschien Carialles Abbild der Edlen Dame, das Gesicht in sorgenvolle Falten gelegt.

»Den Generalinspekteur habe ich ganz vergessen!«

ENDE

Band 23 161

Poul Anderson

Sternengeist

Deutsche Erstveröffentlichung

Die Avantisten haben die Erde unterworfen und eine Tyrannei errichtet. Nur einen Hort des Widerstandes haben sie nicht einnehmen können: die intergalaktische *Corporation Fireball.*

Um den Widerstand zu organisieren, wird die Raumpilotin Kyra Davis auf eine höchst gefährliche Mission geschickt: Sie soll Anson Guthrie retten, den Begründer von *Fireball.* Doch Guthrie ist ein ›Sternengeist‹; sein Körper ist längst tot, und er lebt in einem Computerprogramm weiter.

Von den Avantisten verfolgt, zieht Kyra durch das Universum. Erst in einer fernen Enklave der Rebellen lernt sie ihre wahre Bestimmung kennen: Sie muß sich einer furchtbaren Transformation unterziehen, soll die Erde nicht vernichtet werden.

BASTEI LÜBBE

Sie erhalten diesen Band im Buchhandel, bei Ihrem Zeitschriftenhändler sowie im Bahnhofsbuchhandel.